La sospecha de Sofía

Paloma Sánchez-Garnica

La sospecha de Sofía

Planeta

Av. Diagonal, 662-664, 08034 Barcelona
www.editorialplaneta.es
www.planetadelibros.com

Adaptación de la cubierta: Booket / Área Editorial Grupo Planeta
Primera edición en Colección Booket: junio de 2020
Primera edición en esta presentación: septiembre de 2025

Depósito legal: B. 15.644-2025
ISBN: 978-84-08-31141-6
Impreso en España

Biografía

Paloma Sánchez-Garnica (Madrid, 1962) es licenciada en Derecho y Geografía e Historia. Autora de El Gran Arcano (2006) y La brisa de Oriente (2009), su novela El alma de las piedras (2010) tuvo un gran éxito entre los lectores. Las tres heridas (2012); La sonata del silencio (2014), de la que se hizo una adaptación para una serie en TVE; Mi recuerdo es más fuerte que tu olvido (Premio de Novela Fernando Lara 2016); La sospecha de Sofía (2019); Últimos días en Berlín (Finalista del Premio Planeta 2021), y Victoria, con la que obtuvo el Premio Planeta 2024, han confirmado su consagración entre la crítica y los lectores como una escritora de gran personalidad literaria.

@palomasanchezgarnica

A Manolo, el hombre que cada día convierte
mi vida en una aventura extraordinaria

AGRADECIMIENTOS

Todas mis novelas han sido especiales para mí, pero esta lo ha sido aún más porque durante su escritura me ayudó a transitar con paso firme por esos caminos oscuros que a veces se te abren en la vida.

Pero además es especial por otra cosa. Uno de los personajes de la novela afirma que la música abre el corazón y cierra las heridas. *La sospecha de Sofía* tiene banda sonora, se trata de un regalo de mi hijo Javier, que desde muy pequeño lleva la música en las venas. Con lo que yo le contaba mientras avanzaba en la creación de la novela, él fue componiendo una banda sonora que acompañará al lector al adentrarse en la historia de Sofía. Puedo asegurar que esta música es un regalo para los sentidos. Se puede encontrar y escuchar en plataformas musicales con el mismo título que la novela y con su nombre, Javier de Jorge.

Mi agradecimiento más sincero y sentido a Palmira Márquez, mi agente literaria, por volver a confiar en mí desplegando a mi paso entusiasmo y confianza a raudales.

Cuando uno está con los mejores el trabajo resulta muy gratificante, y eso me ocurre con mi editora, Puri Plaza, no hay palabras para expresar mi gratitud por su habilidad, sensibilidad y grandes dosis de paciencia con las que consigue extraer toda la sustancia escondida en mi interior sobre los personajes y sus historias.

Estoy muy agradecida a Luz Sanz, Victoria Álvarez y Carmen Navarro, farmacéuticas que me ayudaron en la comprensión de temas de investigación científica.

Mi profundo agradecimiento a los doctores Luis del Peso, Amparo Cano y Benilde Jiménez, todos ellos científicos integrantes del Instituto de Investigaciones Biomédicas Alberto Sols (UAM-CSIC), por dedicarme su tiempo e intentar ilustrarme a mí (mujer de letras puras) sobre el complicado y apasionante mundo de la biología molecular. Y por supuesto, gracias a Eva García Perea por abrirme las puertas a personas tan sabias e interesantes.

Quiero hacer una mención especial de gratitud a la doctora Margarita Salas, convertida para mí en un referente como persona y como profesional, exquisita en su atención, su interés, su amabilidad y su sapiencia. Mujeres como ella son imprescindibles para que nuestra sociedad avance.

Gracias a mis hijos, Manuel y Javier, por marcarme el camino de la vida, y a mis nueras, Luisa Marco y Leticia Porras, por caminarla junto a ellos.

Y mi agradecimiento a Manuel de Jorge, mi marido, mi compañero de vida, porque sin él a mi lado nada de esto sería posible.

Madrid, 7 de enero de 2019

He venido, pero no he vuelto.

Max Aub

Todas las cosas fingidas caen como flores marchitas, porque ninguna simulación puede durar largo tiempo.

Cicerón

Debes saber que hay un ojo que todo lo ve, un oído que todo lo escucha y una mano que toma nota.

Frase de origen judío

Un silencio como el que yo necesito no existe en el mundo.

Franz Kafka

No se puede encontrar la paz evitando la vida.

Virginia Woolf

Tiene casi veinte años y ya está cansado de soñar,
pero tras la frontera está su hogar, su mundo, su ciudad.
Piensa que la alambrada sólo es un trozo de metal,
algo que nunca puede detener sus ansias de volar.

Libre es una canción compuesta por José Luis Armenteros y Pablo Herrero Bravo en homenaje a la primera víctima mortal del Muro de Berlín, que se empezó a construir el 13 de agosto de 1961. Apenas un año después, el 17 de agosto de 1962, Peter Fechter, un obrero de la construcción de dieciocho años que vivía en Berlín Este, decidió arriesgarse y saltar el Muro en compañía de un amigo con el fin de pasar al lado occidental para visitar a su hermana. Los dos jóvenes esperaron el momento adecuado, saltaron la primera valla metálica y corrieron a lo largo de la franja de terreno de unos cincuenta metros hasta llegar al muro de bloques de hormigón que los separaba del lado oeste. Cuando estaban a punto de conseguirlo, un soldado de la RDA disparó alcanzando en la pelvis a Peter, que cayó herido junto al Muro, en la llamada «franja de la muerte». Su compañero de fuga no pudo hacer nada por socorrerlo y tuvo que saltar al otro lado para no ser abatido por los disparos de la policía. Peter Fechter quedó tendido durante casi una hora sin recibir asistencia, mientras clamaba ayuda, desangrándose a la vista de todos, a modo de cruel advertencia general por parte de los militares de la RDA, que hasta cincuenta y cinco minutos después no dieron permiso a los guardias para que lo recogieran, y ante la obligada pasividad de los occidentales que tenían estrictamente prohibido adentrarse en esa zona y temían los disparos de los guardias.

La canción se ha convertido en un canto universal a la libertad. El cantante Nino Bravo la popularizó con su extraordinaria interpretación tan solo unos meses antes de que un accidente de tráfico acabase con su vida.

PRIMERA PARTE

1

Desde hacía meses espiaba cada movimiento, cada palabra y cada silencio de la pareja que ahora estaba al otro lado de la calle, entregada a la confiada intimidad, y de la que le separaban los escasos metros del ancho de la vía. Apuntaba metódicamente cada detalle, por nimio que pareciera, con el fin de conocer su cotidianidad, sus costumbres, la manera de caminar de él, de vestirse, de abrazarla, de besarla, de dirigirse a ella; cómo entraba en casa y qué hacía o decía cuando salía, los horarios y actos al levantarse y al acostarse, lo habitual en los días de diario y lo extraordinario, o no tanto, de los fines de semana y vacaciones. Escuchaba sus conversaciones para profundizar en su forma de ser. Mientras dormían, estudiaba y memorizaba todo lo nuevo del día, emulaba gestos y ademanes delante del espejo, modulaba la entonación de voz, imitaba los dejes y palabras habitualmente utilizados por él. Además, cotejaba fotos e información personal de todos los que los rodeaban a él y a ella, la criada, sus padres, los amigos, personas de su entorno laboral, retenía caras y nombres, fechas y hechos determinantes de sus vidas, acontecimientos que debía almacenar en su memoria para salvaguardar su propia seguridad. Había resultado una tarea fácil. Estaba habituado a este tipo de trabajos de acecho para recopilar información útil, pero los espiados solían ser mucho más escurridizos, más crípticos, más inaccesibles, lo que convertía el cometido en una tarea compleja e intrincada, a veces con un resultado carente de la eficacia y solvencia necesarias, imprescindibles ambas (información eficaz y solvente) para según qué asuntos. Durante semanas los había seguido, primero a él: el bufete, las relaciones con su padre y con el resto de los letrados del despacho, con quién se llevaba bien y con quién se trataba apenas. También la había seguido a ella, con menos cautela incluso, con la clara intención de conocerla lo mejor posible. Este seguimiento fue muy sencillo porque su vida resultó muy simple, circunscrita al ámbito doméstico, la casa, las niñas, sus padres, sus suegros y esa amiga azafata con la que se veía de vez en cuando. Observaba cómo reía, cómo hablaba, el tono de su voz, su manera de fumar y de sujetar el cigarrillo, algo que no hacía nunca delante de él, era evidente que a él no le gustaba que lo hiciera. Había comprobado que la vida sexual de la pareja era pobre, demasiado ocasional para un matrimonio tan joven. Polvos rápidos, apenas disfrutados, desahogos esporádicos. Tampoco había detectado en la vida de él a otras mujeres, la amaba, se esforzaba por complacerla, pero había presiones sociales, profesionales y laborales que se lo ponían difícil. Ella sencillamente lo asumía y se conformaba.

Había llegado a Madrid unos meses antes con una misión que cumplir. Aquel piso, situado frente al edificio de la casa que debía observar, se lo habían facilitado agentes a los que no vio ni conoció. Le habían dejado la llave y la dirección en el piso franco de París. Cuando llegó se encontró montada una sofisticada estación de escucha para oír todo lo que sucedía en la casa del otro lado de la calle, a apenas unos metros; se notaba la mano experta del KGB. La situación era perfecta. Desde la ventana podía ver con sus prismáticos los dos balcones del salón, el ventanal de la habitación de matrimonio y la ventana de un pequeño comedor anejo a la cocina. Oía todo lo que hacían y decían. Con el fin de controlar en persona el terreno, había accedido a la casa. Para ello, había esperado a que quedase vacía de sus habitantes. Eligió uno de los fines de semana en los que la familia salía fuera de Madrid. Así tuvo tiempo suficiente para inspeccionar cada rincón, familiarizarse con muebles y ropa. Se pasó toda una tarde en su interior, tranquilo, con mucho tiento para no dejar evidencia alguna de su paso.

Lo examinó todo, el ropero del dormitorio principal, los cajones de la mesilla (comprobó que ella ocupaba el lado derecho de la cama) y el escritorio del despacho de él. Fue incapaz de acceder al cuarto donde había una cuna en la que dormía la niña pequeña, se detuvo en el umbral, paralizado y removido por la amargura de los recuerdos que le aguijoneaban como espinas clavadas en la conciencia. Había llegado a estar muy cerca de la criada y las niñas mientras esta las cuidaba en el parque. Era evidente que el disfraz funcionaba, porque había pasado totalmente desapercibido a los ojos infantiles de la mayor, que había heredado la belleza de su madre. La pequeña era igual que su padre, ojos muy claros, muy rubia y muy blanca. No podía remediar sentir una punzada en el corazón cada vez que la veía u oía su voz, su llanto, sus risas, todo en ella le devolvía un pasado doloroso que se obligaba a controlar con frialdad para evitar ser vulnerable.

Echó un vistazo al reloj de pulsera. Acarició la esfera blanca con la añoranza de tantas promesas de amor eterno. Sus labios se abrieron levemente en una mueca de ironía, qué poco había durado aquella eternidad, qué efímera, qué malditamente fugaz había sido aquella sutil infinitud de amor apenas recién estrenado. Cerró los ojos para reprimir el recuerdo, apretó los labios, susurró una maldición en alemán y dejó escapar un profundo suspiro. Abrió los ojos de nuevo, más tranquilo, controlada su emoción. Estaban a punto de despertar. Se miró al espejo y comparó su reflejo con la imagen de Daniel Sandoval en una fotografía sujeta al marco. Sobre la mesa estaban la peluca oscura, el bigote y las patillas postizos, aunque no barba, porque hubiera llamado en exceso la atención en un país en el que aquel rasgo se miraba con recelo, además de unas gafas con cristales oscurecidos imprescindibles para ocultar sus ojos grises, acuosos, como los de su padre, demasiado germánicos y muy poco habituales por allí. Pasar desapercibido era fundamental y hasta ese momento lo había conseguido. Tenía experiencia, pero había que estar alerta. Aquel día era crucial para el plan hilado meses atrás. La noche anterior había quedado depositado encima de la mesa del despacho de Daniel Sandoval el sobre que contenía la nota y los billetes de tren. Ahora solo quedaba esperar su reacción.

Bebió un trago del té que se había preparado y quedó al acecho, esperando a que despertaran los que al otro lado de la calle dormían plácidamente. El altavoz que tenía a su derecha, silencioso durante toda la noche, escupió el rugido del despertador que sonaba en el edificio de enfrente. Se llevó los prismáticos a los ojos mecánicamente. Empezaba el espectáculo.

2

El renqueante sonido de la alarma se introduce en el sueño y lo rompe, lo quiebra, lo interrumpe bruscamente provocando el desconcierto primero, luego la desilusión de saber que se acabó la placidez durmiente. No quedaba otro remedio que sacar la mano del calor de las sábanas y pulsar el botón que desactivase aquel ruido perturbador. Se demoró solo un instante y sintió la pierna de Daniel, que le dio un par de toques suaves, apenas un roce de advertencia.

—Apágalo... —murmuró con voz gangosa desde su parte de la almohada, arrebujado entre las mantas.

Con los ojos aún cerrados, en la pretensión de mantenerse unos segundos más mecida en el sueño, Sofía sacó la mano y tanteó hasta que dio con el aparato cuyo estruendo hendía el aire invadiéndolo todo, lo palpó y volvió a oír la insistencia de Daniel para que se apresurase a devolverles el mutismo que los ayudase a desadormecerse y terminar de despertar. Sofía consiguió apagarlo y de nuevo el silencio se hizo el dueño y señor del aire, pero ya no era el mismo silencio, sino un silencio de ruidos sutiles, bostezos, gemidos salivados y la fricción de los cuerpos al moverse bajo las sábanas desperezándose. Al final Sofía se levantó y se envolvió en la bata que tenía junto a la cama. Daniel apenas se movió, aprovechando los pocos minutos que le quedaban de la durmiente placidez.

En la cocina, Sofía conectó la radio y pegó la frente al cristal de la ventana del pequeño comedor. No imaginaba que unos ojos escrutadores la observaban. La voz del locutor relataba las últimas noticias hablando rápido, dicción perfecta, to nalidad grata. Empezaba a despuntar el día. La calle permanecía aún solitaria. A su izquierda se atisbaba la plaza de Santa Bárbara, asimismo tranquila. Apenas se intuía el lento despertar de la ciudad, no había demasiado ruido, no había voces ni se oían toques de claxon, frenazos o acelerones, como si los más madrugadores que ya transitaban por la calle arrastrasen todavía la sensación de sueño, no desperezados del todo. Puso el café en la cafetera. Encendió una cerilla y prendió la llama de uno de los quemadores de la cocina. Sacó la botella de leche de la nevera, vertió el contenido en un cazo y lo colocó sobre otro quemador, junto a la cafetera. Sacó el pan de molde y las galletas, la mermelada, la mantequilla, las tazas y los cubiertos, además de las servilletas, y lo fue disponiendo todo sobre la mesa que estaba en el comedor anejo a la enorme cocina. Luego, arrastrando sus zapatillas por el pasillo, entró en una habitación que permanecía en penumbra. Buscó el interruptor de la lámpara de la mesilla, encendió la luz y se sentó al borde de una cama infantil. Apoyó la mano sobre la colcha rosa y palpó con suavidad el pequeño cuerpo al que arropaba, quieto aún, entregado a los brazos de Morfeo. Aspiró el olor infantil. Acarició el pelo suave.

—Buenos días, princesa. Hora de despertarse.

Acercó sus labios para besarle el carrillo sonrosado y cálido, pero la durmiente se zafó y su cabeza morena desapareció en el interior de las mantas, intentando huir de la obligada vigilia.

—Vamos, Isabel, que hay que ir al cole —le dijo con voz dulce. Se levantó y retiró el embozo un poco más—. Que la *seño* te va a enseñar muchas cosas.

El pequeño cuerpo se retorció como un animalillo, protestando con suaves gruñidos ensoñados.

La puerta de la habitación contigua estaba entornada. La abrió y vio a Vito, que se estaba vistiendo. Las dos mujeres se saludaron con la mano y una sonrisa. Sofía se acercó a la cuna de Beatriz, que aún dormía.

—Ni respirar en toda la noche —le susurró Vito casi al oído—. Esta niña es una bendición.

En ese momento, la niña mayor irrumpió gritando en la habitación.

—¡Vito! ¡Vito!

Se echó en brazos de la mujer, que la acogió con un inmenso cariño.

—¿Y a mamá no le das los buenos días? —preguntó Sofía acercándose a ella y tocándole la nariz.

La niña se echó entonces a los brazos de su madre. La pequeña se había despertado con las voces de su hermana, y ya se removía en su cuna.

—¿Vamos a desayunar? —preguntó la madre a la mayor, pero ella se revolvió mimosa y echó los brazos a Vito.

—No, yo quiero con Vito...

—Vaya usted a lo suyo, señora, que ya me encargo yo de ellas.

—Gracias, Vito.

Sofía salió al pasillo y se asomó a la habitación de matrimonio.

—Daniel, despierta, que luego se te hace tarde.

A continuación regresó a la cocina y terminó de preparar el desayuno. A Daniel le gustaba que lo hiciera ella, y no Vito; las comidas tenían que ser de la mano de Sofía, era una manía suya y ella no lo discutía. Antes de que apareciera nadie se tomó un café atenta a las noticias. Al poco entraron Isabel y Vito, esta última con Beatriz en los brazos. Isabel, con su pijama rosa, totalmente espabilada, hablaba sin parar. Beatriz, aún somnolienta, alborotada la melena rubia y rizosa, se abrazaba mimosa al cuello de Vito. Isabel trepó a una silla y se puso de rodillas con los codos sobre la mesa. Vito colocó a la pequeña en su trona y le anudó el babero al cuello. Luego se puso a prepararle su biberón. Sofía vertió la leche en la taza de Isabel. Untó mermelada en una galleta y se la dio; la niña la introdujo en el interior del tazón de leche mojándose la punta de los dedos.

—Isabel, hija, no seas cochina; no metas los dedos en la leche —le recriminó Sofía, que se los limpió con la servilleta para que no se manchase el pijama.

La niña hablaba, protestaba, pedía, lo contaba todo con

voz gritona a fin de llamar la atención de la madre, que destilaba paciencia.

Al rato, Daniel, recién afeitado y repeinado, entró en la cocina ya vestido, a falta de la corbata y la chaqueta del traje. Ni siquiera miró a las niñas. Isabel se calló un instante recelosa, sabía que los enfados del padre eran mucho más serios que los de su madre. La pequeña le hizo una carantoña que él no percibió, ensimismado como estaba en sus cosas.

Daniel se estremeció arrugando el ceño.

—La casa está helada. ¿Es que no está puesta la calefacción?

—Estamos en abril, Daniel —contestó Sofía poniendo la rebanada de pan en la tostadora—. Desde ayer la apagan por la tarde.

—Pues hace frío. Le dices al portero que no la quite o le monto un pollo.

—Si la dejan por la noche nos vamos a asfixiar.

—Sofía, díselo —le dijo taxativo—. Yo decidiré cuándo se apaga la calefacción en el edificio.

—No puedo entender cómo tienes tanto frío —refunfuñó Sofía—, porque no lo hace.

Daniel la miró un instante y no dijo nada. Llevaba unos papeles en la mano, que dejó en una esquina de la mesa y centró toda su atención en ellos. Sofía se apresuró a ponerle el café solo, la taza colmada y sin azúcar, y untó la tostada recién hecha con mantequilla y mermelada de melocotón, como a él le gustaba. Luego se la tendió. Él la cogió sin apenas levantar los ojos de los documentos y le dio un mordisco. Masticaba abstraído, como si no hubiera nadie a su alrededor, sentado en el borde de la silla, sin llegar a relajarse, sin tiempo que perder.

De repente, la leche de la taza de Isabel se derramó y salpicó todo a su alrededor. Sofía reaccionó con tal celeridad que consiguió retirar los papeles en el instante en que la leche estaba a punto de empaparlos. Daniel alzó los ojos aturdido. Sofía se los volvió a entregar con un gesto paciente de reproche.

—No sé cómo se te ocurre traer cosas del trabajo aquí. Luego te quejas de que te las manchan.

Él no le contestó. Con los papeles en la mano, apoyados en la rodilla, aparentemente alejados de cualquier peligro de salpicadura, volvió a quedar enfrascado en sus asuntos.

Sofía recogió la leche derramada con un trapo, y siguió de pie, el cuerpo apoyado en la encimera. De vez en cuando bebía sorbos de café a la espera de poder desayunar tranquila cuando todos se fueran.

—Vamos, Isabel, ve terminando, que se hace tarde —la instó la madre. La niña apuró la leche que le había vuelto a servir su madre y salió corriendo—. A lavarse bien los dientes, ¿me oyes?, que ahora va Vito.

Vito terminó de darle el biberón a la pequeña, la cogió y se la llevó para vestirlas a ella y a su hermana.

Sofía se quedó mirando a su marido. Se preguntaba qué había sido del hombre alegre y valiente del que se enamoró, dónde habían quedado aquellos despertares tórridos, tan llenos de ternura, aquellos sueños de vida compartida, de ilusiones alcanzables con solo estirar la mano. No sabía cuándo había empezado a cambiar todo, en qué momento se instaló entre ellos esa especie de rutina aburrida, irritante a veces, que los condicionaba cada vez más. Hubo un tiempo en el que le gustaba mirar aquel gesto suyo, serio, meditabundo, como si se preparara para enfrentarse él solo al mundo. Ella seguía muy enamorada, pero sentía que lo estaba perdiendo. Llevaban seis años casados y se preguntaba qué futuro les esperaba, cada vez más alejados, más ajenos el uno del otro, más aburridos de la vida en común que apenas acababan de iniciar. Lo que no sabía era si también se lo preguntaba él, si alguna vez se planteaba qué sería de ellos a la vuelta de otros seis años, o de veinte.

Las señales horarias pitaron chirriantes en el transistor y los arrancó a los dos de su mutismo particular. Daniel, alertado, levantó los ojos y miró a un lado y otro.

—Qué tarde es —murmuró mientras apuraba el café de un trago.

Se levantó, recogió los papeles y salió de la cocina.

Ella le siguió por el pasillo, pero antes se detuvo en la habitación en la que Vito vestía a Isabel mientras les cantaba una canción. Beatriz, sentada en la cama revuelta de su hermana mayor, aplaudía entusiasmada. Sofía sonrió al ver la estampa. Las dejó y se dirigió al dormitorio. Daniel estaba delante del espejo haciéndose el nudo de la corbata. Sofía se acercó y se puso frente a él, de espaldas al cristal, y le ayudó a terminar la lazada. Él se dejó hacer mirándola con ojos escrutadores, guiñados al sonreír. Ella sentía su mirada mientras se afanaba en hacer perfecto el nudo, pero alzaba los suyos de vez en cuando, tan solo un instante, sonriendo también porque le gustaba cuando él la miraba así. Terminó y se retiró. Daniel se observó en el espejo. Con gesto satisfecho se pasó la mano por el pecho, como si alisara la ropa.

—Haces el nudo mejor que yo —dijo orgulloso, como si le diera un reconocimiento poco merecido.

—Se lo hacía a mi padre desde que tengo uso de razón. Ya sabes lo desastre que es para las corbatas. —Sonrió con el recuerdo—. Me subía a una silla para alcanzarle el cuello.

Daniel le sonrió. Cogió la chaqueta y se la puso.

—Este fin de semana subimos a El Escorial, así nos da el aire a todos.

—No, este fin de semana no —protestó ella—, que echan Eurovisión y quiero ver a Massiel, que ganamos seguro.

—Qué vamos a ganar. Europa no nos vota ni de broma.

—Pero yo quiero verlo.

—Mis padres van, Sofía, y ya sabes que a mi madre le gusta que vayan las niñas.

Sofía evidenció su malestar con un mohín.

—Siempre deciden por nosotros.

—No deciden ellos. Ayer me llamó para proponérmelo y le dije que sí.

Sofía pensó que nunca nadie le preguntaba a ella si le apetecía o no pasar todo el fin de semana en compañía de sus suegros en la dichosa casa de El Escorial, en la que no había más que hacer que pasear y poco más; ni televisión tenían. Pero no dijo nada. Sabía que cuando estaba su suegra por medio tenía todas las de perder con Daniel. La pasión que este sentía por su madre era demasiado grande.

Aprovechó para hacer un intento de proponer algo que le rondaba en la cabeza desde hacía un tiempo.

—Podríamos ir a Sevilla en Semana Santa.

—¿A Sevilla? —preguntó él—. ¿Tú sabes cómo se pone aquello de gente? Ni hablar. Además, menuda paliza para las niñas. Son muchos kilómetros y las carreteras esos días son una procesión de penitencia. —Miró el reloj—. Me voy, que hoy tengo una reunión importante.

—¿Vienes a comer?

—No me esperes. Mi padre quiere que vayamos a Navalcarnero a ver un asunto de una testamentaría. —Mientras hablaba se echó al bolsillo el paquete de Ducados y el mechero, cogió las llaves y tomó el maletín que le sostenía Sofía—. Seguramente comamos allí.

La besó en los labios, un beso rápido, fugaz, sin apenas contacto.

—No te olvides la bufanda —le dijo ella con algo de sorna.

Daniel era extremadamente friolero, tanto que le costaba desprenderse de la ropa de invierno, a pesar de que las temperaturas primaverales ya empezaban a notarse, sobre todo a mediodía.

Salió de la habitación apresurado.

Ella se quedó quieta, los brazos cruzados sobre el regazo, en medio de la habitación. Cuando oyó cerrarse la puerta de la calle, miró a su alrededor con gesto aburrido y derrotado. Dio un largo suspiro. Subió la persiana y abrió la ventana para ventilar la habitación. Se asomó para verlo salir del portal con paso rápido, sin mirar ni un instante hacia la ventana, como si al salir a la calle se hubiera olvidado de ella, concentrado en un mundo ajeno. En varias zancadas llegó hasta el coche, que estaba aparcado en la acera de enfrente; el enorme 1500 blanco, nuevo, estrenado hacía apenas un mes. Lo cuidaba como si fuera de porcelana, lo limpiaba en cuanto le caía una mota de polvo, no dejaba a las niñas que se pusieran de pie en los asientos, montarse en su interior era como meterse en un lugar sagrado. Nada que ver con lo que ocurría en su viejo Seiscientos, el coche que había quedado para ella. Le gustaba conducir, lo hacía desde que empezó la universidad. Su padre le dejaba su viejo Seat 1400 para ir a la Ciudad Universitaria. El coche se lo había regalado su suegro, el abuelo materno de Sofía, un afamado empresario farmacéutico. Aunque don Zacarías, el padre de Sofía, sabía conducir, prefería moverse por la ciudad caminando, o en metro o autobús, y si andaba con prisa tomaba un taxi, por eso siempre solía dejarle el coche a Sofía, pero como tantas otras cosas, aquella cesión en el manejo del automóvil había tenido que hacerlo a escondidas de su madre, que no veía con buenos ojos que las mujeres condujeran. Sonrió recordando aquellos tiempos. El Seat 600 desechado por Daniel había significado para ella una forma de liberación. Le había costado convencerle de que no lo vendiera. Tuvo que darle mil argumentos para que aceptara las ventajas que suponía que ella pudiera conducir su propio coche, aunque lo que en realidad le convenció fue la idea de que, si vendía el pequeño, quizá algún día ella tuviera que coger el grande, el suyo, y eso sí que no podía admitirlo.

Lo vio arrancar y avanzar hacia la plaza de Santa Bárbara. Se retiró de la ventana porque Isabel entró corriendo, ya cargada con su pequeña cartera del colegio, para darle un beso. Vito se quedó en la puerta esperando a que se despidiera. Sostenía a Beatriz en los brazos. Vito se había puesto la chaqueta sobre la bata de trabajo, y llevaba la bolsa del pan y el monedero en la mano.

—¿Cuánto pan traigo? —preguntó.

—Con una barra habrá bastante, que hoy tampoco viene el señor a comer, y traiga un litro de leche, que no queda nada. Habría que hacer compra grande, aunque no sé... Por lo visto nos vamos a pasar el fin de semana al chalet de mis suegros.

—Entonces poco habrá que comprar, porque fruta queda bastante, y en la nevera quedan huevos y unos filetes de pollo.

—Pues entonces, compramos el lunes.

Se despidió de las niñas con un beso en la mejilla a cada una.

Vito metió prisa a Isabel para que saliera de la habitación y la pastoreó hasta la puerta. Allí estaba la sillita de la pequeña, la sentó y la ató. Mientras, Isabel abrió la puerta y salió al rellano, aunque las órdenes de Vito para que no se moviera la detuvieron. Cuando por fin se fueron, Sofía escuchó el silencio de la casa. A su espalda se colaba el ruido de la calle, del arranque de una jornada en la ciudad. Miró a un lado y a otro. Ella era la única que ya no tenía nada que hacer... Nada que fuera importante. Tenía que organizar los armarios, sacar la ropa de entretiempo, guardar abrigos, botas y mantas, todo menos lo de Daniel, su ropa de invierno habría que mantenerla a su alcance hasta bien entrado junio, cuando ya la meteorología cambiante de la primavera no le jugase una mala pasada. Luego tendría que preparar la comida de las niñas. Hacía dos semanas que la pequeña iba a la guardería cuatro horas al día para que a Vito le diera tiempo a hacer toda la casa y la plancha. Aquella decisión la había tomado en contra del criterio de casi todos, empezando por Daniel, que no entendía la razón de dejarla tan pequeña en manos de desconocidos. Sofía la inscribió con el único apoyo de su padre y de su amiga Carmen, que fue quien la animó a hacerlo. Su madre quedó horrorizada, y se lo criticó como si la hubiera llevado a una inclusa; su suegra no lo comprendía, incluso la misma Vito le había insistido en que ella se hacía bien con la niña, que no la molestaba en las tareas. Pero Sofía lo hizo contra viento y marea, como un pequeño y estúpido acto de rebeldía, aunque no pudo evitar que recayera sobre su conciencia una sombra de culpa por que la consideraran una mala madre. Las niñas comerían antes, porque la mayor tenía que regresar al colegio; mientras, la pequeña dormiría su siesta. Así que comería sola en el salón, a la vez que Vito lo hacía en la cocina. Otro día aburrido sin más que hacer que verlo transcurrir y esperar el regreso de Daniel.

Con gesto desganado se asomó de nuevo a la ventana. La sombra del tedio y la indolencia se cernían sobre ella como una maldición. El sol quedaba oculto tras unas oscuras nubes que amenazaban lluvia. El día estaba melancólico, y esa melancolía la arrastraba sin que pudiera evitarlo. La plaza se veía cada vez más transitada, viandantes que avanzaban con paso rápido, apresurados, en dirección a sus tareas, encogidos bajo el abrigo para resguardarse del frescor de la mañana. Le gustaba fijarse en alguno de ellos y se preguntaba cómo sería su vida, hacia dónde dirigía sus pasos, qué pensamientos le acuciarían en ese momento, si sería feliz o si arrastraba desdicha, si vivía en compañía o en soledad, si le gustaba su vida o, por el contrario, la detestaba, cuáles eran sus quehaceres. Pero al desaparecer de su vista el viandante analizado todas las preguntas se volvían contra ella, como un bumerán que la cuestionaba y le gritaba que debería ser ella la que transitase las calles, tal vez observada por alguien desde una ventana, encaminando sus pasos hasta los pasillos de la universidad de Ciencias, a esa hora hirviente de alumnos bulliciosos, gente joven con proyectos y ganas de emprenderlos, o, mejor aún, en dirección a un laboratorio para imbuirse en la investigación de algo apasionante que le hiciera olvidarse de todo lo que no estuviera al alcance de sus ojos incrustados en los oculares de un microscopio. Para ella todo había quedado aplazado cuando decidió casarse, o no lo decidió realmente, otros lo decidieron por ella, empezando por Daniel, que había tenido prisa por hacerlo, casarse cuanto antes, no había razón para aplazarlo, según decía, pero ella comprendió demasiado tarde que no era tanto el entusiasmo de emprender una vida juntos como la necesidad de Daniel de salir del asfixiante control paterno, así como de desprenderse de los excesivos cuidados maternos recibidos, que, teniendo en cuenta su edad, le hacían sentirse como si aún fuera un niño. Según él, lo tenían todo para poder emprender una vida en común; Daniel tenía trabajo asegurado en el despacho de su padre (otra razón añadida a la necesidad de alejarse del hogar paterno). Además, el piso en el que vivían había sido un regalo de sus suegros a Daniel al iniciar la carrera, un piso antiguo, de techos altos, exquisitamente rehabilitado bajo la dirección de doña Sagrario, la madre de Daniel, que lo eligió todo, el papel de las paredes, las cortinas, la tapicería, los muebles, la cocina con todos los utensilios y menaje, vajillas, adornos, incluso las sábanas, colchas, alfombras, todo estaba listo cuando Sofía llegó a la vida de Daniel, todo hecho cuando entró por primera vez al piso. Ella tan solo tuvo que colocar su ropa en los armarios y las cosas de aseo en el baño, lo demás había sido decidido de antemano. Por eso, cuando entró la primera vez en aquella casa, se sintió en un lugar ajeno; incluso ahora que irremediablemente se había convertido en su hogar, seguía sintiendo que aquello no era suyo del todo, que estaba allí como de prestado.

Había conocido a Daniel en una conferencia que impartía el padre de Sofía en el salón de actos de la Facultad de Física. Era una tarde de enero, llovía mucho y la sala estaba casi vacía, apenas una docena de estudiantes. Sofía ya estaba sentada en la primera fila cuando llegó Daniel. Avanzó por el pasillo sin dudarlo y se sentó junto a ella. Durante toda la charla permaneció muy atento. Cuando terminó, Daniel aplaudió con entusiasmo. Sofía había visto que llevaba un libro de Derecho Penal. No pudo resistirse y le preguntó qué hacía un estudiante de Derecho en una conferencia sobre la teoría de la relatividad. Él le sonrió, se presentó con exquisita educación y le dijo que su verdadera pasión era la Física y que estudiaba Derecho por respeto a su padre, un reputado abogado muy conocido en Madrid. Luego fue él quien le preguntó. Ella le contó que cursaba tercero de Químicas, y que asimismo estaba allí por respeto a su padre, ya que era el ponente. Le presentó a don Zacarías y charlaron un rato. Al día siguiente, al salir de clase, Sofía se encontró con Daniel en la puerta de la facultad, apoyado en el capó de un Seiscientos blanco, fumando un cigarro. Se ofreció para llevarla a casa, pero ella le dijo que tenía su propio coche. Aquello alentó aún más el interés y la fascinación de Daniel por aquella chica. Quedaron a tomar un café en el centro. Sofía se enteró de que estaba en último curso, que lo suyo siempre habían sido las ciencias, pero que su destino le había llevado por un camino distinto y que todavía tenía que comprobar si este era equivocado o no. Empezaron a salir y, a los pocos meses, se hicieron novios. Daniel terminó la carrera con calificaciones excelentes y fue entonces cuando le pidió matrimonio. A ella le faltaba un curso, y le tuvo que prometer a su padre que obtendría la licenciatura; lo prometió ella, y Daniel se comprometió con don Zacarías a que le facilitaría las cosas. Ella cumplió y lo hizo: casarse, ser madre a los nueve meses y terminar la carrera, para lo que necesitó dos años y mucho esfuerzo. El apoyo de Daniel se quedó en la no injerencia, esfumada aquella fascinación por lo que ella hacía. Una vez instalados en la rutina del matrimonio, a Daniel dejaron de importarle los intereses personales de ella. El único que, sin descanso, continuaba animándola a que no abandonase la idea de empezar una tesis doctoral era su padre. Sofía siempre había tenido en don Zacarías un aliado, todo lo contrario de lo que ocurría con su madre, doña Adela, que ladinamente se fue llevando a Daniel a su terreno, el que ella consideraba adecuado para una mujer *comodiosmanda*, tal y como siempre afirmaba con una convicción irreductible. Intentó impedir que asistiera embarazada a la universidad, aunque no consiguió su propósito gracias al empeño de Sofía y al apoyo de don Zacarías. Sin embargo, entre doña Adela y el propio Daniel consiguieron que, a pesar de encontrarse perfectamente, Sofía se llegase a sentir incómoda en las clases, como si su embarazo fuera algo vergonzante que tuviera que esconder. Desde su nacimiento, Isabel resultó ser una niña muy inquieta, lloraba mucho, comía mal, apenas dormía. Sofía se encargaba de ella de día y de noche. Aún no tenían a Vito, sino a una externa que ayudaba en las labores de la casa. Durante esos primeros años de maternidad, Sofía se volcó por completo en su hija dejando de lado sus propias ambiciones y por supuesto la idea de preparar el doctorado. Cuando la niña empezaba a entonarse y parecía que ella volvía a retomar una vida normal, se quedó embarazada de Beatriz. Tras la insistencia de su suegra, que había visto a su pobre nuera agotada con la primera hasta la extenuación, contrataron a Vito como interna para que la ayudase con las niñas y en las tareas de la casa. A medida que las niñas crecían, Sofía se daba cuenta de que cada vez se alejaba más de sus propias aspiraciones en aras de sus hijas y su marido; el proyecto de hacer un doctorado en cuanto se licenciase había quedado arrumbado en el olvido, a la espera de tiempos mejores; sentía que cada vez tenía menos contacto con lo que consideraba su pasión, que no era otra que el mundo de la investigación, y todo se le hacía mucho más evidente por la estrecha relación que mantenía con su padre, que le recordaba lo que quería ser y a lo que estaba renunciando; se sentía cada vez más atrapada en una apatía e inapetencia de tal naturaleza que seguía aplazándolo todo sin decidirse a nada.

Un largo suspiro se le escapó de los labios, un suspiro de desencanto, de hastío, pero sobre todo de pereza. Alzó los ojos y, sin fijarse, los posó en el edificio de enfrente. Le pareció ver una sombra que se retiraba de uno de los ventanales de la fachada. La cortina se movió un poco. Alguien la había estado observando y ella le había descubierto. No le dio más importancia.

3

Daniel aparcó en la calle Alcalá, justo frente al portal del bufete del que su padre era el único socio fundador. Al salir, dio un rodeo al coche para comprobar que todo estaba bien, la carrocería impecable, sin un rasguño, sin una mota de polvo. Estaba contento con la compra, era un modelo rápido y señorial, nada que ver con el pequeño y estrecho utilitario que ahora le había cedido a Sofía.

Al entrar en el portal miró la placa dorada clavada en la jamba: «Romualdo Sandoval. Abogado. 1.º Dcha.», un nombre unipersonal a pesar de que en el despacho trabajaban otros abogados. A Daniel le hubiera gustado que su nombre estuviera grabado. Todo el mundo tiene su prurito de vanidad en esto de anunciarse al mundo, pero aquello era una guerra perdida con su padre; había perdido ya unas cuantas, entre otras el hecho precisamente de ser letrado. Nunca le gustaron las leyes ni mucho menos el enfrentamiento en los juzgados, aunque solo fuera legal. Pero apenas tuvo opciones. El camino para él estaba trazado desde muy niño. Nadie le preguntó si quería ser o hacer otra cosa. Igual que fue inscrito en los Escolapios cuando apenas levantaba un metro del suelo, se encontró estudiando la carrera de Derecho, y una vez licenciado, se adaptó al ritmo del despacho de forma indeliberada, como si fuera la pieza de una gran maquinaria, inútil por sí sola, válida tan solo incrustada en el mecanismo, predeterminada por un criterio ajeno.

Además de su padre y él, otros ocho abogados conformaban el bufete, a los que se añadían varios pasantes que rotaban cada cierto tiempo. La firma había adquirido mucho prestigio y trabajaba todas las áreas del Derecho. Si entraba en el despacho algún asunto de carácter internacional en el que estuvieran implicados extranjeros o en el que hubiera intereses fuera de España, se le asignaba a Daniel porque era el único con idiomas. Tenía mucha facilidad para aprenderlos, hablaba francés perfectamente y se defendía bien en inglés (dadas las pocas oportunidades que tenía para practicarlo); su alemán era tan básico que apenas le llegaba para pedir una cerveza o contar hasta cien, y todo porque su padre había sido un ferviente germanófilo durante la Segunda Guerra Mundial y desde pequeño le había impulsado no solo el idioma, sino la forma de actuar germana, que, según el patriarca Sandoval, se definía en la rectitud, el trabajo duro y bien hecho y la seriedad para con uno mismo y para el cliente. Esa había sido la línea a seguir para su padre, que se la inculcó a hierro y fuego a su hijo desde su más tierna infancia, una infancia únicamente endulzada por la presencia de su madre.

Nunca era el primero en llegar al bufete. Su padre se le adelantaba siempre, en realidad se adelantaba a todos, incluso a Elvira, la secretaria. Para Romualdo Sandoval madrugar no era ningún mérito ni le suponía esfuerzo, y la soledad de primera hora de la mañana en el despacho le permitía preparar los asuntos del día con más sosiego, en silencio y sin inoportunas interrupciones. Daniel se esforzaba por emularle, inconscientemente buscaba su aprobación en cada cosa que hacía, pero nunca conseguía llegar a su altura, a su nivel, a su capacidad de trabajo, de resolución, de efectividad, siempre había algún detalle que terminaba por defraudar al patriarca, y eso le provocaba una injusta frustración porque, a pesar de su animadversión por todo lo que conllevase la toga, intentaba ser un buen abogado, y no solo eso, sino que obtenía en algunos asuntos unos resultados excelentes para la marcha del despacho. Pero don Romualdo nunca se permitía un solo halago para su hijo, siempre le decía que podía hacerlo mucho mejor, nunca era suficiente.

Daniel entró en el bufete con paso rápido, como si se imprimiera de energía para afrontar el día. No se detuvo a los reclamos de Elvira, que, a pasos cortos y apresurados, torciendo sus tobillos por la inestabilidad de sus zapatos, lo siguió a lo largo del pasillo informándole de las insistentes llamadas de un cliente para que le atendiera esa misma mañana.

—Solo recibo por la tarde, Elvira, ya lo sabe.

—Si yo se lo he dicho, don Daniel, pero es que insiste en que no puede esperar. Ha llamado cuatro veces desde que he llegado, y no sé cuántas veces ayer por la tarde.

Daniel dejó el maletín encima del escritorio y reparó en el sobre blanco dispuesto sobre el portafolios de cordobán repujado que le había regalado su madre el día que se colegió como letrado.

—Está bien, dígale que venga el lunes sobre las diez. Creo que no tengo nada.

—No, señor, el lunes hasta las doce no tiene nada.

Sin más, la secretaria se dio la vuelta y salió del despacho.

Daniel cogió el sobre. Tenía mecanografiado su nombre y su apellido, y las palabras «Asunto personal» subrayadas. Carecía de remite y tampoco había sido franqueado. Esto último extrañó a Daniel.

—¡Elvira! —la llamó con voz potente.

Esperó a que regresara.

—Dígame, don Daniel.

—¿Quién ha traído esto?

Elvira se acercó despacio sin perder de vista el sobre que le mostraba.

—Estaba aquí, en mi mesa —añadió él ante la sorpresa de ella.

—Pues no lo sé, don Daniel. Es la primera vez que lo veo.

—¿No lo ha dejado usted? —preguntó con el ceño fruncido, extrañado.

—Yo no. Todavía no he repartido el correo.

—Entonces, ¿quién? No tiene franqueo.

La mujer encogió los hombros.

—No lo sé, señor Sandoval —cuando se quería poner seria

le daba el mismo trato que a su padre—. A lo mejor alguno de los pasantes.

El teléfono de Elvira sonó y esta aprovechó para salir del despacho.

Daniel se sentó y abrió el sobre. De su interior sacó dos billetes de tren para esa misma tarde, 5 de abril, uno de Madrid a Hendaya y otro para hacer transbordo con destino a París con llegada el día seis. Creyó que alguien se había equivocado. Además de los billetes había una cuartilla doblada. La desplegó. Tenía escritas unas líneas mecanografiadas y no llevaba firma. En la primera lectura le pareció una broma de mal gusto, pero volvió a leerla para sofocar su incredulidad, sin comprender a qué venía aquello. Desconcertado, miró el nombre del sobre para asegurarse de que iba dirigida a él, y volvió a leer las dos líneas de la cuartilla, incapaz de asimilar su contenido. La voz recia de su padre le arrancó de su perturbada abstracción. Estaba en la puerta, vigoroso, hercúleo como un gigante a pesar de sus sesenta años más que cumplidos.

—A las doce salimos para Navalcarnero. He quedado a la una con el notario.

Se dio media vuelta y desapareció.

Don Romualdo no preguntaba nunca. Sus frases eran órdenes, no había posibilidad de réplica. Daniel no se movió. Se quedó mirando hacia el lugar donde había estado su padre. Las dudas le asaltaron. Volvió a leer la nota. Se levantó con la intención de preguntarle, pero el sonido del teléfono lo sacudió de su desconcierto. Sin soltar la misiva cogió el auricular. Elvira le indicó que tenía una llamada de su madre. «Pásemela», dijo con voz grave. Tragó saliva y volvió a sentarse. Intentó mantener la compostura en la voz para hablar con ella.

—Hola, hijo. ¿Te molesto?

—Mamá, tú no me molestas nunca. Dime, ¿qué quieres?

—Solo decirte que ya he encargado la paella para el domingo, y que me voy en el coche con vosotros porque dice tu padre que quiere aprovechar la mañana para adelantar trabajo y que hasta por la tarde no se sube. Me gustaría ir temprano y aprovechar el día.

—Está bien, mamá, no te preocupes. Te pasamos a buscar sobre las diez. ¿Te parece?

—Gracias, hijo, me dais la vida viniendo al chalet porque, si no, yo allí sola me aburro, pero me va tan bien ese aire, me da fuerzas para pasar mejor la semana, este clima de Madrid me sienta tan mal.

—Lo sé, madre —dijo con cariñosa paciencia—. A nosotros también nos apetece salir de Madrid, y a las niñas les viene muy bien estar en el campo.

—Anda, te dejo trabajar. Un beso, hijo mío. Sabes que eres mi vida.

—Sí, madre —murmuró abrumado—, lo sé.

Siempre acababa con esa despedida. Siempre lo repetía, que era su vida, su único hijo, el hijo deseado. Daniel sentía adoración por su madre. Era tan dulce, tan frágil, tan delicada y cariñosa que no cabía otra cosa más que quererla, cuidarla y protegerla.

Cuando colgó, miró de nuevo el papel sin reaccionar. Echó un vistazo al reloj. En media hora tenía una reunión con un cliente importante, se jugaba mucho. Decidió zanjar aquello por las bravas. Se levantó y se dirigió al despacho de su padre. La puerta estaba entornada, lo justo para atisbar a don Romualdo, concentrada su atención en un expediente abierto sobre su mesa, el puro en la mano, el aire pastoso, impregnado siempre de esa fragancia espesa que casi se mascaba. Desde que tenía uso de razón, Daniel odiaba esos malditos puros Cornelia que, a precio de oro, le traían de contrabando desde La Habana, y cuyo aroma marcaba la presencia paterna.

Dio dos toques con los nudillos.

—Padre, ¿puedo hablar contigo un momento?

—¿Qué quieres? —dijo sin retirar los ojos del documento e imprimiendo a sus palabras un claro tono de impaciencia.

Daniel entró y cerró la puerta. No podía evitar aquella sensación de bloqueo que desde niño le invadía en presencia de su padre, una extraña mezcla de temor y de incongruente admiración que a veces le convertía en una especie de remedo suyo en la manera de hacer las cosas, a pesar de ser consciente (y con los años cada vez más) de que carecía de ese aire indestructible que envolvía la figura de Romualdo Sandoval en el mundo de la abogacía. Su aspecto imponía por sí mismo: alto, corpulento, rostro enjuto, pelo ralo y aún oscuro, aunque ya le empezaba a clarear por las sienes, peinado hacia atrás con brillantina, la frente vigorosa, los ojos vivos de mirada incisiva capaz de doblegar las más tenaces voluntades. Iba siempre impecable, con trajes hechos a medida, camisas blancas impolutas y corbatas de seda de colores suaves, ni demasiado claros ni demasiado oscuros. Su trato era elegante, aunque frío y distante; si quería apartar a alguien de su camino, lo hacía sin ambages, con naturalidad, derrochando una educada, exquisita y desconcertante hostilidad.

—Verás... Es algo... —sus palabras balbucientes molestaron al padre, que levantó los ojos para mirarle con severidad.

—Tengo mucho trabajo, Daniel. ¿Me puedes decir qué es lo que quieres?

Daniel miró el papel que tenía en la mano valorando qué hacer. Volvió a tragar saliva ante la mirada recriminatoria de su padre. Se acercó a la mesa y le tendió la cuartilla.

—Alguien ha dejado esto en mi escritorio. Elvira dice que ella no ha sido, y yo... No sé si es una broma pesada...

Su padre no dejó de mirarlo mientras hablaba. Tan solo cuando calló, se fijó en la cuartilla que tenía delante, la cogió y la leyó en silencio.

Tardó en levantar los ojos del papel. Daniel le observaba intentando saber por su reacción qué había de cierto en aquellas líneas, pero don Romualdo tenía la facilidad de no revelar ninguna emoción, ni buena ni mala. Resultaba desconcertante su habilidad para mostrarse impasible por muy execrable que un asunto fuera, o repulsivo o carente de toda lógica humana. Sabía dominarse con una extraordinaria serenidad. Era una de sus armas para vencer al contrincante. La dureza de carácter que le hacía verlo todo desde una perspectiva superior a los demás, quienes, en cambio, se mostraban atenazados por el miedo o la culpa o el horror de conocer lo fatídico.

Cuando por fin alzó los ojos, Daniel se dio cuenta de que había estado conteniendo la respiración. Tomó aire. Sintió en las sienes el latido en sacudidas isócronas.

—¿Quién te ha dado esto? —la voz de don Romualdo se había tornado cavernosa.

—Ya te he dicho que no lo sé... No hay franqueo. Alguien lo ha traído en mano, pero Elvira dice que no tiene ni idea de quién ha podido ser. Ayer cuando salí del despacho solo quedabais Elvira y tú.

—¿No hay sobre? ¿Lo han dejado así, tal cual?

Daniel le mostró el sobre que sostenía en la mano.

—Dentro están los billetes de tren con destino a París para esta misma noche. Es muy extraño y precipitado.

Don Romualdo lo cogió y le dio la vuelta para comprobar que no había nada que indicase quién lo remitía. Descolgó el teléfono y llamó a Elvira. Mientras esperaba, extrajo los billetes y los dejó junto a la nota.

Cuando la secretaria entró al despacho, le tendió el sobre vacío.

—Averigüe quién ha dejado esto en la mesa del despacho de mi hijo. Pregúnteles a todos, a la mujer de la limpieza incluida.

—Pero ya se ha ido...

—Pues llámela.

—Sí, señor Sandoval. Ahora mismo.

La secretaria salió con el sobre en la mano para indagar quién había introducido la dichosa carta sin que ella se hubiera apercibido. Todo lo que se recibía en el bufete pasaba por su mesa, por eso le extrañaba tanto.

Padre e hijo se mantuvieron en un tenso silencio. La nota entre las manos de don Romualdo. Daniel de pie, sin atreverse a sentarse, a la espera de saber, de comprender qué significaba aquello.

—Debe de ser una broma pesada de algún cliente —dijo para provocar alguna reacción en su padre.

—Siéntate —dijo su padre con firmeza, pero con el tono más suave, conciliador. Aquello puso en guardia a Daniel.

Se sentó con gesto mohíno. Don Romualdo cogió el puro del cenicero y se lo llevó a la boca, aspirando el humo. Daniel se dio cuenta de que le esquivaba la mirada. La situación era desagradable para ambos, como siempre había sucedido entre ellos; incómodos, así se sentían el uno con el otro cuando estaban solos. La presencia de su madre era lo único que distendía el ambiente, que ella estuviera delante relajaba el apuro del hijo y la irritación del padre, contenida esta en una compostura forzada. Don Romualdo trataba a su esposa con una delicadeza que no gastaba con nadie, la protegía como si fuera un fino cristal a punto de quebrarse. Ese trato lo había aprendido Daniel. Ambos procuraban evitarle toda preocupación, cualquier problema era atajado antes de que llegase a ella. Aquella actitud del padre y del hijo hacia doña Sagrario la había llegado a convertir en una mujer de apariencia débil, voluntad frágil y ánimo quebradizo.

Elvira volvió y ratificó que nadie había visto antes el sobre y, por ende, que nadie habia entrado en el despacho de don Daniel para dejarlo allí.

—Está bien, Elvira. Retírese y cierre la puerta. Y que nadie nos moleste, sea lo que sea, ¿me ha oído?

—Por supuesto, señor Sandoval.

Salió y cerró la puerta. Padre e hijo quedaron frente a frente en un mutismo perturbador. Don Romualdo mostraba una aprensión desconocida. La barbilla pegada al pecho, los labios apretados, claramente tenso, el gesto reflexivo.

—¿Piensas tomarlo en serio? —preguntó con voz grave.

Daniel lo miró con fijeza. Conocía a su padre, su táctica para afrontar cualquier asunto de enjundia siempre era la misma, preguntar qué haría el contrario. Si aquello no hubiera tenido importancia, le habría despachado de inmediato. No era hombre de andarse por las ramas. Así que prefirió ir con pies de plomo.

—¿Debería?

Don Romualdo leyó de nuevo la nota, con gesto sombrío, aleteando la nariz como si se le hubiera descompensado la respiración y necesitase oxígeno en sus pulmones. Después de permanecer un rato sin mediar palabra, tomó aire e irguió la espalda, como decidido a resolver el asunto.

—Tu madre no debe saber nada de esto —el tono severo alertó a Daniel.

—¿Puedo saber por qué?

Don Romualdo lo miró con una intensidad turbadora.

—Daniel, rompe esta nota. Olvida lo que has leído. Lo único que vas a conseguir es hacerte daño, abrir una caja de Pandora que nunca podrás volver a cerrar.

Daniel tardó en reaccionar, desconcertado por el significado de las palabras de su padre.

—¿Me estás queriendo decir que es cierto? ¿Que mi madre no es... mi madre biológica?

—Si así fuera, ¿cambiarían en algo las cosas?

Daniel se levantó como si se le hubiera activado un resorte en las piernas. Su rostro se tensó y sintió una rabia desconcertante que le recorría todo el cuerpo, como si la sangre de sus venas se hubiera vuelto incandescente.

—¡Claro que cambiarían! ¿Cómo no iban a cambiar?

Por primera vez desde que tenía uso de razón atisbó una sombra de culpa en el rostro de su padre.

—Siéntate —su voz sonó a súplica, pero Daniel no se movió. Entonces su padre lo miró, extendió una mano y con serenidad le dijo—: Por favor..., siéntate.

Tras unos segundos tensos, inquietantes, Daniel volvió a sentarse lentamente, alertado, sin apartar la mirada del rostro de su padre.

Don Romualdo habló con los ojos bajos, esquivos, y sus palabras arrastraban un tono de profunda tristeza acumulada en el tiempo.

—Me rompía el corazón verla llorar cada vez que le bajaba la regla o, peor aún, cuando tenía alguna falta y luego se malograba. Tuvo cuatro abortos que lloró como si fueran hijos nacidos, queridos, cuidados y añorados. Consiguió mantener un embarazo hasta el final. Estaba tan feliz viendo cómo aumentaba su tripa, cómo se movía. No imaginas cuánto deseaba ese hijo... Empezó con dolores de parto antes de cumplir el tiempo... —dio un largo suspiro, como si le doliera oír sus palabras—. No sé... Todo aquello se me hace muy confuso, lo recuerdo como envuelto en una especie de niebla viscosa. El parto duró horas..., no sé decirte cuántas, muchas, inagotables horas de dolor. Cuando oí el llanto del recién nacido me estremecí. Era el día de Reyes, pensé que no podía existir mejor regalo que un hijo para ella. Ver su rostro demacrado radiante de felicidad al contemplar al niño en sus brazos fue el momento más emocionante de mi vida. —Enmudeció y contrajo los labios. Luego continuó con una sombra lúgubre en sus ojos—. Pero ese llanto se apagó a las pocas horas, tampoco sé si fueron dos, tres... No sé. —En ese momento alzó los ojos para mirar a su hijo—. Era un niño perfecto. —Le tembló la voz y Daniel se sorprendió de que su padre fuera capaz de conmoverse por algo—. Ella había quedado exhausta por el esfuerzo, tuvo una hemorragia que casi la mata. Eran malos tiempos; la guerra daba sus últimos coletazos, no había de nada, ni medicamentos, ni comida, ni nada con qué calentar ese frío gélido que se colaba como una maldición por cada rendija de aquella buhardilla. Sobrevivió gracias a la dueña de una pensión del edificio en el que nos escondíamos en un Madrid que no era para nosotros; yo era un inútil, incapaz de atenderla, sin fuerzas para nada; ella la alimentaba, la lavaba, le cambiaba las sábanas empapadas de sangre... Dios mío. —Calló un instante y alzó los ojos con un gesto de angustia—. Durante horas luchó por seguir con vida. No dejaba de preguntar por el niño, y yo no supe... No pude decirle que... —Calló con un nudo en la garganta. Apretó los labios, tensó la mandíbula intentando tragarse la emoción que le embargaba a pesar de su lucha interna por conservar aquella máscara de frialdad que tanto le caracterizaba—. Estaba convencido de que en cuanto lo supiera se dejaría morir... De que no sería capaz de recuperarse de la pérdida, esa vez no. —Tomó aire, como si saliera de un pozo, y levantó los ojos para mirar a Daniel—. Y entonces apareció aquella mujer...

—¿Mi madre? —interrumpió Daniel, impaciente por saber.

Romualdo negó circunspecto.

—No, no podía serlo por su edad. Quizá fuera la madre de ella, tu abuela, porque solo una abuela puede llorar de esa manera. Lloraba como si toda la pena del mundo se concentrase en ella, pero su llanto era callado, tan silencioso que todavía me estremece recordarlo. Me dijo que estabas sano y que necesitabas una madre que cuidase de ti. Alguien le había hablado de las ansias que teníamos de ser padres, aunque reconozco que esas ansias solo las tenía tu madre —levantó los ojos y le miró para reafirmar sus palabras—, la madre que te ha criado y cuidado siempre con toda dedicación y ternura. —Padre e hijo se retaron con la mirada, pero el padre claudicó en seguida. Retiró sus ojos y dejó que estos vagaran por los amargos recuerdos que la memoria le devolvía—. Yo solo quería que ella fuera feliz, que estuviera bien. Te cogí en mis brazos, te miré y cuando quise darme cuenta aquella mujer había desaparecido. Luego te llevé hasta los brazos de tu madre, y ahí te dejé. —Calló un instante pensativo. Dio un largo suspiro y volvió a mirarle recuperando parte de su brío—. Ella cree que eres el hijo que trajo al mundo con tanto sufrimiento. Para ella eres un milagro. Eso es todo. No hay nada más. Te hemos criado lo mejor que hemos podido.

Daniel escuchaba su relato como si no fuera una historia real, como si le estuviera contando un cuento el hombre que jamás le había contado uno. Aquel al que consideraba su padre nunca le había hablado de la manera en que ahora lo hacía. No sabía qué pensar.

—¿Sabes quién es ella? —preguntó confuso.

—No tengo ni idea...

—¿Nunca has sabido nada de ella..., si vive o está muerta? —insistió cargando cada palabra de perplejidad.

Negó don Romualdo con rotundidad.

—Te he dicho todo lo que sé. El médico que había asistido al parto y certificó la muerte del niño era amigo nuestro. Apenas había pasado un día. Fue él quien me aconsejó no decirle la verdad. Ella estaba demasiado débil, y nada hubiera resuelto. Él se encargó de arreglarlo todo para sustituirte por el bebé muerto... En aquella época todo era posible. Todo el mundo había visto a tu madre embarazada, y nadie dudó de que eras nuestro hijo.

—Entonces, ¿qué día nací en realidad?

Don Romualdo encogió los hombros.

—Para nosotros el 6 de enero del 39. Pero quizá lo hicieras el cinco, o el cuatro. No lo sé. El médico dijo que no podías tener más de una semana, aún tenías pinzado el cordón umbilical.

Un pesado silencio se estableció entre ellos. Se oían de fondo las voces de los otros abogados, el ring de algún teléfono, pasos que iban y venían; sin embargo, parecía que estuvieran solos en el mundo, abstraídos en una realidad pasada que los había golpeado con fiereza.

—Ahora que lo sabes, ¿qué piensas hacer? —preguntó el padre.

Daniel dudó unos segundos reflexivo.

—No lo sé... —balbuceó—. Esto es... inconcebible...

—No vayas, Daniel. Remover el pasado puede resultar demasiado doloroso y, sobre todo, inútil.

Daniel le miró con un gesto de ansiedad. Echó el cuerpo hacia delante.

—Tengo que ir a esa cita. Necesito saber quién soy en realidad. Si no voy, creo que perderé mi única posibilidad de saber la verdad.

—¿La verdad? —repitió su padre con una arrogante tristeza—. La verdad es que, si tu madre llega a saber algo de esto, el disgusto la matará, y tú serás el único responsable de ello. —Calló un instante. Padre e hijo se miraban de hito en hito. Al final, el padre bajó los ojos en señal de rendición. El tono de su voz se suavizó—. Daniel, hay algo más importante que la verdad, y es la lealtad. Ella no se merece esto.

Daniel cogió los billetes y la nota sin dejar de mirar a su padre.

—Ella no lo sabrá —dijo con voz blanda—. Pero voy a ir a esa cita.

—Ni ella ni tu mujer. Si Sofía lo sabe, al final lo sabrá ella. Las mujeres no son capaces de callarse una cosa así. Hazlo por ella, por la mujer que se ha desvivido por ti desde que te dejé en sus brazos... Por favor... —no pudo evitar que le temblara la voz.

Daniel asintió con un leve movimiento.

—No lo sabrán. Pero yo tengo la necesidad de conocer a esa mujer.

4

Sonó el teléfono. Sofía se sentó en la cama y descolgó el auricular que tenía en su mesilla sin imaginar que al otro lado de la calle alguien ponía toda su atención en escuchar la conversación.

—¡Carmen! Qué alegría oírte. ¿Ya estás de vuelta?

—Llegué ayer de Nueva York. Chica, estoy muerta. No sé si tengo que dormir, comer o cenar. Esto del *jet lag* es terrorífico. Qué follón de horarios. Me apetece verte. Te he traído un regalo. ¿Te dejará suelta un rato tu marido para estar con tu mejor amiga?

—No viene a comer, me lo ha robado mi suegro.

—Qué novedad.

—Si quieres comemos juntas.

—Quedamos donde siempre, en Princesa.

—Me das la vida, Carmen, se me estaba cayendo el día encima antes de empezarlo.

—Ya sabes lo que pienso, Sofía. ¿Por qué no te pones ya con el doctorado? Para eso has metido a Beatriz en la guardería. Así, lo único que haces es darle vueltas a la cabeza y amargarte, igualito que tu madre.

—Como sigas así te cuelgo y me pongo a llorar para el resto del día.

Las dos rieron distendidas y quedaron en verse.

Al colgar, Sofía se miró en el espejo, se sonrió a sí misma. El día pareció iluminarse para ella. El arreglo de los armarios podía esperar y Vito se encargaría de dar de comer a las niñas.

Carmen Santos era su mejor amiga, lo había sido desde

muy niñas. Las dos habían nacido con una semana de diferencia. Hasta que Sofía se casó vivieron en el mismo edificio, puerta con puerta. Sus padres, Zacarías Márquez y Vicente Santos, habían sido grandes amigos, no tanto sus madres, demasiado adelantada la de Carmen para el carácter sañudo e intolerante de doña Adela, la implacable madre de Sofía. Los dos hombres habían sido compañeros de carrera, ambos prepararon juntos el doctorado y se animaron uno a otro para afrontar la oposición a catedrático. Con el tiempo los dos llegaron a obtener la cátedra, aunque con muchos años de diferencia el uno del otro: primero Zacarías, con cierto empuje de la que después de la guerra se convirtió en su familia política; Vicente lo tuvo más difícil al tener que purgar el hecho de haber estado en el bando equivocado y carecer de personas de prestigio que le avalasen lo suficiente.

Zacarías Márquez y Adela Abadía, los padres de Sofía, se habían conocido en el otoño de 1935 durante una recepción que organizó el rectorado de la Universidad Central a la que acudió ella como hija del afamado empresario farmacéutico don Benito Abadía. Adela tenía veinte años y era hija única, mimada y protegida por su padre. Desde el momento en que vio a Zacarías se encandiló de él. Su forma de hablar, de expresarse, la serenidad con la que exponía las cosas, todo en él le gustaba. También a su padre le parecía un buen muchacho y hasta un buen partido que podía proporcionar a su hija y a la familia el punto intelectual que a él le faltaba, hijo como era de un general del ejército que luchó en la guerra de Cuba. El hecho de haber alcanzado tan joven la categoría de doctor *cum laude* en Física y sus claras aspiraciones de llegar a obtener una cátedra para la que ya se preparaba fueron para don Benito Abadía un plus para tener en cuenta en el joven elegido. Con el apoyo paterno, Adela puso sus ojos sobre el radiante doctor, tan joven y con una apariencia tan culta y exquisita, a pesar de que Zacarías Márquez no estaba solo en aquel momento, sino que le acompañaba una joven de nombre Patricia Mendoza, licenciada como él en Física, también doctora y con la extravagante pretensión de convertirse en científica. Adela la había estado observando como quien analiza un bicho raro, sin encontrar ningún atractivo que pudiera hacerle competencia, ni un atisbo de elegancia, ni clase, ni siquiera belleza. Tan solo era una sabidilla con el ridículo propósito de equipararse a los hombres. El joven aspirante a catedrático y su amiga no se habían presentado como novios o prometidos, sino que se trataban como buenos amigos, colegas, se decían entre sí, algo que chocaba con las costumbres tradicionales en las que se cocía la mente de Adela, convencida de que una mujer nunca podría ser colega de un hombre en ninguna profesión, y mucho menos en algo tan masculino (así lo veía ella) como eran la Física y la Ciencia en general. Inició en ese momento un acoso y derribo de la voluntad de Zacarías para que la invitase a salir. No le fue fácil porque Zacarías se le hacía escurridizo. Aquel incipiente coqueteo se quebró cuando estalló la guerra. Dejaron de verse porque Adela se instaló con sus padres en Salamanca, mientras Zacarías permanecía en Madrid, al igual que su amigo Vicente. Los dos se libraron de ir al frente, Zacarías a causa de una miopía que le obligaba a usar gafas y Vicente por una ligera cojera fruto de una malformación de nacimiento. Ambos fueron destinados a servicios auxiliares en una compañía de intendencia. Ninguno de los dos pegó ni un solo tiro en toda la contienda, pero la sombra de haber estado en el Madrid sitiado vistiendo el uniforme del Ejército Popular recayó sobre ellos como una condena y, al terminar la guerra, se vieron obligados a dar explicaciones. Vicente fue el primero en ser detenido y condenado a diez años de prisión. Zacarías vivía en el temor constante. Sabía que su detención podía suceder en cualquier momento. Un día se cruzó con Adela por la calle. Fue ella la que lo reconoció. Tomaron un café y Zacarías le contó las penurias por las que estaba pasando. Llevaba días durmiendo en casa de un conocido que ya le estaba empezando a poner pegas porque con su presencia los ponía en peligro a él y a su familia; no se atrevía a regresar a su casa, en la que seguía viviendo su madre. Adela le escuchaba con atención y, mientras lo hacía, fraguó una idea. Le propuso esconderlo en su casa, dónde mejor que en la casa de un empresario reputado que le podía proporcionar todos los avales necesarios para salir indemne de su comprometida situación; Zacarías le agradeció su buena intención, pero estaba convencido de que a su padre no le iba a parecer nada bien ocultar a un perseguido. En aquel momento Zacarías empezó a ser consciente de la capacidad que tenía Adela para salirse siempre con la suya, respecto a su padre, a su madre y al mismo Zacarías. Don Benito Abadía era un empresario audaz y arriesgado al que se le conocían muy pocas debilidades, la más destacable era la adoración que sentía por su única hija, a la que le resultaba imposible negar cualquiera de sus reclamos. Cuando se presentó en su casa acompañada de Zacarías y le explicó su delicada situación y la idea de acogerlo, don Benito lo pensó y lo valoró durante un rato escuchando y atendiendo los argumentos que le daba en su propia defensa Zacarías, apoyados en todo momento por Adelina, que, entusiasmada, reclamaba a su padre el amparo de aquel muchacho, a todas luces inocente. Al final don Benito accedió, pero con una condición ineludible; teniendo en cuenta el compromiso tan delicado en que los ponía a él y a toda la familia, y a sabiendas de que su hija seguía profundamente enamorada de aquel muchacho de apariencia bucólica y enclenque, le pidió que se casara con su hija. Zacarías, sentado en el sillón de aquel sobrio salón, con una Adela entusiasmada y dichosa, escuchó anonadado la propuesta. Miró a Adela, aquella chica de ojos oscuros, que antes de la guerra le había resultado una joven caprichosa e insistente, se había convertido en una mujer segura, firme, madura. Pensó que le estaba ofreciendo salvarle la vida, pero no podía mentirle, y le confesó que no estaba enamorado de ella, seguro de que desistiría ella misma ante la falta de amor recíproco; sin embargo, esa realidad no pareció ser un inconveniente. «Solo te pido respeto —le dijo ella—, que seas amable conmigo, y una convivencia tranquila, de lo demás me encargo yo». Zacarías no lo pensó demasiado, tampoco tenía tiempo de hacerlo, y aceptó el ofrecimiento. Se vio arrastrado a una boda por pura supervivencia, reconociendo siempre el cariño y la amabilidad con que le colmaron los que se convertirían en sus suegros y, por supuesto, la que se convirtió en su esposa y madre de sus hijos. De ese modo, convertido en yerno del conspicuo empresario Benito Abadía, quedó transformado en un intocable, y además de formar una familia junto a Adela, llegó a ser catedrático y pudo dedicarse a lo que realmente le gustaba, la enseñanza en la universidad y, sobre todo, a la investigación con los fondos aportados por su suegro.

La boda con Adela Abadía no solo benefició a Zacarías, también consiguió con el tiempo (coincidiendo con el nacimiento de su primer hijo y primer nieto para el empresario Abadía) que indultasen a Vicente a cambio de que este se alistase en la División Azul con el fin de redimir su pena. Lo hizo, y Vicente pasó catorce meses en las heladas estepas rusas. A su regreso se casó con Concha, el amor de su vida, su novia desde que eran adolescentes, y a la que había dejado embarazada antes de su marcha. Cuando volvió de Rusia, su hija Carmen tenía diez meses. La casa de Vicente y Concha a menudo se convertía en lugar de tertulia al que acudía sin falta Zacarías Márquez (nunca le acompañó Adela), además de otros compañeros y amigos de confianza. Nadie estaba obligado a nada, pero, en aquellos tiempos en los que de todo se carecía, cada uno llevaba lo que podía: una botella de vino de su pueblo, o unos suizos comprados de camino, otro traía anís, o coñac, o ponía el paquete de tabaco sobre la mesa para que cada cual cogiera un cigarro cuando quisiera, o bien llegaba sin nada y nada tenía que disculpar o que decir sino integrarse en la charla, aportar ideas, criterios, opiniones, disertar y respetar al contrario, hablar sobre lo divino y lo humano viendo pasar la vida con esa mezcla de insatisfacción y regocijo que derrochan los intelectuales. En la confianza que les proporcionaban aquellas paredes, no tenían problema en declararse masones, ateos, librepensadores y amantes del progreso, todo con la máxima discreción y secreto, ya que sabían las consecuencias de ser descubiertos. Zacarías Márquez era feliz en aquellas tertulias, igual que lo era dando sus clases o en el laboratorio imbuido en la extraordinaria magia de tubos de ensayo, probetas, refrigerantes, cristalizadores, morteros, varillas y pinzas con nuez. Una tarde Vicente y Zacarías se encontraban solos en el despacho del primero. De repente Vicente se sintió mal, se llevó la mano al pecho y se desvaneció. Zacarías le atendió en el suelo, pero Vicente murió a los pocos minutos en brazos de su amigo de un fulminante ataque al corazón. Aquella muerte dejó a Zacarías marcado para siempre, lo convirtió en un hombre taciturno, solitario, desencantado, un desencanto que se agrandó aún más cuando al año siguiente Sofía, la niña de sus ojos, se casaba con Daniel Sandoval, del que Zacarías no terminaba de fiarse, consciente de que con aquel matrimonio cortaba todas las ambiciones profesionales que a lo largo de los años había sembrado en Sofía. Don Zacarías había seguido su trayectoria desde muy niña, sus planteamientos en el colegio eran brillantes, así como lo fueron siempre sus notas. Casi desde sus primeras palabras le enseñó inglés y algo de alemán, lenguas necesarias para moverse por el mundo científico. En ocasiones, cuando las clases se lo permitían y por supuesto a escondidas de su madre, se la había llevado al laboratorio y había comprobado sus aptitudes para el método científico y, sobre todo, el interés que despertaba en aquella adolescente todo lo que se cocía en aquellas estancias. Manejaba los materiales y el instrumental con sus manos frágiles como si hubiera nacido sabiendo. El regalo de Reyes más celebrado no habían sido las muñecas o las cocinitas con cacharritos que se empeñaban en ponerle su madre y sus abuelos, sino un microscopio binocular de la firma James Swift & Son, que su padre encargó a un colega inglés, con cuatro lentes y una bombilla bajo la pletina para muestras. El entusiasmo que Sofía mostró fue equiparable al monumental enfado de su madre. Pero de poco le sirvió a doña Adela mostrar su indignación contra un regalo que consideraba inapropiado para una niña de diez años, porque Sofía apartó toda clase de juguetes y se centró en aquella pequeña joya como si fuera el mejor de los tesoros. Llegó incluso a montarse un pequeño laboratorio en su habitación con pipetas, tubos de ensayo, una gradilla y algunos matraces que su padre le compró en el Rastro, y que su madre se encargó de tirar a la basura pocos días después, para gran disgusto, perplejidad y enojo de Sofía, que solo halló consuelo en brazos de su padre. El episodio convenció a don Zacarías de que su hija apuntaba maneras como futura científica, y puso todo su empeño en impedir que los roles y las costumbres, y su propia esposa, apartaran a su hija del camino de la Ciencia.

Sofía y su padre siempre se habían llevado bien, convertidos ambos, el uno para el otro, en un apoyo fundamental en el ámbito doméstico, que tan arisco resultaba para los dos. Sofía podía hablar con él sin sentirse cohibida, nada que ver con lo que ocurría con su madre, que parecía no soportar a su hija, tan parecida a su padre en todo, aquel era su habitual reproche, esa complicidad que tenía con su progenitor y que enervaba a la madre. Con el tiempo, doña Adela se había convertido en una mujer de moral estricta, muy religiosa, rígida y con una disciplina castrense que se aplicaba a sí misma y a los que la rodeaban, sobre todo a sus otros dos hijos, Benitín y Adelina, a los que consiguió moldear a su gusto sin apenas oposición. Su carácter fuerte abrumaba el espíritu sensible y tibio de don Zacarías, nada dado a las broncas, enemigo de las voces y desertor de discusiones sin trascendencia que, a su criterio, suponían una pérdida de tiempo y energía. Así que cuando algún asunto, generalmente nimio, amenazaba con terminar en batalla campal —y antes de recibir el primer golpe—, decidía retirarse del combate dándole la razón en todo; con ello la desarmaba, aunque eso no quería decir que la calmase, seguía durante un buen rato relatando sobre el tema, dándole vueltas, cargada de su razón, de sus argumentos —para ella— incontrovertibles, hasta que, sin enemigo a quien abatir, se retiraba y la cosa quedaba en paz. En muy pocas ocasiones le plantó cara don Zacarías con empeño y decisión, convertido en una roca, un muro infranqueable que doña Adela se veía incapaz de horadar. Una de esas pocas ocasiones fue con motivo de los estudios de Sofía. Don Zacarías la animó a que estudiase desde muy niña, no solo el bachillerato, sino que la instó a entrar en la universidad. «Es lo único que nadie podrá arrebatarte, una licenciatura te abrirá las puertas en un futuro para hacer de tu vida lo que quieras». Se lo repitió tantas veces y de tantas maneras que, contra viento y marea (con la aquiescencia de la interesada, a quien le entusiasmaban las Ciencias tanto o más que a su padre), Sofía ingresó en la universidad y consiguió licenciarse en Químicas. Igual que había sucedido en el bachillerato, sus notas fueron excelentes, creando muchas expectativas en algunos de sus profesores y en un catedrático de Bioquímica, en particular, que era compañero de laboratorio de don Zacarías y que le instó a que no permitiese que su hija desaprovechase sus grandes capacidades para la Ciencia. A lo largo de todos sus estudios siempre tuvo en contra a su madre. Soportó y salvó todos los obstáculos que esta le fue poniendo gracias al amparo de su padre, aguantó sus mofas y también las de sus hermanos (Benito, un año mayor que ella, hizo carrera en el ejército, y Adelina, dos años más pequeña y a la que don Zacarías perdió para la causa de hacerla universitaria, vencido, esta vez sí, por la madre, que consiguió hacer de ella una esposa atenta y madre entregada de tres niños traídos al mundo en apenas cinco años) e hizo oídos sordos de sus comentarios acerca de lo mal vistas que estaban las chicas universitarias y de lo que se hablaba de ellas en las aulas. No se cansaba nunca de repetirle lo inútil que era para una mujer estudiar algo que nada le aportaría para llevar la casa *comodiosmanda*. «Lo único que tiene que saber una chica es cómo ser buena esposa, buena madre, saber callar y aprender a estar a la sombra de su hombre», eso le decían ella, sus hermanos, su abuela materna y, cómo no, su abuelo materno, que le retiró la palabra cuando supo que se había matriculado, nada más y nada menos, en la facultad de Química. La sola idea horrorizó a todos y supuso un disgusto familiar.

Fue lógico, por tanto, que Daniel hallase en doña Adela al

mejor de los cómplices a la hora de convencer a Sofía de que se casara, y que continuara contando con ella para mantenerla en casa y desterrar aquellas ideas peregrinas de doctorados y laboratorios. Esta última batalla la había perdido don Zacarías, al menos por el momento; pero él no cejaba en su empeño de que Sofía se preparase el doctorado para conseguir algún día dedicarse a la investigación. Así que cada cierto tiempo la tentaba con propuestas interesantes para indagar en una posible tesis doctoral. Pero siempre recibía la respuesta del aplazamiento: «Más adelante, cuando las niñas sean un poco más mayores».

Mientras se arreglaba para salir al encuentro de su amiga, Sofía puso el pequeño tocadiscos que tenía en su habitación. Era un electrófono portátil con maleta de lujo en imitación a piel bicolor, rojo-marfil, regalo de boda de su amiga Carmen. La música de Scott Mckenzie le hizo pensar en su anhelo de conocer ciudades como San Francisco. De niñas, Carmen y ella fantaseaban con la idea de viajar a lugares remotos. Cogían el globo terráqueo que don Vicente tenía en su despacho y con el dedo infantil trazaban los destinos deseados. La India, Australia, Londres, Roma, Nueva York, San Petersburgo o Sebastopol, les daba igual, el caso era viajar, por tierra, mar o aire, conocer otras gentes, hablar otras lenguas, pasear otras calles. Cuando cumplieron los catorce hicieron un pacto de sangre, pinchándose con una aguja en la palma de su mano y juntando las dos manos, de no separarse nunca, nunca casarse y de no tener hijos. Carmen había cumplido su parte del trato y había conseguido hacer realidad gran parte de aquellos sueños. No tenía hijos, con veinte años se presentó a unas pruebas para ser azafata de Iberia y lo consiguió. Llevaba siete años recorriendo el mundo. Aunque la soltería parecía correr peligro a causa de un apuesto piloto que la rondaba desde hacía dos años.

Sofía se miró al espejo durante un rato. Ella había hecho todo lo contrario de lo que prometió en aquel pacto de sangre, se había casado demasiado pronto, había sido madre demasiado rápido y, además, había repetido con otro embarazo cuando había hecho el firme propósito de no volver a ser madre tras la nefasta experiencia que había sufrido con su primera hija. Se había convertido en todo lo que su madre quería que fuera, en todo lo contrario de lo que ella quería ser, de lo que su padre había previsto que pudiera llegar a ser. Sentía que le había defraudado y que se había defraudado a sí misma.

Cambió el disco y puso el que le había regalado su padre por su cumpleaños. Posó la aguja sobre los surcos rodantes. Le gustaba mirar el rostro del autor en la carátula del *single*, teñida de un color rojizo que difuminaba sus facciones, el gesto ceñudo, como si estuviera enfadado con el mundo, la mirada hacia un lado. Le hacía gracia ese gesto de rebeldía. Empezó a sonar la música y la voz dulce y grave de Luis Eduardo Aute irrumpió en la habitación con su *Aleluya*. «... Una historia que termina, una piel que no respira, una nube desgarrada, una sangre derramada, aleluuuya».

La cantaba mientras terminaba de vestirse, se la sabía de memoria de tanto oírla.

Al otro lado de la calle, el hombre que la observaba con los prismáticos se sonreía al oírla cantar. Sin despegar sus ojos de los anteojos siguió el hilo de la letra: «... la sonrisa de un recuerdo, la mentira de un te quiero, unos cuerpos que se anudan, una niña que pregunta, aleluuuya».

Embebecida en la música y en su canto, Sofía no oyó el sonido del teléfono. Apercibida de ello, Vito, que ya había regresado, se asomó a la puerta de la habitación.

—Señora, señora, el teléfono...

Sofía se volvió desconcertada por la interrupción. Se dio cuenta y corrió a contestar la llamada. Se puso el aparato al oído y apenas entendía a su padre porque la voz de Aute se imponía a cualquier conversación.

—Espera un momento, papá.

Se retiró y levantó la manilla del tocadiscos. Ya con el silencio de fondo, volvió a coger el auricular y se sentó en la cama.

—¿Cómo estás?

—Bien, hija. Me alegra saber que acerté con el disco. No sabía si te iba a gustar.

—Me conoces muy bien para no acertar en esto.

—¿Tienes algún plan hoy en el que no esté presente mi querido yerno?

—Pues tengo plan, pero no con él. He quedado con Carmen.

—Vaya, esta chica siempre se me adelanta. Quería verte, tengo algo que contarte.

—Si quieres quedamos antes de comer. ¿Dónde estás?

—En el laboratorio —contestó don Zacarías—. ¿Te va bien a la una? Tendrá que ser rápido, porque ya sabes que a las dos en punto tengo que entrar por la puerta de casa o la sargento de tu madre me pone a caldo.

—Ay, papá, tienes más paciencia que un santo.

—Sí —añadió riendo—, y el cielo ganado, el problema es que no creo ni en el cielo ni en los santos. Así que de poco me va a servir tanta paciencia.

Colgó sonriente. Adoraba a su padre. Era un buen tipo, eso le decía Carmen, que desde la muerte del suyo la miraba con una sana envidia por tenerlo a su lado. Se acercó de nuevo al tocadiscos y cogió otro *single.*

Desde el otro lado de la calle, su particular vigilante se dijo: «A que acierto cuál eliges ahora, mi querida Sofía». De inmediato empezó a sonar la voz de Raphael con el tema *Mi gran noche.* Sonrió para sí canturreando la melodía. «Bravo por mí. Te conozco bien, Sofía, casi mejor que tu marido».

5

El día había resultado extraordinario para Sofía, también lo había sido para Daniel, pero por razones y en sentido bien distintos. Ella estaba sonriente, oyendo el LP que le había traído Carmen de Nueva York. Frank Sinatra y su hija cantando juntos *Somethin' Stupid.* Fumaba un cigarro americano, que también le dio su amiga, mientras tarareaba la letra. Se sonrió observando la funda del disco, le parecía tan entrañable esa mirada cómplice entre Frank Sinatra y su hija Nancy chocando la nariz. Pensaba en lo mucho que le gustaría conocer Nueva York, pasear por sus calles llenas de gente, admirar sus rascacielos, ver la Quinta Avenida, entrar en Tiffany's, o quedarse fuera, un amanecer cualquiera, plantada delante del escaparate con un vestido de noche y un moño alto en la cabeza, emulando a la maravillosa Audrey Hepburn en *Desayuno con diamantes.* Aquella película había marcado a las dos amigas. La habían ido a ver el día de su estreno en el Lope de Vega, y les gustó tanto que fueron a verla tres sesiones más. Fue el detonante que espoleó a Carmen para tomar la firme decisión de dejar la carrera de Biología, que apenas había iniciado, y hacerse azafata de vuelo como la forma más fácil de alcanzar su sueño, viajar, y encima con un sueldo. Sofía suspiró. Envidiaba a Carmen, envidiaba su libertad para decidir qué hacer con su día a día, qué comprar o cómo vestir. Carmen se atrevía a ir con la falda más corta, o llevar con toda naturalidad los pantalones tipo *capri* que compraba en Nueva York o en Italia y que, calzada con zapato bajo, tanto le hacían parecerse a la Hepburn y tan bien le sentaban. Era cierto que llamaba mucho la atención en un Madrid todavía remiso a esos cambios que ya se filtraban irremediablemente, sobre todo a través de las chicas más jóvenes y de las turistas en los lugares de costa. Pero Carmen, lejos de callarse ante los comentarios que provocaba a su paso, a veces soeces y ofensivos, contestaba contundente, sin amedrentarse, cerrando la boca a más de uno, y de una. Era una adelantada en todo, lo había sido siempre, igual que lo fue Sofía hasta que se casó. Resultaba evidente que, a pesar de todo, las cosas estaban cambiando y que cada vez eran más las chicas que rompían con lo establecido como correcto, y eso hacía que Sofía fuera más consciente de encontrarse atrapada en la espiral en la que nunca hubiera querido entrar; se vestía para agradar a su marido, se peinaba como a él le gustaba, salían y entraban de acuerdo con lo que él decidía. Todo pasaba por la supervisión de Daniel y, de alguna forma, por la de su suegra y la de su madre, siempre al quite de todo como poderosas guardianas del hogar. Todo esto lo pensaba muy a menudo, pero reconocía que no hacía nada para remediarlo.

Pensaba en ello, lo pensaba con demasiada frecuencia, pero aquel día lo hacía especialmente por varias razones. Su padre le había vuelto a ofrecer una línea de investigación para su tesis doctoral sobre un tema de biología molecular, una materia que le había llamado mucho la atención durante la carrera por el descubrimiento en 1953 del ADN, y con el aliciente añadido de que Mercedes Montalcini dirigiría el trabajo. Tenía que tomar la decisión de inmediato porque, de lo contrario, a esta no le quedaría más remedio que ofrecérselo a otro alumno que apuntara maneras y entusiasmo. Sofía le había escuchado con atención, y le prometió que lo valoraría y que le daría una respuesta lo antes posible. No le dijo que lo hablaría con Daniel porque eso le sentaba muy mal a don Zacarías, pero ella sabía que sin su apoyo y consentimiento le sería imposible afrontar cualquier tarea referida al doctorado. Luego, durante la comida escuchó embelesada la crónica del viaje a Nueva York de su amiga Carmen. La veía tan estupenda con su melena corta y ahuecada al estilo Jackie Onassis, su maquillaje atrevido, sus botas acharoladas escandalosamente rosas, su vestido de mil colores que tanto la favorecía y que contrastaba con su simple vestido azul oscuro con chaqueta a juego, el largo dos dedos por encima de la rodilla, el collar de perlas regalo de Daniel, los zapatos de medio tacón y su bolso pasado de moda. «Te veo tan guapa y tan bien», le había dicho Sofía varias veces, y ella le contestaba lo de siempre, que no podía seguir así, que se le estaba poniendo cara de aburrida y que tenía que reaccionar. Por primera vez se planteó en serio aceptar la propuesta que le había hecho su padre, o dicho de manera más acertada, explicarle a Daniel la propuesta con el fin de obtener su necesario apoyo.

Oyó la puerta de la casa. Era Daniel. Instintivamente, apagó el cigarro de inmediato, nerviosa, meneando la mano delante de la cara en un gesto inútil de desintegrar el humo suspendido en el aire. Miró la hora y le extrañó. Era demasiado pronto. Se levantó y quitó el tocadiscos. A Daniel no le gustaba la música que ella ponía, era más de zarzuelas y coros rusos. Las niñas jugaban en su cuarto con Vito. Le vio pasar hacia la habitación, sin decir nada. Salió detrás de él poniéndose en guardia porque preveía que tal vez se hubiera enterado de que había salido a comer con Carmen y eso le hubiera molestado. No era santo de su devoción, y lo sabía, por eso no solía decirle nada cuando quedaba con ella.

—Hola —dijo entrando en la habitación. Daniel se quitaba la chaqueta—. Qué pronto has venido, como ibas a Navalcarnero, pensé que no...

—Hemos acabado pronto —la interrumpió serio, sin mirarla.

Ella se acercó y le dio un beso. Lo recibió frío, como si estuviera ausente.

—¿Qué tal el día? —preguntó ella. Siempre lo hacía, aunque la mayoría de las veces recibía un escueto «bien» o un «cansado» y poco más. Aquel día no fue una excepción.

—Bien —contestó abstraído.

—¿Te pasa algo?

Parecía algo más taciturno que de costumbre, algo más callado, más esquivo. Sofía se convenció de que se había enterado de su salida con Carmen, era su habitual manera de mostrarle su malestar, no hablarle, no mirarla, hasta conseguir desmoronarla moralmente, entonces la atacaba con despecho.

Daniel la miró como si la hubiera descubierto en ese momento. Negó, apretó los labios, se desanudó la corbata y se sentó en la cama con gesto derrotado. Se ocultó la cara con sus manos. Los codos sobre las rodillas.

—Estoy cansado.

—¿Has discutido con tu padre? —insistió Sofía, ávida de conversación con él.

Se quedó pensativo unos segundos antes de contestar.

—No, no he discutido con él.

Daniel pensó en su madre, en la paella que tendría que anular y en el disgusto que se iba a llevar por no poder subir a El Escorial.

—No vamos a poder subir al chalet con mis padres este fin de semana.

—¿Ah no? —preguntó con un contenido entusiasmo—. Entonces podemos ir a casa de Carmen, ha preparado una pequeña fiesta por lo de Eurovisión. Es que le gusta mucho la canción de Massiel. —Hablaba con la esperanza de conseguir que Daniel cediera, pero en seguida se le desinfló el ánimo ante su mirada adusta.

Daniel se agachó para desanudarse los cordones de los zapatos, y mientras lo hacía, mientras se descalzaba, habló sin mirarla.

—Es posible que tenga que hacer un viaje a París.

El rostro de Sofía se iluminó con una sonrisa ilusionada.

—¿A París? ¿Cuándo? Podría acompañarte. Hace tiempo que no salimos solos.

—No..., no es posible —hablaba nervioso, esquivando la mirada inquisitiva, consciente de que se le había congelado la sonrisa en sus labios carnosos—. Es un asunto del despacho.

—Pero ¿vas solo?

—Sí, voy solo, pero serán pocos días, un ir y venir... No merece la pena... No voy a poder estar contigo.

—No me importa estar sola en París —volvió a sonreír un poco, como una súplica sutil, casi vencida.

—No, Sofía. No es posible —añadió él con firmeza, dispuesto a zanjar la conversación, que claramente le incomodaba—. Voy en tren, son muchas horas. Además, tengo la reserva hecha y sería un lío.

—¿Ya tienes reserva? —preguntó sorprendida—. ¿Cuándo te vas?

Daniel la miró unos segundos antes de contestarle.

—Esta noche.

—¿Esta noche? ¿Por qué no me has dicho nada?

—Porque no estaba seguro de ir... Pero creo que debo hacerlo.

—Vaya... —murmuró ella desconcertada—. Siempre soy la última en enterarme de todo. ¿Y a qué hora te vas, si puede saberse?

—El tren sale a las nueve de la estación del Norte. Hazme algo de cena, algo rápido.

Hablaba manteniendo la firmeza para evitar preguntas.

—Y de ropa, ¿qué te llevas? —preguntó ella de forma mecánica, entregada a sus obligaciones.

—Poca cosa. No me quedaré muchos días.

—Está bien. Te preparo algo de cenar y luego te hago la maleta. —Sofía pensó en callarse, pero no quiso hacerlo, en el fondo estaba rabiosa con él, con su actitud, rabiosa de quedar siempre al margen de cualquier decisión, hasta la más nimia—. Daniel, he estado hablando con mi padre, me ha dicho que hay unas becas de personal de investigación para estudiantes de doctorado, son diez mil pesetas. Se trata de un tema de biología molecular y, la verdad, me interesa muchísimo. —Daniel le dedicó una mirada ofendida, como si en sus palabras hubiera algo hiriente o grosero. Ella no se achantó y, armada de toda la firmeza que pudo, le espetó—: Estoy pensando en aceptar.

—Lo hemos hablado muchas veces, Sofía. No tienes ninguna necesidad. Para ganar dinero en esta casa me basto y me sobro yo solo.

—No se trata de ganar dinero, es una línea de investigación que me interesa muchísimo...

—¿Tanto te disgusta la vida que te ofrezco?

Sabía muy bien cómo desfondarla, cómo horadar su moral y llevarla a su terreno. No era la primera vez que se enfrentaba a una situación similar.

—No es eso, Daniel. Se trata de oportunidades que se presentan y si no las tomas las pierdes. Si no lo acepto ahora, se lo ofrecerá a otro, y te repito que el tema me entusiasma...

—Tal vez más adelante. Las niñas son muy pequeñas. Déjalo pasar.

—Pero es que no quiero dejarlo pasar. Ya lo he dejado demasiado tiempo. Tenía que haber…

—¡Bueno, basta ya! —la interrumpió secamente—. Se acabó.

Sofía no dijo nada, aplastada por la decepción.

Daniel se quedó pensativo unos instantes y cambió el tono, ahora algo más reconciliador.

—Lo hablamos a mi vuelta. Hoy no ha sido un buen día.

—Nunca es un buen día para las cosas que me interesan.

Se revolvió contra ella con un gesto hastiado.

—No quiero hablar de esto, no ahora. Déjalo ya.

Se hizo un silencio incómodo entre ellos.

Sofía, derrotada, se removió y le dio la espalda.

—Voy a preparar la cena.

Desde el otro lado de la calle, un hombre se deja caer hacia atrás en el sillón con una sonrisa de satisfacción. Había escuchado perfectamente la conversación. «Bueno, bueno, Daniel Sandoval, en muy poco tiempo nos veremos las caras». Respiró tranquilo. Todo llegaba a su fin a ese lado. Encima de la mesa estaban su pasaporte falso (tenía que admitir que aquella falsificación rozaba la perfección), con su nombre francés que había venido utilizando todo ese tiempo, y el billete de avión a París. Saldría dos horas después de que lo hiciera Daniel Sandoval, aunque llegaría mucho antes que él. Ambos tenían el mismo destino, uno por tierra y el otro por aire, los dos con el mismo objetivo. Consultó la hora. Se asomó para atisbar el edificio de enfrente. Las cortinas ocultaban su interior. Ya no importaba. Tenía todo lo necesario. Empezó a recoger sus cosas lentamente.

6

El andén ardía de gente que iba y venía con prisas, maletas, bultos que chocaban con las piernas de los que se cruzaban o iban más lentos o se detenían para mirar el billete y cerciorarse del número de coche que llevaban. Había una sensación de tensión, de inquietud entre los que se quedaban, pero también entre los que partían. Hablaban entre ellos con el apuro de la prisa, de la inminencia de la partida, dando o recibiendo consejos, consignas, muestras de amor acelerado, de cariño afanado, como si quisieran acumular los besos y abrazos de los que se iban a ver privados durante el tiempo que estarían separados.

Daniel y Sofía permanecían uno frente al otro junto al vagón. Alargando los minutos que faltaban para la salida. La pequeña maleta en el suelo, a su lado.

—Al menos podrías haberte cogido el coche cama. Vas a llegar hecho polvo.

—No hice yo la reserva... —dijo Daniel con gesto despistado—. Y la verdad, no lo pensé. Pero no te preocupes, estaré bien.

—¿Me llamarás cuando llegues?

—Que sí, Sofía —contestó sin ocultar la irritación por la insistencia—. Te aviso en cuanto esté en el hotel.

—Aunque sea tarde, o muy temprano. No me importa, tú llámame, así me quedo tranquila. ¿Sabes si está céntrico el hotel?

—No tengo ni idea.

Lo notaba inquieto, huidizo, como si estuviera deseando perderla de vista. Y era cierto, Daniel ansiaba que el tren se pusiera en marcha y poder quedarse solo con los pensamientos que azotaban su mente.

—¿Puedo saber qué te pasa? Pareces preocupado.

—No me pasa nada —respondió él, molesto con la porfía de su esposa y, sobre todo, con aquel empeño de sus ojos en buscarle, aquella mirada incisiva que él trataba de esquivar—. Es un asunto de trabajo, me preocupa, eso es todo.

—¿Y no me puedes decir de qué se trata? No entiendo a qué viene tanto misterio. Me hace desconfiar.

Solo entonces la miró Daniel a los ojos con fijeza, con una arrepentida intensidad. Chascó la lengua. Ella no tenía la culpa de nada. La miró y sonrió acariciando su pelo.

—Oye, no estés preocupada, de verdad. No pasa nada. Se trata de un asunto grave... Una negociación complicada. No sé muy bien cómo me voy a manejar allí, hace tiempo que no practico el francés… Eso es todo.

Se miraron unos segundos en silencio. Por un instante se le pasó por la cabeza contarle el verdadero motivo del viaje, pero alguien le empujó y fue como si le arrojasen a un estado de turbada impaciencia. Miró a un lado y a otro pidiendo a gritos silenciosos que el maldito tren partiera de una vez, hasta que por fin se oyó el pitido tonante anunciando la salida, y su intención de sincerarse quedó definitivamente enmudecida. La abrazó y, al oído, sin mirarla, le susurró.

—Te quiero, Sofía. Te quiero mucho.

Sofía lo miró y le sonrió agradecida.

—Estoy convencida de que lo harás muy bien —añadió ella con una frágil firmeza—. Tu francés siempre ha sido perfecto.

Volvieron a abrazarse, y él volvió a susurrarle al oído.

—Te prometo que a la vuelta te lo contaré todo. Confía en mí. —La separó de su cuerpo para buscar sus ojos—. ¿Lo harás?

—Sabes que siempre lo he hecho.

El tren se estremeció por el arranque. Se dieron un último y rápido beso, y Daniel subió al vagón. En seguida se asomó por una ventanilla. Sofía caminaba acompañando los primeros avances del tren, sin dejar de mirarlo, como si de ese modo evitara la separación, retrasar la inminente ausencia. Alzó su brazo hacia él para alcanzar su mano. Él tendió la suya, pero tan solo rozó sus dedos. Sofía se quedó con el brazo en el aire, la mano tendida hacia él, acelerando su paso con la angustiosa sensación de que el hilo que los unía se tensaba cada vez más, que a cada metro de avance del tren se deshacía el nudo que los había mantenido enlazados.

—Confírmame el día que vuelves. Te estaré esperando —gritó ralentizando su paso al no poder seguir la velocidad del convoy—. Te quiero...

Él no dijo nada, tan solo sonrió, sin dejar de mirarla.

—Llámame... —dijo ella. Se llevó la mano al oído, consciente de que su voz ya no le alcanzaba.

Se detuvo por fin, clavada en el andén con una agobiante sensación de despedida, de soledad, viendo cómo se alejaba la figura inmóvil de su marido impulsada por la fuerza de la locomotora.

Cuando le perdió de vista, Sofía se sintió desolada, sin poder reprimir las lágrimas, como si de repente se le hubieran deshecho los cimientos en los que estaba asentada su vida. Se repetía a sí misma que solo eran unos días, tres o cuatro, tal vez cinco, pero no podía evitar el inexplicable sentimiento de nostalgia que le asaltaba. Incapaz de dar un paso, como si estuviera noqueada, sin fuerzas, se sentó en un banco, se cubrió la cara con las manos y lloró desconsolada durante un rato. Cuando levantó la mirada estaba sola en el andén. Se secó las lágrimas, respiró hondo, intentando llenar sus pulmones, y se marchó a casa arrastrando la extraña sensación de soledad que le había quedado.

Aparcó el 1500 en la acera de enfrente de su casa. Daniel lo había conducido hasta la estación. Durante el trayecto la había advertido en varias ocasiones de que tuviera cuidado con la palanca de cambios, que pisara el embrague con suavidad, que tuviera en cuenta que los frenos de este eran más bruscos que los del Seiscientos; ella lo había escuchado asintiendo a todo sin decir nada. Antes de bajarse, se aseguró de que todas las puertas quedaban cerradas, las ventanillas subidas y las ruedas rectas, tal y como le había dicho Daniel que hiciera. Se apeó del coche. En ese momento vio salir a un hombre con una maleta del portal frente al suyo. Se fijó en él porque le pareció que iba demasiado abrigado, con una gabardina y una bufanda alrededor del cuello, además de un sombrero Borsalino que ya pocos usaban. Algo excesivo para el anticipado y picajoso calor primaveral que les estaban proporcionando aquellas primeras noches de abril. Se sonrió pensando en lo friolero que era Daniel. Cerró el coche y guardó la llave en el bolso. Al levantar los ojos se cruzó con él. Tenía bigote y unas patillas largas y pobladas, y parecía ocultar el rostro bajo el ala de su sombrero. La luz de la farola iluminó su rostro y por un instante atisbó sus ojos claros, una mirada escrutadora que la sacudió por dentro. Estremecida, se volvió para verle alejarse con la maleta en la mano, algo encorvado, la espalda recia, alto, de hombros anchos. Su manera de andar le pareció extrañamente familiar.

El hombre se ajustó a la frente el ala del Borsalino y esbozó una sonrisa. Lo había hecho aposta, había esperado en el portal hasta verla aparcar el coche para cruzarse con ella y mirarla a los ojos un instante, solo un momento, ver sus ojos tan de cerca. A veces lo hacía, exponerse, llevar hasta el límite el riesgo de ser descubierto, la necesidad de dar alguna pista para poner a prueba la pericia del contrario. Sabía que no debía hacerlo, que era norma insalvable arriesgarse innecesariamente. Había mucho en juego, demasiado para andarse con flirteos con la suerte. Pero no pudo resistirse. Siguió caminando, notando los ojos de ella en su espalda, sus dulces ojos escrutándole, preguntándose qué estaría pensando en esos momentos, obligándose a no volverse, a no alimentar su extrañeza.

7

Daniel se acomodó en su asiento dejándose caer. Estaba agotado. Cerró los ojos y durante un buen rato se dejó mecer por el suave traqueteo en un intento de calmarse. Aquel tren le llevaría a Hendaya; desde allí debía tomar el Sudexpress hasta París. Tenía muchas horas por delante para pensar en el sentido de aquel extraño viaje, analizar si estaba haciendo lo correcto o si, como le había dicho su padre, hubiera sido mejor dejar pasar aquel asunto escamoso y seguir viviendo su vida, la única que había tenido. Pero su curiosidad, la necesidad de saber quién había detrás de aquella nota le había impulsado a hacer oídos sordos a los consejos de su padre y había decidido acudir a la cita, a riesgo de que la decepción fuera mucho peor.

Sabía que Sofía se había quedado molesta y preocupada por su extraña actitud. Con ella no había podido disimular su aturdimiento, demasiadas preguntas sin respuestas, demasiado peso contenido en unas cuantas líneas mecanografiadas, el descubrimiento de que aquella a la que siempre consideró como su madre del alma, a la que adoraba, en realidad no lo era. Se sentía roto por dentro, como con una extraña e incomprensible sensación de orfandad que lo ahogaba. Era otra la mujer que le había llevado en su vientre, traído al mundo y entregado a la que actuó y se comportó como tal. Se preguntaba qué clase de madre abandona a su hijo al nacer, obligándole a vivir una vida que no le corresponde. Y, a la vez, se fustigaba respondiendo a esas preguntas con el recuerdo de los desvelos de la que consideraba su madre, sus cuidados, sus abrazos, su dulzura, su protección, su cariño incondicional y generoso. No podía defraudar a la mujer que le había criado como suyo, que le había dado la vida que llevaba. ¿Cuál hubiera sido su destino de haber permanecido junto a esa otra madre que le abandonó o le dio o entregó o a la que él le había sido arrebatado de los brazos? Se estremeció ante aquellos pensamientos. ¿Y si fue así? ¿Y si ella no lo abandonó, y si le fue robado su hijo recién parido, si se lo arrebataron aprovechando esos instantes de debilidad, de vulnerabilidad en los que queda una madre después del parto? Había sido testigo de ese desamparo en Sofía tras dar a luz a sus dos hijas, tan débil, tan dulcemente frágil, tan sola de no haber sido porque él estaba con ella, protegiéndola. Pero de nuevo volvía a su mente el término «adoptado» (aunque legalmente lo hubieran amañado como biológico), y la angustia de serlo le asaltaba como una terrible condena. Le dolía sin explicarse muy bien por qué.

Por eso había aceptado aquella extraña invitación. Necesitaba enfrentarse a la verdad, preguntarle a esa mujer por qué lo hizo, cómo fue, dónde, cuándo..., qué sintió al desprenderse para siempre de él. Tenía la necesidad de descomponer esas dudas que le pesaban como si tuviera plomo en las venas e inundaban su cerebro de pequeñas agujas punzantes.

Se llevó la mano al pecho. En el bolsillo de la chaqueta llevaba la escueta nota, tan contundente como inquietante: *Si quiere conocer a su verdadera madre, su madre biológica, tome esta noche el tren a París y hospédese en el hotel Voltaire, Rue de Condé. Vaya solo, de lo contrario, no habrá encuentro, habrá hecho el viaje en vano y nunca volverá a saber más sobre el asunto.*

Aquella misiva le había llegado a su despacho, no a casa. Quizá quien la dejó no conocía su domicilio. Tal vez solo hubiera rastreado las huellas de su vida profesional. No entendía muy bien la razón de citarlo en París. Pudiera ser que ella viviera allí. Pero ¿cómo había llegado aquel sobre hasta su mesa? Lo cierto era que desde que había leído aquella nota toda su vida había quedado circunscrita a su contenido. En algún momento se había planteado contárselo a Sofía, contraviniendo la súplica de su padre de que no lo hiciera, pero le dio vergüenza.

No sabía qué era exactamente lo que le avergonzaba, pero fue incapaz de confiárselo.

El tren avanzaba horadando la noche. En el compartimento tan solo iban dos mujeres y un hombre. En seguida se entregaron a un sueño mecido por el movimiento, dormitando con la cabeza apoyada en el asiento, cabeceando de vez en cuando. Daniel los ignoraba, ausente, agrandada su sensación de soledad. Tenía los ojos fijos en la profunda oscuridad que se abría al otro lado de la ventanilla, difuminados los contornos del campo mientras los postes telegráficos barrían el horizonte cortándolo en vertical.

Cuando el tren estaba a punto de llegar a la frontera, aterrizaba en el aeropuerto de París el avión de Iberia procedente de Madrid, del que descendió un hombre de pelo moreno que cubría sus ojos bajo la sombra del ala de su sombrero.

8

El viaje había sido largo y agotador. El tren de Hendaya había salido con retraso y llegó a París cinco horas más tarde de lo previsto. En aquellas horas de traqueteo, espera, de continuas paradas con sus bruscos arranques, Daniel había llegado al convencimiento de que el regreso lo haría en coche cama, al menos iría tumbado. También pensó en el avión, tal vez sería preferible pasar unas pocas horas de angustia sin tocar la tierra que perder otro día en un incómodo viaje. Lo tendría que valorar en su momento.

Eran las cuatro de la tarde del sábado cuando por fin se tumbó en la cama del hotel. Se quedó profundamente dormido encima de la colcha, vestido, con la maleta cerrada, sin fijarse en nada, sin fuerzas para pensar nada, hasta que unos golpes en la puerta le arrancaron de aquel letargo, golpes reiterados acompañados de la voz de una mujer que le llamaba con insistencia por su nombre instándole a que le abriera.

—*Monsieur Sandoval, ouvrez la porte, s'il vous plait... Monsieur, monsieur...*

Se había hecho de noche y la habitación estaba envuelta en una desconcertante penumbra. Sobresaltado, aturdido por la modorra, desubicado por el entorno desconocido, se incorporó acertando a gritar un escueto «va». Los golpes cesaron, y aprovechó para responder con más certeza.

—Ya va... *Un moment, s'il vous plait, un moment.*

Se levantó y, a tientas, guiado por la luz que se filtraba por debajo de la puerta, se acercó hasta ella no sin antes tropezar con la maleta, lo que le hizo trastabillar. Encendió la luz y cuando consiguió abrir, una mujer de una edad indefinida, la cabeza envuelta en un pañuelo atado con una lazada bajo la barbilla, y unas gafas oscuras que ocultaban sus ojos, le preguntó:

—¿Monsieur Sandoval? ¿Daniel Sandoval?

Daniel afirmó con un escueto «oui». La mujer le tendió un sobre y, tan pronto lo hubo cogido él, se dio la vuelta y se marchó. Daniel la observó alejarse por el pasillo. Todavía estaba amodorrado.

Con la nota en la mano, cerró la puerta. Miró el Rolex de su muñeca. Eran cerca de las ocho de la tarde. Apenas había dormido cuatro horas. El aire retenido de la estancia era tan espeso que casi se podía masticar. Abrió la ventana y dejó que sus pulmones se llenasen del aire fresco de la noche. Se asomó y observó la calle solitaria en la que se hallaba la entrada del hotel. La tenue luz de las farolas formaba escuetos conos iluminados en la calzada. El fragor lejano de la ciudad se colaba por los cruces, a un extremo y otro, en los que se veía el tráfico de coches y transeúntes, como si evitaran transitar por la angostura de aquella calle. En ese momento vio salir del hotel a la mujer del pañuelo. La siguió con la mirada, su fuerte taconeo retumbaba en el vacío. Se perdió en uno de los cruces, incorporada al trasiego vital de la ciudad.

Miró el sobre cerrado. Antes de llegar a París había empezado a lamentar haber entrado en aquel juego. No debía haber acudido a esa absurda cita. Cerró la ventana y observó el misterioso sobre. Otra vez sin franqueo, pensó desalentado, otra vez sin remite. Llevaba su nombre, aunque esta vez manuscrito con tinta azul, al igual que el texto de la cuartilla que sacó de su interior. Le sorprendió lo mucho que la caligrafía se parecía a la suya, era como si la hubiera escrito él mismo. Regular, fluida, dinámica, letras verticales, ligeramente inclinadas hacia la derecha, agrupadas e impresas con firmeza. Se le esperaba en la dirección indicada a las 21.00 horas. Consultó de nuevo su reloj. Quedaban algo más de cuarenta y cinco minutos. Se sentó en la cama indeciso. El somier crujió bajo su peso con un chirrido incómodo. Nunca había soportado ese sonido, le daba dentera. Dudó otra vez si dar el siguiente paso, si debía o no acudir a esa nueva cita, si debía seguir con aquel absurdo juego. ¿Qué necesidad tenía de ver la cara de una mujer que no significaba nada en su vida, a la que no conocía y de la que había ignorado su existencia hasta ayer mismo? Se oían voces procedentes de alguna habitación cercana. Estaba aturdido, apenas había dormido y no había probado bocado desde hacía horas. Decidió llamar a Sofía para decirle que había llegado. Cogió el teléfono y pidió la conferencia, pero la telefonista del hotel le advirtió de que podría tardar porque había algún problema con las líneas internacionales. Anuló la llamada, lo intentaría más tarde. Después de unos segundos de vacilación, se levantó, metió la nota en el bolsillo de su chaqueta, cogió su gabardina, salió de la habitación y atravesó el pasillo para bajar a la recepción. Pidió un taxi y, ya en su interior, dio la dirección al conductor. El hotel en el que se encontraba estaba situado en pleno Barrio Latino, en la Rue de Condé, y su destino era Villiers. Tardaron más de media hora en llegar. El tráfico era intenso, algo caótico. El taxista se quiso excusar por las vueltas y le explicó que había habido una manifestación y que algunas calles seguían cortadas. Daniel no le dijo nada. Estuvo callado durante todo el trayecto. Miraba las calles sin apenas verlas, como si tuviera sobre los ojos un velo que difuminara la visión.

Cuando bajó del taxi se quedó un instante delante del portal. Miró el edificio, una fachada típica de París, antigua pero señorial. Las puertas de dintel alto y madera verde, con dorados en los agarradores, se abrían a un zaguán largo y profundo. Al fondo atisbó una escalera de madera. Alzó las cejas y miró hacia arriba. De acuerdo con las indicaciones de la nota, tenía que subir hasta el último piso. El ascenso fue lento, pesado, como si en sus pies llevase un lastre de plomo. Había una parte de él que le impelía a pisar otro escalón más, y otro y otro... Sin embargo, otra parte de su mente le gritaba que aún estaba a tiempo de huir, de evitar aquel túnel de emociones del que no saldría indemne. Cuando llegó frente a la puerta sintió el potente latido del corazón. A la subida de los cinco pisos se añadía su nerviosismo creciente a medida que se acercaba el momento. Antes de llamar tomó aire e intentó tranquilizarse. No se oía nada en el interior del piso. Presionó el llamador y el timbre retumbó hendiendo el silencio. Esperó unos segundos inquieto. Ante sus ojos había una pequeña rejilla que ocultaba la mirilla. Alguien deslizó la tapa, y Daniel se sintió observado por unos segundos. Como avasallado por el caudal de una repentina cascada, se preguntó qué aspecto tendría ella, qué clase de mujer se encontraría detrás de esa puerta, una mujer que ya le había visto a él dos veces, una ahora, aunque solo hubiera sido un instante, su rostro visto a través de la rejilla, y otra hacía veintinueve años, en su nacimiento, o no, quizá para ella aquella fuera también la primera vez, cabía la posibilidad de que, a pesar de haberle llevado en su vientre durante meses, no le hubiera podido o no le hubieran permitido verle la cara. Era posible aquello. Una parturienta en la postura de parto no ve a su recién nacido hasta que no se lo ponen delante, o tal vez ella no quiso verle para separarse con más facilidad de su hijo, evitar que su visión la uniera a él para siempre. Se estremeció al oír el ruido seco de un cerrojo que se abría y continuó elucubrando cómo sería ella, y se la imaginó de la edad de su madre, más sana y más joven, o más envejecida por la pena. No conseguía definirla sin que apareciera la figura de su madre, la que hasta entonces ocupaba por completo su memoria, sin dar cabida a otra distinta. Se dio cuenta entonces de que no había pensado qué le iba a decir, cómo debía actuar. Todo aquello le pasó por la cabeza en los pocos segundos previos a que la puerta se abriera lentamente. Pero ante sus ojos no había ninguna mujer ni más vieja ni más joven a quien identificar como esa madre imprevista que había irrumpido en su vida hacía pocos días. Quien le abrió era un hombre cuya visión le causó tal impacto que estuvo a punto de desvanecerse perdiendo el sentido.

9

La vida de Klaus Zaisser no había sido fácil. Su estado natural era de alerta, siempre atento al peligro, a la amenaza, a la traición. Nació en los dramáticos estertores de una guerra civil, en el bando de los vencidos, obligados a transitar el mundo arrastrando su derrota. Vivió sus cinco primeros años en Moscú, en medio del fragor de otra contienda mundial, zarandeados sus juegos por las bombas y la muerte, y cuando llegó la paz regresó a Berlín, de donde ocho años antes había salido su padre para luchar por los ideales en los que creía fervientemente en una guerra ajena, en España. Berlín era una ciudad destruida, de ruinas humeantes que durante años se mantendrían intactas en muchos de sus barrios. Dejaron de estallar las bombas, pero continuó la muerte, una muerte silenciosa y mucho más cruel porque alargaba la agonía envolviéndola en el hambre, los escombros, la intemperie, el frío y la miseria humana.

Tras la guerra, el territorio de la vencida Alemania fue escindido en dos partes, ocupada la zona occidental por los aliados (Estados Unidos, Gran Bretaña y Francia) y la franja oriental por la Unión Soviética. La ciudad de Berlín se dividió asimismo en cuatro zonas bajo la influencia de los países vencedores; los barrios del oeste quedaron controlados por EE.UU., Inglaterra y Francia, y toda la zona este quedó sometida a la autoridad rusa. Todos eran ciudadanos alemanes, aunque los del Este tenían distinto pasaporte a los occidentales. Al principio las fronteras apenas se notaron en Berlín. Los tranvías, los coches, los viandantes, el metro, todo funcionaba con normalidad entre las distintas zonas de una ciudad volcada en su reconstrucción. La gente se movía con libertad entre los distintos sectores en los que había quedado fragmentada, aunque la primacía de la autoridad responsable de cada zona se hacía evidente por las banderas que ondeaban en uno y otro lado, los uniformes de los soldados o de los policías de vigilancia, o por el enorme retrato de Stalin que se cernía sobre uno nada más cruzar la Puerta de Brandeburgo con el fin de indicar al caminante, o al que se adentrase en coche bajo los arcos de la monumental puerta, que se hallaba en la zona soviética.

Durante toda su adolescencia, Klaus tuvo la sensación de estar en una ciudad en continua reconstrucción. Junto a sus padres y a Bettina (su hermana pequeña) se instalaron en un piso en la zona en la que se impuso el sistema soviético con todas sus consecuencias, y desde donde con solo cruzar una calle, avanzar una parada de tranvía o de metro, o atravesar un puente, se llegaba a otra Alemania, la que se convirtió en mayo de 1949 en la República Federal de Alemania (RFA), con sus ya por entonces ostentosos métodos capitalistas gracias a las ayudas del Plan Marshall americano. Pronto se empezó a percibir la distinta forma de concebir la prosperidad. En el lado occidental todo parecía hacerse con más rapidez, de manera más coordinada, con mayores medios mecánicos y económicos. En el lado soviético, erigido en octubre de 1949 en la República Democrática de Alemania (RDA), las cosas iban más despacio en virtud de una burocracia cada vez más farragosa. El paso del tiempo hizo más evidente aquella brecha. La distinción la vivió en su propia familia. Durante los primeros años de posguerra, el padre de Klaus trabajó de mecánico tornero en un taller y su madre fue contratada en una fábrica de ladrillos. El trabajo era duro y el sueldo muy bajo. A través de una amiga que se había trasladado a vivir al lado occidental, la madre consiguió un puesto de dependienta en una panadería de ese lado de la ciudad. El sueldo era muy superior, el trabajo era mucho más cómodo y los horarios menos rígidos, lo que le permitía hacer otras cosas, como recoger ella misma a su hija del colegio, leer, pasear... Además, le ofrecieron la posibilidad de vivir en ese lado de la ciudad, en una casa para cuyo alquiler recibiría un subsidio. Las cosas eran mucho mejores en la parte occidental, había más para elegir en qué y cómo gastar el dinero que le pagaban. Sin embargo, el cabeza de familia se negó en rotundo al traslado. Sus convicciones comunistas no se lo permitían por considerarlo una traición a su país. La madre no puso demasiado empeño en defender la idea de mudar su vida al otro lado, abducida por los principios inamovibles de su marido; renunció a la oferta y al trabajo en la panadería, y continuó en la fábrica de ladrillos convencida de que había que aportar al país su granito de arena con su mano de obra.

Klaus creció en medio de estas contradicciones entre el Este y el Oeste, entre lo que unos tenían y de lo que los otros carecían por el hecho de vivir en un número u otro de una misma calle o avenida. Desde pequeño había demostrado ser un chico estudioso, callado y muy observador. Se daba cuenta de todo lo que ocurría en su entorno con una madurez propia de los que se han criado en un constante rebato. Sacaba muy buenas notas y desde muy pronto destacó por la facilidad que tenía en aprender idiomas y la sorprendente rapidez con que asimilaba lenguas muy diversas con un acento tan perfecto que parecía nativo. A los quince años hablaba con fluidez alemán, español e inglés y se defendía muy bien en ruso y francés. Su madre le animaba para que estudiase arquitectura teniendo en cuenta la necesidad de profesionales que había, pero al final se decantó por hacer Física en la Universidad de Humboldt. Allí conoció a Hanna. Se enamoraron casi al instante, un amor a primera vista, un amor apasionado. Se divertían, estudiaban y se animaban juntos, todo lo que sabía o le interesaba a uno lo aprendía e interesaba al otro. Klaus aprendió a jugar al ajedrez con Hanna y, a cambio, ella aprendió español para hablarle de amor en la lengua en la que Klaus solía comunicarse con su madre y su hermana; le divertía dirigirse a él delante de amigos y conocidos, sin que nadie la entendiera, con mensajes que únicamente se atreverían a decir en la intimidad. Al poco tiempo, Hanna se quedó embarazada de Klaus. Los dos estaban terminando la carrera, carecían de medios propios para vivir. Decidieron esperar a tener la vida más estable para casarse e irse a vivir juntos. Así que Hanna se quedó en casa de su madre con la niña. Klaus pasaba todo el tiempo que podía con ellas. Nada más terminar la carrera, Hanna encontró un buen empleo en una empresa farmacéutica situada en Berlín Occidental y se convirtió en una *grenzgängerin,* una cruzadora de frontera. Varias veces cada día pasaba el control fronterizo para ir a su puesto de trabajo y regresar a casa de su madre, viuda de guerra, que se ganaba la vida dando clases de piano en el conservatorio. Klaus colaboraba con un periódico local como corrector de estilo, con un sueldo ínfimo, sin demasiado entusiasmo y menos futuro, pero podía hacer el trabajo en casa, de modo que él era quien se encargaba de cuidar a la niña la mayor parte del día.

Hanna estaba en desacuerdo con la división de Berlín y con la política de corte soviético que se aplicaba en el Este. A su padre le habían matado los rusos, eso decía su madre una y otra vez, y los mismos que le habían quitado a su marido, los que la habían violado salvajemente como a la mayoría de las mujeres de entre quince y sesenta años que se encontraban en Berlín cuando en 1945 los rusos entraron en la ciudad, gobernaban ahora en su país. Con ese rechazo había crecido Hanna y tenía claro que no quería que su hija se criase bajo la influencia y el poder del Kremlin. El primer paso para evitarlo había sido aquel empleo, el siguiente fue su firme determinación a establecerse en la zona oeste, lo mismo daba que fuera en la americana, la inglesa o la francesa con tal de estar fuera de la zona rusa. A pesar de que Klaus estaba de acuerdo con ella, le costaba decidirse porque en su casa tenía la otra cara de la moneda; su padre era un ferviente defensor del sistema socialista implantado en el Este después de la guerra, un sistema que cubría las necesidades vitales de toda la población, salvo, claro está, que uno fuera un disidente, un ciudadano molesto o incómodo para el partido. En este último caso las medidas de represión estaban justificadas. A criterio del padre de Klaus, cualquier traición a su país era intolerable. Por eso a Klaus le resultaba complicado decidirse, sabía que, si se iba a vivir a la zona occidental y, sobre todo, si llegaba a trabajar para cualquier empresa que no fuera de la República Democrática Alemana, su padre no se lo perdonaría nunca, sería una puñalada en el pecho paterno. Su madre, consciente de sus intenciones, se lo había advertido, el daño a su padre sería irreparable. Pero cuando existen lealtades encontradas y opuestas, es irremediable que una se sienta traicionada, y el amor de Klaus por Hanna fue mucho más poderoso que el respetuoso cariño que sentía por su padre. Anunció a su familia que se iban a vivir juntos con la pequeña Jessie, que ya entonces contaba un año, a la zona occidental. Eso sí, le ocultó su pretensión de trabajar al otro lado, aquello sí que hubiera sido imperdonable. A pesar de todo, las cosas fueron tal y como se preveía. Su padre le declamó todas las soflamas conocidas, que traicionaba a su país, que se vendía al capitalismo y que con su actitud contribuía a la riqueza y engrandecimiento del enemigo empobreciendo a sus vecinos. Klaus intentó no entrar en la confrontación. Sus ideas políticas eran nulas. No le importaban ni los valores ni los principios a los que tanto se aferraba su padre y que su madre aclamaba con fervor. El padre de Klaus le amenazó con denunciarlo y con echarlo de casa, y lo hubiera hecho de no haber sido por la mano izquierda de Gloria, su mujer, que terció y templó los ánimos con una habilidad propia de la más alta diplomacia. Al final, el padre aceptó a regañadientes la partida de su hijo, y si no hubo una reconciliación, sí se produjo una tregua. En poco tiempo Hanna encontró un piso y prepararon todo para el traslado. Mientras encontraba trabajo en la zona occidental, sería Klaus el que cada día tuviera que atravesar la frontera hacia el Este para acudir al periódico. Así que, una vez alquilado el piso, lo amueblaron con lo imprescindible y empezaron a trasladar sus cosas. Tenían previsto mudarse definitivamente el segundo fin de semana de agosto de 1961. La madre de Klaus les propuso una cena de despedida en un intento de calmar las aguas. No quería perder ni a su hijo ni a su nieta. La pareja aceptó gustosa, ya que ninguno de los dos quería mantener vivo el resquemor en el padre. Cenaron juntos toda la familia. En un momento de la velada, el padre de Klaus, conocedor de la destreza de Hanna en el juego del ajedrez, la retó a una partida. El juego se alargó más de la cuenta, Hanna ganó la primera y tuvo que jugar la revancha. Klaus gozaba con el juego inteligente de su novia; sabía de la habilidad de su padre para el ajedrez y se sentía orgulloso de Hanna. La segunda la ganó su padre, y volvieron a jugar el desempate. Al final quedaron en tablas, contentos, satisfechos de aquel extraño reto, y reconciliados. Se había hecho muy tarde, la niña se había quedado dormida en brazos de Bettina, la hermana de Klaus. Gloria les propuso dormir allí, además el padre de Klaus se ofreció a llevarlos él mismo hasta su nueva casa con el coche que su vecino solía prestarle algunos domingos. Aunque la pareja estaba deseosa de estrenar su nuevo hogar, accedieron para no alterar el sueño profundo de la pequeña Jessie. Además, Klaus se sentía gratamente satisfecho y completamente convencido de que su padre, por fin, había aceptado su marcha.

Pero aquel despertar quedó convertido en una pesadilla. Durante la madrugada el Gobierno de la República Democrática Alemana había ordenado cerrar todas las fronteras y prohibió a todos sus ciudadanos el paso al lado occidental con la banal excusa de proteger a su población, alzar un muro de contención contra la amenaza del fascismo. El cierre de la frontera dejó aislado al Berlín Occidental. A los ciudadanos de la RDA, vivieran en el lugar que vivieran, no se les permitía salir de su país sin un visado o autorización. Klaus y Hanna se sintieron desesperados, estaban encerrados, no podían pasar al lado occidental de la ciudad, no podían llegar a su casa aún sin estrenar. La orden fue tan tajante como desesperante para muchos a quienes sorprendió con su vida partida en uno y otro lado de la ciudad, separados apenas unos metros por una alambrada de pinchos que se iba desplegando ante sus ojos impotentes, vigilada cualquier intención de traspasarla o saltarla o librarla por cientos de soldados y policías armados, con perros de caza y la orden explícita de no dejar pasar a nadie y disparar si alguien lo intentaba. Hanna se quedó con lo puesto, sin trabajo, sin sus cosas ni las de la niña, todo estaba ya guardado en aquel piso inalcanzable ahora. Desconcertada, aquella misma mañana regresó con la niña a casa de su madre.

A los pocos días, Klaus le propuso una forma de pasar los tres al otro lado desde los pisos de los edificios de la calle Bernauer, que lindaban con la línea de división de la ciudad. Era sencillo, solo había que salir por la ventana hasta la acera, saltar la alambrada y estarían en el otro lado. Había gente de la zona occidental que ayudaba a superar el alambre de espino que los separaba de la libertad. Hanna le escuchó sin decir nada, observándolo mientras él le explicaba los detalles con entusiasmo, lo fácil que iba a resultar, que fabricaría un arnés para descolgar a la niña, que se lo había contado un compañero de trabajo que sabía de la huida de su hermana y sus tres sobrinos. El arrebato de Klaus se fue apagando ante el gesto de Hanna.

—¿Qué pasa, Hanna?

—No puedo hacerlo, Klaus, no podemos exponer a la niña. Me han dicho que a los detenidos les quitan a sus hijos… Y yo no puedo… Me moriría si le pasara algo a Jessie… Además, hay orden de disparar a matar, da igual que sea joven o viejo, que sea un bebé o un adolescente. Disparan a matar…

—¿Y qué pretendes, quedarte de brazos cruzados sin hacer nada mientras nos encierran con un muro cada vez más alto?

—Esto no puede durar mucho —había replicado ella sin convencimiento—. El mundo no puede permitir esto, no lo puede permitir…

—Tenemos que salir de aquí, Hanna.

—No puedo, ahora no estamos solos, Klaus, la niña es lo más importante. Mira…

Le enseñó un periódico local en el que aparecía la noticia de la detención de una pareja que había intentado cruzar la frontera con sus hijos pequeños por el norte del país.

—Me ha dicho una compañera de trabajo, que también se

ha quedado atrapada aquí y que conocía a la pareja, que a los padres los han encarcelado y que a los niños los van a dar en adopción... No se los dejan ni a los abuelos... —le miró con la angustia reflejada en su rostro—. La pequeña es de la edad de Jessie. —Negó con la cabeza—. No podría soportarlo, Klaus, no podría soportar que me quitasen a mi niña. No podemos arriesgarnos a que nos quiten a la niña, o algo peor...

Klaus la había abrazado contra su pecho. Su voz fue firme, movida por la fuerza que da el pleno convencimiento.

—Eso no va a pasar, Hanna, nunca, ¿me oyes? No permitiré que os pase nada. Os protegeré a las dos con mi vida.

Sin embargo, el miedo de que pudiera ocurrirle algo malo a la niña no terminaba de convencer a Hanna. Klaus la instó porque ya se estaba desalojando a todos los moradores de los edificios colindantes con el Muro y trasladándolos a las afueras de la ciudad si no tenían otro lugar donde instalarse; se habían tapiado los primeros pisos de los edificios de la calle y ya habían empezado a hacerlo con los superiores. Le costó mucho persuadirla, y solo lo consiguió gracias a la ayuda de Jessica, la madre de Hanna, que la conminó a sacar a su nieta de aquella cárcel en la que los habían encerrado y le prometió que ella los seguiría en cuanto arreglase varios asuntos que tenía pendientes. Así que Hanna, con el miedo metido en el cuerpo, se despidió de su madre y se decidió a seguir a Klaus con la pequeña Jessie. Nadie, salvo la madre de Hanna, estaba al tanto de sus intenciones.

Quedaron de madrugada para tener el amparo de la noche. Klaus había salido de su casa sin hacer ruido, no llevaba otro equipaje que su documentación y algo de dinero que había ahorrado. Fue a recoger a Hanna y a la niña, que le esperaban en la casa. Jessica se despidió conteniendo el llanto. «Cuida de mi hija y de mi nieta, Klaus, te lo suplico, cuida de ellas, son lo único que me queda en este mundo». Aquellas palabras cayeron sobre la conciencia de Klaus como un compromiso vital. Cogió en brazos a su hija. Iba profundamente dormida; le habían dado una pequeña dosis de un tranquilizante natural que Jessica tomaba para conciliar el sueño. Llegaron caminando hasta la calle Bernauer sin cruzarse con nadie. Cuando veían alguna patrulla, se escondían para evitarla. Entraron en uno de los portales y subieron hasta la segunda planta; encontraron abierta la puerta de uno de los pisos. Resultaba evidente que no eran los primeros en usar aquella vía de escape. Se asomaron a la ventana. Aunque la altura era considerable, la fachada tenía salientes en los que podrían apoyarse antes de saltar. No había nadie a la vista. Aún estaba oscuro, pero la claridad del amanecer empezaba a despuntar iluminando el horizonte de la ciudad que tenían ante ellos y que significaba la libertad. Debían apresurarse. Primero se descolgó Hanna con ayuda de Klaus. Con la habilidad que proporciona el miedo, consiguió llegar al suelo dando un salto en el último tramo, que la hizo perder el equilibrio y rodar por la acera. Se levantó y alzó los brazos para indicarle a Klaus que estaba preparada para recoger a Jessie. Klaus colocó a la niña en el arnés; por un instante observó la placidez de aquel rostro angelical. Se estremeció de ternura. La besó en la mejilla carnosa y sonrosada y con mucho cuidado empezó a bajarla tensando la cuerda. Cuando la niña llegó a manos de Hanna, soltó el cabo y se dispuso a bajar, pero no le dio tiempo porque en ese momento un potente haz de luz enfocó a la madre, deslumbrándola, y de las sombras surgieron media docena de policías que se abalanzaron sobre Hanna, le quitaron a la pequeña de los brazos y la inmovilizaron con violencia. En ese momento, el llanto asustado de Jessie se mezcló con las voces de los policías y los gritos de Hanna, y Klaus, testigo de la terrible escena, sintió que se desgarraba por dentro.

Fueron unos segundos de una impotencia paralizante, oyendo el llanto inconsolable de la pequeña y los desgarrados gritos de Hanna, que clamaba por su hija a la vez que era reducida y arrastrada por los guardias. Desconcertado, incapaz de reaccionar, con el corazón encogido y con un miedo atroz metido en el cuerpo, se dio la vuelta sin saber qué hacer. En ese instante, sus ojos se toparon en la sombra con la figura de Bettina, rígida y temblorosa, que le miraba sobrecogida. Los había seguido con la intención de huir con ellos. Tras unos segundos de aturdimiento, los dos hermanos se abrazaron aterrados. Tenían que salir de allí cuanto antes. Descendieron las escaleras con sigilo, pero a la salida del portal los estaban esperando. Con una violencia desproporcionada, le arrancaron a su hermana de los brazos y creyó morir de angustia al ver sus ojos de miedo suplicándole ayuda, una ayuda que no podía darle, los brazos extendidos hacia él, pateando y resistiéndose con una fuerza impropia para una chica de dieciséis años, tan flaca y de apariencia débil, mientras él permanecía inmovilizado por la fuerza bruta de dos gigantes que le retorcían los brazos hasta el límite justo en el que se le quebraría un hueso a la mínima resistencia. Era evidente que al retenerle de aquella forma solo pretendían que sufriera la visión del brutal arresto de su hermana pequeña, sumándola así a la angustia por Hanna y la niña, a la terrible imagen de su hija en los brazos de uno de aquellos canallas, al tormento de su llanto, que aún golpeaba su conciencia, a la agobiante desesperación que le provocaba la idea de que les hicieran daño... Aquella situación le rompía en mil pedazos. Vio cómo metían a Bettina en una furgoneta azul igual que las que se utilizaban en el reparto del pan. Fue lo último que vio antes de que le vendaran los ojos. A continuación, le esposaron y le introdujeron en un vehículo, del que no pudo saber ni cómo era ni el color que tenía. El compartimento en el que le metieron era muy estrecho. Sintió que le anclaban los tobillos al suelo. Luego el arranque del motor, y la furgoneta se puso en marcha. Fueron horas de trayecto, o eso le pareció, porque el tiempo se le hizo eterno; zarandeado por el balanceo del coche y mortificado por el calor y la sed que lo acuciaban, se sentía cada vez más indispuesto. Intentó ponerse de pie, pero se golpeó en la cabeza con el techo, desistió y al volver a sentarse notó algo viscoso y blando en sus pantalones. Tuvo una arcada y vomitó sobre su ropa. Varias veces detuvieron la marcha durante un rato para volver a arrancar sin abrirle ni ocuparse de él. Intuyó que en cada parada detenían a alguien más; pudo escuchar los gritos ahogados y el sonido sordo de los golpes cuando los introducían en otro compartimento, el miedo que se filtraba por cada grieta como un gas tóxico que envenenaba el aire.

Cuando por fin oyó el cerrojo y la puerta se abrió, suplicó un poco de agua, pero no le hicieron ningún caso. Lo sacaron de la furgoneta a empellones. Apenas alcanzó a ver el suelo y una puerta con barrotes por donde le metieron hacia unas escaleras por las que le hicieron descender, siempre con la cabeza agachada; avanzaron por un pasillo, con un resplandor de luces rojas, hasta que se detuvieron ante una puerta; oyó el fuerte sonido metálico de su apertura mientras le quitaron los grilletes, algo que agradeció, y lo arrojaron al interior de una celda; al cerrar se quedó en la más absoluta oscuridad. Durante días (nunca supo cuántos porque perdió la noción del tiempo) estuvo encerrado en aquella celda oscura, húmeda y estrecha, sin otra cosa que un catre de madera y un cubo en el que hacer sus necesidades. No pudo hablar con nadie hasta que un día le llevaron a un despacho. Le interrogaron durante horas. Los oficiales iban turnándose, lo que suponía volver a empezar desde el principio: quién le había ayudado a escapar, esa era su frase cada vez que un oficial nuevo se sentaba en la mesa, siempre uniformado, siempre serio, de rasgos inaccesibles. Klaus intentaba contestar, desorientado, con el miedo metido en el cuerpo, no tanto por él sino por el tormento de no saber nada de Hanna y de la niña, bombardeada su mente con los temores que había mostrado ella y con la insistencia de él para que cediera, y ahora no sabía dónde estaba, no había podido cuidarlas ni protegerlas, ni podía salvarlas. Aquella angustia era mucho mayor y más amarga que el agotamiento o la humillación de estar horas sentado delante del interrogador, obligado a permanecer siempre en la misma postura, las manos bajo los muslos y con las palmas sobre el asiento.

Aquello duró mucho tiempo, no sabría decir cuánto, no le permitieron dormir, ni comer, ni ausentarse al baño, tan solo oía las mismas preguntas, repetidas una y otra vez: por qué quería saltar, quién le acompañaba, quién le dio apoyo, y vuelta a empezar. Al principio respondía que no tenía intención de huir, que había ido solo y que había subido al piso por curiosidad, y que se encontró con las dos mujeres que le habían seguido temerosas de que hiciera alguna locura como la de saltar al otro lado, ellas no tenían ninguna culpa, repetía, al contrario, sus pretensiones eran buenas, querían convencerle de que no lo hiciera. Las preguntas de cada uno de los oficiales continuaron insistentes, machaconas, reiteradas como una cantinela repetida. Al final, le dijeron que si no confesaba perjudicaría gravemente a su hermana y a Hanna, y que no volvería a ver a su hija. Aquella amenaza terminó por derrotarle mucho más que el cansancio físico por la falta de sueño y de alimento. Confesó que tenía la pretensión de pasar al lado occidental, exculpó a Hanna de cualquier responsabilidad y alegó que había sido él quien la había convencido, amenazándola con llevarse a la niña si ella no accedía a su propósito; que él era el único responsable. De su hermana dijo que los había seguido por pura curiosidad adolescente. Le acusaron de desertor y de traición. No hubo juicio, no tuvo defensa, según ellos las pruebas eran irrefutables. Fue condenado a cinco años de reclusión.

Le metieron en una celda donde la luz no se apagaba nunca. Un camastro de madera, un colchón, una manta, una silla, una mesa, un lavabo y un retrete. No había nada más. Tenía que dormir boca arriba, con los brazos fuera de la manta. Durante el día no podía tumbarse en la cama. No había lectura, no podía cantar, ni silbar, no podía hacer nada salvo pensar y sentir el paso del tiempo. Así estuvo seis meses.

Transcurrido ese tiempo fue conducido ante un oficial del que solo supo que se hacía llamar camarada jefe Markus. Fue quien le propuso convertirse en informador del Ministerium für Staatssicherheit, la conocida Stasi. Tendría un sueldo y su pena quedaría borrada de su expediente. Klaus preguntó por Hanna y por su hija, y Markus le advirtió de que si no aceptaba no volvería a verlas. Para animarle le dijo que su hermana había sido enviada a casa. No hubo elección, si no aceptaba él regresaría a su encierro y su hermana y Hanna serían acusadas de encubridoras de su intento de fuga del país, incluso llegaron a amenazarle con represalias contra sus padres. Firmó la carta de compromiso como quien firma su propia sentencia de muerte, escrita de su puño y letra al dictado de su verdugo: «Yo, Klaus Zaisser, consiento voluntariamente en apoyar activamente a las fuerzas de seguridad de la RDA en su justa lucha. Juro guardar silencio ante todo el mundo sobre mi cooperación con el Ministerio para la Seguridad del Estado. Se me ha informado de que, si rompo este compromiso, se me castigará de acuerdo con las leyes vigentes en la RDA».

La tarde que salió a la calle nevaba y corría un viento gélido. Le llevaron en coche hasta la puerta de su casa, en Borsigstrasse. Siempre recordaría lo que sintió al respirar el aire frío, percibir los copos helados acribillándole la piel. Vestía la misma ropa de verano con la que le habían detenido y que le habían devuelto antes de salir: una camisa y un pantalón de tela fina, y los zapatos sin calcetines. Sentía el aire gélido incrustarse en cada poro de su piel, pero no le importó. Se demoró en la acera, plantado delante del edificio de su casa, viendo cómo caía la nieve lentamente, cómo poco a poco el gris del suelo quedaba oculto bajo el manto blanquecino. No había nadie, no se oía nada. Llegó a percibir el sonido de los copos al estrellarse contra el suelo, deleitado con aquella sensación de paz y silencio en libertad. Cuando su madre le abrió la puerta, estaba empapado y aterido, el pelo encrespado por el hielo, la piel enrojecida y gélida. Se quedaron mirándose, uno frente al otro, incapaces de reaccionar, conmocionados por el reencuentro. Le pareció que habían transcurrido seis años en vez de seis meses. Se abrazó a su madre. Ninguno de los dos dijo nada. Sintió el calor de su cuerpo y la calidez de sus lágrimas. Su padre lo miró con rudeza, inmóvil, sin un atisbo de emoción, la profunda decepción reflejada en su rostro, el reflejo de la deslealtad, de la amarga ingratitud filial; se dio la vuelta y desapareció. La visión de su hermana fue como un puñetazo en el estómago. Le observaba sin acercarse, con recelo. Ya no tenía la fulgurada melena morena y larga. Ahora llevaba el pelo muy corto, a trasquilones, lo que endurecía bruscamente su expresión aniñada. Pero sobre todo se dio cuenta de que sus ojos habían perdido por completo el brillo que siempre había iluminado su mirada. Bettina no se movió de su sitio, el gesto huraño, distante. Klaus se acercó a ella despacio, todavía temblando su cuerpo bajo las ropas congeladas. La observó unos instantes auscultando su pensamiento para saber cómo estaba. Acarició su cara y le sonrió, pero ella no hizo nada. Ni un gesto, ni un ademán de alegría, solo unos ojos fijos en él, sangrantes de dolor. Le dio un beso en la frente. Aquella chica cariñosa y alegre que se colgaba a su cuello dispuesta a contarle todo lo que le había pasado se había esfumado, convertida en una joven hosca, de mirada huidiza, mohína y desconfiada. Preguntó por Hanna y por su hija, pero nadie parecía saber nada de ellas, nadie las había vuelto a ver. Se encontró con un terrible silencio, con un incomprensible vacío, desaparecidas, esfumadas de la faz de la tierra. Gloria estaba convencida de que Hanna había conseguido pasar al otro lado con la niña; era la versión que le habían dado a su marido, la misma que impuso a todos en la casa. Aquella traición era un acto deplorable y sobre todo imperdonable, y por eso las borraron de su memoria, a ella y a la niña, nunca las nombraban, nunca hablaban de ellas, muertas para siempre; a pesar de que Klaus se empeñaba en hacerlo, sus padres actuaban como si nunca hubieran existido en la vida de su hijo, ni en la suya propia. Klaus sabía que Hanna no podía haber cruzado, porque, de ser así, habría buscado la manera de ponerse en contacto con él.

La madre de Hanna se volvió esquiva, como si, de repente, el yerno perfecto se hubiera convertido en un apestado, en un monstruo del que había que huir y alejarse. Nada le dijo sobre su paradero, limitándose a contestar a sus preguntas siempre con las mismas palabras: «No las busques. Olvídate de ellas, olvídalas para siempre. No volverán nunca».

Fue tan tozudo su afán en encontrarlas que el jefe Markus le llamó a su presencia para conminarle a que abandonase su búsqueda, inútil a todas luces porque, lamentablemente, le dijo, las dos habían muerto a los pocos días de ser detenidas. «Un desgraciado accidente. Asunto cerrado», le espetó como toda respuesta a sus insistentes preguntas acerca de cómo y cuándo habían muerto, y dónde estaban sus tumbas. Volvió a casa de Jessica para confirmar aquella información. Ella no podía mentirle en eso, no podría mentir sobre la realidad de la muerte de su hija y de su nieta. Pero su silencio le fulminó. Después de mucho suplicar, Jessica le confirmó que estaban muertas. No fue capaz de sacarle una palabra más, ni una sola, enmudeció como si ella misma estuviera en una tumba. Al dolor de la pérdida se unía el peso de la condena por haber llevado a la muerte a las dos personas más importantes de su vida. Pero la maquinaria de la Stasi no entendía de periodos de luto, así que el jefe Markus le instó a que se olvidase del asunto.

Klaus Zaisser estuvo una temporada como informador, pero pronto se convirtió en *geheimer informant*, un GI de la cada vez más temida y poderosa Stasi. Salvo su hermana, que lo intuyó siempre, nadie en su entorno supo nunca de su actividad. Le proporcionaron un trabajo en el laboratorio de Física de la universidad, una especie de desagravio a los meses de encierro, así se lo vendieron. Lo aceptó como podía haber aceptado picar en una mina, sin el más mínimo atisbo de entusiasmo. En realidad, nunca ejerció aquel trabajo por el que se le pagaba un sueldo al mes. Tenía que acudir a diario a la universidad, pero no a trabajar, sino a recibir un curso intensivo de cómo debía actuar en su labor de espionaje, vigilancia y toma de contacto, de cómo gestionar la información obtenida y de qué protocolos seguir para convertirse en un hombre con mil caras, con recursos suficientes como para salir airoso de cualquier aprieto, incluso para salvar su vida a costa de otras si fuera necesario, todo ello con el fin de hacer de él un hombre frío y calculador. Al principio le fueron asignados casos de vigilancia de sus conocidos, amigos, compañeros de clase, los tenderos de su barrio, vecinos. Caía bien y tenía una capacidad de convicción que le permitía ganarse la confianza de la gente; así le contaban sus ideas, sus miedos, sus gustos, los proyectos de futuro, le abrían las puertas de su casa. Cuando era necesario, señalaba el objetivo sin que le temblara el pulso y sin levantar sospechas. Ninguna de sus víctimas supo nunca quién le había denunciado. Él iba a hacer lo que fuera necesario con tal de proteger a su hermana y a sí mismo, no estaba dispuesto a regresar a prisión. Aquella implacable certeza que lo amenazaba de manera constante le llevó a ser muy eficaz. Gracias a ello, muy pronto se hizo meritorio del crédito de sus superiores, que abonó con un aprendizaje exhaustivo en técnicas de vigilancia, psicología para sonsacar información, seleccionar, copiar y saber analizar documentos o colocar falsificaciones cuando fuera necesario sin dejar ninguna pista. Su afán oculto era ocuparse de alguna misión en el extranjero, ansiaba la posibilidad de traspasar la maldita frontera que le impedía moverse con libertad, respirar un aire que no estuviera viciado con el hedor de la traición y el miedo. Pronto le ofrecieron la oportunidad; primero le encargaron misiones en la Alemania Federal. A pesar de las advertencias por parte de su jefe de que no buscase a su hija y a Hanna, aprovechó para indagar sobre ellas, con suma cautela, en los centros de acogida a los que solían acudir los que conseguían salir de la RDA con lo puesto, sin dinero, sin documentación, sin nada a lo que aferrarse. Todo resultó inútil. Nadie sabía nada de ellas. A la fuerza fue asumiendo una realidad que se le presentaba cada vez con más claridad: nunca más volvería a verlas. Más tarde le enviaron a París con pasaporte falso de ciudadano francés, después de conseguir que su acento galo rozara la perfección. En muchas ocasiones estuvo tentado de no regresar, quedarse en el lado occidental definitivamente, París, Londres, incluso América, pero siempre volvía porque su máxima obsesión era sacar a su hermana de la RDA. No podía abandonarla, se lo había prometido, y con cada partida y a cada regreso aquel compromiso se hacía más firme, más inquebrantable, más irrenunciable.

10

Era como mirarse en un espejo. Uno nunca se ve a sí mismo sino en la imagen que le devuelve un espejo. Por eso le impactó tanto verse en el rostro de aquel hombre que le había abierto la puerta y que era exactamente igual a su propio reflejo. Los mismos ojos, los mismos labios, pómulos exactos, iguales la forma de la barbilla, orejas, cuello, hombros, el mismo flequillo con el pico de viuda que lo alzaba un poco, la misma estatura y complexión. Daniel lo miraba con fijeza, incapaz de articular palabra, pero sí consiguió oírse a sí mismo en la voz del otro.

—Me alegro de conocerte, Daniel —dijo el hombre sonriente. Se hizo a un lado—. Pasa, por favor.

Daniel tardó en reaccionar. Dio un paso hacia el interior con el mismo vértigo que aquel que se dispone a dar un salto al vacío. No dejó de mirarlo, abrumado por el parecido. Los distinguía la ropa: jersey de cuello alto, chaqueta y un pantalón gris en el caso de su anfitrión, gabardina, traje y corbata en el suyo.

La puerta se cerró a su espalda y fue entonces cuando pudo hablar.

—¿Qué significa esto? —preguntó sin dejar de mirarlo.

Klaus encogió los hombros con gesto afable.

—Es evidente, tienes un gemelo y no lo sabías... —elevó las cejas y sonrió—, hasta ahora. Mi nombre es Klaus.

Le tendió la mano con intención de estrechársela, pero Daniel se quedó inmóvil, sin apartar la vista de aquellos ojos, que eran también los suyos.

—Yo no tengo que presentarme. Es obvio que tú ya sabes mi nombre. Lo que no sé es desde hace cuánto tiempo.

—Comprendo tu impresión —dijo Klaus bajando la mano, sin dejar de mostrarse cordial, condescendiente—. Algo parecido me ocurrió a mí cuando mi madre... Nuestra madre me lo dijo. Un gemelo, pensé, una persona genéticamente igual a mí viviendo a miles de kilómetros de distancia, en un ambiente distinto...

—Y con unos padres que no le correspondían —le interrumpió secamente, con la presión en su conciencia de no poder renunciar a los que consideraba como sus progenitores y que habían dejado de serlo. El agobio de la confusión resultaba doloroso.

Klaus le miró con gesto hosco.

—No olvides que en este asunto soy tan víctima como tú.

—Tú has estado donde tenías que estar, con los padres que por ley natural te correspondían.

Klaus mantuvo un silencio valorativo, sin dejar de mirarlo.

—Empecemos de nuevo —alzó el brazo tendiéndole la mano—. Soy Klaus —movió la mano en el aire, como si le animara a estrecharla—, tu hermano Klaus.

Pero Daniel no hizo ademán alguno de separar los brazos de los costados. No dejaba de mirarlo, de indagar sus ojos en busca de alguna respuesta a tanta confusión, a pesar de que todo era demasiado claro, demasiado evidente.

—¿Dónde está mi madre?

Klaus volvió a bajar la mano con un gesto decepcionado.

—La verás si tú quieres, claro está.

—Quiero verla ahora. Para eso he venido hasta aquí. —Paseó la vista a su alrededor, como si la buscase—. ¿Dónde está?

—No está aquí —contestó Klaus con voz grave—. De hecho, no está en París. Si quieres conocerla tendrás que acompañarme en un largo viaje.

Daniel le miró receloso.

—Ya he hecho un largo viaje.

—Pero no has llegado a tu destino. Aún no.

—Acabemos con esto de una vez —añadió Daniel, que empezaba a impacientarse—. ¿Dónde se supone que debo ir ahora?

—A Berlín. Allí viven nuestros padres y nuestra hermana.

—¿Nuestra hermana?

El otro asintió recuperando el tono afectuoso.

—Se llama Bettina. Tiene veinticuatro años. —Sonrió abiertamente—. Es mucho más guapa que nosotros, y muy inteligente, brillante diría yo. Se licenció en Medicina en solo cuatro años con un expediente académico excepcional. —Calló un instante, el rostro ensombrecido—. Será una gran pediatra —su voz se quebró hasta convertirse en apenas un susurro, como si hablase para sí mismo, como si las palabras le dolieran.

Daniel, que seguía escudriñándolo, por fin bajó los ojos al suelo. Soltó una risa floja, a la vez que alzaba de nuevo la cara, y miró a un lado y a otro, sin fijarse en nada.

—Qué ironía. Siempre quise tener hermanos... Nunca me he sentido cómodo en el papel de hijo único. —Abrió las manos, como si quisiera abarcar todo a su alrededor—. Y resulta que de repente me aparecen un gemelo y una hermana pequeña.

—¿Nos sentamos? —le instó Klaus con amabilidad.

Se dejó guiar hasta una sala con dos butacas. El mobiliario era muy sencillo y algo escaso, como si quien lo habitaba estuviera de paso. Había dos mansardas a través de cuyos cristales, cuarteados por finos travesaños de madera blanca, se divisaba un horizonte de tejados grises de pizarra. Aturdido, se dejó caer en uno de los sillones sin llegar a retreparse, erguido, alerta, claramente incómodo. Por unos instantes dejó vagar su mirada por el oscuro cielo de París.

—¿Por qué me has hecho venir hasta aquí? ¿Por qué tanto misterio? ¿Por qué no has dado la cara?

Klaus se sentó frente a él.

—Creí que era mejor que tú y yo nos conociéramos antes, hay cosas que deben asimilarse poco a poco. Viajo a menudo a París por motivos de trabajo, esa es la razón de que estemos aquí.

—Sigo sin entender qué hacemos aquí. Este encuentro me parece frío, fuera de lugar. ¿Por qué no me escribiste contándome que existías? Podías haberme llamado por teléfono, no sé… Hubiera sido todo más sencillo.

—Puede que más sencillo para ti —replicó Klaus con una sonrisa reposada—. A mí no me resulta nada fácil viajar a Madrid. Mis circunstancias son..., digamos que algo especiales.

—¿Qué significa especiales?

Klaus se incorporó inclinándose hacia él, los codos sobre las rodillas, las manos enlazadas en el aire.

—Nosotros, tu otra familia, somos ciudadanos de Alemania del Este, de la mal llamada República Democrática, porque de democrática no tiene nada, otra dictadura como la que tenéis en España, pero del signo contrario —sonrió irónico, con la boca torcida a un lado, como si buscase su complicidad—. Por supuesto, espero que este comentario quede entre tú y yo, porque en mi país por mucho menos te envían a la cárcel. Es lo que tienen las dictaduras, que no admiten la crítica. —Volvió a recuperar la gravedad en su rostro—. Como comprenderás, nuestra movilidad para salir al extranjero es reducida, incluso para pasar a Alemania Occidental, y casi nula para viajar a España. Es difícil de explicar. Podría decirse que estamos prisioneros en nuestro propio país.

—Y tú, ¿cómo es que puedes viajar a París? ¿Tienes privilegios que no tienen los tuyos?

—Cada uno se gana los privilegios como puede. Tú los tienes bien ganados en España. Tengo entendido que tu padre adoptivo es un hombre muy considerado en el régimen franquista. No me negarás que tu posición privilegiada te ha facilitado mucho la vida.

Daniel observó largamente a aquel clon suyo. Ya había empezado a detectar otras diferencias aparte de la forma de vestir, aunque no físicas, al menos a la vista, porque identificó en él los mismos gestos, las mismas posturas incluso; sin embargo, sí que percibió contrastes en la forma de utilizar el lenguaje, o tal vez fuera que quería verlos, en un intento de hallar algo que le distinguiera de aquel intruso tan cercano que acababa de irrumpir en su vida, aunque siempre había estado en ella, sin él saberlo, ni intuirlo siquiera..., o sí, quizá lo presintiera inconscientemente. Le vino a la memoria la vehemencia con que había deseado tener un hermano desde que tenía uso de razón, la soledad que le había embargado durante toda su niñez a pesar de estar colmado de cariño y atenciones de su madre, como si le faltara algo de su propio cuerpo, un miembro amputado y separado de su ser.

—Por lo que veo sabes mucho de mí —añadió distante.

—Algo más que tú de mí. Pero eso se puede arreglar con el tiempo. Daniel, cuando mi madre me descubrió tu existencia, no me lo creí. Pensé que era un desvarío suyo. Me dijo que quería verte antes de morir.

—¿Se está muriendo? —preguntó con frialdad.

—Todos nos estamos muriendo un poco cada día, ¿no crees? Pero la enfermedad de nuestra madre se llama tristeza, una tristeza que arrastra como una dura condena desde el mismo día en que nacimos.

—La condena de haberme abandonado nada más nacer, supongo.

Klaus guardó silencio.

—Creo que las cosas fueron más complicadas.

—¿Me abandonó? —preguntó taxativo, sin tregua, con exigencia—. Tengo derecho a saber qué ocurrió, por qué estoy donde estoy, por qué no me he criado a su lado, al tuyo... Al lado de la que debía ser mi familia.

Klaus negó con un gesto amable.

—Lo siento, Daniel, pero eso es algo que debe contarte ella... También es su derecho.

Guardaron silencio unos segundos, escrutándose sin pausa, intentando penetrar en el pensamiento del otro.

Daniel abrió los labios, sintió que le faltaba saliva en la boca.

—¿Puedes darme un poco de agua, por favor? —dijo Daniel—. Tengo la boca seca.

La cocina formaba parte de la estancia en la que estaban;

lo único que dividía los dos ambientes era una barra con dos sillas altas, como las de los bares. Una nevera pequeña, dos quemadores de gas, un fregadero y un puñado de muebles de madera oscura completaban aquel espacio. Mientras Klaus le llenaba el vaso, Daniel vio un teléfono sobre una cómoda junto a la pared. Eso le hizo acordarse de Sofía.

—¿Te importa que haga una llamada? —preguntó cuando el otro le tendió el vaso—. No he tenido tiempo de avisar a mi mujer de que he llegado. Si no la llamo empezará a preocuparse.

Klaus le invitó a hacerlo con un gesto de la mano.

—Claro.

Bebió un trago y dejó el vaso en una mesa que había en medio. Se acercó y, antes de marcar, se volvió hacia su hermano.

—Te pagaré la conferencia.

Klaus le miró y sonrió negando, con un gesto de suficiencia.

—No te preocupes, me lo puedo permitir.

Mientras descolgaba, consultó la hora. En un francés bastante fluido le dio a la operadora el número de su casa. Pensó que Sofía debía de estar inquieta. Lo hacía en exceso, inquietarse por cualquier cosa, por cualquier asunto que se saliera fuera de lo normal. En seguida se alarmaba, se ponía nerviosa por algo que ni siquiera había ocurrido, pero que quizá pudiera llegar a ocurrir, cualquier desgracia ajena la ponía en guardia, la muerte de un conocido o la enfermedad, como si sus efectos fueran a alcanzarla a ella o a su entorno; el celo con las niñas, unas décimas de fiebre suponían llevarlas de inmediato a urgencias, llamar al médico angustiada. Daniel se aplicaba siempre el dicho «la falta de noticias son buenas noticias», pero ella no lo veía claro. Había que llamarla cada vez que él se retrasaba en el despacho, porque de lo contrario se alteraba y llamaba y preguntaba en exceso, casi como una esposa histérica acuciada por los celos y la sospecha. Estaba seguro de que aquella actitud era producto del aburrimiento que la embargaba, al no tener otra cosa que hacer en todo el día que pensar en lo que hacían o dónde estaban los demás. Seguro que no habría podido dormir, pendiente de su llamada, seguro que no habría salido, ni tan siquiera a misa, no fuera a ser que la llamase justo en ese rato en el que ella se ausentaba de casa. Así que lo mejor era llamarla, decirle que todo iba bien. Mientras esperaba, valoró si contarle el motivo de su viaje, la sorpresa de su gemelo, la posibilidad de viajar hasta Berlín para conocer no solo a su madre, sino a su otra familia, su verdadero padre y una hermana. Se le aceleraba el corazón al pensarlo. Alguien con su misma sangre se había criado a muchos kilómetros de él, sin saber el uno del otro. Era tan compleja aquella evidencia que le costaba pensar bien, y cuando la operadora le indicó que el número estaba ocupado, indeliberadamente respiró tranquilo.

Mientras Daniel permanecía con el auricular pegado al oído, Klaus se sirvió un coñac y se encendió un cigarro. Dejó el paquete de tabaco sobre la mesita que había junto a los sillones. Le miraba de reojo. Se sentó de espaldas a él, atento a sus reacciones.

—Con quién estará hablando —murmuró Daniel. Volvió a posar el auricular sobre la base—. Estas mujeres no callan.

—Inténtalo más tarde. Tenemos tiempo y muchas cosas de las que hablar.

Pero Daniel no se rindió a la primera. Volvió a conectar con la operadora y le solicitó de nuevo la llamada. Klaus esperó paciente. Oyó que colgaba el aparato y que chascaba la lengua. Daniel volvió a su sitio y, sin llegar a sentarse, bebió otro trago de agua. Su gemelo lo miraba con cierta suficiencia.

—¿Prefieres un coñac? También tengo güisqui.

—Creo que me vendrá bien un coñac.

Klaus le preparó la copa y volvieron a sentarse, uno frente al otro, como si se hallaran delante de un espejo.

Daniel lo miraba con una mezcla de curiosidad y pasmo, la copa en la mano. Se encontraba molesto, fuera de lugar. Bebió un trago largo del líquido ambarino, sintió su calor al pasar por su garganta.

—Entonces, ¿qué se supone que debo hacer para conocer a mi madre?

—No te olvides de tu padre y de tu hermana, también ellos

son tu familia. —Daniel no dijo nada. Le mantuvo la mirada, arrogante. Klaus habló con impertinente serenidad—: Ya te lo he dicho. Ellos viven en Berlín. Si quieres conocerlos tendrás que viajar hasta allí.

—¿Y si me niego?

Klaus alzó un poco las manos y movió la cabeza.

—Puedes hacer lo que quieras. Es tu decisión. Nadie te obliga.

Hubo un largo silencio. Klaus aspiró el humo de su cigarro. Tenía las piernas cruzadas y su gesto era sereno, controlaba la situación. Se levantó y fue hasta la cómoda. Abrió un cajón y sacó un sobre. Regresó y lo depositó encima de la mesa.

—Son dos pasajes para un avión que sale mañana con destino a Berlín Occidental. Uno está a tu nombre. De ahí pasaremos al Este por el paso de Friedrichstrasse.

Daniel miró el sobre abierto, del que asomaban los billetes de avión.

—No puedo ir a la RDA. —Dejó la copa, sacó su pasaporte, lo abrió y lo echó encima de la mesa. La foto de Sofía junto a la suya apareció en la primera página—. Los españoles tenemos prohibido viajar a determinados países, entre ellos el tuyo.

—Lo sé —dijo sin mirar el documento—. Pero eso tiene remedio. —Abrió el sobre y sacó los pasajes y un papel doblado. Se lo tendió—. Es un visado que te permite entrar en el país durante tres días.

—¿Se puede hacer este tipo de trámite sin mi pasaporte? —preguntó extrañado.

—Digamos que tengo mis contactos —contestó Klaus sin más explicaciones—. Serás un invitado especial de la RDA.

Daniel desdobló el papel y lo miró con el ceño fruncido.

—No entiendo muy bien por qué te adelantas en tomar decisiones que me atañen. ¿Y si no quiero ir?

Klaus se lo quedó mirando con fijeza. El gesto se le tornó irónico, con una sonrisa airada. Quería demostrarle que estaba empezando a perder la paciencia.

—Me acompañes o no, mañana cogeré ese avión. Pero, si no lo haces, no volverás a saber nada más de nosotros. Nunca —lo dijo con firmeza—. Podrás regresar a tu vida y seguiremos ausentes de ella. —Calló un instante con un ademán de gravedad—. Tú decides.

Daniel se sentía confuso y abrumado. Había llegado hasta allí y algo en su interior le impulsaba a seguir adelante. No perdía nada salvo algunos días. Conocer sus orígenes, quién era en realidad, o cómo debía haber sido su vida, si el destino no le hubiera elegido a él en vez de a su gemelo, le parecía una buena excusa para dejarse llevar. Cada vez le resultaba más apremiante conocer a esa familia que acababa de aparecer en su vida, sentía una necesidad imperiosa no solo de conocer a su madre, sino también a su padre y a una hermana, saber más de ese gemelo que tenía frente a él. No veía ninguna razón para no ir. Sin embargo, insistió en sus dudas, necesitaba reafirmarse en todo aquel asunto en el que todavía había sombras sin explicación lógica.

—¿Por qué haces todo esto? —Su voz sonó blanda.

—¿Cómo que por qué lo hago? —habló con sorpresa—. Soy tu hermano, mi madre..., tu madre quiere conocerte. Cómo no hacerlo, o al menos intentarlo, si con ello puedo aportarle un poco de tranquilidad a su vida, atormentada por tu recuerdo. ¿Qué supones que debía hacer? ¿Nada? ¿Quedarme quieto? ¿Hacer caso omiso de lo que me pedía? Eso sería como castigarla de nuevo, ¿no crees? ¿No tienes curiosidad de saber cuál es la razón de tu abandono? —Se calló unos segundos mirándole fijamente. Levantó el dedo índice y le señaló como para dar énfasis a sus palabras—. Estoy convencido de que, si pudiera, ella misma hubiera ido en tu busca. Pero no puede. Esa es toda la verdad, así de simple o de compleja, según se mire, pero es la verdad.

Klaus observaba prudente la asimilación a la que iba sucumbiendo la mente de su gemelo. Creyó conveniente dar el golpe definitivo para convencerle. En silencio, se levantó y de nuevo se acercó a la cómoda. Cogió algo y volvió a sentarse. Era una foto. Se la tendió, pero Daniel no reaccionó, debatiéndose entre el recelo y la curiosidad.

—Estamos los cuatro —dijo moviéndola en el aire para que la cogiera—. Fue tomada hace apenas un año.

Daniel la miró con reparo. Luego adelantó el cuerpo y la cogió con movimientos lentos, con una ingenua prudencia, temeroso de poner los ojos sobre aquella imagen. Cuando la tuvo en su mano, volvió a arrellanarse en el sillón buscando la comodidad, o el apoyo.

La foto no tenía buena calidad, no era en color, ni tampoco en blanco y negro, más bien tiraba a sepia. Estaba tomada en la calle, delante del portal de un edificio de paredes grises. El padre y Klaus a los lados, las dos mujeres en el medio, Bettina al lado de su hermano, el brazo de este echado encima de su hombro. Todos sonreían y miraban a la cámara, menos el padre, que estaba serio y sus ojos se dirigían hacia un lado, como desviada su atención de quien les hacía la foto. El rostro, adusto y mohíno, se parecía al de Klaus, y al del propio Daniel con algunos años más. Tenía un aire a Lee Marvin. Bettina, sin embargo, se parecía a su madre, algo más alta, bien formada, más guapa que ellos, como le había dicho su gemelo. Aunque sonreía, su gesto era forzado, solo para el momento, seguramente animado por el que les hacía la foto, la palabra mágica «sonríaaan» y los labios se despliegan en un ademán impostado. Iba con falda, camisa estampada y una rebeca. La madre era la de más baja estatura, delgada, de aspecto enteco, avejentada prematuramente, vestida con falda y jersey claro. El padre llevaba un traje sin corbata; al igual que Bettina, era también muy delgado y alto, casi como Klaus, que vestía unos pantalones oscuros tipo vaquero y una camisa con un jersey de cuello de pico.

Los ojos de Daniel exploraban el rostro de la madre.

—¿Cómo se llama...? —Levantó la mirada de la imagen un instante para hacer la pregunta—. Ella, ¿cuál es su nombre?

—Gloria Montes. Y él es Alwin, Alwin Zaisser. Los dos cumplen este año los cincuenta. Nos tuvieron con apenas veinte. Ella no los había cumplido cuando salió de España.

—¿Dónde se supone que nacimos?

—En Madrid. En la madrugada del 2 de enero de 1939.

—Mi cumpleaños es el seis, el día de Reyes.

—Pues llevas veintinueve años celebrándolo con cuatro días de retraso —añadió con sorna.

—¿Cómo llegué a manos de mis padres adoptivos?

Klaus lo miró con fijeza. En su rostro una sonrisa de suficiencia, valorativa.

—Ya te he dicho que eso te lo debe explicar ella. —Puso sus ojos en la foto que Daniel sostenía en las manos—. Esa es la puerta del edificio en el que vivimos. Un piso pequeño para los cuatro, pero nos apañamos, qué remedio. En Berlín la vivienda está difícil para gente joven sin familia.

Mientras Klaus hablaba, Daniel no dejó de escrutar los cuatro rostros, aquella familia que también era suya a pesar de no conocerlos, o solo a uno y de ello hacía unos minutos. Resultaba raro todo aquello, descubrir a alguien con quien se ha permanecido tan unido durante los primeros meses de vida, tan pegados el uno al otro, abrazados en la ingravidez silenciosa del vientre materno. Dio un largo suspiro como si estuviera exhausto y habló sin alzar la cabeza, sin dejar de mirar aquellos rostros, casi en un susurro.

—Todo esto resulta increíble.

En ese momento levantó los ojos hacia su gemelo, el gesto grave.

Klaus se mojó los labios en la copa. Aspiró la última calada del cigarro y lo estrujó en un cenicero lleno de colillas.

—Es tu decisión. Si quieres, ahora mismo te tramito un vuelo de regreso a Madrid. Creo que hay uno de Iberia mañana a primera hora. O regresas en tren, como tú prefieras.

Daniel le miró durante unos segundos. Negó con la cabeza.

—No, no... Iré contigo a Berlín. Al menos que sirva para algo la paliza que me he dado en el tren. Casi un día para llegar hasta aquí. Fue agotador.

—A mí el avión me da pánico. Lo tomo cuando no tengo más remedio, y reconozco que lo paso muy mal. Imaginé que a ti te pasaría algo parecido. Eso dicen de los gemelos, que tenemos las mismas fobias, los mismos miedos, los mismos gustos. Por eso te envié el billete de tren. No quería que el vuelo te acobardase para dar el primer paso.

—Sí, tienes razón. No me gusta despegar los pies de la tierra. Pero hubo demasiados retrasos, demasiadas incertidumbres a lo largo de muchas horas. Se me hizo muy pesado. —Le miró de repente como si hubiera caído en un detalle importante que no encajaba—. Dime una cosa, ¿cómo llegó ese sobre hasta la mesa de mi despacho? No tenía franqueo. Nadie del bufete sabía nada. Tuvo que ser alguien de fuera. ¿Quién lo hizo?

Klaus esbozó una sonrisa sagaz.

—Tengo un buen amigo francés que viaja con asiduidad a Madrid. La semana pasada tuvo que hacerlo, fue él quien te lo dejó.

—¿Y cómo pudo dejarlo sobre mi mesa?

Klaus sonrió ladino.

—Mi amigo tiene formas muy sutiles para acceder a cualquier sitio y pasar totalmente desapercibido. En esas lides es un verdadero maestro. —Alzó las cejas y movió la cabeza—. Pero no me preguntes cómo lo hizo porque no lo sé. Tal vez entró como cliente, tal vez sobornó a alguien. Lo desconozco. Tendría que preguntárselo —lo miró sonriente, evidenciando seguridad—. Lo haré si quieres.

Daniel lo escuchaba con un desconcertado arrobo.

—¿Por qué no me lo enviaste por correo?

Klaus chascó la lengua moviendo la cabeza.

—No podía arriesgarme a que se perdiera. Si no venías a esta cita sería el final para esta aventura. Tenía que estar seguro de que llegaba a tus manos… Uno se vuelve un poco paranoico cuando vive en un país en el que las cartas se pierden con una facilidad pasmosa.

Daniel se quedó unos segundos observando su reflejo en vivo, hasta que asintió con los labios, apretándolos.

—Me resultas extrañamente sutil... En tu manera de hacer las cosas, quiero decir.

Klaus alzó las cejas y no dijo nada. Después de un largo silencio, Daniel habló señalando hacia los billetes de avión.

—Está bien. Te acompañaré a Berlín.

Dicho esto, enmudeció, como si aquellas palabras le hubieran sentenciado. Daniel se echó a reír para soltar la tensión acumulada. Sentía la presión de la sangre fluir a sus sienes palpitantes.

Klaus sonrió satisfecho, prudente.

—Me alegra tu decisión. Mañana te iré a recoger al hotel a las seis de la mañana. El avión sale a las nueve. Una cosa más, no te extrañes cuando me veas, llevaré peluca y bigote. Mis salidas de Alemania son, digamos que subrepticias, de tapadillo. Además, así no se extrañarán en la frontera de ver a dos gemelos con apellidos y nacionalidad distintos. La policía de mi país es muy susceptible a todo lo que se salga de lo normal. De todas formas, es algo así como mi uniforme de trabajo... Pero de eso ya hablaremos.

—Más secretos...

—Ya te darás cuenta de que mi medio de vida es el secreto. —Klaus apuró de un trago el coñac, dejó la copa en la mesa y se levantó. Tenía que dar por terminada aquella visita—. Tendremos tiempo para hablar de ello durante el viaje. Será mejor que descanses. Nos queda un largo camino por delante y muchas emociones que vivir.

Daniel le tendió la foto para devolvérsela, pero Klaus la rechazó con un gesto de la mano.

—No, quédatela, la he traído para ti.

11

Nada más entrar en la habitación 220 del hotel, volvió a intentar contactar con Sofía. La telefonista le dijo que no conseguía conectar la conferencia, que tal vez hubiera algún problema con las líneas, y le aconsejó que lo intentara más tarde. Daniel se pidió unos sándwiches y una cerveza y se tumbó sobre la cama con la foto en la mano. No dejaba de darle vueltas a todo lo que estaba ocurriendo. Inspeccionó con tranquilidad el retrato. Quería descifrar los entresijos mentales de cada uno de los que le miraban, o más exactamente al objetivo del que sostuvo la cámara y que con una ligera presión del dedo capturó para siempre aquella instantánea que ahora le permitía a él adelantarse, preparar su mente para el primer encuentro. Observar el rostro de la madre recién descubierta, y el de su padre, y el de su hermana. Respecto al de Klaus, bastaba con mirarse al espejo. Los dos tenían los mismos rasgos que su padre, rubios, pelo abundante y algo fosco, ojos claros, muy claros, algo rasgados, expresivos, a decir de la gente, uno de sus más preciados atractivos, convertidos en una leve línea cuando sonreían, aunque el padre no lo hacía.

Pensaba en su madre, la que le había criado y a la que seguía considerando con ese concepto de madre, algo distinto al de la mujer de la imagen, aquella que, junto a su hermano, le había llevado en su vientre durante el embarazo, quien le trajo al mundo con ese dolor intenso y frenético que siente una mujer cuando está de parto. Había visto a Sofía descomponerse con cada contracción, cada vez más intensas, más terriblemente dolorosas, tanto que le dolía a él con solo mirarla. Recordaba la primera vez que vio a cada una de sus hijas, ya en brazos de Sofía, milagrosamente recuperada, su rostro de plácida felicidad. Se preguntaba cómo era posible que una madre pudiera llegar a separarse en ese momento de su hijo. Y por qué precisamente de él, qué razón le habría llevado a escogerlo a él y no a su gemelo. ¿Hubiera sido mejor quedarse a su lado, en sus brazos? Si así hubiera sido, su vida ahora sería la de su hermano Klaus, y tal vez fuera Klaus el que estaría mirando aquella imagen.

Sus ojos se posaron sobre la figura del hombre que le concibió, el que le atribuyó los genes. Se preguntaba qué tendría de él, qué habría heredado además de su extraordinario parecido físico. Era como mirarse a sí mismo dentro de veinte años, cumplidos ya los cincuenta. De repente entendió por qué no tenía nada que ver con el padre que lo había criado. Nunca se había sentido identificado con Romualdo Sandoval en nada, aunque reconocía la inercia de su implacable influencia.

Se quedó dormido y de madrugada se despertó aterido. Se levantó y se acercó a la ventana. Caía una lluvia fina sobre la calle solitaria. Apenas había ruido. Echó un vistazo al reloj. Quedaba una hora para que le avisaran de recepción. Había dejado dicho que le llamaran a las cinco. No quería dormirse. La maleta, sin deshacer, estaba abierta sobre una banqueta al pie de la cama. No había sacado nada porque no se había quitado nada. Se desnudó y se dio una ducha, se afeitó y se vistió. Cuando se estaba anudando la corbata, sonó el teléfono. Pidió de nuevo la conferencia a Madrid. No le importaba si la despertaba a esas horas. Tenía necesidad de hablar con Sofía, de contarle lo que le estaba pasando, aunque no resultaría nada fácil hacerlo por teléfono. Pero se volvió a quedar con las ganas, los problemas en las líneas con España continuaban.

Preguntó si podía tomar un café y bajó para comer algo y esperar la llegada de su hermano. Cuando Klaus entró en el vestíbulo del hotel, lo reconoció a pesar de la peluca de pelo oscuro que asomaba apenas bajo un Borsalino negro, el bigote y un chaquetón con las solapas subidas casi hasta las mejillas.

Tampoco era demasiado difícil, advertido como estaba y sin apenas clientes pululando en aquellas horas.

—Pareces un espía de película —le dijo ya en el interior del taxi.

Klaus le miró y le dedicó una media sonrisa, sin decir nada.

Durante el camino al aeropuerto solo hablaron de la necesidad imperiosa que tenía Daniel de contactar con Madrid.

—Se van a empezar a preocupar, y conociendo a mi mujer es capaz de mandar a la policía a buscarme y montar la de San Quintín.

—Lo intentaremos en Berlín —consultó la hora antes de continuar—. Vamos muy justos de tiempo ahora. Si realmente hay una avería en las líneas con Madrid, podrás enviar un telegrama. Así sabrá que estás bien.

—Lo cierto es que me gustaría hablar con ella, contarle lo que me está sucediendo... En un telegrama es difícil de explicar.

Klaus le miró unos segundos.

—No te preocupes, cuando lleguemos podrás hablar largo y tendido con ella. Ahora centrémonos en tomar ese avión a tiempo.

Llegaron al aeropuerto con el tiempo justo para tomar el vuelo de Air France con destino a Berlín. Cuando despegó el avión y para despistar al miedo, Daniel intentó entablar una conversación con su gemelo.

—¿Estás casado?

—¿Qué? —inquirió Klaus desconcertado.

—¿Que si estás casado? ¿Si tienes hijos?

Klaus tardó en contestar, como si tuviera que pensar la respuesta, o como si no se esperase la pregunta.

—No. No estoy casado.

—Vaya. Yo sí... —Le miró de reojo, pero Klaus siguió con la vista fija en lo indefinido del cielo al otro lado de la minúscula ventanilla—. ¿O eso también lo sabías?

Klaus se volvió hacia él y se miraron un instante. No contestó y de nuevo volvió la cabeza hacia la ventanilla.

—¿No te has enamorado nunca? —insistió Daniel.

—Nunca es mucho decir —contestó mohíno, sin moverse.

—Entiendo que no quieres hablar de ello.

De nuevo sus ojos se clavaron en Daniel, la mueca de enojo que le precedió le adelantó la respuesta.

—No —sentenció contundente—. No es el momento.

Daniel se calló y poco más hablaron el resto del vuelo. El mismo silencio arrastraron por el aeropuerto de Tempelhof. Tomaron un taxi que los llevó por las calles del Berlín Occidental. Daniel observaba todo con curiosidad, empapándose de la vitalidad y el bullicio de sus calles coloridas, los comercios con brillantes anuncios, escaparates con vitrinas radiantes decorados con exquisitez, puestos callejeros de almendras y flores, restaurantes, cafés, terrazas con toldos de rayas y sillas verdes y rojas donde la gente consumía cerveza sentada a la calidez del sol. Le recordó los bulevares parisinos. Los coches eran mucho mejores que en España. Mercedes, Volkswagen de colores rojos, negros, blancos, amarillos, azules. Era una ciudad activa, extraordinariamente vital.

El sol de primavera brillaba amenazado por los espesos nubarrones que lo empezaban a cercar, como una oscura premonición del fin de la templada calidez de la que gozaban los ciudadanos. Durante el trayecto Klaus estuvo muy callado. Se le notaba tenso, alerta. Pero Daniel no le dio mayor importancia, más pendiente de las calles y la gente que las transitaba, observándolo todo con avidez.

El taxi los dejó en la estación de Bahnhof am Zoo.

—Cogeremos el tren para pasar al lado oriental —dijo Klaus después de pagar el taxi—. Allí hay una oficina de correos, intentaremos poner una conferencia a Madrid. Si no, podrás enviar un telegrama a tu esposa.

La estación olía a una agradable mezcla de frutas, especias exóticas y café. Había poca gente en el andén en dirección a Friedrichstrasse. Nada que ver con el trasiego al otro lado de las vías, en la dirección a la ciudad occidental. Cuando llegó el tren, una marea humana bajó con prisas y se desperdigó por el andén en dirección a la salida. Resultaba evidente que se trataba de la última estación del lado occidental antes de adentrarse en la zona este de la ciudad. Klaus entró en uno de los vagones seguido de Daniel. Cada uno con su pequeña maleta en la mano. Contrastaba la seguridad con la que se movía Klaus con la fascinación con la que lo hacía Daniel, embebecido de todo a su alrededor, atento a los rostros, al entorno, a la disparidad con el mundo conocido. En el vagón viajaban una docena de personas, todos iban callados, ausentes. Daniel los observó, pensó que parecían figuras taciturnas, grises. Se oyó un pitido y las puertas se cerraron. El tren se puso en marcha. Salieron al exterior por una vía elevada, eso le permitió a Daniel observar a través de la ventanilla cómo se iba adentrando en otra ciudad muy distinta. El paisaje urbano empezó a cambiar en seguida. Los tejados, las calles, los parques, nada tenían que ver con los que había visto en el trayecto desde el aeropuerto. Y de repente la franja, el Muro, la frontera bien definida entre una ciudad y otra que las separaba como una peligrosa serpiente en reposo, latente, conminatoria a cualquiera que osara encararla, por algo se la conocía como la «franja de la muerte».

—Nunca pensé que fuera tanto —murmuró sin quitar los ojos de aquella línea divisoria que más parecía la entrada a un campo de concentración.

—Siempre impresiona... —añadió Klaus. Y le fue indicando, señalando con el dedo apoyado en el cristal de la ventanilla.

Aquella cicatriz de indignidad humana se iniciaba en el lado occidental con la solidez del muro de cemento, grandes bloques blancos y sólidos redondeados en lo alto para impedir que nadie del Oeste pudiera alcanzar su cresta. Más allá se alzaban rejas y alambradas, y una franja de arena bajo la que se ocultaban cables y minas que no mataban, tan solo arrancaban las piernas. A continuación, un sendero de vigilancia por donde se desplazaban patrullas de la Volkspolizei, la policía popular, con uniforme gris y aquel casco tan característico. Sus agentes, a quienes todo el mundo se refería como los «vopos», le aclaró Klaus, eran los encargados de la vigilancia fronteriza en el perímetro de Berlín Este e iban acompañados de perros de presa muy agresivos que buscaban con ladridos a los valientes, atemorizados e ingenuos que osaban correr en pos de su libertad; aquel perímetro endiablado se cerraba con obstáculos para vehículos, una reja electrificada que en cuanto se rozaba enviaba un aviso a la torre más cercana para derivarlo al resto de las torres de vigilancia que todo lo controlaban.

—Los ciudadanos de la RDA no pueden llegar a tocar el Muro por excelencia —dijo Klaus mirando a través de la ventanilla—, la «barrera de protección antifascista», así se le conoce en el Este, el símbolo de la división de un país en dos partes.

—Había oído hablar del Muro, pero reconozco que nunca imaginé que fuera así... —murmuró Daniel conmovido por lo que veía—. Es como ingresar en una inmensa cárcel. Una prisión en la que penan todos sus ciudadanos.

—En realidad, aquí en Berlín es el lado occidental el que está rodeado por el Muro, es como una isla en medio de la República Democrática Alemana. Y no todos los ciudadanos de la RDA piensan que están encerrados, son muchos los que aceptan las restricciones en la frontera como una manera de defenderse del enemigo exterior. Nuestros padres lo piensan, están convencidos de ello. Ya lo irás entendiendo.

—Resulta incomprensible todo esto —Daniel hablaba sin dejar de mirar aquella franja de seguridad.

Klaus no dijo nada, retiró los ojos de la ventanilla y se arrellanó en el asiento.

Fue un trayecto corto pero muy intenso. Una sola parada de aquel tren urbano y ya estaban en otro país, dentro de la misma Alemania, con ciudadanos alemanes que hablaban la misma lengua, pero que tenían pasaporte distinto, distinto gobierno, distinta forma de concebir el Estado, economía diferente, otras leyes, otras formas de entender la vida.

—Ahora hay que pasar la frontera —le dijo Klaus mientras se apeaban del vagón—. Debes entrar solo. Te mirarán mucho. El trámite puede resultar incómodo por lo estrecho del lugar, por encontrarte solo y rodeado de espejos, y porque los policías de migración no son un dechado de amabilidad. No digas nada. Aquí el inglés no lo entiende nadie y el alemán es muy cerrado.

—¿También sabes que hablo inglés?

Klaus le sonrió, le puso la mano en el hombro y le devolvió la pregunta en tono afable.

—¿Lo hablas?

A Daniel le sorprendió la pregunta. Encogió los hombros y se replegó.

—Algo sé, aunque reconozco que en Madrid tengo pocas oportunidades de practicarlo.

—Debes de tener facilidad para los idiomas, igual que yo. Es fácil adivinar cosas de ti. Eres mi gemelo, genéticamente somos idénticos, no lo olvides. —Giró la cabeza en la dirección que iban los demás pasajeros. De nuevo le miró—. Permanece tranquilo mientras comprueban tus datos. Desconfían de los que muestran alguna inquietud.

—Joder, me estás acojonando —alegó Daniel con una sonrisa irónica.

Klaus sonrió.

—En mi país la policía es muy desconfiada. Aunque el problema para ellos no es la entrada, sino la salida.

—Espero que luego me dejen salir —rio Daniel.

—No eres ciudadano de la RDA. No pueden retenerte a no ser que cometas algún delito.

Daniel lo miró de nuevo.

—Eso ocurre en todos los países. Al menos en España ocurre. Es el imperio de la ley.

—Puedes estar tranquilo. Conmigo no tienes ningún problema. Eres mi invitado, nuestro invitado de honor.

Le indicó la escalera y siguió la cola de los pocos que habían descendido del suburbano con destino al Berlín Este. Estuvo esperando un rato su turno. Reinaba un silencio estremecedor. Nadie hablaba. Todos estaban pendientes de aquel al que le tocaba pasar. Primero entró Klaus.

—Te esperaré a la salida.

Desapareció tras una puerta, como todos los que le habían

precedido. Cuando le llegó el turno, entró en la estrecha cabina chapada de paneles de color tostado con un espejo inclinado y corrido en la parte de arriba de tal forma que el vigilante podía ver su espalda con solo alzar los ojos. A mano izquierda se encontraba el policía parapetado detrás de un cristal, en una posición algo más elevada, que lo observó con mirada fría. No respondió al saludo que Daniel le hizo al entregarle el pasaporte, con el visado que le había dado Klaus, a través de una rendija abierta en el cristal. Esperó paciente, sin saber si mirar el rostro del que le observaba con incisiva atención, como si escrutase alguna falta en sus ojos o en un gesto. El hecho de proceder de un país como España seguramente elevaba el recelo, al igual que ocurría si algún ciudadano procedente de un país comunista pretendía entrar en España, todo serían pegas, imaginaba, todo dudas y sospechas. No supo cuánto tiempo estuvo allí. El oficial descolgó un teléfono y, sin marcar ningún número, apenas dijo dos palabras, que Daniel no entendió. Volvió a recibir la mirada inquisitiva, que se alternaba con la inspección de su pasaporte, el visado, la foto, la suya junto a la de Sofía... Y pensó en ella, en qué le diría si le viera allí, mientras aquel policía le miraba una y otra vez, una y otra vez. Con todo, tenía la tranquilidad de saber que todo estaba en orden porque se habían renovado el pasaporte familiar hacía apenas unos meses. El policía continuaba con el auricular pegado a la oreja, como si estuviera recibiendo instrucciones, impertérrito, el gesto hierático, hasta que colgó y, solo entonces, cogió un sello y lo estampó en una de las hojas del pasaporte. Se lo entregó con arrogancia, como si le perdonase la vida.

Salió por fin de aquella asfixiante cabina y en seguida vio a Klaus que lo esperaba fumando un cigarro. Le sonrió.

—¿Cómo ha ido la experiencia?

—La verdad es que nunca me había sentido tan observado, y eso que vivo en una dictadura.

—Ya te dije que en este país son muy pejigueras con esto de las fronteras. Les gusta controlar todo lo que entra y todo lo que sale. —Cogió su maleta y le indicó la salida—. Vamos a ver si puedes llamar a tu esposa, no quisiera que por nuestra culpa tengas un conflicto matrimonial.

Salieron de la estación y Daniel se quedó estupefacto. La ciudad bulliciosa, colorida y vigorosa que acababa de dejar atrás nada tenía que ver con el aspecto de desolación de aquellas calles, los coches, la gente, incluso el ruido era distinto, más amortiguado allí, más vacío. Se acercaron a una oficina de correos. Primero pidió una conferencia a Madrid, dio el número, la operadora lo intentó. Hablaba con Klaus en un tono muy bajo, deprisa, frases cortas y tajantes, sin mirarse. Daniel los observaba sin enterarse de nada de lo que decían.

—Es imposible establecer línea con Madrid.

—Que lo intente con este otro número —le escribió el del despacho y se lo tendió.

La telefonista lo cogió con un gesto de desagrado, como si le molestase hacer el intento. De nuevo frases cortas en un alemán impenetrable para Daniel.

—Imposible —sentenció Klaus—. Pon el telegrama y acabamos antes. Volveremos a intentarlo más tarde.

Klaus le facilitó todo el trámite. Trató de ser escueto: «Estaré fuera unos días más. Todo bien. Pregunta a mi padre. Exige que te cuente. No tiene más remedio que hacerlo». Tuvo que abonarlo Klaus porque Daniel solo llevaba pesetas en su cartera, además de algunos francos franceses que había cambiado en Hendaya.

—Te lo devolveré, igual que el resto de los gastos. No tienes por qué pagármelo todo.

—Habrá tiempo de hacer cuentas.

Daniel se quedó tranquilo. Al menos Sofía sabría que estaba bien, pensó confiado.

A la salida los esperaba un hombre con una cazadora de cuero y el pelo abundante y muy negro. Saludó a Klaus y le cogió la maleta. A Daniel ni siquiera lo miró. Cruzaron la calle y se montaron en un coche, un Volga de color ala de mosca con asientos de terciopelo. El hombre introdujo el equipaje de Klaus en el maletero, esperó a que Daniel hiciera lo mismo con su maleta, cerró y se puso al volante. Los dos hermanos se acomodaron en los asientos de atrás. Olía a tabaco y a sudor. Solo entonces, Klaus se quitó el sombrero, se desprendió de la peluca y se arrancó el bigote. Los dos hermanos se miraron y esbozaron una escueta sonrisa, nerviosa la de Daniel, serena la de Klaus.

Los ojos del conductor observaban a Daniel a través del espejo retrovisor. Tenía una mirada incisiva, incómoda, vigilante.

Daniel se dio cuenta de que en pocos minutos se vería cara a cara con la mujer que le había traído al mundo, y de nuevo le sobrevinieron las dudas, los temores, los miedos. ¿Qué decirle? ¿Le daría un abrazo?

—Klaus, ¿saben ellos que llegamos?

Su hermano dio un largo suspiro.

—Sí, nos están esperando.

12

A medida que avanzaba el coche, el asombro de Daniel iba en aumento. Calles adoquinadas desiertas, con baches o parcheadas de asfalto, sin apenas tiendas, se respiraba desolación en cada esquina; fachadas que conservaban todavía marcas de metralla de la guerra, esqueletos de edificios derruidos por los bombardeos, montículos de carbón de hulla junto a los portones de madera para calentar las viviendas, como si la primavera nunca llegase a aquella parte de la ciudad, símbolos cuya exhibición en España acarrearía graves problemas. En cada esquina, en cada escaparate casi vacío, en cada pared desnuda ondeaban banderas rojas comunistas, o se exponía el rostro de Marx o el de Lenin, o ambos juntos enmarcados por la hoz y el martillo, y siempre los carteles del omnipresente Partido Socialista Unificado. Para Daniel resultaba muy chocante, se había criado en una simbología totalmente opuesta, única también, pero tan diferente, con el prejuicio grabado a fuego en su conciencia, desde que tenía uso de razón, de que todo lo que sonara a comunismo era como nombrar al diablo, un sinónimo de muerte, dolor y maldad personificada en sus militantes y adeptos; la obsesión de Franco en cada una de sus arengas: «el contubernio judeo-masónico-comunista-intelectual», unidos todos en una perversa conspiración con la oscura pretensión de dominar y someter el mundo, nada que ver con los nobles propósitos del Generalísimo, cuya férrea voluntad había sido siempre salvar a los españoles de cualquier peligro exterior e interior. Por ello le sorprendía y a la vez le inquietaba moverse por aquellas calles plagadas de signos prohibidos y condenados en España, tan ajenos a su propia ideología.

Sin mediar palabra, el chofer los condujo hasta una calle solitaria, donde detuvo el vehículo frente a una iglesia. Descendieron del coche. Daniel, sorprendido, miró la fachada de ladrillo rojo del templo.

—No sabía que conservaseis las iglesias.

Klaus le miró condescendiente. Movió la cabeza a un lado y otro.

—No es la única. Esta es evangélica, pero también las hay católicas. Nuestra constitución garantiza la libertad religiosa y de culto. No existe ninguna ley o poder público que obligue a nadie a profesar una religión concreta. Cada cual elige a quién reza, o no rezar si esa es su voluntad. Incluso hay una parte de la Iglesia que encuentra en este sistema una alternativa a todos los males del capitalismo. Aunque no te voy a engañar, una cosa es la teoría y otra la realidad. Aquí la única religión válida es la ideología de Marx y Lenin, sacramentada por Moscú, la que está por encima de todo y de todos, la que nos conducirá a la victoria final. Todo lo que se salga fuera de ese credo provoca desconfianza; sé de algunos que por el hecho de ser creyentes se han visto perjudicados en cosas cotidianas como entrar a una determinada universidad, o para conseguir un puesto de trabajo, un ascenso... La libertad existe, la discriminación también; es una paradoja, pero es así. Le ocurrió a nuestra madre. Fue hace años, cuando yo era niño, tuvo algunos problemas en la fábrica con sus turnos. El jefe de la planta se enteró de que asistía a misa cada domingo —lo miró y sonrió sarcástico—, lo hacía en contra del criterio de nuestro padre. Él es ateo por los cuatro costados. En eso he salido a él.

—¿Ha dejado de asistir a misa los domingos?

—Hace ya mucho tiempo, aunque me temo que fue una decisión puramente práctica más que espiritual.

—En esto no caben medias tintas, se es o no se es ateo. El que tiene fe no renuncia a ella por un mejor puesto de trabajo.

Klaus lo miró reflexivo

—Hay un refrán en España que dice que dos que duermen en el mismo colchón se vuelven de la misma condición… ¿Es así? —Daniel asintió—. Pues nuestros padres lo hacen desde hace muchos años. Y te aseguro que mi padre jamás entraría en una iglesia si no es para quemarla. —Alzó las cejas sonriendo con sarcasmo—. Son sus palabras.

—Qué paradoja, entonces, vivir justo frente a una de ellas. Imagino que se le revolverá el estómago cada vez que entra o sale de casa.

—A todo se acostumbra uno —contestó Klaus.

Daniel volvió a fijar su atención en la iglesia sin poder disimular su asombro; hasta ese momento siempre había tenido la certeza de que, en los países comunistas, las iglesias eran clausuradas, cuando no destruidas, quemadas o saqueadas. Los prejuicios engendrados por la ignorancia, pensó para sí.

Klaus se dirigió al maletero del coche, lo abrió y sacó las maletas. El hombre de la cazadora de cuero arrancó y se alejó sin decir nada. La calle aparecía desierta. Había algunos árboles diseminados cuyas raquíticas hojas parecían agonizar movidas por una melancólica brisa gris. No se atisbaba ningún comercio. El tramo de acera de delante de la casa estaba lleno de baches, en realidad, toda la calzada estaba en mal estado, con agujeros y desconchones en el pavimento. Cerca de ellos había aparcados dos Trabant de colores desvaídos, y algo más alejado un Wartburg verde.

—Pensaba que había más actividad —dijo Daniel cogiendo su maleta sin dejar de mirar a su alrededor—. Parece una ciudad fantasma.

—Es domingo —alegó Klaus—. La gente descansa en domingo.

Klaus inició la marcha hacia el portal. Su hermano lo siguió despacio, como si tuviera plomo en los pies y cada paso le pesara. Al llegar a la puerta y antes de abrirla, Klaus se volvió hacia él.

—¿Estás preparado?

Daniel se detuvo un par de pasos detrás de él, como si no

quisiera acercarse demasiado, temeroso de traspasar el umbral de aquel edificio. Sus ojos apreciativos se posaron en aquel rostro idéntico al suyo.

—¿Se puede estar preparado para conocer a la que te ha traído al mundo veintinueve años después de haberlo hecho?

—Vamos —añadió abriendo la puerta. Se volvió y le franqueó el paso—. Será más fácil de lo que crees.

Igual que la calle, el portal era gris, feo, frío y de apariencia solitaria, casi abandonada. Subieron cuatro tramos de escalera hasta llegar a un rellano con tres puertas. Klaus se detuvo delante de la del centro, que estaba pintada de color oscuro, a diferencia de las otras dos, de un tono más claro, como amarillento. Dejó la maleta en el suelo y llamó al timbre. A su lado, Daniel tenía sus dedos aferrados al asa de la suya, la otra mano metida en el bolsillo de la gabardina, escondida y agarrotada por los nervios. Sudaba por la espalda y el corazón le palpitaba con fuerza.

La puerta se abrió despacio y apareció una joven morena, la chica de la foto, pero esta vez con el pelo suelto que le caía sobre los hombros. Vestía vaqueros y un jersey azul oscuro. No llevaba ni pendientes, ni cadenas, ni pulseras, ni siquiera llevaba reloj en la muñeca. Daniel se fijaba mucho en esos detalles, le decía mucho de una mujer si usaba pendientes, o si vestía falda o tacón. Sus zapatos eran planos, como los de un hombre. La chica los miró a uno y a otro alternativamente, más que con sorpresa, con pasmo por el parecido exacto entre los dos. Se metió la mano en el bolsillo y encogió los hombros.

—¡Santo cielo!, si no fuera por la ropa no sabría a quién de los dos conozco.

Klaus entró y le dio un beso en la frente, la miró un instante sonriente, y los dos se volvieron hacia Daniel, que permanecía quieto, clavado en el mismo sitio.

—Es Bettina, tu hermana —dijo Klaus echándole el brazo por encima del hombro y apretándola hacia él—. Ya te dije que era mucho más guapa que nosotros. —Le hizo una indicación para que entrase—. Vamos, no te quedes ahí.

Daniel entró lento, inseguro. Bettina cerró la puerta sin decir nada a Daniel, casi sin mirarle. Cogió la maleta de Klaus, les dio la espalda y emprendió camino hacia un estrecho pasillo que se abría de frente.

—Papá no está —dijo sin volverse. Ha ido a una reunión del partido.

Los dos hermanos fueron tras ella. Primero Klaus, luego Daniel.

—¿Y mamá?

—En la cocina. —Se paró ante una puerta y se volvió hacia ellos—. Está muy nerviosa. Ve tú primero —dijo mirando a Klaus.

Se oía el ruido de cacharros. Entraron en una de las habitaciones.

—Espera aquí —le dijo Klaus—. Iré a hablar con ella.

Salió y se quedaron a solas Daniel y Bettina. La estancia era pequeña, una cama pegada a la pared, un estrecho escritorio, una estantería atiborrada de libros, una silla y un armario estrecho de un solo cuerpo. La ventana estaba vestida con una fina cortina de rayas de diferentes tonalidades. Daniel pensó que aquel mobiliario a su madre le parecería horrendo, anticuado, sin estilo, falto de personalidad. En realidad, lo poco que había visto resultaba poco acogedor. Bettina le observaba desde la puerta, los brazos cruzados bajo el pecho, la mirada pálida. Daniel dejó por fin la maleta en el suelo y se acercó a la ventana. Tomó aire ensanchando los pulmones, para calmar la inquietud que le acuciaba. Se oían las voces de Klaus y su madre. Hablaban en alemán, así que no les entendió nada. El tono era sereno.

Daniel se volvió y miró a Bettina. Le sonrió.

—Hablas muy bien español —dijo por decir algo.

Ella puso una mueca de ironía.

—Nuestra madre siempre se dirige a nosotros en español, sobre todo cuando quiere hacer rabiar a nuestro padre, que lo odia por el tufo fascista que para él tiene todo lo que venga de España.

—Lo tengo mal, entonces, con él, digo, porque yo soy español y estoy muy orgulloso de mi país.

Ella no dijo nada.

Daniel esquivó aquellos ojos que le observaban como si fuera un bicho raro. Estaba nervioso, sin saber cómo debía comportarse. Se sintió incómodo.

—¿Sabías de mi existencia? —preguntó Daniel.

—Lo he sabido hace muy poco, como todos. Mi madre lo ocultó demasiado tiempo.

—Eso pienso yo... —añadió Daniel—. Veintinueve años es demasiado tiempo.

Se oyeron los pasos de Klaus. Se asomó a la habitación.

—Vamos, Daniel. Es hora de que conozcas a la mujer que te trajo al mundo.

Daniel sintió que el oxígeno apenas le llegaba a los pulmones. Aspiró hinchando el pecho y resopló como para tomar fuerzas. Se desprendió de la gabardina y la dejó sobre la cama. Solo entonces asintió y salió de la alcoba cruzándose en la puerta con Bettina, que, insolente, le miró sin ocultar una mezcla de suspicacia y arrogancia. Los dos hermanos avanzaron por el pasillo hasta la cocina. La mujer de la foto se encontraba de espaldas, como si temiera el encuentro. Estaba muy nerviosa, no podía evitarlo. Cuando sintió la presencia del hijo perdido, tomó aire y se volvió despacio, el corazón acelerado, con una mezcla de aprensión, curiosidad y ansias por el encuentro. La visión de Daniel le causó tal impacto que la taza que sujetaba en ese momento se deslizó de sus manos y fue a estrellarse con estruendo contra el suelo haciéndose añicos. Ella no se inmutó, la mirada fija en su hijo, paralizada. Daniel, igual de absorto que ella, hizo el amago inmediato de agacharse, aunque Klaus se le adelantó y se lo impidió.

—Deja, ya lo hago yo.

Madre e hijo se miraban con fijeza mientras Klaus terminaba de recoger los trozos. Ella tenía la mano en la boca para contener la impresión de ver a sus dos gemelos juntos después de tanto tiempo.

—Dios mío —murmuró—, sois exactos...

Era más menuda, más delgada, más morena de lo que Daniel había imaginado. Llevaba el pelo recogido en la nuca con una marcada crencha; se retiró un mechón que le caía sobre la mejilla. Instintivamente, se quitó el delantal con rapidez, como si quisiera dar una buena impresión. Su aspecto era cansado, con unas profundas ojeras, la piel cetrina, sin brillo, apergaminada en un prematuro envejecimiento. Daniel no pudo evitar compararla con su madre, la que le había criado, tenía doce años más y, sin embargo, lucía una piel mucho más tersa, más luminosa, más descansada a pesar de haber superado ya los sesenta.

Cuando Klaus terminó de recoger, echó los trozos a la basura; luego los miró sonriente.

—Bueno, creo que no son necesarias las presentaciones. Será mejor que os dejemos solos. Me imagino que habrá muchas cosas que aclarar entre vosotros.

Dicho esto, salió de la estancia y obligó a Bettina a que le siguiera, a pesar de que se resistió al principio. Quedaron solos en aquella cocina, también pequeña, con muebles viejos, algo desvencijados, electrodomésticos muy básicos, antiguos, y una mesa de madera pintada de blanco pegada a la ventana, sin cortinas, por la que se atisbaba un amplio patio con media docena de árboles de ramas desprovistas aún de la fronda de primavera.

Gloria dejó el delantal. Le temblaban las manos y las ocultó cruzando los brazos. Daniel se dio cuenta de que estaba a punto del llanto, que la emoción la desbordaba, contenida con firmeza, tensa la mandíbula. Intentó sonreírle, pero se le quebró el gesto en una extraña mueca. Daniel también intentó sonreír, no sabía qué hacer, ni qué decir ni cómo actuar. Pensó en darle un beso y se acercó un poco a ella. Gloria se envaró, resuelta a impedir que la emoción se desbordara en llanto. Le tembló la barbilla y los ojos se le nublaron, pero borró la lágrima pasándose la mano rápidamente por la mejilla.

—Dios mío... Sois idénticos —repitió—. Como dos gotas de agua...

Daniel pensó en el tono de voz de la mujer que le había dado la vida. Pensó que tal vez las primeras palabras que un recién nacido oye resultan trascendentales para su manera de ser. Se preguntó si le dijo algo en el momento de su nacimiento, si le dedicó palabras de ternura, de arrepentimiento, de pena por la separación, si lloró cuando tomó la decisión de entregarlo a unos desconocidos.

—Eso parece —dijo Daniel intentando no contagiarse de la emoción—. Es lo que tienen los gemelos.

A Gloria le costaba cada vez más retener las lágrimas. Tragó saliva, esquivó los ojos del hijo y le dio la espalda.

—¿Quieres un café?

Daniel se removió con una extraña sensación de desencanto. Metió las manos en los bolsillos del pantalón y miró a su alrededor.

—Sí, gracias. Me vendrá bien algo caliente.

—Siéntate —Gloria hablaba con voz blanda, como si temiera hacerlo.

Daniel se sentó a la mesa y miró un instante hacia el patio. Se divisaban otras ventanas, pero no vio ningún indicio de vida tras los cristales. Gloria sacó dos tazas de una alacena y las puso sobre la mesa. Luego, cogió la cafetera y vertió el café en ambas hasta llenarlas.

—¿Azúcar?

—No, gracias.

—Igual que tu hermano —murmuró—. Nunca le ha gustado el azúcar. En eso habéis salido a vuestro padre. Imagino que también serás un friolero de armas tomar… —le miró y sonrió ante el gesto de Daniel—. Igualito que Klaus. Nunca hay calor suficiente para él.

—Es cierto… Me ocurre lo mismo. Soy muy friolero.

Se sentó frente a él. Lo miró de nuevo. Había desaparecido la emoción en sus ojos, convertida en curiosidad. Esbozó una sonrisa.

—¿Qué pensaste cuando viste por primera vez a Klaus?

Daniel tomó un sorbo del café. Estaba recién hecho y su garganta recibió con alivio el líquido cálido.

—¿Qué iba a pensar? —murmuró esbozando una mueca amable—. Me quedé pasmado. Fue como estar frente a un espejo.

Gloria sonrió sin dejar de mirarle. Ahora su mirada era acogedora, apreciativa.

—Te agradezco tanto que hayas venido... Tenemos tantas cosas de las que hablar... Tengo tanto que contarte.

—Veintinueve años dan para mucho —añadió Daniel asintiendo.

Le llegaba un aroma a canela y a harina tostada. Debía de haber estado haciendo algún bizcocho, porque tenía un poco de harina en la frente y en uno de los antebrazos.

—Daniel... Te llamas así, ¿verdad?

Él afirmó con un gesto.

—Yo nunca te hubiera llamado así —dijo evitando sus ojos y mirando hacia la ventana.

—¿Puedo saber cuál debería haber sido mi nombre?

Ella volvió a mirarle y sonrió. Bebió un trago de café antes de contestar.

—Felipe, como mi padre y mi hermano.

Daniel dio un largo suspiro.

—Gloria —pronunció su nombre, consciente de que le resultaría imposible decirle madre—, necesito saber por qué no me llamo así. Necesito entender mi existencia.

Los ojos de Gloria se llenaron de lágrimas. Asintió y empezó a hablar, su voz entrecortada y débil, luego apacible, flemática, un fluir lento de recuerdos rescatados de la memoria, un relato sin interrupciones, sin cortes, que él escuchó con intensidad.

13

Gloria Montes tenía dieciocho años cuando conoció a Alwin Zaisser. Había estallado la guerra y en Madrid se vivían momentos muy complicados para la población civil. Era la menor de cuatro hermanos y la única chica. Su padre tenía una panadería en Cuatro Caminos. Su madre trabajaba limpiando en una pensión del centro, y Gloria y sus hermanos ayudaban a su padre en el negocio. Unos amasaban, otros despachaban y otros repartían. Se ganaban muy bien la vida hasta que la maldita guerra lo quebró todo.

Sus hermanos tuvieron que marcharse a luchar y nunca más volvió a verlos. Su padre continuó haciendo pan cuando tenía harina con que hacer la masa. Su madre siguió trabajando en la pensión a cambio de comida y productos de primera necesidad, y ella dedicaba el día a estar alerta y buscar por todo Madrid algo que echar al cenacho. Gloria recordaba el frío que hacía el día que conoció al hombre que cambió su destino. Era mediados de diciembre de 1937. Caía una fina lluvia convertida a veces en nieve. Se había pasado la mañana haciendo cola para conseguir un saquito de carbón en una pequeña carbonería de la calle del Barco. Justo cuando llegó su turno irrumpió en el aire el sonido hiriente e intruso de la sirena que avisaba de inminentes bombardeos. La gente se dispersó de inmediato, pero ella no se movió hasta que el carbonero, con prisas, le entregó el carbón. Solo entonces salió corriendo hacia la Gran Vía para guarecerse en la boca del metro. En su carrera oía el estruendo de las bombas que ya empezaban a estallar. El suelo se estremecía bajo sus pies. Otros rezagados como ella llevaban el mismo gesto de temor al oír el silbido previo a la explosión, la sobrecogedora espera a la siguiente detonación y el retumbar del bombazo demasiado cercano. Una de esas bombas cayó unos metros delante de ella. Instintivamente se arrojó al suelo y se cubrió la cabeza sintiéndose apedreada por los cascotes que le caían sobre el cuerpo. Quedó cegada durante un rato y rodeada de un turbador silencio, ensordecida por la onda expansiva y totalmente desorientada. En ese momento no sintió dolor ni herida alguna, únicamente tuvo miedo, miedo de una réplica que la rematara, miedo de haber perdido el carbón que, con los ojos escocidos y anubarrados, rebuscaba entre los escombros esparcidos a su alrededor. Atenazada por ese miedo paralizante, notó cómo unos brazos poderosos la alzaban del suelo y en volandas la llevaban hasta un portal cercano unos segundos antes de que otra bomba estallara en el sitio en el que había estado tendida. La fuerza de la detonación los arrojó al interior del zaguán, sacudidas sus paredes por el estruendo. Gloria sintió que el cuerpo, dueño de aquellos brazos, la protegía de la lluvia de cascotes y vidrios asperjados sobre ellos como agua maldita. Así estuvieron un rato, tirados en el suelo, quietos, acurrucados el uno junto al otro, envueltos en una pastosa oscuridad, cegados por el polvo levantado, el cuerpo protector abrazado al suyo encogido, aterido. Continuaba ciega y ensordecida, y masticaba tierra. En el aire flotaba un intenso aroma al azufre de la pólvora quemada, que lo hacía irrespirable. Seguían oyendo bombazos, inquietantes silbidos, motores de aviones que soltaban a su paso la carga mortal. Hasta que por fin se hizo el silencio. Un escalofriante silencio que pronto empezó a romperse con dolorosos gemidos, gritos de búsqueda, llantos, muerte.

Sintió Gloria que aquel salvador se incorporaba y que la obligaba a hacerlo a ella. Apenas podía abrir los ojos porque le escocían como si le hubieran entrado brasas candentes.

—¿Te encuentras bien?

Era una voz dulce y a la vez varonil, con un fuerte acento extranjero. Ella asintió intentando salivar para expulsar la tierra de su garganta.

—Ten cuidado, no te muevas mucho. Estás herida.

Fue en ese momento cuando por fin pudo abrir los ojos y le vio. Tenía el pelo, el rostro y la ropa cubiertos de una capa blanquecina que le otorgaba un aspecto fantasmagórico, pero sus ojos irisados de un gris azulado destacaban como dos luceros brillantes. Se quedó prendada de ellos y más cuando abrió la boca carnosa en una cálida sonrisa, mostrando unos dientes blancos.

—Gracias... —murmuró Gloria con voz temblona—. Creo que te debo la vida.

—Una deuda que nos une para siempre —añadió él, expresivo, con una sonrisa amable—. ¿Te duele?

En medio de la tragedia que los rodeaba, Gloria notó la dulce punzada del amor, ese sentimiento que no entiende ni de bombas ni de guerras ni de heridas y que llega a atemperar aquel horror de muerte y destrucción.

En ese momento un intenso escozor en el muslo le llamó la atención. Tenía una herida abierta un poco más arriba de la rodilla y sangraba con profusión. El chico extranjero de ojos grises se desató un pañuelo que llevaba al cuello y taponó la herida envolviéndoselo alrededor de la pierna.

—No parece grave, pero te quedará cicatriz —hablaba mientras manejaba la tela con delicadeza. De manera alternativa su mirada iba de la pierna a su rostro, sin dejar de sonreír en ningún momento—. Te llevaré a que te curen. —Terminó el improvisado vendaje y le tendió la mano abierta—. Mi nombre es Alwin, Alwin Zaisser. Soy alemán, de Berlín.

Ella le tendió la suya y se las estrecharon sonrientes, mirándose a los ojos; la cara y el pelo embadurnados de polvo.

—No hace falta que lo jures, tu acento te delata. Mi nombre es Gloria Montes. ¿Qué hace un berlinés en esta guerra?

—Defender la República.

—¿Y qué le importa a un alemán la República española?

—Defiendo la forma de vida que considero buena para la sociedad —dijo sin dejar de sonreír, pero imprimiendo dignidad a su tono—, ya sea aquí, en mi país o en el fin del mundo.

—¿Dónde has aprendido español? A pesar del acento lo hablas muy bien.

—Aquí. Con los compañeros. Con un poco de atención se aprende rápido. ¿Crees que podrás caminar?

Gloria se sujetó a él y se dejó alzar, pero al plantar el pie derecho en el suelo se encogió con un gesto de dolor.

—Ahhh, me duele mucho.

—Es posible que se te haya quedado algo de metralla dentro. Hay que sacarla cuanto antes para evitar que la herida gangrene. Vamos. Te ayudaré.

—Tengo tierra en la boca —dijo Gloria escupiendo.

Alwin sacó del bolsillo una pequeña petaca recubierta de piel oscura y se la tendió.

—Toma. Enjuágate con esto.

Gloria echó un trago y escupió tosiendo con un gesto de asco.

—Te he dicho que te enjuagues —dijo Alwin riendo divertido—, no que te lo bebas.

Ella lo miró, sus ojos le parecieron los más hermosos que había visto nunca. Le sonrió y dejó que la alzara en brazos quedando sus caras muy juntas, casi rozándose.

—Te llevaré a que te curen esa herida.

Alwin Zaisser era un alemán de diecinueve años que albergaba en su juvenil conciencia el deseo de cambiar el mundo para hacerlo mejor. Con ese propósito y el entusiasmo de sus pocos años se había enrolado a las Brigadas Internacionales organizadas en su Berlín natal para luchar en favor de la república española. Sus ideales comunistas los había bebido de un profesor que le convenció de que tan solo con los sistemas socialistas era posible conseguir una sociedad más justa e igualitaria.

Gloria y Alwin se enamoraron rodeados del desastre provocado por la guerra. Cuando la contienda se lo permitía, Alwin iba a verla, hablaban del futuro, de su vida juntos. «Quiero pasar el resto de mi vida a tu lado» le dijo una tarde de primavera de 1938 cuando paseaban agarrados de la mano por el parque del Retiro. Ella le contestó con las mismas palabras, y se entregó a él en cuerpo y alma para siempre. Cuando el padre de Gloria se enteró de que estaba embarazada le dio una bofetada que la arrojó al suelo, y la hubiera seguido golpeando si no hubiera sido porque su madre se interpuso entre ellos. Era un hombre rabioso, resentido con aquella maldita guerra que le había arrebatado todo, endurecido el carácter y deshumanizado hasta el punto de llevarle a descargar toda su rabia enloquecida contra lo único bueno que le quedaba. La echó de casa. Gloria buscó refugio en casa de una amiga de su madre. Alwin asumió de inmediato su firme compromiso con ella y con el hijo de ambos. La visitaba cuando podía, aunque cada vez se hacía más difícil por la complicada situación en la que se encontraba Madrid en los últimos meses previos al final de la guerra. Cuando, en diciembre de 1938, Alwin le anunció que tenía que salir de España, le pidió que se fuera con él. Ella estaba dispuesta a seguirlo al fin del mundo, pero los que le facilitaron la salida del país rechazaron la posibilidad de llevarla en un estado tan avanzado de gestación, pues podría dificultar mucho la huida. Le prometieron que en cuanto diera a luz, y ella y el bebé estuvieran preparados para emprender un viaje tan largo, les proporcionarían la necesaria asistencia y los pasajes para que pudieran reunirse con él.

Y así fue como Alwin se marchó solo a Moscú, obligado por las circunstancias. A Berlín no podía regresar porque en su país se había convertido en un paria, perseguido por traidor al nazismo, con la amenaza de una muerte casi segura.

Gloria quedó amparada por su madre y la amiga de esta. Cuando se puso de parto fueron ellas las que la atendieron. Era de madrugada, hacía mucho frío y soplaba un viento gélido que se colaba por las ranuras de las ventanas, como una premonición del futuro que le esperaba. Cuando estaban atendiendo al primer recién nacido, se dieron cuenta de que venía otro. Eran gemelos. Los niños nacieron pequeños, pero estaban perfectos. Sin embargo, las cosas se complicaban para Gloria. El contacto que debía llevarla hasta Valencia para embarcarse en su largo viaje le dijo que solo llevaría a una mujer y un niño. Esas eran las órdenes que tenía y no llevaría a nadie más. Era demasiado arriesgado. Gloria pensó en quedarse, pero le advirtieron que si lo hacía corría grave peligro. El Servicio de Información Militar la buscaba y, si sus agentes daban con ella, la matarían como represalia contra Alwin Zaisser, que se había escapado portando información muy comprometida, y si ellos no lo hacían sería el otro bando el que lo haría. Estaba en el centro de dos frentes irreconciliables, como una moneda de cambio con todas las de perder; la única oportunidad para salvarse era salir de España. La madre de Gloria la obligó a que aceptase aquel peligroso viaje; su obsesión era que viviera, aunque fuera a miles de kilómetros, pero quería vivos a su hija y sus nietos. Intentó quedarse con uno de los gemelos, pero su marido se negó en rotundo y la amenazó con echarlos de la casa a los dos. No había mucho tiempo para pensar, y la madre de Gloria tomó una determinación tajante: entregar en adopción a uno de los recién nacidos. Había oído hablar a la dueña de la pensión en la que trabajaba de un matrimonio con tantas ganas de ser padres como dificultad para concebirlos. Desde hacía dos años vivían en un altillo del edificio donde se encontraba la pensión y donde se ocultaban huyendo de la denuncia de la portera de su casa. Apenas salían, temerosos de ser descubiertos. Los atendía la casera de la pensión porque conocía a la mujer de antes de la guerra, se había portado muy bien con ella en una época en la que tuvo graves dificultades. Además de esta cobertura, el matrimonio sobrevivía gracias a lo que les traía de Aranjuez un hermano de la mujer, dinero y productos de la huerta, que compartían con la casera. La mujer acababa de dar a luz, pero la casera le confesó, compungida, que el niño había muerto a las pocas horas de nacer. La ocasión era perfecta.

Gloria fue incapaz de elegir a cuál de los dos entregar. Le dijo a su madre que lo hiciera ella, que tomase uno de la cuna en la que dormían. No quiso ni siquiera mirar. Cuando su madre abandonó la alcoba con el escogido en brazos, oyó el llanto lastimoso del que se quedó con ella. Lo cogió y se lo puso al pecho. Durante meses lo amamantó regándole con sus propias lágrimas. El desgarro le duró años, hasta que se acostumbró al dolor.

La madre de Gloria, con el gemelo elegido, se presentó en el altillo en el que se escondía aquel matrimonio y lo dejó en brazos del que sería su padre desde ese momento.

—Mi padre murió a las pocas semanas de marcharme yo —añadió Gloria con el tono cálido del recuerdo—, de un ataque al corazón. Eso me dijo mi madre en una carta que me llegó seis meses después. Ese mismo verano murió ella. Un coche la atropelló cuando cruzaba la calle. —Calló un instante, reflexiva, dio una larga calada a su cigarro antes de continuar—. Aunque yo sé que murió de pena y soledad. Fue su amiga la que me escribió contándomelo, lo hizo desde México, donde estaba exiliada. Fuimos muchos los que tuvimos que salir de España en aquel tiempo.

Se había formado una neblina azulada en el aire de la cocina por el humo de los cigarros que ambos fumaban. Había sido Daniel quien había sacado su paquete de Ducados y le había ofrecido. Gloria hablaba despacio, con voz queda, sin prisas, relatando cada detalle escarbado en su memoria. Fumaba y dejaba que el humo escapase por sus labios.

—El viaje resultó muy duro y muy largo. —La voz de Gloria era suave y cálida—. Yo iba sola, sin ayuda. Si me hubiera podido quedar en Madrid..., nunca hubiera renunciado a ti.

—Pero lo hiciste. —El tono abrupto de Daniel sorprendió a Gloria. Fue la primera vez que intervenía desde que había empezado el relato—. Me abandonaste para ir detrás de un hombre que se marchó dejándoos a ti y a sus hijos a su suerte. —La miró ufano, hiriente, resentido—. Eso no lo hace un hombre que se viste por los pies.

Ella lo miró desolada. Movió la cabeza de un lado a otro. Se llevó el cigarro a los labios. Daniel se dio cuenta de que le temblaba la mano.

—No tienes ni idea —murmuró Gloria con amargura.

—Soy padre —replicó vehemente—. Jamás abandonaría a mi mujer y a mis hijas, jamás —repitió con un tono de voz retador—. ¿Me oyes? Por nada del mundo las abandonaría, y mucho menos en unas circunstancias tan difíciles… Por Dios Bendito, no tiene justificación.

Gloria tragó saliva. Su mirada intensa se iba cargando de una mezcla de incomprensión y tristeza.

—No entiendes nada —dijo con voz seca.

—He hecho miles de kilómetros para que me lo expliques.

Gloria, nerviosa, volvió a llevarse el cigarro a los labios, aspiró el humo con fruición y al apartarlo esbozó una risa condescendiente.

—Resulta tan fácil hablar cuando nunca has tenido que elegir —adelantó el cuerpo hacia él con un gesto de dignidad impreso en su rostro—, pero elegir de verdad, no qué traje ponerte o qué coche comprar... Elegir entre la vida o la muerte, la propia y sobre todo la de los tuyos. Solemos ser muy valientes cuando manejamos la situación, pero no siempre es posible hacerlo, y en la guerra esa valentía altruista de la que tanto haces gala podría costarte la vida, la tuya y la de tu familia. A veces hay que tragarse la valentía y la dignidad, y humillarse y esconderse y ser un cobarde con tal de salvar a los tuyos —lo miraba con fijeza, pero sin desprecio, más bien condenando su falta de tacto, su desacierto—, y tragarte tu pena y tirar para adelante. —Guardó silencio unos segundos. Pensativa, se echó hacia atrás y con el cigarro removió la ceniza que desbordaba el cenicero—. Es verdad que te dejé en Madrid, que no te llevé conmigo. —En ese momento volvió a mirarlo a los ojos buscando su comprensión, o tal vez su perdón—. Pero no te abandoné, si hubiera tenido una mínima posibilidad, nunca habría permitido a mi madre que te llevase de mi lado. —Volvió a bajar los ojos y su tono se ablandó—. Mi madre me aseguró que estarías bien, y yo la creí, tuve que hacerlo para no enloquecer. Cuando terminó la guerra, dos meses antes de morir, me escribió confirmándomelo —abrió una sonrisa y sus ojos oscuros se iluminaron, chispeantes—. Habías caído en una familia de los vencedores. Tendrías una vida fácil, cómoda, una buena vida que yo nunca te podría haber dado. —De nuevo su rostro se ensombreció—. Si me hubiera quedado en Madrid, a duras penas hubiéramos sobrevivido. Mi relación con Alwin me comprometía demasiado. —Sus ojos se clavaron en los de Daniel, consciente de lo que le iba a espetar—. Hombres como tu padre adoptivo me hubieran condenado sin que les temblase el pulso.

—No lo metas a él en esto.

—Lo meto porque formó parte del engranaje de represión en el que se convirtió la paz de los vencedores. Te guste o no oírlo, eso fue lo que les pasó a muchos de los que se quedaron, condenados por intentar sobrevivir en una guerra que no fue la suya. —Se miraron de hito en hito, retándose durante unos segundos, pero fue Gloria la primera que bajó los ojos, dio la última calada a su cigarro y lo estrujó en el cenicero—. No solo te dejaba a ti, también dejé a mi madre con un sufrimiento insoportable sobre sus hombros. Aquella maldita guerra le había arrebatado a todos sus hijos —le miró con una intensidad hiriente en busca de su comprensión—, a todos, Daniel. Y dejó marchar a la única que le quedaba para salvarle la vida, a sabiendas de que no me volvería a ver, ni a mí ni a sus nietos apenas conocidos. —Alzó las cejas e hizo una mueca apretando los labios sonrientes—. Al final, hay que reconocer que el mejor parado en toda esta terrible historia has sido tú. La vida te ha venido regalada. Te has criado entre algodones, sin guerras ni penurias, sin hambre, sin frío. Nosotros salimos de una guerra para meternos en otra. Ha sido muy duro salir adelante.

Daniel se removió molesto.

—Ahora resulta que soy un privilegiado —lo dijo sin ocultar la sorna.

El rostro de Gloria se quebró en un ademán airado, turbio, áspero.

—Tus padres adoptivos pertenecen a esos que siguen sosteniendo en el poder a ese criminal que os dirige y que se hace llamar generalísimo para engrandecer su miserable pequeñez. Son los mismos que se benefician de un sistema corrupto e injusto. Y lo quieras o no, tú formas parte de ellos.

—No te consiento que me hables así —le espetó con gesto ofendido.

Gloria lo miró callada. No había sido su intención ofenderlo, no era justo afrentarle, ni siquiera a sus padres adoptivos, a quienes fue entregado y que evidentemente lo habían criado con mimo, fueran cuales fuesen sus inclinaciones políticas. No podía echarle en cara nada, no debía.

—Lo siento... —murmuró con dolida sinceridad—. Tienes razón en ofenderte. No he debido hablar así. Te ruego que me disculpes.

Daniel se sintió incómodo. Tampoco quería hacerla sentir mal. Sin embargo, aquellas palabras habían hecho que le subiera por la garganta un agrio malestar, el que le producía el recuerdo de la admiración que de niño había profesado a su padre por los constantes homenajes que había recibido en su aporte heroico a la causa de la Nueva España, tal y como remarcaba aquel con su petulante vehemencia. Pero pronto supo que detrás de aquel padre heroico y cargado de dignidad se escondía un monstruo que había deformado su conciencia. Romualdo Sandoval había pertenecido a la Quinta Columna en Madrid. Gracias a sus denuncias hubo cientos de detenidos, decenas de condenados enviados a prisión o a la muerte. Un día, en la universidad, un compañero de curso vertió graves acusaciones contra su padre, tratándolo de traidor, arribista, siempre arrimado al ascua que más calienta, que no había tenido escrúpulos en denunciar a sus propios compañeros para subir peldaños y colocarse, siendo una de sus víctimas el padre de aquel compañero acusador, que por aquellos tiempos se pudría en una cárcel por una denuncia injusta del todopoderoso Romualdo Sandoval. Aquellas imputaciones le atormentaron tanto que llegó a hablarlo con su madre. Ella no lo negó, tampoco se lo confirmó, tan solo le suplicó entre lágrimas que lo olvidase todo, que no pensara en eso, que el pasado ya no se podía cambiar, le pidió que no le dijera nada a su padre, que lo hiciera por ella, y que si ella seguía viviendo a su lado después de tantos años sería porque no era tan malvado y tan terrible como se lo habían pintado... Y Daniel cedió de nuevo al chantaje emocional materno y olvidó, o intentó hacerlo; no pidió ninguna explicación a su padre, no se atrevió a hacerlo, escudado en la idea de no dañar a su madre, de no crear un conflicto entre ellos que pudiera llevarlos a una situación complicada. A partir de aquel momento luchó contra su conciencia y tuvo que sobreponerse al rechazo que le provocaba aquel padre descendido a los infiernos, por mor del amor que profesaba a su madre. Daniel se dio cuenta de que tenía mucho que callar.

Gloria lo miraba inquieta. Sabía que no debía haber entrado en el juego del reproche y mucho menos contra la parte más débil e inocente de todo aquello.

—No tengo ningún derecho a juzgar a nadie, y menos a ellos. Te han criado mucho mejor de lo que yo podría haberlo hecho. —Dio un largo suspiro, se la notaba cansada—. Una madre siempre anhela lo mejor para sus hijos, y es evidente que has tenido una vida mejor, al menos mejor que la de tus hermanos. Pero te ruego que no me juzgues, que no nos juzgues. Es lo único que te pido. Puedes marcharte, puedes olvidarnos para siempre. Pero no tienes ningún derecho a juzgarnos.

Daniel bajó los ojos avergonzado. Tenía razón, no tenía derecho a juzgar. Aquella mujer que llevaba más de una hora contándole las penurias de su pasado le había derrotado con sus palabras. La había estado sometiendo a un juicio sumarísimo desde que supo de su existencia.

Gloria cogió otro cigarro.

—Te voy a dejar sin tabaco —dijo sonriendo—. Y aquí este no lo encontrarás.

—No importa —añadió Daniel acercándole la llama del mechero—. Tengo suficiente.

Dio una larga calada y soltó el humo alzando la barbilla. Luego la bajó y continuó hablando.

—Mi madre apenas me dio más información de tus padres adoptivos. Me decía que no sabía quiénes eran, que solo le había visto a él en el momento de entregarte a sus brazos. Pensaba que era mejor así, no saber. El verano pasado haciendo limpieza del armario me topé con la última carta que me escribió. Cuando la recibí, ella llevaba más de dos meses muerta. —Sus ojos quedaron suspendidos más allá del cristal de la ventana, la mirada perdida en el horizonte gris—. Después de su firma, en una especie de posdata, había escrito un nombre, Romualdo Sandoval. Comprendí en seguida que era el nombre del hombre al que te entregó. Imagino que al final se enteró y me lo dio con la esperanza de que no perdiera tu rastro para siempre. Por si algún día decidía regresar a España, o quería saber qué había sido de ti. Pero aquellos años no fueron buenos tiempos para nosotros. La vida en Moscú fue muy dura, la guerra, y después llegar aquí e instalarnos en una ciudad en ruinas. Lo teníamos todo por hacer. La dictadura en España tampoco ayudaba mucho. No podía volver, era una exiliada. Aquel nombre se fue quedando aparcado en el olvido..., o eso creía. —Le miró a los ojos, su mirada anegada en una profunda tristeza—. Hay cosas que por mucho que te empeñes nunca se olvidan. Puede que el tiempo te ayude a confinarlas en el rincón más remoto de tu memoria, cerrado a cal y canto para evitar el sufrimiento, pero eso no quiere decir que no estén ahí y que en cualquier momento no vuelvan a resurgir abriendo la herida en canal.

—¿Por qué ahora?

—No lo sé muy bien. Encontré esa carta, la releí y sentí la necesidad de contar la verdad. Nadie sabía de tu existencia, ni tu padre, ni tu hermana, ni siquiera Klaus, que es la otra parte de toda esta historia. Preferí no decir nada. Callar para no hacer sufrir a nadie más. ¿Qué sentido tenía decirlo?, bastante tenía encima tu padre como para cargarle con esa pena. —Movió la cabeza con los ojos perdidos más allá de la ventana—. No sé explicar por qué ahora... De repente tuve la necesidad de verte, de conocerte, de contarte lo que pasó y lo que sentí, lo que siento ahora.

—Y ahora que me has visto —encogió los hombros—, ¿qué sientes?

Gloria lo pensó unos instantes. Arrugó los labios indecisa.

—Siento muchas cosas... Emoción, sosiego, gratitud, miedo...

—¿Miedo?

—Miedo a tu rechazo...

Daniel no dijo nada. Le mantuvo la mirada unos segundos, pero en seguida la esquivó. Cogió un cigarro y lo encendió.

—¿Te apetece más café? —preguntó ella levantándose con su taza en la mano—. Es francés. Lo trae Klaus de París.

Él asintió. Llenó la cafetera de agua, vertió el café de un paquete, que dejó sobre la encimera, y lo puso al fuego.

—Nunca había visto una cafetera así —dijo Daniel observando la vieja cafetera, abollada y requemada, con un asa de madera.

—Es rusa. Tiene más años que Matusalén. Vino con nosotros desde Moscú y no era nueva. Sabe Dios los años que tiene este cacharro. Pero hay que reconocer que hace muy buen café.

Cerró el paquete de café y se apoyó en la encimera a la espera de que hirviera el agua. Madre e hijo se miraron. Daniel abrió las manos y alzó las cejas.

—¿Y ahora qué? —preguntó.

—Ahora nada. Estás aquí y yo te lo agradezco. Puedes marcharte cuando quieras.

Se oyó una puerta y, a continuación, una voz de hombre. Gloria se irguió y miró hacia el pasillo.

—Ahí viene Alwin... Tu padre... Él no sabía nada de tu existencia —le insistió, como si temiese una mala reacción.

Alwin apareció en la puerta. Daniel se levantó sin saber qué hacer. Gloria estaba entre ellos.

—Os dejo solos —dijo la madre intentando salir, pero Alwin se lo impidió sin quitar los ojos de Daniel.

—No tengo nada que hablar con él.

Lo dijo en español, pero imprimiendo en cada letra un fuerte acento alemán. Tenía aspecto cansado. Llevaba un mono gris y un chaquetón grueso, además de un gorro de lana negro en la cabeza, que se quitó en ese momento dejando a la vista el pelo ceniciento, encanecido por algunas partes. Daniel confirmó el parecido con sus rasgos.

—Es tu hijo, Alwin, míralo, es exactamente igual que Klaus. Ha venido a conocerte.

—Pues ya me ha conocido. Ahora quiero que se vaya. Su presencia aquí nos compromete, y lo sabes —hablaba mirando a su esposa.

—¿En qué nos puede comprometer? Es nuestro hijo.

—Tu hijo es un fascista criado por un fascista en un país dirigido por un fascista. ¿Te parece poco para meternos en líos?

—Yo no soy ningún fascista —le espetó Daniel ofendido.

—No voy a discutir contigo —le dijo con un desprecio hiriente—. Quiero que te vayas de mi casa.

Se produjo un silencio incómodo. Miró a su mujer y preguntó en alemán si había algo de comer.

Gloria se removió violenta por la situación.

—Te prepararé algo en seguida —dijo en tono seco y cortante.

—No puedo esperar —añadió con su acento cerrado—. Tengo que ir a la fábrica. Ha habido un problema. —Calló un instante y olfateó el aire. Se acercó a la cafetera donde empezaba a borbotear el café recién hecho, la retiró del fuego y vertió el contenido en el fregadero. Cogió el paquete de café francés, lo abrió y lo arrojó a la basura. Se volvió a su esposa y le habló en tono desabrido—. Te he dicho muchas veces que en esta casa no se consume nada que proceda de Occidente.

Ceñudo, se dio la vuelta dispuesto a marcharse, pero la voz firme de Gloria lo detuvo.

—Lo quieras o no es tu hijo.

Alwin se dio la media vuelta y la miró.

—Que te quede claro, yo solo tengo dos hijos, Klaus y Bettina. Nada más —sus ojos se posaron en Daniel solo un instante, para luego volver a su esposa—. No lo quiero aquí, ¿me oyes?

Se marchó y todo quedó en silencio. Daniel miró a Bettina, que se había quedado apoyada contra el quicio de la puerta, con los brazos cruzados y cara de circunstancias. Tras unos segundos, se dio la vuelta y desapareció.

Sin decir nada, Daniel regresó a la habitación donde había dejado sus cosas. Allí estaba Klaus, de espaldas, mirando por la ventana.

14

—No ha sido buena idea venir. Será mejor que me vaya cuanto antes.

Klaus no se inmutó al escuchar las palabras de Daniel. Permaneció delante de la ventana mirando cómo caía una fina lluvia sobre el gris asfalto.

—Lo prepararé todo —dijo en tono grave, volviéndose hacia la habitación iluminada con la tenue luz de la lámpara que pendía del techo—. Es tarde, hoy dormirás aquí.

Daniel permanecía de pie junto a la puerta entornada. Miró la cama.

—No me gusta molestar. Preferiría irme a un hotel. Tengo dinero suficiente; son pesetas, pero podré cambiarlo, imagino.

—No te preocupes por el dinero. No voy a permitir que vayas a un hotel teniendo mi habitación. Sé que no es gran cosa, pero está bien para una noche. Ahora sería un lío salir a buscar alojamiento. Hazme caso, quédate. Mañana veremos cómo lo hacemos.

—Ya te he dicho que quiero marcharme, mañana mismo si es posible.

—Bien, bien, sin problema. Eres libre de hacer lo que gustes. Solo pretendía ser amable.

Klaus se dio la vuelta y posó de nuevo su vista en la calle desierta. El silencio que los rodeaba abrumaba aún más a Daniel. Se encontraba fuera de lugar. Se sentía como un molesto intruso al que todos miraban con recelo. El piso era reducido y frío, forrado el suelo de un horrible y desgastado linóleo marrón. Estaba totalmente arrepentido de haber aceptado el ofrecimiento de Klaus de acudir a Berlín. El encuentro con Gloria había resultado decepcionante; en ningún momento llegó a sentir hacia ella otra cosa que no fuera lástima, y le embargaba una extraña sensación de culpabilidad pensarlo, aunque tampoco podía remediarlo. No había tenido ningún sentimiento filial hacia ella. La consideraba fuera de su vida, de su trayectoria, de su influencia. Su hermana lo miraba como si estuviera pisando terreno minado y ajeno, no sabía muy bien si estaba esperando a que saltase por los aires o a que desapareciera para siempre. La aparente amabilidad de Klaus tenía algo oscuro que no alcanzaba a comprender, pero que intuía con una molesta intensidad. Y el remate había sido la actitud de su padre biológico. El rechazo tan explícito le había parecido innecesario y cruel. No se merecía tanto desprecio, tanta desafección le había resultado vejatoria. Sintió la necesidad de regresar, no quería pasar allí ni un día más.

—Está bien —dijo resignado—, tienes razón, lo siento. Pasaré la noche aquí. Pero mañana me iré a Berlín Occidental. Cogeré un avión y regresaré a España. Ha sido un error venir.

Klaus se volvió de nuevo hacia él y lo miró un rato, valorativo. Las manos en los bolsillos en la misma postura que tenía Daniel.

—Como quieras. Mañana te acompañaré al paso fronterizo.

Daniel esquivó en seguida su mirada. Le pareció que le reprobaba su actitud, y eso también le molestó. ¿Qué pretendía?

Intentó distender en algo la tensión que se había creado entre ellos, seguramente por su decisión de marcharse.

—¿Es posible llamar a España desde aquí?

—En esta parte de la ciudad es muy complicado, no te voy a engañar.

—Entonces mañana enviaré otro telegrama a mi mujer avisándola de que estaré de regreso antes del fin de semana, sobre todo para que tranquilice a mi madre —le miró de reojo, pero no rectificó—. Allí es Semana Santa. Ella es muy religiosa y es capaz de salir descalza en la procesión por mi ausencia. No sabe la razón de mi viaje.

—¿Quién lo sabe? Lo de que te apareció de pronto una madre —dijo con un tono irónico—. ¿Se lo contaste a alguien?

—Tan solo a mi padre. Hasta que leí esa nota no tenía ni idea de que fuera adoptado..., o abandonado, o entregado... Sigo sin saber muy bien lo que fui, y lo que soy...

—¿Y qué te contó? Es simple curiosidad. —Quería indagar en la mente de su hermano, en cómo le había afectado la noticia, cómo había afrontado aquella extraña situación.

—No me lo negó, que ya es un paso, conociéndolo. Tampoco es que me aclarase mucho, porque no sabía mucho. Por lo visto mi madre acababa de dar a luz a un niño que murió a las pocas horas. Una mujer me llevó hasta los brazos de mi padre. Mi madre piensa que soy su hijo nacido, y así debe seguir. La quiero demasiado como para desvelarle esto. Ha sido una buena madre y estoy seguro de que le supondría un sufrimiento innecesario. Es una mujer de salud algo delicada y muy vulnerable. Todo lo salva con sus rezos y sus misas, es muy religiosa —sonrió y le brillaron los ojos—, una santa, como dirían en España.

—No sé si Gloria es o no una santa, pero es fuerte como un roble, y no es perfecta, pero ha sido una buena madre para mí y para Bettina. —Lo miró desafiante, hasta que Daniel apartó los ojos—. ¿Y piensas contarle todo esto a tu esposa?

Daniel se mantuvo unos instantes pensativo, valorando la respuesta.

—Si mi padre no le ha dicho nada cuando regrese, no seré yo quien lo haga. Después de lo que he vivido aquí, creo que no merece la pena.

—Vaya, muchas gracias —dijo molesto.

—No me interpretes mal, Klaus. No es que no me alegre de haberte encontrado, de saber de vuestra existencia, pero, dadas las circunstancias, dudo que nada de todo esto vaya a cambiar mucho las cosas para ninguno de nosotros. Vivimos en mundos distintos, y yo no voy a cambiar, y no creo que ninguno de vosotros lo haga tampoco. Hemos vivido durante veintinueve años el uno sin el otro, y yo creo que podemos seguir haciéndolo. No digo que no tengamos contacto, con el tiempo quizá podamos volver a vernos, salvando siempre a mi madre, claro está. Ella está por encima de todo esto y debe quedar al margen.

—Entiendo —murmuró Klaus. Dio un largo suspiro, pegó la barbilla al pecho y apretó los labios.

Daniel se sentó en la cama. Los muelles crujieron bajo su peso. Hizo un gesto de desagrado, como si se hubiera sentado en un lodazal. Klaus se dio cuenta. Era hora de rebajar la tensión del ambiente.

—¿A ti también te da dentera ese chirrido?

—Es algo que odio desde niño —respondió Daniel sonriendo—. No lo soporto.

—Me pasa lo mismo. No me acostumbro y llevo durmiendo en esa cama desde que era un adolescente imberbe.

Daniel se fijó en un título que había colgado en la pared. Se podía leer el nombre de Klaus.

—¿Qué es? —le preguntó señalando el título.

—Mi título universitario. Soy licenciado en Física.

—Física —repitió alzando las cejas con sorpresa—. Mi suegro es físico, un excelente investigador con muy pocos medios. —Esbozó una sonrisa circunspecta—. Es lo que me hubiera gustado estudiar a mí. Siempre me fascinó la Física, desde pequeño. Sacaba muy buenas notas en Ciencias. Pero estudié Derecho y ejerzo como letrado… —Lo miró y alzó las cejas con una sonrisa—. Pero eso tú ya lo sabes.

Klaus se sentó en la única silla que había en la habitación. Quedó muy cerca de Daniel. Se inclinó hacia delante apoyando los codos en las rodillas.

—¿Y por qué lo hiciste? ¿Por qué estudiaste Derecho y no Ciencias?

Encogió los hombros.

—No tuve oportunidad de elegir. Lo hizo mi padre. Casi todo en mi vida lo ha decidido mi padre. —Calló unos segundos, como si recapacitara sobre sus propias palabras, pero en seguida retomó la conversación—. Y tú, siendo físico, ¿a qué te dedicas? Aún no me lo has dicho.

—Según mi nómina, imparto clases en la universidad. Me pagan bien por eso.

—Vaya, qué interesante —Daniel arrugó el ceño pensativo—. ¿Y lo de la peluca y el bigote? ¿Necesitas ir de incógnito para dar clases?

Klaus lo miró con una sonrisa condescendiente.

—En este país esas cosas pasan. Salir de incógnito, quiero decir. Siendo otro distinto a quien eres en realidad.

—En España eso es un delito.

—No siempre, te lo aseguro. Si ese incógnito depende del Estado, no lo será nunca. ¿No has oído hablar de los Servicios Secretos?

Daniel abrió la boca en una sonrisa entre incrédula y sorprendida.

—¿No me irás a decir que eres espía?

Klaus ladeó la cabeza.

—No diría yo tanto, y si lo fuera nunca te lo confesaría. Pero ya te dije que mi trabajo era especial y que tenía algo de secreto. Cada uno se gana la vida como puede —añadió en tono indolente.

—Ya entiendo... Por eso puedes salir de la RDA sin problemas. Resulta sorprendente lo que ocurre en Berlín, partida en dos. ¿Cómo se lleva eso de tener que pasar una frontera para cruzar un puente de la ciudad en la que vives, o una calle, o para salir o entrar en una estación de metro?

Klaus encogió los hombros.

—Complicada respuesta… Hay que vivir aquí para entenderlo, o más exactamente, hay que ser ciudadano de la RDA para comprender el alcance de ese Muro.

Klaus sacó el paquete de tabaco que tenía en el bolsillo de la camisa y se lo tendió a Daniel, que aceptó el cigarro y sacó de su pantalón un mechero Dupont de oro. Prendió la llama y la acercó primero al cigarro de Klaus; luego encendió el suyo.

—Buen mechero —dijo Klaus cuando su hermano cerró la tapa con un sonido metálico.

Daniel lo miró y lo acarició con el dedo pulgar.

—Regalo de mi mujer por nuestro quinto aniversario.

—Tiene buen gusto.

En ese momento Bettina se asomó a la puerta.

—¿Me dais uno?

Instintivamente Daniel se puso en pie.

—Pasa —dijo Klaus ofreciéndole la cajetilla—. A ver si entre los dos somos capaces de explicarle a nuestro hermano cómo llevamos lo de vivir aquí.

—Puedes sentarte —le dijo Bettina con una mueca divertida—. Si no lo haces no cabemos.

Daniel volvió a sentarse, pero lo hizo en el borde de la cama, intentando que el somier no chirriase demasiado. Bettina prendió su cigarro con el de Klaus y se sentó en la mesa. Las piernas le colgaban. Estaba justo frente a Daniel, pero por encima de su cabeza. Iba descalza y sus pies se balancearon muy cerca de Daniel. Él se fijó en sus dedos alineados, las uñas perfectas, cortadas al ras, limpias, la piel blanca, el puente pronunciado. Solía fijarse en los pies de la gente; había quien tenía un cuerpo espectacular, un rostro bellísimo, pero si sus pies eran feos perdía todo el encanto para él.

Alzó los ojos y se encontró con los de su hermana, sonrientes, brillantes, enmarcados en unas espesas pestañas oscuras iguales que las de su madre.

—Pues cómo se va a llevar —dijo ella subiendo el volumen del transistor que tenía a su alcance—, mal, muy mal. Algunos son unos privilegiados —miró a Klaus con una sonrisa cómplice—. Lo mejor es que nos suministra productos del otro lado que aquí son impensables o inalcanzables —alzó la mano con el cigarro pinzado—, como el tabaco, o estos vaqueros Wrangler que sientan genial —levantó la pierna para mostrar el pantalón, mirándolo con satisfacción— y a los que he tenido que arrancar la etiqueta para evitar susceptibilidades. También nos trae café y chocolate suizo, aunque, como has podido comprobar, lo tenemos que consumir todo de extranjis para que mi padre no lo tire por el sumidero. Hay que reconocer que el tabaco americano es mucho mejor que el ruso, y no te digo nada el chocolate, el de aquí es una lavativa, es la solución estatal para el estreñimiento de la población.

Rieron los tres.

—Quiere irse mañana —dijo Klaus dirigiéndose a su hermana—. No le hemos sabido acoger.

—No es eso —intervino Daniel intentando justificarse—. Es… —vaciló. Los dos hermanos lo miraban y se sintió cohibido—. La verdad es que no sé muy bien qué hago aquí.

—¿Lo dices por la reacción de papá? —preguntó ella, y continuó sin esperar a la respuesta evidente—. No debes hacerle mucho caso, está amargado —añadió con un gesto de tristeza—. Hubo un tiempo en que le recuerdo alegre, divertido, valiente y con unos principios inamovibles. Tuvo que ser así para cogerse el petate con dieciocho años, dejar su casa y marcharse a una guerra que no le pertenecía, con la idea de defender esos ideales… A mí me parece enternecedor, ¿no crees? —Calló un instante. No quería contarle la verdad, que su padre había cambiado de actitud desde el momento en que Klaus y ella, junto a Hanna y a la pequeña Jessie, intentaron pasar a la zona occidental, al lado enemigo, una traición de sus hijos que no había podido ni querido perdonar, que le había agriado el carácter, convertido en un ser arisco, frío, malhumorado. Miró a Daniel. Le pareció tan vulnerable, tan fuera de lugar que esbozó una sonrisa amable antes de continuar—. Lo cierto es que este maldito sistema político les ha convertido en seres grises, sombríos, sin empatía hacia lo ajeno. Así es nuestro padre, y también nuestra madre, aunque lo disimula mejor.

—Al menos ella me ha tratado con respeto.

—Las madres están hechas de otra pasta, sobre todo en lo referente a sus hijos.

—Sigo sin entender el rechazo de él —se resistía a llamarle padre—. No he venido a incomodar a nadie. Nada más lejos de mi intención. Estoy en la misma situación de consternación que puede estar él, más si cabe.

Bettina echó el cuerpo hacia delante, como si quisiera acercarse un poco más a Daniel buscando su atención.

—Nuestro padre está en contra del mundo, o más bien piensa que el mundo está siempre conspirando contra él, contra el partido, contra el Estado, contra, contra, contra... Es una paranoia muy habitual aquí, o eres espía o te espían, o las dos cosas, que todo puede ser. El caso es que en la RDA siempre estamos vigilados, no existe la privacidad, todo se ve, todo se conoce, todo se oye. Te tiras un pedo y toda la Stasi en pleno lo sabrá al instante, y si es lo suficientemente fuerte puede que le llegue un informe al mismísimo Ulbricht.

Volvieron a reír de la ironía de Bettina, pero esta vez la risa resultó más forzada. A Daniel le sorprendió el desparpajo que mostraba. Tenía que alzar la cara para mirarla. Se sentía incómodo, algo cohibido. Dio una calada y bajó de nuevo el rostro.

—Lo cierto es que no entiendo muy bien en qué os puede comprometer mi presencia.

—No te preocupes demasiado por eso —alegó ella manteniendo la sorna—. En este país todos somos susceptibles de traicionar al poder, tú, yo, Klaus, el vecino de arriba, el viandante que pasea ahora mismo por la calle. Sobre todos cae la sombra de la sospecha.

Daniel encogió los hombros.

—No tengo ninguna intención de comprometer a nadie. Por eso será mejor que me vaya... Cuanto antes.

Klaus y Bettina se miraron con una mueca. Se notaba entre ellos mucha complicidad. Daniel no sabía si lo hacían deliberadamente, pero tenía la impresión de que se burlaban de su desazón.

—Puedes marcharte cuando te plazca —añadió ella—. No todos aquí pueden hacerlo. Klaus sí porque tiene un trabajo especial —lo dijo con retintín dirigiéndose a él—. Pero a mí, por ejemplo, no me dan permiso de salida ni siquiera para un día porque saben que, si salgo, no regresaría nunca a este lado. —Su rostro se ensombreció—. El Estado me exige pagar con mi trabajo todo el gasto de mi formación. Los obreros y campesinos pagaron mis estudios, ahora yo tengo la obligación de devolvérselo de alguna manera, ese es su lema, es el lema del Partido Socialista Unificado, único partido, por supuesto, sistema único, si no estás de acuerdo te condenan a prisión. Solo me dejarán salir del país cuando me jubile. ¿Qué te parece?

—Pues que tienen razón.

Los tres volvieron la cara hacia la puerta. Gloria estaba apoyada en el quicio con los brazos cruzados bajo el pecho.

—Ya está aquí la ferviente defensora del comunismo —replicó la hija, molesta.

—Defiendo el socialismo y la justicia social. ¿Te parece mal?

—No puedo entender cómo se puede defender la justicia social con un muro que nos encierra en nuestro propio país.

—Una defensa contra el fascismo arrollador y destructivo. Cerrar las fronteras fue necesario para evitar males mayores. El capitalismo ha ido siempre en contra de la reunificación de Alemania porque le interesaba la división para su propio provecho. Estábamos en peligro, por eso levantaron el Muro, para defender nuestros ideales, nuestra sociedad, los productos de nuestras tiendas que se llevaban a espuertas los occidentales a precio de saldo dejando vacías las estanterías para los de aquí. Hundían nuestra moneda, era eso o la ruina.

Bettina la miraba con una mueca irónica.

—No hay peor ciego que el que no quiere ver, mamá. ¿Es que no te das cuenta de lo que pasa? O, mejor dicho, de que no pasa nada, porque aquí, en vuestro paraíso terrenal no pasa nunca nada. Este país se ha convertido en un espacio congelado en el tiempo, todo está previsto, no existen la iniciativa personal ni la ilusión por emprender algo, todo responde a una enervante monotonía.

—Lo único que necesitamos es tiempo para desplegar adecuadamente las fuerzas productivas. Solo con el socialismo se puede alcanzar la libertad humana, la verdadera libertad.

—¿Libertad? ¿Qué clase de libertad es impedir a los ciudadanos de un país transitar, vivir o trabajar donde ellos elijan? Se nos obliga a renunciar al presente para conseguir un futuro.

—La gente necesita orden, Bettina, algo a lo que aferrarse —el firme tono de la madre se tornaba conciliador—. En la zona occidental hay gente con mucho dinero que vive de espaldas a otros muchos que se mueren de hambre porque no tienen trabajo; todo se compra, todo se vende, la educación, la vivienda, el trabajo, hasta la enfermedad es objeto de transacción, y el que no tiene para comprar su salud se muere. Lo mínimo que se puede pedir a la población es lealtad, solidaridad con sus conciudadanos. Los que intentan huir son unos traidores no solo con la patria, sobre todo con sus vecinos, su familia, amigos, compañeros de trabajo, los abandonan en busca de una botella de Coca-Cola o de un vaquero de marca.

—¡En busca de la libertad! —replicó Bettina irritada—. Y si te cogen te encierran como un perro y lo pagas toda tu vida.

—No puedes quejarte, ni tú ni tu hermano habéis sufrido represalias por aquella estupidez que hicisteis. El sistema que tanto denuestas perdonó vuestra falta de lealtad. Klaus tiene un buen trabajo en la universidad y tú pudiste estudiar Medicina en la mejor universidad del país.

Klaus se removió. Le hervía la sangre como lava candente. Apretó los labios y bajó los ojos para no soltar su furia. Había llegado a la conclusión de que era inútil discutir de aquello con su madre. Su adhesión ciega al sistema la hacía inmune a todo, no entendía nada, no sabía nada, y así debía seguir.

Klaus callaba, pero no así Bettina. A pesar de conocer su discurso, sus ideas y la defensa a ultranza de la forma de vida que a ella la ahogaba sin remedio, no terminaba de asumir las palabras de su madre.

—Cómo puedes ser tan ilusa, madre —murmuró.

—Nunca os ha faltado de nada —volvió a replicar con brío—. Tu padre y yo nos hemos matado a trabajar para levantar este país y vosotros lo queréis enterrar en las heces del capitalismo. A veces me pregunto qué hemos hecho mal.

—Nosotros, los hijos —Bettina habló remarcando las palabras, con cierto retintín—, no hemos elegido este sistema, un sistema comunista por mucho que lo queráis envolver en el papel celofán del socialismo. Esto es una dictadura que anula cualquier injerencia, cualquier contrario, donde se acepta sin rechistar que el Estado es el que determina lo que está bien y lo que está mal, y eso, lo quieras o no, fomenta la ceguera ideológica de sus ciudadanos. O te sometes o te someten.

—Qué equivocada estás, hija. Espero que algún día puedas abrir los ojos.

—Es un deseo mutuo, madre —añadió Bettina mostrando su irritación—. Aunque me temo que, cuando lo hagas, será tarde para todos.

La madre se irguió con gesto decepcionado.

—Dejadlo ya —dijo Klaus con comedimiento—. Mamá, sabes que no la vas a convencer, y a ti te digo lo mismo, Bettina, nunca le sacarás esas ideas grabadas a fuego en su conciencia.

Pero Gloria no se calló, siguió hablando sin dejar de mirar a Bettina.

—Grabadas y con mucho orgullo de creer en ellas. Este país que tanto odias da a sus ciudadanos educación y sanidad gratuitos, subvenciones para alquileres y comida, todos tienen trabajo y, sobre todo, aquí todos somos iguales, hombres, mujeres, los más listos y los más torpes, los altos y los bajos, todos somos iguales ante el Estado.

—Por eso yo me pudro en una fábrica de muebles habiendo sacado el mejor expediente en Medicina de mi promoción, para que todos seamos iguales, según tu criterio.

El rostro de la madre se ensombreció, alzó la barbilla intentando imprimir algo de dignidad a sus palabras, totalmente desarmadas por lo dicho por su hija.

—Eso no tiene nada que ver. Tuviste un incidente… Y estás pagando las consecuencias.

Bettina la miró ofendida, la mandíbula tensa, la respiración acelerada. La voz le salió rocosa, dolida, profundamente herida.

—Sigues pensando que tuve la culpa de la muerte de aquel niño.

—Lo que es bueno para muchos no tiene por qué serlo para todos —sentenció la madre.

—Entiendo… —la voz y el gesto roto de Bettina auguraban un enconamiento ya conocido.

—Ya está bien —terció Klaus—. Mamá, déjalo ya. Cuando quieres sabes ser muy hiriente.

Gloria lo miró entre la lástima y la tristeza.

—No entiendes nada, ninguno de los dos entendéis absolutamente nada.

Se oyó al padre salir del cuarto de baño. Gloria se dio la vuelta para marcharse, pero antes asomó la cabeza por el resquicio y se dirigió a ellos casi en un susurro.

—Bajad la voz, no quiero líos.

Luego cerró la puerta del todo y los tres se quedaron en silencio durante un rato.

—Este país es una mierda —clamó Bettina.

—Ten cuidado, Bettina —murmuró Klaus.

—La gente está amargada. Somos simples números. Odio este sistema, lo odio con todas mis fuerzas.

—¿Habéis intentado abandonar alguna vez Berlín?

Bettina y Klaus se miraron.

—No quiero hablar de eso —contestó tajante Bettina.

—¿De verdad no hay manera de salir del país si esa es tu voluntad? —preguntó Daniel incrédulo.

—No, Daniel, aquí las cosas funcionan de otra manera. Ellos deciden quién sale y quién se queda. Y el que lo intenta sin la licencia correspondiente, porque se ahoga en este país, acaba muerto o encerrado.

—En España la gente se puede mover con libertad —añadió Daniel.

—No fastidies, Daniel —dijo Bettina con vehemencia, echando el cuerpo hacia atrás sorprendida—. España no es ejemplo de nada, y mucho menos de libertad. Estáis bajo la bota de un dictador fascista que gobierna con mano de hierro y machaca a todo el que se mueva.

—Hay diferencias evidentes —se defendió Daniel—. Yo puedo entrar y salir del país sin trabas.

—No me oirás defender este sistema que significa pobreza

para todos menos para sus dirigentes. El comunismo es el reparto extensivo de la pobreza. Pero, Daniel, ninguna dictadura es buena, ni de un lado ni de otro. Y parece mentira que tú, que vives en una, no te hayas dado cuenta.

—No tiene nada que ver el sistema de mi país con esto que estoy viendo. Yo creo que el comunismo es el sustitutivo de la religión. —Miró a Klaus para dirigirse a él—. Tú lo has dicho antes.

—Claro —añadió Bettina irónica—, y el franquismo es la religión en sí misma.

Daniel no dijo nada. No quería entrar en una discusión sobre el sistema político que había en España.

—¿Sabes una cosa? Me asfixio en este país... Si pudiera, me iría ahora mismo. Cualquier lugar del mundo me parecería mejor que esto. —Bettina se irguió como si hubiera caído en algo—. Pero nunca elegiría España.

—¿Por qué no? —inquirió Daniel con una sonrisa complacida—. Te puedo asegurar que si no te metes en líos se vive muy bien.

Ella le miró candorosa, como si le conmoviera el ofrecimiento que su hermano le hacía.

—Estoy segura de ello, pero, dime, ¿qué haría en España? Creo que allí las mujeres están consideradas como menores de edad, necesitan el permiso del marido o del padre para cualquier trámite, no les facilitan el acceso a la universidad...

—Eso no es cierto —replicó con arrogancia—. Hay muchas mujeres estudiando en la universidad. Mi mujer es licenciada en Química.

—¿Y trabaja? —preguntó Klaus sin ocultar la ironía.

—No —contestó Daniel convencido—. No tiene necesidad de hacerlo. Cuida de sus hijas y de mí, que soy su marido y gano suficiente para que a ella no le falte de nada.

—Vaya —añadió ella con sorna—, ¿tan mayorcito y te tienen que cuidar? Y ella ¿qué piensa de todo esto? ¿Está de acuerdo?

—Claro que lo está —contestó él con suficiencia.

—Entonces, ¿para qué hizo la carrera? No lo entiendo.

Qué sentido tiene estudiar una carrera si luego se queda en casa lavando tus calzoncillos.

Klaus no pudo reprimir una carcajada que en seguida contuvo al ver la cara de su gemelo.

Daniel estaba desconcertado. A pesar de la sutil insistencia de Sofía por iniciar su doctorado, siempre aplazado, y de las indirectas que su suegro le había lanzado en ocasiones, nunca antes se había planteado las cosas como ahora lo hacía Bettina. No veía lógica en sus planteamientos. Su mentalidad era taxativa a ese respecto.

—Bueno, es lo lógico —agregó Daniel intentando mantenerse firme—. Cada uno está en el lugar que le corresponde.

—Entonces, según tú, lo que le corresponde a una mujer es estar en la casa. ¿Y si ella, además de ser madre y esposa, quiere trabajar y ganar su dinero para no depender de ti? ¿Podría hacerlo?

—Claro que podría, pero no quiere. Ese es el caso. Y no creo oportuno hablar de este asunto.

Daniel se sintió molesto. No le gustaban esos planteamientos, en realidad los había esquivado siempre.

—En todas las dictaduras cuecen habas, mi querido hermanito, no me vengas con que en España todo es maravilloso porque lo será para ti, hombre, rico y del partido único.

—Cambiemos de tema —terció Klaus—. Esto no nos llevará a ninguna parte y nos puede traer problemas.

Se hizo un silencio entre los tres, un silencio encaramado tras el humo de sus cigarrillos. Fue Bettina la primera en romper aquel extraño mutismo.

—Me ha dicho Klaus que estás casado y tienes hijos.

Daniel miró a su gemelo un instante.

—Tengo dos hijas —afirmó Daniel—. Una de cinco que es igual que su madre y la pequeña de un año que se parece mucho a mí —añadió sonriendo.

—Nosotros seguimos solos…

En el mismo momento en que lo decía Bettina lamentó haberlo hecho. Su mirada puesta en Klaus le devolvió el dolor reflejado en sus ojos por esa soledad tan bruscamente impuesta. Klaus se levantó como un resorte, se acercó a la ventana y les dio la espalda. Bettina lo miró consciente de que el recuerdo de su pequeña Jessie lo desgarraba por dentro. Apretó los labios y sonrió con tristeza.

—Sería fantástico conocerlas —añadió ella con un hilo de voz.

Klaus apagó la radio.

—Es muy tarde —sentenció, dispuesto a terminar la conversación—. Dejémoslo ya.

15

—Por dios, Sofía, qué mal acostumbrada estás —Carmen intentaba convencerla de lo banal que resultaba su entristecimiento—. Si me pusiera yo así cada vez que me separo de Javier, mi vida sería un drama.

—No es lo mismo. No vivís juntos, no es tu marido, y además tú estás acostumbrada. Es tu trabajo y el suyo. Pero no es solo que se haya marchado así, de forma tan precipitada y tan lejos para resolver un asunto misterioso del que parece no saber nadie nada. —Chascó la lengua con un gesto valorativo—. Estaba tan raro… Ni siquiera se ha despedido de su madre.

—No me digas eso que no me lo puedo creer —Carmen había abierto los ojos exagerando su estupefacción—. Eso sí que es grave. Daniel Sandoval viajando nada menos que a París y sin despedirse de su madre... No me lo creo.

—Pues es verdad. La pobre se ha llevado un disgusto porque no podía subir a El Escorial.

—Qué obsesión tiene esta mujer con el dichoso chalet de El Escorial, ¿no?

—No te imaginas, lo malo es que esa obsesión la pago yo. Desde que tienen el chalet estamos allí metidos un fin de semana sí y otro también… Y además de tener que soportar el careto de mi suegro y las manías de mi suegra, es un aburrimiento insoportable. Te tenías que venir algún día.

Carmen se echó a reír negando con la cabeza.

—No creo que a tus suegros les haga mucha gracia, ya sabes que no soy santo de su devoción.

—Ya, pero eres mi amiga, y se tendrán que aguantar.

—Somos amigas, pero no me apetece compartir tu aburrimiento en El Escorial, prefiero hacerlo aquí, en Madrid, que estoy en terreno conocido. Y, por cierto, ¿le has preguntado a tu suegro el motivo del viaje? Él tiene que saberlo.

—Ni se me ocurre... Si lo hago me echa de un bufido, menudo es, sobre todo con las cosas del trabajo. Ni acercarme, vamos.

Su amiga la observaba con detenimiento. Estaba sentada frente a ella, en el salón de la casa y con la voz sonante de Vito, de fondo, cantando una canción infantil a las niñas mientras las bañaba.

—¿Y no se te ha pasado por la cabeza que se haya ido con otra a echar una canita al aire? Perdona que te lo diga así, Sofía, pero es que algunas veces me pareces tan ingenua en lo que se refiere a Daniel, es como si fuera san Daniel, por él no pasa pecado alguno.

—No hace falta irse hasta París para eso, vamos, digo yo... —contestó Sofía conteniendo su indignación.

—¿Y si es una mujer con mucha pasta...? Puede que le haya pagado un fin de semana de lujo en París. No imaginas las cosas de ese tipo que se intuyen en los vuelos. Hay cada apaño que te dejaría con la boca abierta. Pero se nota a la legua, te lo digo yo. Lo extraño es que se haya ido en tren. Más de quince horas de viaje, con suerte y si no hay retrasos, y para estar tres o cuatro días... Eso es raro.

—No, eso a mí no me extraña. Daniel no se montaría en un avión a no ser que fuera estrictamente necesario. —Resopló derrotada—. No, no creo que sea una mujer la causa del viaje... Si al menos me hubiera llamado. Mira que se lo dije.

—Hazlo tú.

—¿Yo? ¿Llamar yo al hotel?

—Pues claro. Adónde si no.

Sofía se quedó pensativa. Habían pasado dos días desde su marcha. Tenía que haber llegado a París hacía horas. Al final había visto Eurovisión, pero en su casa, con las niñas y Vito entusiasmada con la actuación de Massiel. No había querido ir a la de Carmen por si acaso llamaba Daniel, tal y como había prometido. Asistió en directo al triunfo por los pelos de Massiel con aquella canción tan pegadiza. La falta de noticias del sábado no le extrañó demasiado. Eran muchas horas de viaje, seguramente había llegado cansado y sin ganas de hablar. Pero el domingo se había levantado con la esperanza de recibir la ansiada llamada. Se pasó todo el día pegada al teléfono. Ni siquiera quiso ir a misa, con los consiguientes aspavientos de su madre, que, al final, malhumorada, se llevó a las niñas a la iglesia. Toda la mañana mirando el auricular, descolgando de vez en cuando para comprobar que había línea. Cuando sonó y descolgó ansiosa, no había encontrado la voz esperada, sino la de Carmen, que la invitaba a salir a tomar algo, pero ella se negó porque tenía que esperar la llamada de Daniel. En realidad, no le apetecía salir, no se encontraba con demasiado ánimo. Al poco rato había sonado de nuevo el teléfono, de nuevo el sobresalto, el corazón acelerado y el anhelo de oír la ansiada voz al otro lado del auricular, y otra vez la decepción, aún mayor porque en esa ocasión no fue su amiga, a la que había despachado con rapidez invitándola a que se acercara a su casa, sino que era la voz de su madre, que hablaba sin esperar réplica, con voz enérgica, lamentándose de todo, protestando de lo mal que se habían portado las niñas en la misa, de que no había estado bien faltar a la iglesia sin una causa justificada... Sofía la había estado oyendo sin llegar a escucharla, intranquila porque con su banal charla estaba ocupando la línea innecesariamente, consciente de que si la rebatía o replicaba se enrocarían en una discusión absurda y no acabarían nunca. Por eso la había dejado hablar, era mejor que se desahogase hasta quedar exhausta y colgase ella misma.

—¿Cuál es el número del hotel? —preguntó Carmen resuelta levantándose y acercándose al aparato de teléfono.

Sofía buscó la nota en la que Daniel le había apuntado el nombre del hotel donde se iba a hospedar. Pero no le había dejado el número. Llamaron a información y, después de varios intentos, consiguieron la conferencia con París. Carmen, en un perfecto francés, habló con el recepcionista, que le indicó que monsieur Sandoval no se encontraba en su habitación. Colgó el auricular y se volvió a sentar frente a Sofía.

—Al menos sabes que ha llegado. Ahora despreocúpate de él y disfruta de estos días. He dejado el recado de que te llame.

—Es domingo —murmuró pensativa, decepcionada por no haber podido hablar con él—. ¿Dónde habrá ido en domingo?

—¿A cenar tal vez? —preguntó Carmen con sorna—. Se suele cenar en París. —Ante la cara de preocupación de su amiga, cambió el tono irónico—. El martes tengo un vuelo a Barcelona. No suele llenarse y te puedo colar. El comandante es un buen amigo de Javier, si se lo pido...

Tuvo que callarse porque, mientras hablaba, Sofía negaba con seguridad.

—Te lo agradezco, Carmen, pero no me voy a ir, entre otras cosas porque sería una mala compañía para ti. Cambiemos de tema, anda, cuéntame cómo van los preparativos de la boda. ¿Ya tenéis fecha?

Carmen la miró con gesto grave. Apretó los labios.

—No va a haber boda.

—¿Por qué? Pero si ya estabais decididos.

—Yo no lo estaba tanto, lo había decidido Javier, y además de decidir que nos casamos, también pretende decidir que voy a dejar de trabajar, y eso no, por ahí no paso, Sofía. No quiero dejar de trabajar.

—Pero si eso ya lo hablasteis y estaba resuelto.

—Claro, según él la solución era que podía trabajar hasta la boda, alargándolo como mucho hasta quedar embarazada, que hasta en eso me estaba poniendo fechas, porque dice que quiere niños cuanto antes. Después, se acabó lo de volar e ir de aquí para allá. A casa con la pata quebrada. Y yo no sirvo para eso, Sofía, lo siento. No quiero acabar como tú...

Sofía se sintió ofendida y Carmen lo notó. Su brusquedad era pareja a su sinceridad, y a veces no medía bien las consecuencias.

—Discúlpame, Sofía, pero sabes lo que pienso. No quiero atarme a un hombre y depender de él. Quiero entrar y salir sin tener que pedir permiso ni dar explicaciones a nadie.

—¿Pero tú estás enamorada de Javier o no?

—Claro que estoy enamorada, es un hombre extraordinario. —Calló e hizo un ademán enfurruñada—. No creo que pueda encontrar a nadie como él. —Dio un largo y pesado suspiro—. Pero no puedo admitir su chantaje antes de empezar una vida juntos. Si cedo a esto, ¿qué me quedará? En este país las mujeres casadas lo tienen muy complicado para hacer una vida independiente de un marido. Y sabes que no soporto que nadie me maneje.

Sofía la miró sintiendo en su interior un hervor de sana envidia de la decisión de su amiga, una valentía que a ella le había faltado.

—Te entiendo perfectamente. Y te apoyo.

Las dos amigas brindaron con la copa de vino que cada una sostenía entre las manos.

—Me temo que te vas a tener que conformar con la típica amiga solterona.

—Con tal de que no acabes amargada, porque con una en el grupo, aunque sea casada, ya tenemos bastante.

16

Klaus se afeitaba frente al espejo del baño. Se dio una ducha rápida. El agua estaba fría. Era ya la enésima vez que el maldito calentador se estropeaba. Estas cosas no ocurrían en la zona occidental, o pasaban con menor frecuencia y solían arreglarse con rapidez. Allí, sin embargo, tardarían varios días en conseguir la pieza, quizá semanas, enredados en papeles de solicitud, profusión burocrática y un tiempo perdido hasta que volvieran a repararlo, otra vez más. Sus padres no se quejaban, nunca lo hacían, aunque tuvieran motivos más que justificados para hacerlo; pertenecían a esa generación que sufrió y lo perdió todo en la guerra, que tuvo que salir de la nada para construirlo todo, y todo lo agradecían, hasta el más mínimo adelanto, el más escueto avance les parecía extraordinario por el esfuerzo, por el trabajo ingente realizado en los primeros años de la posguerra. La austeridad y la sobriedad habían quedado adheridas a su piel y corrían definitivamente por sus venas; tenían asumido que las cosas eran así y que todo requería su tiempo si al final quedaba solucionado. Su madre siempre procuraba encontrar el lado positivo de todo; según ella, las dificultades propiciaban el desarrollo de la capacidad de improvisación con la que se puede llegar a hacer grandes cosas con pocos medios; afirmaba que la solidaridad era algo que no se daba en el lado occidental, donde tenían de todo y en abundancia, y, sin embargo, carecían del concepto de «comunidad» como elemento fundamental para aunar y ayudarse unos a otros. Bettina protestaba contra esas ideas; Klaus era muy consciente del origen de su insumisión, de la persistente exasperación envuelta en una aparente resignación que destilaba en su día a día. Conocía por todo lo que su hermana había pasado, también sus padres lo sabían, pero a eso tampoco decían nada, nunca hicieron nada, no movieron ni un dedo para defender a su hija, al contrario, taparon todo desde el principio con un manto de secuaz silencio que ahondó aún más la dolorosa herida de Bettina. También él calló, tampoco hizo nada, y la obligación de tener que mirar hacia otro lado le provocaba una impotencia terrible, aquel callar y tragar para no empeorar las cosas, eso le suplicaba su madre, mantener la calma. Klaus estaba convencido de que algún día pagarían sus culpas, necesitaba ese convencimiento, que acabase de una vez la vergonzante impunidad en la que vivían algunos gerifaltes del partido, que se paseaban orondos en sus coches oficiales conducidos por sus choferes trajeados, viviendo en casas lujosas, comprando en las tiendas a las que solo podían acceder ellos y su entorno, y que continuaban violando, abusando, intimidando y manipulando a otros como Bettina... Mantener la calma, esa era la pauta a seguir, la maldita pauta de no hacer nada para no empeorar las cosas, la pauta de su madre, porque tanto ella como su padre permanecían desesperadamente ciegos a la realidad y no veían o no creían las dramáticas versiones de su hija, en el convencimiento de que las exageraba por su intento de que la apoyasen en sus ansias de salir del país.

Klaus odiaba todo aquello, odiaba el baño, el calentador, el piso, el edificio, la comida que comían, odiaba la burocracia, el partido, el silencio, los recelos, el ambiente de sospecha en el que la gente vivía, todos vigilando a todos. Cualquier otro sitio era mejor que aquel Berlín que le asfixiaba. Su único objetivo era tener otra misión para salir, huir lejos, aunque fuera por una temporada, aunque fuera vivir una vida distinta con un nombre y un aspecto distintos. Siempre alerta, siempre acechando a otros, envuelto siempre en el engaño, en la impostura, en la farsa constante. Cada vez que salía no podía evitar la idea de no regresar, de pedir asilo político en Alemania Federal, incluso de colaborar con ellos para acabar con aquel Muro de la vergüenza en cuya seguridad se invertían cantidades ingentes de personal y medios. Pero regresaba invariablemente. Su hermana no se merecía que la abandonase. Ambos hermanos estaban marcados y tenían difícil escapatoria. Varias veces la habían llevado detenida porque algún conocido, compañero de trabajo o alguien que hubiera hablado un rato con ella se había pasado al otro lado o lo había intentado. La sometían a exhaustivos interrogatorios durante horas, incluso días, y luego la soltaban. Y todo volvía a empezar para ella, otra vez la agonía, las pesadillas, esa apatía paralizante. Y todo ante la cómplice indolencia de sus padres.

Resoplaba para superar la sensación de frío secándose con brío. Oyó unos toques en la puerta.

—Un minuto —dijo en voz alta.

Se frotó el pelo delante del espejo. Se peinó y, con la toalla atada a la cintura, abrió la puerta. Se encontró a Daniel en el pasillo, apoyado en la pared, esperando, con el neceser en una mano, los pantalones que llevaba el día anterior y con una camisa de pijama. Le sonrió.

—Buenos días. ¿Has descansado?

Daniel le devolvió el gesto amable y negó.

—Apenas he pegado ojo. Extraño la cama... Y el silencio. Demasiado para mí. ¿Has terminado? Necesito...

Klaus se apartó de la puerta del baño para franquearle el paso. Los dos gemelos se miraron un instante. Eran dos gotas de agua. Se sonrieron con la misma sensación de verse reflejados en un espejo.

—Tienes una toalla limpia junto a la ducha —le indicó Klaus señalando al interior del baño—. Es la azul. Ah, y no hay agua caliente... Lo siento. Se ha estropeado el calentador. Aquí estas cosas son habituales.

Daniel asintió conforme, aunque desconcertado. No le apetecía darse una ducha con agua fría en un lugar frío y húmedo como aquel. Le dio las gracias y cerró. Solo había un cuarto de baño, interior, pequeño, incómodo como todo lo que había en aquella casa. Echó de menos el confort de la suya. Se miró al es pejo. Tenía aspecto de cansado. No había dormido nada, pero no solo por la cama y el silencio, su cabeza no dejó de darle vueltas toda la noche, los ojos abiertos fijos en el techo donde se reflectaban inquietantes sombras. Había añorado el calor del cuerpo de Sofía, su abrazo, el tacto de sus pies siempre helados. Echó de menos su piel y su melena negra desparramada por la almohada. Le gustaba enroscar en sus dedos un mechón de pelo y mirarla mientras dormía, no se cansaba de hacerlo. La amaba mucho más de lo que quería admitir, mucho más de lo que se lo demostraba. La admiraba demasiado y no podía evitar sentirse cohibido ante su inteligencia. Sabía de sus ansias de investigar, lo llevaba en la sangre, igual que su padre. «Es una rata de laboratorio —le decía Zacarías—, nunca será feliz si no le dejas libertad para investigar». Aquellas palabras, dichas hacía apenas un par de semanas, le bombardeaban de vez en cuando la conciencia. Por un lado, querría verla feliz en su faceta de doctora en Química, con su bata blanca y sus estudios científicos, pero sentía miedo a que dejase en evidencia su inferioridad ante ella, porque sabía que, si la dejaba volar como ella quería, llegaría muy alto, y eso le desasosegaba demasiado como para aceptarlo. Aquello era como una cadena maldita, Romualdo Sandoval decidía por él, él decidía por Sofía.

Después de ducharse volvió a la habitación para terminar de vestirse. Cuando estaba anudándose la corbata, con dificultades porque no había espejo en el que mirarse y no sabía hacerlo a tientas, oyó dos toques en la puerta.

—Adelante —dijo.

Gloria apareció sonriente.

—¿Te apetece un café? Lo acabo de preparar. Eso sí, es de aquí, nada que ver con el de ayer.

—Te lo agradezco.

—Siento lo del calentador. Aquí estamos acostumbrados, pero imagino que tú...

—No pasa nada. No tienes que disculparte.

Gloria miró la maleta que estaba sobre la cama, todo en ella recogido.

—Ya me ha dicho Klaus que has decidido marcharte —su voz sombría debilitó el ánimo de Daniel.

—Gloria, yo... —dejó el nudo y movió las manos hacia ella intentando justificarse—. Lo siento, lo siento de veras. Aquí no hago nada, es más, creo que mi presencia resulta molesta. Además, tengo asuntos pendientes que resolver en Madrid y... Bueno, tengo que regresar.

—Ya —dijo ella sin ocultar su desencanto—. Es lógico que te hayas llevado una decepción con nosotros.

—No es eso... —Calló sin saber qué decir, porque realmente era eso lo que había ocurrido, la profunda decepción a su curiosidad por conocer ese pasado suyo que de repente le había caído como un jarro de agua helada. Pensó en la ducha que se acababa de dar como colofón a lo que consideraba un fiasco.

—No hace falta que te justifiques, Daniel. Lo entiendo. —Calló un instante antes de continuar—. Me gustaría que Klaus y tú mantuvierais el contacto, aunque sea de vez en cuando.

—Sí, sí, no creo que haya inconveniente en que nos veamos... Alguna vez...

Daniel mentía, no tenía ningún deseo de volver a ver a su gemelo, al menos mientras viviera su madre, no aquella extraña que tenía delante, sino la que se había pasado muchas noches en vela cuidándole y se había desvivido por él y lo había abrazado en sus llantos y alentado en sus sueños y consolado en sus penas, la única que le hacía sentir como un hijo, como alguien único, importante, especial, irrepetible. Le abrumaba la angustiosa sensación de que se había equivocado al acudir a aquella maldita cita, de tener que dar la razón a su padre, a Romualdo, admitir que aquel viaje había sido un error. Su vida estaba muy bien como estaba, no necesitaba nada más, ni conocer a su gemelo, ni a su madre, ni mucho menos a ese padre que apenas le había dirigido la palabra, o a esa hermana que le había mostrado tan poca simpatía. Tenía claro que podía seguir viviendo sin ellos, que no los necesitaba, podía olvidarlos sin dificultad.

—No sé si es mucho pedirte… —añadió Gloria cohibida—, pero ¿podrías escribirme alguna vez, para saber de ti, de mis nietas…? —Gloria pensó por un momento en su pequeña Jessie, pero barrió de inmediato su recuerdo arrojándola al olvido obligado, impuesto, sometido—. Porque tengo entendido que tienes dos hijas.

—Sí, una de cinco y otra de un año.

—Me gustaría saber algo más de ellas si no te importa… —la voz le tembló.

—Sí, claro… —murmuró él forzado, mirándola de reojo, profundamente incómodo.

Gloria era consciente de sus sentimientos, de su irritación bien contenida. Se irguió dispuesta a dejarlo tranquilo.

—Ven a la cocina. Te prepararé algo de desayunar antes de que te marches.

Desapareció dejando una sonrisa y una mirada inquieta sobre la conciencia de Daniel. Terminó de anudarse la corbata de mala manera, se la dejó muy corta, pero no le importó. Tenía su pasaporte sobre la maleta. Cogió la cartera con el dinero y se la guardó en el bolsillo del pantalón. Se puso en la muñeca el Rolex que le había regalado su madre la Navidad pasada. Lo miró y sonrió recordándola. Sintió ganas de abrazarla, de estar de nuevo en su ambiente.

Desde la cocina oyó la voz de Gloria decir algo en alemán.

17

Bettina y Klaus se encontraban sentados frente a frente, delante de sendas tazas de café. Ella abrazándola con las dos manos, como si quisiera recoger el calor desprendido de la loza; Klaus tenía los brazos cruzados sobre la mesa y con una mano sujetaba la suya por el asa. Permanecían en silencio, como ausentes, mirando cada uno hacia distintos puntos más allá de la ventana. Gloria trasteaba con platos y vasos, y de vez en cuando les hablaba en alemán. Cuando Bettina vio a Daniel, se levantó deprisa y apuró de un trago lo que le quedaba de café.

—Siéntate aquí, yo ya me voy —dijo depositando la taza en el fregadero—. Tardo una hora en llegar al trabajo. Hace dos años solicité permiso para un coche, pero según la lista de espera creo que tengo para otros diez, como mínimo.

Hablaba con una mezcla de sorna e irritación, como si estuviera sumida en un permanente estado de ira, de enojo, de disconformidad.

—En España también tenemos que esperar para conseguir un coche, aunque no tanto. —Daniel hablaba con las manos en los bolsillos, sin decidirse a tomar asiento—. Doce años son muchos...

—Y un par de años para un piso, si tienes suerte. Aquí todo es por riguroso turno —dijo exagerando el tono en la palabra «riguroso»—. Claro que, si eres del partido y tienes quien te avale, la espera se acorta.

Gloria la mandó callar con una frase en alemán seca y cortante.

—Te prohíbo que hables así —añadió en tono bajo, conte

niendo el enfado—. Tendrás el coche cuando corresponda, como todo el mundo.

Bettina miró a su madre. Alzó el mentón con arrogancia, de nuevo reteniendo el genio iracundo que parecía desbordarla en cada respiración. Miró a Daniel, dio media vuelta y se marchó sin despedirse.

Gloria le sirvió una taza de café humeante.

—Tienes que disculparla. No tiene buenos despertares. Siéntate. ¿Quieres una tostada o un trozo de bizcocho? El pan es de centeno.

—No, gracias, con el café está bien.

Daniel se sentó bajo la atenta mirada de Klaus. Vestía camisa y chaqueta oscura y desprendía un olor a colonia que se mezclaba con el aroma a café. Se llevó la taza a los labios y bebió un trago. Estaba muy amargo, nada que ver con el que Alwin había tirado por el sumidero, pero le caldeó el cuerpo.

—¿A qué hora nos vamos? —preguntó.

—Cuando quieras. El coche está en la puerta esperando. Te advierto que no podrás tomar un vuelo directo a Madrid. Tendrás que hacer escala en Hamburgo, Hannover o Bonn, o París, si quieres volver allí. No sé en cuál tendrás conexión. Te lo dirán en la agencia.

—Lo preguntaré. Entiendo que no me vas a acompañar al otro lado.

Klaus negó.

—Lo siento, tengo cosas pendientes aquí. He estado mucho tiempo fuera. Pero no te preocupes, te daré la dirección de una agencia de viajes para que te lo tramiten todo. Si tienes suerte con los vuelos, es posible que esta noche duermas en tu casa, con tu mujer y tus hijas.

Gloria lo miró y Daniel bajó los ojos al fondo de su taza.

Ante la insistencia de Gloria, una insistencia típicamente materna, comió un trozo de bizcocho con mermelada casera. Se bebió el café y salió de la cocina. Estaba ansioso por salir de allí y llamar a Sofía. Lo haría desde el lado occidental. Mientras cerraba la maleta alimentó la esperanza de que se hubiera conformado con su telegrama y que no estuviera demasiado enfadada. Una escena de gritos y reproches era lo último que necesitaba. Le compraría algún regalo de desagravio en el otro lado. Pensó en cambiar marcos alemanes en cuanto cruzase la frontera. Le diría que había tenido que volar hasta Berlín Occidental para terminar de solucionar el asunto del despacho que le había llevado hasta París. Una mentira más daría igual. El caso era abrazarla, necesitaba estrecharla en sus brazos y volver a sentirse seguro a su lado.

Klaus se asomó a la habitación.

—¿Listo?

Daniel afirmó.

—Lleva a mano el pasaporte.

Desapareció y Daniel echó un último vistazo a aquella habitación que estaba deseando abandonar. Gloria los acompañó hasta el portal. El día había amanecido plomizo. El cielo estaba plagado de gruesas nubes que amenazaban lluvia. Hacía frío y la humedad del ambiente acentuaba el aspecto gris de las calles y los edificios, con la salvedad del ladrillo rojo de la iglesia como una nota de color a tanta monotonía.

Mientras Klaus introducía la maleta en el coche, madre e hijo se miraron de frente. Gloria le cogió por los brazos con afecto. Era la primera vez que se tocaban. Daniel se dio cuenta de que no le había dado ni un beso, ni siquiera la mano. Le pareció extraño sentir la presión de sus manos.

—Tienes que disculpar a Alwin —dijo con una mueca de tristeza—, no ha querido quedarse. Sigue empeñado en negar la realidad. No le culpes, te lo ruego. Para él todo esto resulta muy difícil de asimilar.

—Igual de difícil que para mí, supongo —añadió Daniel desabrido, aunque se dio cuenta en seguida del gesto constreñido de aquella mujer e intentó rectificar su tono—. Tranquila, en el fondo lo entiendo —mintió, porque no lo entendía, y porque su actitud había sido una de las causas de querer salir corriendo de aquella casa, lejos de aquella familia que no era la suya, y que nunca lo sería, tan distintos eran a todo lo suyo, a sus costumbres, sus maneras.

—Será mejor que nos marchemos —dijo Klaus, que esperaba apoyado en la carrocería con la puerta abierta.

Daniel no sabía cómo despedirse de Gloria. Sonrió incómodo y se introdujo en el coche como si huyera de sus propios miedos. Antes de que se pusiera en marcha, madre e hijo se miraron a través del cristal de la ventanilla. Daniel sintió un escalofrío. Aquellos ojos oscuros le suplicaban un amor filial que él era incapaz de dar.

El conductor arrancó y avanzaron lentamente. No era el mismo que el del día anterior.

—Debes de ser alguien importante —dijo Daniel—. Coche oficial y chofer.

—Tómalo como una deferencia de la RDA, después de todo, hemos sido incapaces de que te sientas cómodo aquí. —Echó la mano al bolsillo de su chaqueta y sacó una tarjeta que entregó a Daniel—. Ahí tienes la dirección de la agencia de viajes. Está muy cerca de la salida del metro. Si quieres puedes ir caminando hasta allí. Al dorso tienes un pequeño plano. —Puso el dedo sobre la tarjeta—. Esta es la estación Bahnhof am Zoo, por la que saldrás a la otra zona, la que tomamos ayer, ¿recuerdas? —Daniel asintió atento a la tarjeta—. Cuando salgas, tomas la primera calle a la derecha y sigue recto. La encontrarás en seguida. No tiene pérdida. —Volvió a meterse la mano en el bolsillo, sacó un billete de tren del S-Bahn y se lo tendió—. Toma, así no tendrás que esperar cola para comprarlo.

Daniel le miró con una sonrisa complaciente.

—Si alguna vez vas a Madrid, me aseguraré de que lo hagas a gastos pagados.

—No lo dudo —añadió Klaus.

Daniel se guardó la tarjeta y el billete. Dejó que su mirada vagara por las calles de aquella parte de la ciudad, que parecía detenida en el tiempo, estancada en un pasado remoto en el que dominaban la penuria, la escasez y un estremecedor halo de tristeza.

Llegaron a la estación de Friedrichstrasse. Daniel y Klaus descendieron del coche. Los dos gemelos se miraron frente a frente.

—Me temo que aquí se acaba todo —dijo Klaus con voz grave.

—Será mejor así. Al menos mientras viva mi madre.

—Como quieras. Es tu decisión y la respeto. Cada uno con su vida.

—Sé dónde encontrarte. Cuando mi madre falte te buscaré, si te parece.

—Me parece bien. —Calló un instante y esbozó una sonrisa—. Perdona que no te acompañe dentro, no me es agradable entrar en el Tränenpalast.

Daniel arrugó el ceño sin decir nada. Klaus se lo aclaró.

—Me refiero al Palacio de las Lágrimas, lo llaman así porque es el lugar donde se tienen que despedir los ciudadanos del Este de sus seres queridos que tienen pasaporte occidental. No soporto las despedidas. —Mantuvo la mirada apreciativa unos segundos, luego sonrió con complicidad—. Anda, márchate, si no se te hará tarde para todo.

Le tendió la mano y se la estrecharon con cordialidad. No hubo más muestras de afecto. Mientras Daniel cogía la maleta, le hizo más advertencias.

—Entrega el pasaporte en el control y espera paciente mientras comprueban tus datos. Ya sabes que pueden tardar unos minutos. Mantén siempre la calma, ¿de acuerdo? Cuídate.

Daniel asintió agradecido, cogió la maleta y descendió las escaleras que le llevaban al paso fronterizo para salir de la RDA. Echó un último vistazo y vio a su gemelo, que permanecía quieto observándole. Los dos alzaron la mano como último gesto de despedida.

Cuando desapareció de su vista, Klaus se apoyó en el capó del coche, sacó el paquete de tabaco y se encendió el cigarro. En ese momento, el conductor, que había permanecido sentado al volante, salió del coche y sin decir nada se dirigió a las escaleras por las que había bajado Daniel.

18

En los últimos siete años Klaus había realizado para la Stasi dos misiones de cierto calado actuando como un Romeo. Había tenido que engatusar a dos mujeres, una de ellas en Berlín Occidental y la última en París, ambas secretarias de altos mandos, con el objetivo de sacarles información reservada de sus jefes. Su labor había consistido en cortejarlas y enamorarlas, y para eso no tuvo problemas con ninguna de las dos porque Klaus, además de contar con su atractivo físico, podía llegar a ser un tipo muy seductor y envolvente, y cuando las incautas caían rendidas en sus brazos, las utilizaba como si fueran mercancía de la que sacar el mayor rédito posible. Con la primera había tenido que bregar contra sí mismo y sus prejuicios, no le gustaba nada, ni le atraía físicamente, su tono de voz le molestaba, sus conversaciones eran vacuas y estúpidas, y, además, tenía exceso de peso y de años, y le olía el aliento. Era como si le hubieran puesto a prueba llevando su capacidad de seducción al extremo; había tenido que hacer verdaderos esfuerzos para que no se notaran su inapetencia al besarla y la ausencia de libido frente a la desmedida fogosidad, demasiado tiempo contenida, que mostraba ella. Reconocía que los cursos de preparación previos le sirvieron para actuar con éxito porque, de lo contrario, habría sido un fracaso. La información que obtuvo fue valiosa y muy reconocida por sus jefes y, en cierto modo, le recompensaron con la segunda en el bello París. Aquella ciudad le resultó fascinante. Para ello perfeccionó su francés en tiempo récord, y la misión fue mucho más llevadera, más interesante, y la pose y el engaño no le resultaron tan penosos porque la mujer que debía seducir tenía un buen cuerpo, buenos pechos, caderas anchas, pelo largo y moreno, y todo ello excitaba su lado más salaz. Eso sí, tuvo que sortear un obstáculo complicado, tenía novio desde hacía tres años y estaban pensando en boda, así que no le quedó más remedio que meterse en aquella historia de amor y frustrarla, todo para cumplir su cometido.

La revelación de su madre sobre la existencia de un gemelo lo había dejado impasible en apariencia. Lo cierto era que siempre había sentido una extraña sensación de soledad que consiguió paliar en parte cuando nació Bettina, por eso adoraba a su hermana. La cuidó desde pequeña, la protegía, la mimaba para intentar compensar ese vacío que le acuciaba desde que tenía uso de razón. Sin embargo, al conocer el lugar en el que se había criado su gemelo, llegó a sentir un pellizco de odio provocado por la rabia de imaginar una vida mejor en ese otro. No obstante, le prometió a su madre que encontraría a su hermano y que intentaría traerlo a su presencia, era ese su deseo, no tanto el de su padre, ignorante asimismo de la existencia de ese otro hijo, un hijo criado en los brazos del franquismo, en el seno de una familia afecta a un régimen fascista, convertido ya por ese hecho en enemigo intratable. Inició por su cuenta algunas averiguaciones utilizando sus contactos en Madrid. Los primeros tanteos dieron resultado inmediato. Le enviaron a su base en París una foto académica de medio cuerpo, trajeado, la mirada al frente, serio. Era su propia imagen, pero no era él. Los dos hermanos eran idénticos. En el mismo sobre en el que le habían enviado la foto había una nota con los datos personales, familiares y profesionales de Daniel Sandoval. Casado, dos hijas de cinco y un años, ejercía como abogado en el bufete de su padre adoptivo, un importante gerifalte del régimen, habitual en los círculos más cercanos a Franco y amigo personal de Carrero Blanco. Romualdo Sandoval se movía en las más altas instancias del Estado como si fueran su propia casa.

Al día siguiente de recibir la información sobre su gemelo, había sido requerido a presentarse en Berlín de forma urgente. No le extrañó en absoluto. Eran algo habitual aquellas prisas para enmendar la plana en algo, o proporcionar datos que le sirvieran para la misión encomendada. Dejó a su preciosa secretaria francesa y aquel mismo día viajó a Berlín. Nada más salir de la estación de metro de Friedrichstrasse le recogió un coche que le llevó directamente al cuartel general de la Stasi. Allí le esperaba el jefe Markus sentado tras su mesa, serio, el puro habano, ya mediado, pinzado entre sus dedos, la mirada arrogante y esa mueca malvada que Klaus conocía tan bien. El aire estaba viciado por la mezcla del humo y el tufo empalagoso de la colonia que desprendía el cuerpo de Markus. Al sentarse, Klaus reparó en la carpeta abierta sobre la mesa, delante del jefe. El corazón le dio un vuelco al reconocer la foto de su hermano, era la misma que le habían enviado a él.

—Camarada Zaisser, quiero que me expliques con mucha calma quién es Daniel Sandoval —el tono incisivo de su voz era presagio de represalias por haber utilizado los medios y agentes de la Stasi para asuntos ajenos a lo que le había sido encomendado.

Klaus sintió miedo. Le habían pillado en una falta grave. Lo sabía y eso le ponía muy nervioso.

—Se trata de un asunto personal.

—Cuéntame algo más.

Klaus lo miró. Aquel hombre tenía unos ojos amedrentadores que parecían imanes, porque resultaba muy difícil esquivarlos cuando requerían su atención. Klaus habló con calma, expectante a la reacción de Markus.

—Es mi hermano gemelo.

Durante unos largos segundos, el jefe Markus lo miró con pasmo. Luego, esbozó una sonrisa ladina.

—No sabía que tenías un hermano gemelo.

—Ni yo. Mi madre me lo confesó hace unos meses. Lo entregó en adopción a los pocos días de nacer. Eran tiempos difíciles y no podía hacerse cargo de los dos. Salvo ella, nadie de la familia teníamos noticia de su existencia. Cuando nacimos, mi padre ya había tenido que abandonar España rumbo a Moscú. Luego le seguimos mi madre y yo. Daniel se quedó en Madrid. Hemos vivido todos estos años sin saber el uno del otro.

—Vaya, vaya... Qué interesante —dijo cogiendo la foto para mirarla con fijeza. Luego alzó los ojos y lo miró a él—. Así que este no eres tú. —Klaus negó con un movimiento de cabeza—. El parecido es extraordinario. Sois exactamente iguales.

—Eso parece.

El jefe Markus soltó la foto con desdén, como si hubiera perdido todo interés en ella. Frunció el ceño y su gesto se tornó duro, con un ademán perverso bien conocido por Klaus.

—Imagino que eres consciente de la grave falta en la que has incurrido al haber utilizado los medios de la organización para tu propio beneficio, sin autorización de nadie, sin orden alguna.

Hubo un silencio tenso. A Klaus se le echaron encima los oscuros recuerdos del tiempo que estuvo encarcelado. Le abrumó la idea de acabar de nuevo allí. Cerró los ojos y sintió el intenso latido de su corazón, tan acelerado que empezaba a tener dificultades para respirar. Intentó mantener la calma.

—Ya conoces las consecuencias de esto —insistió Markus ante su silencio.

Klaus abrió los ojos, tragó saliva y con ella toda la angustia que le brotaba incontenible.

—Camarada jefe... —su voz balbuciente le acusaba irremediablemente. Chascó la lengua incómodo—. Tan solo he intentado cumplir un deseo de mi madre, ella quería saber qué había sido de él, conocerlo después de tantos años, es algo lógico en una madre.

El jefe le dejó hablar, regocijándose con el miedo que Klaus exudaba por cada poro de la piel. Aquellos momentos eran los que más disfrutaba, ese olor a miedo que desprendía el detenido, el acusado, el sospechoso. El poder sobre la vida y el destino ajenos engordaba su vacua vanidad.

—Podrías pasar diez años encerrado...

Klaus intentó mantener la calma.

—Camarada jefe, no he perjudicado nada ni a nadie, ha si

do una información sin trascendencia, algo personal que solo atañe a mi familia y a mí. No creo que merezca un castigo así —su tono de voz imploraba una clemencia que en aquel momento le parecía inalcanzable.

—¿Insinúas que imponemos castigo sin motivo?

—No... No he querido decir eso... Yo... —Bajó los ojos rendido—. Lo siento, camarada jefe.

Mientras hablaba, el jefe aparentaba leer el informe de Daniel Sandoval, dedicándole miradas torvas. Disfrutaba oyendo las palabras amedrentadas de Klaus. Cuando se quedó callado, Markus se levantó, cerró la carpeta y la cogió.

—Veré lo que puedo hacer —dijo con una abrumadora condescendencia—. Espera aquí.

Klaus Zaisser quedó solo y encerrado durante más de ocho horas, atento a cualquier sonido que llegara del pasillo, con el temor de que la puerta se abriera y se lo llevasen sin más explicaciones a un encierro previsible. Hacía un calor insoportable, sudaba con profusión, pero no se atrevió a levantarse. Con los nervios, le entraron unas intensas ganas de orinar. Intentó controlarse para no mearse encima. Su impaciencia y vulnerabilidad aumentaban a medida que pasaba el tiempo sin que ocurriese nada, sin que nadie se ocupase de él, para bien o para mal, como si se hubieran olvidado de su existencia. Cada segundo que pasaba le parecía un mazazo sobre su conciencia. Agotado, cerró los ojos para intentar pensar en otra cosa, obligarse a salir de allí con la mente, volar lejos, al bosque o junto al mar, respirar aire fresco. El brusco sonido metálico de la cerradura lo arrancó de su intento de evasión mental. Se volvió con ansiedad para ver al camarada jefe que regresaba con la carpeta en la mano, tan fresco y risueño como si se hubiera ausentado tan solo unos minutos. Se sentó al otro lado de la mesa con parsimonia.

Klaus le miraba expectante.

—Camarada jefe —dijo con voz débil—, necesito ir al retrete.

El jefe lo miró un instante y sonrió evasivo, con un mueca ruin.

—Todo a su tiempo, camarada Zaisser, todo a su tiempo.

Markus dejó la carpeta en la mesa. Cogió un puro y lo encendió. Echó el cuerpo hacia delante, los brazos apoyados sobre el tablero, los ojos incisivos clavados en el rostro acobardado y agotado de Klaus. Dio una larga calada y, con los ojos guiñados para evitar el humo que ascendía por la cara, le habló con voz gruesa.

—Camarada Klaus, has utilizado los medios que el ministerio tiene para garantizar la seguridad del país en un asunto personal, y eso es una infracción muy grave. Sabes que te tengo afecto, has demostrado a lo largo de estos años una efectividad encomiable, y nosotros también sabemos valorar estas cosas. Lo he hablado con mis superiores, les he expuesto tu caso, tus circunstancias y... —Calló un instante e hizo una mueca de contrariedad—. He de decirte que no ha sentado bien tu actitud —abrió las manos—, pero, dadas las circunstancias, se podrían salvar, siempre y cuando tú quieras.

—¿Qué es lo que se supone que debo hacer?

En ese momento, el jefe sonrió satisfecho, apretó un botón sin decir nada y esperó en silencio hasta que la puerta se abrió.

—¿Ha llamado, camarada jefe?

—Acompaña al camarada Zaisser al retrete, no me gustaría que se mease en mi presencia.

Humillado, Klaus se levantó y, con un dolor intenso en el bajo vientre, siguió el paso lento del guardia que lo precedía. Evacuó casi al límite de sus fuerzas y con una sensación de alivio que le estremeció. Se encontraba mareado, tenía sed y hambre, sintió una arcada y una fuerte punzada en el abdomen, pero no vomitó. Cuando consiguió calmar la basca, se echó agua en la cara para refrescarse. Al mirarse al espejo vio el reflejo de la derrota, del sometimiento, de la opresión. Salió del baño. Fuera le esperaba el mismo hombre uniformado, que le custodió de nuevo hasta el despacho del jefe Markus.

La puerta se cerró a su espalda y Klaus se sentó algo más relajado.

—Usted dirá, camarada jefe —dijo dispuesto a escuchar la propuesta que le librase de su encierro.

SEGUNDA PARTE

1

El teléfono sonó y Sofía corrió a descolgar el auricular con el temor de que se cortase la llamada.

—¿Sí? —Al oír la voz de su suegra al otro lado de la línea tuvo ganas de echarse a llorar. Se dejó caer en el sillón, derrotada—. No, Sagrario. Todavía no sé nada —escuchaba su voz débil, angustiada por la falta de noticias de su hijo querido, todos poniéndole paños calientes sobre lo precipitado de aquel viaje a París; primero le dijeron que había ido a Bilbao y que volvería de inmediato, luego le tuvieron que confesar que había ido a París, y todo urdido por don Romualdo, que encargaba a Elvira, su secretaria, llamar a Sofía para informarla de qué tenía que decir y qué callar. Sofía siempre había pensado que, con ese afán de protección que tenían padre e hijo, estaban convirtiendo a doña Sagrario en una boba, en una niña con el pelo encanecido, incapaz de asumir un sobresalto. Le desesperaba y a la vez le daba pena, precisamente porque era como una niña pequeña, tan ingenua e inocente como cualquiera de sus hijas. Por eso se veía en la obligación de animarla, ella que ya no tenía ni un ápice de ánimo, que se sentía desbordada por un gran desasosiego, una rabia y una profunda incomprensión de tanto desapego y dejadez por parte de su marido—. No se preocupe, Sagrario, ya sabe cómo es Daniel, se despista y no se da cuenta de en qué día vive. Seguro que estará aquí mañana, también es Jueves Santo en Francia, y será fiesta, imagino…, no lo sé, Sagrario. —Dejaba que hablase, reclamando una llamada en cuanto hubiera noticias, ella que pasaba día y noche en vilo, pendiente de la presencia del único hijo—. Que sí, Sagrario, no se preocupe... Sí, sí, le dejé un recado en el hotel. Le voy a llamar hoy otra vez... No quiero ser pesada, ya sabe cómo se pone luego, no le gusta que le llame cuando trabaja... Yo la aviso con lo que sea... Adiós, Sagrario, y cuídese. Un abrazo.

Colgó y se quedó unos instantes con la vista al frente, ver sin mirar nada. Una rabia abrasante la devoraba por dentro. Pensaba en Daniel y en cómo era posible que le estuviera haciendo esto. Habían pasado ya cinco días desde su marcha y seguía sin una sola noticia. Abrió el cajón en el que tenía apuntado el número del hotel y marcó, habló con la operadora pidiendo la conferencia. Esperó. Se oyó una voz femenina. La comunicación era precaria, había mucho ruido y la voz se oía lejana. Haciendo uso de un francés poco practicado, preguntó (por segunda vez en aquellos días) por su marido. Tuvo que repetir su nombre varias veces porque la mujer no la entendía. Le dio la sensación de que tampoco ponía mucho interés en hacerlo. Sofía deletreó el apellido lentamente, casi a voz en grito, hasta que la mujer le pidió que esperase. Y lo hizo durante un rato que a ella le pareció largo, pegado el auricular al oído, con el deseo imperioso de oír la voz esperada, la voz de Daniel enfadado por la llamada: «Las conferencias cuestan una fortuna». Movía la pierna nerviosa y miraba a la puerta que daba al pasillo. Se oía a las niñas jugando en su habitación. La voz al otro lado del hilo la devolvió a la realidad. No era Daniel. La recepcionista no se esforzaba en hablar alto, y su tono era tan tenue que apenas se la oía, de modo que Sofía tuvo que pedirle varias veces que le repitiera lo que decía, ralentizando cada palabra. Notó la irritación de la mujer y se sintió abrumada por el mensaje. El señor Sandoval había abandonado el hotel el domingo muy temprano. Eso era todo. Sofía insistió en que había llamado el domingo por la tarde y no le dijeron nada. Pero resultaba imposible hablar con quien no tiene intención de atender. Fue tan tajante que le dolió como un puñetazo en el estómago.

Colgó sin saber si estaba al borde de un ataque de nervios o de un desmayo. Quiso tranquilizarse. Pensó que era posible que apareciera por la puerta en cualquier momento. Si había salido el domingo del hotel, tenía que haber llegado ya. Intentaba mantener la calma, pero la rabia podía con ella. ¿Por qué no la llamaba? Esa era la pregunta que se hacía constantemente. ¿Qué le costaba hacerlo? En ese momento, Isabel, inoportuna, irrumpió llorando en el salón solicitando su atención. Sofía no le hizo ningún caso.

—Vito. ¡Vitoria! —gritó con rabia, inmune a los reclamos de la niña.

Vito apareció en el salón con Beatriz en brazos, también llorando. Su gesto era de extrañeza porque nunca la llamaba por su nombre completo, nadie lo hacía.

—Dígame, señora. ¿Qué ocurre?

—Llévese a la niña, por favor —Isabel seguía aferrada a su pierna, berreando a pleno pulmón—. Tengo que salir. —Se levantó y se desprendió de los abrazos de su hija como si se quitara una prenda de ropa—. Estaré de vuelta en un par de horas. Las baña y les da de cenar.

—Sí, señora. —Vito se acercó a Isabel, la agarró de la mano y se puso a canturrear dando saltos—. Cu-cú, cantaba la rana, cu-cú, debajo del agua… —De inmediato, los llantos de las niñas se tornaron en risas divertidas—. Vamos, mis niñas, al agua patos, a buscar la rana…

Las tres enfilaron el pasillo en dirección al baño. Sofía se metió en su habitación, se dio colorete y se pintó los labios, se calzó los zapatos. Cogió las llaves del coche, pero no del pequeño, abrió el cajón de la cómoda y sacó las del grande. Lo hizo por puro despecho. Conducir el coche de Daniel sin ninguna necesidad sería para él un sacrilegio, y si además era para ir al bufete le pondría furioso, tal y como lo estaba ella, así se resarcía un poco, pensó. A su suegro le gustaba mucho menos su presencia en el despacho, odiaba esas visitas familiares, pero le daba igual, estaba harta de esperar.

Con el bolso en la mano salió de la casa sin decir nada, entre confusa y encorajinada.

Aparcó el coche frente al portal del bufete de su suegro, porque aquel siempre había sido y sería el bufete de Romualdo

Sandoval. Él mandaba, organizaba, estructuraba y repartía ganancias, casos y asuntos, a su antojo, sin contar con nadie, como si los demás letrados fueran peones de su propio tablero. Subió hasta el piso y empujó la puerta. La secretaria se extrañó de verla. Se conocían muy poco, de alguna fiesta de Navidad o celebraciones nombradas.

—Buenas tardes, señora de Sandoval. ¿Ha ocurrido algo? —La pregunta evidenciaba lo insólito de su visita.

—¿Podría hablar con mi suegro? Dígale que es urgente.

—Está en su despacho. Le aviso. —Descolgó el teléfono interior y habló en voz baja. Echó una ojeada a Sofía afirmando. Luego, colgó—. Tiene que esperar un poco, está con un cliente, pero en cuanto termine la atenderá.

Sofía miró a la secretaria con recelo. Sabía que su suegro no estaba con nadie, y sabía que no la iba a recibir encantado. Era consciente de lo que le incomodaba su visita, pero no se iría de allí hasta saber la razón de la falta de noticias de Daniel cinco días después de aquel misterioso y precipitado viaje a París. Se sentó frente a Elvira. Las dos mujeres cruzaban las miradas de vez en cuando. Al cabo de un rato de tenso silencio, la secretaria le habló.

—¿Le apetece un café, una infusión?

—No, gracias. No quiero nada.

Se mantuvo muy digna, el bolso sobre las rodillas, sentada en el sillón de terciopelo verde que componía la espléndida sala de espera aneja al mostrador tras el que se apostaba Elvira, que seguía con su tarea, tecleando con fuerza una máquina de escribir, las gafas de pasta negra, la voluminosa melena corta cardada de forma exagerada y para lo que debía de utilizar litros de laca, pensó Sofía observando su perfil, envuelta siempre en un halo empalagoso que impregnaba todo a su alrededor identificando sin lugar a dudas su presencia. Se notaba que lo controlaba todo, lo que entraba, lo que salía y lo que esperaba. Era soltera, pasados ya los treinta, entró en el bufete con dieciocho años y don Romualdo tenía en ella confianza absoluta. No era ni guapa ni fea, delgada, morena y no demasiado alta. Tuvo un novio, pero lo dejó porque no quería abandonar el trabajo al casarse. Prefería trabajar a ser ama de casa. Sofía la miraba con fijeza mientras tecleaba con envidiable rapidez. Alguna vez Daniel le había dado a entender que tenía algo con su suegro, o más exactamente, su suegro con ella. De repente se preguntó si también Daniel habría tenido algo con ella. Sintió un ahogo solo de pensarlo. Estaba tan sensible. Le había bajado la regla y se sentía sola y un poco abandonada. En ese momento, como si le hubiera leído el pensamiento, Elvira la miró. En una bravata indeliberada, Sofía cruzó las piernas, se atusó el pelo y echó los hombros hacia atrás como si quisiera sacar pecho. En seguida regresó Elvira a sus quehaceres y dejó a Sofía con su pose. Estaba a punto de levantarse y marcharse cuando sonó el teléfono que Elvira tenía sobre la mesa. Lo cogió, escuchó con atención y colgó.

—Ya puede pasar —le dijo—. El señor Sandoval la espera en su despacho. ¿Quiere que la acompañe?

Sofía se levantó despacio, insegura. Negó con una media sonrisa amable extendiendo la mano para detener cualquier intención de hacerlo. Tomó aire, como para recuperar las fuerzas que le faltaban, y echó a andar por el pasillo con pasos cortos. No quería reconocerlo, pero su suegro le imponía demasiado respeto, aunque más que respeto, era miedo.

—Siento molestar, Romualdo.

—¿Qué pasa, Sofía? —Alzó la mano agitándola para que pasara—. No tengo mucho tiempo, son días muy malos con esto del puente de Semana Santa —hablaba con un exasperante tono paternalista—. Dime, ¿qué quieres? ¿Les ha pasado algo a las niñas?

Nunca se refería a ellas como sus nietas. Siempre parecía molesto cuando estaba con ellas, como si no supiera qué hacer, qué decir, cómo actuar con dos niñas que saltaban y berreaban a su alrededor. Le irritaba su voz gritona y en seguida desaparecía de la escena, retirándose a un lugar lejano, fuera del alcance de su abrazo.

—No... No, las niñas están bien. Se trata de Daniel.

—¿Qué pasa con Daniel? ¿Te ha dicho algo de su regreso?

—Por eso estoy aquí. No sé nada de él. Desde el viernes no ha dado señales de vida.

—Ah, es eso... —chascó la lengua con un gesto decepcionado—. Cálmate, Sofía, vienes sofocada.

—No vengo sofocada, Romualdo, estoy enfadada, que no es lo mismo —notaba que recuperaba las fuerzas de su reivindicación, que consideraba justa. Abrió los brazos abarcando toda su frustración—. Ni una llamada, ni un telegrama, y mire que se lo dije —añadió sin ocultar su irritación—. Estoy preocupada, muy preocupada.

Su vehemencia molestaba a su suegro. Lo notó en sus cejas arrugadas, su mandíbula tensa.

—Pues no te preocupes tanto, mujer —espetó displicente—. Estás muy mal acostumbrada.

Sofía se quedó pasmada por la contestación. No le había ofrecido tomar asiento. Su suegro podía ser el hombre más caballeroso del mundo o el más grosero. Le temblaban las piernas y se dejó caer lentamente en el borde de la silla con el temor de que se lo impidiera con uno de sus bramidos, alegando la acumulación de trabajo que tenía. Era evidente que para él aquella actitud era un ataque de histeria propio de una mujer débil.

—No me venga con esas, Romualdo —le espetó, empeñada en no dejarse amedrentar—. No se trata de estar mal o bien acostumbrada. Es que uno debería esforzarse un poco por las personas que se preocupan por él. Sagrario está como yo, peor que yo porque se le ha mentido, aunque no creo que a mí se me haya dicho toda la verdad. Me llama varias veces todos los días preguntando, y yo ya no sé qué decirle.

Se dio cuenta de que había errado en el discurso. Meter a su suegra por medio no era la mejor idea.

Romualdo habló con hiriente desprecio, sin ocultar su profunda irritación.

—Vaya dos... —Echó el cuerpo hacia delante y la señaló con el dedo, como si la estuviera reprendiendo—. Tu marido tiene asuntos importantes que tratar en París y, como comprenderás, no puede estar pendiente de llamar a su mujer, a su madre... ¡A todo Cristo! —Dio un golpe sobre la mesa que sobresaltó a Sofía por lo imprevisto—. ¡Dios Santo! Pero ¿qué os creéis que es esto de trabajar? Lleva fuera desde el viernes. Está a lo que tiene que estar y punto. No hay más secreto. Por Dios, Sofía, déjalo respirar un poco, que no se te va a perder. Eres mucho peor que su madre.

Ella notó que la sangre le hervía en las venas. Contrajo los labios, y sus dedos se agarrotaron alrededor del asa de su bolso.

—Estoy preocupada, eso es todo —repitió con voz temblona. Toda la fortaleza que creyó acumular se difuminó como el denso humo del tabaco que se respiraba en el despacho.

—Te lo repito otra vez, no te preocupes tanto —lo dijo remarcando cada una de las palabras, con acritud—. Dedícate a tus hijas y deja a tu marido que arregle sus asuntos. Daniel sabe cuidarse solito. Volverá cuando tenga que hacerlo, ni un día antes ni un día después.

Sofía sintió la rabia que le subía por la garganta y que ardía en sus mejillas.

—Vete a casa tranquila —agregó Romualdo ablandando un poco el tono agresivo, aunque no lo suficiente para detener la sensación de desamparo en la que se vio sumida Sofía—. Ya aparecerá.

Sofía se levantó, tragó saliva, lo miró un instante y, sin decir nada, incapaz de mantener la mirada de su suegro, se dio la media vuelta y se marchó con tanta rabia o más que antes.

Romualdo se quedó oyendo el taconeo derrotado de su nuera. Sabía que había sido duro, pero no le gustaban las mujeres mojigatas que se ablandan por cualquier cosa, bastante tenía con torear el carácter de su esposa. Aquella misma mañana había recibido un telegrama de París: «Necesito tiempo para pensar. No me busquéis. Estoy bien. Daniel». Entendió que necesitaba ese tiempo y se lo iba a dar, a pesar del acoso al que sabía le someterían su mujer y su nuera. Tendría que tener mucha paciencia y reorganizar el trabajo del despacho. Desconocía cuánto duraría su ausencia. Aquello le suponía un grave con tratiempo. Don Romualdo estaba acostumbrado a controlarlo todo, cada movimiento y cada acción, pero en aquella situación poco podía hacer. Le tenía que haber impedido acudir a esa estúpida cita, no le tenía que haber dicho la verdad sobre su madre. Fue un momento de debilidad del que se arrepintió en seguida, y ahora se daba cuenta del error cometido. Era consciente de que aquella información podría suponer un problema en la ya complicada relación entre los dos, un intolerable punto de debilidad ante él. Pero ahora solo quedaba esperar a su regreso, dejarle ese tiempo que decía necesitar.

Mientras, Sofía se había sentado en el coche. Introdujo las llaves en el contacto, pero no arrancó. No estaba en condiciones de conducir. Agarró el volante con las dos manos, como si se agarrase a un salvavidas para no hundirse en las oscuras aguas de un mar de incertidumbres, de falta de fuerzas e indignación. La rabia la arrasaba por dentro y se desbordaba en forma de lágrimas, nublándole la visión. Cuando consiguió calmarse, se miró en el retrovisor. Tenía un aspecto horrible. Los ojos hinchados y enrojecidos, echado a perder el rímel. Se atusó un poco las mejillas, se secó los ojos, respiró hondo y decidió ir a ver a su padre. Había tomado la firme decisión de aceptar su ofrecimiento para empezar la tesis doctoral. De repente, se sintió mejor. Arrancó el coche y, al meter la marcha, chirrió y se caló. Se quedó pasmada. Si lo hubiera visto Daniel le habría montado un número. Con la mano en la llave de contacto, sin atreverse a girarla por si lo estropeaba, se derrumbó de nuevo. No podía hacerlo, no podía aceptar esa línea de investigación para luego abandonarla, porque estaba segura de que sería incapaz de dedicarle todo el tiempo necesario, un tiempo sin límites ni horarios, en el que no existen niñas ni marido, ni hambre y casi ni sueño. Era consciente de que, en el momento en que aceptase, toda la vida empezaría a girar en torno a la preparación del doctorado. Si fallaba, no solo lo haría con ella, sino con su padre, con su directora de tesis y con otro posible candidato que habría quedado fuera. No podía hacerlo sin hablarlo antes con Daniel.

2

La Semana Santa pasó y quedó atrás con su olor a incienso, sus procesiones, los pasos, la música estridente y pausada de trompetas y tambores, el recogimiento, la visita a monumentos. Sofía no había querido asistir a ninguno de los oficios, se negaba a salir de casa por si Daniel daba señales de vida. Tampoco le importaba demasiado no hacerlo; acudía a misa cada domingo, cumplía con los preceptos de cualquier católico, pero en el fondo sentía poco apego hacia unos dogmas que no la terminaban de convencer, imbuida como estaba por las teorías de su padre. Desde niña había tenido que manejarse en un difícil equilibrio entre no defraudar el ateísmo moderado de su padre y contentar la exaltación religiosa de su madre. Su suegra entendía y apoyaba su postura de no moverse de casa por si acaso, pero se empeñó en que las niñas tenían que ir a la iglesia, a las vigilias y a las procesiones. Así que, cada tarde, doña Sagrario las recogía y se las llevaba dejando a Sofía en una grata soledad y acogedor silencio. La madre de Sofía llamaba de vez en cuando y preguntaba si había noticias. A la respuesta negativa seguían una serie de ideas peregrinas sobre la ausencia de Daniel, preguntas reiteradas sobre si habían discutido, sobre si ella le había provocado algún disgusto por alguna cosa: «Ese empeño de tu padre en que hagas la maldita tesis, tanto doctorado y tanta pamplina, a ver cuándo os convencéis de que las mujeres valemos para lo que valemos, y desde luego no para estar horas metida en un laboratorio con los ojos pegados a un microscopio». Sofía intentaba rebatirla con el nombre de Mercedes Montalcini y otras que la precedieron. «Esa señora es lo que es, la mujer de un científico haciéndose la científica, jugando a ser hombre, eso es lo que es». Todo eso se lo decía con un aplomo que dejaba perpleja a Sofía por inoportuno y malvado: «Dedica tu tiempo a lo que tienes que dedicarlo, que no es otra cosa que tu marido, tus hijas y tu casa, y sanseacabó, porque te advierto una cosa, hija, como sigas empeñada en esas tontunas un día te quedas compuesta y sin marido, si no te has quedado ya...». Le resultaba tan dañina la conversación con ella que colgaba a veces sin despedirla, de malas maneras, con un enfado evidente que encima extrañaba a su madre. Se preguntaba cómo podía soportarla su padre. Eran tan distintos; entendía las horas que se pasaba en el laboratorio desde muy temprano, normalmente no regresaba a casa a comer porque si alguna vez se retrasaba, aunque solo fueran unos minutos (cosa que sucedía a menudo porque perdía el sentido del tiempo cuando se enfrascaba en sus investigaciones), más allá de las dos en punto, hora establecida para estar sentados a la mesa, suponía un disgusto extraordinario, una ofensa incomprensible, por eso solía comer en un restaurante frente al laboratorio, o en el comedor de estudiantes de la facultad cuando tenía clases, y lo hacía en el momento en el que sentía hambre, sin obedecer a un horario predeterminado, le gustaba guiarse por su instinto más primario en esas cosas tan elementales para un ser humano, comer cuando se tiene hambre, dormir cuando hay sueño. A veces tenía que avisarlo el bedel de que iba a cerrar el centro, y se quedaba pasmado, con la sensación de que acababa de empezar, a pesar de que podía llevar muchas horas concentrado en su trabajo, tanto le apasionaba que no entendía que el resto del mundo pudiera gastar el tiempo en tanta banalidad. Todo el que quisiera encontrarlo tenía que ir allí y no a su casa. La vida en común entre sus padres se circunscribía a vivir en la misma casa, se trataban con respeto y corrección, nada más, porque sabía que desde hacía años tampoco compartían cama.

Su amiga Carmen era la única que le servía de paño de lágrimas, aunque sus ausencias por el trabajo dejaban un vacío difícil de llenar. Era ella la que la estaba animando a ir a la policía a denunciar la desaparición. Pero aún no se había decidido a hacerlo por miedo a hacer el ridículo, tal y como le insistía su madre.

Cuando acabaron las vacaciones, doña Sagrario continuó presentándose en casa de Sofía, y allí se apalancaba una hora, o dos, o toda la tarde, casi hasta la cena para desesperación de Sofía, que no soportaba su presencia durante demasiado tiempo seguido porque nada la unía a ella, nada salvo su hijo. Pero doña Sagrario había asumido la sagrada obligación de permanecer al lado de su nuera lo más posible en un mutuo consuelo, suspirando al unísono, compungidas y cabizbajas ambas, hablando casi en susurros, lo que ponía de los nervios a Sofía porque le parecían los prolegómenos de un velatorio, las dos mujeres cuerpo a cuerpo, compartiendo la pena y la esperanza del retorno del marido y del hijo, solo le faltaba el luto riguroso, y no lo descartaba si seguía la ausencia, la conocía bien y era capaz de ello.

Había pasado casi un mes desde la marcha de Daniel y Sofía seguía sin tener noticia de su paradero. Una enfermiza apatía había sustituido al enfado y la rabia de las primeras semanas. Cada día que pasaba sentía que el mundo se le caía encima como una fría losa de mármol. No dejaba de preguntarse si le habría pasado algo, pero todos le decían que si así fuera ya se habría enterado. Entonces su pensamiento daba un paso más allá y se planteaba la posibilidad de que la hubiera abandonado por otra con la intención de no volver nunca, algo que muchos pensaban sin decírselo, de ahí las miradas de pena, le sentían lástima, pobrecita, abandonada tan joven. Sofía intentaba quedar al margen de las habladurías, conocidos que llamaban con señales de alarma cuando se enteraban de la incomprensible ausencia, ella apenas les daba detalles, tampoco había mucho que ofrecer, no sabía, no entendía, consuelos absurdos envueltos en palabras con lazada de colores, todo vacuo, en algunos malintencionado, y eso horadaba su ánimo mucho más que la soledad impuesta.

Con la única que compartía estos temores era con Carmen, que seguía insistiendo en que acudiera a la policía ante la terquedad de Sofía de no hacerlo para evitar tener que darle la razón a su madre. «¿Qué vas a decir, que tu marido no te llama desde hace un mes? —le decía con una malvada ironía—. Ya te ha dicho tu suegro que está cumpliendo con su obligación, trabajando en un asunto del despacho. ¿Qué quieres, que vaya la policía a buscarlo a París, nada menos? Pues no tienen cosas que solucionar aquí como para irse a buscar a un marido ingrato que no se digna a llamar a su mujer». Lo cierto es que su madre ya empezaba a darle la razón en que, al menos, podía haberle enviado un telegrama, una llamada rápida, no sé, algo, decía remisa porque le costaba mucho ponerse del lado de su hija, pero de ahí a ir a la policía había un abismo. Y envuelta en esas incertidumbres, Sofía dejaba pasar un día y otro, y otro…

Con Carmen era con la única que especulaba sobre los motivos de la ausencia, la idea de una aventura se instalaba en su mente cada vez con mayor vehemencia, en un extraño intento de preferir eso a que le hubiera sucedido algo grave. Carmen procuraba quitarle hierro a esas conjeturas aduciendo que le costaba imaginarse a Daniel urdiendo un plan tan rebuscado para quitarse de en medio con el fin de irse con otra mujer, o tal vez sí, le insistía Sofía, quizá hubiera encontrado en otros brazos aquello que ya le cansó en los suyos; los hombres se cansan en seguida, decía su madre, son infieles por naturaleza, lo importante es que vuelvan siempre, que no permanezcan en otra cama el tiempo suficiente para que se produzca el temible desapego conyugal, el desmoronamiento, el cambio de rumbo en la pasión sexual. Muchos hombres daban un brusco giro a su vida para irse con mujeres más jóvenes, menos vistas, menos rutinarias, aunque con el tiempo se volvían igual o peor que la que abandonaron por ellas, y entonces, aquel hombre ufano de su conquista regresaba al regazo de la esposa, que le perdonaba sin apenas reproches. Sofía les daba vueltas a esas palabras de su madre y, cuando lo hacía, un espasmo la estremecía porque estaba convencida de que ella nunca podría perdonar una infidelidad conocida de Daniel, no descartaba que las hubiera habido, pero la ignorancia era un manto protector contra la vesania de los celos, porque no había necesidad de ejercer el perdón, tragarse una el orgullo y hacer el esfuerzo de admitirle de nuevo en la cama aun a sabiendas de que estuvo retozando con otra, acariciando otros pechos y otra piel y besando otros labios y penetrando otro sexo. Ella no podría, no sería capaz de aceptarlo.

Apenas dormía, se pasaba las noches mirando la foto de Daniel que tenía en la cómoda, una foto que se había hecho hacía apenas un año y que ella había enmarcado porque había salido muy guapo, con los ojos fijos al frente, una mirada limpia y grata que parecía hablarle, algo serio, pero era él, era su rostro. No podía evitar hablarle, preguntar a la imagen dónde estaba, por qué no la llamaba, qué le estaba ocurriendo, la tenía tan preocupada... «¿No me ves?, no duermo, apenas puedo probar bocado, la gente empieza a hablar, dónde te hallas, Daniel, dónde te escondes y por qué lo haces de mí, con lo que yo te quiero y lo importante que eres para mí». Solía quedarse dormida con el marco en su regazo, apenas una duermevela de la que salía sobresaltada por cualquier ruido proveniente de la calle, o bien por la llamada de Isabel o por los llantos de la pequeña. Por el día intentaba seguir con la rutina, le molestaba la presencia de las niñas, sus voces, sus juegos, sus preguntas sin respuesta. Estaba deseando que Vito se las llevase para encerrarse en su habitación y llorar o simplemente estar sola, pensar, mirar la foto, preguntar al rostro de la imagen o asomarse a la ventana durante horas con la esperanza de atisbar la figura de Daniel entre la gente. Era incapaz de concentrarse en algo, iba por la casa como alma en pena, ponía música, abría el álbum de fotos y lloraba, nublados los ojos, contemplando las imágenes de su corta vida juntos, sus primeros encuentros, sus primeras escapadas todavía solteros, la boda, el viaje de novios, los cumpleaños, navidades. Todo le parecía lejano, todo perdido. Analizaba con detalle las últimas semanas de Daniel, su actitud, sus palabras, sus caricias, su deseo, nada encontraba que le hiciera pensar que lo suyo estaba roto, que hubiera tenido la necesidad tan imperiosa y drástica de alejarse de ella sin plazo y sin noticias.

Doña Sagrario había llegado aquel día con una bandeja de pasteles para las niñas, algo que molestó a Sofía porque los dulces les provocaban dolor de estómago. Se lo había dicho varias veces, pero doña Sagrario le restaba importancia y decía aquello de «pobrecitas, por uno que se coman». Conteniendo la rabia, para no resultar grosera, cogió la bandeja de las angulosas manos de su suegra y la metió en la nevera. Además de los inoportunos pasteles, notó Sofía que aquel día doña Sagrario estaba más entera, más sonriente, algo más optimista. En el salón siempre se sentaba en el sillón en el que solía hacerlo su hijo, ella lo sabía y lo hacía a propósito, como si pretendiera reafirmar su derecho a estar allí.

—¿No hay ninguna novedad? —preguntó nada más tomar asiento.

—No, Sagrario —contestó Sofía con un dejo cansino mientras se sentaba frente a ella—. Ya sabe que, si hubiera algo, sería usted la primera a la que llamaría.

—¿Y tú cómo estás, hija?

Aquella pregunta insistente y tan obvia la irritaba soberanamente.

—Qué preguntas tiene, Sagrario, cómo voy a estar, pues mal, estoy mal. No sé si mi marido está vivo o muerto, no entiendo por qué no me llama o me pone un telegrama para decirme algo, aunque sea que no me quiere volver a ver nunca más... ¡Yo qué sé, algo! —Sofía se irguió como ensanchada de dignidad—. Pero ya no espero más. Tenía que haberlo hecho hace tiempo. Mañana mismo voy a la policía a denunciar su desaparición.

Su suegra la miró con espanto, como si le hubiera dicho que iba a enviar una manada de perros rabiosos en su busca.

—Pero qué dices, hija, la cosa no es para tanto. Lo único que harías es dar voz al pregonero. Ni se te ocurra.

—¿Y si le ha pasado algo? —inquirió con la incomprensión reflejada en su cara.

—Qué le va a pasar. Ya volverá, a veces los hombres se alejan de todo, son crisis normales, a todos les pasa, los años de matrimonio, la monotonía, todo eso les asusta, pero al final siempre vuelven.

Sofía la miró estupefacta.

—¿No me irá a decir usted que justifica esta actitud de su hijo?

—Bueno, Sofía, tampoco es para alarmarse. Piensa que si le hubiera pasado algo malo o grave ya lo sabríamos.

—No, Sagrario, ya no aguanto más. Esto ya pasa de castaño oscuro. Mañana a primera hora iré a la comisaría.

Doña Sagrario chascó la lengua pensativa, arrugó los labios pintados de *rouge* y alzó los ojos hacia su nuera.

—No debía decirte nada, pero te lo voy a decir. —Sonrió y, como si le fuera a hacer una confidencia, bajó un poco el tono y adelantó el cuerpo hacia ella—. Estate tranquila, que me ha dicho Romualdo que Daniel le pidió tiempo.

—¿Que le pidió tiempo? —repitió Sofía con gesto de incredulidad.

—Sí. Le envió un telegrama en el que le pedía eso, tiempo. —Alzó la mano y la meneó como sin darle importancia—. No sé, para pensar y eso... Ya te he dicho que los hombres son así y no nos queda otra que entenderlo.

Sofía recibió estas palabras como una bofetada en la cara, incluso llegó a sentir que le ardían las mejillas.

—¿Cuándo le dijo eso?

—Pues..., no me hagas mucho caso, pero creo que el telegrama lo recibió antes de Semana Santa. —Alzó la mano declinando culpa alguna—. Yo no tenía ni idea, Romualdo me lo dijo ayer para tranquilizarme.

—¿Que Daniel le envió un telegrama a su padre? —Sofía no daba crédito a lo que estaba oyendo—. ¿Y por qué no me lo dijo?

—Pues no sé, hija. Habrá considerado que no debía decírtelo. La verdad es que me advirtió que no te dijera nada, no sé si he hecho bien.

—¿Por qué? ¿Por qué ocultármelo? ¿Qué sentido tiene?

—Yo qué sé —respondió con gesto ingenuo—. Ellos sabrán. Son cosas suyas.

Sofía no sabía si reír o echarse a llorar.

—Cosas suyas... —repitió Sofía sin dejar de mirarla—. ¿Y por qué le pide tiempo a su padre y no a mí? ¿Por qué le envía un telegrama a él y no a mí, que soy su mujer? —hablaba ensimismada, sin comprender.

—Qué más dará que se lo haya enviado a uno o a otro. El caso es que lo ha mandado y ya está. Ahora démosle ese tiempo que está pidiendo.

—¿Y ya está? —la irritación de Sofía crecía ante la insensibilidad que mostraba hacia ella su suegra, una mujer a la que había que tratar como si fuera porcelana fina precisamente por su sempiterno exceso de sensibilidad.

—Pues sí, ya está. Sabemos que está bien y que necesita tiempo, pues ya está —repitió doña Sagrario dispuesta a zanjar el asunto.

—¿Y qué decía ese telegrama? ¿Sigue en París? ¿Cuándo piensa volver? —espetó rápido, sin dar tiempo a que doña Sagrario abriera la boca.

Su suegra alzó los hombros, con ese gesto de tonta que ponía cuando no se quería enterar de lo que realmente ocurría.

—Yo no he visto el telegrama, y no sé si estará en París o Sebastopol, que ya sabes que yo creía que estaba en Bilbao, que a mí también me habéis tratado como a una tonta.

—No me meta a mí, Sagrario, lo de Bilbao fue idea de su marido, no mía.

Sagrario se quedó callada, pensativa. Luego dio un largo suspiro antes de continuar con voz cansina.

—Hay que reconocer que, a veces, a estos hombres no hay quién los entienda. Si ya lo digo yo, que con ellos tenemos ganado el cielo.

Sofía no podía creer lo que estaba escuchando. Se levantó como si tuviera un resorte. Estaba tan nerviosa que le temblaban las manos.

—Será mejor que se vaya a casa, Sagrario. Me duele mucho la cabeza y creo que me voy a echar un rato.

—Uy, hija, eso es jaqueca, seguro. Yo he padecido mucho de ellas, pero desde que se me retiró eso, estoy mucho mejor.

Mientras se levantaba y cogía su abrigo de entretiempo tan a juego con el resto del vestuario, los movimientos lentos, medidos, en exceso delicados, como si temiera quebrarse con alguno de ellos, empezó a contarle sus achaques, sus sofocos, sus artritis y sus problemas de vesícula. Sofía la miraba como si fuera un esperpento. Nunca antes había pasado tanto tiempo a solas con su suegra, y no dejaba de sorprenderla lo ingenua que podía llegar a ser, aunque a veces le daba la sensación de que, más que serlo, se hacía la tonta, con ese aparente candor de que no se enteraba de nada, cuando en realidad se enteraba de todo, más lista y astuta y con más fortaleza física y mental que todos los que la rodeaban y cuidaban y protegían con obsesivo esmero.

En cuanto consiguió sacar a doña Sagrario de casa, marcó el número del bufete. Elvira contestó y le pasó con Romualdo Sandoval.

Sin darle opción ni siquiera a saludar, le espetó la pregunta de si era verdad que había recibido un telegrama de Daniel.

—Ya te lo ha dicho —dijo en tono de disgusto—. Está visto que las mujeres tenéis un problema para mantener la boca cerrada.

Sofía estalló.

—¿Y por qué no me lo ha dicho? ¿No se da cuenta por lo que estoy pasando?

—Ahora ya lo sabes, y ¿qué? ¿Han cambiado en algo las cosas?

—Tenía derecho a saberlo.

—Si Daniel me envió a mí el telegrama y no a ti será por algo.

—Pienso ir a la policía a denunciar su desaparición.

—Por Dios, Sofía, no seas ridícula —su tono tenía una mezcla de mordaz reproche—. Vas a ir a la policía con semejante estupidez.

—A mí no me parece una estupidez no tener ni una sola noticia de mi marido desde hace un mes.

—No te voy a consentir que me pongas en un compromiso. Te prohíbo que vayas con este cuento a la policía.

Sofía era consciente de que, si Romualdo quería, la denuncia que ella presentase acabaría en la papelera antes de que hubiera abandonado la comisaría o el juzgado. Intentó hacerle comprender la gravedad de la situación.

—Pero, Romualdo, ¿en qué compromiso le voy a poner? ¿Y si le ha pasado algo?

—Ya lo sabríamos. Nadie se muere por ahí sin que se dé noticia de ello. Si estuviera herido o hubiera tenido algún problema ya nos habríamos enterado. Haz el favor de calmarte. Y deja en paz a tu marido. Regresará cuando tenga que hacerlo.

—¿Qué es lo que me ocultan? —preguntó en un último intento de comprender lo que ocurría.

—Nada —la contestación fue tan firme que daba por cerrada cualquier alegación

Sofía intentó debatir con su suegro, pero Romualdo Sandoval no estaba dispuesto a perder ni un minuto más hablando con ella, así que se excusó diciéndole que tenía que salir del despacho a un asunto urgente y le colgó.

Ella se quedó con la palabra en la boca, pasmada, el auricular pegado a la oreja durante unos segundos más, hasta que por fin colgó. Instintivamente, en la imperiosa necesidad de desahogarse con alguien, llamó a Carmen, pero al no contestar recordó que estaba en Nueva York hasta el fin de semana. Luego marcó el número de su padre en el laboratorio, a sabiendas de que, por mucho que el teléfono sonara, él nunca lo cogería. Así fue, Zacarías oyó sin hacer caso los tonos repetidos e intermitentes durante un buen rato hasta que la llamada se interrumpió. Sofía colgó el auricular con una angustiosa sensación de desasosiego, de soledad. Todos continuaban con su vida normal mientras ella permanecía varada, atrapada en una dilación interminable junto a aquel aparato de color crema que en las últimas semanas había sido su centro de atención. Pensó en la dependencia que se puede llegar a tener a su sonido anunciador de una llamada esperada que nunca llega. Derrotada, se dejó caer en el sillón, se encogió sobre sí misma haciéndose un ovillo y lloró, lloró con ganas, con hipidos incontrolados, hasta que se quedó tranquila, casi dormida.

El timbrazo del teléfono la arrancó con brusquedad de su letargo. Levantó la cabeza y, confusa, miró el aparato como si fuera una amenaza. Se oían las voces de las niñas en la cocina. Vito debía de estar dándoles de cenar. Se dio cuenta de que estaba tapada con una manta fina y que el salón se había quedado en penumbra. Debía de haber dormido por lo menos un par de horas. Oyó los pasos apresurados de Vito por el pasillo. Se incorporó y cogió el auricular justo cuando Vito se asomaba por la puerta entornada.

Al otro lado de la línea oyó la voz angustiada de Elvira.

—¿Señora de Sandoval?

—Sí, soy yo, ¿quién es? —preguntó a sabiendas de la respuesta.

—Doña Sofía —el hecho de que la llamase, y además se dirigiera a ella por su nombre la puso en guardia—, soy Elvira, la secretaria.

La interrumpió impaciente.

—Elvira, ¿qué pasa?

—Verá... Es que acaban de llamar del hospital... —Hubo un silencio de un par de segundos—. Se trata del señor Sandoval…

Sofía sintió que sus músculos se ablandaban.

—¿Mi marido? ¿Qué le pasa a mi marido?

—No, no es su marido… Se trata de don Romualdo, ha tenido un accidente.

Sofía no pudo evitar respirar con alivio. Por un momento se había visto definitivamente viuda y sus hijas huérfanas, tan pequeñas, tan joven ella.

—¿Un accidente? ¿Dónde?

—Iba camino de Navalcarnero y, por lo visto, se ha estrellado contra un muro.

—¿Y cómo está?

—Pues yo no lo sé, no me han querido decir... Solo que lo tenían ingresado y que avisase a la familia... —le temblaba la voz—. Pero me da a mí que está muy mal.

—¿Lo sabe mi suegra?

—No, no me he atrevido... Por eso la he llamado a usted, es que yo a doña Sagrario no sé cómo decirle esto. ¿Lo hará usted?

—Sí, claro. ¿En qué hospital está ingresado?

La secretaria le dio todos los detalles que, con diligencia, había recogido del aviso del hospital. Sofía colgó y se dio la vuelta como para dar la espalda al teléfono, la mano en el pecho, luego a la cara. Antes de avisar a Sagrario decidió comprobar primero el estado de Romualdo.

El médico le confirmó los temores de Elvira. Su estado era muy grave. Permanecía inconsciente y sedado. Según el primer atestado, el coche se había quedado sin frenos en la bajada hacia el río Guadarrama y había chocado violentamente contra el pretil del puente. Se temía por su vida. No quedaba más remedio que esperar a ver cómo evolucionaba en los siguientes días.

Antes de que la noticia corriera como la pólvora, Sofía se presentó en casa de su suegra. Su visita la sorprendió.

—¿Qué haces aquí? ¿Ha llamado Daniel?

—Sagrario, Romualdo ha tenido un accidente de tráfico.

Doña Sagrario la miró impávida durante un momento, como si su mente se resistiera a trasladar a su conciencia aquella información, retrasarla, arrojarla, expulsarla.

—Vengo de la clínica de la Concepción, y me han dicho que... —tragó saliva porque tenía la boca seca—. Está mal... Muy mal.

Su suegra seguía sin reaccionar. Solo la miraba fijamente, con esos ojos pequeños, oscuros, que parecían mirar el mundo siempre de forma inocente.

—¿Le has visto? —preguntó con voz gutural. Era evidente que estaba tragándose el grito que liberase su miedo.

—No. En cuanto he hablado con el médico he venido a buscarla. La llevaré al hospital.

—Sí... Será mejor que vayamos.

Cuando llegaron a la clínica, la noticia se había extendido y una nube de periodistas esperaba en la entrada para recabar información sobre el accidente de Romualdo Sandoval. Sofía agarró a su suegra por los hombros protegiéndola del acoso de preguntas. Sin embargo, antes de entrar en el vestíbulo del hospital, doña Sagrario se detuvo y, con una digna serenidad que sorprendió a Sofía, se dio la vuelta y habló a los periodistas.

—En cuanto tenga noticias del estado de mi marido lo haremos saber con un comunicado. Muchas gracias.

3

Romualdo Sandoval llevaba cuatro días debatiéndose entre la vida y la muerte. La expectación creada alrededor de su extraño accidente provocó titulares malévolos que especulaban sobre posibles venganzas o ajustes de cuentas. De todos era conocido que Romualdo Sandoval se había granjeado enemigos peligrosos que le habían jurado venganza.

Doña Sagrario, lejos de venirse abajo, demostró que sabía estar a la altura de las circunstancias. Con gesto hierático, impertérrita ante el acoso de los periodistas, que la seguían a cada paso, no se derrumbó en ningún momento. A primera hora de la mañana llegaba a la sala de espera, donde aguardaba hasta que la dejaban pasar a verlo en la UCI, y allí se quedaba junto a él mirándole, observando su respiración mecanizada, su aspecto vulnerable, su lucha contra la muerte. No se movía hasta que alguna enfermera le tocaba el hombro y le susurraba al oído que tenía que marcharse. Ella se levantaba sin apartar la vista de él, como si estuviera en constante y silenciosa conexión con su marido a través de los ojos, abiertos los de ella, cerrados los de él, y salía a la sala donde se encontraban familiares y amigos. Salvo que fuera Sofía, no permitía a nadie que la llevase. Si esta no estaba en el momento de abandonar ella el hospital, tomaba un taxi y se encerraba en su casa hasta que llegaba la hora de regresar junto a su esposo.

Cuando aquella mañana salió de la sala de cuidados intensivos, se encontró de frente con Sofía en compañía de su padre. Doña Sagrario se fue hacia su nuera obviando a otros visitantes que anhelaban charlar con ella para sondear en su padecimiento.

—Sofía, tienes que ir a buscar a Daniel.

Su resolución sorprendió tanto a Sofía como a Zacarías.

—Pero... —balbuceó confusa— no sé dónde ir.

—Tienes la dirección del hotel en el que se hospedó, busca en hospitales, ve a la policía, denuncia su desaparición, no aquí, allí, en París. Búscalo y tráelo antes de que sea demasiado tarde.

—Sagrario, lo siento, pero no puedo ir. No tengo pasaporte. Lo tiene Daniel, y es el pasaporte de los dos.

—No te preocupes —añadió con firmeza, como si ya lo tuviera previsto—. Ve a la Dirección General de la Seguridad, en la Puerta del Sol, y pregunta por el comisario Gómez Pacheco. Di que vas de mi parte, que te envía la señora de Romualdo Sandoval —remarcó por si no le había quedado claro cómo debía presentarla—, y que eres mi nuera.

—Pero no me lo darán sin la autorización de Daniel…

—Lo hará —sentenció—. Le llamaré en cuanto llegue a casa para que te atienda de inmediato. Él se encargará de tramitarte un nuevo pasaporte. —Calló un instante y se acercó un poco más a ella con la súplica grabada en sus ojos —. Sofía, te lo ruego, trae a mi hijo de vuelta a casa.

—Sí… Claro… —balbució Sofía desconcertada, pero decidida a emprender un viaje que en el fondo estaba deseando hacer—. Lo haré. No sé cómo, pero le prometo que lo traeré de regreso a casa.

Doña Sagrario, a pesar de las lágrimas que le anegaban los ojos, no perdió la compostura en ningún momento. Con un ademán de dignidad, alzó la barbilla, adelantó el labio inferior y afirmó con un leve movimiento de cabeza. Luego bajó los ojos, le agarró la muñeca en un gesto de gratitud, sonrió y echó a andar.

—¿Quiere que la lleve a casa?

Doña Sagrario se detuvo y se volvió hacia ella.

—No. Ve a buscar a mi hijo. Me temo que no nos queda mucho tiempo.

Se alejó con sus pasos cortos y firmes, taconeando con elegancia, erguida, el bolso colgado del brazo. Los finos guantes de piel a juego con el ligero y elegante traje sastre, tan primaveral, el peinado perfectamente cardado de peluquería en un color rubio oscuro, ahuecado, hierático a un vendaval.

Sofía y su padre se miraron.

—Yo estoy de acuerdo con ella —dijo él—. Creo que es hora de acabar con la espera y actuar. Si quieres, te acompaño a París.

—No... No, tú tienes muchas cosas que hacer. Es una época muy mala para ti, los exámenes, fin de curso... No, de ninguna manera.

En ese momento entró en la sala Carmen. Le contaron la idea de ir a París en busca de Daniel.

—Me voy contigo —dijo resuelta—. Tengo unos días libres. Yo me encargo de sacarte el billete. Nos podemos hospedar en el hotel al que va la tripulación, aunque no es muy céntrico.

—Conozco a una compañera que da clases en la Sorbona —dijo don Zacarías en un tono evasivo, como si no estuviera seguro de intervenir—. Fuimos buenos amigos.

Sofía lo miró con una sonrisa.

—Nunca me has contado que tenías una amiga en París.

—Nunca fue necesario hacerlo.

—¿Quién es? —preguntó Sofía con curiosidad.

—Fuimos compañeros de clase. Nos llevábamos muy bien. Nos conocimos en primero de carrera, y ya entonces era inteligente, divertida, interesante, guapa y con una impresionante capacidad de análisis. Se ha convertido en una prestigiosa científica en París, ha recibido varios premios internacionales y está muy reconocida, además da clases en la Sorbona. —Tenía un gesto ausente mientras hablaba, con una sonrisa dibujada en su rostro, como si recordar le complaciera. De repente volvió a mirar a los ojos de Sofía, que le observaba con atención—. Una mujer extraordinaria, una pena que no la tengamos aquí.

—¿Qué pasó? —preguntó Sofía con curiosidad—. ¿Por qué se fue?

—Por la misma razón por la que se tuvieron que marchar otros muchos… —Exhaló un profundo suspiro cargado de nostalgia—. Nunca volvió, y no lo hará mientras Franco esté vivo, a pesar de que la han invitado en más de una ocasión para asistir a simposios, conferencias o cursos, pero en eso es muy terca, tomó la decisión y hasta que el dictador esté bajo tierra no pisará España. —La miró y sonrió con seguridad—. Una persona que conozca París te será de gran ayuda, pienso yo. Además, tu francés deja mucho que desear. Estoy convencido de que te ayudará encantada. Si te parece, la llamaré para decirle que vas.

Estuvieron de acuerdo en que era una buena idea.

Carmen se marchó porque tenía prisa, y Sofía se ofreció a llevar a su padre a casa.

Iban en el coche en silencio. Sofía conducía despacio para desesperación de algunos conductores, que tocaban el claxon con insistencia y la increpaban al rebasarla. Ella parecía no oírlos, la mirada fija al frente, pensativa.

—¿Quién es realmente esa mujer, papá?

—¿Quién? ¿Patricia?

—¿Se llama Patricia?

—Patricia Mendoza.

—Debió de ser alguien muy especial —le miró un instante y sonrió con complicidad—. Antes, cuando hablabas de ella, se te han iluminado los ojos. Nunca te había visto así.

Don Zacarías la miró con gesto sorprendido.

—Ah ¿sí? ¿De verdad se me han iluminado? —Sofía no le contestó. Le miró un instante a la espera de que le contase—. Pues sí, la verdad es que fue una mujer especial para mí.

—¿Cómo de especial?

—Tan especial como puede ser el primer amor, el primero y el único amor —lo dijo convencido, con voz gutural, honda, como si la sola idea de pensarlo le emocionase.

Sofía le miró de reojo.

—¿El único? —sonrió resoplando—. ¿Y mamá?

—Con tu madre me casé.

En el fondo, a Sofía no le extrañaron demasiado las palabras de su padre.

—¿Y por qué? ¿Por qué te casaste con mamá y no con Patricia?

—Yo debería haber seguido el camino del exilio, igual que Patricia, pero me resistía a abandonar Madrid, aquí tenía a mi madre, que en aquel tiempo estaba muy enferma, la guerra la había debilitado mucho, estaba sola y no tuve valor para dejarla… Pensé que no me pasaría nada… Muchos lo pensamos… Nada habíamos hecho salvo estar en el lado de los perdedores, de los vencidos… —La miró buscando sus ojos, aunque Sofía no retiró la vista del frente—. Tu madre apareció cuando estaba al límite de mis fuerzas. Ella me salvó no solo de la cárcel, sino también del desprestigio, el paro, la miseria, todos esos males me acechaban. Ella estaba enamorada, yo no le mentí, no lo estaba, pero no le importó. Me pidió respeto y se lo he rendido como si fuera una de sus santas Vírgenes.

Volvió a reír Sofía, asombrada por las palabras de su padre.

—Algo más habrás hecho con ella que tratarla como una Virgen... Te recuerdo que somos tres hermanos.

Los dos rieron con complicidad.

—Bueno, es una manera de hablar. Ya me entiendes. Tu madre y yo hicimos un pacto, ella lo está cumpliendo y creo que yo también. —De repente alzó la mano como si se hubiera dado cuenta de algo—. Ah, te voy a pedir una cosa, ni una palabra a tu madre sobre Patricia. No soportaría saber que sigo en contacto con ella.

—¿Sigues en contacto con ella?

El gesto de Zacarías se tornó nostálgico.

—Sé que está bien. Con eso me basta.

—Pero ¿hablas con ella alguna vez?

—Preguntas tú mucho.

—Me interesa.

Su padre se la quedó mirando un rato. Los ojos le brillaban envueltos en recuerdos.

—No todo lo que yo quisiera. Pero sí, alguna vez hablamos; me suele escribir al laboratorio y nos llamamos por teléfono en fechas señaladas.

Sofía volvió a mirarlo, apenas un par de segundos, sonriente y agradecida por la confidencia.

—Creo que me va a gustar conocer a esa Patricia Mendoza.

—Estoy convencido de ello.

4

Sofía lo preparó todo para el viaje. El comisario Gómez Pacheco le hizo un nuevo pasaporte en el momento, apenas le pidió nada salvo unas fotos y el carnet de identidad. Le tributó una atención exquisita y, al despedirse, le envió todo su afecto y consideración a doña Sagrario y los mejores deseos de recuperación para el insigne don Romualdo. Sofía dejó a las niñas en casa de sus padres, pero con la ayuda de Vito, que las conocía muy bien, sabía de sus horarios y costumbres, y a la que las niñas, además, adoraban. Su madre no dejó de protestar por la decisión de ir en busca de Daniel, tampoco ofrecía otra alternativa, en esa línea suya tan habitual de ponerse en contra de todo lo que Sofía decidía hacer, fuera lógico o no, estuviera dentro del sentido común o no. Daba lo mismo, ella siempre se posicionaba frente a su hija.

El día de la partida estaba nerviosa. Comprobó varias veces que llevaba la nota con la dirección de Patricia Mendoza, aunque su padre le había confirmado que esta iría a buscarlas al aeropuerto y también que se hospedarían en su casa.

—¿Cómo sabré que es ella?

—Ella te reconocerá —le contestó su padre con una sonrisa nostálgica.

Sofía cerró la maleta y volvió a comprobar en el interior del bolso que llevaba el pasaporte y una cantidad de dinero en francos franceses que había cambiado en el banco.

Había quedado con Carmen en el aeropuerto. Llevaba ya media hora de espera. La fila para facturar estaba vacía, todos los pasajeros habían pasado el control menos ellas. La vio llegar de lejos, corriendo apurada con la maleta en una mano y el bolso en la otra, vestida con el nuevo uniforme granate de la compañía, color «rosa real», lo llamaban, tan distinto del sastre azul marino que habían lucido hasta hacía un mes, más marcial y serio. Aquel le daba un aire moderno, elegante, la falda y la casaca, y encima la capa abierta del mismo tejido, medias de malla y botas, tocada con casquete negro, además de guantes. No le extrañó demasiado que llegase así vestida. Creyó que era la forma que tenían de viajar gratis como tripulación.

—Lo siento, Sofía... —le espetó compungida al llegar frente a ella—. No puedo acompañarte. Me han avisado hace un rato. Una compañera se ha puesto enferma y tengo que sustituirla. En dos horas vuelo a Nueva York. Lo siento de veras.

A Sofía la invadió el pánico. No concebía irse sola a París.

—¿Entonces...? —titubeó unos segundos—. Esperaré a que regreses.

—No, de ninguna manera. Tienes que ir a París a buscar a Daniel, has perdido demasiado tiempo ya. Además, no estarás sola, tienes a esa amiga de tu padre. Hablaste con ella, ¿no?

—Sí, habló mi padre... Pero creía que tú...

—Lo sé —la interrumpió enfurruñada—, y me sienta muy mal no acompañarte, pero no puedo decir que no. —Miró por encima del hombro de Sofía hacia el mostrador de facturación. Abrió su bolsa y sacó un sobre—. Toma, tu billete. ¿Tienes el pasaporte?

Sofía se lo enseñó e hicieron el trámite de facturación. Carmen la llevó hasta el pie de la escalerilla del avión, y allí se despidió de ella porque tenía que firmar para el vuelo. Se dieron un abrazo.

—Mantenme informada de todo, ¿de acuerdo? Y si cuando regrese de Nueva York estás todavía en París, intentaré irme contigo, aunque lo tengo muy complicado, me han dado la programación y vuelo mucho este mes. —Su gesto contrariado volvió a evidenciar su pesar por no poder ir con su amiga—. Lo siento tanto...

Se volvieron a dar un abrazo y Carmen salió corriendo hacia las oficinas. Sofía la vio alejarse con una sensación de vértigo, de soledad. Era la primera vez que viajaba sola y no podía evitar estar nerviosa. En el momento en que el avión se elevó de la tierra, fue consciente de que por unos días iba a dejar atrás su vida pautada, establecida en horarios regidos por las necesidades de otros, de las niñas, de su madre, de su suegra. Estaba contenta de hacer aquel viaje, de ir por fin a buscar a su marido, de moverse, de hacer algo, aunque fuera por mandato de su suegra y no con la finalidad de que regresara a su lado, sino para cubrir la necesidad de ver, quizá por última vez, a su padre. Estaba en aquel avión rumbo a París por la decisión de otros, cuando debería haber sido la suya.

Al llegar al aeropuerto, Sofía se fue dejando llevar por la hilera de pasajeros que había salido del avión con ella. Recogió la maleta y, al atravesar una puerta de cristal opaco, una chica joven con una boina roja muy parisina alzó el brazo en cuanto la vio, llamando su atención. Sofía se acercó a ella con gesto contrariado porque esperaba encontrarse a una mujer pasados los cincuenta años, y aquella era incluso más joven que ella.

—*Êtes-vous Sophie?* —preguntó la muchacha de la boina roja, que, al ver la contrariedad en el rostro de la recién llegada, corrigió—: ¿Sofía Márquez?

—Sí, soy yo. Y ¿tú quién eres?

La chica le tendió la mano con una sonrisa abierta, mostrando unos dientes pequeños, perfectamente alineados como teclas en miniatura.

—Soy Monique, la hija de Patricia. Ella no ha podido venir. Me ha pedido que la disculpes. Hay follón en la universidad y ha tenido que quedarse.

El primer impulso de Sofía fue el de plantarle dos besos, uno a cada lado de la cara, generalmente sin que los labios lleguen a rozar la piel, un gesto acostumbrado en España entre dos mujeres que se encuentran o se presentan. Sin embargo, la firmeza de Monique con su mano extendida le cortó el impulso casi en seco y no le quedó más remedio que estrechársela.

—¿Cómo sabías que era yo?

—Ha sido fácil, eras la única chica de tu edad que viajaba en el avión. —Miró a un lado y a otro como para mostrarle la evidencia—. Los demás son hombres o matrimonios mayores. Aunque me había dicho mi madre que venías acompañada de una amiga.

—Vengo sola. No ha podido acompañarme.

—¿Qué tal el vuelo? —preguntó con una amplia sonrisa.

Tenía un acento francés cerrado que le daba ese aire romántico que se infiere en España de todo lo francés.

—Bien... Bastante tranquilo.

—Deja que te ayude. —Intentó cogerle la maleta, pero Sofía se lo impidió agradecida—. Vamos, tengo el coche fuera. A ver si tenemos suerte y no nos topamos con ninguna manifestación.

—¿Hay manifestaciones?

—Llevamos un tiempo con mucha tensión. El ambiente está muy caldeado. Yo creo que se va a liar una gorda.

Llegaron al coche, un Renault 8 azul intenso. Metieron la maleta en el escueto maletero y se montaron.

—Hablas muy bien español.

—Mi madre me ha criado en español.

—¿Y tu padre? ¿Es francés o español?

—Francés. Pero de él he aprendido muy poco. Hace diez años que se separaron, él se marchó a México y no le veo desde entonces.

—Lo siento...

Monique la miró extrañada.

—¿Por qué lo sientes?

—No sé... Por la separación, por la ausencia de tu padre...

—Mi padre no fue leal con mi madre. La engañó con su mejor amiga. Ella pidió el divorcio y él lo aceptó. Ahora cada uno vive su vida.

—¿No le echas de menos?

—¿A quién? ¿A mi padre? —No esperó respuesta—. No. —Su negativa fue contundente, directa, provista de una absoluta seguridad—. Lo único que sé de él es que está bien y que trabaja en lo que le gusta. Aquí en París no era feliz, y mi madre tampoco lo era con él. Así que hicieron muy bien en acabar con algo que no funcionaba. —Hablaba con la vista al frente, las manos en el volante. Manejaba muy bien la conducción—. No me digas que eres de las que piensan que en el matrimonio hay que aguantar hasta que la muerte los separe.

Sofía sonrió, la miró y volvió los ojos al frente.

—Bueno, uno se casa para siempre, si no, qué sentido tiene.

—¿Incluso si llegan a odiarse?

—Hay que intentar no llegar a eso.

—La vida es muy larga, ¿y si te equivocaste con la elección? La gente cambia. Lo que hoy es maravilloso puede resultar un infierno a la vuelta de unos años, o de unos meses, incluso de días. Hay parejas que son muy felices de novios y en el momento en el que inician la convivencia se dan cuenta de que no se soportan. Por eso yo creo que, antes de dar el paso de casarse, habría que vivir un tiempo juntos, para probar cómo va eso de acostarse y levantarse juntos, compartir baño, armario, convivir el día a día.

—En España eso sería imposible, bueno, al menos en el ámbito en el que yo me muevo. Las chicas que hacen eso quedan con muy mala fama.

—Las chicas... ¿Y los chicos? ¿Ellos no tienen mala fama?

—Los hombres pueden hacer lo que les dé la gana y nunca pasa nada. Eso ya lo sabemos.

—Y tú lo asumes, por lo que veo.

—Qué remedio. Si yo me hubiera ido a vivir con mi marido cuando aún éramos novios... Uf, no quiero ni pensarlo, mi madre no me lo hubiera permitido, y ni siquiera Daniel, con lo que es él, estaría en ascuas todo el rato, preocupado por lo que sus amigos pudieran pensar de mí.

—Entonces, eres de las de matrimonio para toda la vida, pase lo que pase. Nada de divorcio.

—En España no hay más remedio que aguantar, el divorcio no existe, y si te separas... —movió la cabeza como si quisiera quitarse la idea de una sacudida—. Pues lo mismo que lo de vivir con un hombre sin estar casados, mal asunto sobre todo para nosotras. No conozco a nadie en mi entorno que se haya separado. Allí aguantamos mucho... Demasiado, a veces. Pero están así las cosas y no seré yo quien las cambie.

—¿Y si dejas de querer a tu marido? —insistió Monique—. ¿O si es él el que deja de quererte? ¿Qué pasa si desaparece el amor?

—Intentaré por todos los medios que no suceda, que no me deje de querer —arguyó con una sonrisa—. Pero primero tendré que encontrarlo, a eso vengo.

—Ya me ha contado mi madre. ¿Desde cuándo no sabes nada de él?

—Desde hace un mes. Vino a un asunto de trabajo, o eso me dijo, y ni una llamada, ni una nota, salvo a su padre, al que le envió un telegrama pidiéndole tiempo. A mi suegro, no a mí.

—Y tú no crees que viniera a un asunto de trabajo —no era una pregunta, era una reflexión.

Sofía la miró un instante, se quedó pensativa un rato antes de hablar.

—No sé qué pensar, la verdad. No entiendo tanto secreto, tanto silencio por su parte y por la de mi suegro, que me ocultó lo del telegrama. Fue mi suegra la que me lo dijo hace muy poco. Sabía lo preocupada que estaba y se lo calló. —Movió la cabeza chascando la lengua, dando a entender su incomprensión hacia la actitud de su suegro—. No sé qué clase de tiempo quiere ni por qué lo pide, y por qué no me lo pide a mí, sino a su padre... Creo que hay algo que me ocultan y eso me confunde. —Calló un instante, con gesto preocupado, algo confusa—. Ahora mi suegro se debate entre la vida y la muerte, y mi suegra me ha pedido que venga a buscarlo. Por eso estoy aquí, si no tampoco me habría decidido a venir.

Monique la miró con una grata sonrisa.

—Te ayudaremos a encontrarlo. Si está en París, daremos con él.

Sofía arrugó la frente. ¿Cómo que si estaba en París?, tenía que estar allí, no se planteaba ninguna otra opción. Aunque no sabía cómo iba a seguir el rastro de un hombre que no se quiere dejar ver en una ciudad que no conocía. Empezaban a acuciarle nuevas dudas y el temor de la inutilidad de aquel viaje, de cómo iba a buscarlo, por dónde hacerlo. Dio un largo suspiro y miró de reojo a Monique. Al menos aquella chica le había caí do bien. Era muy risueña y tan decidida que cubría su falta de seguridad. Alta, morena, llevaba la melena recogida en una coleta bajo su boina roja. Tenía los ojos grandes, vibrantes, que parecían brillar cuando sonreía, y su voz era dulce y cálida, con ese acento afrancesado que le daba una tonalidad tan peculiar.

Observaba en silencio el transcurrir de las calles, las avenidas, los edificios, el Sena con sus puentes, se emocionó al divisar en el horizonte azul del cielo la figura de la torre Eiffel. París era increíble, pensó, mucho más de lo que había imaginado, hacía además un día primaveral, con un sol espléndido que daba calidez al ambiente e invitaba a pasear por sus calles.

La casa de Patricia Mendoza estaba en el Barrio Latino, en la Rue Royer-Collard. Aparcó el coche frente al portal y subieron hasta el cuarto piso por una escalera oscura, pero que olía a limpio, como si la acabasen de fregar. Monique abrió la puerta de la casa y en seguida salió a su encuentro una mujer.

—Ya estáis aquí.

—Mamá —dijo Monique sorprendida—, pensábamos ir ahora a buscarte. Has salido muy pronto.

—Me he tenido que venir. El rector ha decidido cerrar la universidad. No sé qué va a pasar, pero el ambiente no es nada bueno. —Se fijó entonces en Sofía, que había permanecido detrás de Monique. Le sonrió y abrió sus brazos hacia ella con un gesto afable. Llevaba en su mano derecha unas gafas de ver—. Tú debes de ser Sofía. —Patricia sí que le plantó dos besos, uno en cada mejilla. La sujetó por los hombros y la observó un rato con gesto cariñoso, como si estuviera inspeccionándola—. Tienes un aire a tu padre. ¿Cómo está mi querido Zacarías? —preguntó cruzando los brazos en su regazo, dejando a la vista las gafas de pasta negras sujetas entre sus dedos—. ¿Tan físico como siempre?

Sofía sonrió agradecida. Era una mujer tan diferente a su madre. Delgada, angulosa, llevaba un pantalón azul marino amplio y cómodo, un jersey claro que le cubría hasta la cadera y unos zapatos bajos. El pelo corto y canoso le daba un aire muy distinto al de las mujeres de su edad, no joven, tampoco mayor, tenía un aire personal, único, le recordó un poco al estilo *hippy* que tan de moda estaba en Estados Unidos, pero con un toque de intelectual distinguida que le surgía del interior más que del atuendo. Tenía unos ojos preciosos, los mismos que había heredado Monique, grandes, risueños, oscuros y cálidos. Su piel era más cetrina que la de su hija, y eran casi de la misma estatura.

—Usted lo ha dicho —afirmó Sofía complacida—, tan físico como siempre. Está muy bien y me ha insistido en que le diga que siempre la lleva en su memoria... —la miró y, con un tono más íntimo, añadió—: y en su corazón.

—Mi querido Zacarías —dijo complacida—, hubiera sido un gran compañero de vida —abrió las manos sin despegar demasiado los brazos del cuerpo—, pero no pudo ser. Me alegro de que le vaya bien, y sobre todo de que tenga una hija tan extraordinaria como tú. No esperaba menos de él.

Sofía agradeció sus palabras, pero Patricia la señaló con el dedo.

—No se te ocurra tratarme de usted —le espetó, aunque en seguida retornó a su gesto agradable—. Eres muy bienvenida a mi casa. —De repente, frunció el ceño y miró por encima del hombro, como si buscase a alguien—. ¿No ibas a venir acompañada de una amiga?

—No ha podido al final. Es azafata de Iberia y le han puesto un vuelo a Nueva York.

—Bueno, no te preocupes. Aquí estarás bien acompañada. Dormirás en la habitación que está junto a la de Monique. Os había preparado dos camas, pero habrá que retirar una de ellas. Estarás más cómoda.

—No quiero causar ninguna molestia. Estaré bien en cualquier sitio. Espero encontrar a mi marido pronto y regresar cuanto antes a Madrid. Sobre todo porque mi suegro está muy mal. —Esbozó una sonrisa confiada—. Aunque no me importaría encontrarlo y pasarme aquí un mes. Lo poco que he visto de París es precioso.

—Habrá tiempo para todo —dijo ella—. Monique te acompañará donde sea necesario. Se conoce mejor que yo cada rincón de esta ciudad, y además tiene coche —se dirigió a su hija—, aunque hoy te diría que lo metieras en el garaje, están las cosas muy calientes. —Volvió de nuevo su atención a Sofía con una sonrisa abierta y franca—. Con el lío que hay en la universidad, yo sería más un estorbo que una ayuda. A su lado estarás en muy buenas manos.

Sofía miró a Monique con una sonrisa.

—Te lo agradezco mucho, Monique, espero no suponer una carga para ti.

—Oh, nada de eso —dijo Monique. En ese momento cogió la maleta y avanzó por el pasillo haciéndole una señal para que la siguiera—. Me encantará ayudarte. Yo escribo novelas, ¿sabes? Y esto de la misteriosa desaparición sin dejar rastro es un gran argumento para una buena historia.

—Sí, eso parece, una novela de misterio. Espero que no se convierta en una novela de terror.

Sofía siguió a Monique, mientras su madre se encendía un cigarro y se metía por la puerta por la que había salido. Se oyó el sonido del teléfono y, a continuación, la voz de Patricia que respondía.

Entraron en una habitación no muy grande en la que había una cama y, pegada a ella, otra supletoria que ocupaba demasiado espacio. Monique dejó la maleta y con determinación y movimientos rápidos dobló el somier arrastrándolo hasta la pared. Sofía hizo el amago de ayudarla, pero en realidad hizo poco.

—Así está mejor —dijo Monique—. Tienes más sitio.

Había un ventanal por el que se colaba el sol de mediodía. Sofía se acercó para asomarse. Abajo, en la calle, un numeroso grupo de jóvenes que portaban palos y barras de hierro gritaban soflamas de protesta, dirigiendo sus pasos en una misma dirección. Monique se puso a su lado.

—Son los Occident —le aclaró—, un grupo violento de estudiantes de extrema derecha que defienden la continuación de la carnicería de la guerra de Vietnam, entre otras barbaridades. —Observaron en silencio a los manifestantes.

—¿Adónde van?

—Creo que se dirigen a la Sorbona. Seguramente buscando el enfrentamiento con los *enragés*, estudiantes de extrema izquierda de la universidad de Nanterre. Llevan unos días muy revueltos. Y son los que se han encerrado en la Sorbona.

—¿Y esos rabiosos qué piden?

Monique la miró y sonrió retirándose de la ventana. Sacó un paquete de cigarros y le ofreció a Sofía.

—Son el otro extremo. Quieren cambiar las cosas.

—¿Y tú, perteneces a alguno de esos grupos?

—No me gustan los extremos. Siempre hay claros y oscuros, no todo es blanco o negro. Pero me gusta que haya por fin protestas, que reaccionemos a lo injusto, que intentemos cambiar lo que está mal, mejorar las cosas, eso es lo que yo quiero, y si para eso tenemos que hacer una revolución —la miró con una firmeza imponente—, pues hagamos una revolución. Y todo está surgiendo en la universidad. Los estudiantes están empezando a despertar de la modorra que proporciona el excesivo bienestar, de esta sociedad que nos acomoda hasta el hastío. La gente joven es la que debe y puede cambiar el mundo. Si no lo hacemos nosotros nadie lo hará en nuestro lugar.

Sofía sonrió ante la convencida vehemencia de Monique.

—Te aseguro que no siempre es fácil ejercer esa protesta y exigir que las cosas cambien. Lo cierto es que nunca hubiera pensado que en la universidad de Francia estuvierais tan mal si tenemos en cuenta cómo están las cosas en España, donde la libertad de cátedra es una quimera; para que te hagas una idea de cómo estamos, te diré que, en las carreras de Ciencias, *El origen de las especies* de Charles Darwin está totalmente prohibida, su teoría no se estudia, y, sin embargo, en los libros de texto de Ciencias Naturales se han introducido algunos pasajes del Génesis. —Calló y sonrió para sí, como si la sola idea de decirlo le pareciera tan absurda como inexplicable—. Mi padre se desespera, sobre todo en las clases; tiene que tener mucho cuidado para no rebasar los límites de lo correcto, aunque siempre se las ha apañado para encontrar fisuras por las que introducir la ciencia en estado puro, como él dice, no edulcorada por la religión, la política o la corrección del momento. Por eso se vuelca casi por completo en el laboratorio, donde nadie, salvo la falta de medios y la escasez de fondos, le pone límites ni normas que no sean las derivadas de la ciencia.

Monique la escuchaba en silencio, mirándola con curiosidad. Sofía se removió y echó una mirada hacia abajo. Los grupos de manifestantes se alejaban por uno de los extremos de la calle, aparentemente volvía la calma.

—Aquí se han juntado muchos problemas. Los estudiantes estamos atrapados en la miseria material e intelectual. Hay que hacer la revolución para terminar con la guerra, una revolución que acabe con las injusticias —Monique hablaba despacio, con la mirada perdida, como si buscase cada una de las razones en su memoria, moviendo el pitillo entre los dedos—. Una revolución para acabar con la desigualdad.

Prendió una cerilla, acercó la llama al cigarro de Sofía y luego encendió el suyo.

Sofía habló expulsando el humo por la boca.

—En España, el que se mete con Franco se arriesga a ser detenido, juzgado y condenado, también por repartir octavillas o por estar afiliado a un partido político o sindicato clandestino, o por acudir a una manifestación ilegal, aunque casi todas lo son, o por elaborar propaganda no autorizada o introducir desde Francia publicaciones censuradas, y, por supuesto, por organizar o convocar huelgas. En fin, que todo está prohibido, todo sujeto. Pensamiento único. Esa es la realidad.

—Es algo lógico en una dictadura —alegó Monique—. Pero aquí, que tanto se cacarea el famoso lema *liberté, égalité, fraternité,* carecemos de las tres en muchas cosas. Las mujeres tenemos muchas trabas que nos impiden actuar sin la tutela de un hombre. Aquí una mujer casada no puede abrir una cuenta bancaria si no es con la autorización del marido, y los hijos están bajo la custodia del padre. El mío tuvo que renunciar a la mía antes de marcharse para que mi madre me pudiera criar sin impedimentos legales.

—Pues igual que nos pasa en España —añadió Sofía con aire pensativo. Nunca antes se había planteado ningún problema de falta de libertad por el hecho de pasar de la tutela de su padre a la de su marido. Era lo que había y no entendía otra forma de actuar—. Yo no me quejo, pero la verdad es que no somos nada si no es al lado de un hombre, ya sea tu padre o tu marido, pasas de ser la hija de tu padre a la señora de fulano. Nunca decidimos nada por nosotras mismas. Es un poco frustrante, pero qué le vamos a hacer.

—¿Trabajas?

—Me dedico a mis labores.

—¿Pero trabajas? —insistió Monique.

Sofía negó con una media sonrisa.

—Soy ama de casa, y eso no es trabajar porque no tengo un sueldo, dependo de los ingresos de mi marido, eso sí, más que suficientes para vivir muy bien.

—¿No tienes estudios?

—Me licencié en Química.

—¿No te da pena no aprovechar tus conocimientos para hacer algo más que tener la casa limpia como los chorros del oro, cambiar pañales y preparar comidas estupendas?

Sofía sonrió con languidez, movió la cabeza y encogió los hombros en un gesto de obligada conformidad.

—Eso me pregunto casi a diario, si no me da pena, y me lo repite mi padre cada vez que me mira. Pero me casé, tuve a mis hijas, lo aplacé todo y ahí sigo, en casa, ejerciendo de ama de casa. —Se calló un instante y dio un largo suspiro irguiéndose, como si recuperase fuerzas—. Mi padre no deja de insistirme en que me ponga ya con la tesis doctoral. Puede que algún día lo haga, pero ahora mi prioridad son mis hijas y mi marido.

—¿Y te gusta lo que haces ahora? ¿Te gusta ser solo ama de casa?

—La verdad es que no, no me gusta nada. —La miró como si le fuera a hacer una confidencia—. Limpiar, planchar, cocinar, organizar… Es todo tan mecánico, tan desagradecido… Un aburrimiento…

—Yo creo que cada uno debe hacer en la vida lo que le apasiona.

—No siempre es posible.

—Pues hay que intentarlo, ¿no crees? —Sofía no contestó,

se quedó callada, pensativa, mirando al horizonte de tejados de París—. ¿En qué rama de Química te gustaría trabajar?

Sofía la miró como si recuperase la conciencia de estar allí.

—Lo que más me gusta es la investigación, como a mi padre, tener la oportunidad de descubrir algo que no se conocía antes —hablaba rebosando el anhelo de iniciar esa especial aventura—. Severo Ochoa lo llama «la emoción de descubrir». Eso es lo que me atrae de la investigación. Me gustaría encontrar la razón genética del cáncer para atajar su avance. Precisamente, antes de hacer este viaje se me ha abierto la posibilidad de iniciar una tesis doctoral centrada en biología molecular, que trata de entender el mecanismo de transmisión de la información genética, el ADN, cómo se transmite para dar lugar eventualmente a las proteínas que son las que tienen la función de la célula. La biología molecular nos ayuda a entender la vida, lo que somos.

—Imagino que aceptarás —sentenció Monique, y ante el gesto de Sofía, insistió con extrañeza—. No irás a dejar pasar esa oportunidad.

Sofía resopló con un largo suspiro y un gesto de derrota.

—Ya me gustaría, pero es complicado… Esto de la investigación supone una dedicación casi exclusiva, bueno, quita el «casi», la dedicación es exclusiva sin más paliativos. He aprendido de mi padre que cuando uno se pone la bata y entra en el laboratorio el tiempo se detiene fuera. Ya nada importa, el mundo puede seguir su curso sin que afecte a ese microcosmos que es el laboratorio. —Dio un largo suspiro mostrando resignación—. Y yo tengo dos hijas muy pequeñas que me necesitan, y obligaciones como esposa… —Sofía quería cambiar de conversación. Le desasosegaba hablar de la propuesta de su padre. Dio una calada a su cigarro y se volvió hacia Monique—. Tengo entendido que tu madre también se dedica a eso, eso me dijo mi padre.

—Sí. Da clases en la Sorbona, y trabaja en el Instituto Curie.

—Para mí sería un sueño trabajar en el Instituto Curie... —dijo Sofía, como si hablase para sí misma—. ¿Y tú? ¿Estudias, trabajas...?

—En esto no tengo nada que ver con mi madre, ni contigo, ni con tu padre. Soy de letras puras como mi padre. Me apasionan la filosofía y la literatura. Estoy en el último curso de Filosofía. Aunque me temo que con tanto cierre y tanta huelga no pueda licenciarme este curso.

—¿Y te gustaría ser escritora?

—Me gusta escribir, pero no quiero convertirme en escritora. Lo que de verdad me gustaría es dar clases de filosofía a niños pequeños, ese es mi sueño. Enseñar filosofía, hacer pensar, que la gente se haga preguntas.

—Parece muy interesante.

—Tanto o más que la biología molecular —añadió Monique riendo.

Luego, se hizo entre ellas un silencio. Sus ojos puestos en el horizonte de la ciudad.

Fue Sofía quien rompió el mutismo.

—¿Te puedo preguntar si tienes novio?

—¡Noooo! —dijo riéndose, como si Sofía hubiera dicho una barbaridad fuera de tono—. ¿Para qué quiero novio? Tengo un montón de amigos... —encogió los hombros sin perder la sonrisa—, y de amigas también. No quiero renunciar a nada, y con un novio todo se limita a él.

Sofía se volvió hacia la habitación. Miró la maleta.

—Será mejor que deshaga la maleta. No sé si te vendrá bien ir hasta el hotel en el que Daniel se hospedó. Me parece un buen sitio para empezar a buscar.

Monique se sentó en la cama mientras Sofía abría su equipaje.

—Iremos al hotel, y luego preguntaremos en todos los hospitales. Es posible que haya sufrido un accidente y esté inconsciente, indocumentado y solo.

Sofía se volvió hacia ella y le sonrió.

—Espero que no. Pero tienes razón. Será una buena manera de empezar a buscar. Luego podríamos ir a la policía.

—La policía no te hará ni caso —dijo Monique en tono despectivo—. Pero, si quieres, iremos.

5

En menos de una hora estaban las dos en la calle. Antes de emprender la marcha, Monique siguió el consejo de su madre y metió el coche en un garaje. Como el hotel no estaba demasiado lejos, decidieron caminar y aprovechar para pasear por la ciudad. Hacía un día espléndido y Monique derrochaba una alegría que contagiaba a Sofía. Hablaba de su vida en París, de los estudios de Filosofía, de los libros que había leído, la música que le gustaba, los viajes que había hecho y que pensaba hacer. Era tan vital que Sofía la escuchaba encandilada, sin dejar de admirar las calles y las avenidas de París.

Llegaron al hotel, y en la recepción les confirmaron lo que Sofía ya sabía, que Daniel Sandoval había estado hospedado una noche y que la mañana del domingo 7 de abril se marchó con su equipaje, que no había recibido ninguna visita y que no recibió llamadas, salvo las suyas. El recepcionista no le pudo asegurar si había recibido o no el recado de su llamada, ya que él no había trabajado durante esos días. Ante la desolación de Sofía, el hombre se conmovió.

—Siento no poder ayudarla, *madame*. Llamaré a la directora a ver si ella sabe algo de su paradero. *Attendez un moment s'il vous plaît.*

Descolgó el teléfono y marcó un número. Su interlocutor le contestó en seguida, habló rápido, incluso deletreó el nombre y apellidos de Daniel Sandoval, y confirmó la identidad de Sofía, su esposa. Esto último lo repitió otra vez: «Oui, oui, c'est sa femme, Sofía Márquez».

Cuando colgó, le dedicó una sonrisa triste.

—Lamentablemente, madame Martel me asegura no saber nada sobre el paradero de su esposo, pero le pide que nos deje sus señas para poder comunicarnos con usted si tuviéramos alguna noticia.

Sofía anotó la dirección y el teléfono de Patricia y Monique en un papel y se lo entregó al hombre. En cuanto se dieron la vuelta, el recepcionista volvió a descolgar y dictó los datos a su interlocutor.

—Era lo esperado —dijo Monique ante la pesadumbre de Sofía—. Ya te lo habían dicho por teléfono, que no sabían nada de él.

Sofía no dijo nada, solo afirmó con un gesto.

Decidieron dar una primera batida por los hospitales más próximos a la zona. Terminaron pronto porque en ninguno sabían nada de Daniel Sandoval. Cuando el sol estaba a punto de desaparecer en el horizonte, Sofía sintió un profundo cansancio y mucha hambre. Se sentaron en un café cerca de Notre-Dame, comieron algo y bebieron vino. A pesar del cansancio, a Sofía le agradaba la compañía de Monique. Se sorprendía de la cantidad de anécdotas que tenía frente a las pocas que ella podía contar fuera de su vida cotidiana con las niñas, cada día igual que el anterior, sin apenas sobresaltos.

Al llegar a su habitación se encontraba tan cansada que se tendió en la cama, se descalzó, cerró los ojos y se quedó dormida casi al momento.

Despertó sobresaltada por algo que le pareció una detonación, pero en principio no supo si era producto de su sueño o de la realidad. Todo a su alrededor estaba en penumbra, alumbrado tan solo por la claridad de las luces de la calle que se colaban por el ventanal. Cuando se situó, le llegaron gritos de la calle y más detonaciones. Se levantó aturdida. No sabía qué hora era. Oyó el murmullo de voces de Monique y Patricia. Salió encogida, destemplada, buscando el lugar de donde procedían. Las encontró en la habitación de al lado, la de Monique, algo más amplia; había una cama grande, una estantería llena de libros colocados de manera desordenada y una gran mesa de estudio con apuntes, algunos libros, lapiceros, cuadernos, cuartillas. Madre e hija permanecían a oscuras, amparadas en la penumbra, estaban asomadas a la ventana con los brazos apoyados sobre el alféizar, de espaldas a ella, y hablaban y reían comentando lo que sucedía en la calle.

—Hola —dijo Sofía con voz suave para no asustarlas—. ¿Qué ocurre?

Monique fue la primera que se volvió, se incorporó y se apoyó en el marco de la ventana abierta. Su madre giró la cabeza sin dejar la posición inclinada hacia la calle. Las dos estaban fumando.

—Hay jaleo, y gordo —le dijo Monique con una sonrisa satisfecha, a la vez que dirigía su mirada hacia la calle—. Los estudiantes se han hecho fuertes y están plantando cara a la policía. —Le hizo un hueco en la ventana—. Ven, mira. —Sofía se asomó—. Han hecho barricadas con todo lo que han encontrado. Menos mal que metí el coche en el garaje. De lo contrario, me quedo sin él.

—La calle está cerrada —dijo Patricia—. Si quisiéramos salir nos llevaríamos un palo seguro, de unos o de otros.

—O de los dos —añadió Monique divertida. Se la veía entusiasmada, contagiada de la euforia que los jóvenes atrincherados desprendían, reagrupándose cada vez que había una carga que los dispersaba, y vuelta al ataque—. Se cierran las calles, pero se abre el camino —dijo mirando hacia abajo con gesto de satisfacción.

Tuvieron que retirarse porque las alcanzó una parte de los gases lacrimógenos y las tres empezaron a toser y a sentir picores en los ojos. Patricia cerró la ventana.

—Agua, un poco de agua nos irá bien —las tres se dirigieron a la cocina y se echaron agua en los ojos.

—Si esto pasa en España, los «grises» ya se habrían liado a tiros contra los manifestantes —afirmó Sofía secándose con una toalla.

—¿Allí llamáis «grises» a la policía? —preguntó Monique divertida, con los ojos enrojecidos aún y algo llorosos.

—Sí, por el uniforme gris.

Patricia puso el transistor para escuchar las últimas noticias y saber qué estaba pasando.

—Si seguimos así, al final habrá muertos —sentenció Patricia con un gesto de preocupación—. Hay cientos de estudiantes detenidos y eso enciende los ánimos aún más. Los del grupo Occident, lejos de cargar contra los *enragés,* se han unido a ellos en contra de la policía.

—Eso está bien. Solo hay una forma de estar en la revolución. O a favor o en contra. Si están a favor, bienvenidos sean.

—No lo tengo claro, Monique —añadió Patricia—. En las manifestaciones lo que veo son niños grandes mimados que no han sufrido la guerra ni las penurias de la posguerra, y que lo han tenido todo desde siempre.

Su hija le replicó con vehemencia.

—Pero tú siempre has dicho que son los jóvenes los que tienen la fuerza de cambiar las cosas, la energía para hacerlo y la ilusión para impulsarlo.

—Y lo mantengo, y también te he dicho que los mayores somos los encargados de analizar, criticar e incluso contener, si fuera necesario, esa fuerza que puede resultar demoledora para todos.

Las tres se mantuvieron un buen rato charlando. Ya de madrugada, cuando las calles parecían recuperar la calma, se fueron a dormir. Sofía cayó en un sueño profundo y placentero por primera vez en mucho tiempo.

6

El corte de luz no le extrañó demasiado. Lo atribuyó a una avería derivada de los altercados que proliferaban por toda la ciudad. Levantó el auricular y marcó el número del señor Ferrec. Le contestó una voz desconocida, preguntó por monsieur Ferrec y el interlocutor le dijo que estaba atendiendo otro aviso. Patricia le pidió que le dejara recado de que se pasara por su casa, le dio su nombre, «él conoce la dirección», dijo, y la voz añadió que le pasaría el aviso, con la advertencia de que estaban algo desbordados por la cantidad de averías similares que se estaban dando por todo el barrio. Patricia colgó asumiendo que iba a pasarse el resto del día sin electricidad. Sacó las velas, por si acaso se hacía de noche antes de que reparasen la avería, y se preparó una taza de té; al menos tenía gas y podía comer caliente. Estaba sola en casa. Hacía un par de horas que Monique y Sofía habían salido por quinto día consecutivo a la búsqueda del esposo desaparecido. Cada día que pasaba sin obtener una sola noticia sobre el paradero de Daniel Sandoval le parecía más extraña la desaparición de un hombre feliz en apariencia como padre y como esposo, en un entorno grato y sin problemas graves conocidos. Lo había hablado con su hija Monique, y temían que se tratase de una huida voluntaria, una de esas decisiones drásticas que aquellos que parecen más equilibrados toman de vez en cuando con la intención o el deseo de dar un brusco giro a su vida, dejarlo todo, abandonarlo todo, alejarse de todo aquello que les acomoda y que perciben como un espejismo tratando de encontrar su propio destino. No quería pensar que le hubiese ocurrido algo más terrible y que su cadáver estuviera enterrado en algún lugar recóndito en el que aún no se le hubiera hallado, o hundido en las oscuras aguas del Sena. Con aquellos pensamientos rondándole la cabeza, se dispuso a trabajar.

Llevaba un buen rato concentrada en el análisis de los últimos resultados obtenidos en el laboratorio cuando dos fuertes golpes en la puerta la arrancaron bruscamente de su ensimismamiento. Levantó la mirada hacia el frente, desconcertada, como si hubiera regresado de un mundo paralelo a la realidad. Frunció el ceño. Volvieron a sonar otros tres golpes aún más fuertes, más insistentes. Recordó entonces que esperaba al electricista. Se encendió un cigarro y salió al pasillo.

—*J'y vais!* —gritó.

Al llegar junto a la puerta habló alzando la voz.

—*Qui est-ce?*

La voz de un hombre le anunció desde el otro lado que era el electricista. Patricia abrió la puerta para encontrarse con dos operarios, uno más joven y otro pasados ya los cincuenta, vestidos ambos con monos azules. Su presencia la disgustó. Tenía una confianza plena en el trabajo de Luc Ferrec. Le conocía desde sus primeros tiempos en París, era un buen hombre y un gran electricista. Por eso ver aquellos dos extraños la incomodó.

—Vaya —dijo sin ocultar su contrariedad—. Esperaba a monsieur Ferrec. ¿Le ha ocurrido algo?

—*Bonjour, madame* —saludó con amabilidad el más mayor—, monsieur Ferrec ha tenido que atender otras averías. Estos días estamos superados por los cortes de luz que se están produciendo debido a los altercados. Si nos permite echar un vistazo, intentaremos restablecer la electricidad cuanto antes.

Patricia los miró unos segundos y se llevó el cigarro a los labios. Se retiró de la puerta y les dio paso.

—¿Cuánto tiempo les llevará?

—*Je ne sais pas, madame.* Habrá que revisar qué clase de avería es. Intentaremos hacer el trabajo lo más rápido posible, pero como mínimo tardaremos un par de horas. ¿Tiene usted prisa?

—No, no tengo prisa. Estaba trabajando.

—Puede usted continuar con lo que estaba haciendo. No la molestaremos.

Pero Patricia se quedó allí, mirándolos, mientras examinaban el cuadro de fusibles. El más joven, que parecía el ayudante del otro, le pidió un poco de agua. Patricia fue a la cocina y llenó un vaso, cuando se volvió para llevárselo, se encontró con que el chico la esperaba en la puerta de la cocina. Ella le ofreció el vaso y él tomó un sorbo.

—¿Vive usted sola? —preguntó el chico.

—No, con mi hija.

—Está muy bien este barrio.

Patricia se lo quedó mirando algo contrariada por la tranquilidad que mostraba.

—¿No será mejor que ayude a su compañero? Así terminarán antes.

El chico se bebió de golpe el resto del agua y le devolvió el vaso con una sonrisa.

—*Merci.*

Se dio la vuelta y se marchó. Patricia lo siguió.

—Tenemos que revisar la instalación eléctrica del piso —dijo el más mayor—. No hace falta que esté pendiente de nosotros, si la necesitamos, la avisaremos.

Patricia se dio cuenta de que era la hora de comer. Aprovecharía para tomar algo mientras los dos hombres se paseaban por el piso. Se sirvió una copa de vino y sacó un poco de pavo cortado en rodajas y unos *crêpes salées* de cebolla y pollo que habían sobrado de la cena. Encendió el transistor, pero tenía muy pocas pilas, las cambió y buscó las noticias en el dial. Mientras comía y oía el relato del interlocutor acerca de las últimas manifestaciones, veía de vez en cuando pasar a los electricistas. El chico más joven no tendría más de veinte años, le sonreía cada vez que cruzaban sus miradas.

Luego, apagó la radio y continuó con su trabajo.

Había perdido de nuevo la noción del tiempo cuando alzó los ojos y los vio a los dos en la puerta de la cocina.

—*Si ça ne vous dérange pas, madame…* —dijo el más mayor desde el pasillo, sin llegar a entrar, con gesto prudente—. Solo nos queda revisar los enchufes de la cocina.

Patricia no dijo nada. Cerró la carpeta con sus apuntes y salió al pasillo. Solo entonces los dos hombres accedieron a la estancia. En ese momento sonó el teléfono. El aparato estaba en el pasillo, colgado en la pared. Patricia se acercó, descolgó. Los electricistas desmontaron un enchufe mientras ella atendía la llamada. Cuando colgó y apareció en el umbral de la cocina, los operarios ya estaban recogiendo sus bártulos.

—*Madame,* nosotros ya hemos terminado. Ya tiene usted luz —anunció uno de ellos, que accionó el interruptor varias veces para confirmar lo que decía.

—Menos mal. ¿Tengo que pagarles ahora? —Agitó la mano en el aire—. No tengo efectivo, como monsieur Ferrec me cobra siempre después de unos días…

—*Ne vous en faites pas* —dijo el mayor levantando la mano y negando—. De esta avería se hace cargo la compañía. No es culpa suya. Sus fusibles estaban perfectamente y su instalación no tenía pega alguna. Ha sido un problema de la red general. Le pido disculpas por las molestias.

7

Había pasado más de una semana y Sofía y Monique no habían conseguido averiguar nada sobre el paradero de Daniel. Era como si se le hubiera tragado la tierra, esfumado sin dejar rastro de sus pasos siguientes a su salida del hotel aquel domingo de abril de hacía poco más de un mes.

Sofía llamaba a diario a su madre a cobro revertido para saber cómo estaban las niñas. Además de la creciente alarma que le producían las informaciones de los disturbios de París que ya difundían los noticieros en España y que azuzaban aún más sus dudas acerca de lo oportuno de aquel viaje, doña Adela no cejaba en su empeño de lamentarse de todo lo referente a las niñas —que si no se hacía con ellas, que si la dejaban agotada, que si la mayor preguntaba constantemente por su mamá, que si la pequeña no dejaba de llorar… — y, sobre todo, de repetir aquella pregunta convertida en exigencia: «¿Cuándo piensas regresar y hacerte cargo de tus hijas?». Una letanía que solía rematar con lo de que no debería estar allí, que su suegro seguía en estado crítico, sedado la mayor parte del tiempo, y que doña Sagrario no se separaba de él. «Es su obligación», remataba. «Pues por eso estoy aquí, mamá, porque mi obligación es buscar a Daniel. ¿O es que te crees que todo esto es para mí plato de buen gusto, estar aquí sola, en una ciudad desconocida, con revueltas en las calles cada vez más complicadas?». Sofía intentaba justificarse de esa manera frente a su madre, y cada palabra que decía le parecía que se volvía contra ella como un bofetón. «Pues por eso no deberías estar allí —le insistía su madre más rabiosa aún—. ¿Cómo vas a encontrar a alguien que no quiere aparecer? Es su problema». «Daniel es también problema mío, mamá». «Tu exclusivo problema son tus hijas, y con ellas es con quienes deberías estar».

Cuando colgaba, Sofía no podía evitar que se le saltasen las lágrimas, angustiada por la culpa que la conversación cargaba sobre sus espaldas. Pero esa sensación desaparecía, o al menos se amortiguaba, cuando recibía la llamada de su padre que, aunque no a diario, solía hacerle a primera hora de la mañana desde el laboratorio. Entonces las cosas se ponían en su sitio. Le aseguraba que podía estar tranquila, que las niñas estaban perfectamente en manos de Vito y bajo sus atentos cuidados. Insistía en que las quejas eran, como siempre, infundadas. Eran niñas buenas y obedientes que se entretenían con sus juegos, y reconocía que le gustaba llegar a casa y abrazarlas y charlar con ellas en su peculiar lengua. Eso sí, le contaba entre risas contenidas, a su abuela materna no la podían ni ver, huían de ella con esa espontaneidad que tienen los niños de alejarse de aquello que no les gusta o les desagrada; nada que ver con lo que ocurría con la abuela Sagrario, en cuanto aparecía, Isabel corría a sus brazos y la pequeña echaba los suyos para que la cogiera, lo que aumentaba los celos y el malestar de doña Adela. Sofía sentía que todo quedaba de nuevo equilibrado con la dulce y plácida voz de su padre.

Padre e hija charlaban con interés creciente de lo que sucedía en París en aquellos días, y de las noticias que llegaban a España. Los primeros días, ella trató de tranquilizarle diciéndole que ellas no estaban en esas cosas, que se pasaban el día de aquí para allá buscando algún resquicio que les diera cuenta del paradero de Daniel. Aunque la realidad era otra y en más de una ocasión les había tocado correr y refugiarse en la boca del metro o en los portales para evitar las porras, las pedradas o el efecto de los gases.

Sin embargo, Sofía no pudo sostener durante demasiado tiempo la mentira de que todo estaba en orden. Resultaba evidente que nadie en París, y menos viviendo en el corazón del Barrio Latino, podía quedar al margen de las revueltas que se repetían en las calles cada día, incluyendo algunas madrugadas.

—Sofía —le decía su padre en tono condescendiente—, que yo no soy tu madre. A mí puedes decirme la verdad de lo que pasa.

Así que Sofía terminó por contarle la verdad de lo que veía y percibía, que cada vez se enconaban más las cosas, que las manifestaciones, lejos de diluirse, eran más numerosas y multitudinarias, que a la protesta de los estudiantes se estaban uniendo los trabajadores y obreros de todos los sectores, que se estaban empezando a cerrar fábricas y se clamaba por la huelga general. Que apenas habían podido utilizar el coche porque se arriesgaban a verse atrapadas en un monumental atasco, o peor aún, a que acabase formando parte de una de las muchas barricadas que se habían levantado en las calles. El país empezaba a mostrar una paralización general.

—Ten mucho cuidado, Sofía —le advertía su padre un día—. Aquí se está dando la imagen de que hay grandes algaradas de incontrolados y que son reducidos de forma muy contundente por la policía, y que los estudiantes están utilizando métodos muy violentos, casi de guerrilla.

—Los métodos violentos los utilizan las dos partes. No imaginas cómo cargan los CRS contra todo el que pillan por la calle, sin preguntar. Todo es muy intenso y a la vez tan extraño… —Se volvió de espaldas y pegó el auricular a la boca, como si quisiera evitar que nadie más que su padre escuchara sus palabras—. Papá, a ti te lo puedo decir… Dios mío... Soy consciente de lo que he venido a hacer a París, pero…, no sé cómo explicártelo…, me lo estoy pasando tan bien, no puedo remediarlo —dijo intentando justificar lo que creía injustificable, pasarlo bien en aquellas circunstancias no era lo esperado, pero así lo sentía, y a él podía decírselo—. Si esto lo supiera mamá venía ella misma a llevarme de los pelos de vuelta a casa.

Zacarías sonrió en silencio al otro lado de la línea mientras escuchaba la voz de su hija y recordaba cuando, de pequeña, le relataba en voz muy baja y con el más absoluto secreto (igual que si estuviera en un confesionario) alguna confidencia que nunca, eso le decía suplicante, nunca debía llegar a oídos de su madre.

—Pues que tampoco se entere tu madre de lo que te voy a decir, pero, hija mía —dijo poniendo un tono condescendiente—, me alegra mucho oírte hablar así. El hecho de que busques al escurridizo de tu marido no quiere decir que tengas que dejar de respirar. Así que búscalo, pero no inmoles tu ánimo en la empresa.

—Bueno, papá, que tenemos que seguir buscando a Daniel. A ver cómo se nos da hoy. —Dio un largo suspiro—. Vamos a ir al depósito de cadáveres... Espero no encontrarlo allí. Puede que luego nos acerquemos a la policía a denunciar la desaparición, aunque, tal y como están las cosas, Monique está convencida de que no nos van a hacer ni caso, al menos por ahora. Tienen demasiado trabajo extra.

Antes de que pudiera despedirse, Patricia se acercó y le hizo un gesto indicándole que quería hablar con él. Ella le cedió el auricular y se fue a la habitación a terminar de arreglarse. Sofía sentía que cada vez estaba más desconectada de su mundo habitual. Desde que estaba en París, sus hijas, su casa, Madrid, la rutina a la que se había incorporado en el momento en el que dio el sí quiero a Daniel en la iglesia de los Jerónimos (aquella boda pomposa y excesiva que congeló sus sueños en una foto fija para volcarse en su estatus de mujer casada), todo le parecía remoto en el tiempo, algo ajeno, como si llevase meses en aquel París convulso y turbulento. La compañía de Monique le había hecho sentirse de nuevo joven, libre, alejada del papel de madre y esposa en el que se había enquistado (como le solía repetir su amiga Carmen) en una absoluta parálisis personal y profesional. Sin embargo, aquella extraña desconexión de su propia realidad le provocaba mucha desazón y, sin saber muy bien por qué, se obligaba a reprimir ese estado de ánimo de alegre arrebato que parecía inocularle Monique.

Se puso unos vaqueros que se había comprado, muy parecidos a otros que usaba Monique.

—¿Sabes que estamos incurriendo en un delito por vestir pantalón? —le había dicho Monique cuando se los probaba en la tienda.

—¿Es delito usar pantalones? —preguntó extrañada Sofía. Había visto con pantalones a algunas chicas, desde luego más que en Madrid. Se echó a reír—. No lo sabía.

Monique sonrió con sorna. Cruzó los brazos y se apoyó en la pared del probador sin dejar de mirar el reflejo en el espejo.

—En París es delito desde hace más de ciento cincuenta años por una ordenanza de 1800 que todavía está vigente y que prohibía a las mujeres vestir como un hombre, y las que por necesidad tenían que vestir pantalón debían pedir un permiso especial y obtener la firma de un funcionario. ¿Has leído algo de George Sand? —Sofía negó con un gesto—. Fue una escritora francesa del siglo XIX que utilizaba seudónimo, en realidad su nombre era Amantine Aurore Lucile Dupin. Se casó con un barón, lo abandonó y tuvo una relación con el compositor Frédéric Chopin. Le gustaba vestir como un hombre porque de ese modo podía moverse por París con mayor libertad que si vestía de mujer; para hacerlo necesitaba la previa autorización, que le era concedida por seis meses, aunque tenía prohibido asistir a cualquier evento social con pantalones, y, de hecho, debido a este afán de disfrazarse de hombre, perdió muchos de los privilegios que tenía como baronesa en la alta sociedad parisina. A principios de este siglo se permitió a las mujeres llevar pantalones para ir en bicicleta o montar a caballo.

Sofía la escuchaba entre sorprendida y divertida. Se miró al espejo del probador con el pantalón puesto, se giró y sonrió, sin dejar de mirarse.

—Pues me resulta muy cómodo saltarme la ley.

—Y te sientan como un guante —le había dicho Monique observándola mientras se miraba al espejo del probador—. Aún hay mucha gente que mira mal a las mujeres que visten con pantalones. Una mujer no puede entrar al Parlamento con pantalón. A mi madre le han vetado la entrada en alguna ocasión por llevarlos, pero es que mi madre es muy terca y prefiere quedarse fuera a que la obliguen a vestir de una determinada manera.

—En mi caso estos serán mis primeros vaqueros. En España lo visten sobre todo las chicas más jóvenes y las extranjeras, ah, y mi amiga Carmen, que es lo más en la última moda, como es azafata.

—Debe de ser muy interesante viajar por todo el mundo y además que te paguen por ello.

—Sí, resulta interesante. Pero ella se queja algunas veces del exceso de trabajo y de que apenas tienen tiempo de visitar los destinos a los que llegan. Todo tiene su cara y su cruz. A mí me encantaría viajar por todo el mundo con dinero suficiente y muy poco equipaje. Tomar un barco y cruzar el mar, llegar a América y atravesarla en coche o en tren, de este a oeste y de norte a sur. —Se quedó pensativa unos segundos—. Me gustaría, pero ya no puedo hacerlo. Se me ha pasado el tiempo para hacer determinadas cosas.

—Hablas como si tuvieras la edad de mi abuela —le había dicho Monique—. Me da la sensación de que has renunciado a todos tus sueños. Tienes veintisiete años. Te queda tiempo para dar la vuelta al mundo —había ladeado la cabeza antes de continuar—. Cuando aparezca Daniel, claro.

Sofía dio un largo suspiro.

—Eso, cuando aparezca Daniel. Pero con dos niñas tan pequeñas es muy difícil hacer otra cosa que no sea atenderlas.

Sofía también se había comprado unos zapatos planos para caminar con más comodidad por las calles de París. Habían recorrido todos los grandes hospitales, los ambulatorios, sanatorios, pequeñas clínicas privadas, las casas de reposo de las afueras, cualquier lugar que pudiera aportarles una pista del paradero de Daniel, todo había resultado inútil.

8

El último lugar que les quedaba por visitar antes de acudir a la comisaría era la morgue. Tampoco allí encontraron a Daniel. Cuando salieron, Sofía no pudo contener la tensión padecida hasta comprobar que ninguno de los cadáveres sin identificar que permanecían en el depósito respondía a los rasgos físicos de Daniel, y rompió a llorar. Todo aquello le resultaba muy contradictorio, era una explosión de sentimientos difíciles de controlar. Quería recuperar a su marido, pero el hecho de su desaparición, aparentemente voluntaria, lo mismo la envolvía en una profunda tristeza que se transformaba en rabia de incomprensión o la sumía, al rato, en un estado de profunda apatía e indiferencia: «Si no me quiere ver, pues peor para él —pensaba—, quién soy yo para buscar a alguien que se esconde de su propia esposa, de la madre de sus hijas». No había habido ningún motivo, que ella supiera, para que la tratase de aquella manera, no entendía qué sentido tenía hacerla sufrir así. Si no quería volver con ella y con sus hijas debía ser valiente y decirlo, dar la cara, afrontar la realidad. Todos aquellos pensamientos se le cruzaban en la cabeza una y otra vez como flechas lanzadas desde todas las direcciones. A veces los verbalizaba con Monique delante de un café, o sentadas en un banco del Trocadero, pero nunca llegaban a una conclusión válida. Todo quedaba en especulaciones, en posibles causas, en los efectos, en un futuro regreso o en una ausencia definitiva. Confusión y enojo, apatía, dolor, desinterés, indolencia por el abandono, todos esos sentimientos le abatían a diario la conciencia. La ausencia de Daniel le pesaba como una losa y nublaba sus días como una sombra negra, reprimida cualquier alegría, contenida y aplacada cualquier muestra de hilaridad, al borde siempre de la inmolación de la que la había prevenido su padre.

A pesar de todo, Sofía no podía evitar (y con el paso del tiempo dejó de resistirse a determinadas licencias) el disfrute que París le provocaba, la belleza de sus bulevares, el ambiente de sus cafés, cada uno de los monumentos diseminados por todo París. Aquella mañana, después de salir de la morgue y al terminar las gestiones en la comisaría (en la que les hicieron muy poco caso, tal y como Monique había augurado), como estaban cerca del Louvre, le propuso Monique entrar a visitarlo. No lo dudó ni un segundo. Se pasaron el resto de la mañana dentro de la pinacoteca empapándose de arte y belleza. La tarde anterior habían visitado los Inválidos, para admirar la exagerada y majestuosa tumba de Napoleón. Todo en París era contraste. La luz del sol primaveral podía dar paso, en cuestión de minutos, a un día desapacible con negras nubes amenazantes acompañadas de un viento frío; la placidez de sus parques y de algunas de sus calles nada tenía que ver con el alboroto de las zonas más concurridas, a lo que había que añadir las *manifs* que a diario se convocaban.

Una tarde, cuando ya regresaban a casa, Monique la llevó a la Sorbona, ahora convertida en una especie de cuartel general para los estudiantes, donde se celebraban asambleas permanentes, se organizaban charlas sobre el sentido de la revolución, se planteaban estrategias para llevarla a cabo, se discutía sobre los grandes males de la sociedad capitalista, el consumo excesivo, la masificación en las universidades, la necesaria liberación sexual, sobre todo para las mujeres. Todo era objeto de crítica y a todo se daban soluciones diversas, contradictorias, imposibles, quiméricas, utópicas, absurdas, descabelladas. Todo se podía decir, todo abuchear, todo criticar, todo defender o argumentar. De ese modo se mantenían encendidos los ánimos. Las paredes estaban empapeladas con carteles de la China Popular, pancartas rudimentarias con frases cortas, proclamas repetidas y pintadas en muros, columnas, fachadas, en el suelo o en las aceras de la calle, coreadas muchas de ellas en las manifestaciones y que se habían hecho muy populares, citas de autoría anónima junto a otras de Marx o de Lenin. «Olvídense de todo lo que han aprendido. Comiencen a soñar». «Prohibido prohibir. La libertad comienza por una prohibición».

Había instalados toscos tenderetes en los que se vendían objetos que sorprendieron a Sofía por su simbología claramente comunista. Pilas del *Libro Rojo* de Mao a un franco el ejemplar, o estampas con el rostro de Mao, de Lenin, e incluso de Stalin. Mientras se paseaban entre los puestos, Monique cogió una estampa de Stalin y se dirigió indignada a la chica que las vendía.

—*Pourquoi Stalin?* —y sin esperar respuesta insistió ceñuda—: ¿Tienes idea de lo que Stalin ha significado? Fue mucho peor que Hitler.

La chica la miró aturdida, sin esperarse reacción semejante, asumido que los símbolos siempre son válidos aún sin conocer su significado. Un chico alto que estaba a su lado, con barba de varios días y con profundas ojeras, intervino con la arrogancia del que se cree en posesión de la verdad.

—*Quel est le problème?* —Y sin darle tiempo a responder, añadió en tono despectivo—: Tienes toda la pinta de ser una burguesa capitalista que juega a la revolución.

—¿Quién te crees que eres para llamarme a mí burguesa capitalista?

—Se te ve a la legua —contestó sacando pecho, ufano—. No hay más que mirarte.

—¿Ah sí? —agregó Monique socarrona y ufana—. Tan listo que te crees para juzgar a la gente por su aspecto y no sabes que Stalin fue *le grand meurtrier* de su propio pueblo.

—El camarada Stalin fue un revolucionario, aunque cometiera errores —contestó el chico con suficiencia, como si estuviera dando una lección a un alumno poco aventajado—. En toda revolución se cometen errores.

—Claro —añadió Monique con jactanciosa resolución—.

Puestos a revolucionar, podríamos considerar a Hitler como un revolucionario. También cometió «errores», según tu criterio. —El chico la miró con tanto odio que Sofía se puso en guardia porque veía a Monique muy combativa y nada dispuesta a achantarse—. ¿Por qué no vendéis estampas con su cara? Seguro que algunos la compran creyendo que era el modelo del revolucionario perfecto.

Aquellas palabras fueron la chispa para que se formase un monumental revuelo, unos en contra, otros a favor. Hubo empujones, gritos, encaramientos de los que defendían su idea con excesiva vehemencia. Sofía temió por su seguridad y por la de Monique, que se enfrentaba con la valentía de una heroína a los que la recriminaban con insultos y malas formas. Estaba a su lado, zarandeada por la multitud que se había aglomerado a su alrededor. Cuando vio que la cosa, lejos de calmarse, se agravaba más, tiró de Monique para sacarla de aquel avispero. Consiguió arrastrarla hasta un pasillo sin que dejase de proclamar a voz en grito sus argumentos, tremendamente indignada por lo que oía en su contra. Al final se dejó llevar. Con las voces de fondo, Monique guardó silencio mientras avanzaban por un pasillo, excitada por la trifulca, la respiración acelerada, colorada por la rabia. Sofía la llevaba cogida del brazo y caminaban con paso rápido.

Monique buscó los ojos de Sofía. Ella le sonrió.

—¿Tengo razón o no? ¿A quién se le ocurre meter en esta revolución a Stalin? No todo vale. Me fastidia que se apropien de una revolución que es de todos. Los comunistas pretenden llevarse todo a su terreno. Qué dirían si hicieran lo mismo los fascistas. No puede ser. No está bien hacerse abanderado de lo que nos pertenece a todos. Esto es París, somos franceses, ¿qué tienen que ver aquí China o Cuba o las películas de Godard? ¡Godard! Su última película es demencial —movió la cabeza negando, pensativa—. *La nouvelle vague c'est il* —enfatizó con sorna—. *Ils sont ignorants* —murmuró.

Sofía dejó que hablase sin decir nada, solo sonreía dándole a entender que le daba la razón y su apoyo.

Decidieron regresar a casa. Amenazaba lluvia y corría un viento gélido que recordaba al otoño, coletazos de un invierno ya pasado. Ninguna de las dos llevaba abrigo porque por la mañana la calidez del sol las había invitado a dejarlo. Agarradas del brazo y encogidas para intentar protegerse del frío, caminaron hacia el bulevar Saint-Michel. Al girar la calle y salir al bulevar, se encontraron con un muro de gente que marchaba silenciosa en largas hileras, cogidos del brazo o de la mano como una masa compacta, chicos y chicas jóvenes y no tanto que avanzaban ocupando toda la calzada, con la mirada altiva, desafiantes, portando banderas rojas o negras o pancartas con frases y reivindicaciones.

Uno de los manifestantes rompió el silencio iniciando un eslogan con voz tonante y potente, que inmediatamente fue repetido por algunos más y que se propagó como la pólvora entre los que avanzaban, hallando eco en cada garganta, el tono cada vez más fuerte, impetuoso, una onda expansiva que se elevaba a cada repetición. Monique también lo repitió con un entusiasmo contagioso. Sofía atisbó una bandera republicana española. Sin saber muy bien por qué, sonrió y sintió que también podía hacer suya aquella revolución. Se emocionó envuelta en aquel clamor.

—Vamos con ellos —dijo Monique tirando del brazo de Sofía, sin apenas darle tiempo a reaccionar.

Las dos se incorporaron a la multitud agarradas entre ellas. Un chico alto y delgado se agarró a Sofía y le sonrió asintiendo con un gesto, como si le diera la bienvenida. La frase se repitió varias veces más hasta que callaron y se volvió a oír otra voz lejana con otro eslogan que de nuevo se alzó en grito general. En medio de aquella masa humana, de aquella extraña camaradería en un lento avance, Sofía se estremeció, sin poder evitar sentirse mimetizada en una estudiante francesa reivindicando hacer posible lo imposible.

Caminaban como un solo bloque, gritando y alzando los brazos. De repente se oyó el sonido de un pito y a continuación una detonación. La gente se dispersó alocadamente. Gritos, más detonaciones, carreras, sirenas amenazantes. Sofía miraba aturdida a todos los lados. Monique la cogió de la mano y tiró de ella.

—Vamos, salgamos de aquí.

Corrieron entre una turba despavorida huyendo del despliegue policial que se movía como el vuelo de un oscuro ejército de luciérnagas con la luz en sus cascos. Algunos de los manifestantes las adelantaban como alma que lleva el diablo, vestidos con chaquetas o gabardinas, otros, sin embargo, sin dejar de correr, se volvían para increpar a gritos a los CRS, que ya habían empezado a dar palos a los primeros alcanzados, «¡fascistes! ¡bâtards!», y seguían la carrera para esquivar las porras, tapada la boca con bufandas y trapos para evitar los efectos de los gases lacrimógenos. Había quien llevaba puesto un casco de moto para protegerse la cabeza de las pedradas. Sofía sintió un golpe en la espalda. Alguien la empujó y ella cayó rodando al suelo. Monique la obligó a levantarse con el temor de que las arrollasen. Apenas se veía, porque muchas farolas estaban rotas o fundidas, así que los que huían se empujaban unos a otros para evitar ser alcanzados por los policías, que se les echaban encima.

Antes de incorporarse, Sofía alargó la mano para recoger con rapidez el bolso, luego reiniciaron la carrera. Al pasar por una calle estrecha, Monique la cogió del brazo y tiró de ella.

—¡Por aquí! —le gritó girando hacia la bocacalle.

Cada vez más dispersos, los manifestantes se iban diluyendo por las distintas vías. Monique y Sofía siguieron corriendo un rato más. Ralentizaron el paso sin dejar de mirar hacia atrás. Nadie las seguía, al menos no se veía a ningún policía porra en mano dispuesto a descargar su fuerza sobre su espalda o su cabeza.

—¿Estás bien? —preguntó Monique escrutándole la cara.

—Estoy bien —contestó Sofía, aunque le dolía una rodilla por el golpe y se había hecho rasguños en las manos y en la barbilla al caer de bruces.

Continuaron caminando en silencio a través de las calles,

alborotadas por las persecuciones de la policía. Se oían los disparos de los gases y tuvieron que ponerse un pañuelo en la boca para evitar sus efectos. Cuando desembocaron por fin en la calle en la que vivían Monique y su madre, se detuvieron en seco. El horizonte era dantesco. Coches volcados, algunos de ellos ardiendo, adoquines arrancados de la calzada y amontonados como munición, rejillas de árboles, señales de tráfico y otros objetos del mobiliario urbano estaban apilados formando barricadas, tras las cuales se parapetaban varias decenas de jóvenes con guantes, pañuelos cubriendo nariz y boca, y los ojos protegidos con gafas de motociclista; a modo de escudo portaban tapas de los cubos de basura. La mayoría calzaba zapatillas deportivas o botas, dispuestos a salir a la carrera. Al otro lado de la calle, como si fuera el frente enemigo, se encontraba apostado el nutrido grupo de CRS, claramente superior en número a los atrincherados. Y en medio del campo de batalla, el portal de Monique. Se fueron acercando con mucho cuidado hasta quedar detrás de la primera de las barricadas, que había sido levantada con un coche volcado que ardía con fuerza. El aire se hacía irrespirable por el calor que desprendía el fuego y por las chispas y pavesas lanzadas al viento que caían sobre las cabezas de los que estaban cerca. Para alcanzar el portal tenían que adentrarse en el espacio vacío abierto entre los manifestantes y los policías formados en un solo bloque al otro extremo de la calle. Lo tenían complicado porque en aquella tierra de nadie caían botes incendiarios, piedras y, de vez en cuando, alguna granada lacrimógena que, cuando iba a parar cerca de la barricada donde se encontraban agazapados, alguien se apresuraba a patear para alejarla en dirección a los gendarmes. Todo era confusión, gritos, tensión, nervios.

Cuando les quedaban apenas cincuenta metros para llegar a la casa, Monique se volvió hacia Sofía.

—¿Te atreves a correr hasta el portal?

—Claro —afirmó Sofía sin poder ocultar su miedo.

Monique se dio cuenta y le sonrió.

—No me digas que todo esto no es emocionante.

Sofía asintió y esbozó una risa nerviosa. Temía caer al suelo o que le alcanzara alguno de los objetos que los estudiantes lanzaban con fuerza, o peor aún, ser detenida. Había visto cómo muchos de los estudiantes cazados por la policía eran llevados hasta los furgones a empujones, el brazo retorcido a la espalda, arrastrados a veces por el suelo, con malas formas, daba lo mismo que fueran chicos o chicas de apariencia inofensiva.

—No te separes de mí, ¿de acuerdo? —dijo Monique intentando infundirle valor y confianza—. Si nos detienen a mi madre le da algo.

—Pues no te digo nada a la mía —añadió ella con una sonrisa floja, nerviosa—. Le doy munición contra mí para años. —Se miraron y asintieron dándose a entender que estaban preparadas—. Iré por donde tú vayas.

Como si se fueran a zambullir en unas aguas bravas y turbulentas, las dos chicas iniciaron una loca carrera en la que tuvieron que sortear varios obstáculos. Una piedra les cayó muy cerca y obligó a Monique a desviar bruscamente su paso. La puerta del portal estaba cerrada. Monique metió la mano en el bolso buscando las llaves, pero los nervios le impedían encontrarlas. Por fin las sacó, pero se le cayeron al suelo, y cuando las dos se inclinaron precipitadamente para recogerlas en un acto espontáneo, fueron empujadas por un grupo de estudiantes que huían de los antidisturbios. Sofía se cubrió la cabeza con los brazos y cerró los ojos por unos instantes, hasta que sintió un golpe fuerte en la espalda, y luego otro y otro. Oía chillar a Monique, asimismo asediada por dos policías que la arrastraban del brazo. Abrió los ojos e intentó levantarse. El policía la arrastró unos metros, hasta que las voces de Monique le detuvieron. Les gritaba que vivían allí, que no tenían nada que ver con la manifestación, que Sofía era una turista española que se alojaba en su casa. Uno de los policías que la sujetaba le dijo algo, y Monique sacó su documentación del bolso. El policía le echó un vistazo y solo entonces la soltó. Lo mismo hizo el que sujetaba a Sofía. Cuando las dos se vieron libres, Sofía le entregó a Monique las llaves que había cogido del suelo y esta se encargó de abrir el portal. Pasaron al interior y volvieron a cerrar con un fuerte portazo. En silencio, se apoyaron contra la pared para recuperar el resuello y calmar el susto que llevaban en el cuerpo. El pecho de Sofía subía y bajaba con rapidez. Monique se dejó caer hasta quedar sentada en el suelo.

—¡Guauuuu! —exclamó con una sonrisa abierta—. ¡Hemos estado a punto!

El portal estaba en penumbra, apenas iluminado por la tenue luz de una bombilla junto a la escalera. Las carreras, las sirenas, los gritos de los que eran detenidos o de los que aún se atrevían a insultar a los policías, todo quedaba amortiguado al otro lado de la puerta. Se sentían a salvo, protegidas del peligro.

De repente, Monique empezó a reírse. Primero una risa tonta, entrecortada, convertida en carcajada cada vez más impetuosa, más hilarante. Sofía no pudo evitar remedarla, contagiada de la algazara de Monique. Se fue deslizando hasta el suelo y allí quedaron las dos juntas, hombro con hombro, sin poder parar de reír, retorcidas por una carcajada incontrolable, cada vez más ruidosa, liberadas ya del miedo.

9

Subieron las escaleras sin parar de reír, regocijadas por los momentos de tensión vividos. Entraron despacio en el piso, procurando no hacer ruido por si Patricia dormía, pero en seguida salió a su encuentro. Estaba trabajando en su habitación, ajena a los disturbios, acostumbrada a ellos y con un poco de hartazgo, al considerarlos demasiado violentos, demasiado seguidos y demasiado excesivos por parte de los manifestantes y de la policía, pero también por parte del Gobierno, que se mostraba incapaz de hacer frente a un enconamiento que amenazaba con cruzar una línea roja de consecuencias imprevisibles. Estaba de acuerdo con la necesidad de cambios, con que hubiera movilizaciones, con las protestas, incluso con los paros, encierros y asambleas, pero denostaba los enfrentamientos calculados que, a su juicio, empezaban a restar credibilidad a las reivindicaciones.

Entre risas le contaron todo lo que les había pasado, incluso el conato de detención que habían sufrido en la misma puerta del edificio.

—A punto hemos estado de que tuvieras que ir a sacarnos del calabozo —contaba Monique con una actitud festiva que a su madre le pareció una absoluta imprudencia.

Patricia la escuchaba alarmada por lo que podía haber sucedido, pero se contuvo de recriminarlas, vencida por sus risas y carcajadas casi descontroladas y por el alivio que sintió al comprobar que ninguna de las dos estaba herida, salvo el roto en el pantalón de Sofía a la altura de la rodilla y algunos rasguños y magulladuras de ambas. Les ofreció un té pensando en que les iría bien algo caliente.

—Yo prefiero un vino —dijo Monique—. Abramos alguna de esas botellas que tienes para las ocasiones especiales.

—¿Es un día especial hoy? —preguntó su madre con un gesto cómplice.

—Lo será si nosotras queremos —miró a su madre y después a Sofía, sonriente—. Y queremos, ¿a que sí?

Sofía no dijo nada, estaba aturdida. Sentía que la personalidad vehemente de Monique la arrollaba y se la llevaba por delante igual que las cargas policiales que se producían en la calle. Y, sin embargo, la falta de noticias de Daniel caía sobre ella como una sombra negra. El tiempo pasaba y no sucedía nada, y eso la desalentaba aún más que la espera en casa sin hacer nada, porque se sentía confusa, en un lugar en el que no debería estar.

Patricia se levantó y entró en la despensa. Al rato salió con una botella en la mano. Monique había colocado tres copas sobre la mesa de la cocina, se sentó e invitó a que lo hiciera Sofía, que lo hizo al tiempo que Patricia. Brindaron y pusieron la radio para escuchar las noticias.

—Esto se está saliendo de madre —protestó Patricia con gesto preocupado.

—El Gobierno tiene que reaccionar —alegó Monique—. No puede permanecer por más tiempo callado o mirando hacia otro lado, como si no pasara nada. La huelga general es un hecho. Se están uniendo de todos los sectores.

Sofía apenas hablaba. Le agradaba escucharlas, saber lo que pensaban de todo aquello. No podía evitar sentir una profunda admiración por la confianza que Monique tenía con su madre, la manera de ser de Patricia, su capacidad de ponerse siempre en el lugar del otro, de no juzgar, de evitar la crítica, de analizar las cosas con serenidad, sin aspavientos ni prejuicios. Nada que ver con su madre, más bien todo lo contrario. Doña Adela solía ser muy fuerte e implacable con los débiles, y mostrar un servilismo humillante con los fuertes. Por eso le fascinaba tanta complicidad entre Monique y Patricia.

—Antes de ir a la biblioteca de la Sorbona, hemos estado comiendo en La Coupole —le contó Monique.

—¿Qué te ha parecido? —le preguntó Patricia a Sofía—. Es un lugar peculiar, sobre todo por la gente que va por allí. Es de visita obligada en París, como la torre Eiffel o el Louvre.

—Me ha gustado mucho —afirmó complacida—, y había gente muy interesante.

—¿A que no sabes quiénes se han sentado justo en la mesa de al lado? —inquirió Monique mirando a su madre con una sonrisa.

—Por tu gesto de felicidad me lo puedo imaginar —dijo Patricia con una sonrisa cómplice. Alzó las cejas antes de preguntar—. ¿Sartre?

—Jean Paul Sartre con Simone de Beauvoir —confirmó Monique sin ocultar su entusiasmo—. Estaban con Dani el Rojo y el cineasta Godard.

—Entonces estaría hasta la bandera de gente.

—Al principio no había demasiada, pero en cuanto se ha corrido la voz de que estaban allí se ha formado una cola delante de su mesa que llegaba hasta la calle. La gente los adora, todos quieren hablar con ellos. Los tratan como si fueran dioses.

—Pues no lo son —atajó con firmeza su madre.

—Puede que no lo sean Godard y Dani el Rojo, pero sí lo son Sartre y la Beauvoir.

—Tan mortales como tú y como yo, con sus penas y glorias.

—Siempre te lo digo, madre, tu mentalidad científica te nubla la grandeza de las humanidades.

Patricia sonrió y alzó la copa.

—Nada tiene que ver con Ciencias o Humanidades. No me fío de todos estos que se erigen como líderes mesiánicos de una revolución, suelen guiar al pueblo, que los sigue ciegamente hasta el precipicio, y la mayor parte de las veces ellos se apartan justo al llegar al borde y nunca saltan al vacío, se quedan mirando cómo la masa que los ha seguido va cayendo uno a uno hasta estrellarse contra el suelo... Paradojas. Me producen grima.

—Pero no me negarás que la revolución siempre se inicia gracias a un líder al que seguir —añadió Monique dubitativa, mirando primero a su madre y luego a Sofía—. Son necesarios los líderes para mover al pueblo.

Patricia sacó un cigarro, y con la pitillera abierta, les ofreció. Tanto Monique como Sofía cogieron uno cada una. Lo encendieron del fósforo prendido por Patricia. La cocina se inundó del aroma del tabaco, espesado el aire con el humo blanquecino.

—Cuando tenía tu edad, estaba convencida de que con mi actitud sería capaz de cambiar el mundo, hacerlo mejor de lo que era, por eso seguí a uno de esos líderes que te guían como un mesías salvador. La realidad fue muy distinta porque no cambié nada salvo mi destino, tuve que dejarlo todo y salir huyendo de mi casa, abandonar mi país, mis raíces, dejando todo lo bueno que tenía allí —sus ojos se posaron un instante en Sofía—. El mesías, sin embargo, se quedó y, paradojas de la vida, ahora es un potentado del franquismo, vive envuelto en todo aquello por lo que clamaba en contra. A eso se le llama «arrimarse al sol que más calienta».

Sofía no pudo evitar un latigazo interior. No podía estar refiriéndose a su padre, no le veía como un líder de nada, ni mucho menos como un mesías.

Patricia intuyó sus temores.

—No era tu padre, si estás pensando eso, a él también le llevaron hasta el precipicio. La diferencia es que tu padre esperó a salvar algo más que su propia vida, no podía dejar a su madre viuda y sola. Eso lo retuvo en España y cuando quiso reaccionar se le vino todo encima. El matrimonio con tu madre le salvó... —Su rostro se tornó melancólico—. Tu padre es un hombre íntegro envuelto en papel celofán del régimen. No sé si es mejor lo mío o lo suyo, de una forma u otra los dos resultamos dañados. Yo tuve que reconstruir mi vida aquí, en una ciudad en guerra, ocupada por los nazis, y luego durante la posguerra. Aun con todo no me quejo. En la caída al precipicio no perdí la vida, otros sí lo hicieron.

Sofía la miraba absorta. Abrió la boca para decir algo, pero la interrumpió Monique, interesada en el concepto que le rondaba la conciencia desde hacía días.

—¿Crees que vamos a sacar algo claro de todo esto? —preguntó Monique a su madre, el gesto serio, transcendente.

Patricia la miró, alzó las cejas y se quedó un instante pensativa.

—Buena pregunta. Si te digo la verdad, creo que al final se va a quedar en nada. O en muy poco. La incorporación de los obreros a las protestas es un síntoma, en mi opinión. Ellos piden cosas consistentes, mejoras laborales, subida de salario. —Las miró durante unos segundos—. Cuando lo consigan dejarán tirados a los estudiantes y volverán a sus quehaceres.

—Pero el mundo laboral está de acuerdo con las reivindicaciones de los estudiantes —insistió Monique—. Llegó la hora de cambiar las cosas. Estábamos estancados como sociedad en una posguerra que ya es historia. El mundo del trabajo también pretende esos cambios.

—Eso dicen ahora, pero ellos saben que todos estos estudiantes que se manifiestan por las calles, a la vuelta de muy poco, serán sus jefes. No pueden seguirlos durante mucho tiempo. Los utilizan como lanzadera. Luego los abandonarán..., y si no al tiempo.

—Entonces —insistió Monique—, ¿crees que todo esto no va a servir de nada?

Patricia pensó durante unos segundos, los ojos perdidos en su mente, buscando una respuesta.

—Espero que de algo sirva, al menos para que trabajadores y obreros consigan mejoras laborales, y para remover conciencias en cuanto al sistema universitario que tenemos en este país y que ya se hacía insostenible. Para mí, la verdadera revolución está en la gente comprometida que quiera cambiar las cosas de verdad, cambiarlas a mejor, pero eso hay que hacerlo cada día, cada instante de cada día, sin barricadas y mucho menos utilizando la violencia. ¿Qué vamos a conseguir si todos los universitarios dejan de asistir a las clases, si todos los liceos dejan de examinar? Si esto sigue así, no habrá final de curso, no habrá exámenes porque no hay clases. La gente perderá un curso y con ello una oportunidad. No tiene sentido —hablaba golpeando el dedo contra la mesa—. La revolución hay que hacerla trabajando.

—Mamá, creo que te estás aburguesando.

Patricia la miró y sonrió. Se llevó el cigarro a la boca guiñando un ojo para evitar el humo que ascendía por su rostro. Luego, con la misma mano en la que llevaba pinzado el pitillo, la señaló con el índice.

—Eso mismo le dije yo a mi padre hace treinta años. —Patricia apagó el cigarro estrujando la colilla contra el cenicero—. Será mejor que esta burguesa se vaya a dormir o mañana tendrá unas ojeras de espanto. No bebáis demasiado —dijo antes de desaparecer por el pasillo con un paso ligero sobre sus pies descalzos, como si se deslizase en el aire.

10

—¿Tienes sueño? —le preguntó Monique a Sofía cuando se quedaron solas.

—No —contestó ella sonriente—. Y debería, porque es cerca de la una de la madrugada y ha sido un día intenso.

—¿Conoces la obra de Simone de Beauvoir?

Sofía negó con la cabeza.

—Ven, vamos a mi habitación. Te mostraré quiénes son mis ídolos literarios y filosóficos.

Cogieron la botella y las dos copas y se encerraron en la alcoba de Monique. Los disturbios de la calle parecían remitir. Apenas se oía nada que no fueran algunas sirenas lejanas ensartadas en el silencio nocturno.

En vez de la luz, Monique encendió unas velas que tenía encima de un mueble. Mientras las prendía, le contó a Sofía que le gustaba el aire melancólico creado por la llama titilante.

—Es como volver a un pasado que no conocimos, mucho antes de la luz eléctrica, y tener la misma sensación intrigante de penumbra y sombras que debieron de tener los que vivieron sin electricidad.

Sofía la escuchaba en silencio. Le gustaba oír su voz blanda y potente a la vez, dulcificada por su acento francés tan esponjoso.

Monique apagó el fósforo de un soplido, se acercó a un tocadiscos y cogió algunos vinilos.

—¿Qué música te gusta? —preguntó sin mirarla.

—Cualquiera —contestó Sofía—. Me gusta casi todo.

—¿Conoces a Edith Piaf? Me encanta *La vie en rose.*

Monique puso el disco y empezó a sonar la música. Bajó el volumen. Se descalzó y se quitó los pantalones. Sonrió al darse cuenta de que Sofía desviaba la mirada, pudorosa.

—Ponte cómoda —le dijo arrojando el pantalón al suelo con incuria—. Estamos solas.

Sofía la miró unos segundos sin decidirse. Al final lo hizo, pero más tímidamente y con mayor cuidado; colocó sus zapatos perfectamente alineados en un lado, luego se desabrochó el pantalón y dándole la espalda se los quitó, los dobló y los colgó en el respaldo de la silla. Comprobó que gracias a la tela del vaquero no se había hecho herida y tan solo tenía un fuerte golpe en la rodilla. Le dolía un poco. Se sentó en la cama, con la espalda pegada al cabecero. Se estaba bien. Hacía buena temperatura y las velas proporcionaban una sensación de estar en otra realidad, algo que seguramente se debía también en parte, pensó, a la poca costumbre que tenía de beber vino.

Monique le fue mostrando libros. Los cogía de la librería y se los tendía. Sartre, George Sand, Victor Hugo, los *Ensayos* de Montaigne, *El Principito* de Antoine de Saint-Exupéry, muy subrayado y envejecido por el uso. El último que cogió estaba sobre la mesa, era *El segundo sexo,* de Simone de Beauvoir. Al dárselo, le dijo que lo consideraba su libro de cabecera. Sofía lo cogió con curiosidad. Era evidente que lo consultaba con frecuencia. Los cantos de la cubierta estaban desgastados y, al abrirlo, comprobó que muchos de sus párrafos estaban subrayados y había algunas anotaciones en los márgenes.

—Este libro y los *Essais* de Montaigne debería leerlos todo el mundo —afirmó Monique observándola—. Sobre todo las mujeres, que aún nos queda un largo camino que recorrer.

Sofía sonrió.

—Nunca había oído hablar de él, aunque en España no es extraño. Allí se procura ignorar o prohibir todo aquello que moleste al régimen.

—La gente que lee puede ser muy peligrosa para aquellos que pretenden el pensamiento único. La lectura es el germen de toda revolución —dijo Monique satisfecha.

—Mi padre dice algo parecido.

—Se nota que admiras mucho a tu padre.

—Es un buen hombre y un científico brillante.

Callaron un rato. Las dos estaban fumando y se había formado una neblina pastosa por el humo de los cigarros. Sofía ojeó los *Ensayos* de Montaigne, aunque apenas podía leer nada porque su francés era algo precario.

—En el bachillerato saqué buenas notas en filosofía. Pero luego nunca la he vuelto a retomar. Supongo que será muy interesante profundizar en todas esas teorías que lo analizan todo.

—La filosofía no solo se aprende en la universidad. La filosofía la llevamos todos dentro, o deberíamos llevarla, porque somos filosofía, por naturaleza somos curiosos, hacemos preguntas, buscamos explicación a todo, desde lo más simple a lo más complicado, deberíamos mantener esa capacidad de asombro que tiene un niño, esa es la esencia de la filosofía, no perder la curiosidad innata que tanto enriquece el espíritu. Sin embargo, la perdemos, y a medida que vamos creciendo nos vamos callando, generalmente porque nos obligan a hacerlo, nos enseñan a no preguntar, a reprimir ese ansia de saber, de comprender, hasta volvernos pétreos en los planteamientos. Es nuestra obligación dudar de todo, poner en entredicho todas las certezas de nuestro tiempo, y del pasado, incluso las del futuro que aún no se han convertido en certezas, analizarlo todo, la crítica, la duda, preguntarse por qué las cosas son como son y no de otra manera, esta es la única forma de mejorarlas. La razón de nuestra existencia, qué significado tiene la ética o la moral, qué lo es y qué no, el concepto de justicia, la noción del término «verdad», el lenguaje y su utilización para bien y para mal... Todo es filosofía. —Hablaba con entusiasmo medido, pensando cada palabra—. Todos llevamos la filosofía en nuestro interior, es la base de nuestro pensamiento. Por eso es tan importante para mí, porque supone el fundamento de mi potencia creadora como ser humano. Filosofar es vivir tu propia vida, con sus más y sus menos, con tus altos y bajos, con tus aciertos y errores, los tuyos. El que vive de espaldas a la filosofía se arriesga a vivir la vida que otros quieren que viva, y serán los aciertos y errores ajenos, no los propios.

Sofía la escuchaba sin pestañear, sin decir nada porque no sabía qué decir.

Monique repartió en las copas los últimos restos de vino que había en la botella.

—Brindemos por la filosofía —dijo alzando la copa.

—Y por la revolución y por Montaigne —replicó Sofía alzando la suya.

—Y por *El segundo sexo*... Y por nosotras, por ti y por mí.

Apuraron el vino de un trago. Monique permanecía de pie, apoyada en su escritorio. Se mantuvo largo rato en silencio observando a Sofía mientras esta hojeaba los libros desperdigados sobre el colchón, como si la estuviera analizando.

—¿Puedo hacerte una pregunta personal?

—Claro —respondió Sofía—. Eres pura filosofía, y yo quiero serlo también —añadió divertida.

Monique dejó la copa en la mesa, saltó a la cama y apartó los libros, que quedaron amontonados en un lado. Se sentó con las piernas cruzadas y los brazos sobre las rodillas, lo que le permitía echar el cuerpo hacia delante, acercarse más a ella.

—¿Estás muy enamorada de tu marido?

Sofía suspiró en el mismo momento en que, a pocos metros, separados por el muro de los edificios, Klaus Zaisser contenía la respiración y se pegaba los auriculares a la oreja para escuchar la contestación, poniendo toda su atención en el sonido de las voces que a veces le llegaban chirriantes, con incómodas interferencias que dificultaban la escucha. Era a todas luces un trabajo chapucero comparado con el equipo que le habían proporcionado los rusos en Madrid. Era consciente de que habían tenido pocos medios y menos tiempo, pero consideraba que debían haber sido más cuidadosos. Le consoló pensar que todo quedaba grabado, y que más tarde podría comprobar con mayor atención cualquier comentario.

—Sí. —Sofía afirmó sin energía, los ojos perdidos en las rutilantes sombras de la alcoba—. Estoy muy enamorada de Daniel, aunque a veces, con todo esto que está pasando, empiezo a tener dudas de que él siga estándolo de mí. Estas semanas de ausencia he pensado mucho sobre nuestra relación y no sé muy bien en qué momento empezó a perder esa pasión que sentía por mí al principio. —Hablaba lenta, buscando en su mente respuestas que no encontraba—. Las niñas, el trabajo, la rutina... No sé… Tengo la sensación de que ya no me necesita, de que no soy importante para él. Le da igual lo que me pase, si es bueno o malo, si estoy triste o contenta, nada de lo mío es lo suficientemente interesante como para prestarle la más mínima atención. Nunca se da cuenta de si me he cambiado de peinado o si llevo un vestido nuevo, siempre y cuando esté dentro de los cánones que entiende como normales, es decir, nada de pantalón, ni falda demasiado corta, ni escotes innecesarios. Es como si no me viera, como si a sus ojos me hubiera convertido en transparente o en un mueble habitual de la casa. —Volvió a dar un largo suspiro—. Y no digo que no sea un buen marido, que lo es, y un buen padre, incluso un buen hijo, pese a que no soporta a su padre, al que profesa un respeto tan reverencial como inexplicable, al menos para mí. Pero la verdad es que esto de desaparecer, así por las buenas, sin ninguna explicación..., no sé qué pensar. Reconozco que estoy muy perdida.

Monique decidió quitarle hierro al asunto.

—No te equivoques, Sofía, aquí el único que está perdido es él.

Sofía la miró y dejó la copa vacía en la mesilla.

—¿Y tú? —le preguntó—. ¿Te has enamorado alguna vez?

—No —contestó Monique taxativa—. Ni pienso hacerlo.

—Será porque no has encontrado al chico de tu vida.

—Será —dijo Monique encogiendo los hombros desdeñosa—. Pero es que no creo en eso del amor y el enamoramiento y la pasión. Entiendo que tan solo es un estado de enajenación transitoria y que irremediablemente se esfuma con el tiempo. No me veo compartiendo toda mi vida con la misma persona, resultaría aburrido.

—El amor no está en la voluntad de uno —insistió Sofía—. Como se te ponga por delante te arrasa y no podrás evitarlo. Y si surge el amor de verdad no tiene nada de aburrido. Ya me lo dirás.

—Es posible —la miró con una leve sonrisa—, aunque también puede resultar muy doloroso si la otra parte no te corresponde, ¿no crees?

—Así es —afirmó Sofía.

Se quedaron calladas cavilando, la mirada fija en la nada, mecidas en la suave melodía y la voz grave y dulce de Edith Piaf.

—Tengo que confesarte algo —dijo Monique mirándola fijamente—. Al principio me pareciste aburrida y algo amargada. Pero me equivoqué. Me caes muy bien.

Estaban muy cerca la una de la otra. Sofía tenía las piernas pegadas al pecho, rodeadas de sus brazos, sus manos al alcance de Monique que empezó a jugar con sus dedos, agarrándolos y soltándolos.

—Algo aburrida soy —dijo Sofía sonriente, observando el juego de las manos—, y no sé muy bien si amargada, pero voy camino de ello. Mi amiga Carmen me advierte que si no reacciono me convertiré en una de tantas mujeres anodinas que envejecen a los cuarenta. —La miró con una mueca, los ojos chispeantes por el alcohol—. A mí me caíste muy bien desde el principio. Me encanta tu compañía, teniendo en cuenta a lo que he venido —apretó los labios, bajó la mirada y dio un largo suspiro—. Si te soy sincera, nunca hubiera imaginado que lo iba a pasar tan bien en este viaje. A veces me siento culpable por sentirme tan a gusto, por haber recuperado esta sensación de libertad que ya había olvidado. Pienso en mis hijas, en Daniel, en mi madre, y no puedo evitar sentirme mal porque es como si se hubieran ausentado de mi vida, como si no les perteneciera. —Volvió a mirarla y abrió una amplia sonrisa que hizo que sus ojos brillaran en aquella penumbra iluminada por la llama rutilante de las velas—. No sé si encontraré a mi marido, pero lo que me llevo de este viaje no lo olvidaré nunca.

Monique la miró fijamente, en silencio, como si estuviera escrutando su conciencia reflejada más allá de sus ojos. Un mechón de pelo le cruzaba la cara, un mechón negro que le daba un aire salvaje. Sofía pensó en la perfección de sus facciones, en sus ojos penetrantes, inquietos, que parecían no descansar nunca. Lentamente, Monique se acercó hasta rozar su boca. El cuerpo de Sofía se estremeció al sentir la húmeda suavidad de sus labios. No dijo nada, no hizo nada, apenas se movió de la calidez de los labios carnosos y mórbidos. Cerró los ojos y se dejó llevar, embriagada de una laxitud contra la que no quiso luchar, abandonados los sentidos al tacto de sus manos, entregada a la tibieza del otro cuerpo. Irrumpían en el grato silencio leves suspiros envueltos en el roce de los cuerpos en las sábanas, caricias silenciosas como hiedra verde que, poco a poco, abrazaba cada pliegue de la piel, envuelta en una complaciente nebulosa ausente de lucidez, descubriendo nuevas sensaciones desconocidas hasta entonces.

Klaus oía con atención cada gemido, apenas intuidos en un silencio atronador. Los ojos fijos en el vacío oscuro de su escondite. Se quitó los auriculares dejándolos en la mesa. No tenía ningún derecho a escuchar aquello, a irrumpir y espiar aquel momento de intimidad.

Como un doloroso aldabonazo, el recuerdo de Daniel le abofeteó la memoria. Rememoró la última vez que lo vio, cuando se adentró en la estación de tren de Friedrichstrasse, tan seguro de su regreso a los brazos de su amor, tan cándidamente confiado en la seguridad de lo que hasta ese momento había sido su vida.

Daniel se había colocado en la fila que aguardaba a pasar por los puestos de control, después de atravesar el palacio de las Lágrimas, aquel pabellón acristalado y frío en el que se respiraba la tristeza de las despedidas, anegado el aire por los llantos de la separación. Por delante de él había un grupo de turistas ingleses algo más jóvenes, hablaban y se reían intentando bajar la voz, chistándose unos a otros nerviosos, impregnados de ese estado de tensión que se creaba en los momentos previos a traspasar las estrechas cabinas en las que cada uno en solitario tenía que enfrentarse a la gélida mirada del policía de frontera, inquisitivos ojos de expresión siniestra, como perros aviesos a la caza de una pieza.

Contagiado de esos nervios, no se percató de que el conductor que los había llevado hasta allí se introducía por una puerta lateral. Daniel llevaba el pasaporte en la mano y lo golpeaba contra su pernera, impaciente. Los chicos habían ido entrando uno a uno, y por fin le llegó el turno a él. Penetró en aquella angosta cabina. A pesar de que solo hacía veinticuatro horas que había pasado por la misma experiencia, volvió a sentir el mismo amedrentamiento de entonces. Entregó el pasaporte al policía y dejó la maleta en el suelo, dispuesto a esperar. Esquivaba la mirada fría del agente. No llevaba casco como los que estaban en la franja de seguridad vigilando el Muro; el uniforme era gris, pero la chaqueta tenía solapas, se le veían la camisa y la corbata, la gorra calada hasta la mitad de la frente. Tenía la piel blanca como el mármol, la frente ancha, el pelo muy rubio y ralo, los labios finos e inexpresivos, desacostumbrados a la risa, y los ojos grises, acuosos, rasgados como los de un tigre a punto de saltar sobre él. Daniel tragó saliva. Estaba tan tenso que se sobresaltó cuando sonó el teléfono que tenía el policía a su lado y que este descolgó sin dejar de mirarle. No dijo nada. Volvió a colgar como si le hubieran dado un recado ya esperado, una clave, una señal. Daniel no le dio mayor importancia, lo que quería era oír el golpe seco del sello plasmado sobre el pasaporte, que se lo devolviera y salir de allí para respirar aire fresco. Estaba en esos pensamientos cuando la voz gruesa del vopo le alertó. Algo le preguntaba y Daniel mostró su extrañeza como única respuesta. Las palabras aceradas se colaban en su mente mientras él se esforzaba vanamente en traducir aquel alemán cerrado. Daniel encogió los hombros desconcertado. El policía seguía hablándole como si él lo entendiera perfectamente, y Daniel trataba de explicarle con gestos y palabras que no comprendía lo que le decía. La voz del policía fue subiendo de tono, y Daniel empezó a angustiarse. Pensó en salir para avisar a Klaus, pedirle ayuda, pero decidió no moverse porque seguramente Klaus ya se habría marchado, habían pasado al menos quince minutos desde que le despidió, y sobre todo porque la actitud agresiva de aquel policía le paralizaba. El corazón se le empezó a desbocar cuando el vopo se puso en pie. Le pareció un gigante a punto de aplastarle. Su tono era rudo, como si le estuviera amonestando por algo. De pronto la puerta por la que había entrado y aquella por la que debía haber salido se abrieron a la vez y por cada una de ellas entraron dos hombres uniformados. Sin capacidad de reacción, se abalanzaron sobre él, le echaron las manos a la espalda con una violencia inusitada, teniendo en cuenta que no oponía ninguna resistencia debido al desconcierto en el que se encontraba. Le cachearon, le quitaron todo lo que llevaba en los bolsillos, su cartera, el tabaco y el mechero de oro, le esposaron las muñecas a la espalda y lo sacaron a empellones en dirección contraria a la que debía salir. Intentó decir algo, pero el miedo le ahogaba y no pudo articular palabra. Avanzaba casi a rastras, con una mano extraña posada con fuerza sobre su cogote que le obligaba a ir con la cabeza gacha y le impedía ver otra cosa que el suelo que pisaba y las botas de los dos policías que le sujetaban, cada uno de un brazo, las de un tercero, que iba delante abriendo paso, y las de otro que cerraba la comitiva por detrás. Cuando se vio en la calle, recuperó la voz y gritó con fuerza el nombre de su gemelo, con la esperanza de que pudiera oírle, de que todavía estuviera en la zona y acudiera en su ayuda para resolver aquel equívoco que no acertaba a aclarar por su incapacidad de explicarse, de dar a entender que estaban cometiendo un error. El nombre de Klaus resonó en la calle. Los pocos transeúntes que lo oyeron, lejos de volverse y averiguar qué ocurría, aceleraron el paso, alejándose medrosos del lugar.

—¡Klaus, Klaus, ayúdame...! —gritó Daniel con todas sus fuerzas— Por favor, *bitte*... Me hace daño... —imploró, dolorido, cuando uno de los policías tiró bruscamente de él por las esposas. Daniel se llenó de toda la fuerza que pudo y volvió a vociferar rabioso el nombre de su hermano—. ¡Klaus, ayúdame, Klaus!

A golpes, le introdujeron en una furgoneta. Le obligaron a meterse en un minúsculo compartimento en el que apenas cabía si no era sentado, y mientras lo hacían, no dejó de hablar, de explicarles, siempre en español, que se habían equivocado, que estaban cometiendo un error, pero no obtuvo respuesta alguna de aquellos hombres sin empatía que, como máquinas, cumplían con su cometido. Cuando cerraron la puertezuela y se quedó a oscuras, las manos todavía esposadas a la espalda, el hedor a orín y excrementos penetró en sus fosas nasales como un cuchillo afilado provocándole una náusea; sintió que se ahogaba y un pánico incontrolable. Gritó de nuevo con todas sus fuerzas, pateó la puerta con una agobiante desesperación.

A pocos metros de allí, Klaus fumaba cabizbajo, apoyado el cuerpo en el coche. El conductor salió con la maleta de Daniel en una mano y, en la otra, una bolsa de papel que le entregó a Klaus sin apenas intercambiar una mirada, sin mediar palabra. El hombre introdujo la maleta en el maletero del coche y se sentó al volante. Las voces de Daniel producían en Klaus un espasmo interior, pero no se movió, tan solo alzó los ojos un instante, un momento de debilidad que de inmediato controló esquivando la visión de la furgoneta Barkas de color azul, con la marca de una panadería pintada en sus laterales, en la que introducían a la fuerza al que tanto clamaba su nombre. Oyó el motor y cómo se alejaba, y un silencio culpable se cernió sobre su conciencia, un silencio terriblemente oscuro. Tiró con rabia el cigarro y miró el interior de la bolsa. Sacó el pasaporte, la cartera y el tabaco, arrugó la bolsa y la arrojó al suelo. Se guardó el pasaporte y la billetera en el bolsillo del pantalón, y miró la cajetilla. Se dispuso a meterse en el coche, pero al volverse se la encontró al otro lado de la calle, de pie, mirándole, las manos en los bolsillos del chaquetón, el pañuelo en la cabeza y anudado al cuello no impedía que algunos mechones de pelo se le escapasen y cruzaran su cara batidos por el viento. El corazón le dio un vuelco. Bettina no debía estar allí.

Ella dio un par de pasos hacia él. El rostro desencajado. Pero Klaus aceleró el paso y se fue hacia ella. Antes de llegar hasta donde estaba oyó su voz indignada.

—¿Qué has hecho, Klaus? —Aquella pregunta le hirió en el alma—. ¿Qué significa esto?

Las palabras y la mirada de su hermana se le incrustaban en el pecho como balas, le dolían, lo mataban. Cuando llegó hasta ella, la agarró por el brazo y la impelió con fuerza con la intención de alejarse del coche, de la mirada indiscreta del conductor, que por suerte estaba de espaldas, ajeno aún a su presencia.

—¿Qué haces tú aquí? —acertó a preguntar.

Ella se dejó llevar unos pasos, pero reaccionó y se soltó con fiereza en sus gestos y en sus ojos.

—No me has contestado, Klaus. ¿Qué has hecho? ¿Por qué se lo llevan? ¿Qué te propones?

—Debes marcharte, Bettina. No conviene que sepas...

—Dime, ¿qué te propones, Klaus? —Su convicción de obtener una respuesta o una explicación era tan evidente que su hermano se rindió, aunque solo a medias.

—Te prometí que te sacaría de aquí y lo voy a hacer.

—Pero no a costa de encerrar a un inocente. Es injusto. No puedes hacer esto —dijo con voz angustiada—. No me puedes intercambiar por él.

—Déjame hacer las cosas a mi manera, Bettina. Todo esto es transitorio. Es necesario para poder obtener tu permiso de salida, ¿no lo comprendes?

—Es nuestro hermano, Klaus —le espetó con los ojos encendidos de rabia e incomprensión—, se trata de tu gemelo, ¿cómo puedes hacerle esto a tu propio hermano?

—Podrá soportarlo —intentaba reconducirla a sus teorías sin dejar de mirar hacia el coche, por si el conductor giraba la cabeza en cualquier momento y la descubría allí. Pero este ya lo había hecho sin que él se diera cuenta, ya la había visto a través del retrovisor y no perdía detalle de sus reacciones—. Ha tenido mucho más que nosotros. No le pasará nada porque durante un tiempo se le compliquen un poco las cosas. Sobrevivirá a esto igual que lo hacemos muchos de nosotros cada día, cada hora... Nada es para siempre.

—¿Pero tú te estás oyendo? —le espetó airada—. Lo que dices es una aberración.

Klaus se volvió de nuevo hacia el coche.

—Luego lo hablamos en casa, pero ahora vete, por favor. No compliques las cosas. Él no debe verte… —Calló haciendo una seña hacia el vehículo—. Lo último que querría es que te vieras involucrada en todo esto. Cometí una vez un error, no quiero volver a hacerlo. Si te pasa algo no me lo perdonaría nunca.

—¿Es que no te das cuenta? —preguntó Bettina con gesto desesperado. Señaló hacia el lugar en el que había estado la furgoneta que se había llevado a Daniel—. Esto es un error, Klaus, un error del que no saldrás indemne.

—Luego lo hablamos —insistió—, te lo prometo, Bettina, pero vete, por favor, vete.

Ella se alejó unos pasos, casi de medio lado, mirándole de reojo mientras él, asegurada ya la retirada de Bettina, se fue hasta el coche y se sentó en su interior.

—*Irgendein Problem*?

La pregunta le azaró. Alzó la mirada y vio los ojos negros del conductor que le observaban desde el retrovisor, una mirada siniestra que le estremeció. Sintió un sudor frío por la espalda. Negó con un gesto dándole a entender que no, que no había ningún problema, que podían marcharse. El hombre, sin dejar de mirarle, puso en marcha el coche, sin llegar a pisar el acelerador. En ese momento, Klaus vio sobre el salpicadero el mechero de oro de Daniel. El conductor se apercibió de que lo había visto, seguramente lo había colocado ahí para eso, para que lo viera. Lo miró con fijeza, con una arrogancia retadora. En otras circunstancias, Klaus no hubiera dudado en reclamar su devolución, reconvenirlo, incluso lo habría acusado ante sus superiores por la sustracción, pero Klaus no hizo nada. Con su actitud entendió que compraba su silencio acerca de la inoportuna presencia de Bettina como testigo de la detención. Desvió los ojos y solo entonces pisó el conductor el acelerador para iniciar la marcha.

Klaus echó la cabeza hacia atrás con un nudo en el estómago. Sentía batirse las sienes en cada latido del corazón, como golpes desbocados. Cerró los ojos y se dejó llevar. Quería alejarse de allí, marcharse lejos de aquel lugar.

Klaus intentaba cegar cualquier atisbo de culpabilidad moral respecto al oscuro destino que le esperaba a Daniel. Lo había hecho hasta el momento en que fue detenido. Aquellos gritos clamando ayuda se repetían en su cabeza como un estruendo de canicas chocando contra su conciencia, aumentado por la presencia de su hermana y su actitud hostil hacia él.

Recuperó el aliento retenido en aquellos recuerdos. Nunca se había sentido tan aturdido. Tuvo miedo de convertirse en vulnerable. Se pasó las manos por la cara como si quisiera borrar la culpa, la de haber abandonado a su suerte a Daniel, la culpa de su ciega intromisión en la intimidad de aquellas dos mujeres. Sintió que le faltaba el aire. Abrió la pequeña ventana que daba al patio interior. Respiró hondo varias veces.

Comprobó el estado de la cicatriz de la quemadura, demasiado enrojecida aún. Llevaba cuatro días encerrado en aquella habitación abuhardillada de París, a la espera de la mejor ocasión para dar el paso definitivo. Lo decidió en ese mismo instante. Había llegado el momento de que Daniel Sandoval reapareciera en la vida de Sofía.

11

Sofía abrió los ojos y lo primero que vio fue el rostro dormido de Monique. Un mechón de pelo le cruzaba la cara y le llegaba casi a los labios entreabiertos, que parecían querer esbozar una sonrisa. Desconcertada, levantó la cabeza mirando a un lado y a otro. Sintió un fuerte y doloroso latido en las sienes provocado por la resaca del vino. La claridad del día se colaba a través de las persianas en extrañas aristas de luz. Estaba desnuda, cubierta apenas por la sábana. El sonido del teléfono que la había arrancado del sueño llegaba desde el pasillo, sonando una vez, y otra, y otra. Se incorporó con movimientos lentos para no despertar a Monique. La mayor parte de los libros que habían ido colocando sobre el colchón la noche anterior yacían tirados en el suelo, otros estaban atrapados entre las sábanas y la colcha. Consciente de lo sucedido, avergonzada de su desnudez, sintió una punzada de angustia en el pecho. El ring isócrono siguió rompiendo la quietud de la mañana hasta que la voz de Patricia lo interrumpió.

Al oírla, Sofía se quedó casi sin respiración, aterrada de que pudiera encontrarla allí, en aquella situación tan comprometida. Se levantó de la cama y buscó su ropa. Encontró el sujetador en el suelo, y mientras se lo ponía con prisa, oyó a Patricia llamar a la puerta de su habitación. Sofía se quedó paralizada.

—Sofía... Sofía.

Como no contestaba, insistió con dos toques más.

—Sofía, despierta. Te llaman por teléfono.

Sofía vio su jersey y se lo puso con tanta premura que sin darse cuenta lo hizo al revés. Buscó sus bragas con desesperación entre las sábanas. Las vio sobre los libros que estaban en el suelo. Se las puso mientras oía cómo Patricia abría la puerta del dormitorio contiguo, donde se suponía que ella debía estar durmiendo. Cuando ya estaba subiéndose los pantalones, sonaron unos golpecitos en la puerta de la habitación de Monique. Sofía se detuvo paralizada, y se quedó mirando a la puerta como si fuera una muralla a punto de resquebrajarse y dejar al descubierto su concupiscente pecado. Volvió un instante los ojos hacia Monique, como buscando su auxilio, pero esta seguía plácidamente dormida. Se ajustó el pantalón y se acercó a la puerta, insegura. Qué iba a pensar Patricia, se preguntó con la mano sobre el pomo y sin decidirse a abrir. De nuevo dos golpes acompañados de la voz de Patricia.

—Monique, ¿está Sofía ahí? La llaman por teléfono.

Abrió muy despacio. Los ojos de Sofía se encontraron con Patricia. Debía de llevar un buen rato despierta, porque estaba vestida y olía a jabón. Lejos de extrañarse de verla en la habitación de Monique, Patricia le dedicó una amplia sonrisa.

—Tienes una llamada... Dice que es importante.

—¿Quién es? —preguntó Sofía extrañada.

—No me lo ha dicho. Es un hombre y con un español perfecto. Y no es tu padre. —Cruzó los brazos y se hizo a un lado.

Sofía salió al pasillo. Vio el auricular pendiendo del cable y balanceándose en el vacío. Se volvió hacia Patricia, que en ese momento la rebasó.

—Hay café y *brioches* recién horneados —le dijo en tono de invitación, antes de dedicarle una sonrisa y desaparecer en el interior de la cocina.

No hubo en ella ni un solo gesto de extrañeza, ni reproche, nada que le indicase que intuyera lo que había pasado entre Monique y ella, esa dulce pesadilla que no tenía que haber pasado. Sofía cogió el auricular y se lo puso al oído. Se sentía mareada y tenía el estómago revuelto. A pesar de que intentaba convencerse de que todo había sido un mal sueño, la realidad de lo sucedido le caía como una losa sobre los hombros, como una profunda resaca mezclada con un corrosivo remordimiento que ya le invadía la conciencia. Se encogió como si quisiera desaparecer de la faz de la tierra, esconderse, con el anhelo imposible de dar marcha atrás al tiempo y borrar lo que había hecho, suprimir lo que había sucedido, un pecado, un desliz impúdico e incierto, un voluptuoso descuido, un lapsus obsceno, ¿cómo había podido caer en aquello?, ¿cómo se había dejado llevar, halada por un deseo incomprensible, un arrebato, un delirio de encaje imposible?

—¿Sí? —preguntó con un hilo de voz—. ¿Quién es?

—Sofía, soy yo, Daniel.

A pesar de la voz templada y tranquila del otro lado de la línea, Sofía buscó el apoyo del cuerpo en la pared para sostenerse de un mareo repentino y rápidamente disipado. Cerró los ojos y apretó el auricular al oído.

—¡Daniel! ¿Dónde estás? Dios mío, ¿eres tú? Daniel —la voz se le quebró y sintió que se le hacía un nudo en la garganta.

—Estoy en París. —La voz sonaba pausada—. Acabo de llegar. Estoy en el hotel. Me han dicho que estuviste aquí.

—Me tenías muy preocupada. —Una extraña mezcla de indignación y alegría se entrechocaba en su cabeza, sin poder evitar la oculta vergüenza de su pecado con Monique—. ¿Dónde te habías metido? Te he buscado por todos los rincones de París...

—No tenías que haber venido.

—¿Y tú por qué no me has llamado? —replicó ella con voz ofendida.

—Lo estoy haciendo.

Sofía tomó aire y dio un largo suspiro. Intentaba calmarse. Se llevó la mano a la cara y se tapó los ojos.

—Llevas más de un mes desaparecido, Daniel —hablaba con mucha ansiedad, no quería decirle por teléfono el estado de gravedad en el que se encontraba su padre—. Estaba muy preocupada, y tu madre...

—Quiero que vengas —la interrumpió taxativo, sin darle ninguna otra opción, frío, distante—. Te espero en el hotel. Tenemos que hablar.

Y, sin más, colgó.

—¿Daniel? —Sofía no daba crédito al silencio del otro lado del hilo—. ¿Daniel?

Se giró y vio a Patricia, que, apoyada en la puerta de la cocina, con un cigarro en la mano, la miraba con una media sonrisa. Sofía colgó el auricular con gesto lento.

—Parece que por fin da señales de vida —afirmó Patricia sin mostrar ni alegría ni sorpresa, sino constatando tan solo una realidad.

Su imagen se borraba a los ojos de Sofía, nublados por las lágrimas. Asintió con un gesto, sin explicarse la angustia que apenas la dejaba respirar. Debería estar bien, alegre, feliz. Sin embargo, un extraño peso la embargaba por dentro y su único deseo era llorar.

—Está en el hotel... —dijo con voz temblona, sin ocultar su confusión—. Quiere que vaya.

—Hazlo —la instó Patricia—. Ve y habla con él. Aclara las cosas. Será lo mejor.

—¿Qué ocurre? —la voz gangosa de Monique las hizo volver la mirada hacia el otro lado del pasillo, por donde esta avanzaba con una bata ligera que dejaba a la vista toda su desnudez.

Sofía se asustó al verla y lanzó una mirada esquiva a Patricia.

—Acaba de llamar Daniel Sandoval —respondió impávida ante la desnudez de su hija—. El esposo prófugo aparece por fin.

—¿Y dónde se supone que está el reaparecido? —preguntó Monique sonriente.

—En el hotel —repitió Sofía mirándola de reojo, con reticencia, imposible evitarla, la tenía justo a su lado.

—Te acompañaré —dijo Monique resuelta.

—No... —replicó Sofía nerviosa. Se secó las lágrimas que le caían por las mejillas—. No, no es necesario. Creo que esto debo afrontarlo yo sola. Voy a vestirme.

Se metió en la ducha con tanto apremio que no dio tiempo a que el agua se calentase. Le dio un escalofrío al sentir el chorro templado, tirando a frío, sobre su cuerpo. No le importó, quería despejarse, abrir su conciencia y entender lo que había hecho. Mientras se secaba, miraba su imagen en el espejo. No tenía buena cara. Unas oscuras ojeras le orlaban los ojos y le daban un aspecto de absoluto desamparo. Eligió el vestido más sobrio que traía en su maleta; aquella era la primera vez que se lo ponía en París. Se peinó y se maquilló un poco, intentando ocultar los signos de cansancio. Monique llamó a la puerta de la habitación, pero abrió sin esperar respuesta. Asomó la cabeza sonriente.

—¿Puedo?

Sofía le dijo que sí. Llevaba un *brioche* en la mano. Se había atado el lazo de la bata, pero seguía descalza.

—¿De verdad no quieres que te acompañe?

—No... Gracias, Monique, está muy cerca y me apetece caminar sola antes de verme con él. —Se miró al espejo que había en la puerta del armario y agitó las manos nerviosa—. Necesito aire.

Cogió su bolso y se dispuso a marcharse. No quiso comer nada a pesar de la insistencia de Patricia. Le dijo que tenía el estómago cerrado y era verdad. Se despidió y salió de la casa rumbo al hotel. El día había amanecido cargado de nubes que destilaban una fina lluvia primaveral; sin embargo, la temperatura era muy cálida. No le importó mojarse, agradecía la humedad del ambiente en sus mejillas ardientes. Muchas de las calles por las que pasó parecían enormes ceniceros humeantes, restos de una batalla campal que dejaba como panorama una ciudad herida, saqueada. Apenas había gente, tan solo grupos de gendarmes que hacían guardia en puntos estratégicos, furgones de CRS aparcados, algún que otro paseante con su perro. La vida en un París aún adormecido.

Llegó al hotel y el recepcionista la reconoció en seguida. La recibió con una amplia sonrisa.

—Bonjour, madame, monsieur Sandoval vous attend dans la chambre 220.

Cuando estuvo delante de la puerta de la habitación 220, alzó el brazo para llamar, pero se detuvo, la mano cerrada quedó suspendida en el aire por unos segundos. La bajó y la pegó a su cuerpo, invadida de repente por un miedo paralizante, miedo a que Daniel le dijera que había dejado de amarla, a que se diera cuenta de su pecado, miedo a ser descubierta en su terrible falta. Tras unos instantes de pánico, tomó aire para tranquilizarse. Levantó la mano y con suavidad golpeó la madera, el corazón desbocado, los puños apretados, intranquila. La puerta se abrió y los dos quedaron frente a frente mirándose, sin decir nada, tanteándose, como si no se hubieran reconocido en un principio, equivocada la puerta, dos extraños contemplándose desconcertados, descubriéndose el uno al otro, una realidad para él, pero no así para Sofía, que ignoraba que aquella sensación primera era cierta, tan cierta como que no le había visto en su vida (o sí, cuando se cruzó con él en la calle, frente a su portal, el mismo día que Daniel se ausentó de su vida y ella se fijó en aquellos ojos tan familiares), que el hombre que tenía delante de ella no era Daniel, sino un absoluto desconocido con los mismos ojos, los mismos labios, el mismo pelo, el mismo rostro, un usurpador de su imagen.

Klaus mantuvo un solemne gesto de gravedad. Debía actuar con la mente de Daniel Sandoval. Fue ella la que dio el primer paso hacia él, en silencio, colgada en aquellos ojos de una claridad líquida, buscando el abrazo que no terminaba de llegar. No pudo esperar más, impaciente, dio otro paso hasta refugiarse en su regazo, apretada contra su pecho, sintiendo acompasarse el latido de su corazón al suyo. Klaus cerró los ojos y la recibió enlazándola en sus brazos, aspiró el aroma de su pelo y no pudo evitar sentirse conmovido por su docilidad. Estuvieron así un rato, abrazados en silencio, sin moverse, recibiendo el uno el latido del otro, hasta que Klaus cerró la puerta y buscó su rostro. La cogió por la barbilla y la obligó a despegar la cara de su pecho. Se miraron de nuevo con ardiente intensidad. Él le sonrió, secó con su dedo una lágrima que corría por la mejilla de Sofía y la besó en los labios. Ella se estremeció al sentir una boca distinta, una calidez distinta, una humedad desconocida, borrada de su memoria por los besos de hacía unas horas. Hicieron el amor como dos desconocidos arrastrados por una pasión desenfrenada, potenciada por hallarse en un hotel, lejos de lo cotidiano. Envuelta en el fragor de caricias y deseo, Sofía revivió lo que había sentido en los brazos de Monique, luchó con su pensamiento, lo encerró, intentó borrarlo y cerró los ojos para entregarse en cuerpo y alma a su marido recién hallado, tan tierno, tan impetuoso, consumidos sus miembros en un fuego acariciador tan sorprendentemente ardiente que por primera vez la hizo tocar el cielo, el mismo cielo que había alcanzado con Monique.

Había extrañado su olor, sus caricias, la forma de penetrarla, tan distinta, como si se hubiera borrado su vida anterior y fuera la primera vez que se acostaban juntos. Eso creía, pero cualquier confusión de inmediato se ahogaba con el sentimiento de culpabilidad que amenazaba su conciencia, una sombra negra persistente, imperecedera, apremiante, y con el terrible temor a que la abrasara.

12

Klaus no podía dormir. Miraba a la mujer de su hermano, tan confiada, tan entregada al suplantador, con una seguridad incontestable de que por fin le había encontrado, por fin recuperado, por fin abrazado, hecho suyo otra vez, una serenidad que Klaus no tenía, imposible para él porque su mente no le dejaba tregua. El recuerdo de unos meses antes, sentado frente al jefe Markus, a la espera de conocer su maquiavélico plan, le agriaba el momento. Retenida en su memoria aquella imagen suya retrepado en el sillón, mirándolo con un gesto altivo de serenidad, su voz retumbando en su cabeza.

—Precisamente nuestros camaradas rusos nos están pidiendo alguien idóneo para una misión en Madrid —le había dicho jactancioso una vez tomó asiento Klaus, ya entregado como una presa capturada—. El agente del KGB que tenían allí desplazado ha tenido que ser relevado debido a un fallo que a punto ha estado de echar por tierra un operativo que lleva montado desde hace años. Nos piden un agente con español perfecto, sin ningún acento que lo identifique y que conozca las costumbres españolas, y que pueda infiltrarse sin llamar en exceso la atención. —Abrió las manos e hizo un ademán hacia él—. En un principio habíamos pensado en ti, pero en seguida se te descartó debido a tu aspecto físico tan germano, muy alejado del tipo español más moreno, de menor estatura y de ojos castaños. —Había callado un instante y cogió la foto de Daniel Sandoval, moviéndola entre sus dedos—. Pero he de reconocer que esto cambia las cosas y abre una posibilidad muy interesante. Es un asunto de enorme calado político, importante para Rusia, pero también lo es para nosotros, porque si sale bien quedaríamos en muy buena posición ante el Kremlin, no sé si me explico. —Había sonreído ladino, una mueca obscena bien conocida por Klaus. Ante el silencio expectante de Klaus, continuó hablando—. Para ti puede resultar muy ventajoso también, por supuesto, porque los rusos pagan muy bien en todos los sentidos. —Había callado de nuevo para comprobar la reacción de Klaus, que continuó impertérrito ante las palabras lanzadas por el camarada jefe. Markus lo había mirado unos segundos valorando aquella expresión. Dio una chupada al puro y, mientras soltaba el humo, bajó los ojos a la foto—. Creo que es una buena propuesta, teniendo en cuenta tus circunstancias.

—¿Me está proponiendo que suplante a mi gemelo?

—Esa es la idea.

Klaus había guardado silencio unos segundos. Era consciente de que no se trataba de una propuesta, o lo tomaba o aquella misma noche dormiría en una celda inmunda por un tiempo indefinido, y además sabía que volvería el acoso permanente a Bettina. No tenía opción. No había podido evitar un gesto de desprecio hacia el jefe, no pudo ni quiso evitarlo, con un deseo interno de borrarle aquella estúpida sonrisa de un puñetazo, de un golpe certero que le hiciera tragarse el puro. Sentía asco por aquel hombre, con sus dientes amarillos y una baba pastosa acumulada en la comisura de sus labios.

Había hablado lento, sin prisa, con toda la arrogancia que fue capaz de acumular.

—Según tengo entendido, Daniel Sandoval es abogado y ejerce en el bufete de su padre. Yo soy físico, no tengo ni idea de leyes, y mucho menos de la legislación franquista. No veo la forma de suplantar eso.

—Recibirás instrucciones en Madrid. Me han asegurado que el dinero no será un problema, tendrás una asignación importante que recibirás por los medios habituales. Y con dinero puedes ser lo que quieras, incluso el letrado Daniel Sandoval. —A la vista de su silencio, el jefe Markus había continuado con su propuesta—. Tú decides. Si accedes, quedarás exento de pagar tu deuda con el Estado. Es un buen trato. Eso sí, no puede haber fallos. Nos jugamos el prestigio ante los rusos, es una misión de alto nivel. Si lo haces bien podrás vivir tranquilo el resto de tu vida.

Klaus había recuperado la serenidad.

—¿Qué pasará con Daniel Sandoval?

—No habrá más remedio que hacerle desaparecer.

Klaus negó con la cabeza.

—No, no lo haré, es un precio demasiado alto…

Markus abrió las manos y alzó los hombros.

—¿De verdad te preocupa su suerte? Es un completo desconocido para ti, por muy gemelo tuyo que sea. Lo que de verdad te importa lo tienes aquí, tu hermana Bettina podría salir muy beneficiada de todo esto.

Klaus no se fiaba de las palabras del jefe.

—¿Podrá obtener el permiso para salir del país?

—Podría… —había contestado Markus con una mueca de suficiencia.

—No lo aceptaré hasta que se me garantice ese asunto.

Markus le había mirado un rato, callado, escrutador, con una sonrisa perversa. Su voz gruesa parecía surgir del fondo de una cueva.

—Te recuerdo que no estás en condición de exigir nada.

Klaus se había erguido con un gesto de medida soberbia.

—El permiso de salida de mi hermana a cambio de una condecoración para usted nada menos que del KGB. No me dirá, camarada jefe, que no resulta tentador.

Markus le había dedicado una mirada torva, y a continuación abrió los labios mostrando sus dientes sucios y esbozó una sonrisa sardónica.

—Está bien, tú ganas, Bettina tendrá el permiso de salida.

—¿Cómo sé que no me miente?

Markus ladeó la cabeza con un gesto condescendiente.

—Parece mentira que no lo sepas ya… Nunca se miente en la Stasi.

Sabía Klaus que aquellas palabras eran vacuas, sin contenido, nunca ganaba nadie ante la máquina trituradora del Estado, pero no podía hacer otra cosa que fiarse de su palabra.

El plan resultaba maquiavélico. Klaus atraería a su gemelo hasta allí y él lo suplantaría en Madrid, convertido Klaus Zaisser en Daniel Sandoval, el topo perfecto y sin apenas esfuerzos para encajar, sin necesidad de infiltrarse porque ya estaba dentro. El camarada Markus estaba exultante. Tal y como había previsto Klaus, la propuesta del camarada Markus le había hecho ganar muchos puntos ante sus colegas del KGB, y eso suponía mejor puesto, más dinero y, sobre todo, más poder.

13

Permanecían desnudos sobre la cama revuelta, abrazados, percibiendo la calidez de la piel del otro. Sofía apoyaba la cabeza sobre el pecho de Klaus, que acariciaba su pelo, peinándolo suavemente como un jirón de seda que se deslizase entre sus dedos. Sofía pasaba su mano por el cuerpo del que creía era su marido, por fin recuperado.

Alzó los ojos y le miró.

—Daniel, tengo que decirte algo. Estoy aquí porque tu madre me pidió que viniera a buscarte. Tu padre sufrió un accidente con el coche... Está muy mal. Las últimas noticias que tengo es que continúa sedado y que los médicos siguen temiendo por su vida.

Klaus fingió una serena preocupación para inmediatamente torcer el gesto.

—Mi padre es el culpable de mi ausencia, Sofía, él y sus burdas mentiras me trajeron hasta aquí.

Sofía le mostró su asombro, aunque tampoco se extrañó demasiado, porque sabía que Romualdo escondía algo.

—¿Qué ha pasado, Daniel? Cuéntame qué te trajo hasta aquí, quiero saberlo.

Klaus la miró con una sonrisa benévola. Lo había preparado todo al detalle, pensado cómo debía darle la información y en qué sentido. Debía estar muy alerta en aquellos primeros momentos para que todo encajase y no dar pie a la menor sombra de duda. Era importante no cometer fallos para asentarse en su vida, adentrarse en ella sin sospechas. Empezó a contar con voz pausada, tranquilo, analizando cada palabra que decía.

—He venido a París a conocer a mi madre...

Sofía levantó la cabeza con evidente sorpresa, quiso hablar, pero él la silenció posando suavemente dos de sus dedos en los labios, y chistó con los labios arrugados, pidiéndole silencio.

—Deja que me explique... Necesito hacerlo, por favor...

Tras unos segundos, Sofía volvió a posar su cabeza en el hombro de Klaus dispuesta a escucharlo, dejando la mirada perdida, atendiendo tan solo a su voz.

—Yo no sabía nada de esto. Hace dos meses, por casualidad, vi una carta de una mujer dirigida a mi padre. El sobre estaba abierto. Las señas del remite eran de París. Reconozco que la curiosidad me pudo y la leí. Se llamaba Gloria —había elegido el mismo nombre de su madre, así no habría errores—, le explicaba que se encontraba muy enferma y le pedía, le suplicaba la oportunidad de volver a ver a su hijo. Era una carta desgarradora, de una mujer desesperada. Al principio supuse que era algún asunto del despacho, alguna adopción o cosa por el estilo, pero había algo en aquella carta que no me encajaba, era demasiado directa, demasiado personal. Apunté la dirección y el nombre y le pedí a Elvira que me sacase el expediente de Gloria Montes. No lo encontró porque no existía tal expediente. Elvira me confesó que, de vez en cuando, mi padre recibía cartas de esa mujer, siempre de París, pero que nunca la había visto por el despacho ni sabía quién era. Así que le pregunté a mi padre. Al principio quiso esquivar el tema, pero al final, en uno de los pocos actos de dignidad que ha tenido en toda su vida —imprimió todo el desprecio que pudo a sus palabras—, me dijo la verdad, aunque fuera solo una parte de la verdad y bastante edulcorada, para lo que ha resultado ser la realidad, sobre todo para la otra parte de toda esta sucia historia. Esa parte la conocí de boca de Gloria —hizo una pausa medida, premeditada, para luego hablar con gravedad—, la mujer que me trajo al mundo. —Calló un instante. Estaba satisfecho, le estaba saliendo bien el cuento. Se sonrió sutilmente antes de continuar—. Mi padre y esa mujer mantuvieron una relación durante la guerra. Ella quedó embarazada y mi padre, tan religioso, tan protector de la moral y de la honra, lo primero que le propuso fue abortar, pero ella se negó. Mi padre temía que Gloria y ese hijo bastardo que era yo le arruinasen su matrimonio y el evidente ascenso social al que aspiraba con la guerra a punto de acabar, estando como estaba en el bando de los vencedores y habiendo sido miembro activo de la famosa Quinta Columna en Madrid. Cada vez que lo pienso se me envenena la sangre. Nos hubiera dejado en la estacada si no fuera porque mi madre..., bueno, Sagrario, también se quedó embarazada. Por lo visto dio a luz unos días después de nacer yo, pero el niño murió a las pocas horas. Mi padre sabía de mi nacimiento y tuvo una de sus geniales ideas —imprimió una clara ironía a estas palabras—. Le propuso a Gloria sustituirme por el bebé muerto, eso me dijo, y que ella aceptó, aunque la versión que ella me dio fue muy distinta. Gloria me confesó que mi padre me arrebató de sus brazos para llevarme a los de la mujer que me ha criado, ajena a todo el chanchullo.

—¿Tu madre...? —Sofía rectificó—: ¿Sagrario no sabe que tú no eres...?

—No. Nunca se enteró. El parto la dejó muy débil. Estuvo varios días en una inconsciencia febril, a punto de morir. —Guardó unos segundos de silencio, bajó los ojos para comprobar la quietud de Sofía, atenta a sus palabras, pasando los dedos suavemente por su pecho—. Cuando se recuperó yo estaba allí, a su lado. Era su hijo recién nacido.

—¿Y Gloria? ¿Nunca quiso reclamarte como suyo?

—En un principio mi padre compró su silencio. Según él, le dio una cantidad importante de dinero para que pudiera instalarse donde quisiera, aunque en realidad lo que hizo fue amenazar con denunciarla si se le ocurría acercarse a nosotros, y ella sabía que el aviso iba en serio. Si se le hubiera ocurrido reclamarme de alguna manera, lo habría pagado muy caro. Eran malos tiempos para los que no tenían influencias, y ya sabes que mi padre las ha tenido y las tiene, influencias en las más altas esferas. Sobre todo, sabemos que mi padre no tiene corazón y que para conseguir lo que quiere es capaz de cualquier cosa. Con un solo gesto la hubiera hecho desaparecer sin que nadie la echase de menos. Gloria no tuvo otra opción. Cogió lo poco que tenía, aceptó el dinero que le ofreció mi padre y se vino a París. Durante estos veintinueve años ha sobrevivido como ha podido —resopló mostrando una indignación impostada—. Estuvo trabajando de camarera en un bistró de mala muerte a las afueras de París, y en los últimos años limpiando. —Guardó un efectista silencio y entonó su voz para que sonara patéticamente triste—. Su único pecado fue enamorarse del hombre equivocado... Esas fueron sus últimas palabras.

Sofía volvió a despegar la cara de su pecho para mirarlo con gesto compungido.

—¿Ha muerto?

Klaus asintió, sin mirarla, mostrando la pena en su rostro.

—Al menos llegué a tiempo de estar con ella, apenas unos días. Por eso me fui del hotel, porque me instalé con ella en su casa. Estaba muy enferma, y tan deteriorada. La cuidé hasta que murió. —Sintió que las lágrimas le subían por la garganta y no las contuvo—. Era lo menos que podía hacer por ella. Con todo esto no podía volver a casa, no tenía fuerzas para enfrentarme a mi padre... Ni tampoco a ti. Siento tanta rabia...

La voz se le quebró y rompió a llorar intentando esconder la cara con su mano. Sofía estaba consternada. Nunca antes había visto llorar así a Daniel, nunca con tanto sentimiento y tanta pena. Conmovida, lo abrazó y él se dejó hacer, refugiado en su regazo. Ahora era ella la que acariciaba su pelo.

—Oh, Daniel, lo siento, lo siento mucho. Tenías que haberme llamado, no tenías por qué pasar por esto solo.

—Necesitaba tiempo, necesitaba pensar qué hacer, qué decirle a mi padre, cómo enfrentarme a mi madre, mi pobre Sagrario, si supiera el monstruo con el que ha convivido tantos años se moriría de pena. Decidí irme al norte, a un pueblo solitario para pensar. No he hecho otra cosa que eso, pensar, pasear en soledad buscando respuestas sin tregua. ¿Cómo se afronta esto, Sofía? ¿Cómo tengo que actuar ahora?

—Sagrario no tiene por qué saber nada de esto, Daniel, ha

sido tu madre y debe seguir siéndolo. No le puedes decir la verdad, no puedes hacerle eso.

Klaus esbozó una sonrisa sin que ella pudiera verlo. Se abrazó más a ella. Todo estaba saliendo como él quería.

Sofía se dio cuenta de que la cicatriz que tenía en el brazo estaba enrojecida.

—¿Qué te ha pasado? —dijo rozándole el brazo—. Lo tienes muy irritado, como si te hubieras quemado otra vez en el mismo sitio. No tiene buen aspecto.

Klaus se miró la quemadura en proceso de curación.

—Me raspé sin querer, no es nada. —Con mucha delicadeza, Klaus se desprendió del abrazo de Sofía y se levantó—. Tengo que ir al baño.

Ya en el cuarto de baño, se miró en el espejo. Observó las dos cicatrices que le habían tenido que hacer, además de la operación de anginas, todo para ser exactamente igual que su hermano. Su mente no le daba tregua. Todo era demasiado intenso, tenía que intentar controlar sus emociones. Pero, cada vez que contemplaba su imagen reflejada en el espejo, esta le devolvía a la memoria los recuerdos del día que entregó a su hermano.

Sobre la mesa del camarada jefe había un paquete envuelto en papel. Klaus permanecía sentado frente a Markus, que le había recibido con una mueca, como si quisiera reír y no supiera cómo hacerlo. La piel ocre de su mano sujetaba el puro humeante.

—Está todo menos la ropa interior —había dicho Markus empujando el paquete hacia él—. Imagino que tendrá una muda en la maleta.

En silencio, Klaus había abierto el envoltorio para descubrir, perfectamente doblada, la ropa que Daniel llevó el día que lo detuvieron: el traje, la corbata, la camisa, los calcetines, los zapatos, el cinturón negro de piel, el reloj, la alianza de matrimonio, el billete de tren del S-Bahn que nunca llegó a coger y la tarjeta con la dirección de la agencia de viajes del lado occidental que no llegó a visitar. Cogió el Rolex y lo miró como si lo tanteara. Luego cogió el anillo y se lo puso en el dedo. Le estaba perfecto.

—¿Puedo saber el lugar al que ha sido trasladado?

—Esa información no te concierne, camarada Zaisser.

—¿No le habrán llevado a la prisión de Hohenschönhausen?

El jefe no había contestado, ni siquiera se inmutó.

Había sido en aquel centro de detención donde Klaus había sufrido su propio encierro durante los seis meses más terribles de su vida. No había podido olvidar aquellas celdas bajo tierra, en el *U-Boot* (lo llamaban así, El Submarino, porque la sensación era la misma que en el interior de un batiscafo), el frío y la humedad que parecían habérsele metido en el cuerpo para siempre, aquel silencio estridente, el cansancio, la claustrofobia del encierro, durante horas y días y semanas sin hablar con nadie. A menudo seguía despertándose sobresaltado, empapado en sudor frío, con la sensación de estar atrapado en un pozo oscuro.

—Espero que se le dé el trato que merece —añadió—. No es ningún preso, ni ha cometido delito alguno, y por supuesto no representa ningún peligro. Recuérdelo, camarada jefe.

El camarada Markus tenía los ojos acuosos, como de enfermo. Le había mirado fijamente. Alzó la barbilla mostrando su característico gesto prepotente, o más bien fatuo, eso pensaba Klaus, que no le consideraba hombre inteligente, sino solo bien posicionado.

—Se te olvida que Daniel Sandoval viene de un sistema fascista que odia y persigue al comunismo y encierra, tortura y asesina a los que piensan como tú y como yo. —Alzó el dedo amenazador—. Procura no olvidarlo.

El rostro de Klaus se ensombreció. Aquellas palabras enturbiaron sus sentidos.

—No sería justo, y usted lo sabe. No ha hecho nada —había insistido, a sabiendas de que resultaría inútil, porque, en cierto modo, Daniel representaba al enemigo a batir, el peligro que se ha de bloquear, someter, vencer, derrotar.

Se había dado cuenta Klaus de que aquella sombra de sospecha iba a suponer un calvario para Daniel, y sintió un nudo en la garganta, otra vez la carga de la culpa que se añadía a la fría y pesada condena de haber empujado a su amada Hanna y a su pequeña Jessie a un destino fatal sin ni siquiera una tumba a la que acudir para llorarlas, acrecentado además todo ello por el castigo de haber abocado a su hermana a una existencia envuelta en el sobresalto, la desconfianza y la opresión. Demasiada culpa sobre sus hombros. Se estremeció conmocionado, a sabiendas de que ya no había marcha atrás.

El camarada jefe había percibido su pesadumbre. Bajó los párpados en un mohín condescendiente, otro gesto muy habitual en él, como si fuera perdonando la vida. Alzó un poco la mano y habló en tono blando.

—No te preocupes tanto por tu hermano, camarada Zaisser. Ya te dije que estará bien atendido.

Klaus lo había mirado incrédulo, sin poder evitar un punto de desprecio. Ya daba igual, poco podía hacer.

—Permítame que no le crea, camarada jefe.

—Pues deberías hacerlo —alegó con acritud. Se echó hacia delante y le miró fijamente señalándole con el dedo—. Te conviene hacerlo...

Klaus calló y bajó la mirada. Sabía que no podía hacer nada.

—Y mi hermana, ¿cuándo tendrá el permiso para viajar? Me gustaría que pudiera salir conmigo.

—¿Tan mal la tratamos aquí?

—No es eso, pero ella quiere salir, y quedamos en que...

—Todo a su tiempo —le interrumpió el camarada Markus irritado.

—Pero le van a dar el permiso... Usted me lo prometió.

—No suelo prometer cosas que no están en mi mano, camarada —había agregado con una falsa indulgencia y una mueca burlona en los labios—. Por lo que he visto —con la mano que tenía libre del puro abrió una carpeta que tenía delante sobre la mesa, y puso el dedo índice encima de un papel—, nuestra camarada Bettina tiene solicitado un coche —alzó la mirada y la clavó en Klaus, que le miró con odio por utilizar la palabra «nuestra» con las connotaciones de posesión que ello implicaba—, y también un piso... La chica quiere progresar.

—Estoy seguro de que no le importará perder el turno.

—Pero es que le ha llegado el turno. Mañana podrá ir a recoger su flamante coche nuevo, y el piso se lo entregarán a final de mes, en una de las mejores zonas de la ciudad. —Lo había mirado con un mohín de diabólica satisfacción, abrió las manos y exclamó con vehemencia—: ¡Es una gran noticia! ¿No crees? Una chica con suerte, tu hermana; una pena que esté tan poco comprometida con nuestra causa.

Klaus no supo qué decir. Perplejo, quedó noqueado durante unos segundos.

—¿Y el permiso de salida? —había insistido.

—Llegará, camarada Zaisser, todo llegará a su debido tiempo, pero mientras llega el momento, y para demostrar la generosidad de nuestro Gobierno, queremos compensar con ciertos beneficios a la camarada Bettina por el trabajo realizado en favor de sus conciudadanos. Un coche y un piso puede que la muevan a reconsiderar su... —calló un instante y adelantó el labio, pensativo— empeño por abandonarnos. Creemos que la camarada Bettina Zaisser es un elemento imprescindible para nuestra causa.

—¿Trabajando en una fábrica de muebles con el mejor expediente en Medicina de su promoción?

—Tienes toda la razón, es algo intolerable. Este país no se puede permitir perder a una gran pediatra. Se lo iba a anunciar en unos días, pero te adelanto que le han dado plaza en un prestigioso hospital. —Ante el pasmo de Klaus, Markus había sonreído satisfecho—. Es una gran oportunidad, no me lo negarás.

Klaus era muy consciente de que querían compensar de alguna manera su negativa a dejarla salir del país. No sabía cómo se lo tomaría Bettina. Lo tendría que hablar con ella. Tenía la mente confusa. Eran demasiado astutos. Así que prefirió no ahondar más en aquel asunto y tomarse un tiempo para resolverlo.

—Y qué hay de mí, ¿cuándo está previsto que viaje a Madrid?

—Me temo que tendrás que esperar.

—¿Por qué? —arrugó el ceño extrañado—. Pensaba que iba a ser inmediato.

—Hay que hacerte una cicatriz en la nalga derecha y hay que quitarte las amígdalas. Además —le señalaba con el dedo en el que tenía pinzado el puro, balanceando la mano mientras hacía recuento—, te tienen que hacer una pequeña quemadura en el brazo izquierdo, a la altura del codo.

Klaus lo había mirado con incredulidad.

—¿Qué quiere decir?

—Si vas a suplantar la identidad de tu gemelo no basta con tu parecido casi exacto a él, también es necesario que lleves las marcas posteriores al nacimiento debido a accidentes, caídas o intervenciones quirúrgicas. A tu hermano le operaron de anginas cuando tenía cinco años. A los diez se cayó de una bicicleta y se clavó un hierro en la nalga, le tuvieron que poner varios puntos. Y a los veinte se quemó con unas brasas haciendo una barbacoa. Todo eso lo tienes que llevar en tu cuerpo porque, de lo contrario, la que va a ser tu esposa se podría dar cuenta de su ausencia, y no queremos que haya sospechas firmes sobre tu identidad. En esta misión nos jugamos mucho, camarada Zaisser, ya lo sabes.

—¿De cuánto tiempo hablamos?

—Bueno, tienes cita en el consultorio hoy mismo, ya se ha dado la orden de que tienes preferencia absoluta. Te irán haciendo las señales de acuerdo con la conveniencia médica, pero calcula un mes, dos como mucho. Dependerá de cómo cicatrice. Otra cosa importante —le hablaba mirando la carpeta con todo el dosier que había recopilado sobre su hermano y su entorno—, debes intentar mantener a tu cuñada entretenida la mayor parte del tiempo. Ahora solo está dedicada a la casa, eso es peligroso, serás el foco de su atención y no nos interesa. Empújala a que haga algo que le guste. Según los informes es licenciada en Química y está deseando hacer un doctorado, pero tu gemelo siempre le ha puesto pegas. Anímala a que lo haga, cuanto más tiempo pase fuera de casa menos pendiente estará de ti y de lo que haces o dices. Procura no hablar de vuestro pasado juntos. Conviértete en el marido perfecto. Hazla feliz, consigue que llegue a adorarte como pareja, que no tenga ninguna queja de ti y de tus actos. Anda con mucho ojo, sobre todo al principio. ¿Entendido?

—¿Y cómo cree que se tomarán en Madrid una ausencia tan larga?

—No te preocupes por eso. Los objetivos principales estarán constantemente vigilados con el fin de controlar y analizar cualquier movimiento o actuación que lleven a cabo. —Había quedado unos instantes callado, reflexivo; adelantó el labio inferior y ladeó un poco la cabeza—. El telegrama que enviaste a Romualdo Sandoval parece que ha causado el efecto previsto. Además, nos conviene un periodo de ausencia, dejar que le esperen sin saber. La incertidumbre por la falta de noticias aumenta el anhelo del regreso. Cuando le vuelvan a ver, recibirán a Daniel Sandoval como agua de mayo.

Klaus recordó en aquel momento el telegrama que Daniel le puso a Sofía el mismo día que entró en el Berlín Este, lo confiado que se había quedado, ignorando que cuando salieron de la estafeta el papel del telegrama ya estaba en el fondo de una papelera hecho trizas.

Cuando Klaus salió del cuarto de baño, Sofía se estaba vistiendo.

—Deberíamos llamar para avisar de que estás bien. Están todos muy preocupados, sobre todo tu madre... Bueno..., Sagrario.

Klaus se acercó a ella y la agarró de la cintura. Descalzo aún, llevaba puestos los pantalones y la camisa sin abrochar. A Sofía le pareció más atractivo que nunca.

—A todos los efectos, Sagrario sigue y seguirá siendo mi madre. —Guardó unos segundos de silencio, sin dejar de mirarla—. Sofía, no quiero que nadie sepa lo que ha pasado en París. Nadie, ¿lo entiendes? Incluidos tu padre y Carmen. Por favor, quiero que todo esto quede entre nosotros.

—Pero preguntarán qué te ha pasado. Algo habrá que decir.

—Pues diremos que me tomé unos días de descanso, que necesitaba alejarme de todo. A nadie le tiene que importar lo que hagamos o no, solo a nosotros dos, tú y yo sabemos la verdad. No quiero causar más daño a nadie.

—¿Y tu padre?

—De mi padre me ocupo yo.

—Está bien —dijo ella bajando los ojos—. Lo que tú quieras.

Klaus la atrajo más hacia él, apreciando las formas de su cuerpo en contacto con el suyo, sin poder evitar un deseo salaz. Le pasó los dedos por los labios suavemente, acariciándolos como si fueran terciopelo, sin dejar de mirarla a los ojos. Ella pensó de nuevo que tenía un atractivo especial, más maduro, más personal. Luego la besó largamente, horadando los labios con su lengua que penetraba suavemente en su boca, nunca antes la había besado así, o al menos no lo recordaba. Sofía notó que crecía de nuevo el deseo y le apartó con delicadeza, ruborizada por una efusividad poco acostumbrada.

—Si seguimos así nunca saldremos de esta habitación.

Sin llegar a soltarla, Klaus la miró largo rato en silencio, con un gesto bien practicado de amante enamorado que conmovió a Sofía.

—No me importaría quedarme aquí encerrado el resto de mi vida si estás conmigo.

—Anda, quita. —Le apartó divertida—. No seas tonto. Voy a llamar a mi madre, a estas horas seguro que estará en casa.

Klaus le dedicó una mirada afable. Desprendía una extraña placidez que sorprendía y a la vez encantaba a Sofía. Hacía tanto tiempo que no la miraba así, con esa insistencia apreciativa, una mirada apasionada que la situaba en el centro de su atención. Klaus era consciente de la actitud que su hermano Daniel había tenido hacia ella, dejando caer en el desencanto el amor de los primeros años. La rutina suele convertir el amor en un objeto decorativo carente de interés y de atención, y al albur de lo acostumbrado todo lo que era sólido se desvanece, todo se evapora en una plomiza cotidianidad. Le iba a resultar muy fácil hacerla feliz.

Sofía pidió la conferencia al recepcionista. Al cabo de varios minutos sonó el teléfono. La voz exasperante de su madre se oyó al otro lado del hilo. Después de darle la noticia de que estaba con Daniel y de asegurarle que este se encontraba muy bien, le anunció que regresarían en cuanto pudieran, teniendo en cuenta los paros que ya se estaban produciendo en el ferrocarril y en los aeropuertos. Francia estaba paralizada por las huelgas. Mientras hablaba con su madre, Sofía, sentada al borde de la cama deshecha, miraba al que creía era su marido. Le parecía cambiado, su forma de moverse, su manera de ponerse la corbata, haciendo el nudo de memoria, mecánicamente, cuando siempre había necesitado un espejo, el tono de su voz, había algo en él nuevo, distinto. Pero ninguna de aquellas rarezas pudo enturbiar la sensación de felicidad y sosiego que le había dado regresar a sus brazos. Lo que había sucedido con Monique se iba diluyendo en su conciencia, y en su fuero interno empezaba a forjar el pleno convencimiento de que aquello no había sucedido, de que todo había sido un sueño (imposible pensar que no resultó una experiencia agradable), una alucinación producto de la ebriedad y el cansancio, una forma de defensa contra su propia moral consistente en la negación, negarlo todo, negárselo a sí misma, a Monique si de alguna forma quisiera revivirlo, negarlo sin más opción, aquello no aconteció, nunca pasó, no fue, no sucedió. Esa fue su decisión, negar, olvidar, relegar en algún rincón de la memoria el episodio, prescindir de él para siempre.

Sagrario llamó al hotel al poco tiempo de colgar Sofía con su madre. Lo hacía desde la clínica, después de que Adela se hubiera encargado de localizarla para darle la noticia de que Daniel por fin había aparecido.

Klaus habló con Sagrario durante unos minutos. La mujer estaba eufórica, porque además de volverle a oír le acababan de comunicar que trasladaban a Romualdo a una habitación. Klaus se mostró cariñoso con ella y le aseguró que estarían en Madrid en cuanto pudieran viajar.

Después de realizar varias gestiones, comprobaron con impotencia que no salían trenes ni tampoco un solo avión.

—Si tuviéramos un coche... —señaló Klaus—. Podríamos ir hasta Hendaya, y desde allí tomar un tren hasta Madrid.

—Monique tiene coche —apuntó Sofía sin pensar.

—¿Quién es Monique? —preguntó Klaus con fingida curiosidad.

—Es la hija de Patricia, una amiga de mi padre con la que he estado hospedada todos estos días. El número al que me llamaste esta mañana.

Klaus sonrió para sí.

—¿Crees que nos llevaría hasta la frontera? Podríamos pagarle el viaje.

Sofía no estaba por la labor de pasarse horas en un coche con Monique y Daniel.

—¿Llevarnos? —preguntó desconcertada—. No lo sé. Son muchos kilómetros. ¿Por qué no esperamos? La huelga no puede durar mucho.

—Necesito volver. Mi padre puede que no aguante mucho, y pregunta por mí. —Klaus tenía prisa por llegar a Madrid y encargarse personalmente del asunto de Romualdo—. Llámala y se lo preguntas. Sería una buena solución. Con un poco de suerte, mañana podríamos estar en casa.

Sofía lo hizo, aunque nada convencida y deseando que Monique se negase a realizar un viaje tan largo. Necesitaba alejarse de ella y de todo lo que había supuesto en las últimas semanas. Le horrorizaba la idea de tener que pasar tantas horas los tres metidos en un coche, sin otra cosa que hacer que hablar y contar, y arriesgándose a la posibilidad de que Daniel pudiera notar algo raro, algún gesto que le hiciera sospechar, la agobiaba tanto que deseó la negativa de Monique.

Sin embargo, la respuesta no fue la que ella esperaba. Monique estaba encantada de llevarlos en coche, lo malo era que escaseaba la gasolina y eso podría suponer un contratiempo. Le dijo, no obstante, que le diera un tiempo para buscar. Ella sabía dónde, y que la llamaría en cuanto tuviera carburante suficiente para emprender el viaje con garantías.

Sofía y Klaus salieron a comer algo a un restaurante que había cerca del hotel. Había muy poca gente por la calle. No funcionaba el metro, tampoco los taxis ni autobuses. Los que aún trabajaban tenían que caminar mucho para llegar a sus puestos, otros recurrían a la bicicleta como medio de moverse por la ciudad, incluso se habían habilitado camiones del ejército para trasladar a aquellos que aún asistían a su trabajo. Circulaban pocos coches, y comprobaron las largas colas que se habían formado en una gasolinera cercana para repostar.

Cuando regresaron al hotel, tenían un recado de Monique. Había conseguido gasolina suficiente al menos para la primera parte del viaje. Le habían dicho que en el camino podría encontrar quién le vendiera más gasolina. Los esperaba en su casa para decidir cuándo querían viajar.

Aún no había amanecido cuando, a la mañana siguiente, Sofía se despedía de Patricia en el portal mientras Monique colocaba las maletas en el pequeño maletero. Klaus se mantuvo algo distante tanto de la madre como de la hija. Saludó cortésmente, pero no dio pie a nada más, ni siquiera quiso subir a la casa. Mientras esperaba algo apartado a que concluyeran las despedidas, alzó los ojos hacia la fachada del edificio contiguo. Ya había dado la orden de que desmantelasen las escuchas del piso franco. Todo quedaría recogido a lo largo de aquel día. Cuando llegó el momento de montar en el Renault, Sofía instintivamente, como algo aprendido, se dispuso a montarse en la parte de atrás del coche, pero Klaus se lo impidió con una sonrisa.

—Yo iré detrás.

—¿Seguro? —preguntó extrañada.

Nunca había visto a Daniel en el asiento trasero de un coche. O iba conduciendo o de copiloto, incluso en el coche de Romualdo, si los acompañaba Sagrario, era esta la que se posicionaba de manera automática en la parte de atrás, a pesar de que en viajes largos tendía a marearse, pero nunca se planteó por parte de ninguno de los dos hombres Sandoval que la pobre madre ocupase el asiento delantero. Estaba segura de que su suegra sería la primera en no consentirlo. Normas tácitamente establecidas que jamás se rompían, asumidas por todos, sin plantearse otra cosa que fuera distinta.

Monique actuaba con una desconcertante naturalidad, como si no hubiera pasado nada entre ellas, y a pesar de actuar como Sofía deseaba que actuase, la confundía, porque a cada mirada, a cada frase esperaba algún gesto que las delatase delante de Daniel. Tan solo se deslizó un poco cuando Sofía preparaba el equipaje en su habitación. Cuando estaba a punto de cerrar la maleta, Monique le había pedido que esperase un instante. Había salido de la habitación y regresó de inmediato con el libro de Simone de Beauvoir en la mano.

—Toma, te lo regalo —le había dicho tendiéndoselo.

—Pero es tu libro de cabecera. No puedo aceptarlo.

—Puedo comprar otro. Solo te pido una cosa. —La miró abriendo una sonrisa franca—. Que lo leas, que pienses en su contenido y que intentes liberar de prejuicios tu mente.

Sofía lo cogió en silencio. Lo acarició como si fuera una joya, algo importante y muy valioso.

—¿Me estás pidiendo que filosofe?

—Así es. Date esa oportunidad. Hacerlo solo depende de ti.

Sofía observó el libro, lo apretó contra su pecho y la miró sonriente.

—Lo haré, o al menos lo intentaré. Me va a costar porque mi francés es todavía muy básico.

—Te ayudará a perfeccionarlo.

Aquel detalle le resultó conmovedor a Sofía. Ambas se miraron de hito en hito. Agradeció el regalo y le aseguró que lo convertiría en su libro de cabecera.

—Eres una mujer extraordinaria, Sofía, tan solo tienes que creértelo. Ojalá seas feliz con Daniel, pero, si alguna vez no lo eres, no dudes en volver a París. Aquí siempre serás bien recibida.

Sofía, aturdida, embebecida en aquellos ojos, sintiendo un mareo momentáneo, esquivó la mirada de Monique, metió el libro en la maleta, la cerró y salió cargada con ella.

14

El viaje fue largo y tedioso salvo para Monique, que parecía disfrutar del mero hecho de conducir, avanzar por la carretera sin apenas tráfico, kilómetro a kilómetro, escuchando y tarareando la música del casete, fumando sin hablar apenas; de vez en cuando observaba por el retrovisor el rostro de aquel marido reaparecido después de tanto tiempo ausente, que pasó dormitando la mayor parte del viaje, o con la mirada ausente, pensativo. Sus ojos se cruzaron alguna vez, y entonces Monique le sonreía y retiraba la mirada con naturalidad. Sofía estuvo callada casi todo el viaje, viendo el paisaje transcurrir ante sus ojos, aburrida y cansada. Pararon lo imprescindible; encontraron gasolina sin demasiado problema, pagando más del doble de su precio habitual, precio que Klaus entregó sin protestar. Klaus se ofreció a conducir un rato, pero Monique no quiso.

—Me gusta conducir.

Cuando llegaron a la estación de Hendaya, casi doce horas después de salir de París, Klaus sacó las maletas del coche y le dio un frío gracias a Monique.

—Voy a ver qué trenes salen hacia España —le dijo a Sofía—. No tardes.

Se alejó y las dos mujeres quedaron solas observando su espalda, su forma de caminar, en cada mano una maleta, la suya y la que había traído Sofía.

—Parece que no le he caído muy bien a tu marido —dijo Monique haciendo un gesto hacia él.

—No se lo tomes en cuenta —le justificó Sofía—, lleva un problema encima difícil de digerir.

—¿Me escribirás al menos?

—Monique, verás, yo... —su voz temblaba y su corazón latía con fuerza—. Te agradezco mucho todo lo que has hecho por mí...

—Eh, eh, déjalo ya, no me tienes que agradecer nada. Lo hemos pasado bien y ya está. Si no quieres saber nada de mí, lo entiendo, de verdad, no hay problema.

Sofía sonrió agradecida.

—¿Qué vas a hacer ahora? —preguntó haciendo un gesto hacia el coche—. ¿No te irás a volver a París del tirón?

—Tengo unos amigos en Biarritz. Pasaré un par de días con ellos antes de regresar al caos de París.

Sofía estaba nerviosa porque temía que la fuera a besar, o a abrazar o hacer algo que molestase a Daniel, algo que descubriera lo que había habido entre ellas. Pero Monique le tendió la mano, igual que la primera vez que se vieron en el aeropuerto; Sofía se la estrechó con una sonrisa ya tranquila. Monique se quitó la boina roja y se la puso a Sofía sobre la cabeza. La miró torciendo la cara, como examinándola.

—Te queda mejor a ti —le dijo—. Te la regalo. Así tendrás un poco de mí en tus recuerdos.

Sofía se palpó la boina como para asegurarse de que efectivamente estaba allí; no quería decirlo, pero lo hizo en voz muy baja, a pesar de que resultaba imposible que Klaus pudiera oírlas.

—Gracias por todo, Monique. Será difícil olvidar estos días en París.

Monique sonrió complacida.

—Anda, vete ya, tu marido te reclama.

En ese momento Klaus salía a su encuentro.

—Vamos, hay un tren a Burgos que sale en quince minutos, hemos tenido suerte. Desde allí nos será más fácil llegar hasta Madrid.

Antes de entrar en el edificio de la estación, Sofía se volvió para mirarla. Monique permanecía apoyada en el coche, con un cigarro que acababa de encenderse, sus pantalones vaqueros y una camisa de rayas azules y rojas que resaltaba su piel clara, la melena suelta, sonriente. Levantó la mano para decirle adiós. Sofía le devolvió el gesto y pasó al interior de la estación siguiendo los pasos apresurados de Klaus.

—Debería llamar a casa para avisar de nuestra llegada.

—No hay tiempo.

15

Cuando estuvieron solos en el tren, siguió el silencio instalado entre ellos. Klaus no podía evitar estar nervioso por no errar en ningún detalle, en nada esencial que pudiera llevar a sospechar a Sofía que él no era quien ella creía a pesar de su extraordinario parecido, casi exacto, dos gotas de agua con la misma genética y muy distinta suerte. Temía cometer algún fallo, tener alguna laguna que lo delatara y echase todo por tierra antes de empezar. Le daba vueltas a cada uno de los detalles que tener en cuenta, sobre todo en aquellos primeros días, durante el encaje personal, físico, mental. Para protegerse había decidido adoptar una actitud callada, cariacontecida, circunspecta, un poco melancólico hasta que pudiera situarse en aquel entorno. Debía ser muy cauto, estar preparado para cualquier fallo, cualquier pregunta, había sido adiestrado para enfrentarse a situaciones complicadas, interrogatorios, presiones, preparado para soportar torturas, callar hasta la muerte si fuera necesario (aunque en el fondo sabía que nunca lo haría, nunca cedería tanto como para dar su vida por alguna causa referida a la Stasi ni a su país, nunca lo haría aunque nunca lo confesaría abiertamente, formaba parte del juego, eso lo llevaba en su conciencia y hasta ahí nadie podía llegar, ni siquiera la astucia del camarada Markus); también lo habían entrenado para eliminar cualquier elemento que pudiera ser un problema para la misión a realizar sin dejar rastro, cómo deshacerse de un cadáver y que su muerte pareciera un accidente, preparado para traicionar a los suyos, amigos, vecinos, conocidos o desconocidos, llevarlos a la desgracia con una denuncia, a la muerte incluso por haberlos señalado con su dedo, lo hubiera hecho incluso con su propio padre, denunciarlo y ponerlo en el disparadero de la maquinaria de tortura de la temida Stasi si fuera necesario. Reconocía que le habían arrancado la capacidad de empatía con la vida ajena; había una sola excepción, se dejaría matar a golpes antes de denunciar a su hermana, su seguridad, su libertad se había convertido en una prioridad, se sentía responsable de todos los males que le habían sucedido, pero tenía que actuar con cautela para evitar mayores daños. Sacarla de allí, esa era su obsesión, una obsesión volcada en ella con el fin de aplacar el dolor de no haberlo podido hacer con Hanna y su pequeña, de no haber sabido protegerlas, evitarles el horror de la detención y de la muerte. Se torturaba preguntándose cómo habría sido, dónde, si habían sufrido. Le dolía tanto pensar en ellas que procuraba centrar todos sus esfuerzos en su hermana. Le pesaba tener que dejarla sola durante un tiempo impredecible, con la dificultad de comunicarse entre ellos, más estando por medio el KGB. Debían ser cautos, le había insistido en eso el día que se despidió de ella, enfadada aún por lo que había visto, incapaz de convencerla de que aquello era necesario, pero cómo hacerlo, cómo explicar lo inexplicable, cómo justificar algo tan injustificable, con qué argumentos defender semejante infamia.

Se había quedado unos segundos en la puerta, la mano en el pomo, sin decidirse a entrar. Bettina se encontraba tendida en la cama, vestida, apoyada la cabeza sobre dos cojines, sujetaba un libro abierto que leía. Había retirado solo un instante los ojos del libro y aparentó no estar interesada en su presencia.

Klaus entró en la habitación, cerró la puerta y se quedó de pie, las manos en los bolsillos, como si esperase el permiso de ella para hablar, pero Bettina continuó ignorándolo.

—Bettina, por favor, tienes que entrar en razón. Acepta el coche. Me estás poniendo en un grave compromiso.

—Déjame en paz, ¿quieres?

—En nada te beneficia rechazarlo. Llevas dos años ahorrando para comprarlo. Al menos tendrás coche. Es lo que querías, ¿no? —Ante el persistente silencio de su hermana, había insistido—: Puedo entender que estés enfadada, pero ¿hasta cuándo vas a seguir con esta actitud?

En ese momento, Bettina bajó el libro que había mantenido frente a su cara y le espetó palabras encorajinada, lanzadas hacia él igual que dardos venenosos.

—No quiero nada vuestro, nada que venga de tus insignes camaradas. —Le había hablado en voz baja, pero con rabia contenida—. No quiero nada de este Gobierno que me somete a base de miedo y encarcela gente inocente por pura conveniencia. Entérate de una vez, no quiero nada de ti.

—Te prometí que te sacaría de aquí y lo cumpliré.

—No entiendes nada. Me niego a salir a costa de la vida de otro —le señaló con el dedo índice, con una arrolladora vehemencia, ceñuda, airada—, de tu gemelo, Klaus, de la vida de nuestro hermano. No todo vale, deberías saberlo, porque si no lo haces entonces es que te estás convirtiendo en uno de ellos.

—Bettina... —Se acercó dos pasos hasta el pie de la cama, pero la mirada de ella le bloqueó su intención de sentarse—. No lo entiendes. Tengo una misión que cumplir. Daniel estará bien.

—¿Cómo te atreves a decir tú que alguien puede estar bien en Hohenschönhausen?

—No sabemos si está allí.

—¿Es que lo dudas? ¿Qué piensas, que le han llevado a un balneario? Si es así, es que has caído mucho más bajo de lo que pensaba.

—No sé adónde lo han llevado, pero me han asegurado que estará bien.

El enfado de Bettina crecía y se sentó en la cama, desafiante.

—Pero tú ¿a quién quieres engañar? Si quieres mirar para otro lado, hazlo, pero a mí no me vas a obligar a hacer lo mismo. No voy a dejar de admitir lo evidente.

—¿Y qué es lo evidente para ti?

—¡Has vendido a Daniel! —exclamó Bettina alzando las manos al aire impetuosa—. ¡No se lo merece! ¡No es justo! Y tú lo sabes mejor que yo. Le trajiste hasta aquí engañado a sabiendas de que no volvería a salir. ¿Qué estáis tramando? ¿Suplantarlo? ¿Pretendes hacerte pasar por él ante su familia? ¿Por eso llevas un mes de hospitales? ¿Por qué te han quitado las anginas? —Echó el cuerpo un poco hacia delante como para dar más firmeza a sus palabras—. Te recuerdo que su mujer es tu cuñada, y que sus hijas son tus sobrinas. No es gente ajena a ti con la que puedas jugar y luego salir indemne.

Klaus había escuchado impertérrito la perorata de su hermana, aceptando sus palabras como bofetadas en la cara. Desde la detención de Daniel, que ella no tenía que haber presenciado, apenas podía conciliar el sueño, preso de un intenso desasosiego, como si tuviera clavados los ojos de Daniel en lo más profundo de su ser; se despertaba oyendo sus gritos, su clamor de auxilio suplicando su ayuda, y permanecía paralizado, inmóvil, con la respiración suspendida hasta que se sentía ahogado, y entonces salía de su catarsis como el que logra salir a flote de la profundidad de un río de turbias aguas. Todo se había agravado por la actitud distante de su hermana, y con su desprecio hendía más en la herida de su conciencia.

—Bettina, no me ha quedado otra elección.

—No me digas eso porque no te creo... ¿Cómo has podido caer tan bajo, Klaus? —su voz se quebró suplicante.

—¿Preferirías que fuera yo el encerrado porque me niego a llevar a cabo una misión encomendada? Ya sabes cómo funciona esto. No te dan a elegir. Está sobre la mesa, lo coges o si no atente a las consecuencias.

—¿Por qué tuviste que exponer a Daniel trayéndole hasta aquí? Podías haberle conocido sin ponerle en el foco de esta feroz maquinaria de seres inhumanos a los que la vida de los otros les importa un bledo.

—No tenía otra opción —había insistido Klaus—. Me equivoqué, mamá me pidió que investigase sobre Daniel, pedí algunos favores en Madrid, nada comprometedor, pero… Interceptaron la información... No he sido yo el que ha urdido todo esto, Bettina. Soy tan víctima como Daniel.

—Siempre he tenido el convencimiento de que no perjudicarías a nadie a conciencia, de que eras bueno y justo, y que no te brindarías nunca a los excesos a los que tan habituados están camaradas como ese maldito Markus. No quiero... —Tragó saliva mirándolo con intensidad—. No puedo estar a tu lado si has entrado en la crueldad de su juego.

Klaus la había mirado unos segundos con fijeza, cavilando, con el gesto ensombrecido. Cuando por fin se decidió a hablar, su voz sonó metálica, grave, seca.

—No me juzgues, Bettina. En lo que se refiere a nosotros, la justicia es muy relativa.

Se hizo un silencio incómodo y espeso entre ambos. Ella lo miraba como si quisiera descubrir en el fondo de los ojos de su hermano algo a lo que aferrarse, algo en lo que creer, encontrar de nuevo la humanidad perdida de su querido Klaus. Se sentía dolida, incapaz de aceptar que se hubiera prestado a semejante vileza.

Klaus llevaba muy mal aquel desprecio porque era como un espejo en el que veía el reflejo de la traición a Daniel. Metió la mano en el bolsillo del pantalón y sacó un papel doblado. Se acercó a ella y lo metió entre las hojas del libro.

—Es la dirección y los teléfonos de Madrid donde me puedes localizar, el de la casa y el del despacho. Si tienes que escribirme hazlo sin remite.

—Sabes que nunca te llegarán mis cartas.

—Encontrarás la manera de hacérmelas llegar si es necesario, estoy seguro. No se te ocurra utilizar el teléfono salvo si es absolutamente imprescindible, no olvides que todo lo escuchan. Es muy arriesgado. —Ella lo miraba sin moverse—. Sé que lo harás, pero no le cuentes a nadie lo de Daniel, ni dónde estoy... Por favor, Bettina, es muy importante que guardes silencio, por mi seguridad y sobre todo por la tuya... Si te ocurre algo, no estaré aquí para protegerte. ¿Lo entiendes?

Ella había asentido con la cabeza.

—Si tienes algo importante que decirme utiliza los códigos que te enseñé. ¿Los recuerdas? No pararé hasta sacaros de aquí a ti y a Daniel. Tienes mi palabra.

Se había dado la vuelta y cuando estaba a punto de salir de la habitación, la voz de Bettina le detuvo.

—Klaus... —Él se volvió hacia ella. Se miraron durante unos segundos—. Ten mucho cuidado.

Le había dedicado una sonrisa, después asintió.

Aquella misma tarde había viajado con destino a París. Sofía estaba haciendo demasiadas indagaciones sobre el paradero de Daniel. Además, el accidente de Romualdo Sandoval no había tenido el resultado esperado. Había que rematar la faena. El camarada Markus le había advertido de que, una vez estuviera en Madrid, el enlace de los rusos se pondría en contacto con él para darle instrucciones. Pero sobre todo recordaba Klaus las últimas palabras de Markus: «De lo que tú hagas allí dependerá en gran parte el bienestar de tu hermana aquí, y también el de tu gemelo».

Reconocía Klaus que todo aquello era diferente a lo que había tenido que afrontar hasta entonces, introducirse sin más y de repente en la vida cotidiana ajena como si nada, suplantar todos los aspectos de la vida de otro cuando físicamente era idéntico al suplantado parecía más sencillo. Sin embargo, tener detrás a los rusos le incomodaba, no conocía sus métodos, y esa falta de seguridad del terreno que pisaba le preocupaba. Tendría que ser muy cauto y no bajar la guardia ni un segundo.

Sofía iba sentada a su lado y respetaba su silencio. Dormitaba con la cabeza apoyada sobre su hombro, ajena a todo, balanceados ambos por el vaivén del traqueteo constante de los *bogies*, las ruedas metálicas horadando las vías, tracatá..., tracatá..., tracatá... Se había creído a pie juntillas la falaz historia de la madre, muerta casi al tiempo de descubrir su existencia, el duro golpe que aquella terrible experiencia había producido, el sufrimiento en su ánimo de aquella verdad descarnada y reción descubierta. Se había plegado a sus brazos con una enternecedora sumisión, convertida en su apoyo moral, en su bastión de conciencia, en la buena esposa que permanece junto a su marido por encima de todo y de todos.

Desde Burgos pudieron tomar un tren a Madrid. Llegaron muy cansados, tomaron un taxi para ir directamente a casa. Fue un empeño de Klaus pasar antes por la casa, acudirían al hospital más tarde.

Al entrar al piso, Sofía lo sintió desangelado, tan cerrado y silencioso del bullicio de las niñas. Le hubiera gustado que estuvieran ya en casa, con Vito, para evitar aquel vacío que ahora la ahogaba. Tuvo la sensación de haber faltado meses, de haber permanecido ausente demasiado tiempo. Anheló los gritos de sus hijas, sus risas y abrazos, sus juegos, su olor. Quería abrazarlas y cubrirlas de besos, escucharlas contar sus juegos, sus caídas, sus historias tan llenas de ingenua importancia. Dejó el bolso y recorrió cada estancia subiendo las persianas, yendo de aquí para allá pensando en ellas, en aquel silencio ensordecedor que no le gustaba.

Mientras, Klaus había entrado directamente a la habitación de matrimonio. Dejó las maletas y lo observó todo. Se quitó la chaqueta, se desajustó el nudo de la corbata, se sentó en el borde de la cama, en el lado que sabía era el de Daniel, y se echó hacia atrás, tumbado con los pies en el suelo, los brazos abiertos sobre la colcha, mirando el techo, oyendo trajinar a Sofía de un lado para otro.

—No hay nada de comer —la oyó decir desde la cocina—. Habrá que hacer una compra grande. ¿A qué hora quieres que vayamos al hospital?

Klaus no le contestó, había cerrado los ojos oyendo su voz sin llegar a escuchar nada de lo que decía.

—Daniel... —No le quedó más remedio que abrirlos porque estaba en la puerta de la habitación, se acercó y se sentó a su lado reclinándose hacia él; le acarició el pelo y le besó en la frente—. ¿Te encuentras bien? ¿Quieres dormir un rato antes de ir a ver a tu padre?

Klaus la miró y le sonrió. Negó con la cabeza.

—Estoy bien. Tenía ganas de estar en casa, eso es todo.

La agarró de la cintura y la atrajo hacia él para besarla. Ella se separó, azarada por aquella desconocida concupiscencia.

—Entonces, será mejor que nos vayamos. Tu madre te estará esperando, la pobre querrá verte, y luego hay que ir a recoger a las niñas. Ellas también deben de estar deseando vernos y volver a casa.

Klaus la miró largo rato en silencio, sin moverse. Hubiera deseado hacerle el amor otra vez, no salir de allí en días, abrazarla, tocarla y meterse en ella hasta quedar exhausto, dormirse abrazado a ella, sin otra cosa que hacer que amarse, aunque sin amarla, no podía hacerlo porque el amor que seguía profesando a Hanna permanecía indestructible, un amor dormido, silenciado para siempre en las entrañas más profundas de su ser, un amor muerto, pero no enterrado. Sofía le resultaba una mujer muy atractiva, no era difícil dejarse llevar a sus brazos, tan fácil de complacer, tan sencilla de agradar, estaba convencido de que con el tiempo llegaría a apreciarla, pero nunca la amaría, de eso estaba seguro.

—Como tú quieras —dijo Klaus incorporándose.

Sofía se incorporó a la vez que él, quedando los dos sentados al borde de la cama. Ella le agarró la mano y la presionó como si le diera ánimos. Estaba convencida de que estaba aplazando el encuentro con su madre, y sobre todo con su padre. No andaba errada, pero los verdaderos motivos eran otros muy distintos a los que ella pensaba.

Sofía se levantó y con determinación cogió la maleta y la puso sobre una banqueta que había a los pies de la cama.

—Voy a sacar la ropa.

Klaus la miró y se levantó de inmediato intentando contener un gesto de alarma.

—Deja, ya lo hago yo.

Ella le dedicó una sonrisa incrédula.

—Cómo lo vas a hacer tú, anda quita —se lo dijo resuelta a no dejarle meterse en lo que consideraba sus quehaceres. Le miró de arriba abajo—. Estás más delgado...

—Es posible —dijo—. Nada que ver la comida de Francia con la que tú me haces.

Ella lo miró y sonrió, contenta de tenerlo de vuelta en casa.

—Cámbiate de ropa. Ese traje está hecho un acordeón. Necesita un buen planchado.

Sin retirarse de su lado, Klaus observó cómo abría la maleta. Sacó las camisas y con dos de ellas en la mano se acercó al armario para colgarlas. En cuanto se dio la vuelta, Klaus aprovechó para extraer del fondo un paquete envuelto en un paño, que se introdujo en la cintura, cogió también el neceser.

—Voy a afeitarme —dijo dirigiéndose al baño dándole la espalda.

Una vez dentro, echó el cerrojo. Se sacó el paquete que sujetaba el cinturón, lo desenvolvió de la tela azul que lo cubría y dejó al descubierto una pistola, una Tokarev TT-33 que le había proporcionado un enlace en una de sus primeras misiones en Fráncfort. Cuando estaba fuera de la RDA, solía llevarla siempre consigo, por seguridad, pero ahora no podría hacerlo. Tenía que buscar un sitio para esconderla. La envolvió de nuevo y miró a su alrededor buscando un escondite. Detrás del inodoro había un hueco, la dejó allí. Sacó también de la bolsa de aseo la casete en la que había quedado grabada la relación de Sofía con Monique. Lo escondería en otro lugar distinto, si alguien lo encontraba sería más fácil dar explicación de una cosa que de las dos juntas. Guardó la cinta en el bolsillo. Terminó de vaciar el neceser: la barra de jabón, la brocha y la cuchilla que pertenecían a Daniel. Lo fue dejando todo sobre la repisa de cristal que había bajo el espejo, y hurgó en uno de los bolsillos interiores hasta sacar una ampolla de cristal protegida por algodón para evitar la rotura. Comprobó que el líquido incoloro estaba perfecto. Lo apretó en su mano. Alzó la mirada al espejo y miró su rostro durante unos segundos. Volvió a envolverlo en el algodón y se lo metió en el bolsillo del pantalón. Luego se afeitó y se aseó un poco.

Cuando salió del baño, Sofía estaba en la cocina. Aprovechó para esconder la casete. Miró a su alrededor y se acercó a la cómoda, la movió un poco y palpó la parte de atrás. Sonrió al notar una arista trasera del mueble, puso la casete sobre ella y, con cuidado para que no cayera, empujó la pesada cómoda de nuevo hasta dejar la cinta encajada contra la pared. Justo en ese momento oyó la voz de Sofía.

—¿Qué haces?

Terminó de correr la cómoda y con disimulo cogió el pasaporte que había dejado sobre el mueble.

—Se me había caído el pasaporte —dijo mostrándoselo. De repente, arrugó el ceño extrañado—. Por cierto, ¿cómo pudiste pasar la frontera si no tenías pasaporte?

—Cosas de tu madre —le dijo mientras sacaba del bolso el que había utilizado para entrar en Francia, no así para salir, ya que Klaus sacó el pasaporte familiar en la frontera—. Me dijo que fuera a la Dirección de Seguridad y me lo hicieron casi en el acto. Trae, que lo guardo.

—No, ya los guardo yo —le dijo cogiendo el que Sofía tenía en la mano. Se los metió en el bolsillo—. Dame una camisa limpia —añadió con naturalidad. Era lo que hacía Daniel a menudo, así lo había oído en muchas ocasiones, dame esto, alcánzame lo otro.

—Cámbiate también el pantalón, ese está muy arrugado.

—No hace falta, este está bien.

Sofía le miró, pero no dijo nada. Dejó sobre la cama la camisa que había descolgado de una percha.

Klaus cogió la camisa y se la puso.

—Acabo de hablar con mi madre —agregó mientras seguía recogiendo la ropa y la colocaba en orden dentro del armario—. Dice que nos trae a las niñas. Lo está deseando, traerlas y verte, para comprobar por ella misma que has regresado al fin.

—¿Es que lo dudó alguna vez? —preguntó con un dejo de sorpresa.

—Ya sabes cómo es mi madre, en el fondo me echaba a mí la culpa de que no quisieras volver, pensaba que algo te habría hecho para que no quisieras saber nada de mí.

Klaus la miró mientras se hacía el nudo de la corbata.

—Lo siento —dijo imprimiendo sinceridad en sus palabras—. Siento haberte hecho pasar por esto.

Ella le sonrió y asintió dando a entender que aceptaba sus disculpas.

—Anda, termina y vámonos. Cuanto antes pases el trago, mejor.

Sofía le dio la llave del coche que estaba en la consola del recibidor.

Nada más salir a la calle, Klaus ralentizó el paso, mirando a un lado y otro, hasta que vio el Seat 1500 blanco. Sofía se había adelantado unos pasos, cruzó la calle y se detuvo junto a la puerta del copiloto, a la espera de que Klaus abriera el coche.

—Conduce tú —le dijo al llegar a su altura tendiéndole la llave—. Yo estoy cansado.

Sofía se quedó tan sorprendida que no reaccionó.

—¿Quieres que conduzca yo? —Él asintió—. ¿Estás seguro?

La realidad era que Klaus había caído en la cuenta de que no tenía ni idea de cómo llegar a la clínica de la Concepción en la que se encontraba ingresado su supuesto padre, y la forma más fácil de evitar problemas era que condujera Sofía. Estaba dispuesto a ganársela a base de aquellos detalles pequeños, importantes para ella y muy necesarios para él a la hora de salvarle de algunos aprietos.

Sofía cogió la llave y dio la vuelta al coche para ocupar el asiento del conductor. No terminaba de creerse aquella actitud de Daniel, le notaba tan extraño, pero no quiso pensar demasiado. Sin embargo, cuando se puso al volante le asaltaron los nervios y se puso tensa. Hacía tiempo que no conducía con Daniel al lado; lo había hecho en contadas ocasiones antes de sacarse el carnet y con el único fin de practicar en carreteras secundarias, sin tráfico, sin peligro aparente, y recordaba sus constantes amonestaciones, no aceleres tanto, acelera más que se te va a calar, no frenes tan bruscamente, frena que vas demasiado rápido, gira ahí, así no, por allí, pon el intermitente que no es un adorno... Con aquel remoto recuerdo, Sofía puso en marcha el coche, pisó el acelerador y levantó el embrague demasiado rápido; el coche dio un trompicón y se caló quedándose clavado en el sitio. Miró a su marido de reojo.

—Vamos, arranca otra vez —la instó Klaus al notar su miedo a la reconvención.

Sofía lo hizo y esta vez su conducción fue suave y ligera. No hablaron nada durante el trayecto. Cuando el coche enfiló hacia la puerta de la clínica, vieron un grupo de periodistas a la espera.

—¿Qué ocurre? —preguntó Klaus extrañado.

—La prensa ha especulado con la posibilidad de que el accidente no fuera algo fortuito... —le miró un instante—. Parece ser que alguien pudo manipular los frenos y que por eso se estrelló. —Esperó unos segundos a que él dijera algo, y ante su silencio continuó hablando—. Tu madre los ha estado atendiendo casi a diario. Imagino que habrá anunciado tu regreso, y por eso te estarán esperando.

—¿Esperando para qué? ¿Qué se supone que debo decir?

Sofía lo miró un momento sin salir de su asombro.

—Pues no sé, Daniel... Que estás muy consternado, por ejemplo.

—Consternado... —murmuró—. Que estoy muy consternado —repitió como si se lo estuviera aprendiendo de memoria.

Sofía aparcó al otro lado de la calle, frente a la puerta principal del hospital. Cuando Klaus bajó del coche, uno de los periodistas lo reconoció y todos se le echaron encima, rodeándolo, abrumándolo con preguntas, una tras otra, sin esperar respuesta, una cascada de interrogaciones que apenas llegaba a entender atropelladas unas con otras. A Klaus no le gustaba aquella situación, solía huir de cualquier exposición excesiva y aquello lo era, pero sabía que no podía eludirlos, tenía que encarar las cosas. Intentó avanzar hacia la entrada del hospital y solo se detuvo al oír una pregunta de un hombre de mediana edad de aspecto audaz que, alzando la voz por encima del resto, le dijo que si pensaba que el accidente había sido una venganza contra su padre. Sintió las manos de Sofía que se aferraban a su brazo, como si lo sujetase para reforzar su ánimo, mirándole como si fuera su héroe.

—Solo puedo decir que estoy... —la miró un instante muy serio—, que estoy consternado.

Y siguió adelante, abriéndose camino entre cámaras, flashes, micrófonos y casetes en los que se pretendía recoger cualquier declaración al respecto.

16

Se encontraron con doña Sagrario en el pasillo; había salido a su encuentro alertada de su llegada por un celador. Al verlo acercarse, reaccionó como si hubiera visto al mismísimo Cristo resucitado; se echó a sus brazos llorosa y trastornada de emociones encontradas, le palpaba sin terminar de creerse que por fin lo tenía delante, tocándole los brazos, el pecho, acariciando su rostro como si se tratase de un aparecido devuelto de las garras de la muerte, dando gracias al cielo y a todos los santos por haber traído a tiempo a su querido hijo. Klaus se mostraba tieso y algo irritado, no estaba acostumbrado a semejante proliferación de abrazos y caricias. Además, doña Sagrario exhalaba un perfume intenso, penetrante, en exceso empalagoso. Klaus intentaba corresponder a tanta dilección, pero no encontraba el modo.

—Quiero verle —dijo para acabar con aquella engorrosa situación.

—Ahora está dormido, le acaban de poner un sedante. Tiene muchos dolores, pero los médicos nos han dado un poco de esperanza. Dicen que ha pasado lo peor.

—Quiero verle de todas formas... —insistió.

—Por supuesto, hijo —le agarró del brazo y lo llevó hacia la puerta de la habitación—. Ha preguntado por ti varias veces. Pasa, pasa.

Klaus entró, pero cuando comprobó que doña Sagrario le seguía, la detuvo con toda la delicadeza de la que fue capaz.

—Me gustaría estar un rato a solas con él. —Sagrario se lo quedó mirando entre la estupefacción y el desconcierto, y ante esa imagen, Klaus tocó su mejilla, sonrió y le dijo con la voz más dulce que pudo emitir—: Por favor.

—Claro, claro, hijo —añadió Sagrario, convencida con esas dos palabras mágicas.

Sofía se acercó a su suegra, la cogió del brazo y la retiró unos pasos; Klaus lo entendió como una forma de ayudarlo.

Nada más entrar, cerró la puerta de la habitación. Se acercó junto a la cama. Romualdo Sandoval tenía peor aspecto de lo que pensaba, eso le facilitaría las cosas. Su cara estaba amoratada por el golpe y llevaba una venda en la cabeza, además de la pierna derecha escayolada. Tenía una vía en el brazo con un gotero colgado en lo alto de una barra que iba dejando caer gota a gota la medicación y la hidratación necesarias para mantenerlo con vida; las constantes vitales se recogían en una máquina que reproducía el latido del corazón y un pitido acompasado, incómodo al principio. Aparte de eso, el silencio parecía hacer un vacío en el aire de aquella estancia del hospital.

Pendiente de la puerta, Klaus sacó del bolsillo la ampolla, quebró la parte superior de la capucha y se acercó al enfermo dormido. En ese momento, como si el inconsciente le hubiese alertado del peligro, Romualdo abrió los ojos y miró con fijeza a Klaus. Los dos hombres mantuvieron la mirada unos segundos. Klaus quedó inmóvil, a la espera de una reacción, pero el viejo Sandoval no hizo nada, esbozó una sonrisa, apenas un gesto de agrado, y volvió a cerrar los ojos.

—Duerme tranquilo —murmuró mientras le abría cuidadosamente los labios para a continuación verter el contenido de la ampolla en su boca—, todo está bien...

Se guardó el frasco vacío en el bolsillo, se desharía de él en cuanto saliera de allí. El líquido haría efecto en unas horas, cinco o seis, quizá más, pero su efecto resultaba implacable y casi imposible de detectar salvo que se conociera su ingesta. El corazón se iría debilitando hasta detenerse. Una parada cardiorrespiratoria acabaría con la vida del insigne Romualdo Sandoval. No todos llorarían su muerte.

Esperó un poco más en silencio. Salió al pasillo. Sagrario se acercó a él intentando adivinar por su mirada lo que había sentido. Klaus esquivó sus ojos inquisidores.

—Quiero irme a casa —dijo dirigiéndose a Sofía—. Estoy muy cansado.

Sagrario lo miró decepcionada.

—¿Ya te vas? Pensé que querrías estar al lado de tu padre, sobre todo por si se despierta.

La miró sin poder evitar un sesgo de desprecio.

—Estoy muy cansado —repitió con voz blanda, esquivo.

—Yo también lo estoy —protestó ella—. Llevo aquí muchos días y no me quejo.

—Pues yo quiero marcharme a casa —añadió tajante, dedujo que demasiado al ver la cara de las dos mujeres. Intentó suavizar el tono y las formas. Cogió la mano de su madre y la acarició con delicadeza—. Cuando descanse un poco volveré y no me separaré de su lado, te lo prometo —le sonrió con ternura—. Ha sido un viaje muy largo. —Se dirigió a Sofía solicitando su auxilio. Quería salir de allí—. Necesito dormir...

Doña Sagrario había interrogado a Sofía sobre las circunstancias del encuentro y, muy especialmente, sobre si conocía las razones de aquel alejamiento de todo y de todos, el porqué de ese «tiempo» que había necesitado. Sofía salió del paso con una mentira; le explicó que padre e hijo habían tenido un desagradable altercado que enfadó mucho a Daniel y que este había decidido poner tierra por medio durante un tiempo. Eso había sido todo, que ya se le había pasado y que todo estaba olvidado. Doña Sagrario lo entendió y no le extrañó. Todo parecía encajar. Por eso intentó reprimir su malestar ante la actitud de su hijo y esas prisas por marcharse del hospital. Tal vez no hubieran arreglado del todo el asunto, seguro que un malentendido. Habría que darles tiempo.

—Bueno, bueno, haced lo que queráis. Yo seguiré aquí al pie del cañón. Ya sabiendo que habéis regresado estoy más tranquila, porque, hijo, no sabes la angustia en la que me has tenido, entre esto de tu padre y no saber nada de ti... —alzó la mano como dando a entender que no iba a continuar por aquel camino—. No te preocupes, no voy a darte ninguna charla, imagino que ya te habrá contado tu mujer. Anda, ve a dormir, descansa, abraza a tus hijas y cuando estimes oportuno, vienes a estar con tu padre, que es donde debes estar.

—Regresaremos en seguida, Sagrario, no se preocupe —dijo Sofía imprimiendo a sus palabras toda la amabilidad de la que fue capaz—. Todavía no hemos visto a las niñas, las lleva ahora mi madre a casa. Entiéndalo, también tenemos muchas ganas de verlas —dijo como justificándose—. Han sido muchos días fuera de casa.

Doña Sagrario se removió sin ocultar su desencanto, pero alzó los hombros como gesto de conformidad, de cesión, de transigencia.

17

Doña Adela había llegado a la casa un rato antes que ellos. Cuando abrieron la puerta, Isabel se abalanzó hacia su madre con un entusiasmo desbordante. Klaus tuvo una extraña sensación de vértigo cuando doña Adela se le acercó con la pequeña Beatriz en brazos. La niña le sonrió mimosa y le echó los bracitos reclamando su atención. Klaus sintió una dolorosa punzada en el corazón. La niña era exactamente igual que su añorada Jessie, tan rubia como ella, tan blanca como ella, los mismos ojos claros y risueños. Además, Beatriz era el nombre que él hubiera elegido, pero la madre de Hanna se llamaba Jessica y no pudo negarse a su deseo. Con la niña en brazos, Klaus la apretó contra su pecho y cerró los ojos aspirando el olor cálido de su piel, le pareció flotar sobre el suelo evocando a su pequeña, el último abrazo antes de dejarla en el interior del arnés para deslizarla hasta los brazos de su madre; tanta dilección extrañó hasta a la propia doña Adela. Se hizo un vacío a su alrededor, nada había más que el tacto de aquel cuerpo menudo y frágil que se aferraba a su cuerpo, volcados los recuerdos dolorosos como espinas clavadas en su mente, la infancia malograda de la hija ausente. La voz de Sofía le arrancó de aquel estado de enajenación. La madre reclamaba el abrazo de la pequeña, y la mayor le tiraba del pantalón, impaciente, para que la atendiera también a ella. Le costó desprenderse de aquel entrañable abrazo y, al hacerlo, la niña puso sus dos manitas sobre las mejillas de Klaus y le sonrió balbuceando un «papá» entrañable, blando y candoroso, que le resultó enternecedor.

Doña Adela observaba complacida la escena del reencuentro familiar, la vuelta a la normalidad, a lo cotidiano. Le dio un par de besos a su hija y le dijo que había mandado a Vito a la compra para que llenase la nevera. Luego le dio otro par de besos a Klaus, sin reprocharle nada, sin hacer mención de su inexplicable ausencia. Había regresado y eso era lo importante.

Klaus entró en la habitación de matrimonio dispuesto a tumbarse un rato. Sofía lo siguió, bajó las persianas, abrió la colcha y le sacó el pijama que dejó sobre la cama.

—¿Te despierto a alguna hora?

—No, déjame dormir.

Ella se acercó hasta él y le abrazó por la espalda, pegando su cara entre sus omoplatos. Aspiró su olor distinto.

—Me siento feliz de que estés de vuelta en casa.

Klaus se dejó abrazar. Agarró sus manos que tenía a la altura de la cintura y las besó.

—Yo también lo estoy.

—Te he echado tanto de menos.

Se volvió hacia ella, la miró sin decir nada. Ella le sonrió y se desprendió de su abrazo.

—Descansa.

Cuando se quedó solo empezó a desnudarse. Miró el pijama sobre la cama. Nunca había utilizado pijama, pensó, tendría que empezar a habituarse. Se tumbó en la cama con una pesada sensación de agotamiento. Realmente era cierto, necesitaba dormir, al menos cerrar los ojos y pensar.

Se oían de fondo las voces de las niñas hablando con su madre, el afán de esta por que bajaran la voz: «Papá está durmiendo y tiene que descansar», les decía, y Klaus al oírlo sonreía.

Oyó varios clics del teléfono que había en la mesilla. Sofía estaba llamando a alguien. Klaus se incorporó y descolgó con mucho cuidado el auricular, quería comprobar a quién llamaba. Era a su padre, habló con él un rato, colgó y volvió a marcar, esta vez para llamar a su amiga Carmen. Parecía contenta, sin dudas y sin sospechas aparentes. Tanto a uno como a la otra les hizo un breve resumen de los acontecimientos de las últimas horas en París. Se la notaba feliz y confiada. Cuando Klaus volvió a dejar el auricular sobre la base, se relajó y se quedó profundamente dormido.

Le despertó el sonido estridente del teléfono. Alguien descolgó en otro lugar de la casa. Cogió el Rolex que había dejado en la mesilla y consultó la hora. Eran las nueve y media de la noche. Tenía que haber sucedido ya. Estuvo alerta a la voz de Sofía. A los pocos segundos la oyó acercarse por el pasillo con paso rápido. Klaus se hizo el dormido. Ella abrió la puerta y se acercó a la cama, le tocó el hombro con delicadeza.

—Daniel, Daniel, es tu madre. Tienes que ir al hospital.

—¿Qué pasa ahora? —dijo desperezándose.

—Tu padre... —calló y tragó saliva—. Acaba de morir...

18

El funeral fue multitudinario. Gerifaltes del régimen y de la judicatura, letrados, empresarios, políticos, militares de alta graduación, y algunos tipos que no terminaban de encajar en aquel maremágnum de lutos y gafas de sol oscuras, y que Klaus intuyó serían arribistas que querían cerciorarse de la muerte de Romualdo Sandoval. Asimismo, percibió que algunos de ellos le trataban con una condescendencia casi humillante, como si se estuvieran dirigiendo a un ser débil, voluble, fácil de manejar. Él se dejó hacer, permitió consejos, miradas aviesas, conspiradores apretones de mano, abrazos pérfidos, apestados de falsedad. El difunto debía de ser una perla andante en lo que se refiere a chanchullos. Le dio la sensación de que su muerte no iba a ser demasiado llorada ni siquiera por la compungida viuda, doña Sagrario, que, lejos de quebrarse como creía todo el mundo, había adquirido un semblante hierático y distante muy distinto a su acostumbrado halo de débil vulnerabilidad.

Desde el principio, había quedado claro que Romualdo Sandoval era un importante escollo para el éxito de la misión, pero, ahora que se había desecho del problema, las cosas resultaban mucho más fáciles. Klaus era el dueño y señor de todo lo que se refería a los Sandoval y podría hacer y deshacer sin tener que dar explicaciones a nadie.

Tras la misa *corpore insepulto,* doña Sagrario no quiso acudir al cementerio. «Eso es cosa de los hombres», dijo con gesto digno. Quería marcharse a casa a empezar con su luto de viuda. Sofía quiso acompañarla, pero antes lo consultó.

—Sí, ve con ella —le dijo Klaus en la puerta de la iglesia,

cuando introdujeron el féretro en el vehículo funerario—. Llévate el coche.

Le tendió la llave y, al verlo, doña Sagrario, que estaba a su lado, puso gesto de desagrado.

—¡Cómo me va a llevar Sofía en tu coche! —exclamó sorprendida, como si aquello fuera una barbaridad—. Quita, quita, yo me cojo un taxi.

—¿No te fías de tu nuera? —preguntó Klaus directo, con reproche.

—No es que no me fíe, hijo —dijo ya convencida de su decisión, buscando alguna excusa—, pero el coche es tuyo, y ella no está acostumbrada. No vayamos a tener un disgusto, que con un accidente ya hemos tenido bastante.

Sofía intentó defenderse.

—No es la primera vez que conduzco el 1500, Sagrario, no se preocupe.

Doña Sagrario no dijo nada y se acercó al borde de la calzada en busca de un taxi.

—Madre, por favor, deja que te lleve Sofía —insistió Klaus al ver la actitud de Sagrario y la decepción de Sofía.

—Que no, que no, que yo me cojo un taxi y me voy a mi casa. —Le plantó dos besos a su hijo y añadió—: Tú a enterrar a tu padre, que es lo que te corresponde como hombre de la casa.

Se subió a un taxi y dejó a su nuera plantada.

Klaus miró a Sofía y sonrió. La cogió con ternura de la barbilla y la besó en la frente.

—Dale tiempo. No le quedará más remedio que acostumbrarse, y si no lo hace, peor para ella.

—¿Quieres que te acompañe al cementerio?

—No. Llévate a casa a las niñas, ellas no te van a poner ninguna pega.

Las niñas, al cuidado de Vito, iban de riguroso luto. La madre de Sofía se había encargado de teñirles dos vestidos de entretiempo para el funeral de su abuelo paterno.

Sofía le indicó a Vito que se iban y luego se volvió hacia él.

—¿Seguro que estás bien?

—Tengo ganas de acabar con esto, pero estoy bien. Anda, vete, luego te veo en casa.

Sofía le sonrió con ternura. Intentaba tratarlo con extrema delicadeza, convencida de que se encontraba inmerso en una especie de shock que le impedía reaccionar y soltar el dolor que debía sentir después de todo lo que había vivido en las últimas semanas; a lo de Francia se añadía ahora la terrible experiencia de encontrarse con la muerte del padre, quebrado por completo el reverencial respeto que le profesaba, imposible ya pedirle una explicación, la rendición de cuentas de su responsabilidad sobre la mujer que le había dado la vida. Había notado incluso un cierto distanciamiento con Sagrario, siempre tan cuidada y protegida por su hijo querido, tan delicado siempre él con ella, aun cuando Daniel le había asegurado que para él Sagrario seguiría siendo su madre. Sofía pensaba que debía ser muy complicado asumir todo aquello así de golpe, sin poder hablarlo con nadie, guardado ya para siempre en un lugar de su conciencia. Sin embargo, su actitud hacia ella era tan delicada y cariñosa que la tenía sorprendida, era como si hubiera retrocedido unos años, al momento de la conquista, cuando eran novios y se fijaba en ella constantemente, abrumadoramente a veces. Por otra parte, no podía evitar que sus vivencias en París, sobre todo la experiencia con Monique, se le colaran por las grietas de la memoria como un líquido que se derrama del interior de un tarro a pesar del empeño en sellarlo. Se sentía tan culpable de verlo así y de haber estado tan desentendida de la realidad que intentaba compensarlo con una mayor atención y cariño, mucho más de lo que era habitual.

Le dio un beso y se metió con las niñas y Vito en el Seat 1500. Condujo muy despacio, con exceso de prudencia porque no quería defraudarlo con algún golpe, algún raspón o arañazo, nada que pudiera darle la razón a Sagrario.

En cuanto terminó el trámite de introducir el féretro en la sepultura, la muchedumbre empezó a dispersarse. Klaus se quedó atendiendo los pésames, serio, cabizbajo, seco y parco en palabras, incluso para con aquellos que le dedicaban algo más que el consabido «Te acompaño en el sentimiento», apenas asentía, tendía la mano y esbozaba una lánguida sonrisa.

La gran mayoría de los que habían acompañado al féretro hasta el cementerio de la Almudena eran hombres, lo hicieron en una marcha lenta y silenciosa, envueltos en un sol de finales de mayo que ya empezaba a calentar a pesar de la hora temprana.

Klaus se desenvolvió mucho mejor de lo que pensaba. La pesadumbre que aparentaba por la pérdida paterna le proporcionó una distancia que fue respetada por todos, atentos, comprensivos. Amparados sus ojos y su mirada tras los oscuros cristales de unas gafas de sol, pudo observar a cada uno de los que le pasaban por delante.

Zacarías Márquez se acercó y le tendió la mano.

—Te acompaño en el sentimiento, Daniel —le dijo con gesto sentido—. Quién lo iba a decir. Con la salud de hierro que siempre ha tenido tu padre... Quién lo iba a decir... —repitió—. Malditos coches...

Klaus asintió agradecido, torció el gesto y apretó la mano de su suegro, una mano frágil y delicada como la de una mujer, pensó.

—Ya le advertí en varias ocasiones que iba demasiado rápido.

—Una pena... —murmuró Zacarías compungido.

Zacarías era un hombre de apariencia prudente, extremadamente educado en sus formas y sus palabras, llevaba un traje oscuro que no le sentaba bien porque su cuerpo parecía vencido hacia delante, los hombros, la espalda, la cabeza, todo en él parecía inclinarse en su postura habitual de horas pasadas en el laboratorio. Su esposa intentaba por todos los medios posibles hacer que la chaqueta se quedase ajustada a los hombros, que no se le desbocase por el pecho, que no le sobrara por el cuello; mandaba doña Adela confeccionarle los trajes a medida, utilizando las mejores telas, pero de nada le servía, siempre parecían desajustados a un cuerpo imposible. Eso sí, iba impecable, bien afeitado y con agradable aroma a colonia. Sus manos eran delicadas, blancas, dedos largos y angulosos terminados en unas uñas perfectas y limpias. Tenía una mirada incisiva, ojos felinos que se fijaban con incómoda intensidad allá donde se posaban, observantes, escrutadores; solía hablar poco, en el fondo hacía tiempo que había perdido la esperanza de encontrar con quién mantener una buena conversación, y por eso se replegaba en sí mismo, lo que le daba un aspecto huraño, incluso antipático, cosa que le recriminaba constantemente su mujer. No era muy alto, delgado, casi enjuto, apenas le quedaba pelo ya encanecido, usaba gafas redondas de pasta oscura que le daban ese aire distinto de bohemio abismado. El único vicio que tenía era el tabaco, no bebía y nunca se le había visto en lugares de alterne o de copas. La relación con su yerno había sido correcta tirando a distante, respetuosa, pero enfrentada por las diferencias con respecto del futuro profesional de Sofía. En aquellos momentos de luto, Zacarías no sabía muy bien cómo debía actuar y qué debía decir. Había estado esperando pacientemente hasta quedar solos su yerno y él. Se miraron y Klaus le sonrió.

—Has tenido en ascuas a mi pobre hija —dijo Zacarías sonriendo, para intentar relajar el ambiente luctuoso.

—Lo sé, y ya le he dicho que lo sentía y le he dado todas las explicaciones.

—Eso está bien. —Los dos hombres iniciaron la marcha hacia la salida del cementerio—. De verdad le importas mucho... Ya me hubiera gustado a mí que una mujer me fuera a buscar tan lejos.

—No debería haber ido —dijo Klaus serio—. Se ha puesto en peligro inútilmente. Estos días París ha sido un campo de batalla y podría haberle ocurrido algo.

Sacó un paquete de Ducados, el mismo que fumaba Daniel, se había tenido que acostumbrar al recio sabor de sus cigarrillos. Le ofreció a su suegro, pero este alzó la mano rechazándolo.

—No, gracias, prefiero de los míos —sacó un paquete de Bisonte, le miró y sonrió con picardía—. Aprovecharé ahora que no me ve tu suegra, dice que son de viejo —rio—, y precisamente por eso los fumo, porque soy viejo.

Klaus le dio fuego y continuaron andando con paso lento, pausado.

—El caso es que ya estás de vuelta —continuó Zacarías—. Y yo me alegro.

Mantuvieron unos segundos de silencio, y continuó hablando para cubrir el mutismo de Klaus.

—¿Cómo estás? No debe de ser fácil sustituir a Romualdo Sandoval.

Klaus lo miró de reojo, con una sonrisa ladina.

—No pienso sustituirlo —dijo con firme convencimiento—. Romualdo Sandoval ha muerto y yo soy Daniel Sandoval. A partir de ahora las cosas se harán a mi manera.

—Me alegra oírte hablar así. Aunque te deseo suerte, no lo vas a tener fácil.

—Todo se puede reconducir.

Klaus quiso cambiar de tema, no le interesaba hablar de eso con su suegro.

—Por cierto, antes de irme a París, Sofía me habló de unas becas de personal de investigación, además de una ayuda de diez mil pesetas, que no está nada mal; el tema le resultaba muy interesante, según me dijo, algo de biología molecular, creo recordar. Entiendo poco de esto —mintió Klaus—, pero, por lo que pude apreciar, parece que la idea le entusiasma.

Zacarías encogió los hombros.

—Es para estarlo. Se trata de una gran oportunidad para ella, y con Mercedes Montalcini, esa mujer tiene una proyección extraordinaria, ha sido discípula de Severo Ochoa, nada menos, se doctoró aquí e hizo un posdoctorado en biología en Nueva York. Su trabajo viene avalado por una fundación de Estados Unidos. Con su marido, que también es científico, pretenden abrir una línea de investigación en biología molecular, algo que a Sofía le ha llamado siempre la atención. Mercedes sería la guía perfecta en este mundo de la ciencia en el que todavía se considera a las mujeres incapaces para la investigación. Estoy convencido de que sería una magnífica directora de tesis y que ambas encajarían muy bien. —Calló un instante, dio una calada a su cigarro, escupió un resto de tabaco que se le había quedado en el labio y prosiguió, dejando que el humo se escapara por la nariz—: Creo que debería aceptar, pero no quiero meterme en asuntos matrimoniales.

—Estoy de acuerdo.

Zacarías lo miró decepcionado por un instante, porque entendió que en lo que estaba de acuerdo su yerno, como siempre, era en que no debía meterse en sus asuntos. Ya estaba decidido y Sofía perdería una espléndida oportunidad.

—¿No dices nada? —preguntó Klaus sorprendido por el silencio de su suegro.

—Lo has dicho todo tú —dijo encogiendo los hombros, con una agria sensación de frustración—. No te voy a engañar, me apena mucho tu decisión, porque está claro que esto es una decisión tuya, no de ella.

—¿De verdad te apena que acepte tu propuesta? —Klaus le miró risueño, comprendiendo el error de Zacarías.

Zacarías lo miró incrédulo.

—¿Quieres que prepare la tesis?

—Lo quiere ella. Es su decisión, o al menos eso entendí.

—¿Lo estás diciendo en serio? —preguntó Zacarías creyendo que era una broma.

—Por supuesto que hablo en serio. No hemos tenido tiempo de hablarlo, pero hay poco que comentar al respecto. Tienes toda la razón en que no debe perder una oportunidad así, estas cosas no se dan muy a menudo, y mucho menos para una mujer, así que dile a tu hija que deje de darle vueltas y acepte.

—¿Y qué pasa con las niñas? —preguntó Zacarías aún incrédulo—. Si se mete a preparar el doctorado tendrá que pasar muchas horas en el laboratorio, además de las que tenga que echar en casa. Esto va en serio, Daniel, si acepta ha de ser con todas las consecuencias, no puede estar diciendo un día que sí y otro que no. No podrá atender a sus hijas, al menos no como lo hace ahora, a tiempo completo.

Klaus sabía que aquel día se iba a ganar para siempre a

aquel hombre que tenía tanta fe en la proyección científica de su hija. Se sentía cómodo hablando con él.

—Este asunto se ha aplazado demasiado. Las niñas no pueden seguir siendo excusa. Tenemos a Vito que las conoce y las maneja muy bien, y si hay que meter a una externa para que ayude en la casa, pues se contrata. Y, además, estoy yo, que soy su padre.

Zacarías le miraba entre la sorpresa y la incredulidad, parecía otro, en su manera de hablar, en sus planteamientos, nada que ver con lo que le tenía acostumbrado. Tal vez, pensó, la muerte del padre le había quitado el manto oscuro de señor feudal que ejercía hasta hacía muy poco.

—Reconozco que me sorprendes gratamente, Daniel, no esperaba esta reacción de ti, la verdad. Nunca te he visto interesado por el futuro de Sofía, un futuro que ya sabes considero será muy brillante si se dedica a la investigación. No es porque sea mi hija, pero esta sociedad no puede perder el potencial de una mujer como ella.

Klaus se sintió halagado, sonrió condescendiente.

—Ya te he dicho que todo se puede reconducir.

En ese momento, Klaus vio a Justino Borrajo, el abogado más antiguo del bufete Sandoval. Su aspecto resultaba inconfundible. Le habían preparado un dosier con información detallada acerca de todos los letrados y pasantes del despacho, fotos, edad, caracteres personales, circunstancias familiares, gustos, virtudes y defectos, vicios y aficiones. Durante los meses de encierro en el piso de la calle Orellana, además de espiar cada movimiento de Daniel Sandoval y su esposa, se había tenido que aprender caras y nombres, además de familiarizarse con todo el entorno de su gemelo. El tipo era inconfundible, de poca estatura, algo grueso, con una calva prominente salvo por encima de las orejas donde aún le quedaba una mata de pelo negra y untuosa, de nariz prominente, ojos pequeños y gatunos que parecían mirar siempre al bies, su tono de voz grave y ronco debido al exceso de tabaco podía llegar a resultar desagradable.

Klaus se despidió de Zacarías, con el compromiso de que este hablaría inmediatamente con Sofía. La decisión no debía posponerse por más tiempo. Zacarías rechazó esperar un taxi, hacía una espléndida mañana de primavera y le apetecía pasear. Satisfecho, el viejo investigador se marchó caminando.

Klaus se acercó a Borrajo, que esperaba en la parada, vacía de taxis en aquel momento. Ya le había mostrado antes sus respetos, pero cuando Borrajo le vio acercarse, deseó que apareciera un taxi cuanto antes para poder marcharse. No le caía bien Daniel Sandoval, no se caían bien mutuamente. Borrajo llevaba más de veinte años en el bufete, se había ganado la confianza de Romualdo Sandoval, convertido en su mano derecha, fiel escudero, perfecto confidente y cómplice de sus enredos, por los que ganaba un buen pellizco. La llegada de Daniel al bufete fue vista por Borrajo como una amenaza al puesto privilegiado que tenía con don Romualdo. Había habido varios desencuentros entre ellos, tensión y desafecto que los habían distanciado hasta llegar a relacionarse lo justo para no resultar groseros dentro del bufete. Aquellos desencuentros eran bien conocidos por Romualdo, quien, lejos de aclararlos, los sostuvo e incluso los abonó y acrecentó porque, según su criterio, la competitividad era la mejor herramienta para mantenerlos alerta, sin llegar nunca a acomodarse.

—Borrajo —le dijo Klaus con afable autoridad—, convoque una reunión para mañana a las nueve.

Un escalofrío le recorrió el cuerpo al abogado.

—¿Algún problema? —preguntó ceñudo.

—¿Debería haberlo? —contestó Klaus con tono prepotente.

—No, pero pensé que, dadas las circunstancias, quizá querría tomarse unos días de descanso...

Klaus lo observó con una sonrisa sarcástica.

—Me encuentro perfectamente. —Klaus habló en tono cordial, intentando tender puentes al comprender las reticencias del letrado. No quería peleas ni guerras con él, al contrario, necesitaba su apoyo para situarse en el bufete con cierta seguridad—. Quiero organizar las cosas en el despacho a mi manera. Espero contar con su apoyo.

Borrajo lo miró valorativo. No se fiaba de él.

—Depende de lo que quiera de mí —añadió este con un dejo altivo.

Klaus no le miraba, sus ojos lo hacían por encima de su hombro a un coche oscuro aparcado al otro lado de la calle. En su interior atisbó a tres hombres. Miró a un lado y otro, había poca gente por la zona, todos los que habían asistido al entierro se habían dispersado hacía tiempo; una mujer vendía flores en uno de los arcos de la entrada, en un puesto consistente en varios cubos de agua repletos de ramos; dos mujeres enlutadas salían en aquel momento del camposanto, una pareja que se detuvo en el puesto de flores para comprar un ramo con el que rendir recuerdo a sus difuntos ya enterrados.

—Mañana a las nueve —repitió con firmeza, y, sin llegar a mirarlo, se alejó de él justo cuando se acercaba un taxi a la parada y al que Justino se montó malhumorado, no le gustaban los cambios, no tenía edad para ello, y mucho menos le gustaba estar a las órdenes de un imberbe con aires de jefe atávico que ni siquiera había cumplido los treinta.

Klaus cruzó la calle con las manos en los bolsillos, en dirección opuesta al coche aparcado. A su espalda oyó el arranque y a continuación el ruido del motor en su lento avance hasta que le sobrepasó y frenó justo delante de él. El que iba de copiloto bajó del coche y abrió la puerta de atrás cerrándole el paso. Con gesto adusto y voz muy baja le dijo en ruso que subiera al coche. Klaus lo miró unos segundos con arrogancia, sin sacar las manos de los bolsillos. Desde dentro una voz potente y autoritaria le instó a montarse sin opción de elegir. Klaus lo hizo y se situó en el asiento de atrás, junto al dueño de la voz que le había conminado y que lo recibió con un ademán severo. Tenía la tez pálida como el mármol, vestía traje oscuro y cubría con un guante negro de piel su mano izquierda, posada inerte sobre el muslo, demasiado rígida, pensó Klaus; el rostro serio, incluso huraño. La puerta se cerró. El hombre que se había apeado permaneció plantado delante de ella, como si la custodiase. El conductor parecía una estatua, no se movía, casi ni pestañeaba, la mirada al frente, las manos aferradas al volante. Se respiraba un intenso olor a tabaco mezclado con el aroma que desprendía la piel de los asientos.

El hombre que estaba a su lado le habló con voz lúgubre en un español forzado, con acento cerrado y las erres muy pronunciadas.

—Buenos días, camarada Zaisser, ¿o debo llamarle Sandoval?

—Llámeme como le plazca —contestó Klaus.

—Se vive bien aquí —hablaba con la mirada puesta más allá de la ventanilla—. Es una buena ciudad, buena gente —alzó un poco la mano derecha, moviéndola—, algo ruidosa, hablan muy alto, no respetan el silencio, pero son divertidos, alegres, vitales. ¿No cree?

—Será mejor que me diga quién es y qué quiere —dijo Klaus con firmeza.

—Vamos a trabajar juntos. —En ese momento volvió la cara y lo miró. Unos ojos felinos se clavaron en Klaus—. Quería conocerle.

—Ya lo ha hecho. ¿Puedo irme?

Hubo un silencio incómodo.

—No se anda usted por las ramas —esbozó una sórdida sonrisa—. Eso me gusta. —Volvió de nuevo su mirada hacia el exterior. Su nuez prominente subía y bajaba como si emergiera del cuello de su camisa—. Nuestro enlace se pondrá en contacto con usted. Su nombre es Rebeca Sharp. Tiene su currículo en el bufete. Contrátela —afirmó con autoridad— como abogada, no como pasante, debe tener capacidad de mando dentro del bufete. El despacho será la base de operaciones, lugar de reuniones y contactos, además allí quedarán almacenados todos los datos que recabemos y desde donde saldrán los informes necesarios para nuestra central. Rebeca Sharp se encargará de organizar toda la infraestructura.

—¿Y cuál será mi misión?

—De momento contratar a la señorita Sharp, y seguir todas y cada una de sus instrucciones.

—¿Nada más?

—Lo sabrá en su momento. Tenga paciencia.

—La paciencia es una de mis virtudes.

—Pues ejérzala, la va a necesitar. —Se mantuvo unos instantes callado mirándole fijamente, tanto que Klaus se removió incómodo y la piel del asiento rechinó bajo su peso. El hombre llevó la vista al frente y le habló con extraña parsimonia—. Creo que es usted algo dado a utilizar los instrumentos del sistema para sus asuntos… —calló un instante, adelantó el labio inferior y arrugó el ceño como si rumiara en su mente la palabra—, privados o familiares.

—Creo que esa circunstancia le ha venido muy bien al sistema —le espetó Klaus sin poder reprimir un tono arrogante, regodeado en el momento.

Había conocido a miembros del KGB y siempre le parecieron mucho más soberbios y prepotentes que los de la Stasi, a quienes solían tratar como meros peones de sus misiones; a fin de cuentas, la RDA era un país satélite de la URSS, y esta ejercía su poder e influencia sobre ellos. La vanidad se defiende hasta en las cloacas, pensó de forma indeliberada.

—A partir de ahora tiene totalmente prohibido ponerse en contacto con nadie de la RDA sin nuestra autorización, ni cartas, ni llamadas, ni mucho menos utilizar cualquiera de nuestros medios para hacerlo; familia, amigos, compañeros, conocidos. Se le controlarán todas sus comunicaciones, el correo que envíe y el que reciba, las llamadas que haga o que le hagan, tanto del bufete como de la casa; nadie debe saber que está aquí, ni mucho menos lo que hace. Sé que esto es una norma muy básica para un agente con su experiencia, pero me gusta recordarlo, para que no haya malentendidos. —Le dedicó una mirada gélida—. ¿Le ha quedado claro?

—Clarísimo.

El hombre de oscuro y piel blanca se dio cuenta del tono

sarcástico y le dedicó una mirada gélida, analítica. Su boca se torció en una mueca perversa. Su voz sonó hosca.

—Tengo entendido que tiene en mucha estima a su hermana… Bettina, un nombre bonito.

Klaus recibió aquellas palabras como una fuerte descarga eléctrica.

—No meta a mi hermana en esto —le espetó desabrido.

—Eso solo depende de usted.

—¿Qué quiere decir?

—Camarada Zaisser, no nos gusta la gente que se salta las reglas. Ya sabe cómo funciona esto, una vez aceptada la misión no hay vuelta atrás, o se está con nosotros o se está en contra, y conoce de sobra las consecuencias…

Klaus sintió un escalofrío emitido por aquellos ojos fríos, penetrantes. No le extrañó que el KGB conociera su talón de Aquiles, pero no le gustó. Notó una punzada dolorosa en el estómago y contestó con voz acongojada, pero imprimiendo toda la firmeza de que fue capaz porque sabía que solo cumpliría aquel compromiso si ellos cumplían el suyo: permitir a Bettina salir del país.

—Me ha quedado perfectamente claro.

El hombre dio un golpe en el cristal con los nudillos, y de inmediato, el que estaba fuera abrió la puerta para franquearle la salida a Klaus. Ya fuera del coche y antes de cerrar la puerta, oyó la voz seca del hombre que parecía salir de la ultratumba.

—Procure no fallarnos, camarada Zaisser, o lo lamentará… Usted y su querida hermana...

Klaus dio un fuerte portazo y el coche arrancó y se alejó. Metió las manos en los bolsillos, lo estuvo observando hasta que desapareció de su vista y echó a andar sin saber en qué punto de la ciudad estaba. Tendría que aprenderse las calles a conciencia, y no había nada mejor para eso que caminarlas.

19

Cuando Klaus llegó al bufete, Elvira se levantó de su sitio como si un resorte la obligase a moverse ante su presencia.

—Buenos días, señor Sandoval, le esperan todos en la sala de juntas.

—Elvira, tráigame todas las solicitudes de trabajo que se hayan presentado en el bufete en las últimas semanas.

—En seguida, señor Sandoval. ¿Le llevo el café o quiere...?

—El café y los expedientes con copia para todos —lo dijo con tanta firmeza y seguridad que dejó pasmada a Elvira, era como si el espíritu de don Romualdo hubiera poseído el blando carácter de su hijo.

La sala de juntas era la estancia más amplia del despacho, su decoración se definía por la madera, por encima de todo destacaba este material además de libros. Era sobria, elegante y, a criterio del fundador del bufete, transmitía esa calidez, confianza y madurez tan necesarios para el personal como para los clientes que allí se reunían. Una larga mesa ocupaba gran parte del espacio, rodeada de sillas y un sillón señorial en la presidencia, lugar que ocupaba en exclusiva don Romualdo; cuando había reuniones de los miembros del bufete, cada abogado tenía asignado su puesto de acuerdo a la importancia y confianza que el jefe iba volcando en ellos; a su derecha se sentaba su hijo Daniel Sandoval, que desde su llegada al bufete, antes incluso de estar licenciado, había desbancado al veterano, Justino Borrajo, que pasó a ocupar la silla de enfrente, a la izquierda de don Romualdo y junto a Mario Bielsa. A continuación de ellos se sentaba el resto de los componentes del despacho. La imponente mesa estaba flanqueada por dos paredes forradas de estanterías repletas de libros de leyes y jurisprudencia. A la espalda del sillón presidencial había una puerta corredera con una exquisita y colorida cristalera que daba al despacho de don Romualdo, y, a un lado, se abría un gran ventanal con una espléndida vista del parque del Retiro. Todo en aquella parte del bufete eran materiales nobles, nada que ver con los minúsculos despachos interiores en los que se movían los demás letrados y pasantes, todos salvo Borrajo y Daniel, cuyos espacios de trabajo se encontraban cerca de aquella ilustre sala.

Al entrar, Klaus vio dos grupos, uno junto a la ventana y del que formaba parte Borrajo, y otro junto a la puerta corredera. Hablaban entre ellos en voz baja, murmurando con gesto serio, pero enmudecieron cuando vieron entrar a Daniel Sandoval.

—Buenos días, señores —dijo Klaus con resolución.

Todos sin excepción contestaron al unísono un «Buenos días, señor Sandoval».

Sin apenas mirarlos, Klaus se dirigió al sillón de la presidencia y se sentó mientras los demás se iban distribuyendo en sus puestos, quedando libre el asiento que otrora había ocupado Daniel. Klaus los observó sin decir nada, notando cómo le rehuían, claramente inquietos por la nueva situación creada en el bufete ante la desaparición de Romualdo Sandoval. Vio que Justino hacía un amago de sentarse a la derecha del nuevo jefe, pero la mirada de Klaus le obligó a dar la vuelta y pasar al que había sido su sitio.

Klaus era muy consciente de que ninguno de ellos sentía la más mínima confianza en Daniel Sandoval, que había accedido al despacho por ser el hijo del jefe y no por su valía profesional, a pesar de que no le faltaba voluntad y empeño por salvar sus carencias. Romualdo podía llegar a ser un depredador en el ámbito judicial, no tenía escrúpulos si ello interesaba a la causa que defendía, sus métodos a veces rayaban lo ilegal si no llegaban a serlo, pero tenía la habilidad de salir siempre airoso de cualquier asunto turbio en el que se viera envuelto, dar un golpe de mano para conseguir sus propósitos y los del despacho; sabía llamar a la puerta indicada en el momento oportuno, callar bocas que pudieran perjudicarlo o incomodarlo, a él o a su cliente si fuere necesario, y sobre todo era implacable con los que pretendían perjudicarlo, devolviendo el golpe ante cualquier afrenta, traición o daño, a todos los había embridado con taimada habilidad. Nada que ver con el carácter de Daniel Sandoval, siempre a la sombra de su padre, un paso por detrás, derrochando hacia su figura y su hacer un reverencial respeto equiparable al del súbdito con su rey, comedido en exceso, prudente, apocado. Nunca llegó a involucrarse en los turbios negocios en los que se había metido su padre hacía algunos años y de los que obtenían buenos beneficios todos los demás, incluida Elvira; para eso Romualdo era muy hábil, la única manera de mantener las bocas calladas y que colaborasen cuando fuera necesario era repartir una sustanciosa parte del pastel, y eso los beneficiaba a todos. Por eso también todos permanecían alerta, expectantes a los cambios que aquel pipiolo convertido en jefe podría llegar a plantearles.

Elvira entró con una taza de café humeante en una mano y unas carpetas en la otra. Dejó la taza junto a Klaus y repartió una carpeta a cada uno de los letrados.

Klaus abrió la suya; había varios folios; los hojeó uno a uno en silencio, aparentando examinar su contenido.

Su voz potente y firme quebró el silencio de la sala.

—Quiero dejar claro desde este mismo momento que la etapa de Romualdo Sandoval ha terminado. Durante unos meses me voy a dedicar a otras cosas ajenas al ejercicio del Derecho, sin que ello signifique que abandone el bufete. Los asuntos pendientes y los que lleguen nuevos se repartirán entre cada uno de ustedes, según convenga. Conozco perfectamente su capacidad profesional, pero también soy muy consciente de que la carga de trabajo va a ser importante y, teniendo en cuenta que van a tener que repartirse los expedientes que tenía entre manos mi padre, he decidido como primera medida contratar a otro abogado como refuerzo.

Volvió a poner la mirada en las hojas de la carpeta, los demás hicieron lo mismo. Ya había localizado la hoja de Rebeca Sharp.

—¿Alguna sugerencia? —preguntó para darles la oportunidad de hablar. Aunque la decisión ya estaba tomada, pretendía tantear las diferentes posiciones.

—Este chico, Vicente Colmenero —dijo Borrajo mostrándole una de las hojas—, tiene un buen expediente académico y experiencia de dos años en el bufete de los Salgado. Su padre lo estuvo valorando cuando presentó la oferta y no la descartó para un futuro. Podría valer.

Klaus tenía fija la mirada en los datos del tipo propuesto. Apretó la boca adelantando los labios, en un gesto aparentemente valorativo. Chascó la lengua y negó.

—Quizá como pasante, pero no me vale como letrado. Si los Salgado le han descartado no será muy brillante, ¿no cree?

—No sabía que estábamos buscando un letrado... Yo pensé que se trataba de otro pasante.

Klaus negó con la cabeza sin mirar a Borrajo.

—Necesitamos un letrado, el mejor si es posible.

Borrajo, desconcertado, volvió sus ojos a la carpeta. Romualdo Sandoval solía dejar aquellos asuntos del personal en sus manos, contrataba y despedía a su antojo porque conocía muy bien la clase de gente que el jefe quería en su bufete.

Sugirió a otros dos candidatos que, no obstante, quedaron descartados en seguida. El resto de los letrados no abrió la boca, no les correspondía a ellos la elección y sabían que lo mejor era mantenerse callados, no tanto por Daniel Sandoval, sino por Borrajo.

A la vista de que las dos únicas mujeres que había entre los solicitantes quedaban obviadas por Borrajo, Klaus se decidió a presentar a la candidata.

—¿Y qué tal esta Rebeca Sharp?

—Me ha comentado Elvira que su currículo llegó ayer mismo —Borrajo hizo un gesto despectivo con los ojos puestos en los datos del folio—. Aunque tampoco hay que perder mucho tiempo, mujer y además extranjera, totalmente descartada.

Klaus le dedicó una mirada severa.

—¿Tiene algo contra los extranjeros?

El abogado sonrió con cierta suficiencia y buscó con la mirada el apoyo de los otros, pero estos no se inmutaron.

—Bueno, estamos en España, estoy seguro de que hay abogados excelentes y además españoles... Hay que hacer patria, ¿no?

—Para su tranquilidad —alegó Klaus intentando tragar su desagrado hacia aquel tipo—, según consta en su currículo, Rebeca Sharp es española, andaluza, nacida en Málaga, para más información. Algún cruce con extranjero debió de haber en sus ascendientes —lo miró con una incisiva fijeza—, pero imagino que, siendo de Málaga, le parecerá suficientemente española.

—Si es así... Aunque sigo pensando que no es el mejor candidato...

—Tiene un expediente brillante —le interrumpió Klaus, la mirada puesta en los folios que tenía delante—, habla cinco idiomas y ha estado trabajando en varios despachos en el extranjero, y con una experiencia de más de diez años. —Alzó los ojos hacia Borrajo, que lo miraba con un gesto de sorna—. Me gusta —sentenció Klaus.

Borrajo miró a los demás abogados con una sonrisa irónica, casi divertida.

—Don Daniel, es una mujer...

Klaus le dedicó una mirada tan fría que a Borrajo se le congeló la sonrisa en la boca.

—Si es la mejor... —hojeó con rapidez la información de los otros candidatos—, y por lo que veo lo es, ¿qué problema hay?

—Pues eso, que es una mujer. Pase que hubiera sido un extranjero, o con ascendencia extranjera, me da igual, pero una mujer... No podemos esperar nada bueno, las mujeres no valen para esto, ellas están a sus cosas, sus trapos, el peinado y buscar marido... ¿Qué puede aportar una mujer a la justicia? Nada, salvo complicarnos la vida a los que intentamos trabajar. —Hablaba buscando con la mirada la connivencia de los demás letrados.

Klaus no se inmutó.

—¿Hay alguno con su experiencia y hablando los idiomas que ella habla?

—Pues no lo sé, pero ya sabe que su padre no admitía mujeres, ni siquiera como pasantes. No quería mujeres en el bufete, las consideraba, y yo estoy de acuerdo con él, un nido de conflictos considerable.

—Pero mi padre ya no está —espetó Klaus con un gesto seco—. A partir de ahora se harán las cosas a mi manera. —Luego, volvió los ojos a la solicitud perfectamente mecanografiada, sin un solo tachón, bien presentada, impoluta en todo los sentidos—. Es la mejor candidata. Quiero una entrevista con ella. Borrajo, prepárelo todo.

Borrajo miró a todos los demás, que asistían a aquel rifirrafe con la incredulidad marcada en sus rostros.

—¿En serio va a meter mujeres en el bufete? No creo...

—Lo que usted crea me importa una mierda, Borrajo. —Miró a todos, uno a uno—. Al que no le parezca bien mi decisión ya sabe lo que tiene que hacer. —Volvió a mirar a Justino—. La quiero aquí hoy mismo.

20

El verdadero nombre de Rebeca Sharp era Lea Lavalle. Tenía doce años cuando, huyendo de la Guerra Civil, partió desde el puerto de Bilbao, en principio con destino a Inglaterra conforme a la tarjeta de color azul que le habían asignado; pero una vez en la cubierta del barco, Lea se la cambió a un niño más pequeño que tenía una roja, su color preferido. Aquel inocente trueque la llevó a la URSS, donde llegó a finales de abril de 1937. Durante la Segunda Guerra Mundial trabajó de aprendiz en una fábrica de bombas de mano, hizo barricadas y además fue utilizada por el ejército ruso como correo. Más tarde, cuando en marzo de 1954 Kruschev creó el Comité de Seguridad Estatal, el KGB, conocido como el Centro, Lea fue fichada como agente por su inteligencia, frialdad y habilidades diversas. A mediados de los años sesenta, después de varias misiones exitosas, Lea sería destinada a Madrid con el nombre de Rebeca Sharp.

Era muy alta, casi tanto como Klaus, muy delgada, con el pelo largo, liso y negro, distinguida. Tenía los ojos negros, que llevaba maquillados con sombra oscura, rímel y raya negra, lo que le otorgaba una mirada profunda e insondable. Vestía de manera adusta, seria, formal, un traje de chaqueta negro con falda de tubo ajustada, zapatos de tacón alto, medias claras, camisa blanca y collar de perlas, bolso y unos finos guantes de piel; tenía una elegancia sobria que la hacía distante, y un carácter firme y sereno. Lo escuchaba todo atenta, inmóvil, como una máquina que recoge y graba cada palabra, cada movimiento, cada mirada para luego analizarla, almacenarla y utilizarla a su antojo.

La localizaron en seguida en el número que había dejado, y aquella misma tarde Klaus la recibió. La hizo pasar a su despacho y cerró la puerta, indicándole a Elvira que no los molestasen.

La conversación fue desde el principio directa, algo habitual para Klaus en este tipo de enlaces, pero en aquella ocasión había una diferencia. Desconocía por completo el objetivo, no sabía qué se pretendía, apenas tenía información de la operación de la que formaba parte, y esa ignorancia le incomodaba y le ponía nervioso porque lo que no se controla está en constante peligro.

Hechas las presentaciones, Rebeca se sentó en el confidente, frente a Klaus, que ya había tomado posesión del despacho y el sillón de Romualdo Sandoval.

—Usted dirá —le dijo Klaus.

Con la incorporación de Klaus Zaisser al bufete de Romualdo Sandoval, la Stasi había proporcionado a los servicios secretos rusos una infraestructura en Madrid que a ellos les hubiera resultado muy difícil establecer, un lugar desde el que podrían desarrollar, sin levantar sospechas, toda clase de reuniones e infiltrar agentes en lugares estratégicos, por no hablar de la elaboración y custodia de documentos sensibles al amparo de un prestigioso despacho montado desde hacía tiempo, un lugar sin mácula, perfecto para el exigente KGB.

—El bufete será la tapadera para toda la operación, aquí se darán cita nuestros enlaces, llegarán los documentos y toda la información recabada. Yo me encargaré de clasificarla y enviarla a su destino. —Rebeca sacó de su bolso una carpeta que contenía exhaustivos informes de cada uno de los letrados y pasantes del bufete, incluida la secretaria y las mujeres de la limpieza. Lo estuvo hojeando unos segundos valorativa—. Habrá que prescindir de al menos tres de los letrados.

—¿Tres? —preguntó Klaus contrariado—. Se notará en exceso el cambio. Puede levantar suspicacias. Tengo entendido que el que menos tiempo llevaba era precisamente Daniel Sandoval.

Rebeca Sharp mostró un mueca entre la severidad, de la que no se desprendía ni un segundo, y la condescendencia.

—Lo haremos de forma muy sutil, déjelo de mi cuenta. Cada uno tendrá una buena razón para marcharse o para ser despedido. También prescindiremos de una de las mujeres de la limpieza. Necesitamos introducir a nuestros enlaces.

—¿Y Borrajo?

—No —contestó tajante—, ese se queda. Le hemos investigado y es fácilmente sobornable. Nos servirá para asuntos de poca monta.

—A Justino Borrajo lo que más le va a costar es tener una colega. Aquí en España lo de trabajar con mujeres de igual a igual lo llevan muy mal.

—No le quedará más remedio que acostumbrarse —contestó ella sin darle importancia—. Al primero que hay que convencer será a Mario Bielsa.

—¿Convencer?

—Hacer que trabaje para nosotros —añadió como si lo dicho fuera una obviedad.

—Mario Bielsa era de la plena confianza de Romualdo Sandoval. Tengo entendido que eran primos. Es un afecto al régimen, muy cercano al círculo de Franco, y amigo personal de Carrero Blanco.

—Por eso mismo lo necesitamos. Desde hace más de diez años controla todos los asuntos de la asesoría jurídica en la embajada de los EE. UU.

Klaus la miraba intentando conocer sus intenciones más allá de sus palabras.

—¿Y cómo van a convencer a un franquista de que trabaje para el KGB?

Ella sonrió ladina.

—Camarada Zaisser, todos tenemos nuestras debilidades. —Mantuvieron unos instantes de silencio mirándose, o más bien analizándose el uno al otro. Klaus intuyó los métodos que utilizarían para convencerlo—. Déjelo de nuestra cuenta. También me encargaré de los pasantes. Habrá que despedir a todos. Pero no se preocupe, todo se hará poco a poco. Tan solo le estoy poniendo en antecedentes de lo que vamos a hacer.

Klaus abrió las manos y alzó las cejas.

—Y ¿cuál se supone que es mi cometido?

Ella movió la cabeza con una media sonrisa sin dejar de mirarlo, analizando cada movimiento que hacía.

—Por ahora ser Daniel Sandoval, ni más ni menos. Dedíquese a llevar una vida normal, sea un buen esposo, un buen padre, un buen hijo y un jefe medido... Procure no llamar la atención con actitudes que puedan despertar sospechas.

—Parece fácil…

—Lo será, siempre y cuando sepa mantenerse al margen.

—¿Al margen? —preguntó Klaus extrañado.

—Su tarea es ser quien todos creen que es, el bueno de Daniel Sandoval y ahora heredero universal de este prestigioso bufete. —Levantó la mano con un signo de advertencia—. Aléjese de los negocios en los que andaba metido Romualdo Sandoval. Son peligrosos para nuestros planes. No queremos a la policía husmeando por aquí, aunque solo sea una pose, un trámite, mejor no tentar a la suerte. No entre en ninguna propuesta fuera de lo que son los asuntos propios del despacho de abogados. Yo me encargo de todo lo demás.

—Así que estoy a sus órdenes.

Lo miró fijamente, en la mano izquierda sujetos los guantes entre sus dedos angulosos, la mano derecha apoyada en la mesa sobre la carpeta con el dosier de todos, como si la custodiase, las uñas largas y pintadas de rojo intenso, igual que los labios.

—Lo ha entendido muy bien.

—Si voy a ser Daniel Sandoval, ¿cuál se supone que será mi tarea en el bufete? Ejercer como letrado resultaría muy complicado ya que no tengo ni idea de las leyes españolas.

—No tendrá que ejercer como letrado, al menos en sede judicial. El bufete ampliará su negocio. De cara a la galería usted y yo nos encargaremos de abrir vías de mercado internacional en Madrid para fomentar los contactos comerciales entre empresarios que quieran exportar o importar productos. Esa va a ser su labor.

—¿Y cree que eso va a colar?

—Confío en su astucia para convencer al personal de que abrir una línea de negocio internacional puede ser muy rentable para el bufete. —Calló unos segundos—. Me han informado de que habla ruso.

—No lo utilizo hace tiempo, pero si es necesario me habituaré rápido.

—Practíquelo, es muy posible que lo necesite. Ocuparé el antiguo despacho de Daniel y empezaré hoy mismo. Anúncielo, y tráteme como si fuera uno de ellos.

Se levantó como si quisiera dar por finalizada la conversación. Klaus se levantó también.

—¿Y puedo saber cuál es el objetivo real? ¿Qué pretende el KGB en Madrid?

Ella lo miró un instante largo, su mirada incisiva parecía desnudar los pensamientos ajenos.

—No es usted nuevo en estas lides, camarada. Conoce todo lo que necesita saber.

—Me gusta conocer el terreno que piso. Quiero saber qué están tramando —insistió en un intento de averiguar algo sobre la misión.

Rebeca, en silencio, como si estuviera valorando qué decir, sacó una pitillera de su bolso negro, la abrió y le ofreció. Eran cigarrillos demasiado finos para Klaus. Lo rechazó. Ella extrajo uno, lo pinzó en los labios y se encontró con la llama del mechero que Klaus sostenía ante ella. Aspiró el humo y lo exhaló con la sofisticación de una actriz americana. La boquilla quedó impregnada del rojo de sus labios.

—Conoce lo suficiente para saber el terreno que pisa... —añadió mostrando una sonrisa sardónica—. Tenga cuidado por dónde lo hace.

TERCERA PARTE

1

Los meses siguientes transcurrieron para Klaus a una precipitada velocidad, como si el tiempo se deslizase entre sus dedos. Acudía todos los días al bufete, se metía en el despacho que había sido de Romualdo Sandoval y revisaba contratos y propuestas de empresarios que pretendían abrir mercado en Europa o en Iberoamérica, o, al contrario, empresas extranjeras que querían introducir sus productos en España. Desconocía si eran reales o no, porque también llegaban proposiciones de la URSS, y eso le extrañaba bastante teniendo en cuenta las nulas relaciones diplomáticas entre los dos Gobiernos, contumaces enemigos irreconciliables en apariencia. Perfeccionó el ruso hasta leerlo y hablarlo sin vacilar. Solía practicarlo con su padre desde pequeño, pero desde su intento de huida se había alzado entre ellos un muro mucho más alto que el construido por el Gobierno alemán; apenas se dirigían la palabra, obviándose mutuamente.

La relación con doña Sagrario se fue normalizando. La muerte de don Romualdo le dio a la viuda la oportunidad de convertirse en ella misma, y no desaprovechó la ocasión. Tras unas semanas de retiro para guardar el debido luto, salió a la luz la mujer fuerte y resuelta que siempre había permanecido aplastada bajo aquel manto de sobreprotección con el que su marido la había cubierto desde que se conocieron, cuando ella contaba con apenas quince años. Iba y venía doña Sagrario sin contar con nadie, no reclamaba la presencia constante de su hijo (lo que supuso un alivio para Klaus, poco dado a recibir, y mucho menos a otorgar, excesivas muestras de cariño), se movía como y cuando quería con la única compañía de la chica que atendía la casa y en quien se apoyó para hacer de su vida una existencia propia, lejos del papel de madre empalagosa y, sobre todo, del de esposa débil, vulnerable y necesitada del amparo y atención constantes del poderoso cónyuge.

Por otra parte, la convivencia con Sofía funcionaba a la perfección. La vida de Sofía había dado un giro radical tras su regreso de París y la muerte de su suegro. Las cosas habían cambiado tanto para ella que los primeros meses le costó asimilarlo. Después de aceptar la propuesta de formar parte del equipo de la doctora Montalcini, se incorporó de inmediato a la maquinaria del doctorado. Ni siquiera se tomó el descanso del verano. Cuando terminó el colegio, enviaron a Vito con las niñas y doña Sagrario al chalet de El Escorial, mientras el matrimonio permanecía en Madrid trabajando. Al llegar septiembre la nueva rutina se impuso de manera definitiva. Por las mañanas la primera que salía de casa era Sofía, casi nunca volvía para comer, lo hacía en el laboratorio, un sándwich de queso, una manzana y un té eran la mayoría de los días su único alimento, comidos deprisa, sin una hora fija, cuando se podía interrumpir lo que se estaba haciendo, que no siempre era cuando acuciaba el hambre, y sin dejar de hablar del tema abordado en la jornada, de rumiarlo en la cabeza, dándole vueltas al objeto o asunto de investigación que se tuviera entre manos, como una cinta transportadora que siempre avanza y nunca se detiene. En los días de diario apenas veía el despertar de las niñas y solía llegar cuando ya llevaban un buen rato dormidas. Los domingos y festivos dedicaba la mañana y parte de la tarde a ordenar apuntes, archivos, consultar libros. Le costó meses dejar de dar recomendaciones a todos antes de marcharse, a Vito, a las niñas y, por supuesto, a su marido: «Si hay algo me llamas al laboratorio, tengo dicho que me avisen de inmediato si sois tú o Vito», repetía cada mañana antes de salir de casa, incapaz de soltar el lastre del «sus labores» que tan interiorizado tenía, como si el mundo se fuera a frenar porque ella no estuviera allí para verlo rotar. La actitud de su marido hacia todos aquellos cambios, que él había promovido con sorprendente ímpetu, le asombraba tanto que no terminaba de creerse que fuera algo real y, sobre todo, duradero; Sofía tenía el convencimiento de que en cualquier momento saldría el hombre que había sido siempre para echarle en cara que aquello no podía seguir así, que las niñas estaban abandonadas, que le tenía desatendido como esposo, que la casa era un desastre desde que se había incorporado a ese mundo de científicos e investigación (aunque el desastre no existía porque todo funcionaba a la perfección a pesar de no estar ella al mando), y le cortaría las alas cada vez más desplegadas. No podía evitar sentirse culpable por haber aceptado aquel proyecto, de nuevo la culpabilidad como impedimento para disfrutar de algo que le entusiasmaba. Se estremecía cada vez que llegaba y oía el silencio de la casa, entregadas sus hijas al sueño desde hacía horas. A veces encontraba al que pensaba era Daniel dormido en el sillón, con la televisión encendida. Klaus solía esperarla para cenar, pero si se retrasaba demasiado, lo hacía solo. Al principio Sofía trataba de excusarse, justificar su tardanza, llamaba por teléfono apurada dándole toda clase de explicaciones por el imprevisto surgido a última hora que retrasaría su salida no sabía cuánto. Klaus insistía en que no tenía que explicar nada, que él sabía que regresaba a casa cuando le era posible. Nunca le reprochaba nada, nunca le pedía explicaciones, y eso le provocaba un sentimiento contradictorio entre la complacencia y la perplejidad. Solía hablarlo con su padre, que defendía que si el cambio era bueno no debía darle vueltas, que si por fin su yerno se había dado cuenta del valor de su esposa siempre era mejor tarde que nunca; Zacarías estaba encantado con el cambio, y cada vez que se le presentaba la ocasión aprovechaba para agradecer a su yerno la decisión adoptada respecto de su hija. Pero Sofía desconfiaba. Había algo en Daniel que la desconcertaba: su forma de hablar, su manera de mirar, de abrazar, la actitud que tenía con las niñas, sobre todo con la mayor, que siempre había sentido adoración por su padre y que ahora lo rehuía, tímida, igual que si estuviera ante un desconocido. Nada que ver con la pequeña, a la que él, antes de París, no hacía ningún caso porque no le gustaban los bebés, a los que consideraba cosa de las mujeres, y apenas se acercaba a ella. Su actitud hacia Beatriz había cambiado radicalmente, lo notaba ella y también Vito, que le había confesado que Daniel la solía ayudar a dormirla, a darle de comer y que incluso le había llegado a cambiar el pañal. Era tan evidente ese interés por la pequeña que la mayor había mostrado celos de su hermana. Todo muy extraño en un hombre como Daniel. Pero lo que más perturbaba a Sofía era su olor, tenía un olor distinto, lo mismo que su aliento, distinto el sudor de su cuerpo al penetrarla, si cerraba los ojos le daba la sensación de estar con un extraño. Cada vez que se acercaba a ella, a pesar de usar la misma colonia de siempre, aspiraba el aroma de su piel buscando la esencia conocida que no hallaba.

—No te obsesiones tanto, Sofía —le replicó Carmen con una cerveza en la mano—, me da la sensación de que estás buscando excusas para justificarte a ti misma de lo que estás haciendo.

—Es posible —decía ella—. Es que no me termino de creer este cambio tan radical, Carmen, de verdad. Es todo tan distinto que a veces me parece que estoy viviendo con otro hombre.

—Si es para mejorar, ¿dónde está el problema?

Sofía encogió los hombros y sonrió.

—No, no, si yo estoy encantada. —Se quedó callada unos instantes, la mirada perdida en sus pensamientos—. Daniel está mucho más..., no sé cómo explicarte, más ardiente, más apasionado —la miró a los ojos con una mueca ladina—, me busca como si fuéramos novios.

—¿Y eso te parece mal?

—No me parece mal, pero es muy extraño, Carmen, no me digas que no. Si regreso tarde ni se inmuta, todo le parece bien.

Carmen la cogió del brazo.

—¿A ti te va bien? ¿Te gusta la tesis? ¿Te gusta el cambio?

—Por supuesto que me va bien. —Su rostro se iluminó mientras hablaba—. La línea de investigación de la tesis me está resultando interesantísima, trabajar con la doctora Montalcini es un privilegio, tengo a mi padre tan entusiasmado que parece que se ha quitado diez años de encima. —Alzó las cejas con una mueca antes de continuar—. No le pasa lo mismo a mi madre, esa sí que no ha cambiado en nada, sigue en su línea, no pierde oportunidad para echarme en cara la dejación de mis deberes como madre y esposa, y ahora le ha dado con la monserga de que luego no me queje si se busca algo por ahí... Tiene una fijación con eso...

—Ay, doña Adela y sus peregrinas ideas. Así que, según su magno criterio, para que un hombre no te ponga los cuernos tienes que estar en casa sin moverte y renunciar a todo lo tuyo. ¡Una teoría fantástica! Algo chocante, pero fantástica lo mires por donde lo mires, no me digas…

—Está absolutamente convencida de que Daniel tiene una aventura y que por eso actúa así. Además, le ha perdido como aliado. —Calló y dejó los ojos fijos en su vaso de cerveza, pensativa—. Y qué quieres que te diga, Carmen, creo que por primera vez le tengo que dar la razón a mi madre. Daniel no es el mismo... Está muy fogoso, eso sí, pero en el día a día lo noto distante. No sé… Me da la sensación de que algo tiene, y debe ser muy fuerte, porque esto no es normal.

—No digas tontunas, y sobre todo no te comas la cabeza. Daniel te adora, si no hay más que verle.

—Ese es el problema, que antes no era así.

—Pero antes de antes sí, acuérdate de que cuando erais novios te quejabas de lo mismo porque parecía un pulpo, y eso que no querías perder la virginidad antes del matrimonio.

—De nada me sirvió resistirme —la interrumpió riendo.

—Daniel siempre ha bebido los vientos por ti, te adora. Además, has de tener en cuenta que estaba muy influenciado por tu suegro. Si al hecho de que ya no vive a la sombra de su padre y de que se ha desprendido de su maldita influencia le sumas ese algo tan fuerte que le tuvo que ocurrir en París y que solo tú conoces, tienes razones más que suficientes para explicar este cambio. Daniel ha dejado de ser el hijo de Romualdo para ser él mismo. Es así de sencillo. Pero si es que le ha pasado lo mismo a tu suegra, está irreconocible, parece otra mujer, es increíble. ¿No te ha dicho que quiere hacer un viaje a Nueva York?

—Sí, algo le he oído. Pues me parece muy bien, que lo haga y que disfrute.

—Eso es, Sofía, que disfrute ella y disfrutéis tú y tu marido, que el todopoderoso Romualdo Sandoval ya está bajo tierra para siempre.

—Es posible que tengas razón. Todo esto debe de ser la consecuencia de la definitiva desaparición de Romualdo.

—Asume que las cosas han cambiado, que ya nada es como antes, que ha habido un antes y un después desde la muerte de Romualdo y desde ese misterioso viaje a París de Daniel con desaparición incluida. Toca disfrutar de lo que la vida te otorga. No tengas tanto miedo a hacerlo, disfruta.

Palabras parecidas le repetía su padre. Era como si únicamente ella notase la rareza en el distinto modo de actuar de Daniel. Todo el mundo estaba encantado con él, incluso ella, no podía negarlo.

—Me sorprenden tus dudas —le decía su padre.

Pero ella le mostraba un gesto mohíno.

—Nunca me pregunta sobre mi tesis, no le interesa nada de lo que estoy haciendo, tengo la sensación de que le daría igual que estuviera trabajando en El Corte Inglés vendiendo calcetines o lámparas de comedor que descubriendo el código genético o algún remedio trascendental para el ser humano.

Su padre sonreía condescendiente.

—Siempre pasa lo mismo. Conseguimos lo que queremos, pero no nos conformamos, queremos más, siempre queremos más del otro, y así nos pasa, nunca estamos contentos.

—No es eso, yo... No sé... Quizá tengas razón —contestó Sofía reflexiva, rindiéndose a la evidencia que le mostraba su padre.

—Pues claro que tengo razón, por Dios, Sofía, Daniel ha dado un giro de ciento ochenta grados, no pretendas además que gire en torno a ti, no sería justo para él, ni para ti tampoco. Déjale estar, te sigue apoyando incondicionalmente, eso es lo importante. Además, está volcado en su papel de padre. Quién lo iba a decir.

En lo único que estaban todos de acuerdo era en su preferencia manifiesta por Beatriz, algo que no podía evitar en detrimento siempre de la mayor, lo que provocaba escenas de celos, rabietas y malos comportamientos por parte de Isabel como mecanismo de defensa, y que casi siempre se producían cuando Sofía no estaba, y de los que recibía puntual noticia por parte de la ofendida en cuanto esta la veía entrar por la puerta. Vito contaba lo sucedido edulcorando la cosa todo lo que podía, pero Isabel ya no se callaba, solía expresar entre llantos la injusticia sufrida, generalmente delante de los dos afectados, la pequeña Beatriz, que la miraba con gesto apenado, y Klaus, que no intentaba justificarse porque la niña tenía razón. No se lo reconocía abiertamente, pero no podía evitarlo, aquella niña era su niña, su Jessie, y era incapaz de contener las muestras de cariño hacia ella, la quería en la misma proporción que ignoraba a la mayor.

Don Zacarías también le quitaba hierro al asunto.

—Bueno, tampoco es tan malo tener preferencia por una de las niñas —le decía muy convencido tras escuchar los lamentos de Sofía después de alguna de las broncas matrimoniales por esa causa—. También la tengo yo por ti… Quiero mucho a tus hermanos, pero es evidente que mi pasión la vuelco en ti, y no creo que eso le haga dudar a tu madre sobre nada en particular, ella tiene su predilección por Adelina, o más bien por tu hermano Benito, a ese le tiene en un altar, tan solo le falta beatificarle o coronarlo como rey de la humanidad, y a mí me parece bien. Y tampoco me extraña mucho ese afecto entre padre e hija, son exactamente iguales en todo, parece mentira; además, la niña es tan dulce y tierna que uno se la comería a besos y abrazos. Isabel es mucho más independiente, más suya, siempre lo ha sido, tiene carácter, es fuerte como un roble, nada la detiene, en eso lleva los genes de su abuela materna, espero que los gestione bien —le dijo con una mueca risueña.

—Quizá tengas razón…

—Pues claro que tengo razón, Sofía, no busques problemas donde no los hay. Daniel es un buen marido y un buen padre, y eso es lo importante, no le des más vueltas, mujer.

2

Y con el convencimiento de que el cambio de su marido había sido consecuencia de la desaparición de don Romualdo Sandoval, Sofía Márquez continuó con sus trabajos.

El 21 de octubre de 1971, el mismo día que se le concedía a Pablo Neruda el Premio Nobel de Literatura, Sofía Márquez leyó su tesis centrada en los enzimas que permiten hacer copias del ADN denominadas «ADN polimerasa», concretamente de fagos, los virus bacterianos de tipo temperado.

Se doctoró con una calificación de sobresaliente *cum laude*. Aquel mismo mes se anunció el Premio Nobel de la Paz a Willy Brandt (seudónimo que utilizaba Herbert Karl Frahm desde su huida de la Alemania nazi a Noruega), que desde hacía dos años era canciller de la República Federal de Alemania y, con anterioridad, había sido alcalde de Berlín Oeste durante nueve años muy convulsos para la ciudad, coincidiendo con el periodo del levantamiento del Muro; el galardón alabó la llamada *ostpolitik*, la política exterior y sus esfuerzos por mejorar las relaciones con los rusos y sobre todo con la otra parte de Alemania, la República Democrática.

Sofía había obtenido por su trabajo de investigación toda clase de parabienes y felicitaciones del mundo universitario, y apenas un año después, en septiembre de 1972, empezó a recoger los primeros frutos de tanto esfuerzo.

El ujier del laboratorio le llevó en mano una carta certificada remitida por la Universidad de Oxford. De inmediato se formó un revuelo a su alrededor, atentos todos al contenido de aquella misiva. La prestigiosa institución invitaba a la doctora doña Sofía Márquez a presentar en el aula de ciencias de su universidad una de sus más interesantes líneas exploradas en el doctorado. Sofía se sintió eufórica, le temblaba todo el cuerpo de la emoción. Recibió la felicitación de todos los colaboradores y pensó en llamar a Daniel para contárselo, pero prefirió darle una sorpresa. Quería celebrar con él a lo grande aquella invitación, teniendo en cuenta que procedía de una institución de tanta reputación y que ella no era más que una recién llegada en aquel espacio de la ciencia. Y además quería que la acompañase en aquel viaje tan importante para ella.

Al entrar en casa la recibió el silencio. No le extrañó, porque los viernes Vito solía llevar a las niñas después del colegio a casa de su abuela Sagrario. Al dejar las llaves en el mueble, oyó amortiguada la voz de Daniel, mantenía una conversación con alguien, pero solo se le oía a él. Le pareció raro porque no pensaba encontrarle tan pronto en casa. Avanzó por el pasillo, avivada su curiosidad por conocer la identidad de su acompañante, pero en seguida se dio cuenta de que hablaba por teléfono y de que, además, lo hacía en alemán, un alemán perfecto, fluido. Lo atisbó junto a la cama, de pie, el auricular pegado a la oreja, de espaldas a la puerta entreabierta. Tenía el cuerpo tenso, hablaba moviendo la mano libre, como si intentara convencer a su interlocutor, se tocaba la nuca preocupado, no era una conversación tranquila, relajada, era evidente que algo grave estaba escuchando, algo que le desazonaba, eso pensó Sofía, que apenas captaba algunas palabras sueltas. Su alemán limitado estaba olvidado desde hacía años, pero de lo que estaba segura era de que Daniel no sabía nada de esa lengua salvo alguna palabra suelta y poco más.

Le observó desde el quicio de la puerta, sin interrumpirle con su presencia. Las últimas palabras las dijo en español.

—Te sacaré de allí... Te lo prometo... Confía en mí y resiste, por favor. Y no vuelvas a llamarme aquí, es muy peligroso para los dos... Sabes que te quiero, Bettina, no te rindas, por favor.

Aquella última frase la escuchó como si le hubieran dado un puñetazo en el estómago.

Klaus colgó el auricular y se quedó quieto, cabizbajo. Sus hombros se estremecieron como si estuviera llorando. Sofía frunció el ceño, empujó la puerta y dio un paso hacia el interior de la habitación.

—¿Ocurre algo?

Klaus se volvió sobresaltado. Sofía le notó turbado, tragándose las lágrimas que le afloraban en los ojos, intentando ocultar su desconcierto tras una sonrisa forzada que le estiraba en exceso los músculos del rostro.

—Sofía... —balbució—, qué pronto llegas hoy... ¿Qué ha pasado?

Se retiró hacia la cómoda como si fuera a buscar algo, aunque Sofía intuyó que pretendía rehuir su mirada y tragarse el disgusto o las lágrimas o las dos cosas.

—¿Quién es Bettina? —la pregunta llevaba toda la incandescencia de los celos.

Klaus la miró un instante comprendiendo que había escuchado más de lo que a él le hubiera gustado.

—Es una clienta.

—¿Y a todas las clientas les dices que las quieres mucho?

Klaus la miró con gesto serio.

—No me vayas a montar un número de celos porque te equivocas totalmente.

—¿Por qué me equivoco? Explícamelo.

—Porque Bettina podría ser mi madre —mintió con desaire—. ¿Te parece buena explicación?

Sofía quería creerlo, pero no podía. Insistió en su recelo.

—No sabía que hablabas tan bien el alemán.

Klaus tomó aire para reponerse. La conversación con su hermana le había dejado muy tocado. Habían pasado cuatro largos años desde que salió de Berlín y durante todo aquel tiempo había cumplido la prohibición de no ponerse en contacto con nadie de la RDA, con la esperanza de que Bettina encontrase la forma de hacerle llegar alguna noticia sobre cómo se encontraba. Pero esa información le llegaba a través de otro medio más indirecto. Cada víspera de su cumpleaños, y como si de un regalo de Reyes se tratase, Rebeca Sharp le entregaba un sobre remitido por el camarada jefe Markus en el que le daba cuenta de cómo se encontraban sus padres y, por supuesto, Bettina. A través de esas comunicaciones de Markus, supo que se había incorporado a un buen hospital en el que estaba haciendo un trabajo encomiable y muy reconocido por el personal y los pacientes. El jefe le enviaba algunas notas de gratitud dirigidas a la doctora Zaisser por parte de niños que habían sido sus pacientes, reconocimientos oficiales hacia ella, sus ascensos, incluso le contó que había empezado una relación con un compañero de trabajo con el que parecía haber encontrado la estabilidad. Para convencerle de que aquello era cierto, en cada envío se incluían dos tarjetas de felicitación: una de sus padres escrita de puño y letra de su madre y otra de Bettina, también manuscrita, apenas una docena de palabras para felicitarle su cumpleaños y enviarle saludos, en la que nunca observó nada preocupante, o no supo verlo. Con aquellas noticias, Klaus aceptó el paso del tiempo, lo que había llegado a mitigar la obsesión de sacar a su hermana de la RDA. Se llegó a convencer de que Bettina estaba bien, trabajando en lo que le gustaba, reconocida y con un amor en ciernes.

Por eso le había cogido tan desprevenido escuchar la voz débil y atribulada de su hermana cuando descolgó el teléfono. Pero ahora tenía enfrente a Sofía y debía afrontar la situación con serenidad para evitar suspicacias.

—Lo he mejorado. Ahora tengo más tiempo en el despacho y he podido hacerlo. He tenido hasta un profesor particular todas las semanas. Ya sabes que tengo facilidad para aprender idiomas.

—¿Y por qué no me lo habías dicho?

Klaus encogió los hombros dubitativo.

—Ya lo sabes. —Imprimió un gesto embarazoso señalando el teléfono—. Se trata de una cliente mayor y muy pesada, llevo días esquivándola en el despacho y no se le ha ocurrido otra cosa que llamarme aquí.

—¿De dónde tienes que sacarla?

—De la cárcel —contestó con firmeza.

—¿Y por qué es peligroso que llame aquí?

Klaus le mantuvo la mirada antes de contestar.

—Porque pertenece a una mafia… —Se hizo un silencio incómodo, como si hubiera revelado un secreto—. ¿Contenta? —Ella no dijo nada. El silencio lo aprovechó Klaus para cambiar de tema—. ¿Qué tal tú? ¿Cómo es que hoy vienes tan pronto?

Después de unos segundos de duda, Sofía quiso creerse las palabras de su marido, porque tenía la necesidad de celebrar lo suyo y no quería que aquello lo empañase. Era algo verosímil. No era la primera vez que el bufete tenía asuntos con o contra mafiosos de toda índole. Se relajó un poco.

—Tengo una buena noticia —dijo sin poder evitar una sonrisa—. La universidad de Oxford me ha invitado a presentar una de las líneas de investigación de mi doctorado. Estoy feliz y quería compartirlo contigo…

—Me alegro por ti. Te mereces todo lo bueno que te pase.

—Me gustaría que lo celebrásemos juntos y pedirte que me acompañes en este viaje, para mí es importante que estés a mi lado.

—Por supuesto. Cuenta con ello. Estaré a tu lado sin duda.

Sofía sonrió. Su euforia era demasiado arrolladora como para contenerla. Se acercó a él y le cogió la mano.

—Quería darte una sorpresa cuando llegaras... Te me has adelantado. Antes, cuando estaba aquí sola todo el día, no solías llegar tan pronto —lo dijo sin poder evitar el tono de reproche.

Más tranquilo, consciente de que había conseguido reconducir la situación, Klaus se acercó a ella y la besó en los labios, un beso corto, pero delicado y suave.

—Pero ahora estoy aquí —dijo él—, y has conseguido sorprenderme.

La besó largamente, con una pasión apabullante para Sofía, que se dejó hacer porque se veía incapaz de negarse a sus caricias, de rechazar la dulzura de sus besos. Todo pareció olvidarse entre las sábanas, disuelto en los gemidos, en susurros salaces.

3

Bettina Zaisser colgó el auricular tragándose lágrimas de rabia que le ardían en los ojos. Llevaba cuatro años en aquel lugar remoto, lejos de Berlín y alejada de su casa. Solía recibir cartas de sus padres, concretamente de su madre, escuetas y carentes de afecto, en las que le decían que estaban bien y que se alegraban de que por fin estuviera trabajando en lo suyo. Unos días después de su cumpleaños solía recibir una llamada de su madre al teléfono de su casera para felicitarla, una conversación corta y algo fría, no solo por la presencia de la mujer que no se despegaba de su lado hasta que colgaba, atenta a cada una de sus palabras, sino porque Bettina sabía que a su madre no le agradaba nada hablar por teléfono.

De Klaus no había vuelto a saber nada desde que se despidió de él. Le había intentado enviar alguna carta, pero sospechaba que se las habían interceptado porque nunca recibió respuesta, ni siquiera a través de los medios indirectos que habían urdido entre ambos para eludir la vigilancia oficial sobre la correspondencia. Como no tenía teléfono, Bettina había intentado en alguna ocasión llamarle desde la centralita del pueblo, o desde un teléfono público, pero en cuanto la operadora comprobaba que se trataba de números de Madrid se negaba a realizar la conexión, ni siquiera a intentarlo. Vivía en una casa con dos apartamentos, el suyo ocupaba el primer piso, mientras que en el de abajo vivían los caseros, un matrimonio mayor que la vigilaba con denuedo, aviesos carceleros fisgones que anotaban cada entrada y cada salida igual que hurones. Atribuyó aquel precipitado traslado a Biendorf, un pequeño pueblo muy cerca de Rostock, al hecho de haber renunciado al coche y al piso que también le asignaron a los pocos días de que Klaus se marchase de Berlín para asumir la identidad de Daniel. Lo había hecho movida por la rabia, como el único símbolo de rebeldía que podía mostrar, una forma más de plantar cara al sistema, y sobre todo para no tener que agradecer nada a un partido que le impedía decidir qué hacer con su vida. Lo tenían todo allí, había defendido su padre con fanática obstinación cuando firmó la renuncia al coche y al piso, a nadie le faltaba comida caliente, todo el que quería podía ir a la universidad, nadie quedaba sin trabajo ni hogar, el ciudadano estaba protegido por el sistema que ella tanto detestaba, nada que ver con la zona occidental y el capitalismo depredador, implacable con el más débil, que no dudaba en dejar en la estacada a los menesterosos, ahogaba a los más vulnerables y premiaba solo a los especuladores aguerridos y sin escrúpulos. No veía su padre, o no quería verlo, ciego a la verdad, los chantajes a los que se sometía a esa gente a la que él consideraba protegida de todo mal y al margen de cualquier miseria, las presiones a los trabajadores en sus puestos de trabajo, las amenazas que recaían sobre los estudiantes díscolos que pretendían acceder a una plaza en la universidad elegida. Si te sometías, si colaborabas, si entrabas a formar parte de su engranaje perfecto, entonces podías contar con todas las ventajas que el «bendito» Gobierno concedía al ciudadano ejemplar; de lo contrario, si no aceptabas sus reglas, caías en desgracia y podías ser arrestado y encarcelado, o ser apartado del puesto de trabajo para el que estabas preparado, arrojado de la escuela en la que estudiabas, privado de tu plaza en la facultad, trasladado al otro extremo del país, alejado de tu casa y de tu entorno, aislado de todo y de todos.

Bettina se encontraba entre estos últimos. Era cierto que, tras el fiasco del intento frustrado de huida a la zaga de Klaus y Hanna, le habían permitido estudiar Medicina gracias a las influencias que tenía su padre como miembro y defensor destacado del Partido Socialista Unificado. Se había especializado en Pediatría con el mejor expediente de su promoción. Nada más licenciarse entró a trabajar en un hospital de Berlín. Le gustaba lo que hacía, ejercer la Medicina se convirtió en una válvula de oxígeno que le dio aire suficiente para respirar; pero a los pocos meses de aquel aislado paraíso algo falló, una inexplicable negligencia provocó la muerte de un niño, el hijo de un alto cargo del partido. No había sido su culpa, estaba segura de que la responsable del error era una doctora que llevaba algo más de tiempo en el departamento y que, desde la llegada de Bettina, la había considerado una amenaza para su ascenso. Sin embargo, el niño era su paciente en el momento en el que ocurrieron los hechos, y su compañera tuvo una gran habilidad para dirigir todas las pruebas hacia ella, dejándola sin argumentos de defensa. Se la consideró responsable de la muerte del pequeño. Las consecuencias llegaron de inmediato, le prohibieron ejercer la Medicina y la pusieron a trabajar en una fábrica de muebles de cocina a las afueras de Berlín, incorporada a una cadena de montaje durante diez horas diarias poniendo tornillos a las puertas de los muebles. Aquella situación había resultado desesperante. Se había sentido recluida en aquella ciudad cerrada, prisionera en su propia casa. Pero las cosas siempre podían ir a peor y así pasó.

Todo había sucedido a las pocas semanas de marcharse Klaus. Acababa de llegar de la fábrica, cuando dos hombres se presentaron en su casa y la conminaron a recoger sus cosas, advirtiéndola de que estaría fuera de Berlín una larga temporada. Le dijeron que se la iba a restituir a su labor como médico, se necesitaban pediatras con urgencia y tenían que trasladarla a su nuevo lugar de trabajo. Bettina no se fiaba, pero le sirvió de poco. Su madre estaba presente, contenida como siempre, como siempre callada, asumiendo la certeza de que todo cambio sería para mejor. Preguntó adónde la llevaban, pero no hubo respuesta. No tuvo opción de opinar si quería ese nuevo trabajo o no, si le interesaba cambiar de ciudad, el partido decidía sobre su vida, determinaba su destino. El viaje resultó una pesadilla, toda la noche en un coche flanqueada por dos hombres que no le dirigieron la palabra. Llegaron al pueblo cuando ya amanecía. El coche se detuvo a la puerta de un edificio de dos plantas. Caía una fina lluvia y hacía frío. Salió del coche y la guiaron hasta el piso de la planta baja. Abrió la puerta una mujer con gesto rudo. Los hombres se marcharon. La señora Blecher le entregó la llave del que a partir de ese mismo día sería su hogar, le enseñó el sótano en el que se acumulaba el carbón destinado al agua caliente y la calefacción, le dijo que tenía que limpiar la escalera los lunes, miércoles y sábados, que no podía poner música a partir de las nueve de la noche, que no estaban permitidos los aparatos de televisión ni tampoco fumar, aunque a esto último Bettina nunca hizo caso; además le dio cuenta de los gastos mensuales que debía pagar a primero de mes. Al día siguiente, conoció al señor Blecher, un hombre hosco y malhumorado que olía a alcohol y que desde el primer momento la miró como si fuera una apestada. Durante los primeros meses apenas podía estar sola en ningún sitio salvo en el apartamento, aunque tampoco allí gozaba de la intimidad que el hogar requería, porque el señor o la señora Blecher accedían a él con total libertad aduciendo las excusas más peregrinas, con el único objetivo de husmear; incluso en varias ocasiones había comprobado la presencia de alguno de ellos durante su ausencia, el olor agrio a chucrut que la señora Blecher dejaba a su paso permanecía durante horas estático, impregnado el aire. En el hospital le dejaron claro desde el primer día que estaba a prueba y que sería removida y devuelta a la fábrica de muebles en el momento en que incumpliera cualquiera de las normas que se le exigían, entre las que estaban la prohibición de hacer llamada alguna de teléfono sin autorización previa. Los primeros meses la situación se le hizo asfixiante; si salía a dar un paseo aparecían como por ensalmo el señor o la señora Blecher para acompañarla, lo quisiera ella o no. El hospital se encontraba a más de diez kilómetros de distancia de la casa y, con la excusa de que había muy mala combinación de autobuses, el señor Blecher se convirtió en el encargado de llevarla al hospital y traerla de regreso a casa en su Trabant destartalado.

Le había costado mucho adaptarse a su nueva situación. Cumplía escrupulosamente con su trabajo, con la obsesión constante de escapar. Pero el tiempo todo lo atempera, y poco a poco se fue plegando a la realidad, amoldándose a su nueva situación, dedicado el poco tiempo libre que le quedaba (cogía todas las guardias que podía y le dejaban) a caminar y a leer. El trabajo en la clínica la reconciliaba con su propia vida. Se trataba de un hospital pequeño y con pocos medios al que solían llevar niños y adolescentes de un hogar infantil que había cerca, así lo llamaban, «hogar infantil», aunque en realidad se trataba de un campamento para jóvenes descarriados muy similar a aquel en que le habían metido a ella con dieciséis años. Sus compañeros de trabajo, médicos, enfermeras y personal de administración, desde el principio la trataron con un especial recelo y mucha desconfianza, apenas hablaban con ella lo justo para el trabajo, salvo Claudia, una de las enfermeras, que tampoco se salía del guion del resto, pero era la única que le dedicaba una sonrisa amable cuando se cruzaban. Tampoco ella se fiaba de nadie, así que sus relaciones se ceñían al cuidado de sus pacientes.

Durante todo aquel tiempo no había sido capaz de encontrar una forma segura de comunicar su situación a Klaus; era consciente de la advertencia que le había hecho Klaus en cuanto a contactar con él, le podría perjudicar y lo sabía. Pero cuando la oportunidad se le presentó de forma tan evidente no pudo contenerse ni pensar en otra consecuencia que la de pedir auxilio al único ser en el mundo que podía ayudarla. Por ello, aquella tarde, cuando la suerte le vino de cara, no había dudado en aprovecharla a sabiendas de lo que se jugaba. Al pasar por delante del despacho del director del hospital, comprobó a través de la puerta entornada que el interior permanecía a oscuras, por lo que dedujo que no había nadie. Resultaba evidente que herr Müller había salido precipitadamente y se había olvidado de echar la llave. Bettina sabía que sobre su mesa estaba el único teléfono con línea al exterior del hospital. Se lo había dicho Claudia, con la que ya empezaba a tener un cierto grado de confianza, aunque muy contenido por parte de ambas. El impulso fue tan inmediato que no lo pensó, entró en el despacho y cerró la puerta con sigilo. El resplandor de la tenue luz de las farolas de la calle penetraba a través de la ventana. Una vez se le acostumbraron los ojos pudo moverse en la penumbra. Atisbó el aparato sobre la mesa, se acercó temblando, cogió el auricular y marcó casi a tientas el número que desde hacía cuatro años tenía grabado en la memoria. Esperó impaciente y nerviosa, pero su desasosiego se precipitó cuando la línea dio comunicando. Colgó y se quedó quieta. Su corazón latía con tanta fuerza que se puso la mano en el pecho para intentar calmarlo. Volvió a marcar el otro número, el de la casa de los Sandoval, que también había memorizado. Esperó con ansias el tono de llamada. Al oírlo, se concentró tanto en aquel pitido repetido una y otra vez que no hubiera oído nada en el caso de que algo hubiera sucedido a su alrededor. «Vamos, vamos —susurró para sí—, contesta, por favor, contesta…». Cuando un click al otro lado lo interrumpió, se irguió expectante. Al oír la voz de su hermano creyó que iba a desmayarse de emoción. Fueron momentos exultantes, de nervios, intentando aprovechar el poco tiempo de que disponía. De forma precipitada, le explicó la situación en la que se encontraba, el lugar y el aislamiento en que la tenían, que le era imposible ponerse en contacto con él, que la vigilaban a todas horas del día. La voz de su hermano Klaus le devolvió la esperanza ya casi perdida de salir de aquella macabra espiral. Cuando colgó, sintió que el llanto la cegaba. Tuvo que tragarse la emoción porque oyó voces que se acercaban por el pasillo. Asustada, se volvió hacia la puerta cerrada. No podía salir. Eran dos voces masculinas. Identificó la del director. Se quedó quieta, rígida como un sable. La iban a descubrir allí. Las consecuencias las conocía: la encerrarían sin contemplaciones y volvería a perder el contacto con su hermano y con el mundo, quizá definitivamente. Tenía la mirada fija en el haz de luz que se filtraba por debajo de la puerta, ensombrecida cuando los dos hombres se detuvieron ante ella, justo al otro lado. Bettina vio bajar el picaporte, creyó perder la firmeza de las piernas que la sostenían en pie; se apoyó en el escritorio a la espera de que la descubrieran. Justo cuando la puerta estaba abriéndose una voz lejana llamó la atención del director y aquella apertura que la condenaba se detuvo.

—Herr Müller, le necesitan en la segunda planta, es muy urgente.

—Debe de haber llegado ya —oyó decir al director—. Vamos, acabemos con este asunto de una vez. No quiero a ese chico más tiempo aquí, todo en él es un problema.

Bettina contenía la respiración, los ojos fijos en el umbral, medio abierto, oscilante. La puerta volvió a cerrarse y se oyó cómo echaban la llave. Sintió un mareo cuando oyó alejarse los pasos. Intentó recuperar el ritmo de la respiración, tranquilizarse un poco. Tenía que pensar cómo salir de allí. La única manera era por la ventana y no tenía demasiado tiempo. Se asomó para calibrar el salto. Era de noche y estaba en un primer piso. Atisbó a un lado y a otro, no parecía haber nadie a la vista. Descolgó el cuerpo por el alféizar y antes de saltar dejó la ventana lo más cerrada posible para que no se notara nada raro. Luego dio el salto. Al caer se hizo daño en un tobillo y tuvo que ahogar un chillido de dolor. Por suerte había caído sobre césped y eso amortiguó el golpe, pero tuvo que estar un rato sentada en el suelo hasta que le remitió el dolor. Se levantó con dificultad y caminó cojeando hasta el interior del edificio. Se había manchado la bata blanca. Se encerró en el baño, se la quitó y en el lavabo restregó las manchas de tierra y hierba. Estaba tan aturdida y embebecida en sus pensamientos que los golpes en la puerta la sobresaltaron.

—¿Bettina? —era Claudia, la enfermera.

—¿Sí?

—Tu casero ha llegado. Le acabo de ver.

—Gracias, salgo en seguida.

—Yo ya me voy. ¿Estás bien?

—Sí, gracias. Hasta mañana.

Esperó hasta que oyó a Claudia salir de la estancia. Abrió la puerta con cuidado, colgó la bata mojada en su armario con la esperanza de que se secase para el día siguiente, cogió su bolso y cuando se dio la vuelta la vio en la puerta. Las dos mujeres se miraron de hito en hito durante unos segundos, en silencio, sin moverse. Claudia dio dos pasos hacia los armarios.

—He olvidado la bufanda —dijo.

—Yo ya me iba.

Bettina se movió, pero no pudo evitar cojear, el dolor era muy fuerte.

—¿Qué te pasa?

—No es nada, me he torcido un poco el tobillo.

—Espera, deja que te lo vea.

Se agachó mientras hablaba, pero Bettina la detuvo con un no contundente.

—Estoy bien..., gracias —balbució al ver la sorpresa en el rostro de Claudia por su reacción.

—Está bien... Solo quería ayudarte.

—Gracias —repitió Bettina intentando esbozar una sonrisa. Inició la marcha, pero antes de salir la detuvo la voz de Claudia.

—Tengo una bicicleta.

Bettina se volvió, el gesto extrañado.

—Por si la quieres, así no tendrán que traerte y llevarte... Yo no la necesito. Si quieres te la traigo mañana. En bicicleta tardas menos que en coche, porque hay caminos que adelantan.

Bettina la miró durante un rato, sin saber qué pensar, qué decir, qué decidir, como si hubiera quedado incapacitada para hacerlo en cosas tan nimias como aquella. Tomó aire, sonrió relajando el gesto y asintió.

—Gracias.

Iba a iniciar la marcha cuando Claudia volvió a hablarle.

—Ponte algo frío y un antiinflamatorio. —Bettina apenas se volvió—. Y procura guardar reposo, será lo mejor. —Sonrió removiéndose, como si hubiera dicho algo fuera de lugar—. Lo siento… A veces los médicos sois los peores enfermos.

Bettina sentía el latido de su corazón golpear su pecho con

fuerza. Había sido Claudia la que le dijo que el único teléfono del hospital con línea al exterior era el del despacho del director. ¿Podía fiarse de ella? Se lo preguntaba a cada momento. Era evidente que ella pretendía un acercamiento entre ambas, pero usaba la desconfianza, el recelar de todo y de todos como mecanismo de defensa y protección. A pesar de ello, Bettina necesitaba hablar con alguien, confiar en alguien, apoyarse en alguien. Se encontraba tan sola y aislada como si estuviera en una isla desierta, aún peor porque estaba rodeada de ojos que la vigilaban y eso resultaba angustioso y deprimente. Recorrió el pasillo cojeando, el tobillo le dolía cada vez más y se le estaba hinchando. Antes de salir, decidió ir a la enfermería para coger una crema antiinflamatoria. Se montó en el coche del señor Blecher para regresar a casa.

Después de aquella conversación, el ánimo de Klaus quedó quebrado, con un desasosegante sentimiento de impotencia. Se sentía traicionado por el camarada Markus y por la Stasi. Le habían mentido miserablemente. Se dio cuenta de que nunca habían tenido la intención de dejarla salir porque Bettina se había convertido en el instrumento para tenerle bajo su control y dominio. No solo no habían cumplido con su promesa de dejarla salir del país, sino que la habían desplazado de su casa, separado de sus padres, la tenían aislada y vigilada como en una prisión, y además le habían engañado con aquellas felicitaciones de cumpleaños, ella misma le había confirmado que nunca le había escrito una felicitación, que no había vuelto a ver a Markus, ni sabía nada de esos embustes y patrañas que le había contado sobre ella.

Klaus estaba furioso por ello, sentía una dolorosa rabia que le rompía por dentro. Pero la inesperada interrupción de Sofía lo había obligado a recomponerse casi de inmediato; su cabeza empezó a pensar con rapidez. En los días siguientes caviló qué hacer y cómo actuar, valoró todas las posibilidades, incluso la de hacer una visita al mismísimo jefe Markus para encararse con él, pero lo descartó de inmediato porque sabía que el KGB no le permitiría hacer ese viaje. Decidió actuar a través de un tercero sin más demora. Se puso en contacto con un enlace de origen danés que le debía un favor, uno de los hombres de la Stasi que jugaba a doble banda, ya que, además de hacer trabajos impecables para los intereses del PSU, se dedicaba a sacar gente de la RDA por la costa norte en dirección a Dinamarca o a puertos de Alemania Federal, en lanchas o escondidos en muebles fabricados en el Este y que luego se fletaban en barcos que partían desde Rostock hacia otros puertos. Aprovechando un viaje a Barcelona para cerrar un importante contrato con un empresario francés que pretendía instalar en España su cadena de supermercados, se citó con él en la habitación de su hotel.

Klaus explicó a Tobías la situación. El danés rechazó el encargo debido a los antecedentes que recaían sobre Bettina.

—Entiéndelo, Klaus, no es lo mismo sacar a una persona con un historial limpio que alguien que ya está vigilado.

—Te recuerdo que me debes la vida —le espetó Klaus.

Tobías le dedicó un ademán sereno.

—Por eso estoy aquí, camarada, y mi intención es saldar mi deuda contigo, pero hay cosas que yo no puedo controlar; y hay algo más que hace imposible lo que me pides, sé que estás trabajando para el KGB, eso son palabras mayores… —negó moviendo la cabeza.

—Eso es asunto mío, no te incumbe.

—Demasiado peligroso, camarada, lo siento.

Klaus lo miraba con un contenido desasosiego.

—No puedes negarte —insistió.

—Estás jugando con fuego, Klaus, te arriesgas a perderlo todo. ¿De verdad te merece la pena?

Klaus acercó el cuerpo hacia él, la voz ronca, el gesto grave.

—Saca a mi hermana de allí. Me lo debes.

Tobías mantuvo la mirada durante unos segundos, valorativo. Dio un profundo suspiro y asintió con la cabeza:

—Está bien, lo intentaré, no puedo prometerte más, y será caro.

—Te daré lo que me pidas.

—Y debes tener paciencia, habrá que buscar un contacto dentro para hacerle llegar las instrucciones, y eso puede llevar meses, incluso años; no esperes resultados inmediatos.

—No me importa esperar, haz lo que tengas que hacer —añadió Klaus.

Tobías puso un precio muy alto, algo lógico teniendo en cuenta que se estaba jugando el pellejo, según le dijo, y que necesitaría varios infiltrados para contactar de forma segura con ella en el Este. Klaus era consciente de que el danés era un hombre sin escrúpulos al que no le importaba trabajar para la Stasi y traicionar a su vez al Estado sacando gente a cambio de dinero, un mercenario de vidas en busca de la libertad soñada. Pero tenía que arriesgarse y confiar en él, así que accedió al pago de una cantidad importante; no le importó demasiado, una buena parte de esos emolumentos saldrían de lo que recibía del KGB por su papel como Daniel Sandoval. Acordaron un primer pago por adelantado y el resto cuando Bettina estuviera a salvo. La operación se pondría en marcha de inmediato. Lo que no sabía en ese momento era el grado en el que iba a poner a prueba esa paciencia de la que Tobías le había prevenido, porque durante el año siguiente apenas hubo avances.

Klaus era consciente del juego peligroso en el que se estaba metiendo. Si llegasen a conocer sus intenciones, no tenía la más mínima duda de que sería eliminado. Con Rebeca Sharp en el bufete vigilando cualquier llamada o movimiento extraño, debía ser especialmente prudente con las comunicaciones con Tobías, por eso le había pedido un favor a Elvira, su secretaria.

CUARTA PARTE

1

El año 1973 tocaba a su fin. España había quedado en segundo lugar en Eurovisión con la canción *Eres tú* de Mocedades, Luis Ocaña había ganado el Tour de Francia, el Atlético de Madrid ganó la liga de fútbol; los españoles cruzaban la frontera para ver la película *El último tango en París*, prohibida en España por su alto contenido erótico; el cantante Nino Bravo perdió la vida en un accidente de coche. En cuanto a la política, después de años de cruenta guerra, EE. UU. había firmado un acuerdo de paz con Vietnam y los americanos iniciaban la retirada de tropas derrotados, con la opinión pública en contra por su errada intervención; España restableció relaciones diplomáticas con China y la República Democrática Alemana; en la universidad se sucedían las protestas y manifestaciones estudiantiles reprimidas por la policía; la crisis del petróleo se hacía cada vez más evidente en la economía del país. La enfermedad de Parkinson empezaba a hacer estragos en la incombustible salud de Franco, y en junio el Generalísimo nombraba a Carrero Blanco presidente del Gobierno, separando por primera vez la jefatura del Estado y la del Gobierno.

El día 20 de diciembre un atentado de la banda terrorista ETA hizo volar el coche en el que iba Carrero Blanco haciendo estallar a su paso cincuenta kilos de explosivos colocados bajo el asfalto de la calle de Claudio Coello. Los terroristas habían excavado un túnel por debajo de la calle desde un local de uno de los edificios. Cuando Klaus oyó la noticia, entendió algunas de las cosas que había visto y percibido en el bufete durante los días previos. No dijo nada ni comentó nada. Pero intuyó que los terroristas habían tenido en el KGB una ayuda inestimable para llevar a cabo el atentado que tambaleó las estructuras de la dictadura. Más tarde los rusos se encargarían de filtrar que la CIA había tenido algo que ver con el magnicidio.

El atentado convulsionó la dictadura de Franco. Dos días después amaneció un radiante sol de invierno. Era sábado, el primer día de las vacaciones de Navidad y Klaus se había llevado a las niñas al centro a ver los adornos navideños, pasear por la plaza Mayor y dejar la tranquilidad necesaria a su madre para que pudiera trabajar. Como venía ocurriendo desde hacía tiempo, Sofía se había quedado en casa porque tenía trabajo pendiente. Se trataba de analizar los resultados de un experimento sobre el ADN polimerasa en el que llevaba meses trabajando y que estaba a punto de concluir.

Cuando estaba en casa, Sofía solía trabajar en el despacho de Daniel ocupando por completo su mesa. Estaba escribiendo un texto cuando la tinta del bolígrafo se agotó. Abrió el cajón en el que Daniel guardaba bolígrafos y lapiceros. Cogió uno y, antes de cerrar, atisbó un pasaporte al fondo del cajón. Cogió el documento sin esperar encontrar otra cosa que las huellas de aquel viaje que lo había cambiado todo; lo abrió y miró la foto de los dos. Sonrió recordando el aparatoso viaje a París, las prisas para hacerse otro pasaporte gracias a los contactos de sus suegros, que facilitaron todo el trámite. Al hojearlo hubo algo que llamó su atención. En una de sus hojas vio que, además del sello de entrada a Francia en Irún, con fecha del 6 de abril de 1968, había otro de la República Federal de Alemania con fecha de entrada del 7 de abril, y en la página siguiente comprobó que ese mismo día le habían vuelto a sellar el pasaporte en el paso fronterizo de Friedrichstrasse hacia la RDA. Arrugó el ceño extrañada. Siguió pasando hojas del pasaporte y encontró otro sello de salida del 10 de mayo. La tinta se había borrado en algunos sitios, pero era evidente que Daniel había abandonado el hotel de París el domingo 7 de abril para viajar a Berlín Oeste, y a continuación había pasado a la RDA y allí había permanecido durante más de un mes antes de aparecer en París como por ensalmo. No entendía nada. Cómo era posible que no le hubiera hecho ni una sola mención sobre aquel viaje a Alemania y, además, a la Alemania del Este, un país comunista al que un ciudadano español no podía entrar si no era con un visado especial. Le resultaba inaudito, casi imposible, que Daniel Sandoval tuviera ningún asunto de tal importancia que lo obligase a cruzar una frontera como aquella e internarse en un país comunista. Pero lo que más le inquietaba es que se había pasado allí más de un mes antes de regresar a París, y que, además, había dejado pasar cuatro días antes de ponerse en contacto con ella, aquella llamada vespertina a casa de Patricia. Intentó recordar el relato que le contó entonces: el encuentro con su madre, que la había acompañado hasta su muerte a las afueras de París y que luego se había recluido en el norte, nunca mencionó el viaje a Berlín. Era evidente que le había mentido, pero ¿qué razón había para hacerlo?, ¿por qué ocultar aquel viaje tan insólito? O tal vez se lo ocultó precisamente por eso, por ser algo insólito, un viaje impensable en el entorno de Daniel. Pero ¿por qué mentirle a ella?

Estaba tan absorta mirando el pasaporte, buscando alguna otra información que le aclarase las dudas que de repente habían crecido en su mente, que el sonido del teléfono la sobresaltó. Lo descolgó y se lo puso al oído.

—¿Sí?

Unos segundos de silencio y el que estaba al otro lado del auricular colgó. Sofía miró el aparato como si quisiera ver la cara del que había llamado. Depositó el auricular en la base y siguió pensando en la razón de aquel misterioso viaje a la RDA. El teléfono volvió a sonar. Contestó con impaciencia.

—¿Sí?

—Señora de Sandoval, ¿es usted?

—Sí, Elvira, soy yo, ¿qué ocurre?

—¿Está don Daniel, por favor?

—No está en este momento, ¿es algo importante? —preguntó extrañada. Además de ser sábado, era el inicio del puente de Nochebuena; el bufete permanecería cerrado hasta pasado el día de Navidad.

—No, no... Luego le llamo, o mejor, dígale que me llame en cuanto pueda. —Calló un segundo, como pensándose si decir lo que iba a decir, y al final lo dijo—. A mi casa... Él tiene mi número.

—Muy bien, se lo diré.

Sofía colgó el auricular con un gesto de rechazo en su rostro. Se preguntó la razón de que Daniel tuviera el número particular de su secretaria. Las dudas empezaron a asaltarla como agua desbordada que se derrama sin control. Ya sin ningún reparo, buscó por los cajones alguna sorpresa más, pero no encontró nada. A los pocos minutos oyó la puerta de la casa, las voces de las niñas irrumpir por el pasillo y la voz de Vito conminándolas a callar para no alterar el trabajo de su madre. Metió el pasaporte en su sitio y decidió no preguntar directamente, porque si lo hacía la respuesta seguramente sería evasiva. Antes haría algunas indagaciones para saber la razón de todo aquello; era evidente que había algo que Daniel le había ocultado y tenía que averiguarlo.

A los pocos segundos, dos toques en la puerta precedieron su apertura. Klaus se asomó con una sonrisa.

—¿Cómo vas? Hemos tenido que venir antes, amenaza lluvia y hace mucho frío.

—Acaba de llamarte Elvira —dijo con voz seca—. Que la llames... —puso un gesto de mohína extrañeza—, a su casa.

—¿Elvira? —preguntó Klaus con el ceño fruncido, intentando mantener la calma.

—No sabía que también trabajase en sábado. Esta chica es una joya —lo dijo sin ocultar su sorna.

—Voy a llamarla —dijo él sin mirar a Sofía.

Salió del despacho contrariado y cerró la puerta. Sofía le oyó meterse en la habitación. Sus ojos se centraron en el teléfono, oyó el clic que indicaba que estaba llamando. Le temblaba la mano cuando la puso sobre el auricular en forma de góndola; con mucho cuidado lo levantó, tapándolo con la mano para que no se oyera ni siquiera su respiración. La señal de llamada sonó dos veces. Elvira descolgó.

—¿Sí?

—Soy yo, ¿qué pasa?

—Don Daniel, tiene que venir… cuanto antes. Es urgente.

—Está bien. Gracias, Elvira. Si vuelve a llamar dígale que voy de camino.

Sofía colgó después de que él lo hiciera, posando el auricular con mucho cuidado. Esperó a ver qué hacía. A los pocos segundos Klaus abrió la puerta y la miró con gesto serio.

—Tengo que salir un momento. Estaré de vuelta a la hora de comer.

—¿Algún problema?

—No..., no, un cliente del despacho algo incómodo... Por lo visto está molestando a la pobre Elvira.

—¿Y dónde se supone que vas, a su casa a protegerla? —Sofía no podía evitar mostrar los celos que sentía—. Es mucho más de lo que se supone que un jefe ha de hacer por su secretaria, ¿no crees?

Klaus entendió lo que le pasaba, pero no quería hablar, tenía que llegar a tiempo a la llamada.

—Volveré en seguida —dijo con gesto seco.

Klaus cerró la puerta y salió de la casa. Fue caminando hasta la calle de Quiñones. Elvira le abrió con gesto angustiado.

—Ha llamado otra vez, ya le he dicho que venía.

—Está bien. No se preocupe. —La miró un instante haciendo un gesto hacia el pasillo—. ¿Puedo?

—Sí, sí, por supuesto. Pase a mi habitación. Allí hablará más tranquilo.

Klaus pasó a la alcoba y cerró la puerta. Solo tuvo que esperar unos minutos hasta que sonó el teléfono. Se precipitó en responder. La voz ronca de un hombre le habló en alemán desde el otro lado de la línea.

—Necesito más dinero, la operación es muy arriesgada y se me está yendo de las manos.

—¿Cuándo va a ser?

—Depende de muchos factores, camarada —el tono de Tobías mostraba cierta apatía, lo que ponía muy nervioso a Klaus—. El clima, el estado del mar, las mareas. Mi hombre se juega mucho en la tarea.

—No me importa nada tu hombre, quiero que la saques ya, ha pasado demasiado tiempo y te he dado mucho más de lo que habíamos hablado.

—Lo siento, camarada —dijo Tobías displicente—, estamos montando una importante infraestructura para actuar sin peligro y con un mínimo de éxito, teniendo en cuenta las dificultades. Si no hay más dinero no puedo hacerlo. Te lo advertí, tu hermana es un objetivo muy vigilado y eso aumenta la dificultad y el peligro. La camarada Bettina se ha granjeado una enorme fama, está más vigilada que el presidente... —Hubo un silencio incómodo, premeditado por parte del interlocutor, que sabía muy bien cómo manejar los tiempos para hacer flaquear a Klaus—. Si quieres que la saque de allí con vida necesito más medios.

—¿Cómo va a ser?

Al otro lado de la línea se oyó el chasquido de la lengua.

—Camarada, sabes mejor que nadie que cualquier desliz puede dar al traste con todo.

Klaus empezó a sudar con profusión a pesar del frío que hacía en la habitación, aquello parecía una nevera, pensó. Apretaba los labios preso de una terrible impotencia. Habían pasado varios meses desde la llamada de su hermana. Era consciente de que debía estar al borde de la resistencia. El contacto a quien Tobías había encargado la salida de Bettina de Alemania les pedía cada vez más dinero, lo había hecho ya en tres ocasiones. Estaban en sus manos, sabían que si Klaus no cedía no solo abandonaría a Bettina definitivamente a su suerte, sino que los denunciaría a Tobías y a él. O la Stasi o el KGB acabarían con ellos. Lo que estaban haciendo era muy grave.

—Está bien. Tendrás el dinero, pero quiero que la saques de allí ya.

—En cuanto tenga el resto del dinero me pondré en contacto con mi hombre... Estamos casi a punto de conseguirlo. Confía en mí, camarada, confía en mí.

Colgó el auricular y se quedó con la mirada fija en la nada. Salió de la habitación con gesto ido, absorto en el único pensamiento que ocupaba su mente: sacar a Bettina de allí cuanto antes. Se encontró con Elvira. Sacó su cartera y le puso un billete de quinientas pesetas sobre la mesa. Lo hacía cada vez que tenía que utilizar la línea particular de la secretaria, hiciera él la llamada o la recibiera, «por las molestias», le decía con una sonrisa.

—Gracias, Elvira.

El lunes a primera hora fue al banco a sacar efectivo. Luego se dirigió a una estafeta de correos para realizar un giro postal. La obsesión por sacar a Bettina de la RDA no solo le había despertado de su letargo acomodado, sino que estaba poniendo en grave riesgo a su entorno y su posición, y él lo sabía, pero no podía evitar seguir adelante, necesitaba sacar a su hermana de aquel infierno, se lo clamaba su conciencia, o tal vez fuera el sentimiento de culpabilidad que no dejaba de acuciarle por mucho que tratase de obviarlo, envuelto en aquella vida cómoda y familiar que llevaba desde hacía cinco años.

2

No era el único que tenía obsesiones que le atribulaban. Desde hacía tiempo, Sofía también sufría las suyas, a pesar de que su cabeza estaba la mayor parte del día ocupada en sus investigaciones. Había algo en él que no le encajaba, algo sospechoso que siempre había estado ahí, atemperado por los buenos e intensos tiempos que siguieron al regreso del viaje de París, pero que irremediablemente había empezado a horadar su ánimo y su conciencia; cada vez estaba más obsesionada con que había algo que Daniel le ocultaba.

Habían pasado las navidades cuando tomó la decisión de aclarar algunas cosas. Salió del laboratorio un poco antes de lo habitual y tomó un taxi. Dio la dirección del bufete. Durante el trayecto iba nerviosa, pensando qué decir y cómo actuar. Había llamado antes para asegurarse de que su marido no se encontraba en el despacho; según le había confirmado Elvira, había salido y se había despedido hasta el día siguiente porque tenía una reunión de trabajo fuera de Madrid. Al bajar del coche, delante del portal de la calle Alcalá, miró la placa, «Romualdo Sandoval. Abogado. 1º Dcha.». Nada había cambiado, al menos en la entrada. Recordó la última vez que vio aquella placa, cuando todavía vivía Romualdo, cuando Daniel estaba desaparecido sin noticias. Tomó aire y entró con paso firme.

Elvira la recibió con una sonrisa extrañada. Se levantó de inmediato, en un ademán de respeto a la recién llegada, y le habló desde el otro lado del mostrador.

—Señora de Sandoval, ya le he comentado antes por teléfono que don Daniel ha salido y no piensa volver hoy.

—Quiero hablar con usted —respondió Sofía con sequedad llegándose justo al otro lado de la mesa.

—¿Conmigo? —la extrañeza fue en aumento—. Sí…, claro…, usted dirá.

La miró a los ojos durante unos segundos, con tanta intensidad que Elvira se sintió azarada.

Sofía decidió en aquel momento enfrentarse a uno de sus mayores miedos, los celos. Apoyó las manos enguantadas sobre el mostrador y se irguió tiesa, como para darse autoridad a sí misma.

—Le voy a ser muy sincera y muy directa, Elvira —dijo con el tono más firme que pudo—. Quiero saber si tiene algo con mi marido.

El rostro de Elvira se demudó, negó entre la sorpresa y la estupefacción.

—Señora de Sandoval, me está usted ofendiendo, yo nunca he tenido nada con ninguno de mis jefes aparte de una relación estrictamente profesional. —Elvira mentía respecto a Romualdo Sandoval, aunque con él se trataba de una obligación, algo que iba con el sueldo, según le había dicho Romualdo en una ocasión en la que ella se intentó negar a sus acosos—. Si cree que puede venir aquí a insultarme va usted lista.

Se había puesto en guardia. Dio un paso atrás como para mantener la distancia, insuficiente la barrera que las separaba. El ceño arrugado, la barbilla alzada y una arrogancia impostada de defensa.

Después de la tensión sufrida, Sofía soltó el aire como si lo hubiera estado reteniendo durante horas, echó los hombros hacia delante como muestra de derrota, de quedar vencida antes de entrar en la batalla.

—Está bien..., está bien... —Sus palabras fueron vacilantes. Estaba nerviosa y algo avergonzada, consciente de que había lanzado la acusación sin ninguna prueba, basándose en especulaciones suyas. Le pareció algo ruin por su parte—. Lo siento... Lo siento mucho... No he sido justa con usted.

Elvira se mostró indignada, la ofensa le había llegado muy dentro.

—Yo por el señor Sandoval siento mucho respeto, y también lo siento por usted, si me permite, señora de Sandoval, pero el hecho de que sea secretaria no le da derecho a tratarme como si fuera una cualquiera. Una tiene su dignidad, ¿sabe?, y nadie es quién para arrastrarla por ahí.

—Le repito que lo siento —intentó cortar aquella retahíla de quejas que no le servían de nada.

Entre las dos mujeres se hizo un incómodo silencio.

—Elvira, necesito saber qué esconde mi marido.

—Pues si usted no lo sabe…

La secretaria seguía envarada, distante, sin ceder ni un ápice en su actitud combativa.

En ese momento Sofía fue consciente de que había cometido una torpeza porque se había puesto en contra de la secretaria. Se removió, se quitó uno de los guantes tirando del extremo de cada uno de los dedos, luego hizo lo mismo con el otro, como si al mostrar sus manos solicitara una tregua a su imprudente necedad. Echó el cuerpo sobre el mostrador en un vano intento de acercarse a la secretaria.

—Elvira, ya le he dicho que siento mucho mi actitud, por favor, discúlpeme, pero necesito saber qué le pasa a mi marido.

—Que yo sepa, no le pasa nada —mentía Elvira, porque era evidente que Daniel Sandoval había cambiado de actitud y de formas y que había cosas que no le cuadraban, pero siguió castigándola.

Sofía no hizo caso al comentario, insistió echando aún más el cuerpo hacia delante, un visaje implorante como si le fuera la vida en aquella tesitura.

—¿Usted sabía que mi marido habla alemán, un alemán fluido?

Elvira alzó las cejas y empezó a ceder en su rigidez. Movió la cabeza como si pensara, sin moverse aún de su sitio.

—Alemán y hasta ruso le he oído yo. Aunque tampoco me extraña, la facilidad que tiene el señor Sandoval con los idiomas es bien conocida.

—¿Cuándo lo ha aprendido? ¿Y con quién lo habla?

—Supongo que lo habrá aprendido con la señorita Sharp, ya que es con ella con quien lo habla.

—¿La señorita Sharp?

En ese momento las interrumpió el sonido del teléfono. Elvira atendió la llamada, apuntó un recado en una libreta que había sobre su mesa, se despidió y colgó. Solo entonces volvió su atención hacia Sofía, que esperaba con la impaciencia reflejada en sus ojos. Elvira se acercó un paso hacia el mostrador.

—La señorita Sharp y él se suelen hablar entre ellos en alemán o en ruso, lo mismo uno que otro. Me da a mí que es para que no se entere nadie de lo que hablan.

Sofía arrugó la frente extrañada.

—¿Quién es la señorita Sharp?

—¿No lo sabe? —le preguntó Elvira con pasmo, pensando que aquello de la investigación científica debía de ser muy absorbente para no enterarse del personal con el que trabajaba su esposo—. Es letrada del bufete, Rebeca Sharp.

—¿Una mujer en el bufete? Pero si mi suegro no quería mujeres ni de pasantes.

—Es cierto, pero su marido la contrató el mismo día que se incorporó tras el fallecimiento de don Romualdo… Lleva aquí ya más de cinco años —lo dijo como si remarcase su falta de información sobre los avatares del bufete—. ¿Está segura de que no sabía nada de la señorita Sharp?

Sofía la miró entre la confusión y una dolorosa pesadumbre porque, lejos de aclarar las cosas, cada vez se enfangaba más en la incertidumbre de la manera de actuar de su marido. En su opinión, contratar a una mujer en el bufete era lo suficientemente insólito como para que se lo hubiera dicho, aunque solo fuera como anécdota, un hecho fuera de lo habitual. Aquel tipo de noticias se contaban, a no ser que quisiera ocultárselo, y esa ocultación y durante tanto tiempo le inquietaba.

—No sabía nada —respondió Sofía, arrugada la frente, la mirada abatida en la perplejidad de las dudas—. Daniel no me lo ha comentado nunca…

Notó Elvira tanto desconcierto en Sofía que dio por cerrada la afrenta que le había inferido y decidió ponerse de su parte. Se acercó hasta el mostrador y apoyó los codos sobre la madera, quedando las dos mujeres muy cerca. Empezaba a sentir cierta lástima por aquella mujer cuyo ánimo se derrumbaba delante de ella como un castillo de naipes.

—Entre usted y yo, la señorita Sharp es una mujer muy extraña, y tiene un carácter… A mí a veces me parece una máquina programada, es tan metódica, tan estricta. Si le digo la verdad, no resulta nada fácil trabajar con ella, parece la dueña. Hace y deshace a su antojo. Se ha ido quitando de en medio a todo el que no le gustaba o le resultaba molesto, y con una habilidad, oiga, que no se imagina. Tan solo quedan cuatro letrados de los que trabajaban cuando vivía don Romualdo. Los otros tres han ido cayendo uno tras otro —se puso la mano en el pecho— por cosas, para mí, muy extrañas, pero yo no digo nada —subió la mano a su boca y con los dedos juntos se los pasó por los labios, como si los cerrase—. En su lugar han puesto a otros que no tienen nada que ver, y todo de la mano de esta mujer.

Sofía la miraba con sorpresa. Le extrañaba que Daniel no le hubiera dicho nada de aquellos cambios, aunque pensó que tal vez era ella la que no había puesto interés. Tenía dudas más apremiantes que resolver que los cambios de personal del bufete.

—Ya... —Apretó los labios y miró a Elvira a los ojos buscando en ella su complicidad—. Otra cosa, Elvira, ¿sabe si alguna vez mi marido tuvo que viajar a Alemania? Concretamente a la Alemania comunista.

Elvira irguió el cuerpo como si le hubiera dicho una barbaridad. Sus palabras tenían un dejo de extrañeza.

—¿Don Daniel a la Alemania comunista? Que yo sepa no… Usted conoce mejor a su marido, pero no le veo yo viajando a ese tipo de países —movió la cabeza y sacudió la mano con una preocupación impostada—. Si así fuera, estoy convencida de que don Romualdo se removería en su tumba. A un país comunista... No lo creo, de verdad que no lo creo.

—¿Ha oído hablar de Gloria Montes?

Volvió a negar con la cabeza, algo desolada por no poder ayudarla.

—No he oído ese nombre en la vida.

—Intente recordar, se lo ruego. Sitúese en los días previos a que mi marido hiciera ese famoso viaje a París del que tardó más de un mes en volver. Mi marido le preguntó por el expediente de Gloria Montes, y usted le dijo que no había expedientes, pero que don Romualdo recibía cartas de vez en cuando de esa mujer.

Elvira la miraba con el ceño fruncido, hurgando en su memoria lo que describía Sofía. Negó con un gesto.

—Lo siento, pero en mi vida he oído ese nombre en este bufete, ni a don Daniel ni a don Romualdo. Lo que sí recuerdo es que, el mismo día que se marchó a París, don Daniel recibió una carta sin remite y sin franqueo. Alguien la dejó en su mesa. Nunca supimos quién fue. Luego estuvo reunido un rato con su padre y estoy segura de que estuvieron hablando de esa carta.

—¿Y no sabe qué decía?

La secretaria negó.

—Solo vi el sobre. Tenía escrito el nombre de don Daniel y la indicación de «Asunto personal». Eso sí que lo recuerdo porque tuve el sobre en la mano y estuve preguntando a todos los del bufete si sabían quién lo había dejado en el escritorio de su marido, pero nada, ni la de la limpieza sabía nada de aquel sobre.

Sofía la miraba absorta, sin poder creerse las mentiras que le había contado Daniel. ¿Hasta dónde llegaban sus embustes?, y, sobre todo, ¿por qué? El ring isócrono del teléfono volvió a interrumpirlas. Elvira despegó el cuerpo del mostrador y respondió colocándose de medio lado. Sofía no se movió. Sus manos estrujaban los guantes negros de piel, nerviosa, intranquila porque a cada pregunta le surgía una duda mayor. Esta vez la llamada fue algo más larga. Elvira intentaba convencer a un cliente, que bramaba de manera airada, de que uno de los abogados no podría atenderle hasta la semana siguiente porque su agenda estaba completa. Con una habilidad extraordinaria, en un tono de voz plácido y decidido, fue convenciendo al vociferante interlocutor para que accediera a ser recibido el día y la hora que ella le había indicado al principio de la conversación. Cuando colgó se volvió hacia Sofía y le mostró una mueca, dando a entender la infinita paciencia que tenía que tener con determinadas personas.

Sofía se sintió aún peor en ese momento. Aquella mujer tenía que aguantar los desabridos envites de todo el mundo, y ella se había mostrado igual de desagradable. Intentó imprimir a su voz un tono lo más amable posible.

—El día que llamó a mi casa, ¿recuerda? Era sábado antes de las navidades; le contesté yo. —La secretaria no respondió, se mantuvo alerta—. Usted le dijo a mi marido que tenía que ir a su casa cuanto antes. ¿Qué era tan urgente como para que usted tuviera que llamarle a su número particular?

Elvira la miró fijamente durante unos segundos, inquieta, pero supo mantenerse firme.

—No puedo decírselo, doña Sofía, entiéndame, me estoy jugando el empleo.

Sofía se envaró por primera vez desde que se había quitado los guantes. Fulminada la amabilidad que hacía tan solo unos segundos había procurado. Estaba dispuesta a sonsacarle a Elvira la información que le ocultaba.

—Las llamadas a casas particulares no están dentro de la competencia de una secretaria... —lo dijo con gesto seco—. ¿O sí? ¿Qué me está ocultando?

—Lo siento, señora de Sandoval —Elvira bajó los ojos negando—, le he dicho todo lo que sé.

Sofía la miró unos instantes, cerró los ojos y dio un largo suspiro. Uno de los pasantes salió de un despacho con una carpeta en la mano, que depositó sobre el escritorio de la secretaria, dándole instrucciones para que mecanografiase un escrito y fotocopiase, además, una serie de documentos. Elvira lo atendió solícita bajo la atenta mirada de Sofía. Antes de marcharse, el hombre echó un vistazo rápido a Sofía y advirtió a Elvira de que era urgente. Cuando quedaron solas, la secretaria miró a Sofía con la carpeta pegada al pecho, como si se hubiera vestido una coraza.

—Lo siento, señora de Sandoval, tengo mucho trabajo.

Se sentó ante su escritorio y abrió la carpeta, dispuesta a trabajar. Manejaba los papeles con soltura. Sacó un folio manuscrito, metió papel de calco entre dos folios en blanco, los introdujo en la máquina y empezó a teclear con fuerza, obviando la presencia de Sofía, que seguía quieta mirándola.

Sofía no se movió. Se mantuvo callada, las manos sobre el mostrador, observando el perfil de aquella mujer que movía los dedos a una velocidad de vértigo. Tenía el convencimiento de que escondía la clave de lo que le pasaba a su marido, algo que guardaba relación con aquel maldito viaje a París y con la deriva a la RDA. ¿Qué tenía que hacer allí durante tanto tiempo y por qué le había mentido?

Intentó tomar otro camino para llegar adonde quería.

—Elvira, por favor... —En ese momento, los dedos de Elvira se detuvieron y sus manos quedaron suspendidas unos instantes sobre el teclado, envueltas en un inquietante silencio. Luego las bajó a su regazo, como si se rindiera—. Necesito saber qué le ocurre a mi marido. —Su tono ahora era de súplica—. Está claro que algo le pasa. Desde aquel viaje a París no parece el mismo, es como si... —tragó saliva con una mueca de desesperada inquietud—, como si fuera otro. Me resulta muy difícil de explicar...

Elvira la miró largamente, como si valorase hablar o seguir con su tarea. Luego, bajó la cabeza.

—Mire, señora de Sandoval, le voy a ser sincera: entiendo perfectamente lo que me está diciendo porque a mí me pasa lo mismo —hablaba con la vista al frente, mostrando el perfil a Sofía—. Y no es que me queje, el señor Sandoval es exquisito en el trato, no es que antes no lo fuera, pero es que ahora destila unas formas... —quedó un instante pensativa, buscando la palabra exacta— distintas, no parece el mismo. —Volvió a mirar a Sofía. Tenía que alzar la cara porque, al estar sentada, Sofía quedaba por encima de ella—. Pero no sé... Es cierto que la influencia de don Romualdo era muy grande, y hay que reconocer que se quitó un peso de encima, eso se le notó desde el principio, vamos, que no ha vuelto a pisar un juzgado desde entonces, no le digo más.

—¿No lleva casos judiciales? —la interrumpió atónita.

Elvira alzó los hombros como si le estuviera diciendo algo obvio, evidente a todos menos a Sofía.

—¿Tampoco sabe eso? —arrugó el ceño con extrañeza—. Uy, eso sí que me parece muy raro…

—¿Y qué hace entonces?

Elvira dio un largo suspiro con la mirada al frente. Se levantó y volvió a apoyar los codos en el mostrador. Giró la cara a un lado y otro, como si comprobase que no había nadie al acecho, y bajó el tono de voz.

—Pues no lo sé muy bien. Aparentemente, su marido y la señorita Sharp abrieron una rama de intermediación de comercio internacional, poner en contacto a empresarios de aquí que quieran exportar o de fuera que quieran instalarse o importar sus productos a España, pero, si le digo la verdad, yo llevo mucho tiempo en este bufete y por mis manos pasa casi todo lo que se cuece aquí, y en los cinco años que lleva aquí la señorita Sharp tengo que decirle que no sé muy bien a qué se dedican realmente. Ella se suele reunir con gente muy rara, extranjeros muchos de ellos, españoles también, ninguno cliente del bufete, al menos que yo sepa —volvió a recuperar la postura y alzó un poco el tono—. No sé si serán empresarios o no, a mí no se me dice nada, ni se me pasan papeles o documentación, nada. Desde el primer día que entró por esa puerta, la señorita Sharp actúa casi como si fuera la dueña, pero al margen de todos.

—¿Y mi marido?

Encogió los hombros.

—No sé qué decirle… Hay días que se encierra en el despacho y se está ahí varias horas, y otros que ni se le ve por aquí. No me pregunte qué hace o adónde va, porque no tengo ni idea.

—¿Y cómo se mantiene el bufete?

—Los abogados siguen con sus asuntos, y cuando hay que hacer los pagos, mi sueldo o cualquiera de los gastos generales, don Daniel trae la cantidad que corresponde a cada uno, paga y ya está. Las cuentas del bufete están más que saneadas, eso sí que se lo digo, incluso mejor que cuando vivía don Romualdo.

—No entiendo por qué no me ha dicho nada de todo esto, ni de esa mujer en el despacho, ni de que ya no ejerce...

—Lo de dejar la toga de lado no le extrañó a nadie, porque la verdad es que no se le veía muy contento como letrado. Su marido no será nunca un buen abogado, eso lo dicen todos aquí, y le conocen bien. Lo inexplicable es que cediera tanto a los deseos de su padre.

—Entonces, si ya no lleva ningún caso, si no ejerce como abogado, ¿quién la llamó a su casa? Daniel me dijo que era un cliente que la estaba molestando. ¿Qué clase de cliente tiene el teléfono particular de la secretaria del bufete y la llama un sábado de Navidad?

Elvira la observó largamente, calculando si hablar o callarse. Dio un largo suspiro, apretó los labios como si se hubiera decidido al fin. Volvió a asegurarse de que no había nadie cerca. Echó el cuerpo hacia delante, como el que va a revelar algo importante.

—Verá, doña Sofía, esto que le voy a decir no puede salir de aquí, me juego el puesto, y usted sabe lo difícil que está el trabajo para una mujer en estos tiempos.

Sofía se puso la mano derecha en el corazón y habló con gesto serio y comprometido.

—Confíe en mí, él no sabrá nunca de esta conversación. Se lo prometo.

Elvira la miró a los ojos buscando la sinceridad de sus palabras. Lo cierto era que necesitaba contarle a alguien aquella especie de secreto.

—Su marido me pidió reserva absoluta en este asunto. —Calló, y Sofía se mantuvo expectante, dándole tiempo para decidirse. Habló con voz queda, su mirada fija, apenas sin pestañear—. Desde hace tiempo utiliza mi teléfono particular, el de mi casa, para recibir llamadas.

3

Apenas había dormido. Estaba nerviosa porque aquella mañana tenía que dar una conferencia en el CSIC en presencia de importantes personalidades de la ciencia entre las que se encontraba Severo Ochoa, que estaba de visita en Madrid por unos días. Daniel había prometido acompañarla.

Se despertó muy temprano. Estuvo un buen rato observando el rostro de su marido, la respiración pausada, los párpados cerrados, los labios ligeramente abiertos que dejaban ver un poco de los dientes blancos y perfectos. Desde hacía meses lo notaba muy inquieto, parecía estar en constante alerta, siempre preocupado. Se preguntaba qué escondía, qué lo atormentaba, qué lo estaba alejando de ella. Se veían muy poco debido al trabajo ingente del laboratorio, pero cuando lo hacían le reconocía cada vez menos. Había notado incluso un cierto distanciamiento con las niñas, era como si refrenase sus muestras de cariño hacia ellas tratándolas como un extraño. A esa actitud se resistía Beatriz, que sentía adoración por su padre, su héroe para ella, en cuanto lo veía se echaba en sus brazos y no había quién la soltase, le seguía como si se fuera a esfumar de repente.

Aquella situación desasosegaba mucho a Sofía porque ahondaba en el sentimiento de culpabilidad de que tanto tiempo invertido en el trabajo se lo estaba robando a sus hijas, quebrando la estabilidad familiar, un sentimiento del que no había podido desprenderse a lo largo de aquellos años, salvo cuando entraba en el laboratorio, entonces sentía que toda su realidad, su faceta de madre, de esposa, incluso de mujer, quedaba colgada en la entrada junto al resto de sus cosas, su bolso, su abrigo; en el momento en que se ponía la bata blanca y mientras se lavaba las manos a conciencia iba abandonando cualquier condición que no fuera científica, el mundo exterior dejaba de existir y solo lo recuperaba cuando volvía a recoger su bolso, su abrigo, cuando cada día abandonaba el laboratorio. Pero resultaba evidente que en esa realidad de madre y esposa las cosas estaban cambiando debido a su ausencia: las niñas empezaban a querer más a Vito que a ella, incluso se iban con más alegría a los brazos de su abuela Sagrario, que desde que enviudó ejercía aún más de abuela protectora, cariñosa y tierna con sus nietas, a las que dedicaba mucho tiempo, algo que suponía una gran ayuda para Vito.

Le había preguntado varias veces a Daniel si le ocurría algo, qué le preocupaba, el porqué de esa pose taciturna, tan abstraído siempre, como si estuviera ausente; las respuestas que obtenía eran siempre evasivas, sonrisas forzadas, excusas que no aclaraban nada. No había querido escarbar en el asunto de esas misteriosas llamadas que hacía y recibía en casa de Elvira, no quería perjudicarla. Desde aquella conversación, las dos mujeres se habían convertido en extrañas confidentes; Elvira la avisaba cuando se producían, no eran nada frecuentes, le había dicho que siempre se trataba de la voz del mismo hombre, que tenía un fuerte acento extranjero y que las pocas veces que los había oído hablar lo había hecho en un alemán fluido. Además, Elvira prometió indagar sobre Rebeca Sharp. A Elvira aquella mujer nunca le había parecido trigo limpio, había algo en ella que no le encajaba. Por su parte, Sofía no había conseguido conocerla aún. Era cierto que no iba al bufete, que seguía la costumbre que se había impuesto en vida de Romualdo Sandoval, pero tampoco tenía tiempo ni excusa alguna para presentarse en el despacho y conocer a esa mujer. Elvira empezó a tirar del hilo de la información de su currículo, pero abandonó sus pesquisas el día que Rebeca Sharp la llamó a su despacho, el mismo que antes ocupaba Daniel Sandoval.

—¿Quién le ha encargado meter las narices en mi vida?

—le espetó Rebeca sin esperar apenas a que Elvira cerrase la puerta.

La secretaria se quedó petrificada, de pie frente a aquella mujer que tanto la abrumaba por su aspecto, sus formas, por una extraña fuerza que parecía salir de sus ojos inquietantes de mirada fulminante, provocadora en algunas ocasiones, con una personalidad tan arrolladora que la descolocaba.

Empezó su defensa negando la mayor. Frunció el ceño como extrañada.

—Perdone, señorita Sharp, pero no sé de qué me está hablando.

—Sabe muy bien de lo que hablo. Lleva varios días indagando sobre mis estancias en los diferentes despachos en los que he prestado mis servicios anteriormente. ¿Qué pretende encontrar? Y, sobre todo, dígame quién le manda hacerlo, porque no me creo que haya sido por iniciativa propia.

Continuó Elvira sosteniendo su negación, no tenía más remedio que hacerlo, sabía que se la jugaba, que su futuro se tambaleaba si llegaba a conocerse la verdad de su actuación. En ese momento, la mente se le llenó de resentimiento hacia sí misma, ¿cómo había podido ser tan estúpida?, ¿cómo no había previsto que sus preguntas, sus indagaciones, llegarían a oídos de la interesada? Se odiaba por su necedad.

—Señorita Sharp, no creerá que yo...

—Elvira —Rebeca la interrumpió con un gesto de impaciencia—, o me dice por qué y quién le ha dicho que husmee en mi pasado, o se va a la calle ahora mismo.

—Usted no puede hacer eso —espetó exagerando una menguada indignación.

—¿Quiere probarlo? —alzó las cejas con una sonrisa sardónica—. Eso sí, creo que ya me conoce y sabe que cuando tomo una decisión no hay vuelta atrás... Usted decide, o contesta a mis preguntas o se va a la calle ahora mismo.

Elvira se arrugó. Era consciente del peso que había adquirido la presencia de aquella mujer en el bufete. El que para ella era el jefe, Daniel Sandoval, había cedido mucho espacio a Rebeca Sharp, todo había cambiado demasiado desde la muerte de Romualdo. Decidió no arriesgarse.

—Señorita Sharp, yo... No era mi intención molestarla, pero la señora de Sandoval me pidió que lo hiciera. Ella está un poco celosa porque cree que su marido y usted... —Calló unos segundos, expectante a la mentira que acababa de inventarse; parecía creíble. Continuó—: La pobre no lo está pasando bien, apenas se ven entre ellos, y cree que está perdiendo a su marido... Y que todo es por su culpa.

Rebeca Sharp la miraba seria, pensativa, impertérrita. Movió la cabeza como para relajarse.

—No vuelva a mover ni un solo dedo para buscar información sobre mí ni sobre nada que suceda aquí, Elvira. Todo lo que ocurre en este bufete es confidencial, ¿me oye?

—Sí, señorita Sharp —dijo recuperando cierta euforia porque había conseguido convencerla.

Rebeca Sharp guardó silencio durante unos segundos, un silencio tan pesado que Elvira sintió que podía cortarse con un cuchillo.

—No me fío de usted, Elvira —dijo con gesto agrio—. Así que procure no darme ni una sola razón más para ponerla de patitas en la calle. Le aseguro que nada me haría más feliz que verla fuera de aquí.

—No tiene de qué preocuparse, señorita Sharp, no tendrá ni una queja de mí. —Elvira bajó la cabeza intentando imprimir en su rostro un gesto sincero de arrepentimiento—. Siento lo que ha pasado. No volverá a suceder, se lo aseguro.

Abandonó aquel despacho con la intención de no volver a hacer nada que la pudiera perjudicar. A pesar de que había dado con algunas incoherencias y cosas que no encajaban en el pasado de aquella misteriosa mujer, como el hecho de que nunca hubieran oído hablar de ella en dos de los bufetes citados en su currículo y que hubiese averiguado que otro de ellos simplemente no existía, decidió decirle a Sofía que no había encontrado nada raro, así la dejaría en paz. Su única prioridad era el trabajo. Le importaban muy poco los problemas matrimoniales que pudieran tener los señores de Sandoval, las dudas tendría que resolverlas ella sola.

Sofía se levantó cuando todos dormían aún. Se dio una larga y relajante ducha, se maquilló y se arregló el pelo. Cuando entró en la habitación, Klaus estaba terminando de vestirse.

—¿Adónde vas? —le preguntó sorprendida—. Es muy temprano. Con que salgamos a las nueve llegamos de sobra.

Él la miró calzándose los zapatos.

—Sofía, lo siento, no puedo acompañarte…, acaban de llamar por teléfono, me ha surgido un asunto importante.

—Pero, Daniel, sabes lo que significa para mí que estés a mi lado.

—Lo sé y lo siento…

—No me hagas esto, Daniel —le interrumpió decepcionada.

Se acercó a ella en un vano intento de convencerla, pero ella dio un paso atrás en señal de rechazo.

—Sofía, por favor, escúchame. Intentaré solventarlo y acudiré a la conferencia en cuanto pueda. Pero antes tengo que arreglar algo.

—¿Qué tienes que arreglar, Daniel? —Se había puesto furiosa, le hervía la sangre, no entendía nada—. ¿Qué asuntos tienes tan importantes que no te importa anteponerlos a todo lo que tiene que ver conmigo?

Klaus dio un largo suspiro sin poder evitar un gesto irascible. Hizo un intento de justificarse.

—Son asuntos del despacho.

—¡Mientes! —replicó Sofía desbordada por la rabia acumulada—, desde que murió tu padre no llevas ningún pleito, no has vuelto a ir al juzgado, no llevas asuntos. ¿Qué me estás ocultando, Daniel? Quiero saber en qué andas metido.

Klaus se dio cuenta de que Sofía sabía más de lo que él pensaba. Estaba convencido de que desconocía las actividades del bufete, siempre había sido así cuando Daniel ejercía como letrado junto a su padre, y lo había seguido siendo en aquellos últimos años. Al alentarla a preparar el doctorado y animarla a seguir con todo lo que había venido a consecuencia de convertirse en doctora, había conseguido el objetivo de alejarla de la casa y focalizar su interés en el laboratorio, desviando su atención de él y de sus actividades, dejándole vía libre para entrar y salir, hacer y deshacer sin su presencia. Mantener su mente ocupada era la mejor manera de que no se dedicase a especular sobre cosas que tal vez no le encajasen, evitar que le diese vueltas a sus dudas, tan ciertas e imposibles de obviar. Decidió no negar en exceso, debía manejar bien la situación, templar los ánimos. Ahora tenía que estar alerta y conocer hasta qué punto sabía de sus andanzas en el bufete. Tendría que andar con cuidado.

—Es cierto que no llevo pleitos, no te descubro nada nuevo si te digo que nunca me gustó ejercer como abogado, y la muerte de mi padre me dio la oportunidad de retomar mi vida, emprender cosas nuevas, negocios que me interesan más que ponerme la toga para defender casos en los que no creo.

—¿Qué clase de negocios?

—Negocios que nos permiten vivir muy bien.

—No me has contestado.

Klaus la miró con dureza, pero se contuvo, tenía que actuar con cautela para evitar susceptibilidades que abrieran sospechas insalvables. No podía perder ese tiempo, debía salir de casa de inmediato.

—Llevo la tramitación de contratos de exportación e importación…, y además estoy montando una constructora —mintió imprimiendo a sus palabras toda la firmeza que pudo—. Voy a construir edificios.

—¿Dónde? —Sofía se quedó desarmada. Si solo era eso, había estado especulando durante meses por una estupidez.

Klaus abrió los brazos, como queriendo abarcarlo todo, mostrando una sonrisa, consciente de que la había convencido.

—Donde haya negocio, el sur de Madrid, Móstoles, Alcorcón, Fuenlabrada, Campamento. Se están haciendo muchas promociones por esa zona. Ya he hecho algunas cosas pequeñas, de poca monta, ahora pretendo hacerlo a lo grande, promociones de cientos de pisos. Es un negocio redondo, Sofía.

—¿Ahora eres constructor? —preguntó ella sin poder contener su estupefacción.

—No me dedico a la construcción, gestiono el negocio de la construcción, que no es lo mismo. Y me gusta mucho más que andar metido en procedimientos, demandas y juzgados.

—¿Por qué no me lo dijiste?

—No lo vi necesario... —alzó los hombros sonriendo—. Nunca antes te ha interesado lo que hago o deshago. Es cosa mía, igual que lo tuyo en el laboratorio. Nunca me cuentas sobre qué estás investigando, aunque tampoco lo entendería, o lo haría mal, pero no por desconocer lo que haces en tu trabajo dudo de ti, como tú haces conmigo.

—Eso no es cierto. A ti siempre te gustó la ciencia. —Hablaba con cierta sorna, como si le hubiera pillado en un renuncio—. Nos conocimos en la facultad de Físicas, en una conferencia que daba mi padre, ¿o es que ya no te acuerdas? ¿Por qué no te interesa nada de lo que hago? Tengo la sensación de que me rehúyes…

—Eso no es cierto —Klaus puso un gesto lo más compungido posible, como si las palabras de ella le hubieran provocado una profunda tristeza—. Sofía, yo… Estoy intentando encontrar mi sitio, igual que lo estás haciendo tú, eso es todo. —Calló dando efectividad teatral a su actuación—. Eres una mujer brillante y quiero estar a la altura. Eso es todo… —repitió—. No hay nada más.

Sofía sintió una profunda ternura por él. Nunca hubiera pensado que podría escucharle decir aquellas palabras.

—No me importaría que mostrases algún interés por lo que hago —habló con un tono mimoso, reconciliador—, por lo que investigo. Te aseguro que sería muy grato para mí.

—Si tú lo quieres, así lo haré. Vas a tener que contarme todo lo que haces —subió el dedo índice como si la estuviera advirtiendo, dulcificado su gesto con una sonrisa—. Pero te vas a tener que esforzar porque me lo tienes que explicar de tal forma que lo entienda, no te puedes poner científica conmigo. Es cierto que me gusta la Física, mucho, pero de ahí a pretender ponerme a la altura de una eminencia como tú va un abismo.

Ella sonrió rendida.

Klaus se dio cuenta de que había dado en el clavo. Aprovechó para acercarse y agarrarla por la cintura. Esta vez ella sí se dejó, envuelta en el desconcierto de lo sencillo. Sin embargo, a los pocos segundos reaccionó removiéndose, intentando soltarse, el ceño fruncido. No iba a claudicar tan fácilmente, todavía había cosas que no encajaban, tenía que aprovechar para aclararlo todo.

—Y, por cierto, ¿qué tal con esa Rebeca?

Klaus sonrió tierno.

—¿Rebeca Sharp? —No esperó respuesta—. Trabaja en el despacho.

—¿Por qué no me dijiste que la habías contratado?

Se separó de ella para terminar de vestirse.

—¿Tiene alguna importancia? Porque para mí no.

—¿Y por qué una mujer?

La miraba de vez en cuando mientras terminaba de anudarse la corbata.

—Era el mejor de los candidatos. Entiendo que estás de acuerdo con la elección del mejor, sea hombre o mujer.

Sofía se puso frente a él, le quitó las manos de la corbata y empezó a hacerle el nudo. Le miraba de vez en cuando, en silencio.

—¿Ha habido más cambios que yo no sepa en el bufete?

Klaus se dejó hacer. Cuando terminó la lazada, Sofía se retiró un poco y Klaus se revisó en el espejo.

—Me alegra saber que no has perdido la habilidad para hacer el nudo perfecto.

—No me has contestado.

—Claro que ha habido cambios. —Chascó la lengua intentando contener la impaciencia. Tenía que acabar con aquella estúpida conversación—. Es lógico que los haya habido, Romualdo Sandoval murió hace ya mucho tiempo, y yo no tengo nada que ver ni con él ni con su forma de trabajar.

Sofía estuvo a punto de preguntarle por Gloria Montes, por la mentira que le había contado sobre su estancia en París. Pero la interrumpió la premura de Klaus.

Se acercó a ella, la besó en los labios, un beso corto, rápido, casi un roce.

—Me voy, cuanto antes salga y lo resuelva antes podré acompañarte. Llévate el coche, yo tomaré un taxi.

Se marchó dejando a Sofía en un silencio incómodo. Ya sola, se miró al espejo, tomó aire con angustia, como si le faltase, luego lo soltó lentamente intentando calmarse. Necesitaba concentrarse y mantenerse serena.

4

El tono de la llamada sonó una y otra vez hasta que la voz de la operadora lo interrumpió para indicarle que nadie contestaba. Klaus la instó a que lo intentase de nuevo, y volvió a oír la monotonía del tono, uno, otro, otro, otro...

—¿Dónde estás, hijo de puta? —murmuró con voz rasgada por la rabia, mirando el teléfono como si pudiera llegar a escucharle aquel a quien llamaba—. Vamos, contesta de una vez...

Depositó el auricular sobre el aparato con un gesto entre la derrota y la desolación. Permanecía sentado en el borde de la cama de su secretaria, pegado a la mesilla, los codos apoyados sobre sus rodillas; ocultó la cabeza entre las manos; se mesaba el cabello pensando en que no podía hacer otra cosa que esperar la maldita llamada. Alzó la cara y miró a su alrededor, la colcha rosa rematada de encajes, los cojines de colores sobre la almohada, perfectamente alineados, las cortinas a juego, el papel de las paredes con más rosa y demasiadas flores, le pareció la habitación de una adolescente. Pensó en la soledad de Elvira, en su más que evidente definitiva soltería, y no pudo evitar preguntarse si le gustarían las mujeres. No había olvidado la relación entre Sofía y aquella joven francesa. No sentía celos, no podía sentirlos porque no amaba a Sofía. Reconocía que le había resultado muy fácil convivir con ella, la dejaba hacer, respetaba sus tiempos, la trataba con delicadeza, cumplía con creces en la cama, sabía que ella estaba satisfecha en ese sentido, percibía su amor incondicional que le derramaba abiertamente, pero no estaba enamorado de ella. Desde el principio había sido muy consciente de que debía evitar cualquier tipo de apego que, con el tiempo, pudiera complicar el abandono, la retirada, la ausencia definitiva de la vida robada; con Sofía lo había conseguido, no así con Beatriz, aquella niña había llegado a calmar el inmenso dolor que le provocaba la ausencia definitiva de su pequeña Jessie; no podía evitar mirarla y pensar en ella, verla crecer como si fuera ella, hablar como ella, abrazarla como si lo estuviera haciendo con su propia hija. Sabía que desatando aquel sentimiento se volvía vulnerable, pero no podía ni quería reprimir el amor que irremediablemente experimentaba por esa niña.

Dos toques en la puerta le arrancaron de sus elucubraciones. Sin esperar respuesta, Elvira abrió y se asomó prudente.

—Don Daniel, lo siento, pero tengo que irme al despacho, se me está haciendo muy tarde.

Klaus la miró como si no la reconociera. Se levantó y, cuando iba a salir de la habitación, el ring retumbó a su espalda. Se acercó hasta él en dos pasos, descolgó y se puso el auricular en la oreja.

—Un momento —dijo con un gesto de desagrado. Se separó el auricular de la cara, lo tapó con la mano y se dirigió a Elvira, que lo miraba desde el pasillo con el abrigo puesto, preparada para salir de casa—. Es para usted... —dijo en voz baja—, creo que es Borrajo.

Elvira entró en su propia habitación, ocupada por un intruso que se hacía su dueño cuando entraba en ella. Como si lo hiciera en terreno ajeno. Le intimidaba estar en su alcoba a solas con un hombre, no estaba acostumbrada, y no por temor de sus intenciones —había llegado a la conclusión de que, como mujer, ella le resultaba invisible—, sino porque se trataba de su territorio de intimidad, de su cama, de su olor, de sus cosas. La incomodaba dejarlo a solas allí, sentado en su impecable colcha, ocupando ese espacio tan personal. Cogió el aparato que le tendía y se lo pegó al oído.

—Sí, estaba a punto de salir… Me ha surgido un problema… Sí, lo sé y lo siento... —escuchaba a su interlocutor echando miradas furtivas a Klaus, que apenas se había movido de su lado, resistiéndose a marcharse sin conseguir la llamada—. No tardaré en llegar... Salgo ahora mismo.

Colgó y lo miró incómoda.

—Tengo que marcharme, don Daniel, no puedo esperar más. Ya están todos en el despacho y me están esperando. Esto me va a costar un disgusto.

—Yo soy el jefe.

—Ya, pero no puedo decir que estoy con usted. Ojalá no haya reconocido su voz, porque entonces estoy perdida —bajó los ojos compungida—. Tendré que mentir, veré qué les cuento —se dirigió a él con gesto suplicante—. Pero ya no puedo esperar más.

Klaus la miró sin moverse. Volvió los ojos al heraldo de color verdoso. Llevaba más de dos horas esperando, una más del límite de lo posible para Elvira, que debía estar en el bufete a las nueve de la mañana, y ya pasaban de las diez. Estaba muy inquieto. La última conversación que había mantenido con el danés le confirmó que la operación se llevaría a cabo en la segunda semana de octubre, y ya estaban a finales de noviembre. Aquella falta de información le hacía sospechar que quizá hubiera ocurrido algo durante la salida, algo que hubiera salido mal, y temía por la vida de su hermana.

Elvira llegó hasta el umbral de la puerta, se volvió y le habló impaciente.

—Don Daniel, tengo que marcharme, se lo ruego, debemos irnos.

Klaus no dejaba de mirar el teléfono sobre la mesilla. Afirmó, tensó la mandíbula y se dirigió al pasillo. Ella le dejó pasar y los dos caminaron hasta la entrada. Klaus iba cabizbajo, sentía impotencia de no poder hacer nada, angustiado por la imposibilidad de actuar.

Salieron del pequeño apartamento, y en el rellano, cuando Elvira estaba dando la vuelta a la llave en la cerradura, se oyó en el interior el primer ring y a continuación otro más. Los dos se miraron unos segundos.

—¡Abra la puerta, vamos, dese prisa! —le espetó Klaus con gesto desabrido.

Elvira suspiró y giró la llave al contrario para abrir. Klaus entró dando un empujón a la puerta, sin miramientos, con pasos rápidos llegó a la habitación y descolgó. Esta vez sí era la voz de Tobías. Elvira se quedó en el pasillo, apoyada la espalda contra la pared, el bolso en la mano, oyendo aquellas palabras en alemán que no entendía, pero de repente empezó a oír español. Elvira se irguió alerta.

—Hoy mismo te enviaré la carta... Sí, lo he apuntado… No te preocupes, encontrará el sitio, seguro… Está bien... Hazlo como quieras, pero hazlo ya. Ha pasado demasiado tiempo, tienes que sacarla de allí, ¿me oyes?, sácala de allí de una puta vez.

Hubo un silencio. Elvira permanecía atenta a lo que decía. Reconocía que sentía una irreprimible curiosidad con aquellas llamadas; siempre había una primera que la avisaba del momento en que Daniel Sandoval debía estar allí. Aquella mañana la había despertado el teléfono. La voz ya conocida de aquel hombre, una voz bronca, fría, gruesa, la había instado a que avisara con urgencia a Daniel Sandoval, insistió en que era muy urgente y anunció que volvería a llamar, aunque esta vez sin especificar hora como hacía siempre. Apurada por lo intempestivo de la hora, Elvira había cumplido la orden y telefoneó a su jefe, quien, tras responder personalmente a la llamada —para alivio de la secretaria—, se había presentado allí al cabo de una hora. No obstante, el aparato había permanecido mudo, guardando un silencio muy incómodo para ella, durante el cual, Klaus, nervioso, no había dejado de dar vueltas, inquieto, fumando de forma compulsiva. Elvira le había estado observando todo el tiempo, sentada en el sillón de su pequeño salón, ya vestida, a la espera de que esa maldita llamada se realizase y pudieran marcharse al bufete. Cuanto más lo miraba más le parecía otra persona, convertido en alguien ajeno, un desconocido paseando por su salón como un animal enjaulado.

Volvió a oír la voz de su jefe, pero había vuelto al alemán. Tragó saliva preocupada. Sabía que llegaba muy tarde, y que no podría poner la verdadera excusa porque nadie debía, ni podía, saber de aquellas visitas a su casa, no solo por órdenes estrictas de don Daniel, sino porque estaba segura de que aquello daría que hablar, y de ninguna manera quería ella estar en boca de nadie. Por supuesto sabía que su jefe la defendería por su retraso, restándole importancia y creyendo la excusa que iba a poner, pero a pesar de todo era consciente de que entre don Justino y la señorita Sharp, ambos muy estrictos con el tema de la puntualidad, le iban a amargar el día por aquella falta de puntualidad injustificada.

5

La vida de Bettina Zaisser continuaba centrada casi por completo en el hospital, no había nada más allá de sus muros, ni trato con otra gente que no fuera el profesional con los compañeros o pacientes. Se dejaba absorber por el trabajo, en exceso a veces, porque así conseguía hacer más soportable la vida solitaria y anodina que se le había impuesto. La única excepción a la monotonía de su entorno era Claudia; no es que hubieran intimado, nada más lejos, pero sí recibía de ella un trato distinto del que le dispensaban los demás y eso le daba seguridad. El personal con el que convivía a diario continuaba siendo distante con ella, aunque tampoco es que ella hiciera nada para derribar esa barrera de recelo, pues se había propuesto no bajar la guardia con nadie, no fiarse de nadie. La bicicleta que le prestó Claudia le había dado una autonomía extraordinaria; el señor Blecher había informado del cambio, pero no debieron ver nada malo en que se desplazase pedaleando por caminos vecinales, porque nadie le dijo nada al respecto. Bettina había llegado a la conclusión de que la razón para no ponerle pegas a prescindir de conductor diario se basaba en el ahorro que para el partido suponía el sueldo que el señor Blecher dejaba de percibir por ese trabajo. Con el tiempo la férrea vigilancia se había relajado, al menos en apariencia, y la dejaban dar sus paseos en solitario sin la custodia vecinal.

Claudia Durham tenía dos años más que Bettina, era de Potsdam y la habían trasladado allí al obtener su título de Enfermería. Era buena en su trabajo, tenía mucha habilidad para manejar la rebeldía o la cerrazón con la que solían llegar los adolescentes enfermos, infectados de todo tipo de virus, con fracturas sospechosas o males poco habituales en jóvenes de su edad. Tenía un novio que vivía en Bonn, era un médico diez años mayor que ella. Se habían conocido durante un congreso sobre enfermedades infecciosas celebrado en Rostock. Nadie de su entorno conocía aquella relación, ni mucho menos sus encuentros en el bosque cuando Fritz cruzaba la frontera acompañado de algunos amigos que le cubrían, haciéndose pasar por turistas o visitantes de paso. Claudia no había pedido el permiso de salida porque sabía que no se lo iban a conceder, y no quería levantar recelos que la hubieran perjudicado y puesto bajo sospecha. Junto a su novio, llevaban tiempo planeando la forma segura de pasar al otro lado, pero eso no lo sabía nadie, incluida Bettina, por supuesto.

El acercamiento entre ambas no fue fácil, ni evidente. Pasaron muchos meses sin que apenas hablaran de otra cosa que no fuera el trabajo, los pacientes, el tiempo, el frío, el calor, la lluvia o la falta de ella. El primer contacto más personal había sido tomando un café en la cafetería del hospital durante un descanso de una dura y tensa guardia. Hablaron un poco de sí mismas, Bettina le llegó a confesar que tenía que ducharse con agua fría los últimos días del mes porque se acababa el carbón y no había posibilidad de adquirir más según los señores Blecher; sin embargo, se había enterado por una casualidad de que los Blecher revendían por un precio mucho mayor una parte del carbón que ella pagaba cada mes, y esa era la razón de la escasez; también le contó que no podía usar el secador de pelo en su casa porque al enchufarlo saltaban los plomos. Todo en aquel piso era viejo, frío, gris y tan ajeno que cada vez que Bettina entraba sentía un enorme abandono y ganas de llorar.

Una tarde estaban cambiándose de ropa delante de sus taquillas después de terminar su turno. Cuando se quedaron solas, Claudia, sin apartar los ojos de la puerta, alerta, se dirigió a ella en voz muy baja.

—Cuando cruces las vías del tren, tuerce a la izquierda en el primer camino que veas.

Bettina la miró sin decir nada, el gesto en apariencia impertérrito, como si no la hubiera oído.

—Tengo algo para ti de parte de Klaus —volvió a susurrar Claudia.

Bettina se puso en guardia.

—¿Qué sabes tú de Klaus?

En ese momento tuvieron que callarse porque entraron dos doctoras con la intención, como ellas, de cambiarse y marcharse a casa. Luego, entró la enfermera que sustituía a Claudia en el turno de noche. La presencia de las mujeres anuló toda posibilidad de que pudieran seguir hablando.

Claudia terminó de vestirse antes que ella, cogió su bolso, el chaquetón, se despidió con normalidad de todas y salió, dejando a Bettina confusa y pensativa. La enfermera se desplazaba en moto, una vieja escúter Schwalbe, que ella misma había reparado con piezas de desguace y que había repintado con brocha de un color verde chillón. Cuando Bettina salió al exterior, vio cómo Claudia se alejaba en su moto. Mientras colocaba su bolso en el cesto de la bicicleta, oía el rugido del motor desvaneciéndose poco a poco en la distancia. Se ajustó la bufanda al cuello, montó en la bici y emprendió el lento pedaleo hacia su casa. Tenía algo más de media hora de camino. Hacía un viento frío y húmedo que se incrustaba hasta los huesos. Sentía la piel del rostro aterido, enrojecido por el aire gélido. A pesar del mal tiempo, a Bettina le gustaba adentrarse en el bosque, escuchar el suave roce de las ramas movidas por el viento que solía soplar con frecuencia en esa zona, respirar el aroma del campo... Si tenía tiempo y la temperatura era buena, se desviaba hacia la costa para llegar hasta la playa y caminaba descalza por la arena, dejando que las olas rozasen sus pies; se sentía henchida del estruendo del mar, la mirada fija en el horizonte, un mar impenetrable convertido en frontera que le proporcionaba una falsa sensación de libertad, porque seguía presa. Así se sentía, cautiva y sola, inmensamente sola.

Llegó a las vías del tren. Nada más cruzarlas se abría a la izquierda una estrecha vereda que apenas se dejaba atravesar, devorada como estaba por la maleza. Ralentizó el pedaleo hasta detenerse en la bifurcación. No estaba segura de hacerlo, no se fiaba demasiado, aunque el nombre de Klaus tiraba de ella como un imán. Había empezado a llover. Se cubrió la cabeza con la capucha del chaquetón, descendió de la bici y, agarrada del manillar, se adentró en la angosta trocha. Avanzaba lentamente, con alguna dificultad, apartando la maraña de ramas que se interponían a su paso y rozaban su cuerpo. Iba atenta a cualquier ruido, pero solo percibía el sonido hueco de las gotas de lluvia estrellándose contra su capucha impermeable. Oyó un silbido; no era un pájaro, alguien estaba llamando su atención. Miró a un lado y a otro hasta que vio a Claudia a pocos metros agitando la mano alzada para que se acercase. Dejó la bicicleta apoyada en un tronco caído y fue a su encuentro. Al aproximarse, reparó en que había un hombre a su lado. No lo dudó, se dio la media vuelta dispuesta a alejarse.

—Bettina, espera, por favor —Claudia la alcanzó y la detuvo agarrándola del brazo, pero ella se soltó con malas formas.

—Déjame en paz, no quiero líos.

Continuó alejándose.

—Es mi novio... Tiene una carta para ti de Klaus.

Solo en ese momento se detuvo. Se volvió y la miró, luego observó al hombre que esperaba en el mismo sitio con un paraguas en la mano y que alzó la otra en la que sujetaba un sobre para que lo viera.

—¿Qué sabes tú de Klaus? —repitió la pregunta que había quedado sin respuesta en los vestuarios del hospital.

—Yo nada —respondió Claudia—, tampoco me interesa saberlo. Pero me imagino que será alguien importante para ti. Fritz es médico, vive en Bonn, llevamos juntos más de dos años. —La miró fijamente—. Está intentando sacarme de aquí —dijo con voz gutural, casi con ahogo—. Y con esto que te he dicho me la juego... —tragó saliva, arrepentida de haberlo hecho.

Bettina le sostuvo la mirada unos segundos valorando la verdad de sus palabras.

—¿Por qué tendría que fiarme de ti? Está claro que te pusieron a mi lado para vigilarme.

—No te lo niego, esas fueron las órdenes cuando llegaste, que informase sobre ti, y eso he hecho estos años, informar de que eres una extraordinaria pediatra que cumples con tu trabajo de forma exquisita. Puedes creerme... Si no lo haces, también lo entendería, pero estarías equivocada conmigo.

Bettina seguía quieta, sin decidirse a acercarse a aquel hombre que las miraba, a la espera bajo la lluvia.

—Ven, por favor, confía en mí —añadió Claudia—. Puedes estar tranquila, estoy de tu lado.

Le tendió la mano para que la siguiera. Bettina aceptó y la siguió.

—Este es Fritz —le presentó—. Es un gran cirujano —agregó orgullosa.

Bettina la miró, luego lo miró a él, que le tendía la mano. Se oía el repicar de las gotas de lluvia sobre la lona del paraguas bajo el que se había cubierto Claudia.

—¿Qué sabes de Klaus? —volvió a repetir, sin decidirse a apartar sus recelos.

—Poca cosa —respondió el hombre con voz serena—. Hace unos días se puso en contacto conmigo un tal Tobías, no sé si lo conoces... —Ella negó con la cabeza—. No sé cómo supo de mi relación con Claudia y que de vez en cuando cruzo la frontera para verla, aunque no todo lo que me gustaría, lo último que quiero es levantar sospechas sobre ella y ponerla en peligro —mientras hablaba dedicó una mirada de ternura a Claudia—. Me dijo que te hiciera llegar esta carta y que estuvieras alerta. Es todo lo que sé de ese Klaus... Imagino que será tu novio...

Le entregó el sobre que iba metido en un plástico para que no se mojase.

—No es mi novio —dijo ella secamente. Quería creerle, pero seguía sin fiarse.

—Me insistió mucho en que interpretes el contenido, lo memorices y la destruyas, cuanto antes mejor. Ah, y que no uses el teléfono. En la Stasi saben de una llamada que hiciste hace tiempo a un número de Madrid. —Claudia y Bettina se miraron unos segundos. Era lógico, habían localizado una conferencia a Madrid desde el despacho del director, nadie más que ella podría haberla hecho. Fue una torpeza, pero hacía tanto tiempo de aquello que pensó que la llamada había pasado desapercibida a los controles—. Tampoco escribas. No intentes ponerte en contacto con nadie de fuera. Ellos se encargan de todo. Eso me dijo.

Permanecieron un rato en silencio, mecidos por el rumor de la lluvia al caer contra la tierra y las hojas.

—Bueno, ya lo sabes —terció Claudia—. Ahora será mejor que te marches, no vaya a ser que pase alguien y nos vea juntas. No resultaría nada conveniente para ninguno.

Bettina los miró a los dos durante unos segundos, juntos bajo el mismo paraguas, intentando encontrar en sus ojos la mentira, pero él pasó el brazo por el hombro de Claudia y apretó su cuerpo hacia el suyo, sonriente, dándole a entender que necesitaban el poco tiempo que tenían para su intimidad. Ella se metió el sobre en el bolsillo, dio media vuelta y se marchó.

6

Llegó muy nerviosa a casa. Nada más entrar al portal y dejar la bici, intuyó que un ojo de buitre la observaba detrás de la mirilla de los Blecher. Subió a su piso, cerró la puerta y echó el cerrojo. Los Blecher seguían molestándola de vez en cuando, no les quedaba otra que cumplir con su cometido de vigilancia, por el que recibían una gratificación, pero ya no lo hacían con la libertad, la asiduidad y el albedrío de los primeros meses. Poco a poco había aprendido a zafarse de sus artimañas, aunque no siempre le era posible. Con el cerrojo echado no podían entrar si no era llamando, entonces los hacía esperar un buen rato hasta que abría. Aquello los ponía de muy mal humor, entraban con malos modos, gruñendo como hienas.

Sin quitarse siquiera el abrigo, se desprendió de los guantes y de la bufanda y sacó la carta del bolsillo. Le temblaban las manos no solo por los nervios que la desbordaban, sino porque tenía el cuerpo aterido. Los pantalones le chorreaban como si acabase de salir de un río, el agua le había calado los pies y los sentía húmedos, y el pelo mojado se le pegaba al cuello. El sobre estaba en blanco, no tenía ni remitente ni destinatario. Antes de sacarlo del plástico se secó las manos con las mangas del jersey para evitar mojarlo. Lo abrió con el cuidado de quien maneja algo muy delicado. Al desplegar la hoja y reconocer la letra de Klaus se quedó sin aliento, sonrió controlando un repentino torrente de euforia. Tuvo que pegar los codos al cuerpo porque le temblaban las manos. Era un folio manuscrito por una sola cara, con un contenido en apariencia banal, intrascendente. En ella le contaba que estaba muy bien, que iba a viajar al norte y que pasaría seis semanas desde el día tres en casa de un amigo que ella no conocía, y que quería ver por primera vez el sol de medianoche. No tenía firma, no era necesario, pensó Bettina.

Lo leyó y lo releyó varias veces intentando memorizar las claves. Sonrió al recordar cuando Klaus le enseñaba a escribir y a leer entre líneas para que solo ellos dos pudieran entender el contenido. El norte era la costa, resultaba evidente que se refería a la del Báltico, el día en el que iban a sacarla era el seis —quedaban un par de semanas, pensó conteniendo la emoción—, y la hora indicada eran las tres de la madrugada. Así supo que debía estar en un punto de la costa el día seis a las tres de la madrugada. Pero ¿en qué punto?, pensó indagando en lo escrito. El timbre de la puerta la sobresaltó tanto que el papel se le cayó al suelo. Lo recogió con el latido del corazón desbocado. Volvieron a llamar con insistencia.

—Un momento —gritó.

No podía deshacerse aún de la carta, no la había terminado de descifrar, tenía que saber el lugar exacto al que debía acudir, de lo contrario no habría servido de nada. Se dio cuenta de que se había formado un charco de agua a sus pies. Miró a un lado y a otro buscando un lugar en el que esconder la carta. El timbre sonó otra vez, acompañado de golpes en la puerta, cosa que alertó a Bettina, ya que no era habitual en los Blecher aporrear la puerta, lo suyo era la insistencia con el timbre. Dobló la hoja y la volvió a meter en el sobre. Lo escondió detrás del papel de la pared, que estaba algo despegado, y fue hacia la entrada. Descorrió el cerrojo deprisa, porque seguían aporreando la puerta a pesar de saberla al otro lado. La abrió despacio. Esta vez no se encontró con el señor o la señora Blecher, sino con dos hombres. Reconoció de inmediato a uno de ellos, era uno de los que la habían llevado hasta allí hacía más de cinco años.

—Buenas noches, doctora Zaisser, ¿podemos entrar?

Bettina se quedó mirándolos, la puerta entornada, casi cerrada.

—Es tarde —murmuró ella con gesto mohíno.

—Solo queremos hacerle unas preguntas, será rápido.

Bettina sabía que no le quedaba más remedio. Los dos hombres entraron hasta la pequeña sala en la que Bettina había estado leyendo la carta de su hermano. Tenía un ventanal que daba a la calle, cubierto en la mitad superior por una cortina de un color indefinido; había una estantería con algunos de los libros de Bettina, un viejo sillón de dos plazas con la tapicería tazada por el uso, además de dos sillas y una mesa de comedor no muy grande sobre la que había dejado su bolso. Una vieja alfombra cubría parte del suelo junto al sillón.

Los dos hombres dieron una vuelta por la estancia mirando con avidez lo poco que había. Malditos ojos de buitre, pensó Bettina.

—Doctora Zaisser, ¿qué relación tiene con Claudia Durham?

—Trabaja conmigo en el hospital, es mi enfermera.

—¿Conoce al doctor Fritz Hidman?

Bettina se mantuvo fría, distante, impertérrita.

—No —contestó seca.

—¿Está segura? —inquirió el hombre insistente mientras se prendía un cigarro. Echó una bocanada de humo y alzó la barbilla con gesto arrogante, sin dejar de mirarla en ningún momento.

Bettina le sostenía la mirada. Sabía que era fundamental para resultar creíble.

—No he oído ese nombre en mi vida.

Con la idea de controlar los nervios, abrió su bolso y sacó un paquete de tabaco; cogió un cigarro, se lo puso en los labios y cuando iba a prender una cerilla se encontró delante de su cara la llama del mechero de su interrogador. Bettina lo miró unos instantes, la titilante llama se reflejaba en sus ojos y se le antojó el mismísimo diablo. Encendió la cerilla, giró un poco la cara y prendió el cigarro. El hombre disimuló el desaire, cerró el mechero y lo guardó en el bolsillo.

—Está empapada —dijo señalando la ropa húmeda.

Bettina se miró la ropa, los pantalones y las botas chorreando, el pelo, los brazos, los hombros mojados. Sintió un escalofrío porque la humedad traspasaba la ropa y llegaba a la piel ateriendo los músculos.

—Acabo de llegar y llueve mucho —alegó con sorna—, y cuando llueve, uno se moja.

—Si no hubiera rechazado el coche...

—Voy muy bien con la bicicleta —interrumpió manteniendo el rictus altivo—, además me sirve para hacer ejercicio.

El hombre la miró al bies, con un gesto áspero.

—¿Se ha encontrado con alguien en el camino de vuelta?

Bettina alzó las cejas, apretó los labios y negó con un ligero movimiento de cabeza.

—Con nadie en especial.

El hombre sacó algo del bolsillo de su abrigo y se lo tendió.

—Entonces, imagino que tendrá alguna explicación para esto.

Bettina miró de reojo sin cambiar la postura, el brazo pegado a la cintura sujetando el codo del otro, en cuya mano tenía pinzado el cigarro. Era una foto de esas que se revelaban al instante, tomada con una Polaroid, decomisada con toda seguridad en la frontera a algún incauto turista occidental. No pudo evitar estremecerse al ver la imagen, estaba algo movida —era evidente que la había hecho un fotógrafo inexperto—, pero era claramente identificable: se la veía a ella de frente, en el bosque, hablando con Claudia, a quien se veía de perfil, y su novio, que se encontraba de espaldas. La lluvia y el aire brumoso enturbiaban la calidad de la imagen. No la tocó, apretó los labios y movió la cabeza.

—Me encontré con ella por casualidad. Hablamos un momento, eso es todo.

—¿Un encuentro casual en medio del bosque..., lloviendo? No me diga que daba un paseo, porque no me lo creo.

—Me da igual que se lo crea o no. Tenía ganas de hacer pis, salí del camino y me los encontré. No sé qué hacían allí, ni tampoco se lo pregunté, no todos tenemos ese afán de saberlo todo sobre los demás. Luego me marché.

—¿Y él?

—No sé quién es... No me lo presentó.

Los dos hombres se miraron.

—¿Le dio algo, le dijo algo?

—¿Quién?

—El doctor Hidman.

—Ya le he dicho que ni siquiera me lo presentó. Los vi, intercambiamos unas palabras y me fui.

Se hizo un silencio incómodo. El hombre volvió a introducir la foto en el bolsillo interior de su abrigo. Miró a su alrededor alzando la mano en la que llevaba el cigarro.

—No le importará que echemos un vistazo, ¿verdad?

Bettina los miró en silencio sin pestañear. El registro duró una media hora. Sacaron todo el contenido de los cajones y lo tiraron por el suelo, vaciaron armarios, levantaron el colchón, las sábanas, las mantas, hurgaron entre los enseres de la cocina, movieron muebles, retiraron la alfombra. Bettina se cuidó mucho de no mirar en ningún momento hacia el rincón de la pared en el que estaba escondida la carta, ni siquiera cuando vio de reojo que el desconocido se acercaba demasiado, aunque en ese momento, con su mirada clavada en el suelo, se dio cuenta de que había restos de agua que habían soltado sus botas al esconderlo. Estaba tan tensa que no pudo evitar sobresaltarse al oír el timbre de la puerta. No tuvo que moverse porque el desconocido abrió sin dudarlo, como si esperasen a alguien. La voz de una mujer puso en guardia a Bettina. Nadie dijo nada. Bettina esperaba inquieta. Una mujer de mediana edad, voluminosa y de gesto rudo apareció en el umbral de la sala en la que estaban, se estaba poniendo unos guantes de látex.

—*Komm, bitte.*

Bettina miró al que le había estado preguntando con un gesto de ahogo. Conocía perfectamente lo que significaba aquello. Empezó a temblar de forma descontrolada. Cerró los ojos y no se movió, como si esperara que aquella mujer fuera a esfumarse, que su visión hubiera sido un espejismo y no fuera real.

—Doctora Zaisser, no tenemos toda la noche. Acabemos con esto, por favor.

La voz ronca del hombre la obligó a abrir los ojos de nuevo. La mujer seguía allí, ahora con los guantes puestos, el gesto altivo, dispuesta a cumplir la tarea asignada, registrar cada pliegue de la ropa que llevaba puesta, además de las zonas más íntimas de su cuerpo.

Bettina avanzó hacia su habitación como una autómata. Se desnudó lentamente bajo la atenta mirada de la mujer, que inspeccionaba a conciencia cada una de las prendas. Cuando se desprendió de la braga, encogió el cuerpo en un intento de cubrir su desnudez tan solo con los brazos. La mujer la obligó a ponerse derecha, los brazos en alto, mientras palpaba cada parte de su cuerpo. Luego vino lo peor, la obligó a tumbarse sobre el colchón, y entonces Bettina dejó de pensar, la mente en blanco, no sentir, no pensar para no tener memoria.

No les quedó más remedio que darse por vencidos. Primero salió la mujer, después el desconocido. El que le había hecho las preguntas se asomó a la puerta de su habitación después de que ella se hubiese cubierto con una bata.

—Otra vez, tenga cuidado cuando salga del camino, doctora Zaisser. Puede ser peligroso y no nos gustaría que le ocurriera nada.

Cuando se marcharon, Bettina se levantó de un salto y echó la llave y el cerrojo. Con la frente apoyada en la puerta, oyó cómo aquellos malditos pasos se alejaban escaleras abajo y entonces tomó aire con ansia, como si hubiera estado conteniendo la respiración todo el tiempo. Notó que le subía una dolorosa angustia por la garganta, un torrente de rabia y miedo y tormento. Tiritaba descontroladamente, sintiendo aún aquellos dedos secos hurgar en el interior de su cuerpo en busca de la prueba que la incriminase, recreándose su dueña en la vejación. Con una asfixiante sensación de ahogo, se fue deslizando poco a poco, como si la firmeza de las piernas le fallase, hasta que quedó sentada en el suelo y sintió en sus nalgas el frío contacto de aquellas baldosas feas, desgastadas, viejas. Un amargo llanto la embargó durante mucho rato, lloró desolada, abrazada a sí misma como un animal herido y asustado, abandonada, desahuciada por todos, expulsada del mundo, sola, completamente sola, como siempre sola.

No sabía cuánto tiempo había pasado, pero debían de haber sido horas porque se dio cuenta de que estaba amaneciendo. Sintió un escalofrío. Intentó levantarse, pero se encontraba débil. Notó que tenía algo de fiebre. Le dolía la cabeza, tenía la garganta agarrotada de dolor y sentía todo el cuerpo dolorido, como si le hubieran dado una paliza tremenda.

Se tomó un analgésico y un vaso de leche caliente con miel. Las cosas permanecían tal y como las habían dejado, un caos desolador con todo tirado por el suelo. No tenía fuerzas para poner orden en aquel desastre. Sacó del escondite el sobre y se tumbó en el sillón tapándose con una manta para intentar sofocar la tiritona. Tenía que descifrar el lugar de la costa al que debía acudir. Como un fogonazo, se le vinieron a la memoria Claudia y su novio. Posiblemente también habría recibido ella la visita de aquellos hombres. Se estremeció al pensarlo.

Intentó centrarse en las palabras escritas por su hermano. Leyó la nota una y otra vez, indagando dónde podía estar escondida la clave para saber el lugar exacto de la cita.

—*Quiero ver por primera vez el sol de medianoche* —murmuró releyendo la última frase—. El sol de medianoche —repitió—, *por primera vez el sol de medianoche*... ¿Qué me quieres decir, Klaus? ¿Adónde quieres que vaya?

Estuvo dándole vueltas durante un buen rato, buscando algo significativo en su memoria sin encontrarlo. Buscó en sus recuerdos de niña, en sus vivencias con Klaus, ahí tenía que estar la clave. «Busca siempre en algo tuyo, en algo nuestro, en alguna vivencia que nos gustase a los dos», eso le había enseñado su hermano. Y de repente cayó en la cuenta. Se incorporó entusiasmada.

—El sol de medianoche, claro... Eres un genio, hermanito... —dijo sonriendo satisfecha.

Cuando era niña su padre quiso que contemplasen el sol

de medianoche; como ni la política ni la economía daba para llegar hasta alguno de los países nórdicos, se conformaron con acercarse a la zona más al norte de la RDA. Llegaron en tren los cuatro y esperaron al anochecer de las costas del mar Báltico en una pequeña cala a la salida de Rerik. Recordó que su hermano le prometió que algún día la llevaría hasta el Cabo Norte, tantas promesas incumplidas, pensó esbozando una débil sonrisa.

Así que era allí, en el mismo lugar al que fueron hacía ya muchos años. Consultó el mapa de carreteras locales que tenía para moverse por la zona. Disponía de poco más de dos semanas para encontrar y situar exactamente el lugar en el que debía estar para ser liberada, y para idear la manera de llegar hasta allí eludiendo la vigilancia a la que estaba sometida. Era evidente que, además de los Blecher, alguien la seguía en sus idas y venidas al hospital, y se figuró que sus paseos tampoco eran tan solitarios como ella creía. Memorizó cada uno de los datos y, cuando lo tuvo claro, besó la cuartilla con lágrimas en los ojos y le prendió fuego sin poder contener el llanto. Tenía sentimientos tan contradictorios que no hubiera sido capaz de definir si lloraba de pena o de alegría. Recogió con mucho cuidado los restos quemados y los vertió en el cenicero lleno de ceniza de tabaco. Lo mezcló bien y luego vació todo en el inodoro, tiró de la cadena varias veces hasta que no quedó ni rastro en la blancura de la loza.

Empezaba la cuenta atrás para abandonar de una vez aquel infierno, aquella terrible pesadilla en la que sobrevivía. La idea de que por fin se le abría una posibilidad de conseguirlo, de que su hermano no la había abandonado, la reconfortó tanto que se quedó profundamente dormida.

7

Se despertó muy tarde y gracias a que la señora Blecher llamó al timbre para preguntarle si le pasaba algo. Qué no sabría aquella bruja fisgona de todo lo que había ocurrido la noche anterior, pensó Bettina. «Ojo de buitre —murmuró—, maldito ojo de buitre».

Antes de salir se había tenido que tomar otro analgésico porque no se encontraba bien, pero aun así no quiso dejar de acudir al hospital. Su compañero de Pediatría había sufrido un accidente hacía dos días y estaba de baja con una pierna rota, de modo que, hasta que llegase alguien de refuerzo, era ella la única pediatra del hospital. Si ella faltaba, los niños no serían atendidos o, peor aún, los derivarían a uno de los médicos de cabecera para adultos al que ella ya conocía por su falta de tacto con los pacientes menores. Era un hombre malencarado que los trataba como si fueran animales salvajes, indignos de atención. Pensó entonces que en muy poco tiempo dejaría el hospital para siempre. No pudo evitar sentir cierta pesadumbre al considerar la suerte que correrían los niños y los adolescentes a los que atendía, abocadas sus vidas a un destino negro, zaherido, degradado. Quiso evitar aquellos pensamientos y trató de centrarse en sí misma, en su propia vida, en el sufrimiento que llevaba padecido por querer pasar una frontera; ese era su delito, su único y «gravísimo» delito, la pretensión convertida en una obsesión de cruzar la frontera de su país, de poder experimentar por primera vez en su vida el significado de ser libre, de sentirse en libertad.

Por otra parte, debía advertir a Claudia de la foto que les

habían hecho en el bosque. Avisarla para que permaneciera alerta si es que aún no le habían hecho una visita.

El pedaleo la dejó exhausta por la flojera de sus músculos, que acusaban los efectos de la fiebre. Entró en el edificio con paso rápido, se cruzó con una enfermera, le dijo que la estaban esperando en la sala de curas, que aquella noche habían ingresado a dos chicas de catorce años en muy mal estado. Se puso la bata y se dispuso a iniciar una larga jornada. Cuando entró en la primera de las salas, no vio a Claudia, sino a otra enfermera a la que conocía muy poco.

—¿Y la enfermera Durham? —preguntó extrañada. Sabía que aquel día Claudia compartía turno con ella.

—No ha podido venir. Me han dicho que la sustituya.

—Pero ¿está enferma?

—No tengo ni idea. Yo cumplo órdenes.

Cuando terminó el turno, antes de irse a casa, Bettina se cruzó con el director.

—Herr Muller, quería preguntarle por fräulein Durham. Ha faltado hoy y ya sabe lo mal que estamos de personal. ¿Sabe si está enferma?

—Fräulein Durham ha tenido que ausentarse. No se preocupe, doctora Zaisser, mañana mismo estará cubierta su baja.

Y se marchó dejándola con la palabra en la boca.

Claudia tampoco apareció al día siguiente, ni al otro. Bettina preguntó de nuevo a una compañera con la que la había visto tomar café en más de una ocasión.

—Solo sé que está enferma, es lo que han dicho, pero tampoco puedo decir si es o no verdad. La conozco bien, y muy mal tiene que estar para no venir a trabajar.

—Debería ir a verla, tal vez necesite algo. ¿Sabe dónde vive?

La joven la miró desconfiada. Apretó los labios y miró a un lado y a otro.

—Vive en una casa a las afueras de Neubukow, en un camino vecinal que se desvía a la derecha antes de entrar al pueblo. No tiene pérdida porque es la única casa pintada de verde chillón, igual que su moto. —La miró unos instantes en silencio muy fijamente—. Yo no le he dicho nada de esto, ¿de acuerdo?

Bettina asintió. La enfermera le dio la espalda y empezó a alejarse, pero se detuvo y volvió sobre sus pasos indecisa, hasta quedar de nuevo frente a Bettina. Habló en voz muy baja, acercándose a ella con gesto confidencial.

—Doctora Zaisser, usted me cae bien, es una gran profesional y la necesitamos mucho aquí... —Movió la cabeza como si se imprimiera fuerzas para proseguir—. No es conveniente que visite a Claudia. Déjelo estar. Será mejor para todos, sobre todo para usted.

Las dos mujeres se miraron a los ojos unos segundos hasta que la enfermera se dio la vuelta y reanudó la marcha con paso rápido, retumbando su taconeo por el pasillo.

Bettina decidió seguir la recomendación de aquella mujer y prefirió no indagar más sobre las causas de la ausencia de Claudia Durham. Era muy arriesgado y no resolvería nada. Debía centrarse en cómo llegar hasta el lugar fijado por su hermano, cómo eludir a sus taimados vigilantes, cómo ser más astuta que ellos y escabullirse de la habilidad de su ojo de buitre.

El domingo amaneció espléndido, con un sol de primavera adelantada, un día perfecto para inspeccionar el lugar al que debía acudir y esperar su rescate. Tenía que asegurarse de que era allí y de tener claro el camino y el tiempo que tardaría en llegar. Cogió su bicicleta e inició su pedaleo rumbo a la costa báltica. Llevaba unos bocadillos, un libro y una toalla con la intención de dar la apariencia de que iba a pasar un plácido día de playa. Además, se llevó una brújula para saber la dirección que seguir.

Llegó a las afueras de Rerik, dejó la bicicleta aparcada junto al camino y se sentó en la arena como quien se dispone a descansar del pedaleo y leer un buen rato. Atisbó una torre de vigilancia a su derecha y se temió que, tal vez, el lugar al que tenía que acudir estuviese ahora más vigilado que como lo recordaba de su niñez. Habían pasado casi veinte años y, a pesar de que ya entonces existían fronteras, aún no había llegado la obsesión sistemática que se instaló a partir de agosto de 1961. Tenía que estar atenta a los puntos en los que había vigilancia. Seguramente por la noche habría patrullas con perros inspeccionando las playas. Dos policías de guardia pasaron por el camino, algunos paseantes disfrutaban con sus perros, un grupo de niños volaba una cometa y rompía con sus gritos y risas el plácido murmullo del mar. Sentada con las piernas cruzadas y el libro sobre las rodillas, apenas leía, más pendiente de atisbar de reojo cualquier movimiento extraño. Al poco de haber llegado, apareció una pareja joven que se sentó algo más alejada de ella. No vio nada extraño en ellos, aunque no se fiaba de nadie. Al rato los oyó discutir, ella estaba muy enfadada, se levantó y se marchó, dejando al chico sentado con la vista puesta en el mar. Bettina aprovechó ese momento para simular dar un largo paseo. Dejó el libro y la cesta con la comida junto a la toalla y echó a andar por la orilla con destino al lugar recordado, unos dos kilómetros al oeste. No vio ninguna otra torre de vigilancia en el resto del recorrido, pero sí alambradas en los accesos a la playa.

8

La noche anterior a la fecha fijada por Klaus apenas pudo dormir. Estaba nerviosa, inquieta, pensando en lo que iba a suceder la noche siguiente, preguntándose si realmente sería verdad que iba a conseguir por fin la ansiada libertad, una libertad perseguida desde que era una adolescente. En aquella habitación que no sentía suya y sobre aquella cama que nunca consideró propia, los ojos abiertos, fijos en el techo desconchado por la humedad donde la penumbra tomaba formas diversas, Bettina recordaba el día en el que empezó aquella obsesión que había marcado su vida, cuando en plena noche oyó a Klaus levantarse y salir sigiloso de la casa. No lo había dudado, se vistió con rapidez y se lanzó a la calle. Dirigió sus pasos hacia la casa de la madre de Hanna. Estaba convencida de que, si, tal y como intuía, Klaus tenía pensado huir, nunca dejaría atrás a Hanna y a la niña. No se equivocó. Después de esperar unos minutos oculta en el portal de enfrente, los vio salir a los tres. No les dijo nada porque temió que la enviasen de vuelta a casa. Los siguió a una distancia prudente hasta que entraron en aquel edificio. Sabía que la gente saltaba por las ventanas para pasar al otro lado. Subió las escaleras dispuesta a dar el salto ella también. No quería quedarse allí, lo había decidido con firmeza mientras veía cómo aquel infame Muro se iba levantando ante sus ojos. Lo que pasó luego había intentado olvidarlo, pero ahora no pudo evitar que desfilaran por su mente en sucesión todo lo que le había sucedido y por lo que había tenido que pasar hasta llegar al momento actual, la violencia del encierro, las zancadillas constantes, las ilusiones truncadas una y otra vez… Toda su vida había quedado condicionada por los eventos acaecidos aquella noche de finales de agosto de hacía más de catorce años. Y ahora estaba otra vez pendiente de seguir a su hermano en plena noche, y no podía evitar tener miedo, mucho miedo a fracasar de nuevo, a que la pesadilla se hiciera más insufrible incluso, porque reconocía que con el tiempo se había llegado a amoldar a la vida anodina que llevaba, acomodada a la soledad, a un trabajo que le reportaba la tranquilidad de hacer lo que le gustaba, a vivir cada minuto sin pensar en el siguiente. Pero Klaus había abierto de nuevo la posibilidad de alcanzar el sueño más poderoso de su existencia y no iba a permitir que el miedo la atenazara.

Procuró centrarse en el que iba a ser su último día de trabajo, aunque los nervios le jugaron alguna que otra mala pasada y anduvo despistada y algo torpe no solo por la inquietud que la abordaba irremediablemente, sino también por la falta de sueño.

Cuando llegó a casa empezaba a declinar la tarde. Estaba cansada, intentó dormir un poco hasta la hora de partir, pero le fue imposible siquiera cerrar los ojos, estaba demasiado excitada. Antes de salir por la mañana, había engrasado lo goznes de la puerta para que no chirriasen. Lo tenía todo preparado a conciencia. Sabía que no podía llevarse nada más que lo puesto —tampoco dejaba nada que pudiera luego echar de menos— y que debía vestir ropa oscura y abrigada, además de un buen calzado. Echó las botas en una bolsa con el fin de evitar que el ruido de sus pisadas alertara a los Blecher; se avitualló de una botella de agua y de algo de comer, así como de la brújula. Una vez cerrada la noche se dispuso a emprender la marcha. Echó un vistazo al reloj, las once y media; tenía más de tres horas de margen. Prefería esperar en el lugar indicado que llegar tarde.

Primero estuvo atenta a los movimientos de los Blecher, eran ellos el primer escollo que tenía que salvar. Se percibían las voces del televisor, prohibido para ella, no así para ellos. Oyó la voz de la señora Blecher gritarle algo a su marido. Debían estar a punto de acostarse. Dejó funcionando su transistor con el volumen muy bajo para evitar llamar la atención, pero dar a su vez la apariencia de que estaba en el piso. Abrió la puerta con mucho cuidado. El engrasado de los goznes funcionó salvo cuando fue a cerrar. Un leve chirrido la detuvo unos segundos, el corazón latiendo acelerado, volvió a mover la puerta, no podía dejarla abierta, tenía que cerrar para ganar todo el tiempo posible. Por fin pudo hacerlo, echó la llave, se la metió en el bolsillo y, descalza, con unos gruesos calcetines, descendió uno a uno los escalones hasta llegar al portal, atenta a cualquier ruido. En la penumbra atisbó la bicicleta aparcada a un lado, junto a los dos buzones, al otro la puerta de los Blecher. La mirilla permanecía ciega, y las voces de la tele daban a entender que en el interior continuaba reinando la normalidad. Salió al patio de atrás con cuidado de dónde ponía los pies para no pisar algo que pudiera sonar o hacer ruido. El olor a basura se elevaba en el aire. Abrió la portezuela que daba al callejón, saltó la valla de medio metro de altura que la separaba del campo abierto y, una vez a cubierto de cualquier mirada, se sentó sobre la hierba para calzarse. La brújula la ayudaría a no perderse, sobre todo en los primeros kilómetros que recorrería atravesando el campo, evitando los caminos para no levantar sospechas. Observó la oscuridad del bosque que se abría ante sus ojos, tomó aire y empezó a dar los primeros pasos hacia su libertad sin mirar atrás en ningún momento.

A lo largo del día, fuertes rachas de viento habían despejado el cielo casi por completo, dejando atrás unas pocas nubes fracturadas y dispersas. Sin embargo, la noche era muy cerrada porque había luna nueva. Era lógico, supuso, se había elegido la fecha teniendo en cuenta esa circunstancia para ocultar mejor cualquier acercamiento a la orilla. De vez en cuando verificaba la dirección con la brújula gracias a una pequeña luz incorporada que le permitía verla en la oscuridad y que solo encendía un instante ocultándola con su abrigo. Avanzó campo a través o por senderos estrechos, muy concentrada en no desviarse, hasta que llegó a una carretera. Vio un cartel que situaba Rerik a cinco kilómetros. Un poco más adelante sabía que partía un camino que la llevaría directa a la playa que había visitado días antes. A partir de ese punto, todavía le quedarían otros veinte minutos de marcha hasta llegar al lugar fijado. Iba a paso ligero, con una energía interior que emanaba de las ganas de conseguirlo. A pesar de ello no dejaba de estar alerta, con la sombra del miedo persiguiéndola como un espectro.

El viento arreciaba cada vez más, y aquel ulular violento que batía las ramas de los árboles se le antojó, en su estado de aprensión, un clamor de censura, una acusación de traición a la patria, como si de un extraño efecto colateral del ideario de Estado sutil e inevitablemente inoculado en la conciencia se tratara.

Oyó unos ladridos a lo lejos y, alertada, se detuvo. Se acercaba a la costa y debía tener cuidado con las patrullas de vigilancia. Cuando descartó el peligro, reinició la marcha. Por fin llegó al lugar donde debía esperar, y con tiempo suficiente. Se encaramó al promontorio que se introducía en el mar y se sentó entre unas rocas dispuesta a esperar. El rugido del mar la envolvía. Sentía en su rostro las salpicaduras de las olas que batían contra la orilla. Miraba a un lado y a otro atenta a cualquier señal. La primera media hora no dejó de fijar sus ojos en la oscura superficie del mar, acechante, inquieta. Empezó a llover. Se puso la capucha y se acurrucó sobre sí misma, las piernas pegadas al pecho, envueltas en los brazos, se movía hacia delante y hacia atrás en un suave balanceo con el fin de calmar la tensión. De repente, atisbó a lo lejos un potente foco de luz procedente del mar que iba iluminando la playa y se acercaba hacia ella. Se trataba de una patrullera de vigilancia que recorría la costa. Se agazapó entre las rocas para no delatarse. Oía el motor de la lancha acercarse poco a poco, desesperadamente lento, batiendo la playa de peligros como ella, maleantes con ganas de libertad. Sentía el latido del corazón golpear el pecho con fuerza. Se acurrucó todo lo que pudo cuando vio que el foco de luz estaba a punto de pasar sobre ella. Llegó a cerrar los ojos, atenta al motor, conteniendo la respiración. La motora continuó su camino y Bettina, recuperada la tranquilidad, volvió a sentarse con los ojos puestos en el mar, cada vez más ansiosa. Para su desesperanza, la noche avanzaba y nada pasaba, tan solo el tiempo, un tiempo que segundo a segundo se le escapaba de las manos. Había transcurrido más de una hora desde la convenida para el encuentro. Sentía que la humedad empezaba a calarle el cuerpo, temblaba aterida. Comenzó a mortificarse con la idea de que quizá se hubiera equivocado, pudiera ser que no hubiera sabido interpretar con acierto las claves de Klaus. La angustia empezó a vencer su optimismo a pesar de sus intentos de mantener la calma. Escrutó y escrutó el mar ansiosa, hasta que le flaqueó el ánimo y hundió la cara contra sus rodillas a punto de romper a llorar, oliendo la humedad de su chaquetón empapado, intentando contener la impotencia que le subía por la garganta. Cuando se recuperó y volvió a levantar la vista, divisó una sombra en el mar, a unos cincuenta metros de donde ella se encontraba. Aquel cuerpo oscuro se acercaba con dificultad, luchando con el oleaje que lo batía con fuerza. Bettina se levantó y la sombra alzó la mano para darle a entender que la había localizado. Bajó hasta la orilla y aguardó. Estaba muy inquieta, mirando a un lado y otro de la playa, aterrada de que alguien le diera el alto, de que un foco la iluminase para descubrirla. Cuando la figura oscura estaba a escasos metros de la orilla, le hizo una seña para que se adentrara en el agua. Bettina sintió las frías aguas del Báltico invadir sus botas, calar sus pantalones, las olas la mojaron hasta el pecho, salpicaron su cara, empaparon su pelo. Caminó sorteando el oleaje hasta donde estaba el que la había venido a buscar, un hombre vestido de buzo con el rostro oculto tras unas gafas de visión nocturna. Iba sobre una pequeña plataforma de goma dotada de motor a la que se encontraba amarrada con una maroma una rueda de goma de la que sobresalían unas asas. El ruido del mar era ensordecedor, así que por señas le indicó que se agarrase a ellas. Bettina se encaramó de inmediato sobre la rueda y levantó el pulgar para informar al buzo que estaba preparada. El hombre accionó el motor. Los primeros metros fueron de pánico para Bettina porque aquella embarcación era como un juguete en medio del oleaje, su cuerpo saltaba por sus crestas para caer al agua. Sentía el frío y la sal en la boca, cerró los ojos para evitar que las salpicaduras le produjeran un inoportuno escozor, sus manos aferradas a las asas, consciente de que la vida misma le iba en no soltarse.

Las cosas se calmaron un poco cuando consiguieron remontar el rompiente de las olas y llegaron a mar abierto. El buzo iba sentado en la plataforma delante de ella, manejando el pequeño motor de espaldas, mientras ella sentía cómo se deslizaba por la superficie del mar con las piernas sumergidas y el cuerpo sobre el gran flotador de goma. El trayecto le pareció interminable, empezaban a fallarle las fuerzas a pesar de que en su mente se obligaba a no soltarse, era ese su único pensamiento, no soltarse, pero la debilidad se iba apoderando de sus músculos cada vez más agarrotados por el frío y la humedad. Estaba a punto de pedir ayuda a su rescatador cuando divisó una embarcación algo más adelante. Se trataba de una motora pequeña; le alivió la idea de poder continuar la travesía fuera de las frías aguas. Se aproximaron a ella lentamente, bajando la velocidad y el sonido del motor. En la barca los esperaba otro hombre, este con la cara descubierta, pero cuyos rasgos apenas logró distinguir debido a la oscuridad. En cuanto los vio alzó el brazo para llamar su atención. Ninguno habló ni una sola palabra. Cuando llegaron junto a la lancha, el que estaba en ella agarró a Bettina del brazo, aunque ella tardó unos segundos en soltarse de las agarraderas, atenazada por el temor a hundirse, a perder la seguridad que aquellas asas le habían dado. La ayudó a subir. También lo hizo el buzo. Le hicieron una señal para que se sentase en el fondo de la lancha mientras el buzo amarraba la plataforma que les había servido para salir de la playa. El motor rugió en la noche y la embarcación se puso en marcha, pero apenas habían avanzado unos metros cuando se oyó un ruido de sirena. Bettina vio con horror cómo a lo lejos se acercaba una patrulla de la policía. Los habían descubierto.

—Agárrese fuerte y agáchese —le dijo el que la había ayudado a subir.

A partir de ese momento tomaron tanta velocidad que daba la impresión de que la lancha no aguantaría y que de un momento a otro volcarían. Subía su morro en exceso para luego caer sobre la superficie del mar con un estrépito seco, fuerte, atemorizante. Bettina miraba hacia atrás para comprobar cómo la potente motora de la policía costera se acercaba peligrosamente. En medio del rugido se oyeron voces a través de un altavoz que los conminaban a detenerse.

—Le habla la policía. Detenga la embarcación inmediatamente o abriremos fuego. ¡Detenga la embarcación!

—Que os jodan —oyó Bettina a su espalda, y a continuación un grito—: ¡Agarraos fuerte!

Aquellas palabras del que manejaba el motor le dieron un respiro al miedo paralizante que sentía Bettina. Se agarró a los bordes de la barca y sintió un nuevo impulso de la velocidad. El mar los salpicaba con violencia, pero no le importaba, nada importaba salvo no ser alcanzada por aquella maldita lancha.

Fueron minutos de angustia, de peligro, con la barca planeando sobre la superficie del mar como si apenas la rozara, pero con golpes que la frenaban por efecto del oleaje. Cuando se encontró a unos cien metros de ellos, la motora policial encendió un potente reflector que los iluminó como si fuera de día. Bettina levantó la cabeza, pero el buzo, que iba detrás de ella, la obligó a que volviera a agacharla. No pudo evitar el miedo y cerró los ojos, sintiendo en todo su cuerpo el temblor que provocaba el motor en la embarcación. Bettina esperaba el momento de la detención, el momento del silencio, el terrible momento del fin de aquella efímera libertad. Se oyó una ráfaga de disparos y Bettina estuvo a punto de gritar presa del pánico. De repente notó un brusco giro que la escoró hacia un lado violentamente. El foco los iluminaba solo de vez en cuando, pero los perdía por la pericia del que manejaba la dirección de la lancha, que zigzagueaba bruscamente con una habilidad extraordinaria, escapando del control de la luz. Cuando la policía se acercaba demasiado, la lancha, más pequeña y escurridiza, hacía un quiebro y se alejaba. De vez en cuando se oía una andanada de disparos.

Bettina no supo calcular cuánto duró aquello, pero le pareció una eternidad. De pronto se oyó la sirena lejana de un barco y notó que el motor aceleraba aún más, llevándolo hasta el límite. Daba la impresión de que la estructura de la barca iba a quebrarse en mil pedazos. La tensión era máxima, hasta que de repente la fuerza del ruido fue cediendo, como si se estuviera quedando sin potencia, aunque sin llegar a detenerse. Bettina miró a su alrededor. Vio la lancha de la policía reducir la marcha también, pero a distancia de ellos. Se paró, y durante unos segundos se mantuvo allí, detenida, hasta que de nuevo se oyó el rugido del motor, cambió de dirección y se alejó. Bettina miró a los hombres que estaban a su espalda para intentar entender lo que estaba ocurriendo. El buzo se había quitado las grandes gafas de visión nocturna, tenía una amplia sonrisa de satisfacción en su cara que iluminaba sus ojos. La miró, levantó la mano con el pulgar alzado.

—Bienvenida a la República Federal de Alemania.

Bettina se le quedó mirando unos segundos incrédula.

—¿Estamos en el otro lado? —dijo acongojada por la emoción.

—Por los pelos, pero estamos —añadió el que seguía conduciendo la motora, con una alegría desbordante.

Bettina tiritaba con una mezcla de frío, de miedo y de una alegría que pugnaba por ganar terreno en su conciencia. No pudo evitar echarse a llorar, la emoción la embargaba, sus ropas empapadas le anquilosaban los músculos, la fiebre empezaba el proceso de alarma en su organismo. Sentía un dolor difuso, un malestar general aplacado solo por la euforia.

En silencio, con el motor más sereno, llegaron a un pequeño puerto. Cuando por fin pudo poner pie en tierra firme, miró a los dos hombres.

—Entonces, ¿soy libre? ¿Soy libre, de verdad?

—Eres libre. Estás en un país libre.

Bettina sonrió agradecida. Dejó los ojos puestos en el mar que ya empezaba a clarear, el mar que le había permitido alcanzar lo que tanto tiempo había anhelado, ese mar que la había hecho libre por fin. Las lágrimas le nublaron la visión. Abrió los labios escocidos por el salitre para murmurar con un hilo de voz:

—Ya me puedo morir tranquila.

Le ardía la piel de la cara, temblaba de forma descontrolada, sentía que las piernas le fallaban y que la cabeza le estallaba, le dio un vahído, se tambaleó y cayó desvanecida. Se golpeó la cara contra el suelo, sintió un dolor intenso y todo quedó en silencio, todo oscuro, todo quieto, detenido.

Con la libertad llegó la nada, pensó antes de perder el conocimiento.

QUINTA PARTE

1

El despacho que durante años había ocupado Romualdo Sandoval tenía todas sus paredes revestidas de madera, una sólida librería con libros perfectamente alineados, una vitrina con diversos trofeos obtenidos por don Romualdo en el Club de Campo en varias etapas de su vida, desde campeonatos de equitación, tenis, hasta largas partidas de mus. Había incluso algunos de los que había ganado Daniel cuando formaba parte del equipo de hockey sobre hierba en su etapa universitaria. Tenía un ventanal con unas espectaculares vistas hacia el verdor del parque del Retiro. El suelo de tarima estaba en parte cubierto por una mullida alfombra de colores vivos que doña Sagrario había mandado traer de la India. Sobre ella, una mesa escritorio colonial con el tablero forrado de piel verde, un sillón de despacho con capitoné presidiéndola y dos butacas de confidente forradas con la misma piel que la mesa. Dos grandes retratos, uno de Franco de medio cuerpo, con el uniforme de general, y al lado, otro de igual dimensión con la imagen de un joven Romualdo Sandoval luciendo la toga y el birrete de abogado. Un mueble bar surtido con todo tipo de bebidas y un sillón Chesterfield completaban el mobiliario de aquel imponente despacho.

Klaus llevaba un rato de pie junto a la ventana viendo la calle sin mirar nada, pensativo. Se volvió hacia el escritorio y aplastó en el cenicero el pitillo consumido. Cogió la cajetilla y sacó el último cigarro, en pocas horas se había fumado todo el paquete. No solía fumar tanto, incluso se había planteado dejarlo, pero en los últimos días lo hacía en exceso, era lo único que le templaba los nervios, desbordado por la incertidumbre. Estrujó el paquete vacío con la mano y lo arrojó a la papelera, aunque sin puntería. Absorto, dejó sus ojos fijos en el rebujo tirado en el suelo, sobre la alfombra. Tenía la sensación de no controlar la situación, de que se le estaba yendo de las manos, y eso no le gustaba.

Habían pasado dos semanas desde la inquietante llamada de Tobías a casa de Elvira.

—Está fuera —fue lo primero que escuchó Klaus al descolgar el auricular, pero, antes de que sus labios se abrieran en una sonrisa de felicidad, la risa quedó congelada en su boca—. Pero hay un problema.

—¿Qué problema? —había inquirido Klaus frunciendo el ceño alarmado—. ¿Le ha pasado algo?

—No lo sé —contestó Tobías secamente.

—¿Cómo que no lo sabes? ¿Qué ha pasado? ¿Dónde está ahora? Me dijiste que la llevarías a París.

—Ese es el problema, que no sé dónde está. Ha desaparecido, esfumada... Ni rastro de ella.

Klaus se había quedado mudo, incapaz de asimilar las palabras de Tobías.

—Pero tu hombre consiguió sacarla, ¿sí o no?

—Sí, salieron seguro y llegaron a puerto —habló con seguridad, aunque no la tenía—. Pero no he vuelto a tener contacto con él para confirmar su paradero y su traslado a París. También se ha esfumado. Klaus, lo han descubierto todo. Tengo que desaparecer..., y tú deberías hacer lo mismo.

—No me toques los cojones, Tobías. Cumple con tu trabajo o te aseguro que no habrá rincón en la tierra donde puedas esconderte.

—Klaus, escúchame —le instó el otro con premura—, no tengo mucho tiempo, vienen a por nosotros, y ya sabes cómo se las gastan. —Un silencio inquietante ocupó la línea durante unos segundos. La voz de Tobías se oyó más débil, más blanda—: Klaus... —tragó saliva consciente de la reacción que iban a provocar sus palabras, pero lo que le iba a decir era la única razón por la que había hecho esa llamada, de lo contrario, hubiera desaparecido sin más, tal y como lo habían hecho sus propios contactos—, necesito dinero...

—Pero ¡tú qué te crees! —le interrumpió alzando la voz con la indignación brotando a raudales por su boca—. No me jodas, Tobías, no me jodas. Lleva a mi hermana de una puta vez al piso franco de París como habíamos quedado o te vas a enterar de lo que soy capaz.

—Ojalá pudiera, Klaus —su voz sonó tan sincera que Klaus no pudo evitar estremecerse. Ahora se dio cuenta de que Tobías tenía miedo, estaba atemorizado—. La base de París ya no existe. Entraron ayer... Menos mal que no estaba.

—¿Dónde estás entonces?

—No importa dónde estoy —dijo decepcionado, consciente de que no iba a conseguir más dinero. Tenía que finalizar la llamada—. He hecho todo lo que he podido. Por mi propia seguridad y por la tuya no volveré a ponerme en contacto contigo, ¿me oyes? Olvídate de mí, bórrame de tu memoria...

—No puedes hacerme esto, Tobías. Te aseguro que te encontraré, aunque sea en el infierno, y que te mataré con mis propias manos.

—No dudo de que lo harías —añadió con amarga sorna—. Ponte a salvo, Klaus. No digas que no te lo advertí.

Le había dejado con la palabra en la boca. Klaus intentó contactar con el número del piso de París desde donde se suponía que debía estar llamando, pero la operadora le dijo que el número indicado no correspondía a ningún abonado. Muy alterado, colgó conteniendo la ira que se desbordaba en su interior.

Se encontraba en el punto de partida, o aún peor, no sabía qué suerte había corrido Bettina. Tal y como lo interpretaba él, algo había fallado en la operación de fuga, algo que se le escapaba a Tobías, y eso quería decir que posiblemente Bettina estuviera muerta, o que los hubieran descubierto y devuelto a la RDA, y aquello supondría para ella una tragedia.

Al salir de la habitación de Elvira, la había descubierto en el pasillo; ella se irguió alerta. Los ojos de Klaus destilaban agresividad.

—No me gusta que me espíen...

Ella lo miró con un gesto de espanto.

—Don Daniel, no creerá que yo...

La empujó con violencia contra la pared, sujetándola de los hombros, mirándola con ojos enrojecidos de rabia. Elvira sintió pánico, nunca le había visto así.

—Si alguien se entera de estas llamadas... —su voz rasgada parecía salida de una caverna, mantuvo silencio durante unos segundos iracundo—, la mataré, no dude de que lo haré...

La soltó y, al hacerlo, Elvira sintió una flojera en las piernas. Se sostuvo en pie gracias a que tenía la espalda apoyada en la pared.

La voz le salió temblona, quebrada, convertida en un gimoteo.

—No tiene nada que temer, señor Sandoval. Soy una tumba.

Aquellas palabras se volvieron contra ella como un bumerán, dándole en toda la frente.

Klaus tomó aire para recomponerse, se ajustó la corbata sin dejar de mirarla. Había volcado una parte de su rabia sobre ella. Sabía que por mucha atención que hubiera puesto en la conversación aquella solícita secretaria no habría podido entender nada porque no tenía ni idea de alemán. Pero necesitaba reforzar la discreción de las llamadas. A veces el miedo era la única forma de garantizar el silencio.

Desde ese día, el temor de Elvira en su presencia había llegado a ser tan evidente que todos lo habían notado. Cuando estaba ante él no podía evitar que le temblasen las manos, tartamudeaba, se escurría del jefe en cuanto podía, cosas nada habituales en la efectiva y resolutiva secretaria.

Al día siguiente de aquella llamada se había producido un luctuoso suceso que tiñó aún más el ambiente del bufete de una extraña sensación de inseguridad, removiendo las férreas estructuras rusas establecidas hábilmente por Rebeca Sharp. El letrado Mario Bielsa se había tirado por la ventana de su casa, un quinto piso en el que vivía con su mujer y sus siete hijos. Había dejado una carta sobre la mesa de su despacho confesando que no podía seguir soportando la presión del chantaje al que estaba siendo sometido desde hacía más de cinco años. Ante la sociedad en la que se movía, Bielsa era un hombre de moral intachable, buen esposo y padre, patriota honrado que defendía el franquismo y al general Franco como única forma de proteger a España de la amenaza del comunismo y de todas sus derivadas maquiavélicas y espurias que pretendían hundir el bienestar conseguido por y para los españoles de bien. Ese era su ideario. Además de trabajar como letrado en el bufete de su primo Romualdo, a base de contactos al más alto nivel, tenía acceso a la embajada de los Estados Unidos. Este hecho le reportó importantes influencias además de emolumentos considerables, pero también le puso en el punto de mira del KGB. Hombre muy religioso, de firmes creencias y misa diaria, Mario Bielsa tenía una quiebra oculta en su conducta que lo convirtió en vulnerable. Tenía una irrefrenable debilidad por los hombres, y cuanto más jóvenes mejor. El KGB lo supo y le puso un cepo. Dos chicos le engatusaron y se lo llevaron a un hotel de las afueras de Madrid. El desenfreno de aquella noche de orgía, alcohol y drogas quedó grabado. Rebeca Sharp le mostró el material y le amenazó con denunciarlo y hacerlo público si no se plegaba a colaborar con el KGB. Así empezó el periplo de Mario Bielsa como agente infiltrado en la embajada de los Estados Unidos, obteniendo información secreta de vital importancia para los rusos. Pero no había podido más, su conciencia y sus principios religiosos carcomieron su ánimo de tal forma que no dudó en quitarse de en medio para evitar males mayores que ya empezaba a prever para la estabilidad de un sistema de Estado en el que creía a pies juntillas y al que sabía estaba traicionando desde hacía demasiado tiempo.

Cuando Klaus llegó al bufete, Rebeca Sharp estaba en la sala contigua a su despacho con tres de los agentes que trabajaban con ella. Se los oía hablar en ruso. Desde que Elvira le había entregado la nota que Bielsa había dejado antes de arrojarse por la ventana, y la consiguiente reunión de urgencia de todos los que formaban parte de la trama de espionaje, en la que sí estuvo él con el fin de darles instrucciones precisas de cómo deberían actuar en caso de que apareciera la policía husmeando la muerte del letrado, había habido otras convocatorias a las que Klaus no fue invitado. Era evidente que estaban inquietos no solo por el contenido más que comprometedor de la carta que Bielsa había dejado sobre su escritorio, sino porque no sabían hasta qué punto se había llevado consigo a la tumba en ese salto al vacío toda la infraestructura que tenían montada en el bufete o si, por el contrario, se lo había llegado a contar a alguien, a su mujer o a algún confesor —circunstancia que Rebeca consideraba muy factible, sobre todo en hombres tan devotos—, y corrían el riesgo de que todo pudiera salir a la luz. Klaus se sentó sin prestar demasiada atención a las voces que se oían a través de la cristalera de la puerta que los separaba. Tenía bastante con sus propias preocupaciones, tanto por la suerte de Bettina como por la de su propia seguridad. Tobías le había afirmado taxativo que los habían descubierto, y eso solo significaba una cosa clara: peligro.

Pero en realidad, más que el KGB, su quebradero de cabeza era la Stasi y saber hasta dónde estaría dispuesta a actuar contra él, teniendo en cuenta que se había convertido en una pieza clave para los objetivos de los rusos, y, por tanto, en la oportunidad para Markus y el partido de colgarse medallas. Se preguntaba hasta qué punto estarían dispuestos los rusos a prescindir de él en favor de los alemanes. Pero también era consciente de lo que el camarada jefe Markus le había dicho aquel último día antes de convertirse en Daniel Sandoval: «Recuerda siempre una cosa, el KGB es brutal, pero la Stasi es perfecta».

De todas formas, alertado por las palabras de Tobías y como precaución, había alterado algunas costumbres que había ido adquiriendo en sus desplazamientos desde que se hacía pasar por su hermano. Pensaba en él de vez en cuando, aunque no demasiado. Hacía tiempo que le había llegado la noticia de que Daniel había tenido un percance grave que le había costado la vida, pero la fuente que le dio el soplo no era de fiar, de modo que no le había dado demasiada credibilidad. Intentaba quitarse la imagen de Daniel de su mente, necesitaba centrarse por completo en el presente. No le había costado acostumbrarse a responder al nombre de Daniel Sandoval, a familiarizarse con el entorno; al principio se había visto en algún brete al encontrarse con gente a la que, como era lógico, no conocía, y que le hablaban tomándolo por Daniel Sandoval. Gracias al entrenamiento recibido los había esquivado sin dificultad. Les dejaba hablar y sonreía, asintiendo cuando el otro esperaba el asentimiento, o negando en caso contrario. Llevar la corriente al interlocutor era siempre muy útil: el desconocido se marchaba contento y Klaus salía airoso del aprieto.

Abrió el cajón derecho del escritorio, cerrado con una llave que siempre llevaba encima, sacó la pistola, que hacía tiempo había sacado de casa, alarmado por el afán de limpieza de la nueva asistenta, y la puso sobre la mesa. Había llegado la hora de llevarla siempre con él. Estaba señalado, era cuestión de tiempo, pero no se lo iba a poner fácil: si tenía que pasar, moriría matando.

2

Cuando Klaus le planteó que tenía que ir a Barcelona por negocios —otra de sus muchas mentiras—, Sofía decidió hacer limpieza general en casa, aprovechando que tenía unos días libres por las vacaciones de Semana Santa. Las niñas habían querido irse al chalet de El Escorial con su abuela Sagrario, se lo pasaban muy bien allí. Sagrario solía ocuparse de las niñas con frecuencia, convertida en una ayuda fundamental para Vito. Había sido ella la que animó a Vito a sacarse el carnet de conducir, y cuando lo tuvo las dos se subían con las niñas a El Escorial a pasar fines de semana o puentes largos con el Mercedes que doña Sagrario había adquirido tras la muerte de don Romualdo, sin necesidad de tener que contar con Daniel o con Sofía, siempre tan atareados, para que las llevasen.

Sofía pensó en quitar el floreado papel de la pared elegido en su día por su suegra, renovar muebles y cortinas, hacer un cambio en la casa, empezando por la habitación de matrimonio. Le había comentado a su marido sus intenciones, sin darle demasiados detalles, para ver cómo reaccionaba, y la respuesta fue la esperada: «Haz lo que quieras, estoy convencido de que el resultado me gustará». Su marido accedía a todas sus propuestas apenas sin hablarlas ni contradecirlas, siempre con una sonrisa amable, tan benevolente siempre; la vida a su lado resultaba fácil y cómoda. Poco a poco se había acostumbrado a esos pequeños detalles que hacían que su amor por él creciera, gestos sencillos cargados de intención que la emocionaban, una nota en el espejo del baño con un «te amo», una caricia inesperada que le templaba el alma, un abrazo tierno y denso que la sosegaba al llegar rendida a casa, flores sin necesidad de que hubiera otra cosa que celebrar que la misma vida, le decía él para justificar la razón de semejante ramo de rosas rojas, las que a ella le gustaban; levantarse muy temprano sin ninguna necesidad para sentarse a desayunar con ella, a sabiendas de lo que le costaba madrugar; ayudar a poner la mesa mientras ella preparaba el desayuno, charlar de lo que iba a ser su día... Desde que le había echado en cara que no se interesaba por nada de lo suyo, Sofía había notado un intento por su parte de preguntar, de entender su trabajo y sus investigaciones, prestaba atención a sus explicaciones, y le preguntaba con un medido entusiasmo que agradaba a Sofía; ella se lo contaba todo con la premura de los horarios de primera hora de la mañana, que la forzaban a hacerlo rápido, todo apresurado, como si se hubieran intercambiado los papeles y fuera ella la que andaba siempre con el tiempo pisándole los talones. Nada que ver con las noches, en las que todo resultaba más sosegado. Cuando llegaba a casa, las niñas solían estar dormidas. Se sentaban solos a cenar, incluso salían a tomar algo fuera de casa, despejándose así de la cotidianidad del hogar. Cuando Sofía le explicaba las investigaciones que tenía entre manos se le hacía evidente cuánto le gustaban las ciencias a Daniel, y qué distinto habría sido todo si hubiera podido estudiar Física tal y como él quería.

Casi nunca subían a El Escorial, a ella no le apetecía y era razón suficiente para quedarse en Madrid. Los fines de semana que se quedaban solos aprovechaban para ir al cine, al teatro o a dar un paseo. Apenas quedaban con gente, era algo que Klaus rechazó desde el principio, le dijo que prefería estar con ella, y Sofía lo admitió. A Sofía le gustaba aquel Daniel más íntimo, más entregado a la vida en pareja cuando el tiempo se lo permitía. Alejadas ya las dudas de otros tiempos, se sentía profundamente enamorada de aquel hombre que había dado un giro de ciento ochenta grados para adaptarse a su ritmo.

Klaus sabía el papel que debía seguir con ella, y lo hacía con éxito evidente, salvando todas las dificultades en forma de dudas que iban surgiendo. Reconocía que le gustaba escucharla hablar con un desbordante entusiasmo de sus avances en el campo de la biología molecular, de la esperanza que tenía en encontrar nuevas leyes que explicasen la conservación y la transmisión del material genético, la información genética que permitiera encontrar remedio a enfermedades antes incluso de que se manifestasen.

Una vez despejada la casa de niños y marido, con la ayuda de Catalina, la asistenta externa, Sofía empezó por desmantelar su habitación. Había contratado un guardamuebles donde depositar los muebles de la alcoba hasta decidir qué hacer con ellos. Eran demasiado buenos y demasiado clásicos, de maderas ricas, con dorados exagerados. Quería darle una sorpresa a Daniel, y había comprado unos muebles que nada tenían que ver, más modernos, de líneas más sencillas, más rectas, más a la moda.

Los de la mudanza llegaron puntuales y empezaron a desmontar la cama, el cabecero de madera repujada a juego con el pie de cama, todo tan pesado que los hombres sudaban al moverlos. Luego embalaron las mesillas, el enorme espejo de marco exquisitamente labrado. La cómoda la tuvieron que desplazar entre dos. Cuando la separaron de la pared algo cayó al suelo. El operario lo recogió. Alzó la mano dirigiéndose a Sofía, que estaba pendiente de supervisar que no se produjera ni un roce en los muebles.

—Señora, ¿esto dónde se lo dejo?

—¿Qué es eso?

—Una casete, estaba aquí detrás. Debió de caerse y ahí se ha quedado. No sabe usted lo que uno se encuentra en una mudanza, cosas que se creyeron perdidas y olvidadas desde hace años.

Sofía cogió la cinta. Tenía una pegatina donde se podía leer: «Sf-París-68». Le extrañó. Desde siempre, las casetes y los discos habían sido cosa suya y no recordaba aquella cinta. Se la guardó en el bolsillo y continuó con la supervisión de la retirada de los muebles. A media mañana ya habían terminado y los pintores habían empezado a arrancar el papel pintado. Sofía se preparó un café y entró en el salón para saber qué música tenía grabada la cinta. La introdujo en el casete, pulsó el *play* y se sentó apoyando las piernas sobre la mesa del centro, dispuesta a tomarse el café tranquila. Al principio no identificó su voz, de hecho, lo hizo antes con la de Monique. Consternada, se irguió, atenta a aquella conversación conocida, aunque casi olvidada. Se levantó y se acercó al aparato que emitía sus voces, las preguntas de Monique, sus respuestas, la exposición sobre la filosofía. Sofía no daba crédito a lo que estaba escuchando, se bebía cada palabra reproducida, el sonido no era demasiado nítido, pero se entendía todo. Se preguntó quién había grabado aquella conversación; su primer pensamiento fue para Monique, ella era la única que podía haberlo hecho, pero por qué, para qué, y por qué estaba allí, en su casa, escondida detrás de la cómoda de su habitación. Entonces empezó a oír los gemidos, el silencio de las caricias, los susurros apenas audibles. Bajó el volumen azorada, y se sintió ultrajada, violentada en su intimidad. Una parte de su conciencia quería apagarlo, pero no lo hizo, aunque permaneció en alerta por si entraba alguien; Catalina andaba trajinando en la cocina y los pintores haciendo su trabajo en la habitación. La puerta permanecía cerrada. El corazón le latía con fuerza recordando, erizada la piel, estremecida. Al final presionó el botón de *stop* y sacó la casete. Miró la anotación. Parecía la letra de Daniel, pero no estaba segura. Un cúmulo de preguntas le asaltaron la mente, dudas de una rastrera traición de Monique. Con la casete en la mano se fue a buscar el libro de Simone de Beauvoir que no había vuelto a coger desde su regreso de París, incumpliendo su promesa de convertirlo en su libro de cabecera. En su interior guardaba el teléfono de la casa de Patricia y Monique. Solo podía haber sido ella, aquella noche estaban las dos solas, era evidente que había tenido alguna razón para grabar esa conversación y necesitaba saber cuál era, además tenía que averiguar cómo había llegado hasta la parte trasera de la cómoda de su habitación.

Se sentó en el sillón, descolgó el teléfono, pidió la conferencia y esperó con el auricular en la oreja, los ojos fijos en la casete que sostenía en la mano, como si mirándola fuera esta a revelarle la razón de su existencia. Al oír el tono de llamada, tomó aire abriendo sus pulmones para calmar los nervios.

—*Allô?*

Sofía cerró los ojos al escuchar la voz de Monique, cohibida aún por lo que acababa de escuchar. Apretó los labios.

—*Allô?* —insistió Monique desde el otro lado de la línea.

—Hola, Monique, soy Sofía Márquez —dijo al fin con voz débil.

—Sofía, ¡qué sorpresa! —su tono resultaba alegre, inconfundible su acento—. Hace tanto tiempo... ¿Cómo estás?

—Bien..., bien... ¿Y tú?

—Muy bien —contestó ahora con evidente euforia—. Feliz, dando clases de filosofía en un liceo a niños de diez a doce años.

—Eso está muy bien, es lo que querías.

—Sí, me gusta mucho lo que hago. ¿Y tú? ¿Qué ha sido de ti estos seis años? Sé por mi madre que llegaste a doctorarte.

—Así es. Mi vida después de París cambió por completo. Ahora trabajo en un laboratorio.

—¡Guau, eso está muy bien, me alegro tanto por ti! Tu talento no podía quedar encerrado en las cuatro paredes de tu casa. Hubiera sido una pena.

—Ya... Sí, bueno, Daniel dio un gran cambio y todo se precipitó. Estoy contenta con lo que hago.

Sofía guardó silencio unos segundos que parecieron eternos, pegados todos los sentidos al auricular.

Monique interrumpió aquel mutismo.

—Pero, dime, *mon amour,* ¿a qué se debe tu llamada? No me digas que estás en París porque me caigo muerta aquí mismo —hablaba con entusiasmo.

—No... —se apresuró a decir Sofía—, te llamo desde Madrid.

—Qué pena, me gustaría tanto volver a verte.

Sofía se dio cuenta de que no sabía cómo afrontar una situación tan delicada.

—Monique, verás... —Se quedó callada momentáneamente, buscando en su mente las palabras adecuadas con las que abordar el asunto sin parecer brusca en exceso.

Ante su evidente temor a hablar, Monique reaccionó.

—¿Qué ocurre, Sofía? Sabes que conmigo puedes hablar con tranquilidad.

Ella tomó aire antes de continuar hablando.

—Monique, he encontrado una casete en la que quedó grabado todo, lo que hablamos..., lo que hicimos, todo.

El silencio provocó un inmenso vacío. Sofía sintió vértigo.

—¿Qué quieres decir? —la pregunta de Monique mostraba su contrariedad.

Sofía decidió ir directamente al grano. Tras el primer envite de rubor, recobró el estado de rabia en el que se encontraba y la razón por la que había hecho aquella llamada, que no era otra que buscar una explicación que le calmase aquel sentimiento de ultraje.

—¿Por qué grabaste aquel encuentro, Monique? Y, sobre todo, ¿por qué está aquí, en mi casa? Es evidente que se lo enviaste a mi marido. ¿Qué diablos pretendías?

—Yo no grabé ninguna conversación, Sofía —la voz de Monique se había tornado grave, herida—, y me duele mucho que pienses que pudiera ser capaz de algo así.

—Entonces, ¿quién? —preguntó Sofía con un tono de desesperación.

—No tengo ni idea —contestó Monique ahora con frialdad—. Solo puedo decirte que hace un par de años tuvimos una avería y el electricista descubrió micros en todos los enchufes de la casa, incluida mi habitación. No me preguntes cómo llegaron hasta allí porque todavía no lo sabemos. Lo denunciamos a la policía. Mi madre recordó la visita de unos operarios que pasaron por casa en los días que estuviste por aquí alegando problemas en la red eléctrica. La policía registró todo el edificio y encontraron una conexión que iba desde nuestro piso hasta una buhardilla del inmueble contiguo. Seguramente la escucha se hizo desde allí, pero no hallaron nada que pudiera indicar quién lo hizo ni mucho menos la razón.

—Pero ¿por qué? ¿Para qué?

—Te repito que no lo sé —respondió en tono seco, distante—. La policía cree que pudo tratarse de un error. Es posible que nos confundieran a mi madre o a mí con elementos peligrosos de aquellos días, y alguien quiso espiar nuestras conversaciones. Es todo lo que te puedo decir.

—Entonces, ¿por qué lo tengo yo aquí, en mi casa?

—No tengo ni idea. Si crees que alguien se lo envió a tu marido, pregúntale a él, tal vez sepa quién lo hizo y la razón.

—No puedo hacer eso.

De nuevo un mutismo que agrandaba la distancia. La grata sorpresa inicial de Monique se iba tornando en decepción, y se notaba en su tono.

—Entonces te quedarás con la duda, porque yo no puedo ayudarte. —En ese momento fue Monique la que calló provocando un incómodo silencio—. El tiempo que estuviste aquí fuiste nuestra invitada. Creo que me porté bien contigo, fui leal. No merezco esto, Sofía. No lo merezco.

Sus palabras afrancesadas salían de su boca con tanta fuerza que parecían abofetearla.

—Ya… Monique, yo... Lo siento.

—Da igual. Me alegro de que te vaya bien...

Sofía colgó con la sensación de haber clavado un puñal en el pecho de Monique. Sin embargo, la visión de aquella casete la devolvió a su propia realidad.

Decidió guardar la cinta magnetofónica y no preguntar nada a Daniel. Observaría su reacción cuando regresara y comprobase que la cómoda de la habitación había sido sustituida por otra. Si él no decía nada, ella no hablaría. Dejarlo pasar, eso haría, arrojar de nuevo al olvido aquella errada dulce noche de París.

3

Klaus viajó en avión hasta Barcelona y desde allí tomó otro vuelo a París. En un intento de distraer la más que posible vigilancia sobre sus movimientos, utilizó un pasaporte falso con identidad francesa. Aterrizó en París y tomó un taxi hasta el número 12 de Avenue de Villiers. Se apeó y observó el edificio desde la acera de enfrente. Alzó la vista al balcón del último piso. No se veía luz. Se irguió sacando pecho, como si se diera ánimos, cruzó la calle, entró en el portal y subió las escaleras lentamente, con cautela, como si cada paso le acercase a un peligro inminente, conocido, ineludible. Cuando llegó al rellano se mantuvo unos segundos atento a cualquier sonido en el interior del piso. No se oía nada, solo su respiración y el retumbar de sus latidos. Sacó la llave del bolsillo y, sigilosamente, la introdujo en la cerradura. La puerta se abrió con un ligero chirrido. Klaus se llevó la mano al costado y sacó la pistola empuñándola con fuerza. Estuvo unos instantes en el umbral observando el interior sumido en la penumbra. Medía cada movimiento, alerta a cualquier amenaza. Sin encender la luz, a la espera de que sus ojos se adaptasen a la penumbra que envolvía la estancia iluminada con la luz cenital que se colaba por las ventanas, avanzó despacio hacia el interior. Todo aparecía revuelto, como si un vendaval hubiera arrasado todo a su paso. Caminaba con cautela buscando dónde pisar, alzado el brazo en el que llevaba la pistola, sujeta la muñeca con la otra mano para mantener firme el pulso si había que disparar, defenderse, pensaba, morir matando. Hacía tiempo que no practicaba; sabía que un arma sin usar podía volverse contra el que la cargaba, y saberlo le ponía nervioso. En aquellos lances la línea entre la vida y la muerte era cuestión de apenas unas décimas de segundo, si era rápido salvaría la vida, de lo contrario él sería el muerto. Cuando se cercioró de que estaba solo, bajó el brazo sin soltar la pistola. Buscó sin saber qué entre el barullo de cosas tiradas por el suelo. Se sentó en el sillón en el que había estado con su hermano Daniel. De repente se sintió exhausto, derrotado, culpable. Sus dos hermanos podrían estar muertos por su culpa; de una manera u otra sus vidas habían dependido de él, y los había destruido a los dos, igual que lo había hecho con su propia hija y con Hanna, la mujer a la que tanto había amado y que tanto añoraba, al incitarla a una aventura demasiado arriesgada. En silencio, pensativo, los ojos puestos en la ventana, observando su propio reflejo en el cristal, el reflejo de un hombre abatido. Todo se había complicado. Sabía que tarde o temprano la vida plácida en Madrid se terminaría y entonces tendría que volver a su mundo, al mundo al que pertenecía en realidad, un mundo ahora vacío, sin nadie que lo esperase, nadie a quien abrazar porque había acabado con todos aquellos a quienes podía hacerlo. Le costaba reconocerlo, pero en el fondo deseaba que Daniel hubiera muerto, tal vez pudiera seguir ocupando para siempre el puesto de su hermano, dejarse mecer por la placidez de Sofía, la risa de las niñas, el sosiego de una vida ordinaria. Pero la sombra de su conciencia le abrumaba, demasiado remordimiento para una existencia corriente.

Se alarmó cuando descubrió en el cristal el reflejo de una figura que se acercaba sigilosa a su espalda. De un salto, se levantó y apuntó con la pistola al intruso.

—Tranquilo... —dijo una voz de mujer antes de que los nervios le hicieran cometer un error—, soy yo.

—¿Qué haces aquí?

—Estaba segura de que tarde o temprano volverías aquí.

Klaus bajó el brazo y dejó de apuntar a la mujer.

Christa Martel era la directora del hotel en el que, años atrás, se había hospedado Klaus durante su visita a París, un lugar en el que, además de Christa, trabajaban varios enlaces de la Stasi.

—¿Cómo sabías que estaba aquí?

Ella le sonrió ladina.

—Vamos, Klaus, no habrás sido tan ingenuo… —sonrió ladina—. Resulta muy fácil seguirte el rastro. No puedes haber olvidado que lo sabemos todo de todos, también entre nosotros. —Se acercó lentamente hacia él, le pasó la mano por la mejilla y se detuvo en los labios con una sonrisa salaz—. Te he echado mucho de menos. —Calló esperando alguna palabra amable por parte de Klaus, pero él se limitó a seguir mirándola expectante—. Vengo por aquí de vez en cuando para recordar viejos tiempos —sus ojos se dirigieron unos instantes hacia el dormitorio.

—¿Dónde está Tobías? —le espetó él con frialdad.

Martel tardó unos segundos en responder. Bajó la mano y se removió cambiando el gesto.

—Fuisteis unos estúpidos al creer que conseguiríais salir indemnes de esto.

—¿Dónde está? —insistió.

—No lo sé.

La cogió con fuerza del brazo y la zarandeó con brusquedad.

—Dime dónde está o...

—¿O qué? —le interrumpió ella desafiante—. ¿Vas a matarme? —Se quedaron los dos en silencio mirándose de hito en hito. La mujer dulcificó el gesto y su voz sonó blanda, entristecida—. Creía que sentías algo por mí.

Klaus la soltó y se metió el arma en la cintura.

—Nunca te prometí nada.

—No me digas que te has quedado prendado de tu querida cuñada…

Klaus se giró y le sonrió sarcástico.

—Me decepcionas, Christa. Pensé que me conocías mejor.

Ella se removió incómoda y con una rabia incontenible quemándole por dentro.

—Puede que seas tú el que no te conozcas a ti mismo. Tu vida es demasiado errática.

—Tan errática como puede ser la tuya. En eso nos diferenciamos poco tú y yo.

Christa esbozó una mueca de desencanto.

—Yo siempre te he querido, Klaus. Podríamos haber estado bien juntos.

Él no pudo evitar mirarla con un atisbo de ternura. Era muy joven cuando la encarcelaron, acusada de haber ayudado a huir a una amiga. Su única culpa había sido conocer sus planes, pero cómo iba a denunciar a su mejor amiga... No lo hizo y lo pagó ella. Su amiga pasó con éxito a la zona occidental y se olvidó de ella, se casó con un buen hombre, formó una familia, encontró trabajo en la universidad, era feliz, mientras que ella se jugaba el tipo por un sistema en el que no creía, deshumanizada, sin una vida propia, perpetuamente alerta, con miedo siempre. El único hombre al que había querido había sido Klaus, pero nunca había sido correspondida; se habían acostado muchas veces, lo habían pasado bien, pero para Klaus aquella relación siempre fue algo circunstancial, algo pasajero, estrictamente físico, sin ninguna trascendencia.

Klaus ablandó el tono. No podía perder el tiempo en aplacar amores frustrados.

—Christa, dime dónde está Tobías. Necesito hablar con él.

—¿Por qué tendría que ayudarte? —preguntó ella mirándole a los ojos—. Me la juego...

—Nadie tiene por qué enterarse.

Christa sonrió irónica.

—Nunca has dejado de ser un ingenuo, por eso me gustas tanto.

Klaus se acercó y la besó. Sintió la humedad de su boca, agria, fría. Cuando separó los labios, Christa se mantuvo quieta con los ojos cerrados a la espera de más. Los abrió y lo miró mostrando una leve sonrisa.

—Eres un cabrón... —Se irguió para recomponer la postura de entrega que había adoptado. Lo miró con una mueca—. Está en el hotel. Pretende salir de París. Le buscan, Klaus. Y a ti también. —Echó una fugaz mirada a la entrada—. No tardarán en llegar. Debes marcharte.

Klaus se fue hacia la puerta sin decir nada.

Salió del piso y empezó a bajar las escaleras, pero se detuvo al comprobar que alguien estaba subiendo. Se asomó al hueco de la escalera para ver quién era. Dos hombres ascendían con rapidez. Alzó la vista y descubrió a Christa, que lo miraba con lágrimas en los ojos.

—Lo siento —murmuró desde el rellano.

Klaus volvió a subir y, al pasar por delante de ella, le espetó con rabia en voz baja.

—Hija de puta.

Siguió subiendo hacia la azotea, pero sus perseguidores eran mucho más ágiles y rápidos que él. Uno de ellos logró alcanzarlo en la terraza y lo derribó, cayendo los dos al suelo. Rodaron en una pelea cuerpo a cuerpo. En uno de los golpes, Klaus perdió la pistola. Luchó a puñetazos con el hombre, mientras el otro esperaba a tenerlo a tiro para disparar. No había demasiada luz y temía fallar. Se oyó una detonación cuya bala rebotó en el cemento del suelo y fue a incrustarse en la pierna del que peleaba con Klaus. Se soltó de la lucha y Klaus aprovechó para arrojarse con fuerza contra el que estaba de pie apuntándole. Lo derribó. Cogió el revólver que había perdido su agresor y le disparó un certero tiro en la frente. De inmediato se volvió hacia el primero, que había quedado herido, justo cuando apretaba el gatillo de la Tokarev de Klaus que había rescatado del suelo. Pero en vez de la detonación que le hubiera provocado la muerte segura, se oyó un ligero click. Con el desconcierto reflejado en su cara, el hombre lo intentó de nuevo, apretó el gatillo sin conseguir disparar. Klaus levantó la mano sujetando con fuerza su arma y apuntó al hombre, que, entregado a lo inevitable, se arrastraba hacia atrás con gesto de espanto. La bala se le incrustó en la frente y la sangre volvió a salpicar el suelo gris de la azotea. Klaus se quedó quieto un momento mirando a los dos hombres muertos. Pensó en que si no hubiera perdido el revólver ahora estaría muerto. Sin soltar el arma ajena que, en vez de matarle le había salvado la vida, se volvió y se encontró a Christa apuntándole con una pequeña Colt.

—Estás acabado, Klaus Zaisser, acabado para siempre.

A pesar de que sujetaba el arma con las dos manos, Klaus se dio cuenta de que temblaba. Movió la cabeza de un lado a otro.

—No eres capaz de hacerlo —le dijo Klaus con una contundente certeza—. Tú no eres como ellos.

Christa se estremeció. Una parte de su mente clamaba por disparar, emitía la orden para activar la presión del dedo sobre el maldito gatillo, consciente de que, si no lo hacía y Klaus Zaisser conseguía escapar, tendría para ella graves consecuencias. Se sabía de su debilidad hacia él, una pasión demasiado evidente, sentimientos prohibidos entre agentes destinados en misiones extranjeras porque el enamoramiento les dejaba inermes ante el otro. La mirada fija en aquellos ojos claros a los que amó desde la primera vez que los vio. Sin embargo, Christa supo siempre que el recuerdo de Hanna le impedía atravesar las membranas del corazón del hombre al que apuntaba con su pistola, hecho de una coraza impenetrable para cualquier otro amor que no fuera el de la siempre presente Hanna.

—¿Y tú? ¿Cómo eres tú?

—Mucho peor.

Klaus levantó la pistola y disparó a Christa en el corazón. El sonido hueco de la detonación se expandió por las azoteas del París durmiente y espantó a una bandada de pájaros, que alzó el vuelo alejándose de aquel lugar de muerte.

Christa se quedó quieta un instante, el rostro sorprendido, asumiendo la muerte siempre inesperada. Dejó caer la pistola.

—Klaus… —murmuró con el dolor en el rostro. A continuación, su cuerpo se quebró con la fragilidad de un junco y se desplomó en el suelo.

Klaus se quedó mirándola unos segundos, pero tuvo que reaccionar porque oyó pasos apresurados que ascendían por la escalera.

Saltó al edificio de al lado. Luego se deslizó por una claraboya para llegar a la escalera. Bajó a toda prisa hasta llegar al portal. Se asomó para comprobar si la calle estaba despejada. Había un hombre de espaldas. Salió en dirección contraria, caminando deprisa, sin mirar atrás, hasta llegar a la boca del metro, por donde desapareció tragado por las entrañas de la tierra, sin dejar de caminar con paso rápido, en constante estado de alerta, atento a cualquier movimiento extraño, palpando la pistola sujeta al cinturón, oculta a la vista, para cerciorarse de que seguía ahí, seguro con ella, la mano tensa por si tenía que usarla. Miraba a los viandantes buscando sospechosos, perseguidores que le acechasen con la intención de acabar con él.

Fue directamente al hotel de la Rue de Condé. Si Tobías no estaba en el piso de Villiers solo podía estar escondido en la habitación 220. No entró por la recepción, sino que se dirigió al callejón de descarga. Pasó por las cocinas, vacías de personal en aquel momento, salvo por una mujer que limpiaba los fogones. Ella no le dijo nada, solo le miró y siguió con su tarea. Klaus subió hasta el segundo piso, donde sabía que estaba escondido Tobías. Tocó la puerta.

—Tobías, ábreme, soy yo.

No obtuvo respuesta. La puerta estaba cerrada con llave. Sacó una ganzúa que siempre llevaba consigo en el interior de una pequeña navaja, la introdujo en la cerradura y la manipuló durante unos segundos hasta que sonó un crujido. La habitación estaba vacía, pero era evidente que su ocupante había tenido que salir apresuradamente, la cama medio deshecha, las puertas del armario abiertas de par en par desocupado de ropa, tan solo una corbata tirada en el suelo, olvidada, el cenicero colmado de colillas y un paquete de tabaco sueco vacío. Tobías había estado en aquella habitación, pero de poco le servía saberlo. Con su ausencia desaparecía cualquier rastro sobre el paradero de su hermana, algún indicio que le llevase hasta ella. Oyó ruidos en las escaleras. Salió de la habitación y accedió al patio interior por una ventana. Se descolgó por los canalones hasta llegar al suelo, a través de otra ventana entró a un almacén y de allí volvió a salir al callejón. Debía abandonar París de inmediato. En Madrid estaría a salvo, al menos por el momento. Allí pensaría qué hacer.

4

Había conseguido llegar en el último segundo a la estación de Austerlitz para tomar el Rapide La Puerta del Sol con destino a Madrid. A pesar de haber adquirido un coche cama, no durmió en toda la noche alerta a cualquier movimiento extraño en el tren. Cuando llegó a Madrid a las ocho de la mañana, estaba agotado y con el cuerpo dolorido. Tomó un taxi y se presentó en casa con el convencimiento de que Sofía estaría en el laboratorio, sin recordar que se había tomado esa semana de vacaciones. Se llevó una sorpresa al verla no solo a ella, sino a los pintores, que ya remataban su tarea.

—No te esperaba hasta mañana —le dijo Sofía sorprendida al verle entrar.

—He terminado antes —miró a su alrededor, el olor a pintura, los suelos forrados de papel, los pintores rematando su tarea en la habitación de las niñas. Frunció el ceño—. ¿Qué estás haciendo?

—Pintar, ya te lo dije. Y cambiar algunos muebles —lo dijo justo en el momento en que llegaban a la habitación de matrimonio, vacía de muebles.

—¿Y los muebles? —le preguntó Klaus intentando mantener la calma.

—En un guardamuebles, hasta que decidáis tú y Sagrario qué hacer con ellos.

—¿Por qué Sagrario? —preguntó Klaus extrañado.

—Porque tu madre fue la que los compró cuando nos casamos, ella los eligió, ¿recuerdas? Y a mí nunca me han gustado, creo que eso lo has sabido siempre.

Klaus miró a Sofía, pero no notó en ella nada raro que le pudiera hacer pensar que había encontrado la casete. De todas formas, tenía otras cosas más importantes en las que pensar.

—Me voy al despacho. Tengo cosas pendientes —le dijo sin apenas mirarla.

A Sofía le costaba mirarlo a los ojos con el temor de ver en ellos la verdad descarnada de su vergüenza. Lo que había pasado con Monique había sido un desliz que había arrancado de su memoria hacía mucho tiempo. Tras la llamada a París le había estado dando muchas vueltas a la razón por la que Daniel habría mantenido escondida esa casete, preguntándose cómo habría llegado hasta sus manos. Sentía vértigo solo de pensar en que la hubiera escuchado. Tenía que haberlo hecho, se repetía machacona, tenía que haberla escuchado, puesta su atención en aquellos gemidos de placer desatado, si estaba allí era porque lo había hecho y por eso la había guardado, pero para qué, para qué esconderla, por qué no le dijo nada, por qué no se lo echó en cara, por qué no le pidió cuentas, explicaciones, por qué no le reprochó la infidelidad, qué razón tenía para callar una deslealtad así. Tal vez no le había dolido tanto por el hecho de haber sido con una mujer, los hombres son muy especiales en ese tipo de asuntos, pensó, pueden llegar a considerar que no existe competencia, al contrario, tal vez le había servido, sin ella saberlo, para incrementar su propia fantasía, la visión de dos mujeres amándose, desnudas, lamiendo cada rincón de su cuerpo ante la mirada salaz del hombre. Todo era posible, bastante factible a su parecer, tal vez de esa fantasía articulada en su mente viniera la fogosidad mostrada en sus relaciones desde la llegada de París, tal vez fuera eso, teniendo en cuenta el tiempo transcurrido y la actitud de Daniel, no descartaba nada.

Le acompañó hasta la puerta en silencio. Le notaba inquieto y pensó que era porque sabía que lo había descubierto. Ninguno de los dos miró los ojos del otro, ambos temían el reflejo de sus propios miedos.

A pesar de ser miércoles previo a las vacaciones de Semana

Santa, había movimiento en el bufete. Klaus sabía que en gran parte se debía a consecuencia de la muerte de Mario Bielsa. Continuaban las reuniones a puerta cerrada, las entradas y salidas de elementos conocidos y no tanto, que llegaban, se encerraban con Rebeca Sharp durante unos minutos, dispuestos a recibir órdenes y premisas, para luego volver a salir y desaparecer. Se notaba tensión e inquietud, sobre todo entre los letrados y pasantes que eran agentes o enlaces seleccionados por el KGB. Klaus era consciente de que el luctuoso suceso de Bielsa le había dado un respiro, porque desviaba la atención que de otro modo hubiera recaído sobre él, alertados por la Stasi. Quería pensar que el KGB no dejaría perder fácilmente aquel bufete convertido en la perfecta tapadera de los servicios secretos rusos, que les garantizaba una buena infraestructura, únicamente para eliminarlo a él a consecuencia de algo que afectaba solo a la Stasi.

Elvira permanecía en su puesto. Tampoco ella le esperaba hasta después de las vacaciones, así que le extrañó su presencia.

—¿Alguna llamada importante? —preguntó Klaus sin detenerse.

—No, señor Sandoval —respondió ella, sin moverse, tensa, distante como siempre desde el desagradable altercado en su casa—. Tan solo ha llegado correspondencia. La tiene en su mesa.

Klaus se encerró en el despacho. Allí tenía la extraña sensación de estar protegido, aunque sabía que no era cierto.

Encendió un cigarrillo para luego arrellanarse en el sillón, acusando la impotencia de no poder hacer nada. Se sentía atado de pies y manos en aquel Madrid acomodado mientras su hermana podría estar en peligro, o peor aún, muerta en las profundas aguas del Báltico. Un escalofrío le obligó a erguirse. Colocó los codos sobre la mesa y se pasó las manos por la cara, la cabeza baja, como si quisiera esconderse de una realidad que le asustaba.

Alguien llamó a la puerta y le arrancó bruscamente de sus elucubraciones.

—Adelante —dijo colocándose el pelo con las dos manos e intentando recuperar la compostura.

Rebeca Sharp entró sin decir nada, como solía hacer, y cerró con un portazo. Se acercó despacio, con cadencia en sus pasos, como si fuera portadora de un anuncio. A esas alturas, ambos se conocían demasiado para saber cuándo estar alerta. Klaus no dejó de observarla desde el otro lado de su escritorio, oyendo su taconeo hasta que pisó la alfombra. Llevaba un periódico en la mano

—¿Interrumpo? —preguntó cuando estaba junto a la mesa.

Klaus movió la cabeza negando, y aplastó el cigarrillo en el cenicero. Luego cruzó las manos sobre el escritorio.

Rebeca echó el periódico sobre la mesa.

—Creo que esto le interesa —añadió con una postura altanera.

Era *Le Figaro,* abierto y doblado por una de sus páginas. Klaus no tocó el rotativo, como si temiera quedar impregnado de veneno. Bajó los ojos para echarle un rápido vistazo, lo suficiente para leer el titular: «Encuentran el cadáver de un hombre flotando en el Sena». En seguida levantó la mirada hacia ella.

—¿Por qué debería interesarme? —preguntó. Le salió un visaje irónico—. No creo que sea una noticia destacable el hallazgo de un cadáver en el Sena.

Rebeca lo miró con una sonrisa sardónica. Se balanceó sobrada, con una arrogancia que molestaba mucho a Klaus; sin dejar de mirarlo en ningún momento. Se apoyó sobre la mesa venciendo el cuerpo hacia delante para acercarse a él. Su camisa se ahuecó dejando a la vista la hondura de su escote. Klaus no pudo evitar mirarlo, aunque solo fuera un momento. Rebeca no se inmutó, colocó el dedo índice de su mano derecha sobre el periódico y dio varios golpes sobre la mesa.

—Era un traidor... —sin retirar los ojos de Klaus, abrió las aletas de la nariz como si olfatease el aire—. Y los traidores apestan...

Klaus mantuvo el tipo sin inmutarse, impertérrito, sosteniendo aquel reto de miradas, en silencio. Tras unos segundos, ella se irguió, apretó los labios dejando entrever un esbozo de sonrisa malvada, sus ojos negros clavados como cuchillos en la conciencia de Klaus.

—Lea la noticia con mucho detenimiento..., Klaus Zaisser —abrió los labios rojos, carnosos, y dejó ver sus dientes blancos, perfectos—. Y aténgase a las consecuencias.

—¿Es una amenaza?

—Es una realidad —contestó con firmeza. Se dio la vuelta y salió del despacho dando un portazo.

Klaus quedó solo, mirando hacia la puerta cerrada, impactado. Nunca antes le había llamado por su nombre. Eso le inquietó aún más. Desconocía desde cuándo lo sabía. Desde luego ella no era Rebeca Sharp, a pesar del tiempo transcurrido desde su llegada al bufete, aquella mujer seguía siendo un misterio para él, como era lógico. Eso decía mucho de ella. Era buena en su trabajo. Ni una sola fisura en las tareas encomendadas por el KGB, ningún borrón en su expediente. Todos los agentes habían sido distribuidos en las distintas misiones con acierto, sin levantar ninguna sospecha y manteniendo intacto el prestigio del bufete de cara al exterior. Su habilidad para extorsionar sin que el extorsionado supiera de dónde venían las presiones había sido admirable por su perfección y su falta de escrúpulos. Durante cinco años, Mario Bielsa se había entregado con una docilidad encomiable informando de asuntos de valioso contenido procedentes de la embajada de los Estados Unidos, que habían llegado, gracias a su colaboración, a manos del Gobierno ruso. Klaus no llegó a saber nunca cuál había sido su talón de Aquiles ante los sucios manejos de Rebeca Sharp, pero debía de haber sido algo muy grave como para que Bielsa hubiera entrado en el juego con el compromiso con el que actuó hasta su definitivo salto al vacío.

Bajó los ojos al periódico y leyó la noticia. Una foto de pasaporte con el rostro de Tobías lo identificaba con seguridad para Klaus. El nombre que señalaba la noticia era otro, seguramente llevaba documentación falsa encima. Había sido degollado y luego arrojado al río. La línea de investigación de la policía apuntaba a un ajuste de cuentas. Klaus tragó saliva, apretó los labios inmóvil, preocupado. Pensó en su hermana. Hacía mucho tiempo que no percibía el olor del miedo, ese aroma que todo lo contamina, que impone un gris dominante en todo, en el presente y en el futuro, el miedo que condiciona y apaga el alma humana, ese miedo del que creía haber escapado y que inexorablemente le había alcanzado de nuevo. Instintivamente se palpó la pistola que llevaba en la espalda sujeta al cinturón.

Tomó aire para llenar los pulmones vacíos de oxígeno, dio un largo suspiro y cerró los ojos en un vano intento de espantar los miedos.

5

El resto de la mañana la pasó despistado, dándole vueltas a cómo actuar, si debía hacer algo o no hacer nada, si debía quedarse o esconderse, valoraba todas las posibilidades sin decidirse por ninguna. Tal vez le vendría bien subir a la sierra, alejarse de Madrid, desaparecer durante un tiempo a la espera de alguna reacción.

De repente percibió que la actividad del bufete había disminuido de forma notoria, no se oían voces, ni teléfonos, ni pasos apresurados de un despacho a otro. Miró el reloj. Eran casi las tres. Cada vez que miraba aquel Rolex ostentoso el recuerdo de su gemelo le saltaba con un aldabonazo en la cara, como si le rodease la muñeca una serpiente que, con solo mirarla, le escupiera el veneno de la culpabilidad. Había tenido que dejar en Berlín el que le había regalado Hanna, lo echaba de menos, tanta era su añoranza hacia ella que le reconfortaba pensar en aquel reloj barato de esfera blanca y correa de piel curtida.

Decidió marcharse a casa. Antes de hacerlo, cogió de mala gana la correspondencia que le había dejado Elvira en la bandeja. Hojeó los sobres desechando casi todos, abriendo solo algunos, hasta que una carta llamó su atención porque tenía el franqueo de la República Federal de Alemania. Le extrañó que hubiera pasado el filtro de Rebeca. Sabía que todo su correo era supervisado previamente por ella, Elvira se lo había confesado a los pocos días de que aquella mujer empezase a trabajar en el bufete, lo revisaba todo, tanto el que recibía como el que enviaba. Por supuesto, aquel control no le había pillado por sorpresa, ya se lo habían advertido. Aquella carta debía de ser inofensiva, por tanto. Su nombre y la dirección del bufete estaban escritos a máquina, y no tenía remite. Lo abrió y sacó una cuartilla doblada, la desplegó y se quedó sin respiración al reconocer la letra de Bettina: «Lübeck. Universitätsklinikum. Tengo problemas. Ven a por mí. BettinaZ».

Sintió que le desbordaba la euforia. Aquellas palabras manuscritas significaban que su hermana estaba viva, que había conseguido salir de la RDA. Una amplia sonrisa le iluminó el rostro. Se levantó eufórico. Apretó el puño para dominar sus ganas de gritar, ese impulso vehemente de alegría que no podía compartir con nadie. Lo había conseguido. Ahora tan solo quedaba ir a buscarla, protegerla, abrazarla después de tantos años.

Estaba tan absorbido en su entusiasmo que el timbre del teléfono le asustó. Pulsó la tecla roja y oyó la voz de Elvira.

—Don Daniel, le llama su esposa.

—Ahora no puedo, Elvira.

—Dice que es muy urgente.

—Ahora no, Elvira —repitió tajante—. Dígale que la llamaré luego. Y no me pase ninguna llamada.

Cortó la comunicación y volvió a sentarse. De nuevo centró su atención en la frase de la cuartilla. Parecía evidente que se encontraba ingresada en un hospital de Lübeck, herida tal vez, recuperándose de algún percance sufrido durante la huida. Su concentración se vio de nuevo interrumpida por dos toques en la puerta. Elvira abrió sin esperar respuesta y metió la cabeza con gesto compungido.

—Le he dicho que no quiero que me moleste —le espetó Klaus sin ocultar su enfado.

—Señor Sandoval, tiene que hablar con su esposa... Se trata de su hija Beatriz.

—¿Qué ha pasado? —preguntó frunciendo el ceño.

—Será mejor que se ponga al teléfono, don Daniel. Su esposa está muy nerviosa.

Descolgó, pulsó la tecla y se puso el auricular en la oreja.

—Sofía, ¿qué ocurre?

—La niña, Daniel, que dice tu madre que no saben dónde está. Que ha desaparecido... Que Beatriz ha desaparecido... —Sofía hablaba a trompicones, nerviosa, descontrolada por los nervios.

—¿Beatriz? Pero ¿se ha perdido? ¿Qué ha pasado?

—No lo sé... Por lo visto salió a comprar unas chucherías al quiosco que hay en la esquina. A la hora de comer Vito mandó a Isabel a buscarla y no la encontró. Dice el del quiosco que la vio en el parque hablando con una mujer muy bien arreglada, que pensó que era familia suya porque a la niña se la veía contenta, y que luego la perdió de vista. ¡Dios mío! Mi niña... ¡Daniel! Mi niña...

Klaus sintió que se le caía el mundo encima.

—Está bien, tranquila —intentó templar el asunto todo lo que pudo, restándole importancia, aunque su ánimo se había quebrado en mil pedazos—. Ya sabes cómo es, seguro que se ha despistado y no se ha dado cuenta de la hora.

—Eso me dice Sagrario, que suele despistarse... Pero tanto tiempo... Habrá que avisar a la policía.

—No, no —dijo él de inmediato—, no hagas nada. Espera a que llegue a casa.

—Vale —respondió Sofía con voz temblona—, pero ven pronto, por favor. Estoy muy asustada.

Klaus se guardó la carta en el bolsillo, se levantó y salió de su despacho para ir al de Rebeca Sharp. No había nadie.

—Elvira, ¿dónde está la señorita Sharp?

—Se marchó hace un buen rato, al poco de llegar usted.

Le dio la espalda y volvió al despacho de Rebeca. Entró y cerró la puerta. Sin moverse, caviloso, observó durante unos segundos la estancia. Sentía la respiración acelerada. Apretó los puños y se dirigió hacia el escritorio. Abrió todos los cajones, rebuscó por si había algún compartimento secreto. Sabía que Rebeca guardaba allí documentación sensible. Era la única forma de protegerse. Miró a su alrededor y sus ojos se posaron en la estantería que había en una de las paredes. Una hilera de media docena de libros estaban apenas unos milímetros más remetidos que los demás, se acercó y los retiró tirándolos al suelo. El ancho del estante se acortaba en profundidad. Puso la mano sobre el fondo de la librería y empujó con cuidado. El panel cedió a su manejo, lo retiró y encontró un estrecho compartimento donde había una cartera de piel negra. La cogió y la abrió. Comprobó que en su interior había varias carpetas con cientos de documentos comprometedores del KGB, una extensa relación de nombres de los agentes que trabajaban en Madrid, Barcelona y Bilbao, otra lista de gente a la que se había extorsionado con chantajes, algunos vergonzosos e impúdicos. Mario Bielsa encabezaba la lista. Leyó por encima y arrugó el gesto al comprender la causa de la extorsión que le había encadenado irremediablemente a la maquinaria del KGB. Dosieres con el anagrama del KGB estampados con la marca de confidencial, en la mayoría de ellos impreso el sello de *Top Secret*. Leyó por encima algunos abriendo una sonrisa en sus labios, sorprendido por la extensión y profundidad desplegada por los tentáculos de la señorita Sharp y su equipo. Sacó todas las carpetas de la cartera negra de piel y la devolvió vacía al hueco de la librería. Luego colocó todo en su sitio. Cogió los documentos hallados y antes de dejar el despacho se aseguró de que todo estaba como cuando entró. Salió a la recepción del bufete y fue a su despacho. Buscó un viejo maletín que había pertenecido a don Romualdo e introdujo toda la documentación en su interior. Luego se dirigió al mostrador de la secretaria.

—Elvira —su aparición repentina e inesperada asustó a la secretaria, que se puso en pie como si se le hubiera activado un resorte interior—, ¿hay alguna manera de localizarla?

—¿A la señorita Sharp? —preguntó la secretaria sin poder evitar el desconcierto—. Lo puedo intentar, pero ya sabe que cuando quiere desaparecer no hay manera de encontrarla.

—Inténtelo. Búsquela por donde sea. Encuéntrela y dígale que se ponga en contacto conmigo.

—Sí, señor. ¿Estará usted en su casa?

—Solo dígale que la busco. Ella sabrá cómo encontrarme. —Llevaba el maletín en la mano, lo miró, dudó un instante antes de decidirse. Miró a un lado y a otro. No parecía haber nadie. Se acercó más a ella como para hacerle una confidencia y le tendió el maletín—. Escúcheme bien, Elvira, esto es muy importante. Saque este maletín del bufete y destrúyalo, ¿me oye? Deshágase de todo, pero asegúrese de que nadie la ve. —Aquellos documentos eran su seguro de vida. Mientras no aparecieran, estaría a salvo del KGB y tendría tiempo para pensar qué hacer—. No le diga a nadie que se lo he entregado, usted no ha visto nunca este maletín.

—Pero, señor Sandoval, si es el maletín de su padre…

Klaus la interrumpió con brusquedad.

—¡Nunca! ¿Me oye? Le aseguro que de su silencio y prudencia dependen su vida y la mía.

Elvira lo miraba como si le estuviera entregando el contenido de un artefacto letal. Con el corazón desbocado asintió, cogió el maletín y, con movimientos rápidos y apresurados, lo escondió bajo la mesa. Luego se puso tiesa, como si nada hubiera pasado, afrontando el papel asignado. Klaus la señaló con el dedo, en un gesto de autoridad.

—Encuentre a esa mujer, Elvira —la instó con gesto suplicante—. Es muy importante que dé con ella.

Se marchó. Elvira se quedó pasmada durante unos segundos, incapaz de reaccionar. Tomó aire, dio un largo suspiro, se sentó despacio sin quitar los ojos de aquel conocido maletín marrón de piel repujada, regalo de doña Sagrario, que estaba a sus pies. Una vez afianzada la postura, se dispuso a dar con aquella mujer.

Sofía lo esperaba hecha un manojo de nervios.

—¿Se sabe algo? —preguntó Klaus.

—Nada —contestó abatida. El ceño fruncido, el rostro desencajado. Se retorcía las manos angustiada, los hombros encogidos, claramente tensa—. Dice tu madre que va a llamar a la policía.

—No —dijo Klaus tan tajante que asustó a Sofía—. Llámala y dile que no lo haga, que espere a que lleguemos. Que no haga nada —insistió cuando Sofía cogió el auricular—. Estaremos allí en una hora.

Tardaron algo más porque encontraron caravana para salir

de Madrid. Apenas hablaron en el coche, pendiente Klaus de adelantar, y Sofía inquieta cada vez que tenía que frenar. Lo hacía ella también inconscientemente, apretaba el freno y el acelerador con sus propios pies, con la ansiedad de la prisa y el avance lento y pausado de la reata de vehículos de todo tipo y tamaño que salían de la ciudad rumbo al descanso de Semana Santa. Cuando el coche se detuvo en la puerta del chalet de El Escorial, salieron a recibirlos doña Sagrario, Isabel y Vito con rostros cariacontecidos. Isabel, nada más ver a su madre, se abrazó a ella llorando. Sofía sintió una punzada de dolor en su pecho.

—¿No se sabe nada? —preguntó Klaus al descender del auto.

—Nada, hijo —respondió la abuela compungida y con muy mala cara, muy pálida, con ojeras pronunciadas que le orlaban los ojos de un color violáceo—. Una vecina dice que vio a una niña subirse a un coche oscuro, pero que no puede estar segura de si era ella o no. Hay tanto coche hoy entrando y saliendo.

—Está bien, entrad en casa y esperadme. Voy a hablar con el del quiosco.

—Voy contigo —dijo Sofía.

—No —de nuevo la voz tajante de Klaus la paralizó—. Ve con ellas. Déjame hacer a mí. —Cogió a Sofía por los hombros y la miró a los ojos—. Sofía, vamos a calmarnos. Es posible que se haya despistado jugando. ¿De acuerdo? No va a pasarle nada... Te lo aseguro.

—Tráemela de vuelta, Daniel —Sofía estaba a punto del llanto, pero se tragó las lágrimas—, por favor, trae a mi niña de vuelta a casa.

—Confía en mí.

Sofía lo miró unos instantes a los ojos buscando el anclaje al héroe que necesitaba. Pero, en vez de esperanza, sintió un escalofrío, como si la sangre se le hubiera helado con la mirada de aquel pretendido paladín. Bajó los ojos y asintió sin ningún convencimiento. No estaba calmada, tenía el pálpito de que su hija no se había despistado. La angustia apenas la dejaba respirar. Ojalá estuviera equivocada, pensaba para sí, ojalá aquel pálpito fuera erróneo.

Sagrario agarró del brazo a Sofía y la impelió hacia el interior de la casa.

—Vamos dentro, deja que él la busque. —Sagrario hablaba intentando convencerse del poder de su hijo para encontrar a su nieta. Dejar en manos del hombre la resolución de los grandes problemas, a eso se había agarrado siempre y en aquel momento creía en ello con fe ciega—. Daniel tiene razón, quizá nos estamos precipitando y esté por ahí brincando como un pájaro. Ya sabes lo atolondrada que es.

La posibilidad de que Beatriz se hubiera despistado resultaba plausible. Era una niña muy callada, ensimismada, le gustaba estar sola, leer, pasear, observar los pájaros, descubrir nidos. Nada que ver con su hermana Isabel, que siempre tenía que estar rodeada de sus amigas, su pandilla, jugando a la comba, con el yo-yo o la peonza, al parchís, saltando a la pata coja en la rayuela... En ninguno de estos juegos participaba Beatriz, porque decía que se aburría y que los chicos eran muy brutos. Las dos hermanas tenían un carácter muy distinto, y a medida que crecían también se distanciaban en su parecido físico. Isabel cada vez más parecida a su madre, mientras que Beatriz seguía teniendo el cabello rubio y rizado, y el parecido con su padre seguía siendo muy evidente.

Klaus era consciente de que no le quedaba otro remedio que esperar. Se acercó hasta el quiosco y lo encontró cerrado. Se dirigió despacio hacia el parque, paseó con las manos metidas en los bolsillos, mirando a un lado y a otro, atento a cualquier movimiento. Pasado un rato vio un coche que llegaba por el otro lado del parque; el auto se detuvo, pero no salió nadie de él. Klaus se dirigió lentamente hacia donde estaba aparcado. Cuando estaba a un par de metros, la puerta se abrió. Con movimientos medidos, se subió al interior.

—¿Dónde está la niña? —preguntó una vez dentro.

—La niña está bien —contestó Rebeca Sharp, sentada a su lado, la vista al frente, impertérrita. Delante, un hombre permanecía al volante, inmóvil como una estatua.

—Ella no tiene nada que ver en esto.

—Lo sabemos —en ese momento la mujer le miró. Sus ojos

traspasaron el miedo de Klaus—. Solo usted puede resolver este embrollo.

—¿Qué pretende que haga?

—Yo nada. —Rebeca volvió la vista al frente—. Pero por lo visto sus jefes están muy disgustados con usted... y con su hermana. Me han encargado que le diga que o regresan los dos a la RDA o no volverán a ver a la niña.

—¿Ahora se dedica a ser enlace?

Rebeca lo miró con ojos turbios, amenazante.

—No bromee, camarada Zaisser. Está en peligro una niña de siete años, su sobrina, hacia la que, según tengo entendido, muestra un afecto muy especial.

Klaus la miró intensamente, herido en su talón de Aquiles, vapuleado en su única zona vulnerable. Se dio cuenta de lo estúpido que había sido al no haber sabido prever de nuevo el daño que podía hacer a las personas a las que amaba, incapaz de calcular las consecuencias de mostrar sin reparo el profundo amor que profesaba hacia esa niña, un apego convertido en un poderoso instrumento de dominación para la organización y en un mortífero veneno contra él y contra la pequeña Beatriz, en quien había volcado su amor paterno.

Bajó los ojos a sus manos. Negó con la cabeza.

—No sé dónde está mi hermana.

—Ese no es mi problema. Yo solo le transmito el mensaje. Su torpeza nos compromete gravemente, Zaisser. El KGB prescinde de usted desde este momento.

—¿Y el bufete? Se supone que soy el dueño.

—Todo se ha ido al traste por ese estúpido de Bielsa. Antes de quitarse la vida le contó a su mujer que trabajaba para nosotros. Todo ha terminado.

—Entiendo… —murmuró Klaus.

—Ya no tiene nuestra protección —la mirada torva de sus ojos estremeció a Klaus—. Está solo. —Volvió de nuevo sus ojos al frente, su perfil altivo, su actitud fría, distante—. Lleve a su hermana de vuelta a su país y la niña regresará con su madre. Puede marcharse. Esta conversación ha terminado.

Klaus no dijo nada. Abrió la puerta y bajó del coche. En ese momento el conductor aceleró y el automóvil se alejó derrapando en el asfalto. Se mantuvo quieto observándolo hasta que desapareció de su vista.

Sacó de su bolsillo la nota enviada por Bettina. Se preguntaba cómo iba a arreglar aquello. Era consciente de que en pocas horas la niña estaría en la RDA. No podía hacer nada para impedirlo, resultaría inútil y la pondría en peligro. Si avisaba a la policía era posible que no la volvieran a ver nunca más. Resultaba demasiado peligroso. Tenía que mantener la calma, y sobre todo tenía que convencer a Sofía de que le dejase hacer, consciente de lo complicado que iba a resultar persuadir a una madre de que mantenga la serenidad ante una situación así.

Tragó saliva y empezó a caminar hacia el chalet de doña Sagrario.

Cuando entró, Sofía estaba al teléfono. Su gesto de preocupación le alarmó. Isabel estaba con ella. Al verle, corrió hacia él con gesto asustado.

—Papá, es la abuela, se ha desmayado.

—Ve con ella —dijo Klaus intentando mantener la calma—, no la dejéis sola, ¿de acuerdo?

Isabel asintió y salió corriendo escaleras arriba para acompañar a su abuela Sagrario, que estaba en su dormitorio al cuidado de Vito.

Sofía colgó en ese momento.

—He llamado a la ambulancia, vienen en seguida. Demasiada tensión para su delicado corazón. Espero que lleguen a tiempo... —le dijo acercándose a él, buscando en su gesto alguna noticia a la que aferrarse. Preguntó, aunque ya sabía la respuesta—: No la has encontrado, ¿verdad?

Klaus la agarró por los hombros y la abrazó con fuerza contra sí.

—Dime que solo se ha perdido, Daniel, dime que no le ha pasado nada, dime que mi pequeña está a salvo.

—Está a salvo... —su voz salió de sus labios con un tono cavernoso, casi de ultratumba—. No temas. No le pasará nada.

—La separó de su cuerpo y sujetándola por los hombros buscó sus ojos—. Sofía, tienes que confiar en mí. Deja que arregle esto a mi manera.

Aquellas palabras rebotaron en la conciencia de Sofía como si hubiera recibido un puñetazo, un golpe certero que la dejó sin respiración. Abrió la boca y la volvió a cerrar, moviendo la cabeza, incrédula de lo que había escuchado.

— ¿Qué… qué quieres decir?

—Sofía… —Klaus sentía que la situación se le iba de las manos, cómo explicarle, cómo decirlo sin destrozarla. Esquivó la mirada de Sofía, que buscaba en sus ojos con insistencia una respuesta que la salvase de aquel abismo.

Aquel silencio premeditado alarmó aún más a Sofía.

—Daniel, ¿qué quieres decir con que te deje arreglar esto a tu manera? ¿Qué manera es esa? —gritó desesperada ante la actitud silente—. ¿Tú sabes dónde está la niña? —su tono empezaba a tornarse acusador—. ¿Dónde está?

—Beatriz está bien. No le va a pasar nada, pero tienes que esperar...

De forma indeliberada, el cuerpo de Sofía se encogió como si cada palabra que salía de aquellos labios le asestara una dolorosa punzada.

—¿Esperar a qué? —preguntó con voz temblona, implorante el gesto para que acabase de una vez con aquella pesadilla.

—Tengo que ir a buscarla y puede que tarde un tiempo…

Sofía se deshizo del agarre con un movimiento rápido, agresivo, dispuesta al ataque.

—¿A buscarla adónde? ¿Dónde está mi hija?

—Te he dicho que Beatriz está bien —insistió Klaus, sin poder evitar un gesto exasperado. Intentó acariciarle la cara, pero ella lo rechazó con un manotazo, fruncido el ceño.

—O me dices ahora mismo qué está pasando o llamo a la policía…

La voz de Sofía cayó sobre el ánimo de Klaus como un jarro de agua helada. Bajó los ojos compungido, alzó la cara y respiró hondo para luego volver a buscar los ojos de Sofía, que lo esperaban expectantes, dispuestos a un combate que no terminaba de entender.

—Sofía, esto no lo puede arreglar la policía, eso lo empeoraría...

—Pues es lo que voy a hacer ahora mismo... —dijo dirigiéndose al teléfono con un arrebato de dignidad.

Descolgó y empezó a marcar.

—Si haces esa llamada no volverás a ver a tu hija.

Sofía se detuvo como si un rayo le hubiera tocado la mano. Aquellas palabras envolvieron el aire en un manto oscuro y de repente se hizo irrespirable. Sofía sentía que se ahogaba. Boqueaba como un pez fuera del agua. Se volvió hacia él alarmada. Intentó hablar, pero se sintió incapaz de articular palabra, como si no tuviera voz o como si esta no le llegase a los labios, apagada en la garganta. Tragó saliva y se acercó despacio a él, que no se había movido del sitio y que la esperaba con gesto grave, la mirada fija, en apariencia impertérrito a su consternación.

Sofía abrió los labios y la voz le salió blanda, débil, apenas un aullido de auxilio.

—¿Qué quieres decir, Daniel? ¿Qué está pasando?

—Confía en mí…

—¿Dónde está Beatriz? —le interrumpió con brusquedad recuperando la fuerza de su voz.

Klaus se acercó a ella, pero ella echó un paso atrás, dándole a entender que no había tregua. Él se detuvo y bajó los ojos, cabizbajo. Cómo explicarle, pensó. Sentía un inmenso hastío hacia sí mismo.

—Sofía, te prometo que te traeré a Beatriz, pero tienes que confiar en mí. No soy quien piensas que soy... —apretó los labios. No podía decirle la verdad, no debía hacerlo—. Quien se ha llevado a la niña me chantajea...

Ella dio dos pasos más hacia atrás buscando apoyo para no caer desplomada, porque sus piernas habían dejado de tener la firmeza necesaria para mantenerla en pie. Llegó a apoyarse en la cómoda donde estaba el teléfono, sin dejar de mirarlo en ningún momento, con intenso sentimiento encontrado entre el susto y el pasmo.

—¿Que te chantajea? ¿Quieres decir que alguien se ha llevado a mi niña? ¿Que han secuestrado a Beatriz? —Su voz salía de sus labios temblona, asustada, escupiendo todo el miedo que le empezaba a rebosar por dentro—. Pero... —encogió los hombros como si interrogase todo su cuerpo—. ¿Por qué...? ¿Por qué, Daniel?

—Es muy largo de contar.

—¿Largo de contar? —inquirió asombrada. Adelantó una mano hacia él como si le animase—. Hazlo. Cuéntamelo.

—No hay tiempo, Sofía —abrió las manos, como si al mostrarlas le diera a entender que no tenía nada en ellas—. Lo siento, no tenemos tiempo.

Sofía le mantuvo la mirada unos segundos. Se irguió y dio dos pasos hacia él, insuflada de una repentina seguridad, afrentada, fortalecida por un instante tras la dolorosa puñalada.

Se situó frente a él, retándole con la mirada.

—No te voy a permitir que utilices a mi hija en tus chanchullos. —Su indignación crecía a cada segundo, desbordándola por dentro—. ¿En qué andas metido?

Klaus se removió inquieto.

—No puedo explicarte, ahora no... No serviría de nada. Deja que vaya a buscar a Beatriz, pero tienes que prometerme que no harás nada. Tienes que hacerlo por ella.

A Sofía le costaba procesar todo aquello. En su mente borbotaban los recuerdos como agua hirviendo, dolorosamente escaldados.

—Me has mentido todo el tiempo... —alzó las manos nerviosa, tensa—. ¿Qué clase de negocios te llevaron hasta Berlín Este?

—¿Cómo sabes eso?

—Qué importa cómo lo supe. ¿Qué fue lo que pasó en aquel viaje a París? Tengo la sensación de que todos estos años me has estado mintiendo. ¿Qué escondes, Daniel?

En ese momento, Klaus decidió defenderse atacando, consciente del daño que le iba a causar, pero no tenía tiempo para calmar las aguas de otra manera.

—¿Y tú? —le espetó frunciendo el ceño—. ¿Qué escondes tú? Dime. ¿Qué hiciste mientras decías buscarme? ¿Qué tuviste con esa Monique?

El rostro de Sofía se demudó, se sintió arrasada por dentro. La sangre le subió hasta las mejillas entre la rabia y la vergüenza.

—Eres un canalla —murmuró al punto del llanto.

—Lo sé…

Klaus cogió la mano de Sofía con un gesto de cariño, pero ella se soltó como si le hubiera tocado el diablo. Klaus hizo un gesto para que se calmase.

—Déjame resolver esto a mi manera. No avises a la policía y te traeré a tu hija sana y salva... Te lo prometo.

—Te recuerdo que también es tu hija —le dijo con rabia, como si se lo echase en cara.

Hubo un silencio incómodo entre los dos. La desolación de Sofía horadaba la conciencia de Klaus, le rompía el corazón verla así. No se lo merecía, de nuevo alguien de su entorno sufría un daño colateral por su culpa. Estaba condenado para siempre.

—Sofía, todo es muy complicado…

Sofía reaccionó arrojándose hacia él con violencia, fuera de sí.

—¿Qué me ocultas? —le gritó golpeándole el pecho con rabia—. Dime qué es lo que me ocultas, Daniel… —De repente se quedó quieta, paralizada, con los ojos heridos por el llanto fijos en su rostro, que le pareció muerto, hierático, su mirada glacial le congeló el alma—. No te entiendo, no comprendo nada… ¿Qué te he hecho? ¿Dime qué te he hecho para que me hagas esto?

Klaus se estremeció ante la súplica.

—Tú no has hecho nada malo, Sofía. Todo es culpa mía. Todo…

Sofía dio un paso más hasta quedar muy cerca de él. Aspiró su aroma. Cerró los ojos e intentó entender.

—Necesito saber qué está pasando, Daniel, necesito… Necesito comprender…

La voz le tembló y se tragó el llanto porque no quería derrumbarse, no antes de haber entendido algo, de conocer la causa de tanto desconcierto, de tan dolorosa confusión.

En ese momento sonó el timbre de la entrada. Sofía miró hacia la puerta. En su rostro afloró por un instante la ilusión de que aquella pesadilla hubiera acabado. Corrió para abrir con la esperanza de encontrar al otro lado a su pequeña, de poder abrazarla por fin. Klaus no se movió. Cuando Sofía abrió, el mundo volvió a derrumbarse a sus pies. Clavada al suelo, incapaz de reaccionar ante los sanitarios, tuvo que ser Vito, que apareció a su lado, la que los guio hasta la enferma. Sofía no se movió del sitio, la puerta abierta, la mano aferrada al pomo, mirando al exterior con angustia. Al rato, se soltó y se acercó de nuevo a Klaus, que la esperaba, los ojos fijos en ella.

—Daniel, por favor, ¿dime dónde está?

Klaus bajó la mirada al suelo.

—Lo siento, Sofía —susurró con la voz rota—, todo ha sido una gran mentira, una maldita mentira...

En silencio, Sofía siguió buscando en su rostro alguna razón lógica para toda aquella locura, pero sus ojos insondables le impedían penetrar más allá de la superficie cristalina. No entendía nada, todo a su alrededor se desmoronaba y no era capaz de hacer nada.

Klaus le cogió el rostro entre sus manos, y por primera vez ella no le rechazó. La besó dulcemente, apenas un roce en los labios. Ella se dejó hacer. Su mente clamaba por escapar de aquella pesadilla.

—Lo siento, lo siento mucho… —habló en un susurro—. Espero que puedas llegar a perdonarme algún día…

Klaus se dio la vuelta y se marchó. A Sofía le asaltó de pronto un mal presentimiento. Le observó mientras se iba, incapaz de detenerlo, se lo impedía un dolor intenso y paralizante en el corazón.

6

Regresó por última vez al que había sido su hogar durante los últimos seis años. Llamó al aeropuerto para preguntar por el primer vuelo que salía para Alemania Federal, le daba lo mismo el destino. Le informaron de que había un vuelo a Fráncfort a las seis de la mañana; sin dudarlo reservó un billete.

Sacó una bolsa de viaje para preparar su marcha. A pesar de que todo estaba guardado en cajas por la pintura y el cambio de muebles, no tuvo problema en localizar sus cosas porque Sofía era muy metódica y cada caja tenía una nota con el contenido. Echó poca cosa, no iba a necesitar mucho allá adonde iba. Entró en el salón y se fue hasta una repisa en la que había varias fotos familiares; una de ellas mostraba la imagen de Beatriz cuando la conoció por primera vez, con algo más de un año, tan sonriente, tan rubia, tan suya. Su amor por ella se le hacía insoportable. Sacó la fotografía del marco y se la metió en el bolsillo interior de la chaqueta. Buscó la casete de París con la intención de destruirla, pero no la encontró. Daba igual. El hecho de saber que él conocía su secreto con Monique dejaba fuera de juego a Sofía. No haría nada. No podía evitar la mala conciencia de haberla dejado así, no se lo merecía, apartarse de aquel modo tan brusco y sobresaltado.

Miró el reloj. Le quedaban unas horas antes de ir al aeropuerto. Intentó dormir, pero le fue imposible, alerta a cualquier ruido, temeroso de que fueran a eliminarlo antes de poder hacer nada por salvar a la pequeña Beatriz. Tres horas antes del vuelo, estaba dispuesto para marcharse. Metió la pistola en el fondo de la bolsa, echó un último vistazo a su entorno, dio un largo suspiro y salió de la casa.

El aire gélido de Fráncfort le dio en la cara como una bofetada. Se estremeció aterido porque solo llevaba una chaqueta, suficiente para la cálida primavera en Madrid, pero no tanto para aquel clima frío y húmedo de Alemania, ya casi olvidado. Alquiló un coche para desplazarse hasta Lübeck. Le quedaban muchas horas por delante para llegar a su destino.

Estuvo lloviendo sin parar durante todo el camino. El zigzag del parabrisas, lanzando el agua a un lado y otro una y otra vez, marcaba sus pensamientos. Cómo iba a decirle a Bettina que tenía que regresar al infierno del que acababa de salir; analizaba la manera de planteárselo, si decirle la verdad o llevarla con embustes.

Llevaba más de cinco horas de camino, embebecido en sus cábalas, con el cansancio royendo sus músculos al ritmo del sonido isócrono de las escobillas, y apenas se dio cuenta de que los dos focos se le echaban encima; todo sucedió en unas décimas de segundo, se deslumbró, oyó el potente claxon avisándole y reaccionó con un fuerte volantazo hacia un lado de la carretera. El coche trompicó bruscamente por un pequeño terraplén hasta que se detuvo en seco, con violencia. Se dio un golpe en la boca con el volante, un dolor intenso, escozor, el sabor de la sangre mezclada con la saliva, y luego el silencio, roto tan solo por el zigzagueo continuo del parabrisas moviéndose a un lado y otro, una y otra vez, una y otra vez... El corazón le palpitaba con tanta fuerza que parecía retumbar en el pecho. Cerró los ojos y dejó caer la cabeza hacia atrás, derrotado. Sentía la sangre cálida brotar de sus labios. Sacó un pañuelo y se lo puso en la boca para detener la hemorragia. Estuvo un rato quieto, sin hacer nada, sintiendo el doloroso latir de su labio herido. Se dio cuenta de que, de no haber sido capaz de esquivar el choque con el camión, de haber muerto en un accidente, Beatriz no volvería a ver a su madre. Se estremeció al pensarlo. Se preguntó si sería capaz de sacrificar a Bettina por la felicidad de esa niña y en cierto modo de Sofía, o no, pensó, qué le importaba a él Sofía Márquez. Ella había conseguido unas metas profesionales que con su hermano Daniel no hubiera podido ni siquiera soñar. Su embuste la había beneficiado, eso quería creer, intentaba justificarlo de alguna manera, encontrar un resquicio a la culpa que le carcomía con saña. Daniel había sido una víctima inocente de toda aquella sucia maquinaria en la que se movían los Estados, pero él había sido la pieza fundamental para hundirle la vida definitivamente; él lo sabía, quería justificarse con que no tuvo otra opción, que no pudo elegir, pero sí que podía haberlo hecho, podía haberse negado al cambio, negarse a entrar en el juego, entonces hubiera sido él el encerrado, o tal vez no. Durante todos aquellos años había vivido con la obsesión de su hermana, atemperada durante un tiempo por las mentiras urdidas por el camarada jefe Markus. Se había empecinado en sacarla del infierno del que por fin había escapado, y ahora que lo había conseguido estaba frente a otro grave dilema, otra vez tenía que elegir, optar por Bettina o por la niña. Cualquier decisión que tomase hundiría a una de las partes en la más absoluta desesperación, de una u otra forma sería injusta, cruel, lacerante.

Tomó aire, se recompuso. Comprobó que ya no sangraba e intentó arrancar el coche. Le costó salir del terraplén, pero se pudo incorporar a la carretera.

Antes de entrar en Lübeck, se detuvo en una gasolinera. En los servicios se lavó la cara y se cambió de camisa, empapada de sangre. Tenía el labio hinchado y unas profundas ojeras violáceas. Pidió un poco de hielo y se tomó un analgésico para mitigar el dolor. Emprendió el camino y llegó a Lübeck al filo de las once de la noche. Caía una fina lluvia que daba a las calles vacías un aspecto triste y gris. Encontró el hospital y preguntó en información por Bettina Zaisser, pero no había nadie ingresado con ese nombre. Dio más pistas, se la describió a la recepcionista —aunque hacía seis años que no la veía—, y al final le dijo que quizá hubiera llegado herida intentando salir de la RDA por la costa. La mujer de información que le atendía lo miró unos segundos. Era una alemana fornida, rubia y blanca de piel, de ojos pequeños y claros, labios finos y rosas.

—Espere un momento —le dijo.

Se levantó y desapareció por una puerta. Tras unos minutos volvió a aparecer, pero no lo hizo sola. Un policía la acompañaba. La mujer siguió atendiendo otras cosas mientras el policía se puso frente a Klaus, al otro lado del mostrador. Había una actitud clara de recelo.

—¿Es usted familiar de Bettina Zaisser?

Klaus se quedó callado, valorativo. No podía acreditar que Bettina era su hermana porque había viajado con el pasaporte de Daniel. El suyo había quedado en manos del camarada Markus el día de su salida de Berlín.

—Podría decirse que sí.

—¿Es o no es familiar? —le instó el guardia secamente.

—Soy su hermano —se decidió a confesar al final, con la esperanza de que no le pidieran la documentación.

—¿Puede identificarse?

Klaus se le quedó mirando. Negó con la cabeza.

—No tengo forma de hacerlo. No llevo encima la documentación.

—Me temo que no podemos hacer nada por usted.

El guardia le dio la espalda, dispuesto a marcharse por donde había venido.

—Espere, por favor, espere un momento...

El policía se detuvo y se volvió con un gesto interrogante. Volvió sobre sus pasos y se puso de nuevo frente a él.

—Verá, necesito verla, hablar con ella... Será solo un momento...

—Lo siento, a la señorita Zaisser no se le permite recibir visitas.

—¿Por alguna razón especial?

El policía alzó las cejas sorprendido por la insistencia.

—Está bajo supervisión policial —dijo con gesto serio.

—Tan solo dígame si está bien, si su vida no corre peligro.

—Lo siento —dijo negando con la cabeza—, no estoy autorizado a darle esa información.

Esta vez el policía se dio la vuelta y se marchó con paso firme y rápido.

Klaus se quedó pensativo. Era evidente que Bettina estaba bajo la sospecha de ser una espía. Ocurría a menudo con los que conseguían salir del Este, el temor a los infiltrados por parte de los Servicios Secretos occidentales resultaba muy preocupante, y ante cualquier duda mantenían al sujeto aislado durante un tiempo para su investigación. Eso complicaba las cosas, pensó, no iba a resultar fácil sacarla de allí. Tendría que tramar cómo hacerlo, pero ahora lo importante era llegar hasta ella.

Salió del hospital por la puerta principal y buscó la de servicio, por donde estaban descargando ropa limpia. Entró con normalidad, como si fuera un empleado; nadie le dijo nada. Se coló hasta los pasillos, abrió una puerta que ponía Medicina General, vio una bata colgada en una percha y se la puso. Anduvo con la firmeza con la que lo hace un médico por su hospital. Tenía que llegar a los ficheros para saber en qué planta se encontraba y la habitación en la que la tenían. Preguntó a un celador en su perfecto alemán y desplegando su mejor sonrisa y su amabilidad arrebatadora.

—Perdón, soy nuevo en el hospital y tengo que ir al archivo de pacientes, me lo acaban de decir, pero me he vuelto a perder.

—Ah, está al final de este pasillo, la puerta del fondo. No tiene pérdida, hay un cartel que lo indica.

Se despidió con la mayor cordialidad y caminó hacia el fondo del pasillo. La puerta estaba cerrada con llave. Mejor, pensó, eso quería decir que no había nadie dentro. Manipuló con su pequeña ganzúa la cerradura, abrió sin dificultad, entró con mucho sigilo. La sala estaba vacía. Debía actuar con rapidez. Los ficheros estaban ordenados alfabéticamente, así que buscó la zeta, abrió el cajón, revisó las carpetas con las historias de los ingresados y en seguida localizó el nombre de Bettina. Vio que tenía una interrogación junto al apellido. Eso suponía que no se creían que fuera ella, o que tenían dudas sobre su identidad. En ese momento entró una mujer, era la administrativa, que seguramente se había ausentado para hacer alguna gestión.

—¿Qué hace usted aquí? —le preguntó al verle extrañada—. ¿Cómo ha entrado?

—Por la puerta —contestó Klaus con los ojos en la carpeta para localizar la habitación.

—La dejé cerrada.

En ese momento la miró, volvió a dejar la carpeta en su sitio y sonrió a la mujer que lo miraba con recelo.

—Pues yo la encontré abierta.

—¿Y quién es usted? No le conozco.

—Soy nuevo... Perdón, tengo trabajo. Buenas noches.

Y salió rápido del archivo sin darle más tregua a la mujer. La habitación era la 540. Llegó a la quinta planta. Custodiaban la puerta dos policías. Uno era el que le había atendido. Charlaban entre ellos relajados, no parecían estar demasiado en guardia. Los observó durante unos minutos con disimulo desde el otro lado del pasillo. Una enfermera se acercó, les dijo algo, y el policía que había hablado con él se marchó con ella. Debía de ser el jefe y el que arreglaba todos los problemas. El guardia que se quedó se puso a pasear de un lado a otro del pasillo. Aburrido, iba y venía con paso lento, dándole la espalda durante unos segundos. Klaus esperó el momento. Cuando se giró y le dio la espalda, se deslizó sigiloso por el pasillo hacia la puerta de la habitación. Abrió y entró sin que el policía le llegase a ver.

La habitación estaba en penumbra, Bettina tenía buen aspecto, y parecía dormida. Se acercó con sigilo, no quería asustarla, pero cuando llegó junto a la cama, ella intuyó su presencia y abrió los ojos. Lo miró con incredulidad durante unos segundos. Klaus le puso la mano en los labios para que mantuviera el sigilo.

—Klaus... —murmuró emocionada, como si no terminase de creerse lo que estaba viendo—, Klaus... Estás aquí... No eres una alucinación... Dime que no eres una alucinación.

Klaus sonrió a pesar del dolor que sentía en el labio.

—¿Cómo estás? —preguntó en voz muy baja.

Bettina miraba a su hermano como si estuviera contemplando a un dios anhelado. Levantó el brazo y colocó la mano en el pecho de Klaus, lo palpó varias veces para cerciorarse de que realmente estaba allí. Sus ojos se llenaron de lágrimas, aunque intentaba contener la emoción.

—Bien… —afirmó con voz temblorosa—. Aunque casi no lo cuento.

—¿Por qué te vigilan?

—Sospechan de mí... —respondió ella—, creen que soy una espía del Este. Qué ironía.

—¿En qué se basan?

—No me encontraron documentación. La debí de perder en el trayecto. No se fían.

—¿Cómo acabaste aquí?

—No tengo ni idea. Lo último que recuerdo es que llegamos en una lancha motora a un puerto, no sé cuál…, solo sé que estaba en la zona occidental. De eso me acuerdo perfectamente, fue lo último que escuché. Luego me desmayé y desperté aquí una semana después. Por lo visto he estado a un tris de palmarla por una neumonía que se complicó.

—Hubiera sido una pena —le dijo Klaus acariciando su mejilla.

Se miraban con anhelo, recordando cada uno de aquellos años de separación.

—¿Qué te ha pasado en el labio?

—Un percance con el coche. Nada grave.

—¿Te tratan bien en Madrid? —dijo ella con una sonrisa satisfecha.

—No me ha ido mal...

—Has venido a buscarme, ¿verdad? —Klaus asintió. Bettina agarró la mano de su hermano con fuerza—. Sácame de aquí, Klaus, no quiero que me interroguen, no quiero convertirme otra vez en sospechosa... Quiero vivir tranquila... Llévame a Madrid contigo. Quiero conocer a mi cuñada y a mis sobrinas. Quiero ejercer como pediatra en un hospital normal, pasear sin que nadie me siga, sin que nadie me observe. Quiero ser libre...

Klaus no pudo evitar que su rostro se ensombreciera. Forzó una sonrisa.

—Te recuerdo que en España hay una dictadura.

—Pero con un dictador viejo y acabado, a punto de morirse.

—En su cama, como dicen los disidentes.

—Lo que pasa en Alemania del Este no tiene igual, Klaus. Cada vez es peor. Es asfixiante.

—Pero ahora estás en el lado occidental.

Resopló de mala gana.

—Y me tratan como si fuera una delincuente, los propios alemanes sospechan de mí... Este ya no es mi país. Sácame de aquí. No soportaré más interrogatorios, por muy occidentales que sean... No puedo más, Klaus, sácame de aquí —insistió con gesto anhelante—. Por favor, llévame contigo a Madrid.

Las lágrimas le resbalaban con profusión por las mejillas. Klaus sintió una punzada en el pecho. Cómo iba a pedirle que regresara al infierno del que había salido, una fuga que casi le cuesta la vida, no lo admitiría, ni siquiera por Beatriz, no lo haría.

—Cálmate —intentó tranquilizarla—. Ahora estoy contigo.

—¿Lo harás? ¿Me llevarás contigo?

Klaus la miró con la sombra de la culpabilidad sobre su conciencia.

—Te sacaré de aquí.

Oyó la voz del otro policía en el pasillo. Había regresado.

Klaus miró a su alrededor, se acercó a la ventana. No había posibilidad de escapar por allí. Había que urdir otra forma para salir.

—¿Puedes caminar?

—Lo haría hasta el fin del mundo si me lo pides.

—¿Están las veinticuatro horas del día ahí fuera? —preguntó indicando la puerta.

—Creo que sí, pero por la noche solo se queda uno.

Klaus miró la hora en su reloj.

—Tendremos que esperar entonces.

—¿Cómo piensas sacarme de aquí?

—No lo sé. Algo se me ocurrirá.

7

Había pasado apenas media hora cuando Klaus oyó el taconeo de unos pasos que se acercaron hasta detenerse frente a la puerta. Una voz de mujer intercambió unas palabras con el policía, debían de conocerse de otras guardias. Klaus intuyó que la enfermera iba a entrar en la habitación. Se escondió en el baño justo en el momento en que se abrió la puerta. La mujer se acercó hasta Bettina. Habló con ella, le preguntó cómo se encontraba, le tomó la temperatura y la tensión, y le suministró la medicación.

—Le he dado un calmante para que pueda dormir. Creo que mañana dejarán que se levante. Si necesita algo, me llama. Que pase buena noche.

Se despidió y cerró la puerta. Tras unos segundos, Klaus salió de su escondite.

Apenas se oía un ruido por el pasillo. La noche ralentizaba el movimiento del hospital y de las conciencias de los que debían permanecer despiertos.

Se acercó a su hermana.

—Bettina, tienes que levantarte y hacer que el guardia entre a la habitación.

Bettina asintió. Se levantó con dificultad. Klaus se situó justo detrás de la puerta. Bettina la abrió solo un poco. El policía cabeceaba en una silla. Bettina le vio, y sin salir de la habitación, le habló en voz muy baja.

—Perdone, ¿podría ayudarme, por favor?

El policía, desconcertado, miró a un lado y a otro. Se levantó y abrió del todo la puerta cuando Bettina volvía de nuevo a la cama.

—Señorita, ¿le ocurre algo? ¿Quiere que avise a la enfermera?

Lo dijo desde el umbral, como si no se atreviera a entrar en un terreno que no le correspondía.

—No, no... —le dijo amable sentándose en la cama—. Acérquese un momento, por favor, es que se me ha caído una cosa debajo de la cama y no la encuentro.

El policía dio un paso hacia el interior. Cuando Klaus le tuvo a la vista, empujó con la mano la puerta que se cerró lentamente. Al percatarse el hombre de que se cerraba, hizo el amago de girarse, pero no le dio tiempo porque Klaus rodeó su cuello con el brazo y con la otra mano le giró la cabeza con un movimiento brusco y preciso. Se oyó un inquietante crujido y el policía perdió la firmeza de sus piernas quedando el peso de su cuerpo sujeto por los brazos de Klaus.

Su hermana quedó horrorizada de lo que acababa de ver.

—Vístete. ¡Vamos! —la apremió Klaus al ver que no se movía.

—Lo has matado —su voz temblaba, sobrecogida por la frialdad con la que había actuado su hermano.

—Bettina, por favor, sal de la cama y vístete —la instó con prisa.

Incapaz de reaccionar, Bettina tenía los ojos clavados en el cuerpo inerte de aquel muchacho de apenas veinte años que Klaus arrastraba por el suelo.

—No tengo ropa... —murmuró.

Klaus la miró y a continuación inspeccionó al hombre muerto.

—Está bien, sal de la cama, vamos.

Cuando la cama quedó vacía, cogió a pulso el cuerpo del policía y lo tendió sobre ella. Entonces empezó a quitarle la ropa. Le fue pasando los pantalones, los zapatos, la camisa, la casaca y la gorra. Bettina cogía las prendas, pero no se movía. Permanecía con los ojos puestos sobre aquel hombre inerme a los manejos de su hermano.

Klaus la miró y la conminó con prisas.

—Bettina, por favor, vístete, tenemos que salir de aquí.

Bettina lo miró como si de repente le hubiera descubierto.

Bajó los ojos hacia la ropa que tenía en sus manos y empezó a vestirse. Le quedaba todo grande, sobre todo los zapatos. Pero no dijo nada, se lo ajustó como pudo. Cuando Klaus terminó de desvestirle, lo cubrió con la sábana aparentando que era la paciente. Eso les daría algo de margen, aunque la ausencia del policía en la puerta los obligaba a actuar con rapidez. No había marcha atrás, si los detenían en la parte occidental todo acabaría para ellos, y también para Sofía y Beatriz.

Ayudó a Bettina a terminar de vestirse. La cogió de los hombros y la miró con fijeza.

—¿Estás lista?

Bettina dijo que sí, aunque le temblaban las piernas por la debilidad; además sentía la cabeza embotada porque ya empezaba a notar el efecto del tranquilizante.

Klaus se asomó al pasillo con cautela, empuñando la pistola con fuerza. No había nadie. Salieron y caminaron sigilosos hacia las escaleras. Descendieron los cinco pisos. Bettina tenía dificultad para caminar con los zapatos y se los quitó para ir más rápido. La puerta principal estaba cerrada, así que se metieron en unos servicios y saltaron a la calle por la ventana. Cuando llegaron al coche, Bettina se sentó dando un largo suspiro y empezó a reírse, cada vez más fuerte. Klaus arrancó e inició la marcha por unas calles desiertas, húmedas y oscuras. Bettina no podía reprimir su alegría, su euforia aplacaba todo el dolor muscular, la debilidad de su cuerpo, las intensas ganas de cerrar los ojos y dormir. De pronto la risa se quebró y el llanto emocionado de sentirse libre y segura le brotó con fuerza.

—No llores, Bettina... Por favor, no llores.

—Ha sido todo tan duro, Klaus. He pasado tanto... —lo miró y entre lágrimas le sonrió, agarró su mano y se la besó, llenándosela de lágrimas—. Gracias, Klaus. Gracias... Gracias...

Klaus tomó aire y suspiró mientras conducía hacia un destino muy distinto del que ella imaginaba. Las lágrimas de culpa le nublaron por unos instantes la visión de la carretera. Se tuvo que detener en el arcén. Lloró en silencio mientras su hermana lo miraba con admiración, como quien venera a su héroe, sin decir nada.

Klaus tragó saliva y, sin mirarla, emprendió la marcha. Vio una cabina de teléfono y detuvo el coche.

—Espera aquí, tengo que hacer una llamada. —Antes de bajar, cogió una manta de la parte trasera y se la dio—. Toma, tápate, la noche está muy fría y todavía estás muy débil.

Bettina le sonrió agradecida.

Caminó hacia la cabina con la respiración acelerada. Una vez dentro, introdujo en el teléfono unas cuantas monedas de la divisa local, que había cambiado en el aeropuerto. Descolgó el auricular y empezó a marcar un número al que no llamaba desde hacía más de seis años. Antes de hacer girar el dial con el último dígito, se detuvo. Miró a su hermana, ella levantó la mano desde el interior del coche y le sonrió. El corazón le palpitaba con fuerza. Posó la mano en la horquilla del auricular y durante unos segundos la mantuvo inmóvil con la intención de colgar, pero no lo hizo. Tomó aire y se volvió para no verle la cara. Marcó el último dígito y esperó la señal de llamada.

—Quiero hablar con el camarada Markus.

—Son las dos de la madrugada...

—Dígale que soy Klaus Zaisser —dijo interrumpiendo al guardia que había contestado.

Hubo unos segundos de silencio mientras el guardia conectaba con la línea solicitada. Las monedas caían una tras otra. Sacó unas cuantas más y las echó en el cajetín de baquelita.

La voz casi olvidada del camarada Markus rompió la espera.

—¡Klaus Zaisser! —se le notaba pastoso, recién despertado—. Menuda sorpresa me trae la madrugada. ¿Dónde se supone que estás?

Aquella voz ronca, gutural y abyecta le provocó tal rechazo que de nuevo estuvo a punto de colgar. Se pasó la mano libre por la cabeza y la cara, como si intentara ahuyentar los miedos que le acuciaban. Miró hacia arriba para tomar fuerzas.

—En una hora pasaré la frontera por Ratzeburgo —su tono era distante, neutro—. Voy en un BMW 2002 gris, matrícula KA-RR 558.

—Siempre te ha gustado el lujo de Berlín Oeste —dijo Markus con ironía.

—Dé la orden de que nos dejen libre el paso —calló un instante antes de continuar. Lo hizo con voz blanda, ahogada—. Llevo conmigo a Bettina.

Hubo unos segundos de silencio.

—Está bien —dijo Markus fríamente desde el otro lado del auricular—. Podréis pasar sin impedimento alguno.

—¿Y la niña?

—La niña está bien, no temas por ella.

—Camarada Markus, si me la juega esta vez..., le mato.

Klaus colgó sin más. Se quedó mirando al teléfono, intentando recuperar el resuello. Parecía que en vez de una llamada hubiera subido a lo alto de un monte. Sudaba profusamente y, sin embargo, la noche era fría. Miró a su hermana. Seguía allí, con su rostro feliz, esperanzada en una vida mejor.

Se pasó las manos por la cara. Tomó aire, salió de la cabina y subió al coche. Sin mirarla, arrancó y apretó el acelerador.

—Tienes mala cara —dijo ella cogiéndole la mano.

—Estoy bien —contestó Klaus sin responder a su gesto y sin dejar de mirar a la carretera.

—¿A quién has llamado?

—No importa.

—¿Era Sofía?

En ese momento, Klaus la miró unos segundos y volvió la vista el frente.

—Ahora duerme. Tenemos mucho camino por delante. Necesitas descansar.

Una hora más tarde llegaban a la ciudad de Ratzeburgo. La niebla parecía emerger de los lagos que la rodeaban, blanquecina, espesa, mullendo el aire al paso del coche. Cuando atisbó la frontera, Klaus levantó el pie del acelerador y miró a Bettina. Dormía profundamente, encogida como una niña, tapada con la manta casi hasta el mentón, un mechón de pelo le caía por la cara, el gesto plácido, confiado. Redujo la velocidad. Los guardias que estaban en la garita salieron al ver que se acercaba un coche. En cuanto comprobaron la matrícula abrieron la barrera que daba paso al infierno al que no tenía más remedio que entrar, arrojando a su hermana al fuego, para salvar a una niña a la que había llegado a confundir con su propia hija muerta. Detuvo el coche a pocos metros de la frontera, todavía en el lado occidental, consciente de que si cruzaba aquella línea no habría retorno, su vida habría terminado y habría acabado definitivamente con la de su hermana. No se atrevía a mirarla. Sentía que le faltaba el aire, el corazón le latía con fuerza. Se veía a sí mismo como un ser despreciable, ruin, abyecto, un infame sin conciencia, pero muy a su pesar sí la tenía, y le dolía con tanta fuerza que creyó que no lo podría soportar. Entonces pensó en la niña, conociendo el carácter de Beatriz debía de estar muy asustada; se preguntó dónde la tendrían, con quién, si estaría bien cuidada y atendida; de aquella gente se podía uno esperar cualquier cosa. Uno de los policías, al ver que no continuaba, se aproximó hacia el coche. Klaus miró de nuevo a su hermana, que se removió en su sueño al haber cesado el arrullo del motor y de la marcha. Tomó aire, y antes de que el policía —empuñando amenazante el arma entre las manos— llegase hasta él, metió la marcha y aceleró, lo rebasó y, lentamente, cruzó la frontera. Comprobó a través del retrovisor que la barrera se bajó de inmediato. Estaban en la RDA. Continuó unos metros hasta que tuvo que frenar porque un auto militar le bloqueaba el paso. En el momento en el que se detuvo, se abrieron las puertas de la furgoneta y salieron a toda prisa una docena de guardias de las Grenztruppen vestidos de gris, que rodearon el coche apuntándoles con sus armas. Klaus levantó las manos del volante y las dejó alzadas, a la vista. Los hombres abrieron sendas puertas y les gritaron que salieran del coche. Solo entonces, Bettina se despertó sobresaltada. Miró a un lado y a otro aterrada, sin entender qué sucedía, como si se hubiera adentrado en una pesadilla. Klaus fue el primero en descender, los brazos en alto; antes de poner un pie en el suelo le agarraron entre dos y se lo llevaron. Oía a su espalda los gritos de Bettina, a la que estaban sacando a rastras del interior del coche resistiéndose con una fuerza extraordinaria a pesar de su más que supuesta debilidad; al verla, Klaus rememoró aquella misma feroz resistencia cuando la arrestaron con tan solo dieciséis años. Sintió el amargor de la saliva correr por su garganta, como si hubiera ingerido un potente veneno que lo asolaba por dentro. Pero hubo un grito que lo paralizó, que lo petrificó en el sitio, como si su cuerpo se hubiera convertido en pesado mármol.

—¡Klaus, maldito seas, maldito seas para siempre! ¡Yo te maldigo! ¡Yo te maldigo, Satanás! ¡Ojalá te pudras en el infierno! ¡Maldito seas! ¡Maldito!

Las miradas de Klaus y Bettina se encontraron, impelida ella a empujones por los guardias hacia un coche. Los ojos anclados el uno al otro en un extraño sortilegio, mientras Bettina le gritaba sin parar, maldiciéndole rabiosa, fuera de sí. La acidez de las lágrimas deshizo el hechizo. Los guardias lo impelieron con violencia, alejándole de ella.

8

El viaje se le hizo muy pesado, debieron de ser cuatro horas largas, las manos esposadas, embutido entre dos policías, en silencio todo el trayecto. Intentó dormir, pero no pudo porque en cuanto cerraba los ojos veía el rostro de su hermana maldiciendo y le causaba tanto dolor que tenía que volver a abrirlos. Amanecía cuando llegaron a Berlín. El coche entró en el edificio de la Stasi. Klaus lo conocía bien. Todo seguía igual. En aquel lugar el tiempo parecía haberse detenido definitivamente.

Otro policía le condujo por los pasillos desiertos hasta una de las salas. Dos toques y una voz conocida les dio paso. Markus leía algo que tenía sobre la mesa y no se inmutó. El policía obligó a Klaus a sentarse, le quitó las esposas y salió de la sala. Solo en ese momento, alzó Markus los ojos y le miró. Su pelo se había encanecido, estaba más gordo, su piel blanca como el mármol se enrojecía en la zona de las mejillas, la nariz y la frente. Iba impecablemente uniformado de capitán, el cuello de la camisa blanca impoluto y almidonado, la corbata con el nudo perfecto, la chaqueta del uniforme con la graduación y algunas condecoraciones por méritos al partido, la gorra sobre el escritorio, a un lado.

Durante un rato se observaron ambos, escrutando el uno en los ojos del otro el pasado vivido por cada uno.

Markus echó hacia delante el cuerpo y cruzó las manos sobre la mesa.

—Tienes buen aspecto —dijo con un incisivo tono de sorna. El rostro de Klaus estaba un poco desfigurado por el golpe en el labio y el cansancio acumulado—. Parece que te ha sentado bien vivir en la dictadura de Franco.

—¿Dónde está la niña?

—La podrás ver en un rato.

—Es miserable utilizar a una niña tan pequeña.

La mirada ruin de Markus le fulminó. De repente sonrió con maldad.

—No me digas que me vas a dar lecciones de moral tú, precisamente tú, que llevaste al desastre a tu propia hija y que has sido capaz de vender a tus dos hermanos. Pobre Bettina, creo que no deja de maldecirte, es lo único que sale por su boca, imprecaciones contra ti, no contra el Estado que tanto habéis denostado.

Klaus se irguió herido y, rabioso, dio un golpe en la mesa.

—El mismo Estado que no cumple sus promesas. —Levantó el dedo índice y le señaló acusador—. Usted me dio su palabra, me lo prometieron y no solo no cumplieron, sino que la aislaron.

—El partido no promete nada, hace lo que tiene que hacer. Bettina no estaba aislada, se aisló ella; estaba perfectamente integrada en un hospital, con unos pacientes que la necesitaban y a los que no ha tenido ningún problema en abandonar por una ambición personal.

—Una ambición personal... —murmuró Klaus con una sonrisa sarcástica—. Maldito país este que decide por sus ciudadanos lo que es bueno y lo que no para ellos. —Mantenía la mano sobre la mesa, pero en ese momento apretó el puño con fuerza, con rabia contenida—. Era su decisión, la libertad de decidir dónde y cómo quería vivir.

Markus le mantuvo la mirada durante unos segundos.

—Asunto cerrado. Bettina está donde tiene que estar, y tú has traicionado de nuevo nuestra confianza. Lo pagarás caro. Esas son las reglas, y lo son para todos.

Klaus bajó la mano y la posó en sus muslos. Tragó saliva y con ella se tragó su orgullo. Lo importante era que la niña volviera a los brazos de su madre.

—He traído a Bettina, quiero que devuelvan a la niña a su madre inmediatamente.

—Lo haremos. No tenemos ninguna intención de retenerla más de lo necesario. Ahora te llevarán hasta donde está para que compruebes por ti mismo que se encuentra bien.

Klaus bajó los ojos pensativo.

—¿Qué le pasará a Bettina?

—Bettina Zaisser será sometida a un juicio justo. Como todos los que traicionan al país.

—Creo que más bien ha sido su país el que la ha traicionado a ella. ¿No cree?

Su mirada taimada se enfrentó con el gesto turbio del jefe.

—Parece mentira que no hayas aprendido nada en todo este tiempo. La RDA nunca traiciona, nunca.

Klaus se replegó. Resultaba inútil discutir sobre ello. En su mente flotaba el nombre de su hermano Daniel, pero tenía miedo de preguntar porque temía la respuesta.

Al final se irguió como si tomase fuerzas para lanzarse al vacío.

—¿Qué ha sido de Daniel Sandoval?

Markus abrió la manos y se removió, dando a entender algo que para él era obvio.

—Cumple condena.

—¿Condena? —inquirió Klaus con un gesto de ironía—. El único delito que cometió fue ser mi gemelo, y que yo sepa, eso no está penado.

—Mató a un hombre. Intentó escapar y mató a uno de los guardias. También él resultó herido, estuvo muy grave, al borde de la muerte, pero los excelentes médicos de la RDA salvaron su vida. Fue juzgado con todas las garantías y ahora cumple su condena.

—¿Hasta cuándo?

—Eso no es de tu incumbencia.

—¿Y qué se supone que van a hacer conmigo?

Markus lo miró unos segundos, la mano sobre la boca, como si valorase qué decirle. Abrió la mano y habló con serenidad.

—Aún no está decidido.

—¿Quién me va a sustituir en Madrid? El bufete no puede estar abierto sin Daniel Sandoval.

Bien sabía Klaus que todo se había ido al traste por la confesión de Mario Bielsa antes de suicidarse, vengándose de ese modo de los que le extorsionaban, pero sentía curiosidad por saber qué iba a ser de Sofía y de su marido. Tenía la esperanza de que, dadas las circunstancias, le devolvieran a Daniel Sandoval su vida robada.

—No tienes que preocuparte de eso. El KGB ha tenido que abandonar la zona. La operación se ha ido al traste definitivamente. Años de trabajo tirados por la borda. Una pena.

—Pero ¿podrá regresar Daniel Sandoval a su vida, con su esposa? —insistió.

El jefe Markus lo miró en silencio, el gesto altivo, con el desprecio reflejado en sus ojos. Luego, pulsó un timbre y el policía abrió la puerta.

—Llevadle donde la niña.

Klaus se puso en pie. El policía le iba a poner las esposas, pero él retiró las manos dirigiéndose a Markus.

—Camarada Markus, que no me vea la niña esposado, ella cree que soy su padre. No es necesario hacerla sufrir más. Es una niña inocente. No tiene nada que ver con todo esto... Por favor.

El rostro pétreo de Markus le estremeció. El capitán se mantuvo callado durante unos segundos, valorativo. Apretó los labios y asintió.

—Está bien. No creo que cometas una estupidez —torció el gesto alzando las cejas—, ya has hecho pagar a muchos por tus erráticas decisiones.

Aquellas palabras se clavaron en la conciencia de Klaus como una cuchilla afilada y candente que abrasó sus entrañas y acabó de devastar su ánimo.

Klaus salió del despacho cabizbajo, con el alma destruida. Le volvieron a meter en un coche, otra vez embutido entre dos policías. Transitaron por las calles de Berlín, tan familiares, igual de grises y solitarias que las recordaba, nada había cambiado, todo seguía igual. Fueron hacia el norte de la ciudad, al distrito de Pankow, hasta llegar a la calle Majakowskiring, lugar en el que vivían muchos de los miembros de las altas esferas del partido. Una zona tranquila, con casas muy aparentes. El coche se detuvo frente a una de las más vistosas, precedida de un cuidado césped moteado de preciosos parterres de flores de colores y partido en dos por un camino tupido de lajas. Cuando bajó del coche la puerta de la casa se abrió. Vio salir a una mujer que llevaba a Beatriz de la mano. La niña se mostró tímida, pero, en cuanto le vio, se soltó y salió corriendo atravesando el jardín con una sonrisa en su rostro y gritando de alegría.

—¡Papá, papá!

Klaus sintió un latigazo de emoción en todo el cuerpo, estremecido por aquella voz infantil, por aquellos ojos ilusionados que avanzaban felices hacia él. Abrió sus brazos henchido de un amor curativo para su alma. Cuando la niña llegó hasta él, la acogió en su regazo y ella se aferró a su cuello, fundiéndose ambos en el más tierno de los abrazos. Klaus cerró los ojos y apretó con fuerza contra sí su pequeño cuerpo, como si quisiera empaparse de su acendrada inocencia, impregnarse de tanto candor, colmarse de tanto amor puro, sin condiciones ni trabas, tanta integridad concentrados en aquel cuerpo frágil le estremecía, tan indefenso y a la vez con la fuerza inconmensurable que otorga la integridad moral. El tiempo se detuvo, no había nadie alrededor salvo ellos, todo paralizado, elevado en un placentero éxtasis de momentánea felicidad, de indescriptible dulzura.

Con los ojos anegados de emoción, Klaus la miró sonriente, conmovido, tocando su cara, la suavidad de sus mejillas, su pelo, mirándola de arriba abajo para cerciorarse de que estaba bien y de que no había sufrido ningún daño.

—¿Estás bien?

—Sí, papi, pero quiero volver a casa —dijo frunciendo los labios y bajando la barbilla al pecho con gesto melindroso—. No me gusta estar aquí.

—¿Pero te han tratado bien? —preguntó Klaus con voz ahogada.

Asintió ingenua.

—Yo quiero ir con mamá. ¿Dónde está mamá?

Klaus no le contestó porque había puesto su atención en la mujer que había salido de la casa. Permanecía quieta, apoyada en el quicio de la puerta, los brazos cruzados, enternecido el gesto por la escena. Sintió que el corazón se le aceleraba, pero tuvo que volver sus ojos a la niña que reclamaba su atención. Sonrió con ternura.

—¿Dónde está mamá? —preguntó la niña con mimosa insistencia.

—Mamá está en casa esperándote. Tiene muchas ganas de que vuelvas.

La niña le miró arrugando los labios, como si estuviera arrepentida de haberse ido con una extraña y quisiera pedir perdón.

—¿Está enfadada conmigo?

—No, mi niña —le dijo Klaus abrazándola de nuevo para insuflarle tranquilidad. Le hablaba con voz muy suave, en un tono dulce y sereno—. No está enfadada, tan solo muy preocupada porque no sabía dónde estabas.

—Es que me dormí y cuando me desperté estaba con ella —se volvió un poco para señalar a la mujer que permanecía en la puerta.

Klaus volvió a mirar a la mujer; sin dejar de hacerlo, con sus ojos puestos en ella, habló a la niña.

—Está bien, no pasa nada. Ahora regresaremos a casa y todo se arreglará.

La niña volvió a reclamar su atención. Klaus la miró y le sonrió, ella le devolvió el gesto, iluminado su rostro con una sonrisa confiada: estaba a salvo. Klaus se puso en pie alzándola en sus brazos y ella se ciñó a su cuerpo rodeándole el cuello con los brazos, asida a él, haciendo imposible que nadie pudiera separarla del que consideraba su padre. Klaus avanzó con ella a cuestas por el camino de piedra en dirección a la casa, sin dejar de mirar a la mujer. Cuando llegó frente a ella, sin desprenderse en ningún momento del abrazo de la niña, la reconoció a pesar de los años pasados. La misma figura, algo más oronda de caderas y de pecho, el pelo más oscuro y más corto, pero la misma sonrisa, los mismos ojos, el mismo brillo en la mirada, los mismos labios tanto tiempo añorados.

—Hanna... —su voz salió temblona, apenas un susurro ahogado.

—Hola, Klaus. Ya veo que te acuerdas de mí.

—Cómo olvidarte...

Sus ojos se anegaron de llanto. Klaus separó su mano del cuerpo de Beatriz para tenderla hacia ella, pero se detuvo al notar en ella un sutil envaramiento y que sus ojos se desviaban hacia los policías, que observaban la escena desde lejos.

La niña miró a Hanna un instante y luego se acercó al oído de Klaus y le habló en voz muy baja, como haciendo una confidencia.

—A veces habla raro y no la entiendo.

Klaus presionó más a la niña contra su cuerpo, todo su interés puesto en Hanna.

—Me dijeron que tú y Jessie... —tragó saliva. Le embargaba una extraña placidez ante su presencia—. Me dijeron que habíais muerto...

—¿Cómo estás? —le interrumpió ella intentando mantener una obligada frialdad.

—No estoy seguro de qué responderte.

Lo dijo con el convencimiento de no haber sentido nunca lo que sentía en aquel momento.

Ella sonrió y se apartó de la puerta.

—Pasa. Será mejor que llames a la madre para que se tranquilice.

Klaus accedió lentamente al interior, sin dejar de mirarla en ningún momento, como si temiera volver a perderla de nuevo, que aquella visión fuera solo una ilusión, un espejismo, una ofuscación que le llevaba al engaño, como una mala pasada, para hundir aún más su ánimo, un castigo de la maldición proclamada. Pero era ella, se movía, le hablaba, su voz, pensó, era su voz, era su pelo, su rostro, era ella, se repetía a sí mismo intentando convencerse de que aquel milagro era real, un prodigio que la vida le regalaba.

Desde un recibidor, accedieron a un salón.

—Ahí tienes el teléfono —dijo Hanna señalando una mesa

baja junto a la que había una butaca—. Mañana a media tarde la niña estará en Madrid. Yo misma me encargaré de llevarla hasta su casa. Llegaré sobre las seis. —Lo dijo como quien da un informe, fríamente, distante.

Klaus sintió esa frialdad y su ánimo se desmoronó como un castillo de naipes. Se quedó mirándola en silencio. La notó incómoda.

—¿Quieres un café?

Klaus tardó en reaccionar. Asintió con un gesto.

Hanna salió del salón. Klaus la siguió con la mirada hasta que desapareció de su vista. Luego sintió de nuevo la tierna calidez de la pequeña aferrada a su cuerpo. Miró a su alrededor. Era una casa amplia y luminosa, de suelos relucientes, decorada con gusto demasiado occidental para la estética de la RDA. El salón era muy amplio, con una gran cristalera que daba al porche y al jardín por el que habían entrado, y donde pudo ver a los policías que le habían custodiado hasta allí. Habían bajado del coche y fumaban y hablaban desentendidos.

Se sentó junto al viejo receptor y colocó a la niña sobre sus rodillas.

—¿Quieres que llamemos a mamá?

—Sí —contestó Beatriz con los ojos brillantes de felicidad.

Klaus marcó el número y esperó a que le pasaran la llamada. Apenas dio tiempo a que se oyera un tono, porque de inmediato se interrumpió cuando descolgaron al otro lado, señal de que Sofía permanecía pegada al teléfono a la espera de alguna noticia.

—¿Sí? —su voz ansiosa le sobrecogió—. ¿Quién es?

—Sofía...

—Mamá, mamá —la niña le interrumpió con entusiasmo, cogiendo el auricular y poniéndoselo al oído.

Madre e hija estuvieron hablando un rato. Klaus no dejaba de mirar hacia la puerta por la que Hanna había desaparecido, con el ansia de que volviera de nuevo, de verla otra vez, de sentirla cerca. Oía la voz llorosa de Sofía, emocionada por escuchar a Beatriz y comprobar que estaba bien.

—Déjame hablar con papá, mi niña.

La niña le pasó el receptor.

Klaus se pegó el auricular al oído. Apenas podía hablar.

—Daniel, dime dónde estáis, por favor.

—No importa dónde estamos. —En ese momento llegó Hanna con una bandeja en la que llevaba una taza de café humeante y un vaso de leche con galletas. La colocó sobre una mesa baja que había en el centro de la sala e hizo una señal cariñosa a Beatriz para que se acercase. Ella se bajó de las rodillas de su padre y se arrimó a la mesa con recelo, como si no se fiase al separarse de él, pero cogió su vaso de leche y empezó a beberlo. Mientras, Klaus había mantenido un inquietante silencio sin dejar de observar cada movimiento de Hanna, de admirarla como a una diosa deseada.

—¿Klaus? —La zozobra de Sofía traspasó la línea de teléfono y le llegó como una bofetada.

—Mañana la tendrás en casa —le dijo con voz ronca—. Llegará sobre las seis.

Sofía lloraba con una mezcla de los nervios pasados y la sensación de oír la voz de su hija acompañada y ahora protegida por él.

—¿Qué ha pasado, Daniel? Dime por qué se han llevado a nuestra hija.

Hanna se sentó en un sillón muy cerca de la niña. La miraba con una sonrisa satisfecha mientras tomaba la leche. De vez en cuando dirigía sus ojos a Klaus, que seguía hablando al auricular sin dejar de mirarla en ningún momento

—Eso ya da igual. Sofía, por favor, no llores, la niña está bien...

—Daniel, escúchame, por favor, tienes que volver cuanto antes, se trata de tu madre... —tragó saliva y rectificó—. Sagrario está ingresada... No está bien, Daniel, necesita veros a ti y a la niña...

—Mañana tendrá a su nieta y podrá abrazarla.

—¿Y tú? ¿Es que no piensas volver? ¿Por qué te has llevado ropa? ¿Qué te está pasando? —Sofía presentía la intención de su marido de abandonarla, confirmadas sus sospechas de las últimas semanas en las que le había notado más distante, como ausente. Tomó aire con ansia, como si temiera que le fuera a faltar—. Daniel, piensas volver, ¿verdad? Contéstame, por favor, no me dejes así. Vendrás con la niña mañana, ¿verdad? Me la traerás tú, ¿no es cierto?

—Sofía... —su voz se quebraba. Se ensalivó la boca para intentar articular palabra—. Mañana todo habrá acabado.

—Pero ¿qué es lo que tiene que acabar?

Klaus le devolvió el silencio, ausente de la voz que le clamaba amor al otro lado del teléfono, un amor que solo podía ofrecer a la persona que tenía delante, un amor que nunca se apagó del todo, siempre candentes las ascuas, como si hubiera esperado aquel momento del encuentro.

—Daniel, por favor, dime qué te he hecho, dime en qué te he fallado para que me hagas esto. —Calló durante unos segundos y el silencio la oprimía hasta asfixiarla. Le salió un hilo de voz balbuciente—. ¿Es por lo de Monique? —Hubo un silencio ahogado en llanto e incertidumbre—. Te quiero, Daniel, te quiero tanto… Por favor, no me abandones, te lo suplico, podemos arreglarlo… Vuelve a mi lado, Daniel, por favor, te quiero...

La sombra de la culpa envolvió la conciencia de Klaus. ¿Cómo podía haber jugado con el amor de esa mujer?, Sofía era tan inocente como la pequeña Beatriz. Con los ojos puestos en Hanna, se sintió un miserable. Por primera vez bajó la cabeza vencido, se tapó la cara con la mano libre y no pudo evitar sentir la amargura del llanto.

La niña se volvió hacia él y al verlo tan afectado dejó su vaso en la bandeja y corrió hasta él para abrazarle amorosa.

—No llores, papi, no llores, que yo estoy bien...

Sofía escuchó aquellas palabras y volvió a suplicarle, pero Klaus la interrumpió con voz temblona, entrecortada.

—No te merezco, Sofía… No merezco tanto amor… No lo merezco…

Y colgó roto de dolor, abrazado a la niña.

9

Klaus se encontraba derrotado emocionalmente, sin embargo, ante la profunda tristeza que le provocaba a la niña verlo en tal estado, intentó recomponerse y esbozó una sonrisa forzada, tragándose el llanto.

—No llores, mi niña, que ya estoy bien —le dijo forzando una sonrisa y secándole también a ella las lágrimas.

—¿Y por qué estás triste?

—No estoy triste —dijo con una hilarante alegría impostada—. Es que estábamos muy asustados por si te había pasado algo, y al verte me ha dado tanta alegría que lloro de felicidad. De verdad, mira —se secó las lágrimas y le mostró el rostro—. ¿Ves? Ya no lloro.

Ella dejó también de llorar y posó la cabeza en su pecho. Klaus la acunó como un bebé, mecida en su regazo, protegida por sus brazos, acariciando sus pequeñas manos blancas y suaves. Hanna los observaba en silencio sentada en una butaca, fumaba un cigarrillo. Klaus volvía a mirarla fijamente, con una terca insistencia. La mujer de la que se enamoró perdidamente hacía quince años y a la que seguía amando se había convertido en una mujer de aspecto pétreo y mirada severa, aunque desde su memoria, removida al verla, trataba de buscar la dulzura de aquel rostro de ojos chispeantes de tantos sueños proyectados que aún guardaba en su recuerdo y que tanto le habían cautivado en el pasado. Al rato, se dieron cuenta de que la niña dormía. Con cuidado la llevaron a una habitación contigua, Klaus la echó en una cama y Hanna la tapó con una manta.

—Puedes quedarte esta noche con ella —le dijo Hanna.

—Gracias —contestó mirando a la niña dormida.

Volvieron al salón y, al hacerlo, Klaus atisbó la fotografía de un hombre que rondaba los cincuenta años, bien parecido, delgado, ojos muy claros y el pelo muy corto y muy rubio; vestía uniforme con tachuela de alto mando y lucía prendidas al pecho varias medallas al mérito y constancia al servicio al país.

—¿Quién es? —preguntó extrañado.

—Mi marido.

Klaus la miró sorprendido, como si no la hubiera comprendido. Se le escapó una risa tonta.

—Podría ser tu padre.

—Pero es mi marido —replicó ella a la defensiva.

—Un alto cargo del partido.

—Sí. Teniente coronel.

Klaus la miró. Hanna esquivó sus ojos.

—Hanna... —tocó su hombro, pero ella se apartó. Sus ojos le suplicaban que no lo hiciera. Klaus bajó la mano—. ¿Qué pasó?

Hanna cogió el marco y fijó la mirada en la foto.

—Quince meses encerrada en Bautzen te obligan a cambiar hasta los más firmes principios. Bastian era el director del centro... —sonrió lánguida—. Yo no sabía nada ni de ti ni de nuestra pequeña... Fue todo tan doloroso... —murmuró sin ser consciente del nivel de ansiedad que sus palabras insuflaban en Klaus—. Dice que se enamoró de mí... Me dijo que me sacaría de allí —alzó los ojos y se encontró con la intensa mirada de Klaus—, y lo hizo... Me sacó, me devolvió a Jessie y cuidó de nosotras y de mi madre.

Klaus se estremeció ante la evidencia de volver a ver a Jessie.

—Jessie... —el nombre le salió de dentro como el estallido de un volcán—. Mi pequeña Jessie.

Ella lo miró unos segundos con una profunda tristeza reflejada en su rostro; luego continuó hablando, la mirada de nuevo en el marco que sujetaba entre las manos.

—Me puso dos condiciones, una de ellas era que me casara con él.

—¿La otra?

Le miró con tanta intensidad que Klaus sintió fuego en su conciencia.

—Renunciar a ti —sentenció—. Me comprometí a no acercarme nunca a ti, no ponerme en contacto contigo, desaparecer de tu vida, las dos, nuestra hija y yo esfumadas para siempre de tu vida.

—Es evidente que lo cumpliste —añadió Klaus con el rostro ensombrecido por la decepción, crecida la rabia por no haberla buscado más, no haber removido cielo y tierra hasta encontrarlas, por haberse abandonado a la desesperanza, rendido a la mentira que construyeron sobre ellas. Le dolía el alma de tantos años perdidos, de tanta vida juntos desperdiciada en brazos extraños, ajenos, fríos, insensibles.

Ella le miró con una sensación de desaliento. Dejó el marco sobre la estantería de madera.

—Me trata bien, no me puedo quejar. Es bueno conmigo y con los niños.

—¿Y Jessie? —preguntó por fin con una profunda emoción contenida solo por el ansia de saber—. ¿Cómo está? Debe de estar muy mayor. Catorce años ya... Una mujercita... —hablaba con la ilusión de volver a verla, abrazarla de nuevo, aun a sabiendas de que se había perdido de ella toda su niñez. Sintió el corazón desbocado solo de pensarlo.

Ella le miró unos segundos con la ternura quebrada en su gesto. Tragó saliva y bajó los ojos, incapaz de mantenerle la mirada.

—Jessie no llegó a cumplir los tres años... Murió en un accidente, un estúpido accidente...

Klaus se tambaleó, sus pies dejaron de sentir la firmeza del suelo. Su mente hizo un vacío y la voz de Hanna le llegaba amortiguada, como si de repente le hubieran lanzado a una cavidad oscura y helada.

—Regresábamos a casa después de celebrar el cumpleaños de mi madre... Bastian intentó esquivar el coche, pero se nos echó encima. Apenas dio tiempo a otra cosa que frenar. El impacto fue brutal. Yo estuve en el hospital casi un mes. Me han quedado algunas secuelas. La niña… —movió la cabeza negando—. Jessie murió en el acto. El conductor que chocó contra nosotros estaba borracho… Pero no le ocurrió nada. Era un sobrino del presidente. Todo quedó en un desgraciado accidente. Me sentí rota, quise morirme… Bastian me cuidó, me demostró todo lo que un hombre puede amar, a pesar de ser consciente de que no era correspondido con la misma carga de amor, ni la mínima parte de ese amor que derrochaba en mí. Pasó el tiempo y me quedé embarazada… —dio un largo suspiro—. Irremediablemente mi vida volvió a latir con el palpitar del nuevo ser que crecía en mi vientre.

Klaus le dio la espalda. Sentía que se ahogaba, que el aire que respiraba le quemaba los pulmones, conmocionado por tener que volver a asimilar la muerte de su pequeña hija. La había dado por muerta a lo largo de los últimos trece años, y ahora, después de unos instantes de esperanza, de la efímera ilusión de abrazarla de nuevo, la tuvo que volver a enterrar, esta vez definitivamente. Cerró los ojos y contuvo su dolor. Pero se revolvió contra ella ante los recuerdos que se volcaban desordenadamente en su memoria.

—¿Y tu madre? —preguntó sin poder evitar un agrio resentimiento por no haberle contado, por haberle ocultado la verdad, por no decirle dónde estaba su hija y haberle otorgado la oportunidad de poder salvarla, al menos intentarlo, salvarla de todo y de todos—. ¿Por qué no me dijo nada? Si me hubiera dicho… Os hubiera buscado hasta en el mismísimo infierno… ¿Por qué no me dijo nada? —repitió insistente, consciente de que ninguna respuesta podía cambiar la realidad—. Fui a verla varias veces y me dijo que me olvidase de vosotras, que no os buscase… Me dijo… Me aseguró que habíais muerto… —En cada palabra refrenaba el llanto—. ¿Cómo se puede mentir en eso? Cómo es posible mentir en una cosa así…

—Mi madre solo intentaba protegernos —le interrumpió con tristeza.

—Tenía derecho a saber qué os había pasado —gritó con

rabia—. Todos estos años me he sentido tan culpable... Condenado de por vida a penar vuestra muerte. Una muerte que no era real y que si os hubiera encontrado podría haber evitado que mi pequeña..., que nuestra pequeña hubiera... —Klaus no pudo continuar, no podía decirlo, le costaba expresar otra vez que su hija había muerto—. Si hubiera sabido...

—Ella no podía hacer otra cosa. Estaba advertida, si hablaba nos perjudicaría; bastante le hicieron a ella. Tampoco le resultó nada fácil todo esto. Nunca me ha reprochado nada, pero yo sé que no entendió mi decisión de casarme con Bastian, porque, al fin y al cabo, había sido mi carcelero. —Encogió los hombros con una mueca entristecida—. Lo cierto es que, si lo pienso, yo tampoco me entiendo; pero qué otra cosa podía hacer... Cuando Bastian me dijo que podría reunirme con Jessie no pude decirle que no. Tal vez fui una cobarde, seguramente lo fui. Tendría que haber luchado de otra forma contra toda aquella locura.

Hubo un silencio incómodo entre ellos. Verdugos ambos de sí mismos por las decisiones tomadas. Embriagado de su propio tormento, Klaus decidió no mortificarla más, convencido de que no se lo merecía, era ya suficiente lo que llevaba sobre su conciencia.

Tocó su brazo, apenas un roce amable. Ella lo miró tensa, como si sus ojos le suplicasen. Deseaba tanto abrazarla, pero se retuvo, consciente de que la comprometería. Intentó ablandar el tono de su voz, aunque le salió ronca, tan honda como su pena.

—No te culpes, Hanna, el que más y el que menos ha tenido que quebrar su voluntad para salvarse.

—¿Salvarse? —su tono de voz blando, apenas sin fuerza en sus palabras, derrotada—. ¿De verdad crees que tú y yo nos hemos salvado? ¿De qué?

Klaus la miró en silencio, movió la cabeza y extravió la mirada hacia otro marco de alpaca con la imagen de tres niños, una niña mayor, que rondaba la edad de Beatriz, y dos chicos más pequeños.

—¿Son tus hijos?

Ella asintió cogiendo la fotografía.

—Ahora están en el colegio. Los conocerás luego. Son buenos chicos —dijo Hanna colocando el marco en su sitio.

—¿Eres feliz, al menos?

—¿Tú lo eres?

El rostro de Klaus se ensombreció. Esbozó una sonrisa forzada, hierática.

—Yo merezco pudrirme en el infierno. No tienes ni idea de la clase de monstruo en la que me he convertido.

—Lo sé todo de ti, Klaus —añadió ella—. Todo —reafirmó con seguridad.

Klaus la miró con una mueca y negó con un gesto.

—No sabes nada...

—Estar casada con un hombre poderoso y con mucha información tiene sus ventajas. Tan solo hay que saber buscar dónde está esa información. No son ellos los únicos que tienen mecanismos para conseguir lo que quieren. No he sido espía fuera, pero en cierto modo lo he sido dentro, en mi propia casa, en mi propia cama. —Lo dijo con un gesto de desprecio, la mirada perdida en sus pensamientos. Luego, de nuevo posó los ojos en Klaus. Sonrió—. No imaginas las cosas que he llegado a hacer para conseguir información sobre ti. Siempre he sabido dónde estabas y qué misiones se te encomendaban.

—No sabes nada —repitió con una contundente firmeza—. Tú te has convertido en la esposa de un gerifalte del partido, pero mantienes el respeto de tu marido y de tus hijos —chascó la lengua sintiendo la amargura en su boca—. Yo he llevado a la desgracia a todos aquellos a los que he querido y a los que debía proteger —la miró aguantando las lágrimas—; a ti por convencerte de pasar al otro lado a sabiendas del peligro que corría Jessie… Recuerdo tus miedos… Y yo insistí… Insistí para que me siguierais; te perdí a ti, perdí a mi pequeña, he destrozado la vida a mis dos hermanos, y ahora, a miles de kilómetros de aquí, dejo a una mujer rota, sin marido, sin padre para sus hijas...

—De nada vale lamentarse, aquí no te dan opción.

—Sí la hay —dijo con rabiosa firmeza, mirándola a los ojos como si quisiera convencerla de sus palabras—. Claro que la hay, y tú lo sabes. —Un silencio tenso y dolido se mantuvo durante unos segundos—. Si no me hubiera sometido a sus presiones habría vivido encerrado en una cárcel, pero ahora tendría algo que he perdido para siempre: dignidad, sería libre a pesar de todo, libre y digno de mirar de frente al mundo... Ahora, solo me queda un profundo desprecio hacia mí mismo, un repugnante desprecio —sintió que la saliva de la boca se le agriaba.

Hanna bajó los ojos y se removió incómoda.

—Yo también sabía que podía haber optado por resistir, por no entrar en el juego de maldad al que me he incorporado, por muy envuelto en un lazo familiar que esté.

—No podías renunciar a Jessie… Eso nunca te lo hubiera perdonado… Nunca…

Mantuvieron un silencio cómplice, cada uno lamiéndose sus propias heridas, abiertas en canal por aquel encuentro.

—Sé dónde está Daniel Sandoval.

Klaus la miró con intensa curiosidad.

—¿Qué sabes de él?

—Poco —contestó alzando las cejas—, muy poco. La versión oficial es que intentó escapar en un traslado, pero la verdad, como siempre, es otra: le quiso arrebatar el arma a uno de sus guardianes; en el forcejeo la pistola se disparó y el guardia murió. Otro policía disparó sobre Daniel hiriéndole de gravedad. Pretendía quitarse la vida, y casi lo consigue.

—¿Cómo está? ¿Lo has llegado a ver?

Ella afirmó. Esbozó una sonrisa lánguida.

—Convencí a Bastian —hizo un gesto hacia la foto de su marido—. Él lo puede conseguir todo, es comisario jefe. Casi todo lo que le pido me lo concede... Todo menos dejarle libre. Eso no puede hacerlo. Sois como dos gotas de agua. Fue como si te estuviera viendo a ti.

—¿Le has visto? —preguntó arrollado de nuevo por un torbellino de emociones complejas, contradictorias, intensas, asfixiantes.

—Tan solo un par de veces.

—¿Has llegado a hablar con él?

Ella negó.

—Parece un autómata... Se mueve igual, mira igual... Es como si le hubieran robado el alma... Un cuerpo sin alma, eso parece.

Klaus sintió una terrible angustia que le arrasaba por dentro. Se pasó la mano por la cara.

—Perdona... Me cuesta respirar... Necesito aire...

Salió al jardín. Hanna lo dejó marchar. Llevó la bandeja a la cocina, se asomó a comprobar si Beatriz seguía dormida, y cuando regresó al salón unas voces la sobresaltaron. Antes de que pudiera reaccionar, se oyó un disparo seco. Salió de la casa y vio el cuerpo de Klaus tirado en el suelo, junto al coche y a los policías que, puestos en guardia, le apuntaban con sus armas. Gritó espantada llamando a Klaus y salió corriendo hasta llegar a él. Se arrodilló a su lado, todavía respiraba.

—¿Qué ha pasado? —preguntó con una mezcla de rabia y de susto mirando a los policías.

—Tuvimos que dispararle, se abalanzó violentamente sobre nosotros —le dijo uno de los policías sin dejar de apuntar—. No tuvimos otra opción —añadió, como si estuviera justificándose ante la esposa del comisario jefe.

Ella lo miró con un gesto fulminante y el hombre bajó el arma.

La sangre le manaba del pecho empapando su camisa blanca como una sombra negra escapada de su cuerpo. Los ojos de Klaus la miraron con esa premura del que sabe que le queda poco tiempo. Hablaba con dificultad.

—Hanna..., mi amada Hanna... Te he querido siempre..., siempre... Nunca te olvidé...

—No me dejes, Klaus, no me dejes ahora..., por favor, no me dejes ahora... —su voz se quebró por el llanto. Se acercó y le acarició la mejilla, su rostro muy cerca de sus ojos, intentando que se aferrase a la vida a través de su mirada.

Klaus le agarró la mano ensangrentada y le habló con la poca fuerza que aún le quedaba.

—Cuida de ellos, Hanna, cuida de Daniel y de Bettina... No los abandones, te lo suplico... Cuida de ellos... Solo tú puedes hacerlo... —una lágrima se escapó de sus ojos claros y resbaló por la mejilla—. Hazlo para salvarte tú...

—Klaus, te quiero…

Klaus la miró un instante. Sin importarle la presencia de los policías, Hanna se acercó a sus labios y le besó dulcemente. Klaus esbozó una leve sonrisa y su cuerpo quedó inerte, sus ojos abiertos, ya sin vida. Hanna sintió que se desgarraba por dentro. Pasó su mano por el rostro en una caricia para cerrar sus párpados. El llanto anegó sus ojos y durante un rato lloró la muerte de aquel hombre a quien nunca había dejado de amar, convertido en una obsesión inalcanzable.

Uno de los policías le tocó el hombro. Hanna alzó la mirada y descubrió a Beatriz a unos metros de ellos, sus ojos clavados en la figura de su padre muerto. Se levantó con rapidez, se fue hacia ella y la cogió en brazos.

—Llévenselo —ordenó con autoridad a los policías mientras se llevaba a la niña dentro de la casa.

10

Dos días después, Hanna entró en el despacho en el que se encontraba su marido. A su espalda se abría una ventana que daba al jardín delantero de la casa. Se veía el lugar en el que había caído abatido Klaus Zaisser.

—¿Estás lista?

Ella afirmó con gesto serio. Se sentó en uno de los confidentes, en el borde del asiento.

—¿Cómo está la niña? —preguntó el hombre.

—¿Cómo va a estar? Ha visto morir al que cree su padre, está con personas a las que no conoce ni entiende. Tiene siete años —no pudo reprimir un gesto mohíno, enfadada por la manera en que habían resuelto el asunto de Bettina Zaisser a costa de una niña—. No ha abierto la boca desde hace dos días. Ha sido demasiado para ella. Es necesario que la llevemos con su madre cuanto antes.

—Todo se ha retrasado por la estupidez de Zaisser. —No se apercibió de la mirada de rabia que le dedicaba su mujer por hablar así de la muerte de Klaus—. Pero ya está todo arreglado, el avión sale a las nueve cuarenta y cinco. Os vendrán a buscar en quince minutos. Aquí tienes los billetes y los pasaportes. —Deslizó la documentación con la mano hasta dejarla al otro lado de la mesa, junto a Hanna. Luego tomó un sobre cerrado y lo levantó mostrándoselo—. Este es el certificado de defunción de Daniel Sandoval, debes entregárselo a la viuda.

—Pero no es Daniel Sandoval el que ha muerto, y esa mujer no es viuda.

—Son órdenes, Hanna —dijo con impaciencia—. Las órdenes no se cuestionan. Le dirás que formaba parte de los servicios secretos de nuestro país y que lo eliminaron en una misión, que no le puedes dar más información porque tú no sabes nada, que solamente actúas como enlace. Nada más, ¿me oyes? Cuanto menos tiempo estés con ella, mejor. Entrégale a la niña, le das el sobre y sales de la casa de inmediato. ¿De acuerdo? —insistió.

Hanna asintió sumisa, bajó los ojos y cogió el sobre.

—Esa mujer no se merece lo que le estáis haciendo.

—Hay daños colaterales imposibles de evitar.

—Sí pueden evitarse —espetó con la misma firmeza con la que se lo había dicho Klaus momentos antes de su muerte.

—Hanna, Hanna... —insistió Bastian con un gesto paternal de condescendencia—, hay cosas que ni yo puedo cambiar, y tú lo sabes. Con la certeza de que su marido está muerto no perderá su tiempo en buscarlo.

—¿Y si quiere el cadáver? ¿Y si lo reclama? Tiene todo el derecho a hacerlo.

—No lo encontrará —abrió las manos mostrando lo evidente—. No hay ninguna tumba con el nombre de Daniel Sandoval y jamás ha oído hablar de Klaus Zaisser. Es necesario cerrar este asunto cuanto antes.

—No se va a conformar…

—Tú no tienes que preocuparte de esos asuntos. Cumple con tu cometido, que no es otro que llevar a la niña con su madre, y todo saldrá bien. —Mantuvieron silencio durante unos segundos, mientras él encendía un cigarro, con el fin de calmar la tensión—. Vas en comisión diplomática, y te acompañará uno de mis hombres de confianza.

—No necesito guardaespaldas.

—Sí lo necesitas... —la miró unos segundos, y se arrellanó en la silla—. Me lo imponen desde arriba. Sé que esta misión está siendo muy complicada para ti, y lo siento. Fue un error por mi parte pedirte que te hicieras cargo de la niña… —Su gesto se tornó condescendiente—. Ahora lo único que debe importarte es devolver a esa niña a los brazos de su madre; déjalas que lloren tranquilas la muerte.

—Daniel Sandoval quedará libre algún día. ¿Qué pasará entonces?

Bastian la miró fijamente, valorando si debía o no contar o si era mejor no hacerlo para evitar agrandar unas expectativas imposibles.

—Hanna…, ese no es tu problema.

Ella se irguió y le habló retadora.

—¿Y si le digo la verdad?, que ha estado viviendo una mentira con un desconocido, que su marido está en una cárcel cumpliendo una condena injusta...

—Mató a un hombre —la interrumpió incómodo por la rebelión de su esposa.

—Bastian, tú sabes que fue una muerte accidental, que su pretensión no era matar, sino quitarse la vida.

El rostro del hombre se endureció, su mirada se volvió turbia e incisiva. Echó el cuerpo hacia delante en un intento de ser firme y convincente.

—Hanna, si cuentas la verdad nos hundirás a mí y a los niños. Estaremos todos acabados definitivamente. Deja que el tiempo ponga las cosas en su sitio. Esa niña acaba de ver morir al que considera su padre. Piénsalo, con la verdad descarnada la destrozarás definitivamente a ella también.

Hanna lo miró con fijeza, cogió los billetes de avión y los pasaportes diplomáticos, falso el de Beatriz. Se levantó y se fue hacia la puerta, pero se detuvo al oír la voz de su marido.

—Hanna, no olvides todo lo que he hecho por ti y todo lo que puedo hacer no solo por Daniel Sandoval, sino también por Bettina Zaisser. No compliques las cosas, te lo suplico. Deja que lo haga a mi manera. Es lo mejor para todos.

11

Llegaron a Madrid con dos horas de retraso sobre el horario previsto. Descendieron los primeros del avión. El coche con el banderín de la embajada los esperaba a pie de pista. El hombre que las acompañaba se sentó junto al conductor, mientras que Hanna y la niña lo hicieron en la parte de atrás. Beatriz se dejaba llevar, no hablaba, ni siquiera había roto a llorar, era como si su mente hubiera quedado bloqueada y sin capacidad de reacción ante la imagen del padre tirado en la calle, cubierto de sangre y con un tiro en el pecho. Hanna la miraba con tristeza. Acariciaba su pelo y ella se dejaba hacer, sin mostrar nada, sin sentir nada, la mirada perdida, abstraída. Llevaba un peluche que le había regalado la hija de Hanna; era suave y esponjoso y lo apretaba contra su pequeño cuerpo, como si quisiera protegerse del mundo con aquel muñeco.

Cuando el coche se detuvo frente al portal de la calle Orellana, la niña pareció reaccionar. Miró por la ventanilla, su rostro pareció brillar por un instante, estaba de vuelta en su casa, en su territorio, con su madre a la que necesitaba ver para reafirmar que al menos ella estaba bien. El hombre se bajó y le abrió la puerta. La niña salió corriendo justo cuando un coche se acercaba a toda velocidad, el guardaespaldas la cogió del brazo a tiempo de que no la atropellaran. El frenazo fue muy brusco. Hanna corrió hasta ella y la abrazó. La niña temblaba estremecida.

—Tranquila, pequeña, ya estás en casa, tranquila... —La levantó del suelo, la niña la rodeó con sus delgados brazos—. Vamos, tu madre te estará esperando.

Hanna cruzó hasta el portal. Antes de entrar se dio la vuelta hacia el hombre que las acompañaba y le habló en alemán.

—Espere aquí.

—Lo siento, señora —dijo taxativo—, tengo la orden de acompañarla en todo momento.

No insistió. Sabía que nada le haría cambiar la orden recibida, así que se introdujo en el portal, seguida de su guardián.

Cuando llegaron al rellano, delante de la puerta de la casa, Hanna bajó al suelo a la niña, la miró y le sonrió animándola con un gesto.

—¿Quieres llamar tú a la puerta?

La niña se puso de puntillas, alzó el brazo y pulsó el timbre, que resonó en el interior. Luego un estremecedor silencio los engulló por unos segundos, hasta que se oyeron unos pasos apresurados que se acercaban. La puerta se abrió y apareció una mujer joven, vestida con vaqueros y un jersey fino y amplio, despeinada, como si acabase de despertar de un inquieto sueño, con una coleta de la que se le escapaban varios mechones de aspecto desaliñado. A Hanna le sobrecogió aquel rostro arrasado por el llanto y la angustia de una larga e inquietante espera.

Sofía miró a Hanna un instante y luego posó sus ojos en la niña. En ese momento el rostro de Sofía se iluminó con una mueca de hilarante regocijo. Madre e hija se abrazaron durante un rato largo, obviando la presencia de los que permanecían en el rellano. Hanna observaba la escena sin poder evitar sentirse conmovida. Entre abrazo y abrazo, Sofía miraba y palpaba una y otra vez a su hija, la cara, la cabeza, el cuerpo menudo y delgado, como si no se terminase de creer que la tenía con ella, que era real, que estaba bien. Sin embargo, pronto se dio cuenta de que a la niña le pasaba algo. Su gesto mohíno, los ojos bajos, mirada al suelo, sin sonreír a pesar de la alegría de la madre.

—¿Qué te pasa, cariño? —le preguntó cogiéndole la cara con sus manos—. ¿No estás contenta de estar con mamá?

La niña bajó la barbilla al pecho y habló con una voz mimosa, infantil, débil.

—Yo quiero que venga papá.

—¿Es que no viene contigo? —preguntó echando una rápida mirada a Hanna y al hombre.

La niña negó y se abrazó a su madre hundiendo la cara en el cuello materno, el peluche en la mano, sin soltarlo. En ese momento Beatriz rompió a llorar con un desconsuelo desgarrador, estremecida de pena.

Sofía miró a Hanna sin abandonar el abrazo de su hija, el gesto enfurruñado, enervada por su presencia y la ausencia de aquel a quien esperaba.

—¿Dónde está mi marido?

—Señora de Sandoval, ¿podemos entrar?

—¿Quiénes son ustedes? —preguntó Sofía, recuperada la seguridad de tener a su hija en los brazos—. ¿Por qué se han llevado a mi hija? ¿Dónde está mi marido? —insistió.

Hanna tomó aire antes de hablar, maldiciendo ser la portadora de una noticia tan luctuosa como falsa, tener que romper aquel momento mágico de encuentro en el que la felicidad había transformado el rostro ajado y ceniciento de la madre. Ahora debía verter un jarro de agua helada que devolvería a la madre a la consternación, de nuevo abrumada, a un estado de desconsuelo.

—Señora de Sandoval, será mejor que entremos. Tengo que darle una mala noticia.

Sofía la miró durante unos segundos con una mezcla de pánico y curiosidad. En ese momento apareció Vito, que había esperado prudentemente a un lado del recibidor el reencuentro con la madre. Se la veía contenida, muy emocionada, deseando tocar a la niña para cerciorarse de que estaba bien. Se acercó y la niña se desprendió de su madre y se abrazó a Vito llorando, pero antes Sofía le quitó el peluche. La niña no lo reclamó y se dejó acunar en el tierno abrazo de Vito, mientras Sofía, con lágrimas en los ojos, acariciaba su espalda.

Sofía había enviado con sus padres a su hija mayor. No les había dicho nada de la desaparición de Beatriz, no estaba dispuesta a soportar la histeria de su madre ni forzar la preocupación a su padre; se había convencido de que Daniel se la devolvería, que cumpliría su promesa y traería de vuelta a su pequeña sana y salva, segura de que no permitiría que le hicieran nada malo, se lo había repetido hasta la saciedad, obligada a convencerse para no volverse loca a cada segundo sin noticias, cada minuto de desaliento, cada hora de desolación, necesitaba aferrarse a la esperanza puesta en él. Antes había tenido que convencer a Isabel de que Beatriz se había ido con su padre y que los dos volverían pronto. Con la única compañía de la buena de Vito, Sofía había estado esperando la llegada durante toda la tarde anterior, según las indicaciones que Klaus le había dado. Las dos habían pasado las horas en silencio, viendo transcurrir el tiempo sin que sucediera nada. A pesar de la insistencia de Vito, Sofía no había consentido en echarse en la cama. No había dormido nada, salvo alguna cabezada, sentada en el sillón junto al teléfono, vestida, encogida sobre sí misma igual que un guiñapo; apenas había comido, tan solo admitía infusiones, café y algún caldo caliente. Sus ojeras eran tan evidentes que tenía los ojos orlados de un surco violáceo. Había amanecido y transcurrido toda la mañana sin noticias, por lo que su angustia aumentaba a cada segundo que pasaba sin saber de su hija. Se obligaba a no llorar, a mantener la serenidad para recibirla, mirando con insistencia el teléfono, invocando con la mirada una llamada, una explicación, una noticia que le diera esperanza. Cuando oyó el timbre, su mente había tardado unos segundos en reaccionar porque su conciencia se mecía en una duermevela, agotada de esperar. A trompicones, había salido corriendo por el pasillo con el latido de su corazón desbocado. Pero todo había quedado olvidado al abrir la puerta y ver a su pequeña, abrazarla, sentir su cuerpo pegado a ella, su olor, saber que estaba a salvo.

Le hizo una seña a Vito para que se llevase a la niña.

—Dale un baño y que coma algo. En seguida iré yo.

Luego, se volvió hacia Hanna y le tendió el peluche. Hanna lo cogió con un gesto de pesadumbre. A continuación, Sofía la invitó con la mano a pasar.

—Él tiene que entrar también... —dijo Hanna dirigiéndose hacia el hombre, que permanecía a un lado impertérrito.

Sofía los guio hasta el salón. El hombre se quedó de pie en un lado, firme, las manos delante, a la vista, cruzadas entre sí; una figura imponente, pensó Sofía al verle tan tieso, mirada al frente, rostro pétreo, vestido de traje oscuro, corbata gris y camisa de un color indefinido, hombros anchos en exceso, tanto que sus brazos parecían estallar en el interior de las mangas de la chaqueta, lo mismo que sus pectorales, que se proyectaban amenazantes bajo la camisa. Hanna se desabrochó dos botones de la chaqueta que llevaba abotonada hasta el cuello a pesar de que en Madrid lucía un sol espléndido. Tenía calor, o eran los nervios, pensó. De forma indeliberada desvió sus ojos a los muebles, la decoración, las cortinas, el tapizado de los sillones, la estantería llena de libros, la televisión, la radio. Se sintió mal por este gesto inconsciente, por dedicar una mínima parte de su atención a algo tan banal como la decoración cuando era portadora de una noticia terrible. El daño que le iba a provocar la agriaba por dentro. Se sentía una miserable.

—¿Dónde está mi marido?

Sofía habló de pie, tiesa como un estoque, los brazos cruzados sobre su regazo, el gesto arisco, dando a entender el rechazo a la visita. La incomodidad se mascaba en el aire. No iba a permitir que aquellos intrusos se acomodaran ni un segundo.

—¿Dónde está mi marido? —repitió insistente, el tono áspero.

Hanna tragó saliva y la sintió amarga. No sabía qué hacer con el peluche. Tenía que decirlo, pensó, así que cuanto antes lo hiciera, mejor para todos. Se irguió intentando adoptar una posición solemne.

—Señora de Sandoval, siento comunicarle que... —Bajó un instante la vista, incómoda, pero en seguida alzó la barbilla, tomó aire, la miró a los ojos y encaró la noticia—. Siento mucho decirle que su marido falleció en Berlín hace dos días. Esa ha sido la causa del retraso del viaje.

Sofía la miraba sin pestañear, sin llegar a asumir la gravedad de la noticia, como si la información se negase a entrar en su cerebro. Miraba a aquella desconocida como quien mira a un ser llegado de otro mundo, incapaz de entender lo que decía.

—¿Qué ha pasado? —preguntó balbuciente.

—Su marido formaba parte de los servicios secretos de mi país, la República Democrática Alemana.

Sofía la miró un instante en silencio, encogió los hombros como si la congoja le pesara sobre ellos. Intentaba procesar las palabras de aquella extraña.

—¿Que mi marido qué?

—Su marido era un agente secreto de la Stasi —reafirmó.

En ese momento, como un caudal desbocado, se precipitaron a la mente de Sofía todas las dudas acumuladas en su mente, tantas preguntas sin respuesta, tantas incertidumbres: el pasaporte con el sello de la RDA, sus conversaciones telefónicas en alemán, sus misteriosos negocios, aquella extraña mujer que tenía en el despacho, y la casete... Recordó la conversación con Monique, los micros encontrados sin explicación. Había sido Daniel, ahora todo parecía ensamblarse; justo al día siguiente apareció como por ensalmo, contándole una historia rocambolesca de una madre con la que se había reencontrado. Daniel conocía el contenido de la grabación, él la trajo de París y la había mantenido escondida durante aquellos años detrás de la cómoda. Todo encajaba porque todas las piezas se dislocaban, todo lo que le había contado era falso, todo mentira, pero ¿por qué?

Miró a Hanna con recelo, como si se hubiera dado cuenta de que tal vez había metido a unos locos en su casa. Habían sido ellos los que le habían quitado a la niña, y aunque se la habían devuelto había algo que en su mente no casaba. Frunció el ceño y se obligó a cargar contra aquella desconocida, defenderse atacando.

—Me está tomando el pelo. ¿Quién es usted?

—No importa quién soy yo, Sofía —se le escapó llamarla por su nombre de pila, no debía hacerlo, ese pequeño detalle la acercaba a ella y no era conveniente—. Su marido era uno de nuestros agentes. —Le sorprendió a Sofía la utilización de ese «nuestros»—. Hubo un problema y..., bueno..., lo cierto es que yo no puedo decirle mucho, solo soy un enlace.

—Un enlace... —todo en Sofía se había quedado convertido en una profunda desconfianza, una forma de protegerse del fondo del asunto, que aún conseguía mantener a raya fuera de su conciencia—. Que usted es... un enlace... ¿Quién es usted? —insistió esta vez mostrando su indignación.

—Lo lamento, no puedo decirle más —repitió Hanna.

Con gesto circunspecto, miró el peluche como si sostenerlo la entorpeciera a la hora de acometer su misión. Lo dejó sobre la mesa que tenía al lado. Solo entonces, sacó de su bolso el sobre con el falso certificado de defunción de Daniel Sandoval y se lo tendió, a sabiendas de la devastación personal que estaba sembrando en aquella mujer.

—Esto es para usted.

Sofía miró el sobre antes de cogerlo. Llevaba un membrete de la RDA.

—¿Qué es esto? —preguntó Sofía.

—Es el certificado de defunción de su marido. —Guardó silencio unos segundos intentando entender lo que se estaba produciendo en la cabeza de Sofía, imaginaba que un cúmulo de turbulencias difíciles de gestionar—. Para que pueda regularizar su situación..., como viuda, quiero decir. Lo lamento mucho.

De nuevo Sofía se quedó muda, asimilando la nueva información. Sintió que las piernas le fallaban y se dejó caer lentamente en el sillón hasta quedar sentada, apoyado el cuerpo apenas. Hanna dudó entre sentarse también o permanecer de pie. Decidió emular a Sofía para tenerla a su misma altura; lo hizo con reparo, quedando justo al borde del asiento, sin poder evitar la rigidez.

Sofía abrió el sobre, sacó el certificado y lo miró. Alzó los ojos.

—Está en alemán...

—Murió en Berlín Este, y allí se ha emitido.

Sofía observaba el papel con pánico, como si en su mano

tuviera una bomba en vez de un maldito papel, una hoja de color sepia, con membrete y con datos que intentó leer, incapaz de que en su cabeza funcionara la traducción, olvidado lo poco aprendido, esfumado de su mente. Solo alcanzaba a descifrar el nombre y apellidos de su marido y la fecha de dos días antes, el día que habló con él, su última conversación, su última frase: «No te merezco… No merezco tanto amor…». Se le había quedado prendida en su mente y ahora aquellas palabras le golpeaban la conciencia con una fuerza dañina. Sintió un ahogo en la garganta, una dolorosa presión que le cortaba la respiración. Se le nubló la visión, las manos le temblaban.

—Pero ¿cómo ha sido…? —farfulló quebrada, encogidos los hombros—. ¿Cómo murió? ¿Por qué?

—Lo siento —dijo Hanna acongojada por las lágrimas de Sofía, que ya se deslizaban por sus mejillas—. No estoy autorizada a darle esa información.

—Pero usted lo sabe... —añadió con voz frágil—. Sabe lo que le ha pasado a mi marido y me lo está ocultando.

Hanna esquivó sus ojos.

De pronto, Sofía reaccionó, se secó con la mano las lágrimas, movió la cabeza y arrugó el ceño.

—¿Y dónde está? ¿Dónde está su cadáver? Quiero verlo. Tengo derecho a verlo.

—Me temo que eso no será posible —contestó Hanna con voz seca—. Fue enterrado ayer en un cementerio de Berlín.

—No puede ser —alzó la voz como si de repente hubiera recuperado toda su fortaleza—. No pueden hacer eso. Soy su esposa. ¿Por qué no me avisaron? Tenían que haberme avisado. —Sintió una profunda rabia hacia aquella extraña que le había traído a su hija y ahora pretendía supuestamente privarla de velar el cadáver de su marido—. Está mintiendo, todo es una absurda mentira, una cruel mentira. Dígame de una vez dónde está mi marido.

Hanna la miraba consciente del aumento de su agresividad, a pesar de saber que era inofensiva. Una mujer herida puede convertirse en un animal salvaje, pensó. Intentó calmarla.

—Señora de Sandoval, entiendo su malestar, pero mi Gobierno tiene unas normas con este tipo de asuntos.

—¿Qué clase de normas le privan a una esposa de ver el cadáver de su marido? —le espetó mostrando su indignación.

Se hizo un silencio espeso. Hanna echó un vistazo rápido al hombre, una ojeada esquiva y avergonzada por la escena. Luego bajó los ojos. Se resistía a encontrarse con la mirada de Sofía, una mirada que sentía como dardos lanzados contra ella.

Ante aquel perturbador silencio, Sofía se estremeció y sintió que de nuevo la abandonaban sus efímeras fuerzas.

—¿Dígame al menos cómo fue? —Su tono volvía a ser débil, suplicante.

—Lo siento…

Sofía se dio cuenta de que aquella desconocida no le iba a contar nada. Tendría que averiguarlo por su cuenta.

—No quiero que esté allí enterrado. Quiero que su cadáver sea repatriado aquí, a su país, para que sus hijas y yo podamos llevar flores a su tumba. Al menos eso me lo concederá su Gobierno —esto último lo dijo con una dolida sorna, con lágrimas de impotencia en los ojos.

Hanna dio un profundo suspiro incómoda. Negó con la cabeza. Miró de reojo al guardia que permanecía de pie vigilante, que sabía algo de español, aunque no demasiado. Tragó saliva intentando calmar la voz de su conciencia que le exigía contar la verdad. Aquella mujer no se merecía tanto sufrimiento. Abrió la boca y volvió a cerrarla. Se removió incómoda.

—No debería decirle esto... —enmudeció porque la imagen de sus hijos cayó en su mente como una admonición. Apretó los labios indecisa. Miró a Sofía y lo soltó con una voz casi inaudible, ahogada por el miedo—. No existe cuerpo, ni tumba… Lo más probable es que haya sido incinerado… —Antes de que pudiera reaccionar, se levantó—. Lo siento... Lo siento mucho...

Hanna cogió el peluche y salió del salón precipitadamente, seguida por el hombre. Sofía la vio marcharse sin reaccionar, incapaz de moverse; se sobresaltó al oír cerrarse la puerta. A continuación, oyó a la niña hablando con Vito, su voz dulce impidió que se rompiera por dentro. Instintivamente se levantó y corrió a la ventana, se asomó y vio salir a la mujer y al hombre, que se subieron a un coche oscuro que llevaba banderín y matrícula diplomática.

Se volvió hacia el salón, miró otra vez el papel que todavía tenía en la mano con el nombre escrito de Daniel, y la hora y la fecha de su muerte, y sintió el peso mortal de una inmensa soledad. Durante mucho tiempo estuvo sin hacer nada, sola, la vista al frente, sin mirar nada. Al cabo, la niña entró corriendo y se abrazó a ella. Llevaba puesto el pijama y tenía el pelo mojado. La abrazó con fuerza en su regazo, aspiró su aroma a colonia. Vito permanecía a un lado.

—Señora, ¿se encuentra bien?

Sofía no le respondió, solo la miró. Sintió que la barbilla le temblaba. La niña se dio cuenta de que tenía los ojos llenos de lágrimas.

—No llores, mami, papá vendrá cuando se cure la herida.

—¿Tú le viste? ¿Viste a papá con una herida?

—Sí, estaba en el suelo, y tenía mucha sangre aquí —la niña se tocó el pecho de su camiseta lleno de gatitos y flores de colores—. Le dolía mucho porque se quedó dormido cuando Hanna hablaba con él.

—¿Hanna es la mujer que te ha traído?

La niña afirmó.

—¿Y fue ella la que te llevó lejos de mamá?

La niña volvió a asentir.

—Quería que conociera a su hija Carola y que jugase con ella, pero es que yo no la entendía.

—Beatriz, escúchame, ¿dónde viste a papá? ¿Dónde estaba? ¿Estabais cerca de aquí?

Ella negó.

—Subimos en un avión —la niña esbozó una sonrisa antes de continuar—, y no me dio miedo.

—En un avión… —murmuró Sofía intentando descifrar adónde se habían llevado a Beatriz y, por lo tanto, adónde había ido a buscarla Daniel—. ¿Y quién le hizo la herida a papá?

—No lo sé. Había dos policías… —se acercó al oído de su madre para hablarle muy bajito—. Llevaban una pistola. —Luego la miró otra vez para ver cómo reaccionaba su madre.

—¿Dónde fue eso? —Sofía le hablaba con toda la dulzura de que era capaz, intentando contener el llanto que la rompía por dentro, consciente del dolor que su pequeña había acumulado en su conciencia infantil—. ¿Lo sabes, mi niña?

—En la calle, en la puerta de la casa de Hanna; se había caído al suelo. Le dolía, mamá, le dolía mucho porque no podía hablar… Hanna estaba con él… Luego cerró los ojos —frunció sus pequeños labios sonrosados—. Hanna se puso muy triste, lloraba mucho.

—Cerró los ojos... —balbució Sofía con la mirada perdida.

—Mami, ¿cuándo va a volver papá?

Sofía la miró con una dolorosa punzada de ternura en el pecho, su rostro candoroso, con esa ingenuidad infantil que hacía que fuese incapaz de asimilar la muerte de su padre. Su barbilla tembló, abrazó a su hija con fuerza, apretándola contra ella, sintiendo su frágil cuerpo, hasta que por fin se derrumbó y rompió a llorar.

SEXTA PARTE

1

Los días siguientes resultaron para Sofía muy confusos, como si hubiera perdido el control de su vida, hundido todo su entorno. Se movía en una nube acuosa, blanda, sorda, aislada del bullicio exterior, con la sensación de estar sumergida en el agua. Veía rostros indefinidos, oía voces sin escuchar nada, sentía que su vida se había detenido en el instante mismo en que se sintió sola, completamente sola en el mundo, a pesar de estar rodeada de gente que se movía como marionetas en un teatro sin interés para ella. La noticia de la muerte de Daniel se propagó porque doña Adela se había empeñado en encargar una misa multitudinaria en los Jerónimos, además de publicar una esquela a media página en varios periódicos de tirada nacional, todo sin contar con una Sofía fuera de juego, que apenas comía, hablaba muy poco y dormía menos. Pero nadie sabía la causa del fallecimiento, el por qué no había cuerpo que velar y enterrar. Sofía no había dado ninguna explicación a nadie, salvo que las autoridades alemanas (sin especificar qué Alemania) le habían notificado el fallecimiento. Se preguntaba cómo explicar al mundo la muerte de su marido, algo en apariencia tan obvio se había convertido para ella en un problema añadido a su desconcierto. Cómo decir a los que le conocían bien que Daniel Sandoval era un espía de un país comunista, nada menos, porque si hubiera sido un agente del MI6 o de la CIA podría incluso hasta presumir, pero trabajar para la Stasi se consideraría por muchos una traición a los fundamentos de la patria, el honor de su apellido quedaría manchado, empañado con el estigma bolchevique, señaladas ella y las niñas como la mujer y las hijas de un espía enemigo, en aquella España aún franquista, de corta mentalidad, atrapada aún en el folclore patrio de odio a todo lo que fuera diferente, y por supuesto los comunistas lo eran, además de contrarios, una amenaza, un peligro grave para la estabilidad y el bienestar social, lo seguían siendo a los ojos de muchos, de su entorno sobre todo, o más bien el entorno de Daniel, no tanto el suyo del laboratorio, más abierto de mente, más viajado, más tolerante, más flexible. Y volvía a preguntarse cómo había podido llegar Daniel a esos extremos, si es que debía creer las palabras de aquella Hanna, la mujer portadora de la peor de las noticias para una esposa. Le vino a la memoria la escena de aquellas películas americanas sobre la guerra de Vietnam que ya empezaban a proliferar en las sesiones de tarde de los sábados, cuando el coche militar se detenía frente a una casa con jardín y se bajaban dos oficiales con un sobre en la mano, tocaban a la puerta y, al abrirles, la dulce esposa ya intuía la noticia luctuosa, «lo sentimos mucho, señora X, su marido resultó muerto en acto de servicio», y le entregaban el sobre cerrado con la confirmación de lo dicho, y ella se rompía de dolor porque no tenía cuerpo que enterrar, ni tumba donde llevar flores y llorar su ausencia. Nadie la creería, cómo iban a creerla: el bueno de Daniel Sandoval un espía, pero qué estupidez, qué sandez, qué despropósito. Así que no le quedó otro remedio que urdir una historia si no creíble, sí más digna para la memoria de su marido muerto. Había visto hacía poco una película en la que tres amigos salían de pesca un día en apariencia perfecto hasta que todo se torció, se desató una potente tormenta, partió el mástil y el débil velero quedó a la deriva hasta que un golpe de mar lo volcó. Dos de los amigos consiguieron aferrarse a un trozo del mástil; el tercero se batía entre las olas sin poder avanzar hacia donde estaban sus compañeros, que le gritaban para que nadase, para que no se rindiera en la dura batalla que libraba con el mar. Pero el hombre tuvo que rendirse ante la fuerza de las olas, arrastrado por los impulsos de las mareas, tragado por las aguas bravas y desaparecido para siempre en las profundidades de aquel océano que los había recibido sereno para que se adentrasen confiados en él y los había traicionado cobrando un peaje muy alto. Cuando su madre le preguntó qué había pasado, Sofía empezó a contar la historia de la película, inventándose una propia que le encajase en su mente. Tanto su madre como su padre la escuchaban atónitos, con gesto circunspecto ambos, acongojados por lo terrible no solo de la muerte en sí, sino también de la forma de morir. Daniel se había ido a pasar unos días con unos clientes de Hamburgo; habían salido a navegar por las aguas del mar Báltico, pero una fuerte tormenta los sorprendió, el velero zozobró y salvaron la vida los dos que acompañaban a Daniel, que pudieron dar testimonio de cómo se hundía en la bravura de las aguas sin que pudieran hacer nada para salvarle. Les contó que las autoridades le habían estado buscando durante horas, hasta darle por muerto definitivamente, tragado por las frías aguas de un mar lejano, desaparecido su cuerpo, sin rastro, sin posibilidad de recuperarlo. Sonaba muy peliculero, pero no tenía ni capacidad ni lucidez suficientes para contar algo más coherente. Así que aquella mentira de otra mentira la repitió a todo el que quería oírla.

A falta de poder velar el cuerpo de su marido, se vio obligada a hacerlo con el de doña Sagrario, que decidió morirse a las pocas horas de enterarse de la luctuosa noticia.

Tras haber enterrado a su suegra, obviando las últimas palabras de aquella extraña que en unos pocos minutos le había devuelto a su hija a la vez que la dejaba sin marido y en un extraño estado de viudedad, se presentó en la embajada de la RDA para exigir la repatriación del cadáver de su esposo. La calle de Prieto Ureña le pareció demasiado alejada y solitaria para ubicar una sede diplomática, nada que ver con los fastuosos edificios, algunos de ellos palacios, que ocupaban otras embajadas, como la italiana o la de Francia. El local en el que se había instalado la cancillería hacía poco más de un año era frío y demasiado funcional, con una apariencia de provisionalidad, de estar de paso, incómodo incluso. En su interior reinaba un inquietante silencio, como si estuviera vacío. El personal de la embajada no le puso las cosas fáciles. La atención fue en todo momento distante. Respondían a sus requerimientos de mala gana, incluso con displicencia. Sofía tan solo podía aportar el certificado de defunción expedido en Berlín Este, y por cómo la miraban y por el trato recibido, llegó a la conclusión de que la estaban tomando por una perturbada con una ridícula historia. Acabaron por emplazarla para otro día con la excusa de hacer alguna tramitación, y cuando llegó el día indicado, la hicieron esperar durante dos horas para volver a citarla otro día, aduciendo que no había habido respuesta, que no había llegado la documentación requerida, excusas peregrinas que no la llevaban a ninguna parte salvo a que se cansara de esperar. Y lo consiguieron; la decepción fue en aumento a medida que pasaba el tiempo sin adelantar nada; era como darse golpes contra un muro de hormigón, nada se movía, nadie le hacía caso.

Decidió ir a Berlín, siguiendo el consejo de su amiga Carmen, la única a quien contó la verdad, o lo que creía era la verdad, y que la ayudó a tramitar todo el papeleo para entrar en la RDA. Sin contar con nadie, salvo la complicidad de su amiga, tomó un vuelo y se presentó en el aeropuerto de Tempelhof, en Berlín Oeste. Allí contrató un coche con conductor que la llevase hasta su destino al otro lado de la frontera. El férreo control en el Checkpoint Charlie la sobrecogió. La zona este le resultó igual de chocante que, sin ella saberlo, le había parecido años atrás a Daniel. Miraba absorta por la ventanilla el contraste entre la modernidad que acababa de dejar y aquellas calles, los edificios grises, los escaparates medio vacíos, casi todos los coches iguales, viejos, destartalados, feos, la gente tan uniforme, parecía otra ciudad distinta, era como verse arrojada a un pasado detenido en el tiempo. Miraba todo con una turbadora curiosidad. Había sacado un visado de turista por un día. No tenía intención de quedarse en aquel lado más allá de lo estrictamente necesario. El trayecto fue muy corto. Se lo había advertido el conductor; podría haberlo hecho caminando.

El coche se detuvo frente a un edificio de ladrillo visto en la calle Clara-Zetkin 89, esquina con Bunsen. Lo llevaba apuntado en un papel, junto al nombre del embajador. Días atrás había llamado para establecer una cita con él, adelantando el motivo de su visita. Descendió del coche y entró en el edificio. Tuvo que subir hasta la segunda planta. Le extrañó que una embajada estuviera en un piso. Al llegar al rellano vio una placa dorada en la que se leía con letras grabadas: Embajada de España. Llamó y salió a recibirla una mujer de aspecto ario, rubia, de complexión grande, embutida en un traje de chaqueta azul con camisa clara, y que tenía unos afilados ojos grises asimétricos, algo más grande uno que el otro. Sofía dio su nombre y la mujer la acompañó hasta un despacho. Se trataba de un piso amplio y luminoso, era como entrar en una casa elegante. Hacía tan solo un año que se había abierto aquella delegación, pensó en que las relaciones entre Franco y la RDA no debían de ser nada fáciles.

La recibió un hombre sesentón, alto, flaco, bastante calvo, nariz afilada, ojos hundidos y demasiado grandes y boca de expresión tenebrosa. Detrás de él se abría un ventanal por el que Sofía atisbó una parte del muro, el edificio del Reichstag, la Puerta de Brandeburgo y los rascacielos de la zona oeste mostrando su ostentosidad a los ojos de los que vivían en aquella zona comunista.

Al entrar el hombre, pensando que era el embajador, Sofía se levantó en señal de respeto a la autoridad, sin llegar a moverse de su sitio. El hombre le tendió la mano desde el otro lado de la mesa. Sofía se la estrechó y tuvo una desagradable sensación de tacto viscoso. Luego la invitó a tomar asiento de nuevo, haciéndolo él a su vez.

—Mi nombre es Martínez, Julio Martínez, agregado de asuntos externos. Usted dirá, ¿en qué podemos ayudarla? —hablaba con una amplia sonrisa mostrando unos dientes amarillentos y descolocados.

—Quería ver al embajador —manifestó Sofía en tono prudente y algo decepcionada.

—Lo lamento, pero el señor embajador no está en estos momentos.

—Llamé desde España para pedir hablar con él. Soy Sofía Márquez, la señora de Daniel Sandoval. Me dieron cita para hoy —miró un instante el reloj—, a estas horas.

—Lo sé y lo siento, señora de Sandoval, pero ha surgido un asunto y el embajador ha tenido que ausentarse. Intentaré atenderla igual o mejor si cabe.

Sofía lo miró durante unos instantes pensativa. Sacó del bolso el certificado de defunción que le había dado Hanna y se lo entregó. El funcionario se colocó unas gafas redondas de pasta negra y llevó sus ojos al documento, la barbilla alzada, con un gesto de atención al papel y a Sofía.

—Mi marido murió en esta parte de Berlín el pasado día 12 de abril. Me gustaría repatriar su cadáver.

El hombre bajó la barbilla y la miró por encima de las gafas. Luego dejó el documento en la mesa, se quitó las gafas y las dejó encima del papel.

—¿Dónde está enterrado su marido?

—No lo sé, se lo dije a la persona que me atendió la llamada.

—¿Recuerda quién lo hizo?

Sofía arrugó la frente, haciendo un esfuerzo para recordar.

—Un tal Sergio...

—Sergio Montalvo —completó el hombre.

—Eso. Ya le dije al señor Montalvo que no sabía dónde lo habían enterrado.

Descolgó el auricular y habló con alguien al otro lado de la línea.

—Tráigame el informe de Montalvo, el que se refiere a... —miró hacia el documento antes de contestar— Daniel Sandoval.

Luego colgó y volvió a coger entre sus manos el certificado.

—Aquí dice que su marido murió de muerte natural, de una parada cardiorrespiratoria fulminante.

Sofía asintió, lo había traducido y esa circunstancia la desconcertó aún más. No lo había comentado con nadie, no se fiaba de nadie y a nadie quería involucrar en todo aquello, antes quería averiguar lo que le había pasado a su marido. Por supuesto le había extrañado mucho la causa de la muerte, teniendo en cuenta la información que le había dado su hija, la sangre en el pecho y a dos policías a su lado con pistolas en sus manos. Eso le había contado a sus preguntas sobre lo sucedido.

El funcionario continuó hablando.

—Se explicita la fecha de la muerte y poco más —dijo mientras leía—. Ni el lugar ni la fecha de inhumación. Está emitido por el Ministerio del Interior —agregó levantando los ojos hacia Sofía—. No es nada habitual que el ministerio emita un certificado de esta clase y menos referido a un extranjero... Es la primera vez que lo veo, si le digo la verdad, aunque, como ya sabrá, llevamos muy poco en este país y he de reconocer que aquí, en esta zona y con este Gobierno, cualquier cosa es posible.

En ese momento dos toques en la puerta dieron paso a la enorme rubia que la había recibido. Entró con una carpeta en la mano y se la dejó al señor Martínez, que de inmediato la abrió. Leyó unos segundos, alzó las cejas y miró a Sofía.

—Señora de Sandoval, siento decirle que no tenemos constancia de que su marido entrase a esta zona de la ciudad. Ni siquiera de que hubiera pasado la frontera de la República Federal.

—Pero mi marido estuvo aquí.

—¿Cómo lo sabe?

Sofía sacó el pasaporte familiar en cuyas páginas se había estampado la entrada de Daniel a la RDA. El hombre lo cogió y lo miró con interés. Ojeó cada una de las páginas del documento.

—Pero esto es de abril del 68 —dijo devolviéndole el pasaporte abierto justo en la hoja en la que estaban los sellos—. Además, aquí consta que salió del país un mes después.

—Ya, pero usted ha dicho que mi marido no había estado aquí, y esto confirma que sí estuvo.

—Es posible. Nuestra delegación lleva abierta apenas un año. Hasta entonces no había relaciones diplomáticas entre España y la RDA, tal vez por eso no tengamos constancia de esta visita de hace seis años. Lo que sí le aseguro es que en los últimos meses Daniel Sandoval no ha estado aquí.

Sofía se le quedó mirando un rato valorativa.

—Es posible que mi marido utilizase un pasaporte falso…

El hombre la miró entre la incredulidad y la sorpresa.

—Pues en ese caso… —hizo un gesto como si se desentendiese del asunto— no podremos ayudarla.

—Mi marido era... —movió la cabeza incómoda, miró a un lado y a otro sin saber si decir lo que a ella le parecía inconcebible—, creo que mi marido era un agente secreto de la Stasi.

El hombre se la quedó mirando unos segundos fijamente. Luego esbozó una especie de mueca espontánea, como si se le hubiera escapado una sonrisa malvada, un sarcasmo contenido.

—¿Quién le ha dicho eso?

—La mujer que me entregó el certificado de defunción.

—¿Y quién se supone que es esa mujer?

Sofía dio un largo suspiro.

—No lo sé... Solo sé que debía de pertenecer a la embajada de la RDA, un coche oficial la llevó hasta mi casa.

—¿No sabe su nombre, su rango? —abrió las manos como si esperase algo más de aquella absurda historia.

Sofía le contó la extraña desaparición de su hija, que su marido había actuado de forma muy rara, que le pidió que no avisara a la policía, que él se encargaría de ir a buscarla y de traerla a casa, que había hablado con él por teléfono el día que murió.

—Le noté muy raro —le dijo con un dejo preocupado—, tuve la sensación de que se estaba despidiendo de mí. Y no murió de un infarto. Mi hija estaba con él y ella me ha contado que vio a su padre tendido en la calle, con una herida sangrante aquí —se llevó la mano al pecho, compungida porque veía la cara de aquel hombre mientras hablaba. La estaba tomando por una loca.

—¿Y usted cree la versión de la niña? Porque, si es así, este certificado no dice la verdad.

—Mi hija afirma que vio a su padre sangrar mucho, que estaba en la calle y que le costaba hablar con la mujer que luego me la devolvió, y que cerró los ojos y ya no se movió, ella dice que se quedó dormido. Solo tiene siete años…

La barbilla le tembló y tuvo que aguantarse las lágrimas al pensar en la terrible experiencia que debió de ser para su pequeña. Bajó los ojos y se engulló el llanto. No quería que aquel hombre la viera llorar.

Hubo un silencio. El funcionario dio un largo suspiro, alzó las cejas entre la sorpresa y la incredulidad.

—Me temo que si no tenemos constancia de la entrada de su marido en la RDA no podemos buscarlo. Este es un país un tanto —echó el cuerpo hacia delante y bajó la voz— peculiar, pero lo que sí le digo es que todo el que entra queda registrado de arriba abajo, y su marido no aparece, al menos no con ese nombre.

—Mi marido estuvo aquí —insistió Sofía—, murió aquí, tiene que creerme, tiene que ayudarme a encontrar su cuerpo. —Calló un instante, bajó los ojos y movió la cabeza. No quería contarlo porque sería admitir que estaba todo perdido, pero era su última oportunidad. Levantó los ojos y lo miró con gesto suplicante—. Señor Martínez, esa mujer me dijo que le habían incinerado, que no había tumba, pero yo creo que me lo dijo para que no le buscase, para que no indagase sobre la causa de su muerte. Si no hay cadáver no hay causa.

El hombre se mantuvo unos instantes pensativo mirando el certificado.

—Señora de Sandoval, si lo que usted cuenta fuera verdad, que me da a mí que ni usted lo sabe con certeza, y su marido ha pertenecido a la Stasi, y visto que no hay información sobre él ni una sola pista de su presunto paso por aquí, no le quepa la menor duda de que su cuerpo habrá sido incinerado y hecho desaparecer... —abrió las manos con un gesto expresivo, que denotaba lo irremediable—, esfumado para siempre.

2

Sofía regresó sin haber resuelto nada y acuciada por muchas más dudas. Les daba vueltas a los cambios que había sufrido el carácter y la actitud de Daniel desde el momento en que se encontraron en París. Fue entonces cuando empezó a notar algo raro en él. Hacía tiempo que tenía la certeza de que toda aquella historia que le había contado sobre el motivo de su viaje, aquel supuesto encuentro con su madre y su desaparición durante aquellas semanas en París era una farsa. Se lamentó de no haberle preguntado para aclarar aquellas dudas, de haber dejado pasar el tiempo sin buscar explicaciones, manteniendo retenidas en su subconsciente preguntas que ya nunca tendrían respuesta, al menos directa, del principal implicado porque ya no estaba, no existía, ya nunca podría hablar, contar, explicar qué pasó y por qué mintió. Ahora tan solo le quedaba la capacidad de decidir, de interpretar con los escasos elementos de que disponía. Y llegó a la conclusión de que en París ya debía de estar trabajando como espía. Sacudía la cabeza cuando en su pensamiento aparecía aquella palabra, «espía», le parecía una ficción sacada de una película americana. Daniel no podía ser un espía, no valía para ello, pero entonces reflexionaba sobre lo que había que tener o ser o parecer para ser un agente secreto, y llegaba a la conclusión de que el espía perfecto era el que pasaba desapercibido, aquel de quien nadie sospecharía, y Daniel era perfecto para ello.

Decidió hablar de nuevo con Elvira, la secretaria del bufete. Estaba segura de que se guardaba información y estaba dispuesta a sonsacarle todo para rellenar tantas lagunas formadas en su conciencia. Cogió el coche y se dirigió a la calle Alcalá.

Cuando Elvira la vio entrar vestida de negro de pies a cabeza, abrió mucho los ojos, como si viera un peligro, y tuvo el deseo de esconderse tras el mostrador.

—Buenos días, Elvira, ¿puedo hablar con usted?

La secretaria la miró atónita. Notó que le flojeaban las piernas.

—¿Conmigo? ¿Para qué? ¿Por qué?

Sofía notó algo extraño en la actitud de la secretaria, se había puesto en guardia demasiado rápido, y estaba tan nerviosa que tenía los puños apretados, como si su presencia la hubiera agarrotado por dentro.

—Necesito aclarar algunas cosas sobre la muerte de mi marido.

—Yo no sé nada —espetó con una impostada dignidad.

—Elvira, por favor...

La secretaria la interrumpió bruscamente.

—Lo siento mucho, señora de Sandoval, no puedo atenderla —desvió la mirada y se puso a ordenar unos papeles. Como vio que Sofía no se movía, la miró, cogió una carpeta y salió de su puesto—. Tengo mucho trabajo, buenos días.

Y se alejó por el pasillo con la carpeta en la mano, taconeando con excesiva prisa. Pero Sofía no iba a rendirse tan fácilmente. Estaba demasiado harta de que todo el mundo la despachara con evasivas.

—Quiero entrar al despacho de mi marido —dijo con voz potente, obligándola a detenerse. Avanzó por el pasillo bajo la atónita mirada de Elvira, pasó por delante de ella percibiendo el penetrante aroma a laca que se mantenía estático en el aire, y continuó hasta llegar a la puerta del que había sido el gran despacho de su suegro. Solo entonces se volvió hacia la secretaria, que continuaba petrificada en el mismo sitio—. Doy por sentado que aún no lo habrá ocupado nadie.

Elvira reaccionó, caminó con pasos cortos y rápidos hacia ella, mirando a un lado y a otro, amilanada por los nervios que le supuraban por cada poro de la piel

—Bueno, el señor Borrajo ha tenido que hacerse cargo de todo, tras la… la falta del señor Sandoval, y…

—Quiero entrar —repitió con firmeza.

—Me está usted poniendo en un compromiso.

—No entiendo por qué. Yo soy la dueña de todo esto.

La secretaria desvió los ojos, abrió la puerta del despacho y la dejó entrar. Luego lo hizo ella y cerró, como si quisiera esconder su presencia.

Sofía barría con la vista aquel fastuoso despacho, en silencio, se acercó tranquila hasta la mesa, puso su mano sobre el tapiz de piel que la cubría, la rodeó hasta ponerse en el frente. Solo entonces miró a la secretaria que seguía pegada a la puerta.

—Señora de Sandoval, se lo ruego… No debería estar aquí.

—Dígame lo que sabe de mi marido.

—Yo no sé nada —su voz azorada delataba que mentía.

Sofía la miró fijamente, con cierta malicia.

—Si no me cuenta lo que sabe la echaré a la calle —dijo sentándose en el sillón de piel, adoptando una postura altiva, casi despectiva.

—Usted no tiene nada que ver con el bufete... No sabe nada sobre esto…

—Nada de eso me impide actuar como la dueña, incluyendo su puesto de trabajo. Nadie es imprescindible, Elvira, y mucho menos usted.

En ese momento la puerta se abrió. Era Borrajo, que se quedó pasmado al ver a Sofía Márquez sentada en el sillón que ya había hecho suyo.

—Perdón… No sabía…

—¿Nos puede dejar un momento? —dijo Sofía con frialdad—. Elvira y yo estamos tratando un asunto importante.

Borrajo miró un instante a la secretaria, asintió y volvió a cerrar la puerta.

Elvira decidió entonces no enfrentarse a la única con la que podía compartir ese terror que la atenazaba desde el último día que vio con vida a Daniel Sandoval.

—Señora de Sandoval... —dio varios pasos hasta quedar

cerca de la mesa, pero sin llegar a ella—, no debemos hablar aquí...

—Dígame dónde.

—En mi casa. Esta tarde a las ocho. Calle de Quiñones 10, principal derecha.

—Allí estaré.

Al comprobar Elvira que no se levantaba, dio otro paso más.

—Ahora váyase, se lo ruego... Váyase.

Sofía se dio cuenta de que los nervios le venían de su presencia en el bufete. Se levantó y se dirigió hacia la puerta. Las dos mujeres se miraron unos segundos, entre el recelo y la necesidad de hablar. Sofía asintió, se colgó el bolso en el antebrazo, echó los hombros hacia atrás y suspiró.

—Buenos días, Elvira.

—Buenos días, señora de Sandoval...

Sofía se detuvo y la interrumpió alzando la mano en la que llevaba el bolso.

—Deje de tratarme como señora de Sandoval, se lo ruego. Sofía..., llámeme Sofía.

3

A las ocho en punto Sofía llegaba al número 10 de la calle de Quiñones. Empujó la puerta del portal y entró. Era un edificio antiguo, sin ascensor, de escalones desgastados y paredes poco lustrosas. El aire estaba cargado y se respiraba un intenso olor a lejía. Subió dos tramos de escalera hasta el principal y se detuvo ante la puerta sobre la que había un cartel que ponía «derecha». Pulsó el timbre. El ruido retumbó con fuerza invadiendo el silencio de la escalera. De inmediato percibió que alguien estaba al otro lado de la puerta. Un ojo la observó desde la mirilla durante un par de segundos, luego desapareció, se oyó el descorrer de varios cerrojos y la puerta se abrió. Elvira la hizo entrar con prisas y cerró echando de nuevo los tres pestillos de distintos tamaños, un cerrojo tipo Fac y además echó la llave de la cerradura.

Sofía observaba atónita el correr de los cierres con la prisa del que tiene el pánico metido en el cuerpo.

—¿De qué tiene miedo, Elvira?

Ella la miró con el rostro preocupado. Llevaba la misma ropa que por la mañana, un vestido camisero hasta la rodilla con un estampado imposible, unos zapatos azul marino de tacón bajo algo gastados y deslucidos, y un collar de bisutería que le llegaba hasta un cinturón de la misma tela que el vestido. El peinado de Elvira apenas había cambiado desde que Sofía la conocía: media melena corta y muy ahuecada —desde hacía años acudía cada viernes a las cinco de la tarde a la misma peluquería para ponerse los rulos— que se mantenía intacta durante toda la semana a base de un exceso de laca. Asimismo, le sobraba maquillaje, demasiada sombra azul, demasiado colorete, demasiado *rouge* en los labios, pensó Sofía.

—Pase, por favor —la invitó Elvira con un gesto amable.

Se adentraron por el estrecho y oscuro pasillo. Elvira la precedía, pero se volvía hacia Sofía como para asegurarse de que la seguía. Desembocaron en una sala pequeña con dos balconadas que daban a la calle y por donde se colaba el frenético sol de primavera. A Sofía le pareció una estancia acogedora, aunque simple, de pocos muebles, sin personalidad, todo muy recogido, muy ordenado, muy limpio, muy anticuado, como detenido en el tiempo. Miraba tímida a su alrededor.

—Siento muchísimo la muerte del señor Sandoval, ha sido un golpe duro para todos —nerviosa, intentó rectificar—, mucho más para usted, por supuesto, y lo de su suegra, qué pena.

Sofía no dijo nada. Se mantuvo quieta, con una forzada sonrisa de agradecimiento. Estaba harta de aquellas retahílas, de aquella lástima hacia ella, de aquella pena en la que todos la envolvían hasta asfixiarla.

Elvira estiró la mano en dirección a una de las butacas.

—Siéntese, por favor. ¿Le apetece tomar algo?

Sofía negó de inmediato. No era una visita de cortesía, quería ir al grano.

Tomó asiento y luego, despacio, lo hizo Elvira, quedando las dos sentadas en el filo del asiento, tiesas, incómodas. Pero Sofía no estaba dispuesta a perder ni un instante y entró de lleno al asunto que le interesaba.

—Elvira, ¿quién era el que llamaba aquí a mi marido?

La secretaria la miró valorativa. Le entristecía mucho ver aquel rostro ajado por el desconsuelo de la terrible pérdida de su marido, tan joven y sola, con las niñas tan pequeñas. Sintió lástima por ella. Era justo que supiera, que le contase hasta donde ella sabía. Bajó los ojos y movió la cabeza a un lado y a otro, las manos entrelazadas sobre sus muslos, nerviosas.

—Eran llamadas esporádicas, a horas a veces intempestivas, incluso de madrugada.

—¿Sabe quién era?

Ella negó con un gesto.

—Ya se lo dije. Siempre era el mismo, un hombre, extranjero, con una voz poco amigable. Apenas hablaba para decirme la hora a la que volvería a llamar, y colgaba sin más. Yo le trasladaba el recado a su marido, desde el principio me dejó muy claro que solo le tenía que decir que viniera, nada más, ni que le habían llamado ni nada. Tan solo que tenía que venir. Cuando llegaba, esperaba la llamada y hablaban un rato. Creo que su nombre era Tobías, al menos así le oí llamarlo alguna vez a su esposo.

—¿De qué hablaban?

—No lo sé. No estaba atenta, bueno, y aunque lo hubiese estado, don Daniel hablaba casi siempre en alemán —calló un instante reflexiva—. Tan solo le escuché una vez hablar en español... Fue la última vez que estuvo aquí. Había llegado a la hora prevista, pero el teléfono no sonó. Estuvo esperando mucho tiempo. La llamada debía de ser muy importante porque estaba muy intranquilo. Cuando por fin llamó, don Daniel se puso furioso y casi al final habló en español, algo de que tenía que llevarla hasta París, que cumpliera con su parte del trato. Cuando colgó estaba fuera de sí —la miró con recelo— y lo pagó conmigo... Nunca le vi tan agresivo. —Miró a los ojos a Sofía antes de continuar—. Tuve miedo de él.

—¿De qué más tiene miedo, Elvira?

La secretaria se encogió como si tuviera un fuerte dolor en su interior. Su gesto se descompuso casi hasta el llanto, negando con la cabeza.

—No puedo decirle más, Sofía, no le conviene saber... Es peligroso...

—Elvira, creo que mi marido era un espía... Un agente secreto de la Stasi... ¿Sabe lo que es la Stasi?

La secretaria encogió los hombros. Sofía no esperó respuesta.

—Se trata de los servicios secretos de la Alemania comunista. Ellos fueron los que se llevaron a mi hija, y mi marido fue a buscarla, y algo pasó...

Elvira la miró con gesto atónito. Tampoco se había terminado de creer la versión de la desaparición en el mar, pero las palabras de Sofía encajaban con todo lo que había sucedido en el bufete en los últimos tiempos.

—¿No murió en un naufragio? —preguntó para asegurarse de lo que había escuchado.

Sofía negó intentando aguantarse las lágrimas de rabia e impotencia que pugnaban por salir.

—No sé con qué clase de persona he estado viviendo... Me da la sensación de que era un desconocido... —tragaba saliva para engullirse el llanto—. Me dicen que está muerto y…, Dios mío. Ni siquiera puedo enterrarlo, ni velar su cuerpo porque se ha... —abrió las manos con las palmas hacia arriba y esbozó una sonrisa de sorpresa impostada—, esfumado. No está... No existe... Solo tengo un papel que dice que ha muerto de una cosa que no es cierta porque mi hija lo vio sangrar... Tenía una herida en el pecho... Ella lo vio, una niña no se inventa eso de su padre. Eso no... —Volvió a callar, miró al techo, luego bajó los ojos y movió la cabeza a un lado y a otro, tensa la mandíbula—. No entiendo nada... Nada… Elvira, se lo suplico, necesito saber qué hacía mi marido y qué le ocurrió.

—¿Cree usted de verdad que don Daniel era un espía?

Ella encogió los hombros y puso un gesto desolado, como si le pidiera ayuda para poder aclarar sus dudas.

—¿Lo cree usted? —preguntó con la voz rota.

La secretaria se la quedó mirando sin apenas pestañear. Empezaba a entender algunas cosas. Entonces se levantó.

—Espéreme aquí, no se mueva, vuelvo en seguida.

Elvira dejó a Sofía en el salón y después de descorrer todos los cerrojos, salió al rellano, se asomó por el hueco de la escalera para mirar, primero hacia arriba, luego hacia abajo, como si estuviera comprobando que no había nadie al acecho. Se acercó a la puerta izquierda y pulsó el timbre. Después de un rato de inquieta espera, se oyó la voz de una mujer.

—Voy...

Por fin la puerta se abrió. Una anciana pequeña y arrugada como una pasa la recibió con una sonrisa desdentada.

—Elvirita, hija, qué alegría verte. Pasa, pasa, que tengo bizcocho del que te gusta.

—Ahora no puedo, señora Concha, tengo visita. —Se acercó a ella, le agarró las manos con afecto y le habló con voz muy tenue mirándola a los ojos—. Necesito que me dé eso que le dejé para que me lo guardase.

—¿El maletín de piel?

Elvira puso cara de susto porque la señora Concha estaba un poco sorda y hablaba muy alto. Se puso un dedo en la boca para que bajase la voz. Ella agachó la cabeza con una sonrisilla pícara, le dijo que esperase con un gesto de la mano y se metió al interior de la casa con un paso rápido para la anciana y desesperadamente lento para la secretaria, que miraba una y otra vez al hueco de la escalera muy inquieta, hasta que la vio acercarse de nuevo por el pasillo, arrastrando las zapatillas, con el maletín de don Romualdo en la mano.

—Aquí lo tienes, hija —se lo tendió en voz más baja.

—No le diga nada a nadie, ¿de acuerdo? Nada.

—Sí, sí, no te preocupes. Luego te paso un trozo del bizcocho para que te lo desayunes mañana.

Elvira, ya desde su puerta, asentía y sonreía.

—Luego la veo, señora Concha, muchas gracias.

Volvió a echar todos los cerrojos y entró en la sala. Sofía tenía un cigarrillo encendido entre sus dedos.

—¿Le molesta que fume? —preguntó mostrándole el pitillo—. Lo quería dejar, pero con todo esto...

—No me importa. —Elvira se sentó y puso el maletín a sus pies.—. Sofía, el día que llamó usted porque su hija había desaparecido, don Daniel actuó de una manera muy extraña. En vez de salir corriendo hacia su casa, lo primero que hizo fue preguntar por la señorita Sharp. Ella no estaba, me pidió que la buscase por donde fuera. Pero lo que me extrañó es que su marido se encerró en el despacho de la señorita Rebeca y salió con esto. —Puso la mano sobre el maletín con gesto de curiosidad—. Es el maletín de trabajo que utilizaba don Romualdo. Desconozco lo que contiene, pero su marido me pidió, me suplicó que me deshiciera de todo, que no dijera a nadie que me lo había dado y me advirtió de que si alguien llegaba a enterarse de que lo había sacado del despacho podría costarnos la vida a los dos... —en ese momento, Sofía dejó su interés puesto en el maletín para poner sus ojos en la secretaria. Las dos mujeres se miraron de hito en hito durante unos segundos—. Ahí empezó mi miedo, pero solo fue el comienzo. Con el susto metido en el cuerpo me lo traje a casa. Como puede comprobar no lo destruí. No sé por qué no lo hice, la verdad. Cuando llegué, antes de entrar en mi casa, mi vecina, que es una señora muy mayor que vive sola, me oyó y me invitó a pasar un rato con ella, suelo hacerlo a menudo, se siente sola. Bueno, estamos solas las dos, pero como yo trabajo y salgo de casa... Bueno, el caso es que entré con esto, que para mí era como si llevase la bomba atómica, y no se me ocurrió otra cosa que decirle que me lo guardase. No sé por qué lo hice —repitió como justificándose de no haber seguido las órdenes recibidas—; puede que la haya puesto en peligro, pobrecita... —Su rostro se comprimió en un gesto de angustia—. Desde que me enteré de la muerte de don Daniel, no sé, pienso que tal vez la causa de su muerte haya sido lo que contiene ese maletín, estoy aterrada, y no sé qué hacer...

Sofía, en silencio, abrió el maletín y extrajo seis carpetas color sepia con un sello en rojo impreso en cada una de ellas, que, a pesar de la grafía rusa, pudo identificar sin lugar a dudas como del KGB. Se las colocó sobre sus muslos. Fue abriendo cada una de las carpetas para comprobar que en su interior había rimeros de folios manuscritos en ruso con letra clara y apretada, además de otros escritos a máquina; todas las hojas tenían estampado el sello de las carpetas.

—Esto es... —alzó la cara para mirarla con gesto de sorpresa—, son documentos del KGB, los servicios secretos rusos.

—Eso parece —añadió Elvira con los ojos puestos en aquellos documentos que veía por primera vez—. Conozco muy bien la letra de la señorita Sharp, están escritos por ella.

—¿A qué se dedicaba exactamente la señorita Sharp en el bufete?

—No tengo ni idea. Ya le dije en su día que era muy reservada y que solo tiraba de mí lo estrictamente necesario. —Echó el cuerpo un poco hacia delante, con un gesto de ansiedad—. Aunque tengo que confesarle una cosa, no es cierto que no encontrase nada raro sobre ella, lo hallé, y no fue difícil, pero ella se enteró de que estaba husmeando en su vida y no sabe qué mal rato me hizo pasar, aunque salí airosa, pero tuve que mentirle a usted…

—¿Qué averiguó?

—Tampoco mucho. Que los bufetes en los que decía haber trabajado antes o no existían o no conocían a ninguna Rebeca Sharp, es más, no está dada de alta como letrada en el Colegio de Abogados de Madrid.

—Entonces, ¿quién es Rebeca Sharp?

—Pues, si le digo la verdad, no tengo ni idea. —Alzó la mano como si le pidiera paciencia—. Pero eso no es todo... Al día siguiente de que su marido me diera esto, el Jueves Santo, salí a dar un paseo, a ver procesiones y a visitar monumentos, lo habitual en esos días. A eso de las nueve regresé a mi casa. Cuando entré ya noté algo extraño. Yo siempre echo la llave y esa vez no estaba echada. Al entrar en mi habitación me quedé petrificada, todo estaba revuelto, los cajones abiertos y volcados, todo lo de los armarios por el suelo, el colchón rajado. Tuve tanto susto que decidí salir para avisar a la policía, pero me lo impidió un hombre que me encontré de sopetón en el pasillo, un gigante como un castillo de grande. No se imagina usted qué susto. Sin contemplaciones me agarró del brazo y me trajo hasta aquí. Y ahí estaba sentada Rebeca Sharp, en la butaca donde está usted ahora, escoltada por otro gigante que se mantenía de pie junto a ella, como si la custodiase; parecía una Mata Hari de esas, fumando un cigarrillo y con una prepotencia que no se puede imaginar, era como si estuviera en una de esas películas de los sábados por la tarde. —Movió las manos nerviosa—. La señorita Sharp me preguntó si alguien había entrado en su despacho, le dije que no, que no tenía constancia de que nadie hubiera entrado, pero ella insistió. Me temblaban las piernas, no imagina el miedo que pasé. Me llegó a pegar una bofetada... —instintivamente se llevó la mano a la mejilla—. Fue tan humillante... Me dijo que alguien se había llevado de su despacho algo que le pertenecía, y que si no colaboraba lo iba a pasar muy mal —suspiró y recordó cómo había notado que los muslos se le humedecían con la calidez de la orina hasta llegar a los tobillos. Sin quererlo, se puso roja de la vergüenza solo de rememorarlo—. Durante un buen rato estuvo porfiando en su empeño de sonsacarme algo, y yo con un susto en el cuerpo que me moría, y no solo por mí, sino por mi vecina, pobrecita mía, en el lío que la podía haber metido. Al final se debió de dar por vencida porque se marcharon, aunque no sin antes advertirme que me tenían vigilada. Desde entonces soy incapaz de conciliar el sueño, me sobresalto a cada paso. Y eso no es todo. El lunes cuando volví al bufete, los despachos de la señorita Sharp y de su marido estaban revueltos, no habían dejado nada en su sitio, y debió de ser alguien con llave porque la puerta no estaba forzada.

—Tendré que hablar con esa mujer —dijo Sofía murmurando.

—No sé si será posible. No ha vuelto por el despacho desde entonces.

—¿No se sabe dónde está?

—Ni ella ni los letrados, además de todos los pasantes que han entrado nuevos desde que ella está en el bufete. Han desaparecido todos. Desde hace dos meses solo están el señor Borrajo y los otros dos abogados que esta mujer no echó, porque no sé si sabe que el señor Bielsa se suicidó...

—Algo oí...

—Pues se tiró por la ventana de su casa unos días antes de lo de su marido —lo dijo con un gesto compungido, como si le diera apuro recordárselo.

—¿Y sabe la razón de esta repentina desaparición masiva?

Alzó las cejas con un gesto valorativo.

—Pues una va atando cabos; con todo lo que ha pasado, y lo que usted me acaba de contar... Verá, cuando el señor Bielsa murió yo misma encontré una nota sobre su escritorio, que entregué de inmediato a su esposo. Al cabo de un rato, la señorita Sharp reunió en la sala de juntas a todos los que han desaparecido con ella, letrados y pasantes, y a su marido. Yo fui a llevar unos papeles al despacho de don Daniel y escuché parte de esa conversación. La señorita Sharp hablaba con la contundencia y la autoridad de un jefe, les decía que nadie nombrara esa nota, que no debía trascender, que, si la policía iba a hacer preguntas, todos contestasen que desconocían que el señor Bielsa se encontrase en tan bajo estado de ánimo como para tomar una decisión tan drástica como aquella. A mí no me dijo nada, y he llegado a la conclusión de que pensó que había sido su marido el que encontró la nota. A los pocos días la policía se presentó en el bufete y nos estuvo preguntando a todos. Yo no dije nada de la nota que encontré, no sé si hice mal, pero no sé… Me dio miedo hablar y meterme en líos. Después pasó todo lo que le he contado.

—¿Y no ha vuelto a saber nada de ellos?

Ella negó con la cabeza.

—Nadie sabe nada de ellos. Como si se los hubiera tragado la tierra, igual que a don Daniel el mar…

4

Después de la conversación que mantuvo con Elvira, Sofía llegó a la conclusión de que, efectivamente, su marido, por causas que tal vez nunca conocería, en algún momento de su vida se había convertido en agente secreto de la Alemania comunista en colaboración con los rusos, y sospechaba que el bufete había sido una tapadera para una red de espionaje de Estado. Le horrorizaba la idea solo de pensarlo. Era consciente de que se había topado con un muro, y por más empeño que pusiera, por más que escarbase, y por más que suplicase alguna explicación, no iba a encontrar ni una sola respuesta a tantos interrogantes abiertos, que la asfixiaban en un aplastante mar de dudas. Elvira y ella acordaron no contar nada a nadie sobre el asunto, por la seguridad de ambas y de las niñas. Temió por ellas; si habían sido capaces de llevarse a Beatriz impunemente, podían volver a hacerlo, y ahora no estaba Daniel para solucionarlo. Se plantearon si destruir los documentos o no. Elvira dijo que había pensado entregarlos a la policía aduciendo que los había encontrado, pero Sofía le dijo que le harían muchas preguntas. Las dos intuían lo peligroso que resultaba mantenerlos en su poder. Lo mejor era destruirlos.

A partir de ese momento, Sofía emprendió la complicada asunción de la ausencia, con la dificultad añadida de la falta de cadáver, de la imposibilidad de cumplir con ese ritual cargado de superstición que supone el amortajar al muerto, verlo introducido en el ataúd, inerte, frío, la piel pálida de la muerte, y velarlo unas horas y recibir el sentimiento de amigos, conocidos, incluso de los enemigos, los que le hicieron mal, los que le traicionaron o dañaron, que suelen aparecer en ese último momento para calmar su mala conciencia. Nada de eso pudo ser salvo las misas encargadas en las que se le nombraba, con lecturas referentes a la muerte y a la resurrección: «Los que duermen en el suelo polvoriento se despertarán». Sofía acudió a esta parafernalia por inercia, porque debía estar, según decía su madre, pero le daba escalofríos cada vez que el sacerdote nombraba a Daniel. Guardó luto durante una temporada, tan solo unos meses, no soportaba verse con esa ropa oscura que le recordaba cada día la pena de soledad que le había caído. Se tuvo que acostumbrar a moverse por el piso sin su presencia, acostumbrarse al vacío definitivo de su lado de la cama, a la irremediable falta del calor de su abrazo, de su olor, del peso de su cuerpo, habituarse a dormirse y despertar en soledad. La casa se convirtió para ella en un espacio insufrible, lleno de recuerdos que le llevaban a Daniel, y para huir de esa angustiosa sensación de agobio que le provocaba aquel doloroso silencio, volvió a volcar toda su atención en el trabajo del laboratorio, dedicando demasiadas horas a la investigación, alejada de todo lo que oliera a hogar. Además, quiso la fortuna que por aquel tiempo se inaugurase el Centro de Biología Molecular Severo Ochoa, y su mentora, Mercedes Montalcini, le ofreció un puesto que no pudo ni quiso rechazar, y que le permitió continuar estudiando los mecanismos de duplicación del material genético. Allí inició un trabajo de investigación sobre las secuencias de bases en ácidos nucleicos que consiguió aislarla de ese mundo real que tanto dolor le infería.

En aquel otoño de 1974, a Sofía se le ofreció la posibilidad de vender el bufete. Los letrados que se habían salvado de la purga de la señorita Sharp, encabezados por Justino Borrajo, acordaron hacerle una oferta que no pudiera rechazar. Se trataba de los mismos que en tiempos de Romualdo Sandoval se habían enriquecido durante años con negocios sucios, llegando a amasar una importante cantidad de dinero. La intención era retomar esos negocios, suspendidos desde que Daniel Sandoval había tomado las riendas del bufete, y sacar los beneficios a cuentas abiertas en bancos suizos. Sofía no tenía ningún apego hacia el bufete, aceptó la oferta tal y como se la presentaron, tan solo puso una condición ineludible: garantizar por escrito el puesto a Elvira y subirle ostensiblemente el sueldo hasta adecuar su situación salarial a lo que realmente suponía su horario y trabajo en el despacho.

No solo vendió el bufete, también se deshizo del piso en el que sus suegros habían vivido toda la vida, situado en un enclave emblemático de Madrid, en la calle Alfonso XII, frente al Retiro y muy cerca de la Puerta de Alcalá. Todo lo que recibió de estas ventas, así como los activos de la herencia dejada por su suegra, lo depositó Sofía a nombre de sus hijas para entregárselo cuando se hicieran mayores y se independizaran.

De esta forma llegó la primera Navidad sin marido y sin padre para sus hijas huérfanas. Y el tiempo fue pasando y el dictador Franco, que estuvo meses muriendo sin morirse, se murió por fin, y fue enterrado con los fastos del final de una época excesivamente larga de casi cuarenta años, y poco a poco España se fue transformando, a trompicones, con sobresaltos, con movimientos pendulares de libertad y exceso, y las niñas dejaban de ser niñas y crecían al ritmo de los tiempos (demasiado rápido a los ojos de su madre, dedicados en exceso al microscopio y a los tubos de ensayo), cada vez más desconocidas, más ajenas, menos dependientes de cuidados y cariño.

La compensación a tanto tesón la empezó a recoger pasados los años. Poco a poco sus investigaciones iban dando importantes resultados. Varios de sus descubrimientos dieron lugar a patentes muy rentables para el CSIC, y sus trabajos llamaron la atención del mundo científico. Cada vez la solicitaban en más universidades del mundo para impartir conferencias, cursos o seminarios. Viajaba mucho. Durante aquellos años, algunos hombres intentaron acercarse a ella con el deseo de entablar una relación más o menos formal, pero Sofía los despachaba de su lado como quien huye de la peste, en una férrea defensa de su soledad ganada segundo a segundo, minuto a minuto, día a día, sin tregua, sin pausa, hasta llegar a hacerla suya, una soledad grata, cómoda, que por fin le permitió dormir tranquila, sin sobresaltos, sin pesadillas en las que se le presentaba Daniel con toda claridad y le sonreía, sus ojos risueños, su mirada clara, serena, y cuando se quería acercar a él se alejaba cada vez más rápido, más lejos, más difuso, hasta que le perdía y quedaba envuelta en una niebla fría, húmeda, espesa, y entonces gritaba asustada y despertaba, empapado el cuerpo en sudor, temblando. Todo aquello lo fue superando lentamente, aunque no desapareció del todo, porque le quedaba la extraña sensación de espera, no tanto de esperanza, sino de espera, con un duelo pendiente de cerrar por no poder llevar flores a una tumba, por no ver su nombre tallado en una lápida, grabadas la fecha de su nacimiento y de su muerte. Nada de eso podía hacer como hacían otras viudas, y por eso le costaba más desprenderse de la sensación de dilación, de ausencia no definitiva a pesar de que sabía que lo era.

Fue consciente de que Eduardo Soto la cortejaba al poco tiempo de que los socialistas ganasen las elecciones y llegase al gobierno Felipe González. Sutil, educado, cortés y muy galante, Eduardo era un compañero cinco años más joven que ella, muy alto y muy delgado, pelo moreno y abundante y sonrisa franca, que había empezado siendo un doctorando suyo y terminó trabajando codo con codo a su lado. Ella notaba su acercamiento y no lo rechazaba demasiado. Ambos guardaban las distancias de corrección en el laboratorio, pero, al salir, Eduardo la esperaba en la puerta y la acompañaba hasta el coche; hablaban de trabajo, de proyectos, hasta que un día la invitó a un café, ella accedió, y el café se hizo habitual al salir del trabajo. Otro día la invitó al cine y también aceptó. Él le declaró su amor, y ella no lo rechazó, tampoco confirmó nada. Hubo algún beso furtivo, pero poco más. Sofía se resistía a dejarse llevar, a abandonarse al deseo salaz, intentando desterrar de su conciencia la sombra de culpa por una infidelidad que no podía darse. La relación entre ambos se parecía a la de los novios antiguos, castos y algo distantes. En uno de los viajes a Nueva York, a la universidad de Columbia, la acompañó Eduardo con el fin de presentar los resultados de una de las líneas de investigación que habían llevado juntos; fue entonces cuando el paciente novio consiguió abrir una brecha en la barrera infranqueable que Sofía se había construido a su alrededor. El último día, después de la cena, la acompañó caballeroso, como siempre hacía, hasta la puerta de la habitación de su hotel. La suya estaba en la misma planta, unas cuantas puertas más alejada. Lo habían pasado bien, el ciclo de conferencias había terminado y había resultado un éxito. Sofía se sentía eufórica, reconocida, estimada y respetada por el mundo científico. Metió la llave en la cerradura y con la puerta entreabierta se volvió hacia él. Era más alto que Daniel y sus ojos muy oscuros, nada que ver con la claridad de los de su marido muerto. Lo miró durante un rato, y sin pensarlo demasiado, le tomó de la mano y le impelió al interior de la habitación. A partir de ese momento, Sofía se dejó hacer, intentando luchar con el cúmulo de contradicciones entre el pudor y la culpa, y las sensaciones explosivas que sentía su cuerpo, arrastrada a un estado de embriaguez sensual que la elevaba y a la vez le rasgaba el alma. Terminaron exhaustos, la respiración acelerada, el placer supurando por cada poro de su piel. Tumbada boca arriba, mirando las sombras del techo en el que se reflejaban los luminosos de la calle, no pudo evitar pensar en Daniel al escuchar el desacostumbrado resoplido de Eduardo a su lado, inmóvil, el hombre rendido después de la batalla. Cerró los ojos y se quedó dormida. Cuando despertó era ya de día. Eduardo seguía desnudo a su lado, dormido, pausada la respiración. Observó su cuerpo perfecto, musculado (hacía ejercicio habitualmente), la piel aterciopelada de hombre joven, y de repente se sintió incómoda. Se levantó y se metió en el baño, se miró al espejo y vio un rostro que no le gustaba, el rímel corrido le daba un aspecto tétrico, sucio. Se metió en la ducha y estuvo un buen rato bajo el agua tibia. Cuando se estaba secando, todavía dentro de la bañera, entró Eduardo sin llamar, «Buenos días, princesa». Instintivamente Sofía se cubrió con la toalla. Con la naturalidad de lo cotidiano, Eduardo levantó la tapa del inodoro, no así el asiento, y se puso a orinar mientras ella le miraba atónita. «Sube la tapa... —le dijo con voz trémula—. Por favor... Sube la tapa...». Él la miró algo sorprendido, detuvo la micción, sonrió y subió el asiento para continuar con su desahogo. Aquel detalle tan espontáneo para una pareja en plena convivencia le pareció una invasión intolerable en su intimidad, excesiva a su parecer. Sintió una especie de pánico a dar un paso más. Cuando salió del baño, Eduardo estaba tumbado en la cama viendo la televisión, acariciándose la flacidez de su miembro. Sofía le pidió que se marchara. No es que lo rechazara, pero necesitaba más tiempo para pensar si realmente quería o no desprenderse del manto de soledad en el que se había envuelto y dentro del cual se sentía muy cómoda. Así que Eduardo tuvo que dar un paso atrás y continuar con su baile de seducción, carantoñas, flores, castos besos y largos paseos para acabar cada uno en su casa, cada uno dentro de su propia intimidad.

La mayoría de edad de sus hijas llegó inexorablemente y con ella su independencia casi absoluta, aunque sin dejar de vivir en casa. Las dos llegaron a la universidad con un buen expediente académico: la mayor se acababa de licenciar en Económicas y tenía la pretensión de montar una empresa para comercializar algunos de los hallazgos que había hecho su madre aplicados al mundo de la nutrición; Beatriz se inclinó desde muy pronto por las Ciencias. Las dos hermanas seguían siendo muy distintas física y mentalmente. Cada vez que Sofía miraba a Beatriz no podía evitar recordar el rostro de Daniel, sus mismos ojos, su misma boca, su pelo rubio, la piel blanca, tímida, más callada, más prudente que su hermana Isabel, todo un torbellino de vitalidad, tan morena, tan racial, extrovertida, alegre y social.

5

Aquel domingo había cedido a la insistencia de Eduardo de cenar juntos. Había un motivo de celebración, además de ser su cumpleaños: al día siguiente Sofía iba a ser investida doctora *honoris causa* por la Universidad Complutense, un nombramiento que le había llegado al alma. Ya se lo había presentado a sus hijas, incluso habían comido alguna vez los cuatro juntos. A Isabel no solo le entusiasmaba Eduardo para su madre, decía de él que era el hombre perfecto, guapo, elegante, inteligente y divertido a pesar de ser científico, le defendía convencida e insistía a su madre en que no podía dejarle escapar. Beatriz se mostraba más reticente, le costaba asumir que alguien ocupase el lugar de su padre, a pesar de reconocerle a su madre el derecho a rehacer su vida, consciente de que en poco tiempo ellas abandonarían el hogar.

Sofía permanecía plantada delante del espejo de cuerpo entero de su habitación con un vestido de lana y seda azul marino. Isabel y Beatriz la observaban cada una a un lado.

—Joder, mamá —dijo Isabel con el ceño fruncido—, no puedes ir con ese vestido, te pareces a la abuela.

—Qué exagerada eres, hija. Yo no lo veo tan mal.

—Vas a una cena con Eduardo —replicó Isabel—, no a una conferencia en Oxford, por Dios, relájate un poquito. —Observaba con atención, moviendo la cabeza como evaluando el vestido, con gesto reflexivo—. Este puede estar bien para el acto de mañana, es elegante y sobrio. Ahí sí que te pega, pero para seducir a un hombre, de ninguna manera.

—Qué dices tú de seducir —dijo Sofía—. Yo no voy a seducir a nadie, voy a cenar con un compañero de trabajo.

—Y a seducir, mamá, que como sigas dando largas al pobre Eduardo va a venir una arpía y te lo va a quitar, y es el hombre perfecto, no me digas, y está coladito por ti, no hay más que verle cómo te mira.

Mientras, Beatriz buscaba entre los vestidos colgados en el armario; los iba pasando uno a uno, descartándolos todos por la misma razón que desechaba el que Sofía llevaba puesto en ese momento. Hasta que casi al final de la fila de perchas dio con uno rojo.

—¿Y este? —Descolgó la percha y se lo mostró a las dos apoyándolo en su cuerpo—. Nunca te lo he visto puesto.

Sofía sonrió y acarició la tela con añoranza.

—Dios mío, ni me acordaba de él. Solo me lo he puesto una vez para celebrar el cumpleaños de papá; tú debías de tener meses… Hace tanto tiempo, me parece una eternidad.

Isabel cogió la percha y lo miró valorativa.

—Pues hoy te lo vas a poner para celebrar el tuyo con Eduardo —sentenció.

—Me da no sé qué ponérmelo… Me lo compré porque le gustó mucho a tu padre.

—Pero papá ya no está —replicó su hija mayor algo impaciente—. Ya no te puede hacer feliz, y estoy convencida de que él querría que lo fueses, que rehicieras tu vida, al menos que lo intentases.

—Santo cielo, Isabel —replicó la madre—, pareces una Celestina.

—Ya que no te lanzas, habrá que darte un empujón.

Beatriz se reía mientras hablaba su hermana.

—Este vestido tiene pinta de quedarte como un guante, mamá —dijo la pequeña—. Anda, pruébatelo.

—Que no, que tiene mucho escote —dijo alzando la mano—, y es muy ajustado y muy corto, que yo ya no tengo edad para esto.

—¡Pero, mamá —replicó Isabel—, si mis amigos te confunden con mi hermana!

Sofía sonreía complacida mientras dejaba que Beatriz la ayudara a quitarse el vestido formal que ella había elegido para ponerse el rojo. Miró el reflejo del espejo, se volvió a un lado y a otro.

—Vamos, no me digas, mamá, estás espectacular —dijo la mayor observándola sonriente—. Beatriz, hay que buscar unos taconazos de vértigo. Ah, y la estola de piel le va a ir de muerte.

Beatriz buscó entre las cajas apiladas en el fondo del armario que guardaban los zapatos utilizados muy esporádicamente. Sacó unos salones negros de tacón muy alto. Se los pasó a su hermana y esta ayudó a su madre a calzárselos.

Sofía volvió a mirarse en el espejo, y se tapó el escote con reparo.

—Con este escote Eduardo va a pensar que voy buscando guerra.

—Y la va a encontrar, ya está bien de estrecheces, mamá, deja de hacerte la viuda triste y libérate de una vez, han pasado once años, ya es hora de que empieces a vivir tu propia vida.

Sofía miró a su hija mayor con un gesto de ternura. Pensó que tenía razón, ya era hora de dar un paso adelante en aquella extraña relación que la unía a Eduardo.

Se terminó de maquillar y se echó perfume. El timbre del portal sonó.

—Ya está ahí —dijo Sofía cogiendo el bolso—. ¿Vais a salir vosotras?

—Mamá, preocúpate solo de pasártelo bien, y si no vienes a dormir, nos harás las hijas más felices de la tierra —Isabel echó el brazo por encima de los hombros de Beatriz y la apretó con cariño hacia ella—. ¿A que sí, hermanita?

Beatriz sonreía al ver a su madre tan nerviosa como una adolescente.

—Abrígate —le dijo poniéndole la estola—. Y, sobre todo, diviértete, mamá. Te mereces ser feliz.

—Y seduce —añadió Isabel con vehemencia, colocándole bien el pelo como último retoque—, por favor, mamá, seduce de una vez.

En cuanto Sofía se metió en el ascensor, después de los besos y abrazos, las dos hermanas corrieron a la ventana para ver al pretendiente. Eduardo fumaba un cigarrillo apoyado en el capó de su coche, un Renault Fuego rojo con la palabra «Turbo» escrita en blanco en el lateral.

—Me encanta ese coche —dijo Isabel acodada en la barandilla de la balconada.

—Y el dueño también —replicó Beatriz dándole un ligero golpe con la cadera y mirándola con picardía.

—Porque está por mamá, que, si no, ya te digo que no lo perdonaba.

—¿Pero tú no dices que quieres irte a vivir con Carlos y que es el amor de tu vida?

—Sí, pero a este lo tendría para los fines de semana.

Las dos hermanas rieron divertidas. Estaban contentas por su madre.

En ese momento Sofía salió del portal. En cuanto Eduardo la vio, tiró el cigarrillo y se cuadró ante ella. Le dio un beso en los labios, tan casto como efímero, casi un roce. Le dijo que estaba muy guapa, ella sonrió y miró hacia la ventana para ver a sus hijas. Se saludaron con un gesto de la mano. Eduardo guio a Sofía hasta la puerta del Renault Fuego, abrió, esperó caballeroso a que subiera, cerró y con pasos rápidos, casi corriendo, dio la vuelta. Alzó la vista hacia las chicas y las saludó con un toque de la mano en su frente y una sonrisa de complicidad.

Un hombre enfundado en un chaquetón gris y cubierto con una vieja gorra inglesa de fieltro oscura lo observaba todo desde una esquina de la calle. Cuando el coche inició la marcha, miró hacia la balconada para ver a las dos chicas que seguían acodadas en el barandal de piedra charlando y riendo despreocupadamente. Después de un rato, dio una calada al cigarrillo que llevaba en la mano, lo tiró al suelo, lo pisó y se dio la vuelta para alejarse.

6

Aquel mes de noviembre de 1985 cientos de miles de personas se manifestaron en contra de la entrada de España en la OTAN; la República Federal de Alemania entregó al empresario Ruiz Mateos a la justicia española; en el mundo musical triunfaban los grupos de Alaska y Dinarama con el tema *Cómo pudiste hacerme esto a mí*, además del *Amante bandido* de Miguel Bosé o la irreverente Madonna con su *Material Girl.* En la televisión se emitían *Los pazos de Ulloa,* serie basada en la novela homónima de Emilia Pardo Bazán, así como *El equipo A* o *El coche fantástico.* Y Sofía había descubierto la literatura de Gabriel García Márquez con *El amor en tiempos del cólera,* que le había regalado Beatriz.

Apenas había podido dormir, no solo por los nervios de la solemnidad del acto que le esperaba con el nuevo día, sino porque no dejaba de darle vueltas a la cabeza a la propuesta de matrimonio, con anillo incluido, que le había planteado Eduardo al terminar la cena, una propuesta a la que Sofía había accedido, aunque le pidió que esperase a dar la noticia al menos hasta que pasaran aquellos días, no quería que se mezclasen unas cosas con otras. Se había levantado varias veces a lo largo de la noche, daba vueltas por la casa como una sonámbula, se tomó un vaso de leche templada, revisó por enésima vez el discurso que tenía que dar, comprobaba que tenía todo preparado. El viernes un bedel uniformado de la universidad había ido a recoger la toga, la muceta azul turquí y la medalla de doctora para la ceremonia. Allí recibiría además del título *honoris causa,* el birrete laureado —también azul turquí—, el libro de la ciencia, el anillo y los guantes blancos. También había mirado la sortija que se había quitado antes de entrar en casa para guardarla en su caja y en el interior del cajón de la cómoda; si sus hijas o Vito la veían se lo imaginarían, y tenía la necesidad de gestionar aquello a su manera, no con el torrente entusiasta de Isabel, lo que hubiera supuesto que en menos de una hora sabrían en todo Madrid de su compromiso matrimonial. Hacía tiempo que había retirado de la vista todos los objetos personales de Daniel, guardado todo en su parte del armario, intactos sus trajes, sus camisas, el resto de su ropa, sus zapatos, cerrada la puerta con llave para que su visión no le hiciera daño. En varias ocasiones su madre le había sugerido que se deshiciera de la ropa, que lo diera a Cáritas o a la parroquia, que eran prendas de muy buena calidad y una pena que se apolillasen en el armario; y en cierto modo tenía razón, no había motivo para mantener ocupada casi la mitad del armario con ropa que nadie se ponía y que nadie se iba a poner nunca. Pero lo iba dejando y no lo hacía. Salvo la ropa, lo único que quedaba de Daniel en aquella habitación que había sido de los dos y que ahora solo le pertenecía a ella era una foto que tenía en la mesilla y que siempre había estado allí, el rostro joven, tendría apenas veintiocho años. En los últimos años de soledad, aquellos ojos claros la miraban a diario justo antes de dormirse y nada más abrir los ojos al despertar, sonrientes, vivos aún en aquella instantánea capturada en el tiempo. Había cogido el marco de plata y se había tumbado en la cama mirando la foto, preguntándose qué pensaría si pudiera verla, a punto de ser investida nada menos que doctora *honoris causa*; estaba segura de que estaría orgulloso de ella, y pensaba en que todo aquello no habría sido posible si no hubiera cambiado de actitud, tal vez en el momento de convertirse en espía, o agente, no sabía exactamente lo que había sido, ni siquiera si había sido alguna de las dos cosas, no había nada seguro salvo que cambió de actitud y le permitió y animó para hacer el doctorado, con todo lo que ello supuso de alteración en su matrimonio, en su papel en la casa, hasta aquel momento tan definido, esposa, madre, sostenedora de la familia tradicional y poco más.

Al final se había quedado profundamente dormida con el marco sobre el pecho. Se despertó sobresaltada cuando Vito dio dos toques en la puerta antes de abrir y asomarse.

—Buenos días, señora —entró y descorrió las cortinas—. Llegó el gran día.

Una vez crecidas las niñas, Vito se quedó como asistenta, o más bien como gobernanta de la casa. Había asumido el papel de ama de casa del que Sofía se había desprendido en favor de su trabajo. Ambas mujeres se tenían un profundo aprecio, aunque Vito había seguido manteniendo el trato de respeto y la distancia hacia ella. En eso era muy tradicional, no aceptaba tutearla y seguía comiendo en la cocina. Para Sofía era como una madre que cuidaba de ella y de sus hijas.

Sofía se removió entre las mantas, abrió un ojo y volvió a rebullirse con un gemido de pereza.

—Pues voy a tener una cara espantosa porque apenas he dormido.

—Ya la he oído, ya —le dijo mientras recogía la ropa que estaba en la butaca—. Pero es normal, cosas como las que va a vivir hoy no se dan todos los días, ni las vive todo el mundo, así que a disfrutarlo, que se lo ha ganado con méritos.

Sofía, con los ojos abiertos, pero sin despegar la cara de la almohada, la miraba trajinar sonriendo.

—El desayuno está preparado —dijo la mujer—. Un desayuno en condiciones.

—¿Y las niñas?

A pesar de la edad, las dos seguían refiriéndose a ellas así.

—Ya están desayunando. ¿A qué hora viene a recogerla el señor Eduardo?

—A las diez.

—Pues hay que prepararse, vamos —le dijo con un gesto de prisa.

Sofía cogió el marco con la foto, que se había deslizado a un lado de su cuerpo.

—Vito, ¿a ti te gusta Eduardo?

La mujer se detuvo de su tarea, se volvió hacia ella y se la quedó mirando pensativa. Se acercó a la cama y se sentó a su lado. Cogió el marco con la foto de Daniel y lo miró con una sonrisa de añoranza.

—Qué guapo era, madre del amor hermoso, qué hombre más guapo, qué pena... —Guardó silencio unos segundos; luego alzó los ojos del marco, lo depositó sobre sus muslos con el cristal hacia abajo para no ver la foto, como si no quisiera que escuchase lo que iba a decir. Chascó la lengua y la miró con una sonrisa—. Creo que va siendo hora de que rehaga su vida. Las niñas se van a ir de casa en cuanto se descuide. —Alzó las cejas en un dejo de duda—. Al señor Eduardo apenas le conozco del día que estuvo aquí comiendo, pero por la pinta y por el entusiasmo que muestran sus hijas por él, me da que es un hombre que la merece. No deje pasar la oportunidad de un amor guardando un luto por otro que nunca va a regresar.

Sofía cogió la mano de Vito y se la apretó con afecto.

—Gracias, Vito...

Eduardo la recogió a las diez en punto. A Beatriz y a Vito las llevaría Isabel en su Ford Fiesta amarillo. La entrada al paraninfo de la calle San Bernardo estaba llena de gente. Al verlo, Sofía se puso más nerviosa. Habían acudido al evento multitud de amigos, familiares, compañeros del laboratorio, colegas de la universidad, estudiantes que sabían de la excelencia de la doctora Sofía Márquez. Se vistió la toga con parsimonia, intentando recuperar la mesura necesaria para estar a la altura de las circunstancias, se abotonó cuidadosamente la muceta y se colgó al cuello la medalla. Luego se volvió hacia Eduardo, que ya vestía la indumentaria académica para la solemne ocasión, al igual que Mercedes Montalcini, que le sonreía satisfecha.

Cuando entró en el paraninfo sintió una grata turbación. Avanzó con paso marcial por el pasillo central, admirada por aquella cúpula de cristal, aquellos coloridos frescos, flanqueada por el público en pie, absolutamente entregado con una abrumadora admiración y respeto. El acto resultó solemne, académico, emotivo. Acompañada de Eduardo y de su mentora, recogió de manos del rector los atributos de su nombramiento. Leyó el discurso con la voz templada, bajo la atenta mirada emocionada de su padre, que a pesar de haberse jubilado seguía acudiendo cada día a su laboratorio aportando su experiencia como catedrático emérito a las nuevas generaciones de científicos que se iban incorporando; de su madre, que desde que la había visto entrar con ese ceremonial no había parado de llorar de emoción, henchida de orgullo ante todo el personal (Zacarías la miraba de reojo, regocijado de que por fin hubiera aceptado la realidad sobre la valía de su hija, y lo mejor de todo es que lo estaba disfrutando y ahora llevaba por bandera ser la madre de esa mujer tan laureada); de sus dos hijas, de su amiga Carmen, de su hermano Benito, y de su hermana Adelina con sus entonces seis vástagos ya adolescentes, que se había convertido en un remedo de doña Adela. Cuando se quiso dar cuenta, el acto había terminado y fue rodeada por un sinfín de mucetas de colores, de sonrisas, de abrazos, de besos y de felicitaciones. Se sentía pletórica.

Aturdida por la emoción, por el trasiego de gente que se le acercaba, no se fijó en un hombre que permanecía algo apartado, en un segundo plano, esperando pacientemente su turno para felicitarla, alguien a todas luces fuera de lugar, el pelo claro largo y rizoso, ensombrecido el rostro con una barba encanecida. En un instante en el que se desprendía de uno de sus compañeros, y que aparentemente iba a quedarse sola, aquel hombre se le acercó. Cuando Sofía lo descubrió, se le congeló la sonrisa y sintió un golpe en el corazón. El hombre, ataviado con un chaquetón gris sobre un traje anticuado y una gorra inglesa de fieltro oscuro en la mano, se puso frente a ella y por unos segundos fue como si se hubiera cerrado una urna de cristal en torno a ellos, aislándolos de todo el barullo que los rodeaba, quedando los dos solos. Delicadamente, le cogió la mano y se la besó sin dejar en ningún momento de mirarla a los ojos, manteniendo ese hechizo que los desconectaba del resto.

—Siempre supe que eras más inteligente que yo.

Aquella voz, pero sobre todo aquellos ojos bloquearon su pensamiento, quedó sin capacidad de hablar, sin respiración, petrificada como una estatua de sal que quiso mirar al pasado. De pronto, un grupo de colegas del laboratorio irrumpió entre ambos, de nuevo besos, abrazos, felicitaciones, entre todos fue arrastrada con el fin de hacerse una foto oficial. El hombre se quedó quieto en el sitio, sin dejar de mirarla, reteniéndola con sus ojos, sonriente. Sofía sintió una rabiosa impotencia ante la riada amiga que la impelía y la alejaba de aquella sonrisa que regresaba a su mente desde sus más remotos recuerdos, hasta que desapareció de su vista tragado por la multitud.

Enajenada, sin escuchar nada, sin atender a nadie, como si estuviera ida, fuera de sí, se hizo la foto con los compañeros sin dejar de buscar entre el tropel de birretes y cabezas destocadas. Cuando el grupo del posado que la rodeaba empezó a dispersarse, llegaron sus hijas, querían hacerse otra foto con ella.

—Mamá, ¿qué te pasa? —preguntó Isabel al ver su rostro demudado—. Parece que hubieras visto un fantasma.

Al oír esa palabra, Sofía miró a su hija, desencajada.

—Dios mío... Dios mío... —balbució incapaz de expresar lo que su mente le mostraba casi a gritos—. Es él... Es él...

Salió corriendo apartando a la gente, como si transitara en una zona selvática, buscando aquellos ojos entre la multitud demasiado apretujada en un espacio que se había quedado pequeño. Rebuscaba con desesperación a un lado y a otro, escudriñando a cualquiera que fuera vestido de calle, sin la toga y la muceta, con la estupefacción de los que apartaba sin miramientos de su camino, el ceño fruncido, extrañados sobre todo por aquel rostro descompuesto del que busca imperiosamente, con desesperación, algo valioso, algo imprescindible para la vida misma.

Alguien la cogió por el brazo y la detuvo, aunque ella intentó desasirse del amarre.

—Sofía, ¿qué pasa?

La voz de Eduardo la sacudió como un calambre. Le miró con fijeza, en silencio. Se soltó con brusquedad, le dio la espalda y continuó con su búsqueda hasta llegar a la calle. Miró a un lado y a otro sin encontrar lo que buscaba. Un viento gélido la estremeció como una bofetada. Enlazó los brazos bajo el pecho, aterida, como si de repente hubiera llegado a un lugar glacial, desolado. La gente que pasaba por la acera se la quedaba mirando con extrañeza. Entonces se dio cuenta de que lo hacían por su indumentaria, el birrete era muy llamativo. Se mantuvo quieta, respirando con dificultad, sintiendo el latir de su corazón desbocado, su mente confusa le impedía pensar, solo veía aquellos ojos, los ojos de Daniel, los ojos vivos de su marido muerto.

Eduardo la había seguido, preocupado por su actitud. Cuando la vio en la calle, despacio, intentando no sobresaltarla, se acercó. Con delicadeza le puso una mano en el hombro.

—Sofía. —Ella dio un respingo, pero no se movió—. Me estás empezando a preocupar. ¿Estás bien?

Ella asintió. Se dio la vuelta y, sin mirarlo, se metió al edificio. Eduardo quedó allí plantado observando el aleteo de su toga, sacudidos los tupidos flecos de su birrete al ritmo de su paso, oyendo el retumbar de sus tacones. Sin saber por qué, se sintió desolado, bajó la cabeza y entró tras ella.

7

Tras su escueto encuentro con Sofía, aquel hombre tocado con una gorra inglesa había salido del edificio y había girado hacia la calle Noviciado. Caminaba con paso tranquilo, las manos metidas en los bolsillos, pensativo. El viento helado batía su chaquetón abierto y obligaba al resto de los viandantes a ir encogidos, envueltos en varias capas de lana y pieles, pero él no sentía frío, hacía muchos años que había dejado de sentirlo, acostumbrado su cuerpo a temperaturas mucho más gélidas que aquellas. Llevaba apenas dos días en aquel Madrid otoñal, casi desconocido para él. Todo le parecía distinto, más nuevo, más acelerado, más colorido, más ruidoso, los coches, la gente, los comercios. Unos días antes la puerta de su celda se había abierto a una hora no usual. Cuando vio a Hanna se alarmó. Se levantó prevenido. Se había acostumbrado a estar siempre en estado de alerta y una visita fuera de hora siempre traía consecuencias.

—¿Qué haces aquí? —preguntó inquieto.

Hanna sonrió. Llevaba una bolsa en la mano.

—Tranquilo, traigo buenas noticias.

Volvió a sentarse y regresó los ojos al libro que tenía en sus manos.

—Aquí nunca hay buenas noticias —dijo con desgana.

—Gracias —replicó ella en tono de reproche—, creía que mi compañía te alegraba un poco.

Daniel alzó los ojos del libro y esbozó una lánguida mueca.

—Sabes perfectamente que sin tu compañía me habría vuelto loco.

A partir de la muerte de Klaus y gracias al poder que ostentaba su marido dentro del partido, Hanna había conseguido algunas mejoras en la condena de Daniel, mitigando el inhumano encierro al que había sido sometido durante los seis primeros años, tan duro y penoso que su situación personal había llegado a ser extrema, incluso preocupante, al borde de la locura. Hanna consiguió que fuera trasladado a una celda algo más espaciosa y cómoda, con ventana al patio y por la que podía ver el cielo, el sol, las nubes, las estrellas, la lluvia, saber cuándo era de noche y cuándo de día. Se le permitió llevarle algunos libros y un tablero de ajedrez. Desconocía Hanna si Daniel sabía jugar al ajedrez, así que le dejó sobre el tablero una guía de juego, estaba en alemán, pero era bastante instructiva, con dibujos y esquemas de jugadas posibles. También le dieron la posibilidad de salir al patio una hora al día. Hanna obtuvo la autorización para visitarlo una vez al mes durante una hora. A lo largo de meses fue incapaz de sonsacarle ni una sola palabra, ni un gesto de empatía, ni una mirada, era como si no estuviera allí, la ignoraba igual que ignoraba a cualquier ser vivo a su alrededor, se dejaba llevar y traer con una inquietante pasividad. Hanna era la primera persona en años que se dirigía a él en español, pero todo parecía inútil, Daniel era un ser hermético, abismado en sí mismo, como se encierra un caracol en su concha para defenderse de un mundo brutal. Sin embargo, no se dio por vencida, siguió acudiendo a su cita mensual, que se producía siempre en la misma celda, la puerta abierta, con un guardia custodiando la entrada. Hanna se sentaba, colocaba las piezas en sus escaques e iniciaba una partida, haciendo su propia jugada y la del rival ausente, diciendo en voz alta y clara qué movimiento creía ella que sería el mejor por parte del otro jugador. Daniel permanecía aparentemente ajeno a todo, inmóvil, sentado en el borde de la cama, la mirada al frente, vacía, sin reaccionar a su llegada ni a su salida, parecía que no respirase, como si permaneciera en un estado de hibernación. Hasta que un día le encontró sentado delante del tablero con las treinta y dos piezas colocadas en sus respectivos escaques, listas para comenzar una partida; a su lado las negras; había hecho avanzar dos casillas al peón del rey y mantenía una actitud de espera, los brazos cruzados sobre la mesa, toda su atención puesta en el tablero, ni siquiera alzó los ojos cuando Hanna entró, vigilante a la jugada que debía seguir ella. Hanna se sentó y movió un peón blanco. Tuvieron que interrumpir la partida en el movimiento catorce porque se acabó el tiempo, pero aquel día, cuando Hanna se levantó para marcharse, Daniel alzó los ojos, la miró, esbozó una ligera sonrisa, casi imperceptible, y volvió a bajar los ojos al tablero. Cuando regresó al mes siguiente, Hanna comprobó que las figuras seguían intactas sobre el tablero a la espera de la continuación de la partida. Se sentó frente a él, y entonces sucedió: «Te toca a ti», dijo él. Hanna alzó los ojos y se le llenaron de lágrimas, sintió una profunda emoción, era la primera vez que le oía hablar, sonrió. Él la miró fijamente, movió un brazo instándola a la jugada. Así rompió el silencio de Daniel. Todo empezó a cambiar en él. Aprendió alemán con la ayuda de Hanna —apenas tenía tiempo y su marido se negó en rotundo a autorizarle un poco más, no quiso insistir, tirar de la cuerda y que se rompiera, sabía que estaba en el límite de lo permitido—, practicaba vocabulario gracias a los libros que ella le proporcionaba, sobre todo una novela de Stefan Zweig que casi aprendió de memoria, *Die Schachnovelle (La novela de ajedrez)*. Se sentía tan identificado con aquel jugador de ajedrez en el encierro al que le someten los nazis que le provocaba escalofríos pensar que alguien hubiera podido soportar algo similar a lo que él estaba viviendo. Aceptó por fin salir todos los días al patio y empezó a hacer ejercicio, primero caminaba con pasos lentos, le costaba mucho porque su cuerpo estaba débil, sus músculos anquilosados por la inmovilidad, la humedad y el encierro. Poco a poco la caminata se convirtió en carrera, daba vueltas a un solitario y agobiante patio de cemento de cinco por siete metros, rodeado de muros que se alzaban grises hacia el cielo. Le dolían los pies porque las botas eran duras y le hacían rozaduras, pero no le importaba, aprendió a soportar el dolor, el frío o el calor sofocante, y continuó corriendo. Consiguió recuperar la masa muscular que había perdido por la falta de movilidad de años y una alimentación en exceso frugal. Hanna le llevaba comida, a pesar de que no lo había autorizado su marido. Ambos mantuvieron largas conversaciones, unas veces en alemán, cuando eran intrascendentes o sobre el juego de ajedrez, pero utilizaban el español cuando lo que hablaban podía ser comprometido. En la lengua nativa de Daniel le contó Hanna su historia con Klaus, cómo se habían quebrado sus vidas con el alzamiento de aquel maldito Muro, le contó su tentativa de deserción a la otra mitad de su propio país, su encarcelamiento y cómo la Stasi obligó a su gemelo a convertirse en el hombre que fue, primero en *inoffizielle mitarbeiter*, un colaborador extraoficial dedicado a informar sobre la vida de los que tenía a su alrededor, denunciando a compañeros, amigos o vecinos, convertido después en un espía Romeo, seduciendo a mujeres con el fin de obtener información comprometida, y cómo durante años le había suplantado en su vida cotidiana, usurpándole su identidad, su familia, su casa, y la forma y razón de su muerte. Daniel lo había escuchado todo con una profunda amargura, y durante meses regresó de nuevo a su hermetismo, dejó de salir al patio y de hacer ejercicio. Las visitas de Hanna volvieron a convertirse en solitarias esperas, apenas la miraba, no hablaba. Hanna llegó a pensar con tristeza que le había perdido otra vez, aun así respetó su silencio, su dolor estaba justificado, había comprendido por fin la razón por la que estaba allí, y no era fácil aceptarlo, asumir que su propio hermano era el artífice de su desgracia, que le había suplantado, que durante todos esos años había estado viviendo en su casa haciéndose pasar por él, como esposo, como padre, como hijo, como amigo, robándole su vida con su familia, robando los abrazos de Sofía. El único sentimiento sano y limpio que había crecido en él a lo largo de aquellos años había sido el amor que sentía por Sofía, y saber que su gemelo la había abrazado y compartido todo con ella le espantaba tanto como una muerte lenta, clavado un hierro afilado en el corazón, solo de pensarlo le provocaba un dolor tan intenso que llegó a pensar que no lo resistiría. Pasó el tiempo y Hanna no dejó en ningún momento de cumplir con su visita, hasta que un día, al entrar, vio el tablero de nuevo preparado sobre la mesa. «¿Te atreves?», le preguntó Daniel con una sonrisa.

«Siempre te gano, y lo sabes», respondió ella sentándose frente a él. «Eso era antes —alzó la mano en la que sostenía la guía que le había dejado—, he tenido mucho tiempo para perfeccionar la técnica». Hanna le miró con una inmensa ternura. Le había salvado de nuevo.

—¿Cuál es esa buena noticia? —había preguntado Daniel cerrando de nuevo el libro de Zweig y prestándole la atención merecida.

—Has cumplido tu condena. Eres libre.

La voz de Hanna retumbó en la mente de Daniel como la onda de una explosión inesperada que aturde y desorienta.

—¿Libre? —preguntó al rato con sarcasmo—. ¿Qué es eso?

—Que puedes volver a casa, regresar con Sofía, con tus hijas.

Aquellas palabras las recibió Daniel como un puñetazo en el estómago. El estupor no le dejaba pensar.

—¿Qué voy a hacer allí? Ya no soy nadie. No existo. No tengo identidad... ¿Es que no lo entiendes? —su voz se quebró, abrió sus manos y las mostró con vehemencia—. Me lo ha quitado todo..., todo...

Se volvió para tratar de engullirse las lágrimas de rabia que le quemaban por dentro.

Hanna se mantenía en el umbral de la puerta. Se acercó y dejó la bolsa sobre la cama.

—Serán trámites administrativos, tal vez sean largos y tediosos, pero al final no les quedará más remedio que restituir tu identidad.

Se volvió de nuevo, recuperado el sosiego.

—Te olvidas de que Daniel Sandoval ya no existe. ¿Cómo voy a salir de este país? A todos los efectos estoy muerto, enterrado y muerto.

—Mi marido me ha facilitado un pasaporte para que puedas llegar a España sin dificultad.

—¿Y por qué tendría que fiarme de un hombre como tu marido? Es uno de ellos.

—Yo también lo soy, en cierto modo soy uno de ellos. —Guardaron unos segundos de silencio—. Bastian es un buen hombre, si no hubiera sido por él no podría haberte ayudado. Es un instrumento necesario al servicio de un sistema perverso. —Ante el gesto indiferente de Daniel, Hanna puso la bolsa sobre la cama y la abrió—. Te he traído ropa. —Fue sacando un traje, una camisa, una corbata, un chaquetón, unos zapatos, ropa interior y un neceser—. Todo es de mi marido, es algo más alto que tú, pero de complexión sois parecidos. También te he traído algo para que te asees y te afeites si quieres.

Daniel la miraba absorto, sin reaccionar, como si aquello no fuera para él.

—Hanna, nunca te lo he preguntado porque he de reconocer que temo la respuesta. —La miró con una amarga incertidumbre grabada en sus ojos—. Además de ti, ¿quién sabe ahí fuera que estoy aquí encerrado?

Durante unos segundos Hanna le mantuvo la mirada, pero de inmediato extravió los ojos y apretó los labios incómoda.

—Si obviamos a la Stasi, que ha sido la ejecutora, nadie salvo Bettina. Ella presenció tu detención. Sé que se lo recriminó a Klaus... Pero —soltó una leve risa cargada de sarcasmo— ¿qué podía hacer? Tuvo que callar y seguir viviendo.

—¿Y cómo se puede vivir sabiendo que hay un inocente encerrado de esta manera durante tanto tiempo?

—No es fácil, pero cuando hay que priorizar, se prioriza, Daniel. Para ella las cosas también han sido muy duras, te lo aseguro.

—¿Y mis padres..., los Zaisser?

—No, ellos nunca han sabido que todos estos años te han tenido tan cerca.

Hanna abrió su bolso y sacó un sobre. Lo puso encima de la mesa.

—Tu pasaporte.

Daniel lo miró. Indeciso, sacó el documento y lo abrió. Luego se lo mostró con frialdad.

—¿Qué hago yo con esto en España?

—Daniel, tienes que recuperar tu vida, no será fácil, pero debes hacerlo. —Se quedó mirándolo unos instantes, como si dudase. Abrió de nuevo el bolso y sacó un recorte de prensa. Se lo tendió—. Salió publicado hace unos meses en el *Neues Deutschland.* Esperaba la mejor ocasión para enseñártelo.

Daniel cogió el recorte y lo miró. Era un artículo sobre los resultados de una investigación que podría acabar definitivamente con el avance de algunos tipos de artrosis. La foto en blanco y negro no era de muy buena calidad, pero el corazón le dio un vuelco y el latido se le aceleró tanto que se sintió mareado. Era la primera vez en diecisiete años que veía el rostro de Sofía. Era una imagen tomada durante una conferencia que la protagonista del artículo impartía. Acarició con la mano temblona la imagen.

—Es ella... —murmuró con una contenida emoción—. Al final lo ha conseguido...

—Tengo entendido que es muy brillante.

—Lo es, una mujer extraordinaria, aunque yo no lo supe ver..., o no quise hacerlo porque sabía que si la dejaba volar quedaría en evidencia que era mucho mejor que yo. Qué estúpido fui.

Hanna miró hacia la puerta y bajó el tono de voz con prudencia.

—Tienes que contar lo que te ha pasado, tienes derecho a que te devuelvan todo lo que este país te ha quitado.

Daniel la miró fijamente, atónito, luego resopló y rio sardónico.

—¿Y quién me va a creer? ¿Quién coño piensas que va a creer todo lo que me ha pasado?

Aquella pregunta quedó sin respuesta porque Hanna sabía que la historia de Daniel era muy difícil de creer.

Se había aseado y vestido con la ropa de otro. No quiso afeitarse. Prefirió escudarse tras la barba. Se guardó el pasaporte en la chaqueta, introdujo el recorte con la foto de Sofía entre las páginas del libro de Zweig y lo metió en el bolsillo del chaquetón. Siguiendo los pasos de Hanna, recorrió los pasillos y traspasó puertas que se abrían a su paso y volvían a cerrarse a sus espaldas, y por fin se encontró en la calle, fuera de aquel recinto. El cielo estaba cubierto de gruesas nubes, hacía frío y caía una nieve escuálida, sin apenas brío, como si flotase en el aire. Alzó la vista al cielo gris y sintió el tacto helado de los copos posarse sobre su cara. Respiró profundamente y soltó el aire. Miró a un lado y a otro de la calle. El día que entró en aquella cárcel tenía treinta y un años. Lo habían trasladado allí después de haber sido condenado por matar a un policía, un error de cálculo porque lo que él pretendía no era matar, sino morir. Ahora tenía cuarenta y seis años. No había celebrado ninguno de sus cumpleaños desde que alcanzó los veintinueve, y le vino a la memoria aquella celebración, Sofía le había preparado una fiesta sorpresa en casa, con amigos y familia, el último de la década, decían; risas, alegría, música, regalos, resultó una velada extraordinaria, inolvidable. Sonrió al recordar cómo acabaron la fiesta Sofía y él cuando se marcharon todos, las niñas dormían, e hicieron el amor como hacía tiempo. Se estremeció al rememorar aquel momento, reconocía que no había sido un buen amante, que no había cuidado ese aspecto de su relación con ella, demasiado rápido, demasiado egoísta, falto de la ternura que sin decir nada ella le reclamaba, pero recordaba que aquel día de su último cumpleaños celebrado resultó memorable.

Hanna le había acompañado hasta el paso fronterizo al lado occidental. Daniel se negó a cruzar por el control de la estación del suburbano de Friedrichstrasse, se sentía incapaz de hacerlo, le dijo; así que ella le condujo en su coche hasta el paso fronterizo de Checkpoint Charlie. La despedida fue extraña, emotiva.

—Hanna, nunca he entendido la razón de tus visitas..., y tampoco sé muy bien si te lo debo agradecer teniendo en cuenta lo que me espera en Madrid.

Hanna lo miró unos segundos. Movió la cabeza como para despejar aquellas dudas que no quería o no sabía aclarar.

—Tengo mis razones. Daniel, tienes que saber que Sofía está sola, no se ha vuelto a casar. Vive con tus hijas y con esa mujer que las ha cuidado.

—Vito... —murmuró—. La buena de Vito...

Hanna sacó un fajo de billetes del bolso y se lo tendió.

—Toma, son marcos de la República Federal. Con esto tendrás suficiente para costearte el viaje de regreso.

Daniel cogió el dinero sin ocultar su reparo, pero lo necesitaba, no era cuestión de enarbolar su dignidad a esas alturas.

Hanna volvió a meter la mano en el bolso y sacó un paquete de tabaco sin abrir.

—Toma. Estoy segura de que en España encontrarás mejor tabaco, pero te vendrá bien para el camino.

—Si algo aprendes aquí es a dejar de ser melindroso —dijo él sonriendo.

Daniel cogió el paquete y lo miró dándole vueltas entre las manos pensativo.

—¿Por qué, Hanna? ¿Por qué has hecho todo esto?

Ella sonrió con tristeza. Se preguntaba cómo decírselo sin dañarle.

—Tu hermano fue el amor de mi vida... Lo sigue siendo a pesar de estar muerto. Cada vez que te miraba era como si volviera a verlo. —Le cogió de las manos en un gesto de afecto—. Daniel, lo cierto es que nos hemos salvado de la locura el uno al otro. Y yo tampoco estoy segura de que tenga que agradecértelo.

Se miraron en silencio. Daniel movió la cabeza. Sentía un peso sobre sus hombros que le abrumaba. Alzó la barbilla y agitó la mano, como buscando las palabras con las que desprenderse de ese peso.

—Me siento en deuda contigo. Tengo la necesidad de hacer algo por ti... Pídeme lo que sea.

Ella negó con una mueca de tristeza.

—Tan solo te pediría una cosa, pero nunca lo haría porque jamás podrías conseguirlo.

—Dime qué es.

Hanna se quedó unos instantes callada rumiando sus deseos más profundos, nunca olvidados.

—Sacarnos a mí y a mis hijos de este maldito país, llevarnos lejos, muy lejos, hasta algún lugar donde puedan crecer libres.

La miró con una sensación de profunda impotencia. Acarició su mejilla intentando esbozar una sonrisa que se le quebró de inmediato. Bajó los ojos, le dio la espalda y echó a andar en busca de su libertad.

8

Daniel llegó a la calle de Quiñones cuando empezaba a llover. Subió las escaleras hasta el principal y llamó a la puerta. Elvira le abrió. En cuanto entró, volvió a echar todos los cerrojos.

Llevaba en casa de la secretaria desde la noche anterior. Había llegado a Madrid a media tarde del domingo. Después de traspasar por fin la línea que le alejaba de la Alemania del Este, había tomado un avión con destino a París, y desde allí el Estrella Puerta del Sol con destino a Chamartín, aquel era el viaje que debió haber realizado diecisiete años atrás. Le sorprendió las pocas horas que tardó el tren, no olvidaba el trayecto interminable en el lento y tortuoso Expreso que le llevó a París aquel abril del 68. Cuando salió de la estación, cogió un taxi y le dio las señas de la que era su casa y en la que, según le había informado Hanna, continuaban viviendo Sofía y sus hijas. Pidió al taxista que se detuviera en la glorieta de Alonso Martínez. Le pagó con el último billete de quinientas pesetas que había cambiado al llegar a España. No le quedaba nada más, salvo la novela de Zweig, el artículo sobre los logros científicos de Sofía, la ropa prestada y un pasaporte con nombre y apellido alemán, una identidad también prestada. Cuando bajó del coche, caminó por la plaza de Santa Bárbara hasta llegar a Orellana. Se quedó en la esquina de la calle mirando la fachada conocida del edificio de la que había sido su casa, sin decidir si acercarse o salir huyendo definitivamente, desaparecer y no volver nunca a un pasado que ya no le pertenecía. Los recuerdos le abrumaron como un repentino vendaval. El latido del corazón empezó a desbocarse y por un momento sintió pánico. ¿Cómo se tomaría ella su regreso, o más bien su resurrección? ¿Se alegraría o le provocaría horror ver su cara? Para ella llevaba más de diez años muerto. ¿Cómo se recibe a alguien que regresa de la muerte?, alguien a quien se ha velado y llorado, aunque no enterrado, al menos no el cuerpo, no los huesos y la carne, y los músculos y los órganos, eso no, no había existido féretro, ni un catafalco, ni una tumba, ni un nicho, ni cenizas que esparcir.

¿Y sus hijas?, para ellas sería un total desconocido, igual que ellas para él. Las había dejado siendo muy niñas. Iba a resultar una ardua tarea recuperar su papel de padre, si es que llegaba a conseguirlo; cómo cambiar la mentalidad de unos hijos convertidos en adultos que se han sentido huérfanos desde niños, cómo se tomarían que su padre muerto es un redivivo. No le esperaba una Epifanía, sino más bien una tarea ingente de reconstrucción, aunque también se le pasó por la cabeza la posibilidad del rechazo, sobre todo por parte de Sofía, de la no aceptación, de que se hubiera producido una ruptura tajante e irrevocable de los lazos que un día los unieron, rotos por algo tan irrebatible como la muerte. Si ya resulta complicado asimilar la pérdida definitiva de un ser querido, esa penosa tarea de asumir el estado de viuda, de aprender a vivir en soledad sin el compañero amante, mucho más complejo podría llegar a ser revertir todo aquello por desacostumbrado, porque la muerte y la ausencia definitiva del que se va está en nuestro ritmo vital, es algo con lo que todos cuentan, sin excepción, puede uno ser antes que otro, pero la muerte y el duelo que provoca en el que se queda es algo inapelable, forma parte de la condición humana. Lo que no es humano es resucitar, regresar de entre los muertos, remover la tumba y salir y presentarse y decir «aquí estoy, he regresado, de nada sirvieron tantos años de luto y soledad, el duelo gastado inútilmente, de lágrimas yermas de anacoreta, de dolor estéril».

Sin embargo, lo que más le preocupaba era cómo explicarle que había estado viviendo durante seis años con un impostor, que no era a él a quien abrazaba, y besaba, y hablaba, y compartía alegrías y penas, y mesa y cama.

Se encontraba inmerso en aquellas meditaciones cuando un

coche rojo pasó por delante de él, dobló la esquina y aparcó frente al portal. Un hombre salió y llamó al timbre que había junto a la puerta. Con la cara pegada a la jamba, oyó con claridad que preguntaba por Sofía y, a continuación, una voz enlatada de mujer que le decía «ahora baja». Debía de ser cosa nueva aquel sistema de llamada, pensó, porque cuando él abandonó aquel portal no había más que timbres de llamada sin voz. Luego el hombre se acercó de nuevo al coche, se apoyó en el capó y se prendió un cigarro. Estaba claro que la esperaba. Las ventanas del que había sido su salón se abrieron y se asomaron dos chicas jóvenes, una rubia, melena larga y algo rizada recogida en una coleta alta, la otra morena, pelo corto y abundante. La puerta del portal se abrió y vio salir a una mujer con una estola de piel sobre un vestido rojo. La había reconocido sin ninguna duda, el mismo vestido que llevaba en su veintinueve cumpleaños, el último con su identidad. Inconscientemente había dado un paso atrás para ocultarse, la respiración contenida, y cuando vio que aquel hombre la besaba en los labios, sintió que sus músculos se paralizaban. Había observado cómo ella subía al coche y cómo él alzaba la mirada y saludaba con un gesto de complicidad a las dos chicas asomadas al balcón antes de meterse en el coche. Luego arrancó, aceleró y desaparecieron.

Daniel se había mantenido un rato pegado a la pared, descompensada la respiración, envuelto en un cúmulo de contradicciones que chocaban entre sí dentro de su cabeza como bolas de billar lanzadas sobre el tapete en una carambola constante. Verla después de tanto tiempo, tan atractiva como la recordaba, igual que el primer día que la vio sentada en el salón de actos de la facultad de Ciencias, a la que había acudido a escuchar a uno de los catedráticos de Física que más admiraba, de quien leía todas las publicaciones que sacaba, y se sentó a su lado atraído por su melena negra y larga; pero el interés no estuvo en la charla del que luego se convirtió en su suegro, sino en aquella chica que tenía a su lado que le robó la atención, pendiente de su respiración, del movimiento de sus manos, de sus piernas perfectamente alineadas durante todo el rato; la primera vez que oyó su voz, sus ojos, sus labios, todo en ella le gustó tanto que en ese momento se hizo el firme propósito de casarse con aquella mujer.

Pero la mujer que tanto había añorado durante todo el tiempo de encierro ya no estaba sola, era evidente que otro hombre más joven, más vital, más presente, la había conquistado. Por eso a la emoción de verla después de tanto tiempo se añadió la decepción de haberla perdido. Se había llevado el puño a la boca para no gritar, mordió la mano con una mezcla de rabia y pena, de desesperación.

Dudó hacia dónde ir. Había pensado en una pensión, pero no tenía dinero suficiente. Sus pasos se habían dirigido hacia la casa de los que habían sido sus padres hasta que aparecieron en su vida los Zaisser. Pensó que tal vez ellos podrían darle el cobijo necesario hasta saber qué hacer con su vida, convencido de que una madre lo asume todo de un hijo, hasta su retorno del mundo de los muertos. Llegó al portal de la calle Alfonso XII y entró. Un portero joven ocupaba la garita de la portería. Al verle le preguntó que a qué piso iba. Daniel le dijo que al segundo izquierda, a casa de los Sandoval. El portero negó con la cabeza, «Lo siento, pero en el segundo no hay ningún Sandoval, no hay ningún Sandoval en todo el edificio». Daniel había arrugado el ceño extrañado. «¿No vive aquí Romualdo Sandoval?». «Es la primera vez que oigo ese nombre», le contestó. «¿Cuánto tiempo lleva usted aquí?», le había preguntado Daniel. «Va a hacer diez años en marzo».

Daniel había salido del portal desconcertado. Tal vez Romualdo hubiera decidido cambiar de casa, pero le parecía extraño, casi imposible, Sagrario adoraba ese piso y a Romualdo siempre le gustó aquel edificio señorial y digno de su posición.

Había echado a andar sin rumbo fijo tan abstraído que, al doblar una esquina, se chocó con una mujer. Se disculpó con ella. Llevaba el pelo muy cardado, y de la obligada cercanía por el choque le llegó un fuerte olor a laca. De repente le vino a la memoria Elvira, la secretaria del bufete, tal vez ella pudiera decirle dónde se encontraban Romualdo y Sagrario, sus padres adoptivos. Decidió ir a su casa, recordaba la calle, aunque no el número, pero estaba seguro de acordarse del portal donde la había dejado un día que diluviaba y se ofreció a llevarla en el coche al salir del bufete. No lo pensó demasiado y echó a andar. Callejeó como un sonámbulo intentando situarse en unas calles por las que se había movido desde niño. Daba por sentado que seguiría viviendo en el mismo sitio y que continuaría soltera. Cuando uno se ausenta durante mucho tiempo, no tiene la percepción de que el resto del mundo no se detiene con su ausencia, que todo continúa su marcha. Ni siquiera se llegó a plantear que para ella también estaba muerto, que tampoco existía ya. El portal de la calle de Quiñones estaba abierto, entró y buscó en los buzones el nombre de la secretaria. Subió al principal y se detuvo frente a la puerta derecha. Pulsó el timbre, que resonó contundente. Se quitó la gorra y se la pegó al pecho. Oyó la voz medrosa de Elvira preguntando quién era desde el otro lado de la puerta. En aquel momento se dio cuenta del monumental error que estaba cometiendo. ¿Qué contestación le daba? ¿Quién era? Durante unos segundos se mantuvo callado, indeciso delante de la puerta cerrada, sin darse cuenta de que un ojo le observaba. Pegó la barbilla al pecho y estuvo a punto de desistir, de darse la vuelta y marcharse, pero sintió en su interior un fuerte impulso, como un latigazo que le hizo reaccionar. Tenía que recuperar su identidad con pequeños gestos, no podía seguir en un anonimato que nada le reportaba, sería duro y costoso, pero debía hacerlo. Alzó la cara y miró con fijeza al minúsculo círculo de cristal tras el cual se escondía el ojo atento de la mujer. Irguió todo el cuerpo y su voz se oyó clara y contundente.

—Elvira, soy Daniel Sandoval. Ábrame, por favor.

Se hizo el silencio, un mutismo tenso, sostenido en el aire, intuida la presencia del otro al otro lado de la puerta. Daniel no bajó los ojos, mantuvo la mirada fija, como si quisiera mostrar con ella la certeza de sus palabras, fortalecer su identidad, su nombre, su vida.

Sin embargo, el silencio se alargaba en exceso. Daniel tragó saliva y sintió la amargura atravesar su garganta. Apretó los labios y, sin bajar la cara, se dio la vuelta y echó a andar hacia la escalera, dispuesto a marcharse; sin embargo, un ruido de cerrojos le hizo detenerse. La puerta se abrió y apareció Elvira con expresión pasmada, como si tuviera ante sí una aparición espectral, un ánima real de carne y hueso.

—Dios mío... No puede ser... —la mano en la boca, encogidos los hombros, incrédula de lo que sus ojos veían—. ¿Es cierto que es...? —le costaba pronunciar el nombre de un muerto para referirse a un vivo—. Es... Dios mío... Es... usted..., don Daniel, pero ¿cómo puede...?

—Elvira —le había dicho él con gesto cansado—, ¿puedo entrar?

La secretaria le había dejado pasar. Daniel la encontró muy cambiada. Llevaba el pelo más corto, menos cardado, y ya no expelía el olor a laca cuyo recuerdo lo había llevado hasta allí. En su lugar aspiró el aroma de croquetas que salía de la cocina. Ella se dio cuenta y sin decir nada, con la deferencia de quien recibe a un ser celestial, le había conducido a la cocina, le hizo sentarse y le sirvió un plato de sopa caliente y puso la fuente de croquetas en la mesa. En silencio, guardando la reverencia propia de su profesión, observó cómo devoraba la comida como si no hubiera probado bocado en días. Cuando terminó, Daniel le había pedido que le permitiera asearse un poco. No lo había podido hacer desde que había salido de su celda. Ella le indicó el cuarto de baño. Al salir, le esperaba en la sala de estar, con una taza de leche caliente. Ella se la tendió.

—He pensado que le vendrá bien.

Daniel cogió la taza y le sonrió. Se suponía que regresaba de la tumba y por eso llegaba hambriento y destemplado. Sorbió un trago, sintiendo la grata calidez de la leche templada pasar por su garganta. Hacía tiempo que no tenía aquella sensación de bienestar. Dejó la taza sobre la mesa.

—Gracias, Elvira. Siento mucho irrumpir así en su casa... No tenía otro sitio adonde ir. He ido a casa de mis padres, pero... ya no viven allí.

—Su esposa vendió el piso cuando murió su madre, también el bufete, aunque yo sigo trabajando allí. Antes de venderlo aseguró mi puesto de trabajo. Su esposa se ha portado muy bien conmigo.

Daniel esbozó una sonrisa y comprendió que Romualdo y Sagrario habían muerto y no le preguntó más por ellos.

—Parece mentira —murmuró para sí—, toda la vida viviendo allí y ahora no queda ni rastro del apellido Sandoval.

Elvira lo miraba como quien observa pasmado una aparición mariana. No pudo contener más la curiosidad que le rebosaba en mil preguntas que hacerle.

—Don Daniel, todos le creíamos... —calló y tragó saliva como quien se traga un sapo.

—Muerto —le ayudó a terminar la frase—. Lo sé.

—Y si no lo está, porque es evidente que no lo está, ¿dónde ha estado metido todo este tiempo?

—Es una historia muy larga de contar, Elvira, larga y muy complicada... —Cerró los ojos como si de repente sus párpados se hubieran vuelto de plomo. Bajó la cara y dio un abatido suspiro—. Me siento tan cansado…

—¿Sabe su esposa que está... —encogió los hombros porque le costaba decirlo—, que está usted vivo? ¿Le ha visto?

—Vengo de mi casa... —Calló con gesto confuso—. No exactamente, vengo de la calle de la que fue mi casa. —Miró a Elvira con el dolor reflejado en sus ojos—. Hoy es su cumpleaños. La he visto salir del portal, la esperaba un hombre. Se ha marchado con él, en su coche... —alzó los hombros con la mirada puesta en el vacío—. Ya no me necesita, nadie me espera… —Sacudió la cabeza y se removió y la miró inquieto—. No debería haber venido, Elvira, siento haberla molestado. Me iré en seguida.

Pero Elvira había reaccionado con rapidez.

—No tiene por qué marcharse. Puede quedarse aquí el tiempo que necesite.

Daniel le dedicó una mirada de reconocimiento.

—Gracias, Elvira. Tan solo necesito dormir un poco. —Se mesó el pelo con una mano, con un dejo de desesperación—. Necesito pensar con claridad...

—Puede dormir en mi cama, yo me quedaré aquí.

—No —interrumpió él alzando la cara como si hubiera oído algo impropio—. De ninguna manera. Puedo dormir aquí, en el sillón.

—Es incómodo, y pequeño para su tamaño.

—Le aseguro que es perfecto para mí. No se imagina los lugares en los que he dormido.

Para sorpresa de Elvira, aquel muerto resucitado durmió durante más de doce horas acurrucado en el sillón, tapado con una manta y con un cojín como almohada. Ella, sin embargo, no había podido pegar ojo pensando en qué hacer, si debía hacer algo o no hacer nada, si debía llamar a Sofía o no. Al final no hizo nada, pensando que debía ser él quien lo hiciera.

Ya había amanecido cuando Daniel despertó sobresaltado sin saber dónde estaba, sin comprender su entorno. Elvira estaba sentada en una butaca en una duermevela de custodia. Al oírlo moverse abrió los ojos y se incorporó.

—¿Ha descansado?

Daniel se situó en cuanto la vio. Asintió, serenándose. Sentados en la mesa de la cocina, con un café entre las manos, Elvira le había ido relatando lo que sabía de Sofía, que no le conocía ningún compromiso, al menos que ella supiera, y que nunca en todos aquellos años de viudez se la había visto salir con ningún hombre, que ella supiera, repetía con insistencia.

—Pero yo la he visto marcharse con un hombre.

—Seguramente será un compañero de trabajo. Creo que la corteja uno del laboratorio, no me haga usted mucho caso, pero la verdad es que nunca se la ha visto en serio con nadie. Eso se lo puedo asegurar. Su mundo es el trabajo, su laboratorio, sus clases, sus conferencias, no sabe usted el prestigio que tiene, la llaman de todo el mundo, viaja mucho, sale en la prensa. Su esposa se ha convertido en una científica muy reconocida.

Daniel sonreía satisfecho mientras la escuchaba, no solo por la valía profesional que ya conocía en parte por las noticias que le había dado Hanna, sino porque con aquel relato Elvira le había devuelto la esperanza de que había llegado a tiempo de recuperarla, tenía la oportunidad de volver a conquistarla.

Ignorando que su gemelo Klaus era el que había estado suplantándole durante muchos años, la secretaria le relató la conversación que once años atrás había mantenido con Sofía sobre su condición de espía o agente secreto.

—¿Recuerda el último día que le vi antes de que se fuera usted a buscar a su hija Beatriz, ese maletín de su padre que me entregó? —Daniel no había pestañeado, se mantuvo a la espera—. ¿Que me dijo que destruyera todos los documentos?

Él no le contestó, tan solo asintió con un gesto para conseguir que continuara hablando e intentar conocer y comprender cuáles habían sido los últimos pasos de su gemelo en el mundo que le había robado.

Elvira continuó hablando.

—Don Daniel, yo..., no cumplí su orden de destruirlos, al menos en principio. Cuando le creíamos muerto, Sofía vino a verme, a pedirme respuestas a tantas preguntas como le cayeron encima. —Calló un instante moviendo la cabeza de un lado a otro—. Su esposa lo pasó tan mal... Le enseñé los documentos, atamos algunos cabos, pocos, apenas entendíamos nada. Yo pensé en entregarlos a la policía, pero ella me aconsejó que era mejor destruirlos, y así lo hice.

—Hizo lo correcto, Elvira. Pero cuénteme más de Sofía. Quiero saberlo todo sobre ella.

Elvira le había contado con pelos y señales su trayectoria profesional. No es que fueran amigas, pero, desde aquella conversación en su casa, Sofía Márquez se había convertido para Elvira en una mujer a la que apreciaba y admiraba en el mismo grado. Le contó, además, que esa misma mañana le hacían doctora *honoris causa*.

Y allí se había ido y de allí volvía de nuevo a casa de Elvira con una extraña sensación de contrariedad por haberse encontrado con Sofía y perdido a la vez, derrotado por la evidencia de que ya no pertenecía a su mundo.

—¿La ha visto? —insistió la secretaria.

Con la gorra en la mano, Daniel asintió con un gesto lánguido. Elvira lo miraba con una curiosidad desbordante.

—La he visto, Elvira. Estaba radiante.

—Pero ¿le ha reconocido?

—No estoy seguro, apenas ha habido tiempo, solo un instante. Después de tanto tiempo soñando encontrarme con ella, de abrazarla... —movió los hombros decepcionado—, solo ha sido un instante.

Elvira chascó la lengua con un ademán de impaciencia mientras entraban al cuarto de estar. Llevaba la angustia metida en el cuerpo porque no había podido aguantarse y había llamado a Sofía, creyéndole incapaz de acercarse a ella en el paraninfo. No había podido hablar con ella porque ya habían salido de casa. La secretaria había dejado un mensaje de voz en el contestador automático: «Sofía, soy Elvira. Llámeme en cuanto pueda, por favor, es muy urgente».

—Don Daniel, tiene que decírselo —insistió para que hiciera él la llamada—. Tiene derecho a saber que su marido está vivo.

Daniel dejó la gorra y el chaquetón en una silla.

—No, Elvira, ya no soy su marido. Oficialmente Sofía es viuda y mis hijas huérfanas.

—¿Y qué va a hacer entonces? —la pregunta le salió como un grito desesperado.

Daniel le dedicó una mirada afable y contestó con voz ahogada.

—Volver a conquistarla —le dijo contundente con una sonrisa—. ¿Qué otra cosa podría hacer?

9

El resonar del timbre del teléfono los sobresaltó a los dos. Se miraron durante unos segundos aturdidos. Elvira se acercó al aparato que estaba en una esquina de la sala, sobre una mesa baja de madera que tenía forma triangular y que encajaba perfectamente en el ángulo de la pared. Descolgó y se pegó el auricular a la oreja.

—¿Sí? —En ese momento se volvió hacia Daniel, haciéndole señas con las manos. Daniel se irguió, en una posición de alerta—. Sí, Sofía, soy yo.

—¿Qué ocurre, Elvira? Acabo de oír su mensaje.

Daniel observó el rostro demudado de la secretaria. Ella le miraba con fijeza. Sin dejar de hacerlo, habló con voz firme.

—Sofía, debe venir a mi casa... Cuanto antes. —Se despidió y colgó—. Viene para acá.

Sofía colgó el auricular y se volvió hacia su hija Beatriz. Tan solo se lo había dicho a ella, no se había atrevido a contarle a nadie más lo que creía haber visto.

—Me voy a casa de Elvira —le dijo cogiendo apresurada su bolso y el abrigo—. Ella sabe algo, estoy segura.

—Voy contigo —dijo Beatriz.

—No... —la detuvo sobresaltada—. No... Quédate... No vaya a ser... Dios mío... No vaya a ser que venga a casa y no encuentre a nadie.

De nuevo rompió a llorar con un llanto desasosegado. Su mente parecía haberse extraviado en un laberinto de incertidumbres y utópicas expectativas. Su hija la abrazó e intentó calmarla, sin dejar de rememorar la imagen de su padre muerto en aquella calle de Berlín. De cómo durante mucho tiempo se construyó en su mente un escudo que falseaba la realidad, dando por hecho que estaba dormido, para tratar de rechazar lo evidente, pero la realidad era que había visto morir a su padre en los brazos de aquella mujer, porque era imposible evadirse del reflejo de la muerte en el rostro, sus ojos sin vida, el desgarrador quebranto de Hanna. Con el tiempo, cuando su madurez se lo permitió, fue capaz de contarle a su madre cómo se había llegado a sentir culpable por haberse quedado dormida, por no haber estado al lado de su padre cuando le dispararon y por cómo había salido corriendo hacia la puerta de la casa, abierta de par en par, para encontrarse allí a los policías que empuñaban las pistolas, en guardia, apuntando hacia el cuerpo yacente de su padre, ya sin vida, muerto, «no dormido, mamá, muerto para siempre», le había confesado entre lágrimas, porque cuando uno muere ya no vuelve, no regresa, no es posible. Por eso estaba convencida de que su madre había sufrido alguna clase de alucinación, una visión enajenada en un momento tan emotivo, alguien que se parecía a su padre la había confundido. El paso del tiempo hace que irremediablemente se vaya olvidando el semblante del ser querido muerto, difuminados sus rasgos en una nebulosa, diluidos o detenidos en el momento exacto de la imagen de una foto, la que su madre mantenía en su habitación, la imagen joven de su padre, congelada en la memoria, alejada ya de lo que habría sido su rostro si hubiera seguido vivo. Pero habían pasado once años, once largos años de duelo y luto, once años de orfandad. Cuando se encontró a su madre con aquella mirada entre el pasmo y el espanto, igual que si hubiera visto un espectro, y esta le susurró que acababa de verle, se preocupó y decidió llevársela a casa.

Beatriz actuó con rapidez. La excusó aduciendo una indisposición pasajera, una bajada de tensión por los nervios, nada grave que no se pudiera arreglar con un poco de descanso. La gente lo había entendido, era comprensible, muchas emociones juntas, demasiadas, pensaba Beatriz. Isabel quiso acompañarlas, también se ofreció solícito Eduardo, pero Beatriz les pidió que se quedasen y atendieran a la gente, los invitados merecían su presencia.

A la madre y a la hija se les había hecho interminable el corto trayecto en taxi, apenas quince minutos caminando hasta la calle Orellana, convertido en una eternidad por los atascos de aquella hora. Conducir por Madrid se estaba poniendo cada día más complicado. Al llegar a casa, Sofía vio la luz parpadeante del teléfono que le indicaba que tenía mensajes. Lo pulsó y escuchó la voz de Elvira. El corazón se le paralizó por un instante, convencida de que esa mujer sabía algo.

—Deja al menos que avise a un taxi —insistió Beatriz.

—Ni hablar. Iré caminando. Está cerca, no tardo nada. Además, así me despejo. Necesito pensar... Necesito pensar... —murmuró ensimismada poniéndose el abrigo—. Beatriz, no te muevas de aquí, y si por casualidad... Ay, Dios mío... Si hay alguna noticia, me llamas en seguida a casa de Elvira.

Beatriz le decía a todo que sí, intentando que se tranquilizase.

—Ve tranquila, mamá. Yo te espero aquí.

Sofía salió a la calle, cruzó la plaza de Santa Bárbara en dirección a la calle Apodaca y Divino Pastor. Sus pasos resonaban en su conciencia. Iba encogida, hundida bajo el peso de sus hombros, que parecían de plomo. Caminaba rápido, pero no podía evitar mirar a los hombres que se cruzaban con ella, buscando aquellos ojos que había visto. Llegó al portal de Elvira, subió las escaleras deprisa y llamó al timbre. Elvira le abrió. Sofía se abalanzó sobre ella y le agarró las manos buscando sus ojos como si necesitase convencerla.

—Elvira, le he visto. Era Daniel, estoy segura. Me ha dicho... Me ha dicho —hablaba como si las palabras se desbordasen de su boca. Estaba en un estado de nervios que rozaba el paroxismo—, me ha dicho que siempre había sabido que era más inteligente que él... Es él, Elvira... Está vivo...

De repente sus ojos se desviaron por encima del hombro de la secretaria. Ella se volvió y se retiró del camino que se había abierto entre los dos. Daniel la miraba desde el pasillo, la sombra de su silueta, iluminada por la espalda, le daba un aspecto de aparición celestial. Sofía sintió que las piernas le temblaban, que su estabilidad estaba en peligro. Sin dejar de mirarlo, no soltó el agarre de la mano de Elvira. Daniel se acercó lentamente, con una sonrisa blanda, los ojos llenos de lágrimas.

—Sofía... —salió de sus labios apenas un hilo de voz ahogado—, amor mío, estoy vivo... Estoy... —tragó saliva y avanzó más hasta quedar frente a ella. Elvira aprovechó ese momento para soltarse de la mano de Sofía y retirarse a su habitación discretamente—. Estoy vivo...

—Daniel... Daniel...

Se abrazaron y, al sentir su cuerpo, Sofía se aferró a él con fuerza, aspiró su olor, sintió el latido de su corazón palpitar fundido con su propio latido. Daniel sollozaba acariciando su pelo, percibiendo las formas de aquel cuerpo que tanto había añorado. Hacía diecisiete años que no abrazaba a nadie. La terrible vivencia de todos aquellos años se desvaneció de su mente en los brazos de aquella mujer tan soñada, reconfortado de tanto sufrimiento, aunque solo fuera por un instante.

10

Había llegado el momento de hablar, de aclarar qué pasó, cómo y por qué. Se sentaron en las dos butacas de aquella pequeña sala de estar de Elvira. Las manos entrelazadas, mirándose sin descanso, con arrobo, obligando a la mente a aceptar que aquello era real, que no era ni un sueño ni una quimera, que estaban juntos, el esposo muerto había regresado como una aparición bendita, un resucitado llegado de ultratumba, exhumado de la tierra de los muertos para devolvérselo renacido de nuevo a la vida. El tiempo para Sofía quedó detenido, esfumada la otra realidad, nada importaba, él estaba allí, podía tocarle, sentía el tacto de su piel tanto tiempo añorado, percibía su aliento, le sentía respirar, estaba vivo. El paso del tiempo había quedado marcado en su rostro, endurecidas las facciones, unas profundas arrugas cruzaban su frente y enmarcaban sus ojos, ya sin el brillo de antes, tornado macilento el gris recordado, perdida la candidez del rostro juvenil que Sofía llevaba grabado en la mente a base de años de mirar una misma imagen retenida en un instante del pasado.

—¿Dónde has estado todo este tiempo? —le preguntó Sofía, sin demasiada ansiedad, como si quisiera aprovechar en silencio cada segundo de aquel milagroso encuentro, no hablar para evitar romper la magia, no saber para no sufrir, para no entender ahora que lo tenía ahí delante y a su alcance.

—Es una larga historia —su voz parecía tan fatigada—, una larga y dura historia, Sofía; para mí lo fue mucho, también lo será para ti, porque creíste vivir conmigo, pero no era yo.

—¿Qué quieres decir? Me dijeron que eras un espía.

Daniel sonrió con una mueca y bajó los ojos. Dio un largo suspiro. ¿Por dónde empezar? Cómo contar de golpe diecisiete años de una vida, aunque haya sido una vida limitada a cuatro paredes, cómo hacerlo para que se entienda cada una de las fases por las que pasó la mente, el sobresalto de los primeros tiempos, la consternación, el miedo, la esperanza, la desesperanza, y de nuevo el miedo, y el rechazo y la rendición y el abandono de uno mismo y la búsqueda de un final definitivo, dejar de sufrir para siempre. Cómo contarle todo aquello con palabras. Tal vez sería mejor mantenerla envuelta en el velo de la ignorancia, no desvelar, no explicar, continuar con la vida como si nada la hubiera interrumpido con la irrupción de Klaus en la vida de ambos. Había estado dándole vueltas a esta idea, ocultarle la existencia de Klaus. Ahorrarle el inmenso dolor que aquella verdad le iba a provocar. Pero pensó que no podría sostener la mentira demasiado tiempo, era necesario contar, necesitaba hacerlo y ella tenía derecho a saberlo.

Se echó hacia atrás soltando la mano de Sofía, que inconscientemente inclinó el cuerpo hacia delante, como si perder su tacto le produjera vértigo.

—Empezaré por el principio... Con aquel maldito viaje a París. La razón de hacerlo fue una carta anónima que alguien dejó en mi despacho diciéndome que si quería conocer a mi verdadera madre tendría que viajar a esa ciudad.

—Eso ya me lo contaste. ¿No lo recuerdas? En el hotel de París donde volvimos a encontrarnos.

Daniel la miró y comprendió que había cosas que desconocía porque no era él el que actuaba, sino Klaus. Levantó la mano pidiéndole paciencia.

—Déjame hablar, te aseguro que no va a ser fácil... Pero deja que lo cuente todo. Luego te aclararé aquello que pueda aclararte, que ya te adelanto no será mucho. Yo también tengo grandes lagunas en todo esto, casi más que tú, lo vas a comprobar. —Volvió a quedarse abismado por unos segundos—. Esa maldita nota... Quise pensar que era una broma de mal gusto de algún cliente con mala intención; decidí enseñársela al que hasta ese momento había considerado mi padre, Romualdo Sandoval. —Sofía arrugó el ceño, ella recordaba que Romualdo sí era su progenitor, no así Sagrario; Daniel notó su extrañeza y en seguida se lo aclaró—. Él me confirmó que era cierto, que ni él ni Sagrario eran mis padres, que me habían recogido a los pocos días de nacer y que desconocía todo sobre la identidad de mis padres biológicos. Por eso viajé a París, estaba muy confuso, no imaginas la sensación de orfandad que te provoca una noticia así, saber de repente que los que has creído que son tus padres no lo son, y que a aquellos que te dieron la vida no los conoces, ni apenas te conocen a ti... Necesitaba averiguar quién me había traído al mundo, dónde, en qué circunstancias. No te dije nada porque me lo suplicó Romualdo, no por él, toda la autoridad que tenía sobre mí se esfumó en ese mismo instante, lo hice por Sagrario, mi madre a fin de cuentas, la que me crio y me cuidó como solo una madre puede hacerlo; por lo visto ella creía que yo era suyo, me intercambiaron por su bebé, muerto a las pocas horas de nacer. Se lo debía a ella, no decir, no contar, al menos hasta saber todas las aristas de esta escabrosa verdad. Por eso no te dije nada, y menos mal que no lo hice, te hubiera puesto en peligro si lo hubieras sabido, de eso estoy seguro.

—¿Yo, en peligro? ¿Por qué?

La ansiedad por entender de Sofía la desbordaba, pero él insistió con un gesto que le dejara hablar, contar, explicar para poder encajar las piezas. Ella afirmó y se echó un poco hacia atrás, como si le diera a entender que se iba a contener, o al menos iba a intentarlo.

—Viajé a París y allí me encontré con un espejo de mí mismo. —La miró con fijeza y tragó saliva—. Era Klaus Zaisser, mi hermano gemelo, exactamente igual a mí, como dos gotas de agua. Me dijo que nuestros padres vivían en la zona este de Berlín, me propuso ir a conocerlos y acepté.

Sofía no pudo evitar abrir la boca, pero la volvió a cerrar, callar para dejarle hablar.

Entré con él a Berlín Este... —la miró durante unos segundos fijamente, con una intensidad que alertó a Sofía—. Y ya no volví a salir de allí hasta hace unos días. Todos estos años he permanecido encerrado en una cárcel de la RDA, todo el tiempo, aislado, confinado... Casi muerto.

—Pero si volvimos juntos de París... —Sofía hablaba con torpeza, como si las palabras no encontrasen acomodo en sus labios, incapaz de aceptar lo que empezaba a intuir, incapaz de asumir algo tan terrible—. Fui a buscarte a París y... y tú me llamaste a casa de Patricia, una amiga de mi padre, ¿recuerdas? Su hija Monique nos tuvo que llevar en el coche hasta la frontera porque toda Francia estaba en huelga y no había trenes ni aviones ni autobuses. ¿Es que no te acuerdas? —Se aferraba a que sufriera una amnesia temporal, a una falta de memoria por algún motivo que aún desconocía, pero el rostro impávido de Daniel le daba a entender que no había recuerdo, no existía ni siquiera tapado bajo la manta del olvido, voluntario o forzoso. Cada vez más desesperada, insistió en rememorar—. Tienes que acordarte. Volviste conmigo, y aquel viaje... Aquel viaje te cambió... —Sus ojos empezaron a llenarse de lágrimas porque la realidad caía sobre ella como un torrente de pesado plomo—. Nos cambió la vida... A los dos nos cambió la vida... Estuviste a mi lado hasta hace once años, cuando fuiste a buscar a Beatriz, se la habían llevado, ¿recuerdas?

Daniel negó por fin con un gesto apesadumbrado.

—Sofía..., lo siento... Lo siento mucho... El que murió hace once años no era yo, era Klaus, mi hermano Klaus. Él me suplantó durante todos esos años, me robó la identidad, mi vida a tu lado, a mis hijas, todo, me lo robó todo...

El rostro de Sofía se contrajo horrorizado, se llevó la mano a la boca para impedir el grito.

—Dios mío... No puede ser... No... No puede ser...

Se levantó de un salto, como si un muelle se hubiera activado con violencia en su interior. Se fue a la ventana y la abrió apresurada. Se agarró al alféizar y sacó la cabeza, boqueando. Aspiró con fruición el aire frío de noviembre. Se ahogaba. Multitud de recuerdos golpeaban su mente con hiriente rabia, un sinfín de vivencias con el que creyó su marido, sus besos, sus abrazos, sus ojos, aquellos ojos exactamente iguales a los que ahora la observaban. Pero como una enorme cascada empezaron a caerle los detalles que no encajaban, pequeñas cosas apenas sin importancia que le habían provocado dudas, aunque solo fuera un instante, los olores, el tacto de la piel, la forma de susurrar, algo hubo siempre en él que la desconcertaba, algo que ahora identificaba con una dolorosa crudeza.

—No puede ser... No puede ser... —murmuraba una y otra vez.

—Klaus era un espía de la Stasi. Nos han estado utilizando para sus propios intereses.

De repente Sofía se volvió hacia él derramando todo el resentimiento que crecía en su interior.

—¿Y tú? —Se acercó a él con una actitud amenazante, sus ojos enrojecidos, rabiosos—. ¿Dónde estabas tú? ¿Por qué no me llamaste? —De repente empezó a darle manotazos colérica—. ¿Por qué no me lo dijiste? ¿Por qué lo permitiste? Soy tu esposa y he estado viviendo con un extraño durante años, acostándome con él, compartiendo toda mi intimidad con él, toda mi vida, y tú no me dijiste nada. ¿Por qué no me dijiste nada?

Su voz rasgada de ira iba subiendo de tono hasta convertirse en gritos encorajinados, al borde de la histeria.

Daniel intentaba sortear los manotazos con estoica mansedumbre. Compartía y comprendía su rabia, era necesario arrojar aquel veneno que le corroía las entrañas. Recordaba el día que Hanna se lo había descubierto a él, la sensación de amargura que horadó su espíritu, había creído morirse de ira y de impotencia, carcomido durante meses por el odio, por una profunda inquina hacia el hermano traidor, todo lo que hasta aquel momento había padecido en su incomprensible encierro se había quedado en nada en comparación con el tormento que sintió por una infamia tan despreciable, una insidia abyecta, un engaño ruin y miserable.

Sofía continuó dando manotadas, preguntando por qué, hasta consumir sus fuerzas. Su cuerpo se ablandó como el de un animal atrapado en un cepo que, agotado, se rinde a la muerte. Sus piernas se doblaron como un junco y cayó a sus pies, sentada en el suelo sobre una alfombra de un color indefinido, la cabeza apoyada mansamente en las rodillas de Daniel, llorando con tanta amargura que a él se le desgarraba el alma. La intentó levantar, pero le fue imposible, tanto dolor pesaba.

—No podía hacer nada, amor mío —le decía con voz ahogada, casi quebrada, acariciando su pelo, intentando calmarla—. Yo no podía hacer nada porque no sabía nada, no entendía nada. Me habían arrojado fuera del mundo, anulado como ser humano, no existía, no existía para nadie..., ni siquiera para ti... —Tomó aire y engulló las lágrimas que reventaban sus ojos. Intentó recomponerse. Continuó hablando con voz queda—. Conocí a mi madre, y también a mi padre y a una hermana menor que yo, Bettina —murmuró el nombre.

Sofía alzó la cara sobresaltada, recordando el día que escuchó aquel nombre de boca del otro, de la mentira que le dijo, una clienta mayor que estaba en la cárcel y que pertenecía a una mafia.

—¿Bettina era tu hermana?

Daniel asintió y continuó hablando.

—Ellas fueron amables, sobre todo mi madre, pero mi padre no quiso ni mirarme, me despreció como un perro. Por lo visto nadie, salvo mi madre, sabía de mi existencia. Me entregó a Romualdo cuando nací, y viajó con mi gemelo hasta Rusia para encontrarse con mi padre. En seguida me di cuenta de que mi visita no era grata, incluso a mi madre le dolía verme, la sensación de culpabilidad era mucho más fuerte que la felicidad de reencontrarse con el hijo entregado. —La miró y acarició su mejilla ardiente y enrojecida, los ojos arrasados por el llanto—. Intenté llamarte varias veces, en París, en Berlín, me fue imposible; te envié un telegrama... —Calló un instante y retiró las manos de su cara, ella continuó con los ojos fijos en él, apoyada su barbilla en sus rodillas—. Ahora sé que todo estaba amañado para que no pudiera volver a comunicarme contigo, que el telegrama que envié desde Berlín acabó en el fondo de una papelera. Todo estaba preparado. Permanecí en aquella casa el tiempo justo, apenas un día. A la mañana siguiente quise marcharme. Klaus me acompañó hasta la frontera para cruzar al lado occidental de la ciudad, desde allí pensaba volar a París y regresar a casa, a tu lado —la miró con ternura y volvió a acariciar su rostro—. Pero mi vida quedó interrumpida en aquella maldita estación. Me detuvieron, me encerraron... No entendía nada. Me despojaron de todo lo que era mío, mi ropa, mi pasaporte, me quitaron todas mis pertenencias. Me encerraron en una celda oscura, tan estrecha que no podía abrir los brazos sin toparme con las paredes, húmeda, fría, sin ventilación. No imaginas el miedo que pasé, Sofía. No te puedes imaginar el miedo que se puede llegar a soportar... Yo solo pensaba que aquello tenía que terminar pronto, que mi hermano se daría cuenta de que me habían detenido, que alguien se lo diría y vendría a sacarme, pero pasaban las horas y pasaban los días y nadie me decía qué ocurría, por qué estaba allí. Me hicieron una especie de reconocimiento médico, me miraron todo el cuerpo como si fuera un animal de laboratorio, así me sentí, hablaba y nadie me contestaba, como se ignora a una bestia que gruñe. Después de eso me devolvieron a la celda y volví a sentirme solo, como si el mundo se hubiera olvidado de mí... —Se quedó callado unos segundos, el gesto grave, serio—. Intenté consolarme con la idea de que tú me buscarías, creyendo que te habría llegado el telegrama y que, al no aparecer, moverías cielo y tierra para encontrarme. Mi única obsesión en aquellos días fue el convencimiento de que me sacarías de allí, eras la única que podría sacarme de aquel infierno.

Sofía no pudo evitar recordar que durante aquellos primeros días en los que él estaba sufriendo aquella terrible experiencia, ella paseaba espléndida por las tumultuosas calles de París en compañía de Monique. Extravió los ojos sin poder evitar un sentimiento de vergüenza y culpa.

—Te esperaba cada segundo —continuó Daniel con su voz blanda—, cada minuto pensaba en ti, tú vendrías a por mí y me salvarías de aquella pesadilla. Pero el tiempo siguió transcurriendo sin tregua, implacable. Después de una semana, tal vez dos, no lo sé muy bien, la puerta se abrió y me sacaron de aquella cloaca. Lo primero que pensé fue que por fin me iban a soltar. No puedes imaginarte la euforia que sentí en aquel momento, atravesando aquellos pasillos solitarios, guiado por un policía armado, sin reparar siquiera en que antes de salir de la celda me había puesto unos grilletes, tan ciego estaba, no se esposa a quien se va a liberar. Mi mente iba por otro lado, todo había terminado, sí, todo había terminado y por fin podría regresar a casa... Aquel espejismo se diluyó cuando me fueron a introducir en un furgón; intenté resistirme, explicar que aquello era un error, suplicaba a los policías que me empujaban que yo no había hecho nada para merecer aquel trato, pero nadie me escuchaba, era como si todos estuvieran sordos, me ignoraban, despreciaban mi angustia, no les importaba nada mi sufrimiento.

Calló unos segundos, se echó la mano al bolsillo de la chaqueta, sacó la aplastada cajetilla de tabaco que le había entregado Hanna, extrajo un pitillo, lo alisó entre los dedos y encendió una cerilla. Mientras él prendía el extremo del cigarro, Sofía le cogió la cajetilla, se sentó en el sillón y sacó otro; Daniel acercó la llama y lo prendió también. Ella se dirigió a él con una extraña serenidad, dejando escapar el humo por la nariz y los labios.

—Continúa... Por favor... —dejó el cigarro en el cenicero y adoptó un semblante atento.

Daniel le sonrió y rozó su mano. Se dio cuenta de que era la primera vez que contaba su terrible experiencia, y que en los últimos diecisiete años únicamente había podido mantener una conversación con Hanna, y ahora lo hacía con Sofía. Bajó los ojos recapitulando recuerdos.

—Aquello tan solo fue un cambio de lugar, otra prisión, otra celda, algo más grande, teniendo en cuenta que la primera era un agujero inmundo, menos húmeda, una silla, un catre de madera, una colchoneta, una manta tan fina como el papel de fumar, un lavabo, un cubo para hacer mis necesidades y una bombilla, una maldita bombilla que permanecía encendida todo el día, y cuando según las reglas tocaba dormir, se apagaba, pero se encendía cada cierto tiempo interrumpiendo el sueño. Me duchaba una vez a la semana con agua fría, helada en invierno. Me permitían afeitarme una vez al mes. La comida la introducían por una trampilla que había en la puerta. Una vez al día un guardia me hacía salir con el cubo de mis deyecciones para arrojarlas a una letrina. El primer día no entendía lo que quería, me hablaba en alemán, dándome órdenes que yo no comprendía, alzando la voz cada vez más, cada vez más violento, más agresivo, hasta que cogió el cubo y me volcó en la cabeza toda la mierda... —su rostro se ensombreció—. No me pude duchar hasta el día siguiente... He de reconocer que, salvo aquel incidente —acompañó la palabra con una mueca—, nunca me pusieron la mano encima, nunca me molestaron, no es un consuelo, pero en aquel silencio de vez en cuando se oían gritos, voces desgarradas y de gran sufrimiento. Perdí el sentido de la orientación y del tiempo, no sabía si era de día o de noche, mi ciclo vital se regía por aquella maldita bombilla. —Se llevó el cigarro a la boca, aspiró y exhaló el humo con un largo suspiro. Se demoró un poco. Luego continuó—: Allí empezó para mí la nada. No tenía nada que hacer, nadie con quien hablar, nadie se dirigía a mí, el único rostro humano que veía era el que me acompañaba a evacuar el cubo de la mierda, y apenas atisbaba su cara porque me obligaba a bajar la vista para no mirarlo. Durante meses apenas oí la voz humana. Era el vacío absoluto. Me sentía como un buzo en el fondo de una pecera, solo en el mundo, desesperadamente solo, esperando que algún día se abriera la puerta y pudiera ascender a la superficie.

Volvió a llevarse el cigarro a los labios y luego lo estrujó en el cenicero que había en la mesa. El de Sofía se consumía lentamente, más de la mitad convertido en ceniza; se había olvidado por completo, sobrecogida, espantada por la vivencia contada.

—Maté a un hombre —añadió él a bocajarro. Sofía no se movió, fue como un bofetón imprevisto, duro, doloroso—. La pistola se disparó en mi mano y la bala le atravesó el corazón, pero no era esa mi intención. No pretendía matar, sino morir, acabar de una vez. Esa bala debía haber sido para mí... Pero hasta eso me robaron. Había acumulado la fuerza suficiente para hacerlo, no imaginas de lo que puede ser capaz la voluntad cuando se pierde toda esperanza, y yo la había perdido, definitivamente. Perdida toda certeza de que alguien en el mundo me recordase, me convencí de que todos me habíais olvidado, tú, mi gemelo, mis padres, los de aquí y los de allí, mis hijas, mi propio país. Le golpeé con el cubo después de vaciarlo en la letrina; le pillé desprevenido, cayó al suelo, intenté quitarle la pistola, pero forcejeamos, tenía el arma en mis manos, yo quería que me matase. —Se quedó callado un instante, abismado—. Sonó un disparo, sentí en mi mano la detonación, su cuerpo se derrumbó como un fardo. De inmediato oí otro disparo y un dolor intenso en el vientre, luego perdí el conocimiento. —Esbozó una sonrisa amarga—. Creo que estuve a punto de conseguirlo... Pero seguí viviendo. Me juzgaron, bueno, eso creo, porque no me enteré de nada, el juicio fue en alemán. Me condenaron a quince años. —Encogió los hombros conforme—. Lo mismo me daba quince que ochenta. Lo único que cambió de todo aquello fue el traslado a otra cárcel, otra celda con un váter y con una ventana con cristal opaco por el que solo se atisbaba si era de día o anochecía. Salvo aquellos detalles, lo cierto es que mi vida siguió enmoheciéndose lentamente, regresé a la nada y de ahí no salí hasta que esa mujer entró en mi celda. Tú la conociste. Fue ella la que te devolvió a Beatriz. —Su rostro se ensombreció—. Qué angustia tuviste que padecer.

—Esa mujer… —murmuró Sofía consternada por el recuerdo de Hanna, esa mezcla de alegría por el encuentro y de rabia por habérsela arrebatado—. ¿Ella la secuestró?

—No importa quién lo hizo. Hanna cumplía órdenes, si no hubiera sido ella habría sido otro, y podría haber sido mucho peor.

Sofía se irguió enfurecida.

—No la justifiques, Daniel, no te lo consiento.

Daniel la miró un instante, mesurado.

—No justifico nada, Sofía, no te confundas, nada de lo que ha pasado tiene justificación. Tan solo estoy poniendo a cada uno en su lugar, eso es todo.

—Pero ¿por qué se llevaron a la niña? —Sofía preguntaba con angustia, intentando coser la tela de araña que se le deshacía con cada palabra de Daniel, imposible de rematar los pespuntes de una costura desbaratada.

—La Stasi presionó a Klaus. Bettina había conseguido salir del país. Llevaba mucho tiempo queriendo salir de la RDA, la primera vez que lo intentó fue al poco de alzarse el maldito Muro. Tenía dieciséis años. Debes entender que, para un ciudadano de la RDA, la simple pretensión de cruzar la frontera de la Alemania del Este sin la correspondiente autorización estatal es un delito que puede costar la cárcel no solo al que lo hace, sino a todos los que le presten ayuda o simplemente sean conocedores de sus intenciones, incluso sus familias sufren el escarnio del Estado, padres, hermanos, hijos, cónyuge. A Bettina la encerraron durante meses en una especie de correccional, la maltrataron, la violaron, le arrancaron todo lo bueno que un adolescente puede tener... Salir del país se convirtió en una obsesión para ella y también para Klaus, la ayudó desde aquí con medios económicos de la Stasi y del KGB, utilizando agentes que le debían favores. La Stasi secuestró a Beatriz para obligarle a que llevase a Bettina de regreso. Fue a buscarla hasta Lübeck y la llevó de vuelta a la Alemania del Este. Es evidente que la traicionó, no había otra forma.

—¿Por qué a Beatriz?

Daniel esbozó una mueca de tristeza.

—Hanna y Klaus se enamoraron. Ella se quedó embarazada y tuvieron una hija —Daniel miró a Sofía y sonrió—. Hanna me confesó que a Klaus le gustaba el nombre de Beatriz, pero le pusieron Jessie porque Hanna se lo pidió, era el nombre de su madre. Los dos eran muy jóvenes y tenían muchos proyectos, pero no en el Berlín Este. La repentina construcción del Muro los pilló en el lado malo de la ciudad, intentaron saltar al lado occidental, pero los descubrieron. —Calló unos instantes, con gesto abstraído—. A Klaus lo encerraron durante seis meses. A cambio de su libertad, se comprometió a colaborar con los servicios secretos. No volvió a ver a Hanna hasta el mismo día de su muerte. Le dijeron que las dos habían muerto. Y no le quedó más remedio que aceptarlo.

—Pero no lo estaban... —dijo Sofía ante la evidencia de la existencia de Hanna.

—Hanna se casó con un gerifalte del partido, formó una familia junto a la pequeña Jessie, pero la niña murió cuando tenía tres años en un desgraciado accidente. —Daniel se irguió un poco y tomó aire, como si de repente sus pulmones se hubieran quedado sin oxígeno. Movió la cabeza a un lado y a otro, valorativo—. Un hombre frío y brutal como Klaus, capaz de matar o de encerrar a su propio hermano, debía de tener un punto débil. Ellos lo sabían. La Stasi sabía que Beatriz era su talón de Aquiles. Cuando Klaus llegó a tu vida, nuestra hija era de la edad que tenía Jessie la última vez que la vio. Debió de ser para él como recuperar a su pequeña, un milagro al que no pudo resistirse. Klaus encontró en Beatriz una forma de llenar el tremendo vacío que le dejó la pérdida de su propia hija.

Con aquellas palabras Sofía entendió tantas cosas que se sintió abrumada. El amor que Klaus mostraba a Beatriz era el reflejo del amor por su propia hija, una manera de paliar el dolor de la pérdida. Se estremeció al pensarlo.

Daniel continuó con voz pausada.

—Después de la pérdida de Jessie, Hanna tuvo tres hijos más, se adaptó a vivir en un país que la obligaba a permanecer dentro de sus fronteras. Su marido era un tipo con mucho poder para hacer y deshacer determinadas cosas, un instrumento necesario al servicio de un sistema perverso —recordó las palabras de Hanna sobre su marido antes de salir de la cárcel—. Gracias a su influencia y a la protección de Hanna, me cambiaron de celda a una que tenía ventana con cristales traslúcidos.

—sus labios se abrieron risueños—. Después de años volví a ver el cielo... Fue una sensación increíble, no imaginas cuánto, tan acostumbrados estamos a alzar la vista y vislumbrar el cielo y el sol y las estrellas y ver caer la lluvia y sentir la brisa, sin cortapisas, siempre que queramos, solo levantar la cara o asomarte por la ventana. —Se quedó callado unos segundos rememorando esa grata sensación—. Hanna empezó a visitarme en mi celda una vez al mes, una hora. Se me permitió tener libros que me proporcionaba ella, aprendí alemán y a jugar al ajedrez gracias a ella. Se puede decir que Hanna me salvó la vida... O al menos me salvó de la locura. Si no hubiera sido por ella, habría encontrado la manera de morir, uno se puede ir dejando, abandonarse poco a poco hasta que al corazón ya no le quede fuerza para seguir latiendo. En mi enajenación estaba dispuesto a ello cuando esa mujer apareció. Su presencia me obligó a recuperar la cordura.

Sofía arrugó la frente, conectando en su cabeza ideas, relacionando hechos. Le habló con voz angustiada:

—Fue ella la que me trajo la noticia de tu muerte, la que me entregó el certificado de defunción en el que decía que Daniel Sandoval había fallecido de un infarto fulminante, cuando yo sabía que había sido un disparo porque Beatriz lo presenció. Esa mujer lo sabía todo... —sus ojos enajenados lo miraban como si estuviera a punto de entrar en pánico—. Sabía que el muerto no eras tú, sino Klaus, y me mintió todo el rato... Me mintió...

—No le quedaba más remedio. Si te hubiera dicho la verdad lo hubiera pagado muy caro, ella y sus hijos. Y ante semejante tesitura, Sofía, no se puede juzgar el actuar de nadie.

—Pero fue una crueldad lo que hizo.

—Ella sabía que lo era, y sufrió mucho. Me consta que estuvo a punto de contártelo. No podía poner en riesgo a sus tres hijos, también muy pequeños, la mayor de la edad de Beatriz. Hay que entenderla.

—¿Y por qué esas visitas? ¿Por qué a ti?

—Tenía sus razones. —Movió la cabeza de un lado a otro

negando, la mirada perdida—. Cuando se casó, su marido le exigió no acercarse a Klaus, no podía tener contacto con él, lo tenía prohibido, si lo hubiera hecho, si lo hubiera intentado habría perdido a la niña. Lo cumplió, pero no dejó de amarlo. Se las arregló para conocer todos sus movimientos. Sé que tuvo que hacer cosas muy sucias para conseguir esa información, cosas denigrantes para una mujer, pero necesitaba saber los pasos de Klaus. Nunca dejó de amarlo. Siguió amándolo siempre, le sigue amando incluso después de muerto, por eso me ayudó, porque mirándome encontró una forma de luchar contra el olvido que corroía su recuerdo.

Sofía lo miró estática, pasmada, sin reaccionar, hasta que de repente se removió del asiento.

—Dios mío... Esto es... Es una locura... —Le miró como si de repente estuviera viendo a un extraño—. ¿Cómo sé que no eres él, que no eres el otro que vuelve para introducirse de nuevo en mi vida? Te presentas aquí once o... —dudó un segundo—, sabe Dios cuántos años después, y me cuentas una historia increíble, y yo... Y yo... —Encogió los hombros, como si sintiera el peso de su furia. Su rostro era una mezcla de ironía y dolor—. Lo único que tengo claro en todo este berenjenal que me has contado es que me habéis destrozado la vida.

Daniel la miró herido por haberle incluido a él en su apreciación.

—No puedes decirme eso, Sofía, no es justo.

Se levantó de nuevo enfurecida, las pupilas desenfrenadas, soliviantada.

—¿Lo es acaso para mí? ¿Es justo que haya vivido con un extraño durante seis años, que durante once haya vivido y padecido como una viuda? —Abría los brazos con vehemencia en una actitud furibunda—. ¿Es justo eso, di, es justo?

Daniel la miró contenido.

—Yo soy tan víctima como tú, o más si cabe. En cualquier caso, tú mantienes tu nombre, tienes una identidad, una carrera que te reporta prestigio y un proyecto de vida al que aferrarte. He visto cómo la gente te admira y te respeta. A mí, sin embargo, me ha sido arrebatado todo. Esta ropa es prestada, el tabaco que fumo es prestado, el dinero con el que he podido llegar hasta aquí es prestado, el pasaporte con el que he entrado en España —se lo sacó del bolsillo y lo lanzó sobre la mesa exasperado— lleva el nombre de otro. No sé quién soy, no tengo identidad, no tengo nada —abrió las manos mostrando las palmas y elevó las cejas—, no existo.

Sofía lo miró aturdida. Se dio cuenta de su arbitrario egoísmo, pero era tanto el resentimiento que la quemaba por dentro que no fue capaz de dar su brazo a torcer. Le dio la espalda y se acercó a la ventana en silencio, un silencio que resultó demoledor para Daniel.

Al cabo de unos segundos tensos, se levantó con movimientos pausados.

—Lo siento mucho, Sofía. Siento mucho por todo lo que has tenido que pasar.

Cogió el pasaporte, el chaquetón y la gorra y salió al pasillo.

—¿Adónde vas? —preguntó ella volviendo la cara, pero sin moverse del sitio.

Daniel se detuvo y se volvió con el gesto sereno.

—Si tú no quieres, no tengo derecho a interferir en tu vida. Pero yo tengo que encontrar mi lugar, tengo que recuperar mi vida contigo o sin ti. Así que, si tú lo quieres, me echaré a un lado y seguiré solo mi camino.

Esperó unos segundos, como para darle tiempo a reaccionar, y al ver que no lo hacía, que se mantenía estática, los brazos cruzados en el regazo, entendió que desistía de luchar por él.

Se dio la vuelta, continuó avanzando en silencio y salió de la casa.

Al oír la puerta, el cuerpo de Sofía se rompió en un incontenible llanto.

11

Sofía corrió por el pasillo, abrió la puerta y bajó a la carrera los dos tramos de escalera. Salió a la calle, miró a un lado y a otro sin verlo. Dio unos pasos, lo vio alejarse lentamente por la plaza de las Comendadoras. Corrió tras él, casi de puntillas para evitar unos tacones excesivos para la carrera.

—¡Daniel, espera! —le gritó—. ¡Daniel!

Él se detuvo al oírla y se giró sobre sus talones. Impávido, las manos en los bolsillos, la observó acercarse, ya no corriendo ahora que la había visto, sino caminando rápido.

—¿Adónde vas? —Sofía repitió la pregunta cuando estaba aún a un par de metros. Instintivamente, se cruzó los brazos bajo el pecho. No había cogido el abrigo y hacía mucho frío, demasiado para su fino vestido—. ¿Adónde vas a ir? —insistió cuando ya se encontraba frente a él.

Daniel la miró con una mezcla de ternura y mesura.

—Déjalo, Sofía. Los muertos nunca regresan... Y yo morí para ti hace demasiado tiempo.

—Pero ahora estás vivo, y estás aquí, conmigo.

—No tengo derecho a exigirte nada. Mi tiempo se pasó. Tal vez haya otro que ocupe mi lugar en tu vida.

—Eso no es cierto —le interrumpió con voz temblona—. No hay nadie, al menos nadie tan importante como tú.

Daniel le sonrió satisfecho, le acarició una mejilla, una caricia leve, solo un instante de roce.

—No me importaría volver a conquistarte de nuevo.

—No quiero que te vayas, no quiero que vuelvas a desaparecer de mi vida otra vez. No podría soportarlo. Por favor... —su voz se quebró, emocionada—, vuelve a casa conmigo.

En ese momento empezó a llover. Daniel esbozó una sonrisa, acarició el rostro arrasado de Sofía, como si con un gesto quisiera secar la lluvia, hacer desaparecer tanto sufrimiento, tantas dudas, todo el dolor. Las gotas se precipitaban en sus párpados provocando un constante pestañeo. Daniel se desprendió del pesado chaquetón y se lo echó sobre los hombros. Ella lo agradeció con una sonrisa y con la mirada colgada en sus ojos. Luego, suavemente, Daniel la estrechó entre sus brazos y la apretó contra sí fuerte, muy fuerte.

12

Los muertos no deberían regresar nunca. Aquel a quien se ha llorado, a quien se le ha hecho duelo y por quien se ha llevado luto durante años no debería regresar nunca. Pero Daniel Sandoval lo hizo, y no quedó más remedio que asumir lo insólito. Salió de casa de Elvira para instalarse en la que había sido la suya hasta que su vida quedó detenida en una estación de tren de Alemania del Este. Regresó remiso de pisar un suelo casi olvidado y de cobijarse bajo un techo tanto tiempo anhelado.

Sofía esperaba desde hacía un rato a Carmen en el café Central, sentada junto al ventanal, observando el transcurrir de la gente por la plaza del Ángel en aquella tarde cubierta de nubes que amenazaban lluvia. La había llamado para quedar con ella, necesitaba hablar con alguien porque seguía muy confusa. Apenas había transcurrido un mes desde la milagrosa aparición de Daniel y seguía sin saber cómo actuar con él. Resultaba complicado convivir con un regresado de entre los muertos. Habían acordado ocultar al mundo la existencia de Klaus; hacerlo hubiera complicado mucho las cosas no solo para él y los consiguientes trámites que le devolvieran su identidad, sino también para Sofía; temía la reacción de la gente al conocer que durante seis años había estado metiendo en su cama a un extraño sin percibir nada, porque lo cierto era que ella había tenido sus dudas soslayadas una y otra vez bajo el cómodo manto de que todo estaba bien, decidida a dar la espalda a una sospecha que la aplastaba y que durante años no quiso admitir, apartándola de su mente como algo molesto. Por eso, al escuchar la verdad de boca de Daniel, había sufrido una amarga sensación de culpabilidad. Habían pasado once años y, salvo para ella, Klaus Zaisser no existía para nadie en España, y así iba a seguir. No les quedó más remedio que explicárselo a Beatriz en cuanto le vio entrar en casa. Recelosa del resucitado, igual que un santo Tomás descreído metiendo el dedo en la llaga del costado, buscó la cicatriz en el pecho por donde recordaba con toda nitidez haber visto brotar la sangre de su padre herido de muerte; no la halló, así que le contaron la verdad. También se lo había contado Sofía a su amiga Carmen, lo hizo el mismo día de la aparición de Daniel, necesitaba hacerlo, compartir con alguien de plena confianza aquel extraño lastre que de repente le había caído sobre los hombros, un lastre incómodo y deseado a la vez, desconcertante y conmovedor también.

Vio llegar a Carmen a horcajadas en su moto BMW de color rojo. Aparcó justo enfrente. Sofía sonrió al verla. La observó bajar de la moto, quitarse el casco y arreglarse el pelo. Era tan diferente como especial. Se había casado locamente enamorada a finales de los setenta, y fue de las primeras mujeres en solicitar el divorcio en cuanto se aprobó la ley que lo permitía. No tenía hijos, pero vivía con dos perros a los que adoraba; de vez en cuando se echaba amantes, siempre esporádicos, nunca permitía que se acomodasen en su cama más allá de una noche, siempre ricos, siempre atractivos y normalmente extranjeros; precisamente aquel fin de semana lo había pasado en Londres con su último fichaje. Vivía en un piso que daba a la plaza de Oriente, viajaba mucho, pero ya no como azafata, desde hacía años se había integrado como personal de tierra en la compañía con un cargo de responsabilidad importante, dirigiendo un equipo en el que cuando ella entró solo había hombres y que había ido transformando incluyendo varias mujeres muy válidas y competentes. Para Sofía, que la admiraba profundamente, aquella mujer representaba la bandera de los nuevos tiempos que respiraba España, la modernidad personificada.

—Date tiempo, Sofía. Has ejercido de viuda once años. No es fácil volver a ser la esposa de un hombre al que además no ves desde que era un imberbe... Diecisiete años son muchos años.

—Si ya lo sé. Isabel se ha negado a aceptarlo. Se ha marchado a vivir con su novio

—Tu hija estaba buscando la manera de irse de casa y esto le ha venido a huevo. No te preocupes demasiado por ella, ya sabes que para Isabel la vida es todo fiesta. Lo asumirá con el tiempo. —Se calló porque en ese momento se acercó el camarero para atenderla. Pidió una copa de vino tinto, como su amiga. Cogió una patata frita que había en un platillo—. ¿Y Beatriz? ¿Cómo lo lleva?

—Con mucho recelo, lo rehúye sin ningún disimulo, como si hubiera metido en casa a un alienígena; cuando él entra en una habitación ella sale, si lo encuentra en el salón, se encierra en su dormitorio, nunca coincide en la mesa ni a comer ni a cenar.

—Lo mismo te digo, dale tiempo. Esto hay que asimilarlo.

—¿Cómo se puede asimilar esto? —murmuró sin buscar una respuesta, el gesto caviloso.

—¿Y él? ¿Cómo lleva su nuevo estado?

Sofía se mantuvo en silencio unos segundos, reflexionando la respuesta.

—No lo sé muy bien. Apenas habla. Duerme en la habitación de Isabel, no podía meterlo en mi cama, no... —se quedó un instante abismada, movió los hombros y apretó los labios—. No podía. Se mueve por la casa como un aparecido. Tampoco debe de ser nada fácil para él entrar en la que fue su casa, usurpada durante años por su gemelo. Está tan raro…

—Mujer, permanecer encerrado diecisiete años en una celda sin entender por qué es para volverse uno muy raro, no me lo negarás.

—No sé, Carmen, estoy muy confusa. Por un lado, Daniel es mi marido, mi verdadero marido. Pero cuando pienso que he estado viviendo con un extraño durante tanto tiempo…

—No tan extraño —replicó Carmen—. Seis años es mucho tiempo para conocer a una persona, y si lo piensas son los mismos que los que viviste con Daniel; conociste mejor al otro que al auténtico, este sí que se ha convertido en un desconocido para ti tras diecisiete años ausente de tu vida, peor aún, ausente casi de la suya.

—Ya lo sé, pero es que desde que ha vuelto tengo una cosa aquí —se puso la mano en el pecho— que me agobia. No se me va de la cabeza lo que hizo Klaus, es tan dantesco. Tan espantoso. Daniel no merecía eso, pero —la miró con fijeza, las pupilas atormentadas— le odio tanto, tanto…

—Y ese odio que dices sentir hacia Klaus Zaisser no puedes evitar proyectarlo sobre Daniel.

Sofía miró a su amiga mostrando sorpresa.

—Lo último que se merece Daniel es mi odio —arqueó las cejas pensativa—. Pero…, no sé, puede que tengas algo de razón.

Carmen bebió un sorbo de su copa. Apretó los labios valorativa.

—Se te ve venir a la legua, Sofía, eres tan transparente. ¿Quieres que te diga lo que pienso?

Sofía la miró sonriente.

—Sería la primera vez que tú te callas algo.

Carmen echó el cuerpo hacia delante para acercarse un poco más a su amiga.

—Sofía, sabes que te quiero mucho, que eres mi mejor amiga desde que tenemos uso de razón. Y por eso mismo te voy a decir lo que te pasa, aunque seas incapaz de admitirlo —la miró con fijeza, los ojos indagatorios en los sentimientos de la amiga—. En el fondo de tu corazón sigues enamorada de Klaus, y es lógico, porque la vida con él te fue mucho más grata que con el original, en todos los sentidos, sin excepción. Lo quieras o no, si estás donde estás es gracias a él, gracias a su apoyo en tu proyecto a nivel profesional y que tanto y tan bueno te ha reportado a nivel personal. Y eso te puede costar admitirlo, pero es así, y tú y yo, que te conozco mejor que tú misma, lo sabemos. —Se echó hacia atrás como si tomara distancia—. Piensa dónde estarías ahora si en vez de Klaus hubiera vuelto de París el original. Te lo digo yo: en tu casa sentada emulando a tu madre con tus hijas, igualito que tu hermana Adelina.

—No, eso no —dijo sin poder evitar sentirse contrariada por la verdad descarnada que su amiga le había puesto sobre la mesa.

—Desde luego no habrías llegado a ser lo que ahora mismo eres, una de las científicas más reconocidas en este país, una mujer valorada y respetada en un mundo todavía ocupado en su mayoría por hombres, y tú lo sabes, y por eso te revuelves contra el que ha quedado vivo, porque sabes que no vas a encontrar en él lo que hallabas en el otro, por muy gemelos que fueran. Ese es tu verdadero problema. Si no eres capaz de aclararte, si no entierras de una vez a Klaus y te planteas qué hacer con Daniel Sandoval, continuarás con el cacao mental que arrastras.

Sofía se quedó abismada en el revoltijo de sus pensamientos. Después de su padre, Carmen era la persona que mejor la conocía, y a su padre no podía hablarle de esos miedos.

Carmen sacó un libro de su bolso y se lo tendió.

—Te lo regalo. Lo compré este fin de semana en un puesto de Portobello. Sabía de qué iba porque hace tiempo leí la historia en un artículo. Se trata del relato novelado de un hecho real que sucedió hace cuatro siglos en un pequeño pueblo del sur de Francia, sobre la suplantación de identidad y sus consecuencias. Lo he leído de una sentada. —Calló y la miró con una sonrisa amable—. No he podido evitar pensar en ti.

Sofía lo cogió y leyó el título, *The Wife of Martin Guerre,* de Janet Lewis. Lo ojeó mientras escuchaba a su amiga.

—Martin Guerre abandonó su casa y su familia. Tras ocho años de ausencia, se presentó un hombre que dijo ser él. La mujer de Martin Guerre se enamoró del impostor porque era mucho mejor que su marido, infinitamente mejor en este caso. Tenía dudas y durante un tiempo las tapó con la felicidad que le aportaba. Sin embargo, el final resultó dramático por su incapacidad de reaccionar ante lo que le clamaba el corazón. Se dejó llevar por la razón y una moral deformada y lo perdió todo. Denunció al suplantador, lo juzgaron, fue condenado y lo ahorcaron, pero también perdió al marido que a su regreso la repudió por adúltera. Cada uno escribe su propia historia, Sofía. Míralo de este modo, Daniel es ahora el que ha suplantado a Klaus. Está claro que no es el mismo que cuando te casaste con él, ha cambiado. No olvides que la única verdad de todo esto es la tuya. Date tiempo. Tú decides qué quieres hacer con el resto de tu vida, pero piensa una cosa: si lo pierdes a él, lo pierdes todo, te quedarás sin nada.

13

Durante los meses siguientes, Daniel Sandoval anduvo errante por administraciones y oficinas, un desarraigado con una historia espeluznante que contar, legalmente muerto y sin identidad, un muerto redivivo, un aparecido que había que reintegrar o devolver o recuperar de nuevo a la sociedad.

El día que tuvo que comparar las huellas dactilares con las últimas recogidas en el año 67, cuando se renovó el pasaporte y el carnet de identidad que estuvo utilizando Klaus durante los años de suplantación, lo acompañaba Sofía. Daniel estaba deseoso de volver a recuperar su documentación, poder ir al médico o volver a conducir un coche, convertirse de nuevo en un ciudadano más con nombre y apellido, con obligaciones y también con todos los derechos. Había tenido que pasar por muchos trámites, pruebas, papeleos y burocracia. Así que el momento en el que el policía confirmó sin lugar a duda que las huellas coincidían en todos sus parámetros y que el solicitante era Daniel Sandoval, resultó ser muy emocionante para los dos. Sofía no pudo reprimir el llanto, y ambos se abrazaron. Aquello significaba el final de una etapa negra y desafortunada. Tocaba ahora reconstruir la vida de nuevo, el comienzo de una existencia nueva. Se llegó a sentir como un recién nacido, aliviado por el regreso definitivo a su propia identidad, a pesar de que sabía que no debería ser Sandoval, sino Zaisser, el apellido de su padre, y que tampoco debería haber sido Daniel, sino Felipe, como su abuelo materno, y que no debería haberse criado en España, sino en Moscú en sus primeros años, y después en Berlín, en un sistema comunista y no fascista como el que había conocido, y que debería haber convivido con dos hermanos, su gemelo y su hermana pequeña. Todo eso lo sabía Daniel, pero asumió su identidad marcada por un destino no natural, sino forzado por una situación extrema, por la decisión de su abuela materna de cogerle a él en vez de a su gemelo para llevarlo hasta los brazos de Romualdo Sandoval.

Su adaptación a la libertad no fue fácil. Durante mucho tiempo arrastró su cuerpo como si estuviera unido a una pesada cadena, con el aturdimiento de haber salido de un profundo agujero. Tenía la sensación de haber atravesado un calvario, una ordalía mantenida en el tiempo, más de diecisiete años de prueba diaria para demostrar su inocencia.

Comprendió la reacción de sus hijas y no hizo nada al respecto, no intentó acercarse a ninguna de las dos, no tenía fuerzas ni ganas, primero necesitaba reconstruirse como persona, extraer de su mente todos los miedos, restañar sus propias heridas para ser capaz de conocer y reparar en lo posible los daños colaterales.

Al principio la pobre Vito lo miraba con espanto, cada vez que se cruzaban se mostraba recelosa y se santiguaba varias veces para ahuyentar la sensación de muerte que, a su criterio, aún permanecía en su semblante. A Daniel le llegó a hacer gracia aquella actitud, intentaba restarle importancia. Lo mismo que con sus hijas, con su esposa, con el recelo o curiosidad o el lógico fisgoneo de la gente de su entorno, comprendía aquellas posturas ante un ser a quien se le ha dado para siempre por muerto, porque en toda la faz de la tierra la muerte siempre suele ser para siempre.

Sofía llevó el regreso de Daniel mucho peor de lo que imaginaba, no solo porque llegó a trastocar la relación con sus hijas con un claro distanciamiento de la mayor y una actitud siempre recelosa de Beatriz, sino con ella misma y su forma de tratarle. Cada vez que le miraba no veía al marido recuperado a la vida, veía al extraño al que, sin poder remediarlo, añoraba.

Eduardo abandonó Madrid a las pocas semanas de la milagrosa aparición del marido muerto. Aceptó la oferta en un laboratorio dependiente de la Universidad de Columbia que había rechazado un mes antes, convencido de que su vida estaba junto a Sofía. Ante la nueva situación entendió que no podía permanecer trabajando codo con codo con la mujer a la que amaba profundamente, no podía hacerlo ni por él ni por ella, tenía que dejarle espacio. Se despidió sin hacer ruido, con una serenidad que estremeció a Sofía.

Sofía le había pedido a Daniel tiempo, y no había puesto inconveniente alguno cuando al entrar en la casa, estando los dos en la habitación de matrimonio, le suplicó que se instalase en el dormitorio de su hija mayor; sin decir nada, Daniel se había dado la media vuelta y, dócilmente, se dirigió a la alcoba asignada. En realidad, no ponía pega a nada, se mostraba apacible y educado, se movía sigiloso por la casa mirándolo todo, observándolo todo, lo nuevo y lo que aún perduraba.

Tuvo que equiparse de todo porque Sofía se negó a que utilizase ni un solo pañuelo que hubiera llevado Klaus. El mismo día del retorno de Daniel, Sofía ordenó a Vito que vaciase el armario con sus cosas, sin dejar ni un calcetín, y que lo sacase todo de la casa. Igual que un niño recién llegado al mundo, se fue de compras, tenía que equiparse de todo, ropa interior, calzado, camisas, abrigo, jerséis, trajes, cosas de aseo.

En cuanto tuvo toda la documentación en regla, Sofía le conminó para acudir al banco con el fin de ponerle a él de titular en la cuenta en la que había acumulado todo lo que recibió de la familia Sandoval. Solo entonces, Daniel fue consciente de que era poseedor de una fortuna.

Dormía poco, solía despertar de madrugada sobresaltado por la blandura de la cama, por la suavidad de las sábanas o por el ruido casi olvidado de algún coche que transitaba por la calle; se quedaba mirando largo rato la penumbra, aspirando el olor a limpio de las sábanas, sintiendo el bienestar de la estancia; le parecía fascinante poder elegir leer de día o de noche, encender la luz y apagarla a su antojo, tumbarse y levantarse sin que nadie le observara.

Cada mañana, desde su habitación, oía el sonido del despertador en la que dormía Sofía, y permanecía atento a todos los movimientos de la casa (había adquirido una facilidad pasmosa para identificar cualquier ruido más allá de las puertas), pasos rápidos de aquí para allá, el correr de la ducha, el zumbido del secador de pelo, las noticias escupidas por la radio, el desayuno en el comedor anejo a la cocina, la charla mañanera con Vito (los días siguientes a su regreso apenas murmullos inaudibles que con el tiempo se relajaron). Solía coincidir Sofía en el desayuno con Beatriz cuando tenía clase a primera hora. Daniel permanecía agazapado en la habitación de Isabel hasta que todos se iban. Solo entonces, cuando estaba completamente solo o con la única presencia de Vito, se atrevía a salir de su juvenil cuarto y aspiraba el halo de perfume dejado por Sofía que permanecía estático en el aire del pasillo.

Decidió mantener la barba, algo más arreglada y recortada. Era como una seña de todas sus vivencias, una manera de distanciarse del Daniel de antes, por el que no solo habían pasado diecisiete años; consideraba que no quedaba nada de aquel joven imberbe, manipulable y sometido a los designios de un padre autoritario. Gran parte de su tiempo lo dedicaba a leer y a informarse sobre lo que había sido la cuna de su encierro. Con la idea en la cabeza de ayudar de alguna manera a Hanna y a sus hijos, se empapó de todo lo que tenía que ver con la RDA, el Telón de Acero, la Guerra Fría, el sistema político implantado en los países del Este; lo leyó todo sobre la llegada al poder de Gorbachov con el desarrollo, aplicación y efectos de la Glásnost y la Perestroika no solo en Rusia, sino en los países satélites como lo era la República Democrática Alemana. Se interesó por los fugitivos y los métodos de escapada utilizados desde la construcción del Muro y el cierre de las fronteras para los ciudadanos de aquel país. Se estremeció con cada muerte conocida en el intento, conmovido por aquellos métodos singulares, extravagantes, descabellados a veces, que ingeniaba la gente con tal de salir de su propio país en busca de una libertad cercenada. Lo quería saber todo, medios de huida, qué hacían los que conseguían salir, cómo reconstruían su vida habiendo dejado todo atrás, no solo su casa, sus cosas, su patrimonio, sino muchas veces a su mujer, esposo, hijos, padres, madres, amigos. También se empapó (tanto como era posible teniendo en cuenta la censura en las noticias) de cómo vivían los que quedaban dentro, reprimidas sus ansias de libertad, en una ciudad convertida en un asfixiante gueto donde se consideraba a la población «no fiable» y vulnerable, susceptible por lo tanto de un férreo control, monitorizando físicamente cada movimiento de cada ciudadano, lo que daba lugar a una sociedad en permanente estado de alerta, en exceso vigilada, envuelta en un miedo persistente, con restricciones y censura en la prensa y una información manipulada y censurada sobre todo para los habitantes de la RDA.

Comparaba su nueva situación y le resultaba sorprendente el cambio que había dado Madrid en aquellos diecisiete años. El día que tomó aquel maldito tren que le llevó al encuentro con su gemelo, había dejado un país sometido a una dictadura, un Madrid más gris, una ciudad más lenta, más provinciana, mucho más atrasada que aquel París luminoso que conoció entonces y el Berlín vital por el que se movió tan solo unos minutos, los justos para pasar definitivamente al otro lado, al lado de otra dictadura, de signo diferente, pero con los mismos anclajes, el dominio absoluto de un solo partido, el sometimiento de toda la población a un mismo dictado, el pensamiento único, la falta de libertad, el control, el atraso. En aquellos diez años, desde la muerte de Franco, España había cambiado mucho, su sociedad había evolucionado, todo se había modernizado, las infraestructuras, los coches, las modas, todo era distinto, con más color, con otra alegría, con más libertad, y además gobernaban los socialistas, algo totalmente impensable cuando abandonó Madrid. No dejaba de darle vueltas a aquel Berlín donde había dejado a Hanna, en el que vivía con sus hijos, a los que nunca conoció, pero de los que tanto sabía por ella, a su madre y su padre, tan convencidos ellos de que aquel era un sistema perfecto, beneficioso para todos, o para casi todos, «lo que es bueno para muchos no tiene por qué serlo para todos», aquella frase de Gloria, su madre biológica, se le había quedado grabada a fuego. «Este es un sistema fallido», le había dicho

Hanna en alguna ocasión, siempre en voz baja, casi un susurro, siempre en español.

Además de leer, adquirir libros y acudir a la hemeroteca en busca de información, dedicó las primeras semanas a dar largos paseos por una ciudad que le fascinaba, las manos en los bolsillos, mirándolo todo, disfrutando de la sensación de caminar sin cortapisas, bucear en un reposado mar de autonomía, a su albedrío, respirar el aire, observar a la gente, las nuevas y desconocidas modas de ropa y peinados, los nuevos y renovados aires de aquella sociedad que había dejado bajo una dictadura que ahogaba cualquier salida de tono y a la que regresaba en plena democracia, con leyes como el divorcio y la igualdad de los hijos fuera del matrimonio, y el matrimonio civil, y el aborto, y la despenalización del adulterio y del amancebamiento, y tantas cosas que parecían impensables hacía diecisiete años.

Uno de esos días se topó con Carmen Santos por la Gran Vía. Nunca se habían caído bien; desde que Sofía los presentó, se instaló entre ambos una irrefrenable rivalidad por el afecto de Sofía que solo se atemperó para Carmen con la llegada de Klaus a la vida de su amiga.

—Te invito a un café —le propuso ella después de plantarle un par de besos.

Daniel aceptó algo más comedido. En aquel entonces todo lo hacía así, mesurado, siempre vigilante, un poco alerta de todo y de todos.

Entraron en una cafetería y nada más sentarse Carmen le preguntó sin poder contener la curiosidad. Era la primera vez desde su aparición que le veía a solas, sin la presencia de su amiga, y esa circunstancia le daba la posibilidad de indagar más sobre su estado de ánimo desde otro punto de vista distinto al que le daba Sofía.

—¿Cómo estás?

Daniel sonrió valorativo, alzó las cejas y encogió los hombros.

—Teniendo en cuenta que llevo casi cinco meses en libertad viviendo y respirando como cualquier mortal, podría decirse que estoy bien.

El camarero los atendió. Pidieron dos cafés.

—¿Y qué proyectos tienes? —preguntó Carmen de nuevo, con una naturalidad sorprendente, como si con quien estuviera hablando fuera amigo de toda la vida, una actitud que no molestó al Daniel que tenía enfrente, aunque sí lo habría hecho al Daniel de hacía diecisiete años.

—¿Qué quieres decir?

—Pues que tendrás que hacer algo con tu vida, digo yo. ¿No has pensado qué hacer? Perdona que te hable así de directa, pero sé de la preocupación de Sofía en ese sentido. No puedes estar mano sobre mano, sin hacer nada el resto de tu vida.

Daniel no se inmutó. Se quedó pensativo, lo que incrementó la intriga de Carmen. Lo cierto era que llevaba tiempo dándole vueltas con el fin de encontrar una respuesta a esa pregunta que cada día se hacía a sí mismo. Qué hacer con su vida, cómo enfocar su futuro. Se sentía algo inútil en aquella sociedad que se movía a demasiada velocidad, mucha más de la que recordaba, demasiada para su cabeza aún anquilosada en aquellas cuatro paredes todavía no olvidadas. Caviló unos segundos antes de empezar a hablar ensimismado, como si hubiese abierto la llave de sus pensamientos agitados en su mente durante días.

—Este país está demasiado cambiado para mí. Todavía me cuesta adaptarme.

Carmen sonrió complacida.

—No eres el único, a pesar de que han pasado diez años desde la muerte de Franco, todavía hay muchos que lo añoran. —Alzó las manos con vehemencia—. Con Franco vivíamos mejor, eso dicen.

—No lo dudo —dijo sonriendo—. Yo también vivía bien con Franco. Aunque ahora no podría soportarlo.

—¡Sí que has cambiado! —exclamó Carmen con regocijo—. El Daniel veinteañero que conocí era un franquista convencido.

—También hay mucha gente en la RDA convencida de que aquel es un buen sistema, que lo defiende a capa y espada.

—Todo es posible en el ser humano —añadió ella—, desde

la dejación a la manipulación más burda, hasta jugarse la vida y la de su familia por conseguir una idílica libertad.

—¿De verdad piensas que es idílica la libertad de los que intentan pasar la frontera de la Alemania del Este?

Carmen le miró valorando si entrar directamente a lo que quería decirle o dar algún rodeo más. Temía su reacción, aunque tampoco le importó demasiado.

—No te voy a engañar, Daniel. Desde que Sofía me contó por todo lo que has pasado, pensé que debía hacer algo. He intentado informarme sobre lo que ocurre en esa parte de Alemania. —Calló un instante, los ojos fijos en Daniel—. Cuando las cosas nos van bien solemos dar la espalda a hechos que a pesar de ser increíbles resultan terribles. Por supuesto hay que añadir la censura que existe sobre los problemas que acucian a la RDA, pero eso no es excusa para mirar para otro lado. Cuando alguien se expone de esa manera para cruzar la frontera de su propio país, tiene que estar movido por unos argumentos muy poderosos.

Daniel le sostuvo la mirada un instante.

—¿Adónde quieres llegar?

Carmen encogió un hombro. Era evidente que estaba tanteando un camino premeditado.

—Podrías poner los ojos en esa sociedad en la que has estado encastrado durante diecisiete años. Ahora tienes tiempo y mucho dinero.

Daniel la miraba reflexivo. Bebió un sorbo de café, y se quedó un rato abismado en sus propios pensamientos. Carmen lo miraba en silencio, expectante. Al rato, él arrugó la frente y habló como si sacara las palabras de lo más hondo de su conciencia, moviendo las manos que mantenía sobre la mesa.

—Tienes razón —dijo con gesto concentrado—. Tengo tiempo, tengo todo el tiempo. Y además soy titular de una cuenta con una cantidad ingente de dinero que mi padre ganó con el sufrimiento de mucha gente, amparado por una dictadura que le favoreció ostensiblemente en detrimento de otros mucho más valiosos que él. Yo mismo fui partícipe de esos beneficios hasta que me vi arrojado a una cárcel de un país con otra dictadura de signo contrario, convertido en una pieza necesaria de un Estado perverso que todavía hoy mantiene a su población prisionera dentro de sus fronteras, controlando y dirigiendo cada paso de sus vidas desde que nacen; todo les es dado por un Estado paternalista que les exige lealtad incondicional, sometimiento, que los oprime y coacciona, ciudadanos atemorizados sin libertad para decidir dónde vivir, cómo educar a sus hijos, qué pensar o cómo actuar.

Carmen removió su café.

—Y es evidente que todo eso te afecta y te importa.

—Me importa... Claro que me importa. —Daniel pensó que una buena parte de esa fortuna siguió engordando gracias a los emolumentos que su gemelo ganó ejerciendo el espionaje en su propio despacho—. Mi hermana y otros muchos como ella siguen allí y me importan, y me preocupan.

Carmen le miró, bebió un trago de café, apretó los labios y puso las manos sobre la mesa como si le fuera a exponer algo importante que requería de toda su atención.

—Hace tiempo conocí a un productor americano que estuvo grabando una especie de documental sobre cómo un grupo de estudiantes, dirigidos por un ingeniero, construían un túnel por debajo del Muro desde el suelo de una fábrica del lado occidental de Berlín hasta el sótano de un edificio en el Este. Lo empezaron en mayo del 62. Todo el que cavaba obtenía una especie de billete para sacar a alguien del otro lado, una novia, una hermana, unos padres. Era una especie de pago al ingente esfuerzo que tuvieron que hacer. Tardaron cuatro meses en la construcción; a principios de septiembre, veintinueve personas lograron pasar al lado occidental a través de un túnel de ciento cuarenta y cinco metros de tierra horadada a doce metros de profundidad; durante doce minutos, hombres, mujeres y niños transitaron por el interior de la tierra para conseguir su libertad.

—He leído sobre ello —añadió asintiendo.

—Desde entonces —continuó ella— hay gente que se dedica a urdir distintas maneras de perforar el Muro para liberar a gente de la RDA. Según tengo entendido, cada uno tiene sus propias razones para emprender una aventura muy peligrosa que ha costado la vida a muchos. Pero eso tú ya lo sabes. —Calló un instante y abrió las manos como para indicarle algo evidente—. Desde hace años este amigo mío colabora con diversas organizaciones como Amnistía Internacional, no solo para ayudar a que el que quiera salir pueda hacerlo, sino también para cubrir las primeras necesidades de los que lo consiguen, desde cobijo, manutención, atención médica, jurídica y legal. Se les atiende hasta que sepan qué hacer con sus vidas. Por lo visto la mayoría llegan a la zona occidental con lo puesto dejando todo atrás. Se pagan rescates a la RDA para recuperar a gente que está detenida o en prisión; se paga en función de la preparación profesional, de la edad, de si dejan hijos en el Este; es como una especie de mercado en el que vale más el mejor formado y el más joven que el simple obrero o los más viejos. Las negociaciones se hacen de forma muy discreta desde el Gobierno de la República Federal, nada oficial, pero también hay asociaciones privadas que utilizan estos mecanismos. Se adopta a un preso determinado y se inicia una exhaustiva negociación con las autoridades del Este, algo que puede durar meses, incluso años. —Calló un instante, atenta a la expectación que sabía había suscitado en Daniel—. Te cuento todo esto porque sé que necesitan financiación, cualquier aportación es muy bien recibida. Tal vez sería una buena opción utilizar parte de ese dinero para aminorar el sufrimiento de los que son víctimas de otra dictadura.

Daniel la miraba entre sorprendido y extrañado. Con una mueca de escepticismo, habló despacio, tanteando el terreno que pisaba.

—Vaya… Te veo muy enterada.

Carmen sonrió y encogió los hombros.

—Conozco gente, hice unas cuantas llamadas, pregunté, me informé.

Daniel sonrió complacido.

—Me agrada la gente que dice las cosas sin rodeos.

—¿Lo dices por mí? —preguntó Carmen envanecida.

—Sofía siempre afirma que eres descarnadamente directa.

Ella sonrió, regodeándose en la información que le había dado, abriéndole un camino que sabía buscaba con denuedo, algo firme a lo que agarrarse para cerrar al menos una parte de sus heridas. Antes de aquel encuentro fortuito, Carmen se había puesto en contacto con el productor americano al que conoció hacía tiempo en uno de sus viajes a Nueva York. Sin llegar a darle datos comprometedores, le habló de lo que le había sucedido a Daniel.

—Se pierde demasiado tiempo dando rodeos para llegar al mismo sitio —añadió ella—. ¿No crees?

Daniel bebió un sorbo de su café, lo saboreó pensativo.

—No es una mala idea.

—Es una gran idea —recalcó Carmen convencida—. Una forma de resarcirte de la sombra de Romualdo que aún te persigue, tu pasado está aún ahí, rondándote, y si no haces algo grande por enterrarlo definitivamente, te va a costar mucho salir adelante.

Daniel se la quedó mirando un rato, hurgando en sus ojos para entender el objetivo final.

—Es evidente que esto no lo haces por mí.

Carmen le dedicó un gesto condescendiente.

—Me preocupa el bienestar de mi amiga, y tú formas parte de ese bienestar.

—No quiero involucrar a Sofía en este asunto.

—Ni yo tampoco.

Daniel le mantuvo la mirada con gesto reflexivo.

—¿Crees que podrías ponerme en contacto con alguno de esos que organizan fugas?

Ella removió de nuevo su café satisfecha.

—Déjalo de mi cuenta.

Así fue como Daniel se convirtió en un *fluchthelfer*, un colaborador de fugas, entrando en contacto con Amnistía Internacional y con alguna otra comunidad cerrada de otros *fluchthelfer* dedicados a organizar escapadas de gente desde la RDA. Desde sus primeros contactos, su prioridad fue cumplir con lo que le había pedido Hanna, darles la oportunidad a ella y a sus hijos de salir de aquella cárcel de oro, tal y como en alguna ocasión había definido su particular situación. Llegó a tener en sus manos pasaportes falsos de los cuatro para utilizarlos en un punto fronterizo del sur de Berlín, cerca de Potsdam, haciéndose pasar por una familia de occidentales que habían ido a Berlín de visita turística de un día y regresar a la caída de la tarde. La operación se puso en marcha, pero se vio interrumpida porque el hombre que se iba a hacer pasar por el marido y padre de los niños fue detenido en la frontera llevando los pasaportes falsos encima. El enlace fue juzgado por tráfico de personas y condenado a cinco años de prisión, pero al ser ciudadano de la Alemania Occidental se pudo negociar para su entrega a cambio de una importante cantidad de dinero. Afortunadamente, nadie relacionó aquello con Hanna, pero los organizadores advirtieron a Daniel que resultaba muy arriesgado sacar a la esposa y los hijos de un alto cargo del partido, siempre escoltados por guardias que velaban por su seguridad. Sería ponerlos en un grave peligro, innecesario en su opinión, teniendo en cuenta que su vida era bastante aceptable dadas las circunstancias. No le quedó más remedio que desechar la idea de rescatar a Hanna, aunque consolaba su impotencia en la liberación de otros, gente anónima que conseguía su tan ansiada libertad gracias a los fondos que invertía en cada operación, o también en los trámites para la reunificación de familias separadas por el Muro, sobre todo a padres con sus hijos. El Gobierno de la RDA podía obligar a pasar la frontera al lado occidental a una madre poco afecta al régimen, pero se quedaba la custodia de los hijos. Esto suponía un sufrimiento añadido a la mujer, que se veía separada de sus vástagos. Cada vez que una fuga o una de estas reunificaciones tenía éxito, le daban noticia de ello y le relataban toda clase de detalles de las historias de cada uno de los rescatados, algunos incluso llegaron a escribirle a ciegas para agradecer su apoyo, conocían de su existencia, pero nunca supieron su identidad (fue una condición inapelable por parte de Daniel, mantenerse en el más absoluto anonimato), se dirigían a él como *der wohltäter,* el benefactor, y los organizadores se encargaban de hacerle llegar todas las cartas. Salvo sus contactos, nadie en su entorno supo de su apoyo económico a una causa que debía ser clandestina para la eficacia de los resultados, ni siquiera Sofía lo advirtió nunca.

Con el paso del tiempo su atormentado espíritu se fue calmando, y la convivencia con Sofía se fue normalizando, no restablecida del todo, aún había vacíos que solo el tiempo podía rellenar. Poco a poco, se fue volcando en un respetuoso interés en todo lo que hacía Sofía en el laboratorio. Daniel le preguntaba y seguía sus explicaciones como si de un alumno aventajado se tratase. En torno a su intimidad, el abismo que se había creado entre ellos debido a la obligada soledad de la viudez empezó a quebrarse el día que Sofía le permitió dormir en la cama de matrimonio, una cama que no había sido utilizada por Klaus porque fue en ese ínterin de cambio de mobiliario cuando se marchó para no volver. La primera noche que se acostaron juntos no hicieron nada. Era un sábado por la noche. Estaban solos en la casa. Vito se había ido al cine con una prima suya y Beatriz había salido con unos amigos. Estaban en el salón viendo la televisión cuando Sofía dijo que se iba a la cama. Daniel no se movió del sillón. La miró mientras ella se levantaba. Una vez de pie, Sofía se inclinó hacia él y le besó en los labios, apenas un roce, como hacía siempre desde su aparición, pero esta vez mantuvo los ojos abiertos, y sus ojos se encontraron con la mirada gris de Daniel. Sus bocas se separaron, pero sus rostros quedaron muy cerca el uno del otro, como si aquellos ojos grises la hubieran hechizado y no pudiera desprenderse de su mirada. Daniel le sonreía mientras ella permanecía reclinada sobre él, sin tocarse, sin moverse. Sofía se irguió despacio y alargó su mano hacia él.

—Ven conmigo —le dijo.

Daniel miró su mano tendida sintiendo el batir de su corazón en el pecho. Se agarró a ella como se aferra un náufrago a un flotador en medio de un mar embravecido. Sintió su piel cálida y suave y se estremeció. Se levantó y, guiado por ella, como si desconociera el camino a seguir, se encaminaron juntos a la habitación. Ya en la intimidad de la alcoba, Daniel se sintió abrumado. Desde su regreso apenas había entrado en aquella estancia, como si fuera un territorio sagrado al que no debía acceder. Ella se volvió hacia él, le acarició la mejilla y se abrazó a él. Daniel la acogió en su regazo, los ojos cerrados para sentir cada forma de su cuerpo, cada curva, desbordado de ternura que superaba cualquier atisbo de libido.

Sofía se desprendió del abrazo con suavidad, se quitó la ropa y se metió en la cama, bajo las sábanas. Daniel la contemplaba con la fascinación de quien está viendo una diosa. Con la cabeza apoyada en la blancura de la almohada, dejándose admirar, Sofía le sonrió y le tendió la mano. Sin dejar de mirarla, Daniel se desnudó y se acostó junto a ella, quedaron tumbados frente a frente, mirándose a los ojos, descubriéndose mutuamente de nuevo, sin moverse, en silencio. Fue ella la primera que cerró los ojos. Daniel continuó mirándola mucho rato, embelesado en cada una de sus facciones, sus ojos, sus labios, sus mejillas, su pelo, no se cansaba de hacerlo, velar su sueño, hasta que le invadió un plácido letargo y también él se dejó mecer en los brazos de Morfeo.

La noche siguiente fue Sofía la que lo inició todo, primero despacio, dándose tiempo, pero todo se había precipitado para él, era como si hubiera descargado la mente con el acto físico, derramado en el interior del cuerpo tan deseado, con la torpeza de dos adolescentes en sus primeros escarceos amorosos. Ella intentó restarle importancia. Daniel se esforzó por imprimir ternura en las relaciones y poco a poco todo resultó más placentero para Sofía; sin embargo, no podía evitar pensar en Klaus, mucho mejor en ese sentido que lo ofrecido por el auténtico, por el esposo real. «Qué paradoja —le decía a su amiga—, ahora resulta que echo de menos los polvos del otro, si él lo supiera, pobre Daniel».

EL FINAL

Solo se gana su libertad quien la conquista de nuevo cada día.

GOETHE, *Fausto*

1

Daniel colgó el teléfono desconcertado y de inmediato puso la televisión para ver si decían algo sobre el tema. Tuvo que esperar al último telediario de la noche para escuchar lo que ya sabía. Fue la primera noticia emitida.

Beatriz entró en el salón.

—¿No ha llegado mamá todavía?

—No… —le dijo sin despegar los ojos del televisor.

Beatriz se dejó caer a su lado en el sillón. Estaba rendida.

—¿Qué estás viendo? —preguntó—. ¿Qué ha pasado?

—El Muro... —murmuró su padre sin retirar la mirada de la pantalla—. Ha caído el Muro de Berlín.

—Vaya, qué bien, ¿no?

Beatriz también prestó atención a las imágenes que aparecían en la televisión. La llamada que Daniel había recibido un par de horas antes desde Berlín de uno de sus contactos de la fundación a la que pertenecía le había dado la primicia. Hablaba nervioso, con el desconcierto de algo no esperado, pero muy anhelado. Todo se había precipitado unas horas antes en una conferencia de prensa convocada por el Gobierno alemán, en la que el portavoz, Günter Schabowski, explicaba las nuevas medidas, entre las que se encontraba una ley para la concesión, sin condiciones previas, de los permisos que los ciudadanos de la RDA necesitaban para viajar fuera de su país. Ante aquel anuncio, un periodista italiano, Riccardo Ehrmann, le había preguntado a Schabowski cuándo sería efectiva esa ley tan demandada por la población; el portavoz había mirado unos segundos entre sus papeles buscando la fecha concreta y al no encontrarla improvisó sin medir las consecuencias de sus palabras: «De inmediato, sin demora». El telediario de una cadena de televisión del Oeste había abierto con la noticia: «Este nueve de noviembre es un día histórico. Las autoridades de la RDA han anunciado que sus fronteras están abiertas para todos. Las puertas del Muro se han abierto». La noticia había corrido como la pólvora por toda la ciudad y miles de berlineses del Este se estaban echando a la calle con la intención de traspasar un muro que mantenía partida la ciudad desde hacía más de veintiocho años.

En ese momento Sofía entró en el salón. Dejó el bolso y el abrigo en una silla, se quitó los zapatos y se quedó de pie, la mirada fija en la pantalla.

—¿Qué ha pasado? —preguntó casi en un susurro.

—Ha caído el Muro de Berlín —respondió Beatriz.

De inmediato Sofía miró a Daniel, totalmente abstraído en lo que sucedía en ese preciso instante a miles de kilómetros de allí, los ojos brillantes por las lágrimas que desbordadas corrían por sus mejillas.

Beatriz se levantó ajena a la emoción de su padre.

—Me voy a la cama, estoy rendida —dijo, y salió del salón.

Sofía se acercó a Daniel y se sentó a su lado. Él seguía imbuido por lo que sucedía en la pantalla de la Philips K30.

—¿Estás bien? —le preguntó.

Daniel volvió la cabeza hacia ella, el rostro anegado en una emoción irrefrenable. Asintió con un movimiento, la mandíbula tensa, los labios apretados.

—Ha caído el Muro, Sofía… Por fin ha caído el maldito Muro… —Calló porque la emoción ahogaba las palabras en su garganta.

Sofía sintió un escalofrío por la espalda. Contemplaba a su marido, los ojos clavados en la televisión, embebecido de la misma emoción de aquella multitud que, desordenadamente, traspasaba la alambrada en un exultante desconcierto, rostros felices, incrédulos aún, ilusionados con un futuro distinto. No pudo evitar una sensación de vértigo.

Aquella noche Daniel apenas pudo conciliar el sueño pensando en las consecuencias de semejante medida, el temor a que hubiera alguna reacción del Gobierno de la RDA (así se lo había transmitido su contacto de Amnistía Internacional, a la espera de conocer la reacción de los altos mandos del Politburó y del Ministerio para la Seguridad del Estado); temían una represión violenta, volver a cerrar las fronteras, todo cabía en aquella especie de locura en la que se convirtieron las dos Alemanias. En las últimas semanas antes de aquel histórico nueve de noviembre, las manifestaciones en Leipzig y en Berlín habían sido multitudinarias y pacíficas, no había habido reacción alguna ante la marabunta humana que ocupaba las calles protestando y pidiendo libertad, y Honecker, tenaz opositor a las reformas impulsadas desde el Kremlin, fue destituido después de trece años en la jefatura del Estado; además desde el verano había habido una sangría constante de ciudadanos alemanes orientales que salían por Checoslovaquia hacia Austria, creando en las embajadas de Bonn en Praga importantes e incómodos problemas porque eran muchos los que buscaban refugio allí.

Al día siguiente Daniel se mantuvo pendiente de las noticias. Las imágenes de la noche berlinesa se sucedían en los distintos informativos. Una reportera de televisión española, que estaba entrevistando al embajador español en el momento en el que saltó la noticia, había sido testigo directo de la apertura de la verja del puente de Bornholmer. Las imágenes mostraban la desbordante realidad del momento. Era de noche, algo más de las nueve. La multitud se arremolinaba junto al paso fronterizo, en una tensa espera a que sucediera algo, agrupados junto a la verja cerrada aún a cal y canto. La reportera, micrófono en mano, entrevistaba a una mujer que aparecía en la pantalla, pelo corto, con un cigarrillo en la mano; quería pasar al lado occidental para ver a su hermana y a su sobrina a quienes no veía desde hacía tres años; se la notaba inquieta, decía que había oído a una vecina que iban a abrir la frontera y que se había venido en seguida, pero que no se sabía nada más, que estaba esperando a ver qué pasaba. De pronto se produjo un movimiento de gente, «Han abierto la verja», gritó alguien, y una multitud se precipitó a la puerta en la que unos policías intentaban mirar los pasaportes que todos llevaban en sus manos, los enseñaban con prisas, empujados por los de atrás que imprimían celeridad para traspasar la barrera por fin abierta. Tras unos segundos de confusión, los policías desbordados se echaron a un lado dejando el paso libre.

Aquellas imágenes de las largas colas esperando pasar al lado occidental de Berlín, la alegría desbordante, las caras de incredulidad, la sorpresa de todos, los más ágiles escalando hasta lo más alto del Muro que había separado la ciudad durante más de veintiocho años. Viendo aquello Daniel era incapaz de contener las lágrimas de emoción contagiada, de ese entusiasmo derramado de los que recuperaban el albedrío sobre sus vidas.

La noticia de que Rostropóvich había viajado a Berlín abrió de nuevo los noticieros. Junto al Muro, al lado del Checkpoint Charlie, sentado en una silla de oficina que le prestaron, el músico exiliado y despojado de su nacionalidad rusa interpretó una *suite* de Bach con su violonchelo.

Cuando el afán informativo se calmó, Daniel volvió a caer en un pertinaz ensimismamiento del que había salido hacía mucho tiempo. Hablaba poco, parecía siempre ausente. Por la noche, a pesar de la penumbra, Sofía le observaba desde su almohada y sabía que estaba despierto, lo notaba en su respiración, en los músculos tensos, igual que en los primeros meses cuando le permitió regresar a su cama. Pasó la Navidad inquieto, abismado en sus pensamientos. Sofía preguntaba, pero siempre obtenía la misma respuesta, «estoy bien». Hasta que un día se quebró todo.

—Me voy a Berlín.

Lo dijo a bocajarro, sin venir a cuento, cuando estaban los dos solos, puesta la atención en algún programa sin importancia de la televisión. Era el primer día lectivo después del parón navideño. Sofía había llegado de trabajar hacía media hora, acababa de comerse un sándwich que le había preparado Vito.

—¿Cómo que te vas a Berlín? —preguntó pasmada—. ¿Y tus clases?

Daniel llevaba dos años trabajando en un colegio impartiendo clases de alemán y de ajedrez, una forma de ocupar su tiempo al margen de sus actividades y encuentros, ajenos a Sofía, con los *fluchthelfer* a los que financiaba desde hacía más de tres años.

—Esos niños no me echarán de menos.

—¿Cuánto tiempo piensas estar fuera? Es posible que puedas pedir unos días…

—Me voy para siempre.

Ella lo miró espantada, sin voz para articular palabra. Movió la cabeza y se irguió furiosa.

—¿Que te vas para siempre? ¿Y yo? ¿Qué pasa conmigo?

Daniel la miró con una inmensa ternura.

—Tú lo has sido todo para mí, eres el amor de mi vida, lo has sido siempre y lo serás hasta que me quede un aliento de vida. Lo eres desde que te conocí. Te he amado toda mi vida… Te admiro tanto, Sofía… —hablaba con tanta pasión y tan convencido de sus palabras que Sofía se sintió conmovida—. Si me mantuve vivo en mi encierro fue por el anhelo de regresar a ti, volver a abrazarte aunque solo fuera una vez más, una sola vez… —Retiró sus ojos y movió la cabeza negando—. Soy consciente de que no he sabido amarte, no supe hacerlo antes y no he sido capaz de hacerlo ahora. Sofía, lo siento, lo siento tanto…

—No digas eso, Daniel. ¿Por qué hablas así ahora? ¿Qué pasa con todo lo que hemos conseguido recuperar en este tiempo?

—Sofía —movió las manos como si tuviera un enorme peso sobre ellas—, tengo la sensación de que nunca es suficiente.

Sofía, sorprendida y turbada, intentaba entender lo que estaba pasando por la cabeza de Daniel.

—¿Qué quieres de mí? ¿Qué pretendes? ¿Quieres que deje el laboratorio? ¿Eso es lo que quieres? ¿Que deje de trabajar y me quede en casa para cuidarte?

Daniel esbozó una sonrisa entristecida recordando las palabras de su hermana Bettina.

—Soy ya muy mayorcito para que me cuiden.

Durante unos segundos, los dos se miraron intensamente, buscando el uno en los ojos del otro la razón de sus pensamientos. Daniel le agarró las manos y se las besó tiernamente. Primero una, después la otra. Ella se dejaba hacer expectante, inquieta por la respuesta.

Daniel la miró con una sonrisa en los labios.

—Nunca te pediría eso, Sofía. Sería un estúpido si lo hiciera. Me equivoqué una vez y no volvería a hacerlo jamás.

—Entonces, ¿qué quieres de mí?

—Nada... No puedo pedirte nada, no quiero hacerlo... No tengo derecho a hacerlo...

Ella parpadeó desconcertada.

—Me niego a renunciar a ti —le dijo con la voz ahogada—. Me niego a perderte de nuevo...

Daniel la miró reflexivo, tenía que decírselo, no podía seguir ocultando lo que, muy a su pesar, venía intuyendo desde hacía mucho tiempo. A sabiendas del efecto demoledor que sus palabras iban a tener en la conciencia de Sofía y en la suya propia, habló despacio, con una serenidad aplastante.

—No se trata de que renuncies a mí, Sofía, sino a la sombra de Klaus. Mientras que tú no lo entierres, yo nunca podré ocupar un lugar a tu lado. No puedo seguir viviendo con una parte de ti prestada.

Ella lo miró unos segundos desconcertada.

—¿Y por eso te vas a Berlín?

—Me voy porque yo también tengo mis propios fantasmas a los que enterrar definitivamente.

—Pero... —estaba nerviosa y algo confusa por el baño de realidad que estaba recibiendo—. ¿Qué tiene que ver ese hombre con nosotros?

—Todo, Sofía. Tiene que ver todo...

—Me estás pidiendo que borre de mi memoria seis años de mi vida.

Daniel la miró intensamente en silencio. Movió la cabeza negando.

Ella le cogió la mano y la envolvió entre las suyas.

—No lo estropees, Daniel, por favor, no lo estropees ahora. Mi amor por ti es real. Te quiero, Daniel, te quiero…

Daniel la interrumpió con una serenidad que le otorgaba una firmeza incontestable.

—¿En quién de los dos vuelcas ese amor? ¿A quién de los dos entregas tu amor cada día, a mí o al recuerdo de Klaus?

Sofía lo miró espantada porque era consciente de que algo de verdad había en sus palabras. Intentó borrar ese pensamiento con la rabia de verse descubierta.

—¿Por qué dices eso? —inquirió entre el aturdimiento y el enfado.

—Crees que no me doy cuenta de lo que pasa, de lo que ha pasado en tu vida. Te veo tan feliz con tu trabajo, hablas de tus investigaciones y proyectos con tanto entusiasmo. No cabe duda de que estás en el lugar que te corresponde. Pero no dejo de pensar que si yo no hubiera hecho ese maldito viaje a París el mundo se habría perdido una excelente científica, una mujer brillante que está aportando tanto para mejorar esta sociedad. Soy consciente de todo eso, de que fue con Klaus y no conmigo con el que creciste como persona y como científica... —Sofía le soltó la mano—. Sé que lo has intentado, que has hecho un esfuerzo por integrarme en un sitio en el que ya no encajo, y por eso te agradezco todo lo que has hecho por mí estos cuatro años. Pero ya no puedo engañarme más, ni dejar que cargues con el peso de mi presencia por pura inercia. No sería justo para ninguno de los dos.

—No sabes lo que estás diciendo —murmuró Sofía cada vez más soliviantada, más herida, se sentía amenazada, atacada.

Daniel la miró con intensidad durante unos segundos, luchando contra la tentación de hacerle la propuesta que su alma le clamaba. Y a sabiendas de que no debía hacerlo, lo hizo.

—Ven conmigo entonces... Acompáñame en este viaje. Podríamos empezar de nuevo en otro sitio.

—¿En Berlín? —preguntó ella sin ocultar la sorna.

Daniel sintió una puñalada de arrepentimiento por haber caído en su propia trampa.

—Lo lamento… Olvídalo, no debí pedírtelo… No debí hacerlo… Perdóname…

Sofía lo miró durante unos segundos. Se sentía impotente, atada de pies y manos, sin saber qué hacer o cómo actuar. Su mundo se desmoronaba por falta de cimientos firmes, sustituidos por la débil rutina aceptada, retomada después de tantos años, todos los que habían estado juntos antes de que Klaus irrumpiera en sus vidas y lo desbaratase todo. No podía, no quería, no estaba dispuesta a ceder y aceptar la evidencia que Daniel le había puesto sobre la mesa, la cruda verdad arrojada a la cara como afiladas espinas. La rabia pudo con cualquier otro sentimiento. Se levantó y se encaró con él, los puños prietos, tensa la barbilla para evitar cualquier temblor que indicase la terrible indecisión en la que nadaba.

—Si sales por esa puerta lo harás para siempre —le espetó—. No vuelvas nunca, ¿me oyes? Nunca.

Daniel la miraba con ojos atormentados, descompuesto su rostro, roto de dolor.

—Sofía, lo siento... Lo siento...

Ella le dio la espalda, salió del salón y se encerró en su alcoba. Aquella noche ninguno de los dos consiguió dormir.

2

Salió del aeropuerto y se metió en un taxi. Empezaba a anochecer. Cuando vio los ojos del taxista en el retrovisor, esperando a que le diera la dirección a la que quería ir, Daniel se dio cuenta de que no tenía un destino decidido. Dudó un poco y el conductor se volvió hacia él instándole, con amabilidad germana, a indicarle una dirección.

—*Bitte, zum Brandenburger Tor*—le dijo al fin.

El taxista pisó el acelerador y el coche avanzó por las calles de Berlín. Lo observaba todo desde la ventanilla, invocando el recuerdo de aquella mañana de abril del 68, acompañado de su gemelo aún con la peluca y el bigote ocultando su identidad. Había permanecido en aquella ciudad diecisiete años y apenas la conocía. Cuando el taxi se detuvo, pagó y se bajó. Llevaba una pequeña maleta con lo imprescindible, una muda, un par de camisas, unos buenos calcetines, el libro de Zweig *Novela de ajedrez* y el viejo recorte de prensa que Hanna le había dado cuatro años atrás con la foto de Sofía impartiendo una conferencia. No necesitaba nada más. Se quedó parado delante del Muro en el que ya empezaban a abrirse fisuras por las que la gente transitaba con una desacostumbrada normalidad. Se volvió hacia la ancha, larga y rectilínea Strasse des 17. Juni (bautizada así por el Senado de Berlín Oeste en honor a las víctimas de las manifestaciones de 1953 promovidas en el lado oriental de la ciudad), flanqueada por el oscuro verdor de Tiergarten, al fondo la columna de la Victoria. Aquella parte de la ciudad siempre abierta, siempre libre, siempre viva. Dio un profundo suspiro, pesaroso, y se volvió de nuevo hacia el Este. El hormigón de la pared quedaba oculto por multitud de pintadas de colores e inscripciones hechas desde la parte de la ciudad en la que los ciudadanos habían podido acercarse siempre y mostrar su impotencia y su rabia mediante grafitis y arte callejero. Al otro lado se erigía, magnífica, la Puerta de Brandeburgo, visibles aún las heridas de la guerra sobre su ancestral piedra, aislada en tierra de nadie en los últimos treinta años, por el Muro en el Oeste y por una zona de seguridad en el Este. Antes de las navidades había oído la noticia de que se habían retirado varios bloques en esa zona para permitir el paso de la gente bajo aquella emblemática puerta, algo que había resultado imposible durante casi tres décadas. Buscó una de las brechas por las que cruzar al otro lado de la ciudad. Al pasar bajo el arco central de la famosa puerta no pudo evitar sentirse emocionado, los ojos se le llenaron de lágrimas. Se detuvo unos segundos y se volvió para observar el dique gris que se extendía a un lado y otro como una serpiente represora de las ansias de libertad de tantos y durante tantos años. De nuevo se volvió hacia la ciudad gris, hacia la desértica Pariser Platz y la inmensidad de la Unter den Linden, «Bajo los tilos», murmuró traduciendo el nombre de aquella ancha avenida, hermoso nombre para una calle convertida en escenario tan sombrío. Avanzó y vio a su derecha la fachada del antiguo hotel Adlon, lo único que quedaba en pie tras ser derruido cinco años atrás. Allí mismo decidió que la primera visita sería a casa de sus padres. Recordaba perfectamente la dirección a la que le había llevado su hermano Klaus, Borsigstrasse. Había cosas que se le habían quedado grabadas a fuego en la mente, aquella era una de ellas, el nombre, la calle, la fachada, la iglesia en la otra acera, imágenes que habían quedado detenidas en su conciencia como una foto fija imposible de borrar. Corría un viento gélido que hacía que los pocos viandantes con los que se cruzaba caminaran encogidos con paso rápido. Se caló su vieja gorra inglesa, que no se ponía desde hacía cuatro años, se subió el cuello del abrigo y se ajustó la bufanda a la garganta. No sentía el frío, al contrario, se regodeaba al notar el aire gélido rozar su cara.

Preguntó a una mujer que le indicó con prisa. De acuerdo

con sus indicaciones, avanzó por Unter den Linden para torcer a la izquierda por Friedrichstrasse. En seguida atisbó la mole de cristal y acero que cobijaba la estación maldita. Allí donde se inició su infierno: Bahnhof Berlin Friedrichstrasse. Entró en el edificio movido por una morbosa curiosidad que le reclamaba la memoria. Descendió las escaleras conocidas. Las puertas por las que se accedía a las cabinas de control estaban abiertas de par en par y ya nadie controlaba el paso de los viandantes. Se adentró en la misma por la que lo había hecho veintiún años atrás, confiado en lo inquebrantable de su libertad. Al entrar en aquel estrecho pasillo le faltó el aire. Tragó saliva y sintió romperse por dentro de dolor. Apoyó la espalda en la pared quedando frente a la garita, ahora vacía, y como una expiación de la conciencia, rememoró el momento de su detención. Le pareció oír en su cabeza los gritos, sintió el dolor de sus brazos al ser retorcidos con saña, desconcierto, incomprensión, alarma, miedo, pánico, pavor, todos aquellos sentimientos cayeron sobre sus hombros como un corrimiento de tierras incontenible. Se sobresaltó porque alguien le tocó en el brazo. Abrió los ojos y se apartó asustado. Una anciana de ojos claros le miraba con una sonrisa amable. «¿Se encuentra bien?», le preguntó en alemán. Daniel afirmó confuso, aturdido, como si le hubieran arrancado de las garras de una terrible pesadilla. Estaba sudando y le costaba respirar. «Entiendo muy bien lo que siente —le dijo la mujer con una voz dulce, serena, llena de ternura—. Dese tiempo, solo el paso del tiempo puede curar ese tipo de heridas, confíe, todo pasará». Daniel afirmó y sonrió agradecido. La mujer se alejó hacia las escaleras. Una vez recuperada la calma, salió de nuevo a la calle. Le agradó sentir en la piel el aire frío del exterior. Continuó su camino, cruzó el puente sobre el río Spree, que recordaba haber visto a la ida y a la vuelta en el coche junto a Klaus. Las calles seguían teniendo el aspecto de una ciudad perdida en el tiempo, detenida en un pasado lejano, oscuro y gris. Giró a la derecha por Torstrasse y, por último, torció a la izquierda por Borsigstrase. Avanzó por ella con paso lento hasta llegar a la iglesia. Se detuvo para observar el edificio donde vivían los Zaisser. Todo parecía exactamente igual a como lo recordaba, los mismos desconchones en la fachada, los mismos baches en la calzada, la misma grisura, la misma tristeza contenida en aquellas aceras. Se preguntó si sus padres seguirían vivos. Qué habría sido de ellos después de tantos años. Hanna le había contado la complicada fuga de Bettina y su lacerante retorno a la RDA traicionada por Klaus a cambio de salvar a la pequeña Beatriz. Debió de ser tan doloroso para ella..., también para Klaus, pensó indulgente.

Se acercó al portal y empujó la puerta. Se adentró sintiendo removerse todos sus miedos, sus pesadillas, sus terrores. Subió hasta el piso y se detuvo unos segundos en el rellano. Tomó aire y se acercó para pulsar el timbre. Esperó unos segundos y oyó pasos que se acercaban a la puerta. En ese momento se quitó la gorra y la guardó en el bolsillo de su elegante abrigo corto gris marengo y de buena lana.

—*Wer ist es?* —inquirió una voz de mujer.

—Soy Daniel, Daniel Sandoval.

La puerta se abrió y apareció una mujer de edad indefinida, ni muy joven ni mayor, el pelo corto y oscuro, aunque veteado de algunas canas, sus ojos oscuros lo observaban con curiosidad y algo de reticencia. No demostró sorpresa alguna, como si supiera que tarde o temprano aparecería para exigir cuentas pendientes. Daniel pensó que apenas quedaba nada de aquella joven jocosa que conoció tan solo unas horas.

—¿Bettina? —preguntó Daniel ante su pasividad.

Bettina sabía que Daniel estaba vivo porque se lo había dicho Hanna, pero nunca llegó a mostrar interés por él, como si la maldición vertida sobre Klaus le hubiera salpicado a su gemelo.

—Daniel... ¿Qué haces tú aquí?

Sacudió los hombros antes de contestar.

—¿Puedo entrar?

Dudó unos segundos sin dejar de mirarlo, analizando su decisión. Al cabo, le hizo pasar sin mostrar ningún entusiasmo, más bien al contrario; una vez pasada la sorpresa del primer momento, su gesto se había tornado ceñudo, arisco.

—¿A qué has venido?

Daniel se dio cuenta de que su hermana se ponía a la defensiva, convencida de que su visita era un ataque de reproches a todo lo malo que se había visto obligado a vivir.

—No lo sé, Bettina, solo sé que tenía que venir.

Estaban en el recibidor los dos parados, uno frente a otro, mirándose incómodos. Desde el fondo del pasillo se oyó una voz débil, agotada.

—*Wer ist es?* —Un silencio siguió a la pregunta. La voz insistió esta vez en español—. Bettina, ¿quién es?

—Nadie, mamá.

Los dos hermanos se miraron retadores.

—Quiero verla —dijo Daniel con voz suave pero firme.

—¿Para qué?

—También es mi madre.

—Está muy débil. Apenas puede levantarse.

—¿Y él...?

—¿Mi padre?

—Nuestro padre —rectificó Daniel con condescendencia.

—Murió el invierno pasado de una neumonía.

—Tal vez sea mejor así. Con unas convicciones tan fuertes como las suyas, no sé cómo hubiera llevado el desmoronamiento de todo en lo que él creía.

—Nunca habría admitido el fracaso, y mucho menos las culpas de lo que ha estado pasando aquí durante décadas bajo un gobierno sostenido por personas como él.

De nuevo el silencio entre ellos, un incómodo mutismo.

—Deja que la vea, por favor...

Bettina se lo pensó unos segundos. Tomó aire y avanzó por el pasillo sin esperarle. Daniel dejó la maleta en el suelo y la siguió despacio. La casa estaba fría. No pudo evitar detenerse ante la puerta abierta de la que había sido la habitación de Klaus. Todo estaba igual, la misma cama, la misma colcha, las mismas cortinas, todo exactamente igual a como lo recordaba.

Su hermana lo esperaba en el umbral del cuarto de su madre. Los brazos cruzados bajo el pecho, con gesto hosco, recelosa de aquella imprevista visita. Había perdido la delgadez y mostraba pechos abultados y un exceso de caderas. Vestía unos vaqueros y un jersey grueso. El pelo corto no la favorecía, pensó Daniel, endurecía sus facciones y la hacía mayor.

Bettina no se retiró cuando Daniel llegó junto a ella.

—Madre, mira quién ha venido.

Daniel se asomó sin llegar a entrar. Había una luz muy tenue, pero la pudo ver acostada, la cabeza algo más elevada apoyada en varias almohadas para favorecer su respiración.

Cuando iba a entrar, Bettina le cogió por el brazo deteniéndolo.

—Ten cuidado con lo que hablas —le susurró para que la madre no lo oyera—. Ella nunca supo nada de la traición de Klaus, ni mucho menos de tu largo encierro.

Daniel bajó los ojos a la mano que le agarraba. Se soltó con un suave movimiento.

—No vengo en busca de venganza, si es eso lo que te preocupa. Puedes estar tranquila.

Su hermana esquivó los ojos sin decir nada. Daniel aprovechó para adentrarse en aquella habitación pequeña con los muebles justos; además de la cama de matrimonio, había un viejo armario de dos cuerpos y una cajonera. Las paredes estaban cubiertas con un papel de flores amarillas y verdes pasado de moda, anticuado, en sintonía con el resto del mobiliario. En una esquina había una estufa que desprendía un calor seco creando un ambiente demasiado cargado, sofocante, en un brusco contraste con el resto de la casa.

La anciana le observaba mientras se acercaba, aguzando mucho los ojos.

—¿Quién eres? —le preguntó con una entonación mortecina.

—Soy tu hijo...

Tenía el pelo completamente cano y apenas quedaba nada del rostro que había retenido en su memoria, demasiado envejecido para el tiempo transcurrido.

—Mi hijo está muerto —dijo retirando la mirada de Daniel, como si la curiosidad inicial hubiera quedado decepcionada.

—Soy Daniel... Felipe si no me hubieran separado de tu lado.

La mujer le miró de nuevo asombrada, abriendo una amplia sonrisa.

—Daniel... Mi pequeño hijo perdido... Cuánto he padecido por ti. Solo Dios sabe cuánto he padecido... —Alzó su mano y le acució para que se acercase. Sus ojos oscuros le escrutaban con impaciencia—. Te has dejado crecer la barba. Ven, acércate, quiero verte. —Daniel lo hizo y en cuanto lo tuvo al alcance le cogió la mano y le obligó a sentarse en la cama junto a ella—. Hace tanto tiempo... ¿Dónde has estado todos estos años?

Daniel miró de reojo a su hermana. La vio erguirse tensa.

—En Madrid, con mi mujer y mis hijas, tus nietas.

—Mis nietas... —murmuró con un gesto de tristeza—. No las conozco. Tu hermano tuvo una hija... Pero hasta eso le quitaron... A su pequeña y a la mujer a la que tanto amaba. Pobre Hanna, nunca volvimos a saber de ellas, nunca. Y luego él... Después de tu visita, ¿recuerdas? —Daniel afirmó con una sonrisa, cómo iba a olvidar—, Klaus se marchó y no volvió nunca más. La noticia de su muerte fue tan dura... —dijo dejando los ojos extraviados en el doloroso recuerdo—. Este maldito país fortificado ha generado mucho daño irreversible. No se pueden imponer a la fuerza unos ideales por muy loables y encomiables que sean. Si le privas a la gente de libertad no podrás convencerlos nunca, y mucho menos a la juventud que necesita volar y elegir y equivocarse, y caer, y levantarse, y triunfar y rendirse, y hasta fracasar. Los jóvenes necesitan vivir su vida, no la que les impongan un grupo de prebostes desde un despacho, pretendiendo controlar hasta el número de los latidos del corazón. —Hablaba ensimismada, como si le hubiera dado muchas vueltas a todo aquello convertido ya en ofuscación—. Pero la culpa la tuvimos nosotros, los mayores, convencidos de que hacíamos lo mejor, que este era el sistema perfecto, controlar todo para que todo funcionara mejor. ¡Qué error, qué grandísimo error! Perseguimos una utopía y caímos de bruces en ella, nos hemos roto la cara y ahora no sabemos qué somos ni qué lugar ocupamos en un país que nos considera de segunda clase. La libertad es lo único valioso...

—Déjalo, mamá —interrumpió Bettina incómoda—. Ya no merece la pena lamerse las heridas. Hay que vivir con lo que tenemos.

Gloria pareció no escucharla. Los ojos fijos en un pasado de amargos recuerdos.

—Las guerras son malas, yo tuve que vivir dos seguidas, en una de ellas tuve que dejar mi casa, mi país, a mi pobre madre —le miró para mostrarle un dejo de ternura—, tuve que renunciar a ti. —Dio un largo suspiro antes de continuar—. Y este maldito Muro en el que creí firmemente me robó a mi nieta Jessie, me ha impedido conocer a tus hijas, me ha quitado a Klaus y le destrozó la vida a mi hija. —Le miró fijamente, sus ojos parecían desamparados—. ¿Y ahora qué? ¿Quién nos devuelve la vida de nuestros hijos y nuestros nietos? Esto ha sido un experimento y nos ha salido mal.

—Nada se hunde del todo, mamá —dijo Bettina con voz blanda, como para darle ánimos—. Siempre quedará algo, bueno o malo, pero algo…

Daniel no supo qué decir. Durante unos segundos permanecieron en un silencio incómodo y aplastante.

—¿Cómo te encuentras? —la inquirió para salir del paso.

Gloria alzó las cejas antes de responder.

—Muriéndome. Ya no me quedan fuerzas. Aguanto porque Bettina viene a cuidarme cada día, se preocupa por mí, pero yo preferiría irme a una residencia. No quiero ser un lastre para ella. Bastante tiene con lo suyo.

—No eres ningún lastre, madre —sentenció Bettina—. No me cuesta nada venir, ya lo sabes.

Gloria miraba el rostro de su hijo perdido. Le tocó la cara como si se tratase de un ciego que intenta identificar los rasgos con el tacto, a pesar de que apenas le había tocado en su vida.

—Has cambiado mucho desde la última vez que estuviste aquí —le dijo sonriente.

—Estoy más viejo. Los años pasan para todos, incluso para mí.

Ella negó con un movimiento suave de la cabeza.

—Para una madre los hijos no envejecen nunca. Es como un milagro de la naturaleza, siempre os vemos como niños. —Calló y extravió la vista. Soltó el agarre de la mano que sostenía Daniel, y su barbilla tembló—. Sois vosotros los que tenéis que ver envejecer a la madre, vosotros los que debéis verla morir, es lo natural. Lo que va contra toda lógica es que una madre entierre a su hijo.

—Lo siento, madre.

Ella lo miró con una mueca de tristeza.

—Es la primera vez que me llamas madre. La otra vez no lo hiciste en ningún momento.

—Con los años me acostumbré a llevarte en mi mente y a considerarte como mi madre.

—¿Tú sabes lo que le pasó a tu hermano? —preguntó con ansia.

Daniel negó mirando de reojo a Bettina.

—No me lo quieren decir —dijo la madre descorazonada—. Nadie me dice realmente qué pasó, dónde estuvo mi hijo más de seis años, sin saber nada de él, y cuando tengo una noticia es la de su muerte. ¿Cómo murió, qué le ocurrió? —Encogió los hombros con la mirada perdida—. Nunca lo supimos. —Lo miró con una profunda tristeza—. Nos avisaron de su funeral dos horas antes. Tuvimos que correr para llegar a tiempo a enterrarlo… Mi hijo muerto… Nosotros que tanto hemos hecho por este maldito país, y así me lo han pagado… Malditos, malditos sean todos…

Cerró los ojos y se quedó quieta, pero en su rostro se reflejaba un inmenso sufrimiento interior, una infinita decepción vital.

—Daniel, será mejor que lo dejes —dijo Bettina—. Necesita descansar.

—Sí —afirmó ella sin mirar a su hija—, descansar para siempre, eso es lo que necesito. Cerrar los ojos y no volver a abrirlos nunca más, quedarme por fin en paz.

Daniel se acercó y le dio un beso en la frente. Sin retirarse del todo, muy cerca de su rostro, aspirando el olor de la enfermedad y la muerte, le sonrió con ternura.

Los ojos de Gloria brillaron por una emoción desbordada.

—Hijo mío —murmuró ella sin apenas fuerzas—, te quiero más que a mi vida.

—Gracias, madre, gracias…

Salió de la habitación siguiendo a Bettina. Entraron en la cocina. Todo estaba igual que lo recordaba, aunque le pareció más pequeño, más feo, más viejo.

Bettina encendió uno de los fuegos y puso una tetera.

—¿Quieres un té?

—Gracias.

—¿A qué has venido?

Daniel se había apoyado en la mesa mientras Bettina hacía los preparativos. Se quedó unos instantes pensativo. Agitó la mano en el aire y habló con gesto inseguro.

—No sé explicarlo. Desde que vi la noticia de la caída del Muro tuve la necesidad imperiosa de venir.

—¿Dónde te hospedas?

—En ningún sitio todavía. He venido aquí directamente desde el aeropuerto.

—Puedes quedarte aquí si quieres. Hay sitio de sobra. Yo me voy a mi casa en un rato.

Daniel negó.

—No... Prefiero ir a un hotel, gracias.

La tetera silbó y Bettina vertió el agua sobre las tazas con la bolsa de té. Le tendió una y, con la suya en la mano, se apoyó en la encimera de formica descascarillada; de pie los dos, dándole a entender que no quería entretenerse mucho.

—Sigo sin entender qué haces aquí. No creo que nos guardes mucho cariño.

—Deja que gestione yo mis sentimientos —le espetó un poco molesto, pero de inmediato rectificó su tono y su gesto—. Lo siento, Bettina. Salí de aquí sin identidad, considerado muerto por todos... Y después de cuatro años tengo la sensación de que sigo muerto, o al menos que no existo. He sido incapaz de borrar la profunda huella que Klaus dejó en mi mujer.

—Así que tu mujer se enamoró de Klaus —se miraron sin decir nada—. Tampoco me extraña demasiado, siempre fue un encantador de serpientes. La cara y la cruz de Klaus. Al final, traicionó a todos, incluso a sí mismo. A mí me engañó de la manera más cruel y miserable que pueda nadie imaginar —alzó las cejas con una risa sardónica—, y no me di ni cuenta.

—En tu caso, poca opción tenía. Se trataba de ti o de mi hija, una niña de siete años, Bettina.

Se lo dijo con un tono conciliador, pero ella lo tomó como una amenaza. Definitivamente se puso en guardia. Se irguió, sacudió los hombros como si le pesaran y habló con una mueca de desprecio.

—Lo que me hizo no tiene perdón.

—¿Alguna vez has pensado en lo que tuvo que sufrir para tomar la decisión de entregarte?

—¿Lo has pensado tú después de lo que te hizo? —le espetó con rabia.

Daniel la miró unos segundos, imprimiendo serenidad en su mirada.

—He tenido mucho tiempo para hacerlo…

Bettina bebió un sorbo del té.

—Mira, Daniel, si has venido a perdonar las barbaridades de ese canalla, será mejor que salgas de esta casa y que no vuelvas nunca más. —Se calló sin dejar de mirarlo desafiante—. Olvídanos, olvida que existimos. Todo hubiera sido distinto si no hubieras aparecido en nuestras vidas.

Daniel no pudo reprimir una risa entre el sarcasmo y una profunda tristeza. Bajó los ojos, fijos en la taza, pensativo.

—¿Sabes una cosa? —le dijo alzando la barbilla—. En el fondo tienes toda la razón. Nunca debí hacer caso de esa maldita nota que me convocaba a París. Si no me hubiera dejado llevar por la curiosidad y no hubiera tomado ese maldito tren, nuestras vidas no se habrían cruzado nunca. Tal vez tú habrías podido conseguir tu sueño de libertad, y yo... Hubiera vivido mi vida... La vida que un día decidió nuestra abuela materna al cogerme a mí de los brazos de nuestra madre y llevarme con otro padre, otra madre, distintos pero míos. —Se quedaron unos segundos mudos mirándose con recelo. Daniel bajó los ojos y bebió de su taza. Luego, le habló en un tono conciliador—. Dejemos a Klaus, es evidente que hasta muerto nos hiere hablar de él. Cuéntame al menos qué ha sido de tu vida. ¿Cómo estás? Hanna me contó que habías conseguido rehacer tu vida.

Ella se removió incómoda. No le gustaba su presencia, pero al final cedió con desgana.

—Estuve un año en la cárcel. Salí deshecha. Uno no sabe hasta dónde es capaz de resistir…

—Te aseguro que sé de lo que hablas —la interrumpió con voz blanda.

Ella lo miró y esbozó una sonrisa.

—Necesitaban con urgencia pediatras, así que no les quedó más remedio que darme trabajo de lo mío. Hanna consiguió que me dieran plaza en un hospital cerca de aquí, de lo contrario me hubieran llevado al otro extremo del país. Allí conocí al que hoy es mi marido, Leo. —Le miró y esbozó una leve sonrisa—. Tengo dos gemelas de siete años. Entre los tres han conseguido aplacar mis ansias de libertad. Me acostumbré a vivir enjaulada, aunque es cierto que encontré un gran compañero de jaula. —Miró el reloj y se irguió—. Se me hace tarde, tengo que irme. —Le dio la espalda y metió la taza en el fregadero, abrió el grifo y empezó a fregarla. Daniel se acercó asimismo y le llevó la suya. Ella la cogió y la fregó bajo el agua. Luego se secó las manos—. ¿Quieres que te lleve a algún sitio?

—Estaría bien que me dijeras un hotel, pero en el otro lado de la ciudad, si no te es mucha molestia.

—Vamos.

Salieron de la cocina y Bettina entró a la habitación de su madre. Luego volvió al pasillo.

—Se ha quedado dormida.

—¿Se queda sola? —preguntó Daniel.

—La vecina tiene llave y está pendiente de ella. Yo vengo todos los días, le hago la compra y me aseguro de que coma algo. Nunca sale de casa.

Ya en la calle Bettina se dirigió a un Wartburg 353 de color crema. Daniel la siguió.

—Al final te dieron el coche —dijo sonriente.

—Es de mi marido.

Lo dijo mientras se calaba un gorro de lana con el gesto impasible. Se montó. Abrió la puerta del copiloto. Daniel introdujo la maleta en la parte de atrás y se sentó a su lado. Apenas le cabían las piernas. El habitáculo era pequeño, incómodo y tan básico como el primer seiscientos que tuvo, nada que ver con su Opel Kadett que había dejado en Madrid, o con el Audi 80 que conducía Sofía.

Sin quitarse los guantes, Bettina puso en marcha el motor que sonó chirriante y el coche avanzó lento por las calles desiertas. Ambos iban en silencio.

Atravesaron el paso fronterizo Checkpoint Charlie, abierto ahora sin cortapisas, la garita ocupada por policías que no detenían a nadie.

—¿Cómo fue aquella noche, el nueve de noviembre? —preguntó Daniel con curiosidad.

Ella lo miró un instante sin poder evitar que se dibujase una sonrisa en sus labios.

—¿Que cómo fue? —la sonrisa se abrió sin reparo—. *Wahnsinn!* Eso fue. ¡Una locura! Una enorme e inmensa locura. —Lo miró un instante como si la palabra «wahnsinn» la hubiera relajado—. Todo fue tan imprevisible, nadie se imaginaba lo que sucedió, abrir las fronteras así, tan de repente... Nadie se lo esperaba. —Soltó una risa cargada de ironía—. La Stasi que sabía todo de todos fue incapaz de predecir la caída del sistema. Leo y yo estuvimos con las niñas toda la noche en el lado occidental, paseando, mirando los escaparates, la gente se abrazaba, lloraban de alegría, gritaban regocijados… Fue una noche delirante —se giró hacia él y lo miró un instante con un amago de sonrisa—. Creo que la más feliz de mi vida.

Se detuvo frente a un hotel junto a Tiergarten.

La nieve empezó a caer despacio cubriendo la luna del coche. En silencio, ambos se dejaron llevar por la visión de los copos posándose sobre el cristal para luego deslizarse lentamente hasta el capó. No estaba activado el limpiaparabrisas y apenas se veía el exterior. Hacía mucho frío. La vaharada blanquecina del aliento que salía de sus bocas empañaba poco a poco el cristal helado.

Daniel movía la gorra que tenía entre sus manos vacilante. Giró la cara y la miró.

—Bettina, ¿visitas alguna vez su tumba?

Ella negó con un movimiento rápido de cabeza.

—Aunque quisiera no podría. Cada vez que lo nombras me quedo sin aire —agitó la mano delante de ella—. Me ahogo con solo pensar en él. Le odiaré siempre, le odiaré hasta que me muera. Este tipo de sentimientos nunca caducan.

Daniel observó su perfil, la mandíbula tensa, los labios prietos de rabia.

—¿Puedo saber dónde está enterrado?

Durante unos segundos no reaccionó, como si estuviera valorando la respuesta. Luego, cogió su bolso, sacó un lápiz y una pequeña libreta, apuntó algo, arrancó la hoja y se la dio.

Lo miró con la amargura reflejada en su rostro.

—¿Por qué has tenido que venir? —le espetó con rabia contenida. No esperó respuesta, movió la cabeza a un lado y otro sin dejar de mirarlo como si un sufrimiento olvidado se hubiera desatado en su interior—. Te miro y le veo a él... Y no puedo soportarlo... No puedo... Lo siento.

Daniel no dijo nada.

Tras unos instantes de silencio, Bettina puso en marcha el coche.

—Tengo que marcharme —dijo con voz seca.

Solo entonces activó el limpiaparabrisas y la oscilación de las varillas arrastró la capa blanquecina que se había formado sobre el cristal. Se mantuvo impertérrita, la mirada al frente siguiendo el deslizar de las varillas, a la espera de que abandonase el coche.

Daniel abrió la puerta, pero no se movió del asiento. Volvió a mirarla.

—¿Puedo llamarte algún día?

Bettina no se movió. Su voz sonó atormentada.

—Este no es tu sitio, Daniel, nunca lo ha sido. Es demasiado frío para ti.

Daniel, en silencio, se caló la gorra, bajó del coche y sacó la maleta del asiento de atrás, pero antes de cerrar se asomó y la miró para ver su perfil pétreo, sus manos aferradas al volante como si temiera caer a un vacío oscuro. Cerró, y de inmediato el coche aceleró y se alejó. Por primera vez desde hacía mucho tiempo, sintió un escalofrío al notar los copos de nieve colarse por su cuello. Se ajustó la bufanda y entró al hotel.

3

Aquella noche Daniel apenas durmió. Había empezado a despuntar el día cuando salió del hotel y echó a andar sin rumbo fijo. Necesitaba pasear y el aire gélido de la ciudad le ayudaba a pensar. Las nubes retrasaban el amanecer y el intenso frío anunciaba más nevadas. No dejaba de darle vueltas a la cabeza sobre qué hacer con su vida. Era libre de ir adonde quisiera, pero volvía a estar confuso y solo, angustiosamente solo. Sacó el papel en el que tenía anotado el nombre del cementerio y el lugar de la tumba de Klaus. Decidió ir allí caminando.

El camposanto estaba cubierto por un manto blanco y helado. Se oía el crujir de sus pasos en medio del silencio. Buscó la sepultura siguiendo las indicaciones que le había dado el guarda en la entrada. No se veía a nadie. Demasiado temprano para visitar a los muertos, pensó mientras caminaba sorteando la hilera de lápidas cubiertas de una capa de nieve que ocultaba los nombres de los que allí yacían para siempre. Llegó a la que debía de ser la de Klaus. Sobre la capa de nieve que cubría la piedra había un ramo de flores ya congeladas. Se agachó y con un movimiento de la mano retiró la capa helada dejando al descubierto el nombre grabado en la piedra.

Klaus Zaisser
4 de enero de 1939
12 de abril de 1974
Amor mío, nunca te irás mientras vivas en mi corazón.

Volvió a erguirse. Las manos en los bolsillos, mirando aquel nombre que tanto cambió su vida. Le conmovió el epitafio, grabado en español, la última huella del amor de Hanna sobre la dura piedra. No pudo evitar pensar en Sofía, en cuánto le habría llegado a amar. Estuvo un buen rato quieto allí delante, sin pensar en nada en especial, disfrutando del confortable silencio que lo rodeaba, hasta que el crujir de la nieve le alertó de que alguien a su espalda se acercaba. Se giró sin llegar a volverse y la vio. Le costó reconocerla unos segundos. Movió sus pies para recibirla de frente. Sonriente, tan abrigada que apenas se le veían los ojos y un poco la nariz. Las manos enguantadas sujetaban dos pequeños ramos de flores.

—¡Vaya sorpresa! —dijo al llegar frente a él con una voz amable—. Este es el último lugar en el mundo en el que hubiera pensado encontrarte.

—Hola, Hanna. ¿Cómo estás?

—Sobrevivo. Es lo único que puedo decir.

—Entonces, ya somos dos —añadió Daniel.

—Anoche me llamó Bettina para decirme que estabas en Berlín —Hanna hizo un gesto hacia la sepultura—. Nunca hubiera pensado que vinieras hasta su tumba. —Mientras hablaba, se acercó a la lápida de Klaus, retiró las flores congeladas y depositó sobre el mármol uno de los ramilletes que traía—. Tu hermana no lo ha hecho. Le sigue odiando después de tanto tiempo.

—Pero tú me has buscado aquí.

—No. No te buscaba a ti. Vengo todos los días antes de ir a trabajar. Me consuela verlo, a él y a ellos. —Se agachó en la tumba contigua y con la mano enguantada arrastró de un manotazo la nieve y otro ramo estropeado por el frío, dejando tres nombres al descubierto con sus fechas de nacimiento y de muerte. Dejó las flores frescas sobre la piedra, acarició uno de los nombres grabados en el frío mármol y luego se levantó con la vista fija en la sepultura recién descubierta—. Primero fue mi pequeña Jessie, luego mi hija Klara, en febrero hará un año; a los dos meses mi marido.

—Lo siento.

Hanna se volvió hacia él y Daniel pudo ver que detrás de su

bufanda se escondía una profunda tristeza. Hanna tenía los ojos arrasados por un llanto mantenido en el tiempo. Su piel mostraba un aspecto apergaminado, sus labios estaban agrietados, secos, apenas sin color.

—Dice mucho de ti el que estés aquí, con todo el daño que te hizo —musitó Hanna.

—Es simplemente un gesto, asegurarme de que en realidad murió. No quiere decir que no creyera tu versión, pero con los años uno se vuelve suspicaz a las cosas que no comprueba por sí mismo. Además, le debo la vida de mi hija, y eso ya es razón suficiente para venir hasta aquí, una forma de agradecimiento.

—Sigo pensando que dice mucho de ti.

En ese momento empezó a nevar de nuevo. Hanna miró hacia el cielo entrecerrando los párpados para esquivar los primeros copos. Se estremeció sacudida por un escalofrío.

—Hace mucho frío. Tengo tiempo para un café caliente, te invito. —Echaron a andar y ella se agarró de su brazo aterida—. Pareces inmune al frío.

—Alguna ventaja tenía que obtener de mi largo encierro.

Salieron del cementerio y se metieron en una cafetería en la que había muy pocos clientes. El camarero los atendió, pidieron dos cafés bien calientes. Al quitarse el grueso chaquetón que la cubría, Daniel comprobó extrañado que Hanna llevaba un mono de trabajo de color gris oscuro. Ella se dio cuenta de su extrañeza.

—No sienta muy bien, pero protege del frío y del polvo.

Daniel sonrió. Hanna sacó una cajetilla de tabaco y le ofreció, pero él lo rechazó con un gesto.

—Gracias, lo dejé hace tiempo.

Ella miró el paquete y lo volvió a guardar.

—Yo debería hacer lo mismo.

Esperaron en silencio a que el camarero sirviera los dos cafés.

—¿Puedo preguntarte qué le pasó a tu hija? —la interpeló Daniel con prudencia cuando se quedaron solos—. Recuerdo que me dijiste que tenía la edad de Beatriz. Demasiado joven para morir.

La amargura en el rostro de Hanna le conmovió.

—¿Que qué le pasó? —preguntó ensimismada—. Lo que a muchos jóvenes de este país que ahora se diluye como un azucarillo en el café caliente: que pretendió ser libre…, y encontró la muerte. Salía con un chico desde hacía un tiempo, se la veía muy feliz con él. Estaba a punto de acabar Medicina, quería ser cirujana, eso quería. Unos días antes la pillé junto a la puerta entreabierta del despacho de mi marido escuchando una conversación que mantenía su padre con un jefe del Ministerio. Se escabulló sin darme explicaciones. No le di demasiada importancia, pero la noté rara, no sé, tal vez es ahora, después de que todo haya pasado cuando me doy cuenta de que algo tramaba y no entonces; en estas cosas la memoria siempre resulta muy traidora. Una tarde me dijo que iba a salir con su chico, que no la esperase despierta porque llegaría tarde. Me dio un abrazo... —se estremeció como si le hubieran dado una descarga eléctrica—. Dios mío... Fue su último abrazo... —sus ojos se enrojecieron y se tornaron acuosos, pero se aguantó, engulló el llanto y continuó hablando sin poder evitar la voz temblona—. Nunca lo hacía, no era ella de besos y carantoñas, no le gustaba; tenía que haberme dado cuenta de que urdía algo, pero no hice nada, la dejé marchar... —callada, meneaba la cabeza ligeramente, con un gesto de dolor y la voz entrecortada—. Ya no volvió. Nos avisaron por la mañana. Se habían metido en la zona de seguridad, muy cerca del paso fronterizo de Chausseestrasse, y no sé cómo consiguieron llegar hasta el Muro. Alguien los estaba esperando al otro lado para ayudarlos, desplegaron una escala para que pudieran trepar. El chico lo consiguió. Vino a verme dos días después de la caída del Muro. Estaba destrozado. Me contó que él subió delante, que se puso a caballo en lo alto del Muro, ella le seguía y cuando estaba a punto de coronar se oyeron las sirenas y de inmediato se encendió uno de esos potentes focos que los iluminó dejándolos al descubierto. Dispararon y ella cayó al suelo. —Se quedó callada un instante, agobiada por el recuerdo—. A pesar de estar herida intentó subir de nuevo, pero no tenía fuerzas... Pobre muchacho... No pudo hacer nada, la tenía ahí, tan cerca, llegó a agarrarla de la mano, pero no tenía fuerzas —repitió abstraída en el sufrimiento de la escena tantas veces imaginada—. No pudo salvarla... Los que le ayudaban le obligaron a pasar al otro lado del Muro porque seguían disparando, de hecho, le hirieron en una pierna. —Se quedó callada unos segundos y apoyó la cabeza en una mano, mesándose el pelo—. Lo peor fue que la bala no la habría matado si la hubieran atendido en seguida, pero... —Movió la cabeza negando. Su rostro estaba totalmente devastado, le temblaba la voz—. Nadie acudió en su auxilio. La dejaron allí más de una hora a menos cinco grados de temperatura, desangrándose... Gritaba de dolor pidiendo ayuda... El chico me dijo que su voz se fue apagando, y que no dejaba de llamarme, mamá..., mamá..., hasta que todo quedó en silencio. —Su voz se quebró y el llanto pudo con ella, pero continuó hablando—. Mi niña, mi pobre niña, no dejo de pensar en esa muerte tan horrible, sola, en medio de la noche, congelada, escapándosele la vida lentamente, qué pena... —Ocultó la cara entre sus manos, sollozando en silencio durante un rato. Daniel la miraba sin decir nada, compartiendo la emoción, abatido por tanto dolor inútil. Hanna pasó sus manos por la cara como si de una pasada quisiera borrar las lágrimas; tomó aire y lo miró—. La dejaron morir abandonada como un perro, este país por el que tanto trabajó su padre, al que tan dignamente sirvió y que tanto defendió la dejó morir sola en tierra de nadie. El chico me contó que mi hija había escuchado decir a mi marido que se había dado la orden de no disparar a los que pretendían huir, y que por eso lo habían intentado, confiados en que podían conseguirlo. Según él, lo tenían todo controlado. Si se hubiera cumplido esa orden mi hija estaría viva, pero hay a quien le cuesta dejar una macabra costumbre tanto tiempo asumida. A partir de ese momento, la desgracia se instaló en nuestra casa. Tuvimos que enterrarla casi a escondidas, y toda la familia nos convertimos en sospechosos. Nos interrogaron durante horas a todos: a mí, a mi marido y también a mis otros dos hijos, el pequeño solo tiene diecisiete años. Fue terrible —arrugó el ceño dolorida—, imposible de contar. Mi marido fue apartado de todos los cargos, defenestrado, nos lo quitaron todo, la casa, los muebles... Todo. No tuvimos más remedio que cobijarnos en casa de mi madre. La versión oficial de la muerte quedó en un desgraciado accidente. Resulta paradójico, porque mi marido ha tenido que firmar decenas de informes sobre muertes en circunstancias semejantes y con la misma fórmula. No pudo soportarlo. Se pegó un tiro el día que debíamos abandonar la casa. —Bebió un sorbo de café sin mirar a Daniel—. Eso es lo que pasó. Ahora me gano la vida en una fábrica de madera. A mis hijos les quitaron la beca de estudios y tuvieron que ponerse a trabajar. Han estado repartiendo propaganda hasta hace un mes. Ahora parece que les van a volver a permitir acudir a las clases con normalidad, pero este curso y el anterior los han perdido, y sobre todo les va a costar mucho superar el horror que vivieron durante los interrogatorios. —En ese momento le miró con una sonrisa obligada—. Esa es mi historia. ¿Y tú? ¿Qué haces en esta ciudad tan poco grata para ti? Nunca pensé que volvería a verte por aquí.

Daniel tomó aire como si saliera de una larga inmersión. Había quedado conmocionado con la historia.

—Vi en la tele la caída del Muro y... —encogió los hombros—. No sé, desde entonces he tenido la imperiosa necesidad de volver. Aún no sé a qué ni para qué. Mi madre se está muriendo, mi hermana me odia sin apenas conocerme...

—Cuéntame algo de ti. ¿Cómo fue tu regreso? Con tu esposa y tus hijas. ¿Cómo tomaron tu reaparición?

Daniel movió la cabeza a un lado y otro reflexivo, tomó un sorbo del café que ya se empezaba a quedar frío.

—No fue fácil... No lo ha sido para ninguna de ellas. Ya se consideraban viuda y huérfanas, y esa condición es difícil de desactivar en la mente, no estamos preparados para eso. Reconozco que lo han intentado, sobre todo Sofía, mis hijas ya tienen su vida y yo tengo poco espacio en ella. Pero Sofía... —La miró un instante con desamparo—. El paso de Klaus por su vida dejó una huella que he sido incapaz de borrar. No me queda nada, Hanna. Sofía ha aguantado hasta donde ha podido. Bastante ha hecho en estos cuatro años. No le puedo pedir más. No sería justo.

—Tampoco es justo para ti. Nada de aquello fue culpa tuya.

—Han sido muchos años, demasiados. Los dos hemos cambiado y Klaus fue fundamental para ella, en todos los sentidos.

—He leído noticias sobre ella —dijo sonriendo—. Elegiste a una mujer muy inteligente.

—Es cierto, tú lo has dicho, una mujer inteligente y extraordinaria. —Tomó aire y echó el cuerpo un poco hacia atrás, como si quisiera tomar distancia de sus evidencias—. Si no hubiera aparecido Klaus en nuestras vidas, se hubiera quedado aplastada bajo el calificativo de «ama de casa». —Movió la cabeza negando, la mirada perdida en la nada—. No me la merezco. Además, el amor por compasión siempre sale mal.

Hanna miró el reloj.

—Tengo que marcharme a trabajar. ¿Tienes tiempo para que nos veamos luego?

Daniel sonrió y encogió los hombros.

—Tengo todo el tiempo del mundo.

—Mi madre y mis hijos están toda la semana en Bonn visitando a una tía a la que no veían desde hacía diez años. Tengo hecho un *eisbein* de cerdo y un pastel de zanahoria para chuparse los dedos. Cenamos y te reto a una partida de ajedrez.

—No practico desde la última vez que te gané.

—Me tomaré la revancha entonces.

4

Pasaban dos minutos de las cinco cuando llegó frente al portal de Grunerstrasse. Tras el encuentro con Hanna, Daniel había decidido regresar al hotel. Se encontraba profundamente cansado y se echó sobre la cama. Durmió cinco horas seguidas. Se despertó despejado y con tiempo suficiente para poder ir caminando hasta su cita.

Ya casi era de noche y la calzada estaba cubierta de escarcha helada. No nevaba, pero el frío era intenso. El portal estaba oscuro y olía a humedad. Las paredes se veían deslucidas, la pintura descascarillada y el dibujo desgastado de los baldosines del suelo en la zona de paso le daba un aspecto de pobreza y dejadez, aunque todo parecía muy limpio. El ascensor tenía un cartel colgado en la puerta: *Es funktioniert nicht.* No le extrañó. Inició el ascenso por la escalera. Debía subir al octavo, así que se lo tomó con calma. Se cruzó con unos niños que bajaban corriendo, riendo y gritando algo alocados. También le adelantó un joven que ascendía mucho más rápido que él y con más energía. Cuando llegó al rellano del piso de Hanna el corazón se batía con fuerza en su pecho. Respiró para recuperar el resuello y avanzó hasta la puerta E. Pulsó el timbre y esperó. Llevaba una botella de vino en la mano; la había comprado por el camino. A los pocos segundos la puerta se abrió. Hanna llevaba el pelo recogido en una coleta alta, vestía una camisa de cuadros por fuera de un pantalón vaquero, nada que ver con la ropa que llevaba por la mañana.

Al verle, Hanna abrió una sonrisa de satisfacción.

—Te sienta bien esa gorra. A Klaus también le sentaban muy bien los sombreros. Aunque él prefería el Borsalino.

Daniel se quitó la gorra y la observó como si la examinara.

—La compré en un puesto callejero de Berlín Oeste el día que recuperé la libertad, cerca del Checkpoint Charlie —la miró a los ojos y sonrió—, con tu dinero.

Ella se apartó para abrirle paso.

—Entra —le instó—. ¿Has tenido problema para encontrar la calle?

—Ninguno —contestó entrando al pequeño recibidor—. Me manejo bien. Tus clases de alemán dieron sus frutos. De hecho, he trabajado dando clases a un grupo de adolescentes, aunque dudo que hayan aprendido algo firme.

—No te quites mérito, aprender alemán no es fácil, y menos en tus circunstancias. Tienes facilidad para los idiomas, igual que Klaus. En eso y en muchas cosas sois idénticos.

—Sigues hablando de él en presente.

Ella se echó a reír.

—Tienes razón, lo siento. Pero es que, cuando te veo, le veo a él. —Alzó las cejas sin dejar de mirarle, como si escrutase su rostro en busca de las facciones de Klaus—. Aunque nunca se dejó la barba, que yo sepa.

Daniel le tendió la botella.

—Esto es para ti. No tengo ni idea de lo que he comprado, pero muy malo no será porque he pagado un dineral.

Hanna lo cogió y leyó la etiqueta.

—Es una buena elección. Lo tomaremos con la cena.

Daniel dejó la gorra sobre una repisa. Luego, se quitó el abrigo y lo colgó en un perchero, junto al chaquetón que ella llevaba por la mañana. Se oía de fondo música agradable. Hanna le precedió por un estrecho pasillo hasta llegar a un salón no muy grande, con muebles que le recordaron los años sesenta en Madrid, el papel de las paredes de figuras geométricas en tonos tostados. Un sillón de dos plazas con la tapicería tazada por el uso, una mesita baja frente a él, otra más pequeña a un lado donde había un teléfono; una vieja televisión, en la cómoda había un tocadiscos en el que giraba el disco; una estantería con algunos libros, algún que otro objeto de decoración, figuras y platillos de poco valor, además de varias fotos familiares. Se fijó en una de ellas en la que estaban Hanna y Klaus sujetando entre los dos a una niña rubia de pelo rizado, los tres sonreían felices. Daniel cogió la foto y la miró. Oyó la voz blanda de Hanna a su espalda.

—Fue la última foto que nos hicimos juntos solo unos días antes de aquel maldito intento de fuga.

—Es sorprendente el parecido… —añadió Daniel sin dejar de mirar la foto—. Es igual que Beatriz.

Hanna no dijo nada, abrió un cajón y sacó una foto salpicada de manchas oscuras con la imagen de una niña de la misma edad. Se la mostró.

—Es tu hija. Klaus la llevaba encima el día que murió.

—Esta foto se la tomé yo —dijo Daniel deleitado en el recuerdo.

—Si no fuera yo la madre de Jessie, podría afirmar que son gemelas.

Hanna dejó de nuevo la foto en el cajón y lo cerró. Dejó la botella sobre la mesa, cogió los vasos y le dio la espalda intentando disimular su emoción, una emoción por lo que pudo haber sido y no fue.

—Voy a traer unas copas —dijo saliendo de la estancia—. Ponte cómodo, se está calentando la carne, estará lista en seguida.

Daniel volvió a dejar el marco sobre la estantería y siguió observando todo. Una mesa rectangular en el centro ocupaba gran parte del espacio con cuatro sillas, el mantel puesto, platos, cubiertos y vasos para dos. Se sintió un poco cohibido, sin saber muy bien qué hacer.

Cuando Hanna regresó traía dos copas en la mano y un abridor. Descorchó la botella y sirvió el vino. Le tendió una a Daniel y bebió de la suya.

—¿Aquí no es tradición brindar? —preguntó Daniel.

—No tengo nada que celebrar… —calló, arrugó el ceño y le miró—. Bueno, sí, celebro volver a verte —alzó la copa—. Brindo por ti.

—Y yo por ti —añadió él haciendo chocar el fino vidrio. Bebió un trago. En ese momento sonaba el *Aria de la Suite n.º 3* de Bach—. Tienes muy buena música. Te alabo el gusto.

—No es mérito mío. Mi madre ha sido siempre una apasionada de Bach y Beethoven. La música ha sido su vida. Tocaba el piano, daba clases en un conservatorio —esquivó la mirada al contenido de la copa. Hizo una mueca de disgusto—. Pero una lesión en la mano la obligó a dejarlo.

—Una pena —añadió Daniel—. Para un músico no poder interpretar debe de ser un drama.

Ella bajó los ojos y afirmó.

—Cuando me detuvieron en mi intento de huida con Klaus, la estuvieron interrogando durante muchas horas, uno de los policías se excedió a la hora de trasladarla y le rompió la muñeca. Dijeron que se resistió, pero yo sé que no lo hizo. Tardaron en llevarla a un hospital y la rotura se le complicó. Le dejaron la mano inservible para tocar. Hasta que se jubiló se dedicó a dar clases de solfeo y de historia de la música.

—Todo esto parece una maldición.

Hanna le miró abatida.

—Hay gente que tenemos fidelidad a la desgracia.

Daniel esbozó una mueca lánguida y bebió para intentar tragar la amargura que le abrasaba la garganta. Al rato añadió:

—Lo cierto es que esta música sosiega el espíritu.

—Mi madre siempre dice que la música abre el corazón y cierra las heridas.

Su rostro abismado, analizando las palabras que acababa de escuchar mientras oía los acordes de Bach. Daniel asintió con agrado.

—Ojalá fuera cierto.

Hanna se acercó al rimero de discos.

—Tengo algo para ti. —Cogió un *single* y se lo mostró—. Este disco me lo dio tu hermana. Me dijo que alguien se lo regaló la noche que cayó el Muro cuando caminaban por las calles del lado occidental. Es de un cantante español. El título es muy sugerente, *Libre*. La letra es un homenaje al primer muerto en la zona de la muerte. —Hizo una mueca sin dejar de mirar la carátula del disco—. Qué paradoja… Una historia muy parecida a lo que le ocurrió a mi hija… —Habló con tanta pena que Daniel se sintió conmovido.

Con el *single* en la mano, Daniel asintió.

—Lo he oído. Nino Bravo fue un cantante muy famoso incluso más allá de su desgraciado accidente de coche. Murió en el año 73.

—Te lo regalo.

—No —agregó con firmeza, dejando el disco sobre la mesa—. Mi hermana tenía razón, esta historia te pertenece a ti.

Ella suspiró y no dijo nada.

Se sentaron a cenar. Hablaron del difícil encaje de Daniel en su nueva vida recuperada, de la relación con sus hijas, con su entorno. Le contó que había estado financiando fugas de gente de todos los puntos del país, en total ciento cincuenta personas habían conseguido llegar al otro lado y rehacer sus vidas gracias a sus aportaciones.

—Quise contactar contigo para sacarte a ti y a tus hijos, tal y como me pediste, pero tu marido era un obstáculo mayor que el mismísimo Muro. Lo siento.

Ella le sonrió y le acarició la mejilla, en un gesto entre la ternura y el agradecimiento.

—Estuvimos a punto —añadió él—. Pero detuvieron al contacto antes de que llegase a ti.

Hanna lo miró conmovida. Tan solo con imaginar el intento le era suficiente para sentir una profunda y entristecida gratitud.

—Gracias de todos modos —murmuró.

—Lo siento —repitió como si se sintiera en deuda con ella.

—No lo sientas. Es el precio que pagué por casarme con un hombre como él. Para recuperar a mi hija Jessie me encadené definitivamente a este país y a este maquiavélico sistema. No me preguntes si me arrepiento porque no sabría qué responderte. Ahora me quedan mis dos hijos. Solo vivo por ellos.

Hubo un silencio. Dieron varios bocados al codillo de cerdo.

Ella le miraba como si estuviera arrobada por su presencia, ante un dios al que hay que venerar.

—Te miro y le veo a él —dijo con una plácida sonrisa—. Parece mentira lo parecidos que sois. Como dos gotas de agua.

Daniel intentaba esquivar la continua comparación con su gemelo. Durante las visitas que Hanna le hizo cuando estaba en prisión, nunca le había nombrado, sabía que sería rasgar la herida todavía abierta de la traición no asimilada. Ahora parecía que aquel pacto tácito de silencio sobre Klaus se había diluido al verle frente a la tumba de su hermano, como si ella hubiera llegado a la conclusión de que había superado el dolor que le provocaba el recuerdo de Klaus.

—Es como si le volviera a ver a él… —insistió ella recreándose—. Sois tan iguales…

—Existe una gran diferencia entre nosotros —le espetó molesto—. Yo nunca hubiera sido capaz de hacer lo que él hizo, nunca.

Ella se dio cuenta de que se había excedido.

—Lo lamento… No debí…

—No pasa nada —la interrumpió—. Discúlpame tú a mí. —Se instaló entre ellos un incómodo silencio. Daniel cambió de tema, no quería ahondar más en el asunto de Klaus y las consecuencias de su presencia en cada una de sus vidas—. Tú también eres licenciada en Física, creo recordar que me dijiste que habías trabajado para una empresa farmacéutica. ¿No te has planteado dedicarte a lo tuyo? Ahora, con la caída del Muro las cosas habrán cambiado para mejor y la gente cualificada siempre interesa.

—Hace mucho tiempo que dejé de estar cualificada. Además, la caída del Muro está provocando mucho paro en el Este, demasiados funcionarios, demasiado trabajo subvencionado. Nos hemos convertido en ciudadanos de segunda. La zona occidental y su capitalismo voraz lo está inundando todo. Estamos un poco descolocados. Pasados los primeros días de euforia, empezamos a ser conscientes de la realidad, de lo complicado que va a ser la reunificación, de que consigamos sentirnos como alemanes todos, sin especificar zonas o sistemas políticos pasados. Han sido demasiados años. Con mi edad y mis circunstancias, no me auguro un gran futuro. Tan solo espero no quedarme en el paro hasta que mis hijos se puedan valer por sí mismos. Con la pensión de mi madre y los precios disparados no tenemos ni para empezar.

—Tengo dinero. Puedo ayudarte.

Ella lo miró y negó.

—No, Daniel, no serviría de nada. Pero te lo agradezco.

—Al menos deja que te devuelva lo que me prestaste.

Los ojos de Hanna se posaron en la estantería en la que había un ajedrez.

—¿Jugamos una partida?

—Juguemos. Pero hace tiempo que no practico.

—Estas cosas nunca se olvidan.

Se sentaron en el sillón con el tablero entre ellos. Colocaron las piezas y jugaron durante una hora sin apenas hablar, concentrados en las tácticas de juego. De vez en cuando, Hanna se levantaba para cambiar el disco en el tocadiscos.

En la vigésima jugada, Hanna hizo un movimiento de alfil por h7.

—Jaque mate —sentenció Hanna irguiéndose orgullosa.

Daniel echó hacia atrás la cabeza y cerró los ojos, como gesto de derrota.

—Ya te dije que estoy desentrenado.

—¿Quieres la revancha?

—No. Debería irme ya. Mañana madrugas, y no quiero robarte horas de sueño.

—Me gusta tenerte aquí. Hacía años que no me encontraba tan a gusto.

Daniel la miró. Nunca había mirado a Hanna con deseo, era para él como algo sagrado, una mujer fuera de todo apetito carnal, su ángel protector, eso había sido siempre. Sin embargo, el hecho de verla en aquellas circunstancias tan distintas a lo acostumbrado, la sensación de que su equilibrio mental no dependía de ella como durante su estancia en la cárcel, le mostró a la mujer sin más.

Como si le hubiera leído el pensamiento, Hanna se acercó a él y lo besó en los labios, un beso dulce, suave, no demasiado largo, cauto, como si quisiera cerciorarse de la firmeza o fragilidad del terreno en el que se estaba adentrando. En los primeros segundos, Daniel no respondió al beso, se quedó impávido, los ojos abiertos, sintiendo el calor húmedo de los labios. Pero no pudo resistir la inercia y abrió la boca. Cerró los ojos y la besó con pasión. Ella se entregó sin tregua. En poco tiempo sus cuerpos estaban abiertos al otro. Las figuras del ajedrez rodaron por el suelo, el disco terminó su música y el vinilo continuó dando vueltas mudo, con un ruido isócrono. Fue un acto rápido, torpe, puramente físico, una forma de desfogar la libido desbocada y desinflada a la vez por el exceso de vino. Daniel se deshizo de su abrazo y quedó sentado, la respiración acelerada.

Se levantó y se subió los pantalones. Se abotonó la camisa. La miraba esquivo.

—Lo lamento —dijo—. Esto no tenía que haber pasado.

Hanna se incorporó y se colocó el sujetador.

—Pues yo no lo siento.

Daniel la miró. Se dio cuenta de su gesto satisfecho, su sonrisa agradecida.

—Tengo que marcharme.

—No te vayas —Hanna se levantó mientras se subía la braga con prisas. Sus ojos suplicantes, desbordados de anhelo—. Los dos estamos solos… No te vayas.

Daniel se terminó de vestir. Se puso la chaqueta, la miró un segundo con ojos desamparados, y salió al pasillo, pero apenas llegó al umbral de la puerta le detuvo la voz de ella. Le alcanzó, quedando frente a él.

—Quédate, quédate conmigo, te lo suplico, me asusta estar sola. Quédate... —sus ojos se volvieron cristalinos y su barbilla empezó a temblar.

—No me hagas esto, Hanna, no puedes hacerme esto...

Continuó por el pasillo hasta el recibidor. Ella lo siguió. Cogió su abrigo y cuando se lo estaba poniendo se volvió hacia ella. Se le cayó el alma a los pies al ver su desamparo. Se acercó y acarició su mejilla ya mojada con las lágrimas que se desbordaban de los ojos.

—No llores, por favor, Hanna, no llores.

—Quédate...

Daniel bajó los ojos, echó la cabeza hacia atrás intentando calmar la sensación de angustia que le dejaba sin aire y le dolía por dentro. Negó con un gesto.

—No has hecho el amor conmigo, Hanna, en tu mente era a Klaus al que abrazabas, es él el que te ha penetrado —la miraba con ojos atormentados. Se llevó la mano al pecho, como si le costase respirar. Su gesto de amargura alertó a Hanna. Miró a un lado y otro buscando explicar con palabras lo que sentía dentro de su corazón—. Tengo la sensación de que además de usurpar mi vida, mi hermano Klaus me ha robado el alma.

5

—

Descendió las escaleras a toda velocidad, con la ansiedad de volver a escuchar la voz de Hanna, su atrayente súplica, por qué no, pensaba, por qué no quedarse en sus brazos suplantando la figura de su hermano, robándole la mujer de su vida, emulando lo que Klaus había hecho con la suya. Cuando salió a la calle respiró el aire frío y húmedo de la noche y echó a andar hasta llegar a Burgstrasse. No dejaba de darles vueltas a sus pensamientos, confusos, alterados, se encontraba perdido. Parecía haber vuelto a caer extraviado en un laberinto del que era incapaz de salir indemne.

Caminó con paso lento, bordeando los canales silenciosos del Spree. Llegó al puente Weidendammer. Se detuvo en el centro, apoyado en la barandilla de hierro forjado; sus ojos se posaron mansamente sobre el caudal del agua, observando la corriente deslizarse apenas sin ruido, inexorablemente lenta, silenciosa, oscura, hechizado en su misterioso encanto. Se preguntó cuánta profundidad tendría, si estaría demasiado fría como para provocar una muerte rápida. Nada ni nadie lo reclamaba, la súplica de Hanna no contaba, ella necesitaba sustituir a Klaus y él no podía ni debía ni quería hacerlo. De repente sintió vértigo. Agarrado a la baranda de hierro helado echó el cuerpo ligeramente hacia delante y cerró los ojos. Durante unos segundos dejó de pensar, la mente en blanco, tan solo el sosegado cauce deslizado en su conciencia.

Una mano en el hombro le arrancó de su embelesamiento.

—*Freund, bist du in Ordnung?*

La palabra «amigo» con la que se dirigió a él le devolvió a

la realidad. Daniel lo miró aturdido. Asintió y le respondió agradecido que sí, que estaba bien. El hombre, después de comprobar que recuperaba el equilibrio, se alejó hacia la estación de metro de Friedrichstrasse, aunque de vez en cuando se volvía, como queriéndose asegurar de que realmente se encontraba bien y no estaba pensando en cometer una locura.

Daniel inició la marcha tras los pasos de su eventual salvador. Llegó al hotel cansado, muy cansado. Le dolía la cabeza y las sienes le latían con fuerza. Se tiró en la cama y cerró los ojos, pero no pudo dormir. La imagen implorante de Hanna retornaba una y otra vez como el badajo de una campana golpeando contra su conciencia. Se preguntó de qué le había salvado, y sobre todo para qué, mejor sería estar muerto, descansar como su hermano, no pensar, dejar de vivir una vida robada, traicionada, suplantada.

Era casi de madrugada cuando cayó en un sueño inquieto. Le despertaron dos toques en la puerta, era la camarera que pretendía limpiar la habitación. Daniel se disculpó con ella y le pidió que le diera media hora. Se duchó y se vistió. Al salir a la calle lo deslumbró un tibio sol invernal.

De nuevo se encontraba sin saber qué hacer ni adónde ir. Echó a andar y llegó a la puerta del cementerio. Por la hora que era sabía que no encontraría a Hanna en su visita diaria para poner flores a sus muertos. Caminó hacia la tumba con paso decidido ahora que ya conocía el camino. Cuando llegó, se extrañó. En la tumba de las hijas y el marido de Hanna había flores frescas, un ramo grande y colorido; el mármol gris de la lápida estaba a la vista, desprovisto de la capa de nieve helada que cubría la mayoría de las sepulturas, incluida la de Klaus. Las flores que Hanna había puesto el día anterior en su lápida estaban tiradas a un lado, arrojadas de la memoria del muerto. Daniel cogió el ramo ya marchito y lo volvió a tirar al suelo.

—Adiós Klaus. Hasta siempre.

Se dio la media vuelta y caminó de nuevo hacia la ciudad. Se sentía mejor, más liviano, más etéreo, como si se hubiera desprendido de un abrazo mortal que lo estaba asfixiando. No sabía qué iba a hacer con su vida, tampoco le importaba demasiado, al menos en ese momento no.

Enfiló el paseo Unter den Linden con la Puerta de Brandeburgo al fondo, y tras ella, el Muro aún en pie. En la Pariser Platz parecía que el tiempo se hubiera detenido. A su alrededor solo se veían edificios derruidos, abandono y desolación acumulada durante años. Entre otros viandantes que cruzaban desde el lado oeste por las brechas abiertas en el Muro, fijó la atención en una mujer. Caminando sosegada, pasó bajo el arco central de la solemne puerta mirándolo todo, como una turista que gasta su tiempo en indagar una ciudad nueva. Se detuvo para observarla con más atención, su forma de andar le resultaba conocida. De repente el corazón le dio un brinco y, prevenido, contuvo la respiración. El abrigo azul, las botas altas y aquella boina roja que le ocultaba el pelo. Llevaba gafas de sol oscuras, pero no había duda.

Se quedó parado en medio de la Pariser Platz contemplándola mientras sus labios pugnaban por abrirse y pronunciar su nombre. Ella le vio y también se detuvo un instante; una vez reconocido, ya descubierto, echó a andar hacia él lentamente. Daniel inició asimismo una marcha pausada, sin dejar de mirarla, como si no quisiera extraviar ni un segundo aquella imagen que se le acercaba.

Quedaron frente a frente y se sonrieron, quietos los dos, ambos con las manos metidas en los bolsillos.

—Te estaba buscando —le dijo ella desprendiéndose de las gafas de sol.

Daniel sonrió complacido ante la serenidad que reflejaban sus ojos.

—Vengo de enterrar a un muerto… —encogió los hombros con una mueca en su rostro—. Aunque lleve sepultado mucho tiempo…

—Yo también he dejado uno enterrado para siempre en Madrid.

—Entonces… —Daniel calló sin atreverse a continuar.

Tras unos instantes indeciso, la voz salió apacible de sus labios—. Ya no existen muertos entre nosotros...

Una extraña intimidad parecía aislarlos de todo a su alrededor. Ella bajó la mirada al suelo, miró a un lado y a otro como si buscase en su mente qué decir, o cómo decir lo que quería decir. Al fin alzó la cara para encontrarse con la espera revelada en los ojos ávidos de él.

—Te he perdido demasiadas veces, y no quiero... No puedo perderte otra vez.

Daniel guardó unos segundos de silencio, sin dejar de mirarla, sintiendo el intenso pálpito correr en sus venas.

—Sofía, si tú me dejas, no me moveré de tu lado hasta que sea yo el enterrado.

Ella se acercó a él lentamente y posó su mano enguantada sobre el corazón.

—Quiero que sepas que solo hay un hombre en mi vida... Y ese eres tú, Daniel Sandoval. Te quiero a ti... Tan solo a ti...,

Después, le miró a los ojos de forma intensa, mientras él se dejaba hacer, mirar, tocar. Sin decir nada, Sofía se abrazó a él, refugiándose en su pecho. Daniel la acogió en sus brazos y así permanecieron mucho rato, empapados del cálido sol de invierno, sintiendo el uno el vivo latir del corazón del otro.

Todas las obras de la autora en Booket: